鸣谢：苏州市文艺创作中心

積香成蕾

胡磊蕾曲艺作品文集

胡磊蕾 著

苏州新闻出版集团
古吴轩出版社

图书在版编目（CIP）数据

积香成蕾：胡磊蕾曲艺作品文集 / 胡磊蕾著. -- 苏州：古吴轩出版社, 2024.1
ISBN 978-7-5546-2278-0

Ⅰ. ①积… Ⅱ. ①胡… Ⅲ. ①曲艺－作品综合集－中国－当代 Ⅳ. ①I239

中国国家版本馆CIP数据核字(2024)第016854号

封面题字：赵彦国
责任编辑：俞　都
见习编辑：张雨蕊
装帧设计：孙嘉靖
责任校对：戴玉婷
责任照排：孙嘉靖
文字整理：张刘潇

书　　名：积香成蕾——胡磊蕾曲艺作品文集
著　　者：胡磊蕾
出版发行：苏州新闻出版集团
古吴轩出版社
地址：苏州市八达街118号苏州新闻大厦30F
电话：0512-65233679　　邮编：215123
出 版 人：王乐飞
印　　刷：苏州市越洋印刷有限公司
开　　本：787mm×1092mm　1/16
印　　张：28
字　　数：661千字
版　　次：2024年1月第1版
印　　次：2024年1月第1次印刷
书　　号：ISBN 978-7-5546-2278-0
定　　价：158.00元

（摄影：朱汉举）

胡磊蕾，女，1975年生于苏州，中国农工民主党党员，南京大学首届艺术硕士（戏剧艺术编剧方向），国家一级编剧（二级岗）。中国文学艺术界联合会第十、十一次全国代表大会代表，苏州市第十三、十四、十五届政协委员，中国曲艺家协会理事、曲艺创作委员会委员，中国文艺评论家协会理事、曲艺杂技艺术委员会首任副秘书长，江苏省文学艺术界联合会委员，江苏省曲艺家协会艺术创作委员会常务副主任，苏州市曲艺家协会副主席，第十届中国曲艺牡丹奖终评委员会评委，国家及省艺术基金评审专家，江苏省文化系列高级职称评审委员会评委，苏州市非物质文化遗产保护工作专家库专家，苏州市文艺创作中心创作部主任。个人曾荣获江苏省中青年德艺双馨文艺工作者、江苏省三八红旗手、苏州市优秀中青年文艺工作者、苏州市“最美劳动者”等称号及第八届苏州市文学艺术奖，并入选江苏省紫金文化英才，江苏省宣传文化系统“五个一批”人才，江苏省“333工程”高层次人才培养对象，姑苏宣传文化领军人才，苏州市拔尖舞台艺术人才等省市级文化人才工程。

代表作有长篇弹词《赛金花》，中篇弹词《绣神》《顾炎武》《徐悲鸿》《雷雨》（合作）、《战·无硝烟》（合作），曲艺组合《看今朝》（合作）、《彭州牡丹苏州月》《幸福苏州人》，弹词开篇《繁漪悲歌》《大美江苏》，大型锡剧《雪宧绣谱》，芭蕾舞剧《唐寅》，苏派滑稽戏《王老虎抢亲》，戏剧小品《小泥人》等。作品曾获第六、八、九、十一届中国曲艺牡丹奖节目奖，第六届中国曲艺牡丹奖文学奖，首届中国曲艺优秀作品评选活动金奖，2003年中国曹禺戏剧奖小戏小品奖，2004年文化部全国小品大赛金狮奖，第五、六届全国大学生艺术展演戏剧类一等奖、优秀创作奖，第一、二届江苏省政府文华奖文华编剧奖，江苏省第八届精神文明建设“五个一工程”优秀作品奖，第二、四、五、六届江苏省曲艺芦花奖文学奖，2019、2021、2023年江苏省文艺大奖·曲艺奖，第七、十三、十四、十五届江苏省“五星工程奖”金奖，第三届中国曲艺高峰论坛优秀曲艺理论文章奖，第二届中国苏州评弹艺术节表演银奖，2014、2016、2017、2018、2022、2023年度国家艺术基金资助项目，文旅部“历史题材创作工程”扶持项目等七十多项省部级艺术大奖。多部作品参加了中共中央、国务院春节团拜会，央视元宵晚会，文旅部“中国—中东欧国家庆祝建交70周年”，中国曲艺节开幕式，中国曲艺牡丹奖颁奖晚会，中国上海国际艺术节、巴黎中国曲艺节、纪念曹禺诞辰100周年、纪念画坛一代宗师徐悲鸿诞辰120周年、宣传全国道德模范巡演、江苏省庆祝改革开放40周年、苏州市庆祝新中国成立70周年等国内外重大艺术活动。多篇专业论文发表于《中国文艺评论》《中国艺术报》《曲艺》等权威报刊。2015年作为全国曲艺界唯一代表入选首届全国文艺评论骨干专题研讨班学习。2016年10月由第九届中国曲艺牡丹奖组委会主办的第九届中国曲艺牡丹奖系列活动之“磊蕾芳华”——胡磊蕾评弹艺术原创作品专场展演暨研讨会在苏沪两地成功举办。

参加苏州评弹学校学生汇报演出（1992年）

长篇演出结束后，于光裕书厅后台印苏州市评弹团旧址同父母合影（1996年）

在吴江黎里参加苏州市中青年文艺工作者文艺创作培训班（1996年，一排左八）

随苏州市评弹团赴京参加央视庆祝建党76周年文艺晚会，在后台与严顺开合影（1997年，左二）

在南艺学习期间与同学易小珠（中）、王琴（右一）同授课老师《艺术百家》主编、剧作家苏卫东（左二）、江苏省文化馆原副馆长赵永江（右二）合影（1999年，左一）

于上海浦兴书场演出（2002年）

南京大学首届艺术硕士（MFA）新生入学典礼合影（2006年，二排左五）

在连云港参加全国曲艺精品创作班与导师李立山合影（2011年）

参加《苏州电视书场》二十周年颁奖盛典，从主持人黄蕾手中接过“妙笔生花奖”（2015年）

在昆明参加全国首届文艺评论骨干专题研讨班，全体学员结业留影（2015年，一排左二）

江苏省委宣传文化系统“五个一批”人才在英国伦敦学习考察（2016年，右一）

随中国文艺评论家协会代表团参加中国文学艺术界联合会第十次全国代表大会，于北京人民大会堂门前合影（2016年，后排右三）

中国文学艺术界联合会第十三期全国中青年文艺人才高级研修班合影（2018年，二排左二）

作品《看今朝》参加2018年中共中央、国务院春节团拜会，主创团队合影（2018年，后排右八）

个人获“江苏省中青年德艺双馨文艺工作者”称号，领奖留影（2019年，一排左四）

在澳门参加第11届海峡两岸暨港澳地区艺术论坛（2019年）

个人获第八届苏州市文学艺术奖领奖留影（2019年）

在北京参加中国文艺评论家协会第二次全国代表大会（2020年）

参加江苏省文学艺术界联合会迎春茶话会，与省曲艺家协会同人合影（2020年，左二）

在福建永安参加第十届海峡两岸曲艺欢乐汇，与时任中国曲协主席姜昆及师兄吴新伯合影（2020年）

在北京人民大会堂参加中国文学艺术界联合会第十一次全国代表大会（2021年）

与恩师徐檬丹合影（2021年）

随苏州市评弹团团长孙惕赴南通采风（2010年）

随苏州市委宣传部赴湖北采风（2012年，一排右二）

随中国曲协赴井冈山采风（2010年，一排左二）

随江苏省文化厅赴新疆采风（2013年）

与苏州市文艺创作中心同事罗成、江洪涛在东北采风（2013年）

在昆山千灯采风（2017年）

个人作品专场上海演出海报（2016年）

随中国曲协赴四川彭州采风（2018年，左一）

在甪直与作品主人公叶圣陶之孙女叶小沫女士（右二）及孙子叶永和夫妇合影（2023年）

在上海与作品主人公顾维钧之继女美国通用汽车公司原副总裁杨雪兰女士合影（2019年）

作品书戏《唐伯虎点秋香》剧照（2014年）

作品书戏《啼笑因缘·秀姑定计》剧照（2015年）

作品《徐悲鸿》演出照（2015年）

作品《绣神》第三回《诀别》演出照（2016年）

作品《雷雨》第二回《夜雨情探》演出照（2016年）

作品《赛金花》选回《初遇李鸿章》演出照（2017年）

作品《彭州牡丹苏州月》演出照（2018年）

作品《幸福苏州人》演出照（2019年）

作品《髓缘》演出照
（2017年）

作品《大美江苏》演出照
（2018年）

作品《吴地课堂》演出照
（2019年）

作品《顾炎武》首演照（2018年）

作品《江苏滋味》演出照（2023年）

作品《烽火情》演出照（2022年）

作品《战·无硝烟》演出照(2021年)

作品《人桥》演出照(2021年)

作品《忠魂》演出照(2021年)

中国曲艺家协会主席姜昆题字（2016年）

中国书法家协会原副主席言恭达题字（2016年）

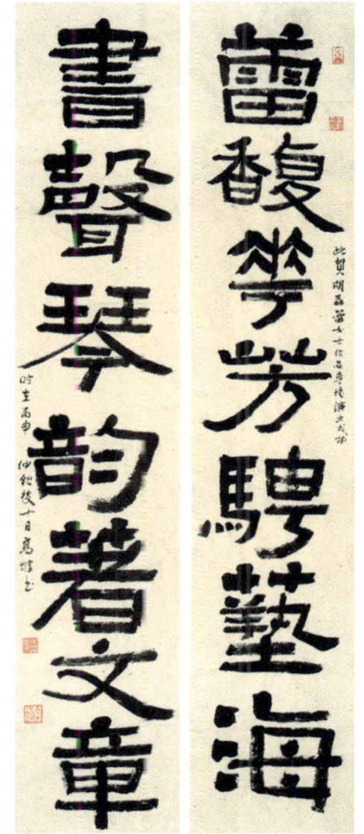

新华日报社副社长、复旦大学博士高坡题字（2016年）

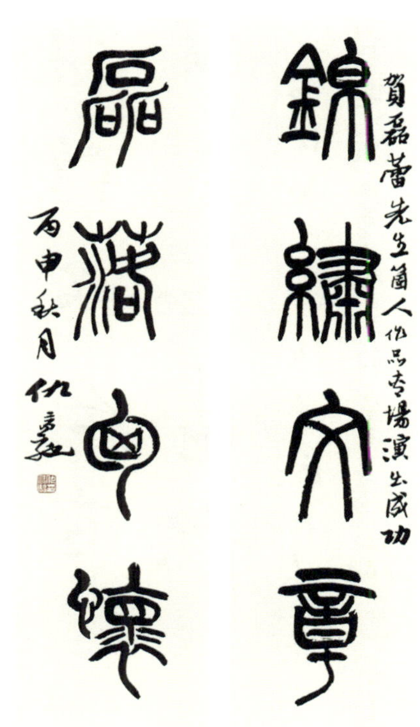

江苏省书法家协会副主席仇高驰题字（2016年）

江苏省书法家协会副主席、苏州市书法家协会主席王伟林题字（2016年）

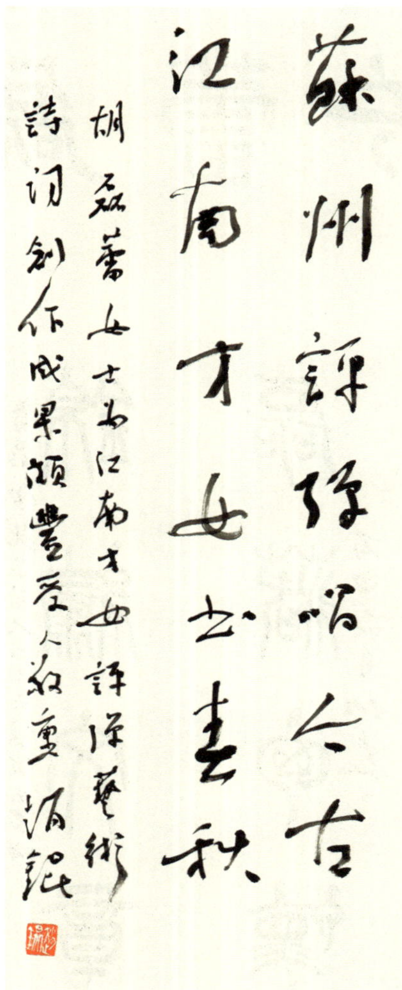

苏州市书法家协会副主席赵锟题字（2016年）

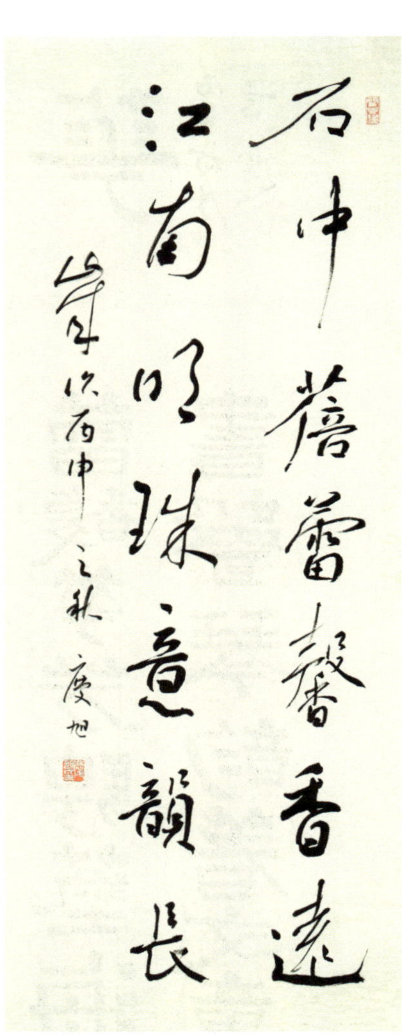

苏州市书法家协会副秘书长庆旭题字（2016年）

序一

苏州评弹，有你真好！

刘旭东

胡磊蕾要出曲艺文集了，邀我作序。

我以她为荣，为她高兴，但不敢贸然落笔。

我认识她已近八年。八年来，她不断以她的创作刷新我对她的认知，让我惊奇，让我惊喜。我不知道，稍一“不慎”，她还会给我怎样的惊奇和惊喜。

她给我发来十年间的作品目录，更是让我惊讶。十年之间，她在创作和评论两个方面都取得了让人惊艳的成绩。这是一个怎样勤奋的人、多才的人呀！

她是省内也是国内为数不多的优秀评弹作家。她创作改编的许多评弹作品获得过国家级、省级曲艺大奖。她所涉猎的题材十分广泛：既有历史的，也有现实的；既有古代的，也有近代的；既有文化名人传记，也有革命斗争传奇；既有重大工程，也有“中国好人”……这表明她有宽阔的视野、敏锐的触角、广博的知识积累和旺盛的创作能力。她是一位青年作家，但不像一位青年作家。她的眼光是老辣的，文字是老成的，技巧是老道的。

她改编《雷雨》获得极大成功。敢在公认的话剧经典上动笔，没有“斗胆”是不行的。她出色地完成了《雷雨》从话剧到苏州评弹的转换，赢得一片喝彩。她是吃透了原著精神的，吃透了原著人物的。她将话剧的潜台词变成了评弹的内容，因而别开生面，写出了苏州评弹中的“这一个”蘩漪。她为业界认同“改编也是创作”这一观点提供了最有力的佐证。

她创作的《顾炎武》让我喜出望外。几年前，我提出创作中篇评弹《顾炎武》的设想。顾炎武是明清之际的一代大儒，是中国思想史上的巨人之一。顾是昆山人，是苏州评弹之乡的乡贤，生前应该听过苏州评弹。我想，用苏州评弹这一艺术形式来塑造顾炎武的形象，传承顾炎武的思想，一定很有意义。我知道，这是一项十分艰巨的工作，因为顾炎武一生的行状思想都非常传奇、深邃、博杂，要用一个中篇加以展现——不论是表现或是再现，都是十分困难的。我担心，没有人能够担当此任。但是，胡磊蕾却勇敢地承担了这一任务。几乎同时，罗周创作了昆曲《顾炎武》。我通读过这两个剧本曲本，堪称当世“艺坛双璧”。

她应约创作《徐悲鸿》同样获得成功。徐悲鸿是现代著名的美术家，其人生和艺术都富有传奇性。同类题材有回忆录、传记文学和电视剧等，影响广泛。这些内容既为评弹创作提供了素材和路径，也形成了困难和障碍。胡磊蕾精心构思，机杼别出，以四回曲目，写了徐悲鸿的爱情、友情、爱国情及对艺术的痴情，让观众在欣赏苏州评弹时悄然接受了一场情感教育。

《看今朝》是苏州评弹与陕北说书的混搭，曾经登陆央视元宵晚会，受到从上到下的一致好评。这是胡磊蕾从评弹作家到曲艺作家的过渡。她不仅专擅苏州评弹，还先后与京韵大鼓、四川清音、泗州戏、快板等结合，创作各具特色的精彩节目，发挥了曲艺“轻骑兵”的特长。她的成功实践使人相信，曲艺是相通的，是有可能一通百通的。

她对评弹的驾轻就熟、得心应手，得益于她的科班出身。评弹被称为“中国最美的声音”，能够从事这项艺术事业，真的非常幸运。她在舞台上的经历，对她从事创作大有帮助。评弹界的许多作家都有过舞台表演的经历。或者说，评弹创作是一项特殊的艺术创作，是冷门的，是外人很难进入的。但是光有表演经验还不够，评弹演员很多，能够转行成为作家的不多。她先后进入南京艺术学院和南京大学深造，为她的转行打下了坚实的基础，为评弹界诞生一位优秀作家提供了最好的契机。

不过，胡磊蕾并没有止步于评弹创作，她又在向新的领域拓展。2022年，她新创的锡剧《雪宧绣谱》再一次让我惊艳。剧作聚焦张謇与沈寿的柏拉图式的情感故事，是一次高难度的创作。胡磊蕾也借此完成了由曲艺作家向剧作家的华丽转身。

胡磊蕾正值盛年，她的创作潜能还会有怎样的爆发，让我们拭目以待。

江苏省文联一级巡视员、江苏省文艺评论家协会副主席

国家一级编剧　　刘旭东

笔底磊落幽蕾情

——序胡磊蕾弹词创作

朱栋霖

2006年、2008年，胡磊蕾创作的短篇弹词《茉莉花开》《南唐绝唱》引起书坛关注，赞誉不绝。前者清新脱俗，自然细腻；后者缠绵哀怨，泣血欲滴，叙述丝丝入扣。从绿水青山、诗画江南走来的苏州才女胡磊蕾，携两部佳构登上书坛。之前她亦曾自编自弹长篇弹词《赛金花》，获得听众好评。十多年来，胡磊蕾默默耕耘，以自己的才华与辛勤奉献出一系列弹词作品，如《绣神》、《徐悲鸿》、《雷雨》（选回）、《顾炎武》、《梅兰芳》、《战·无硝烟》（选回）、《钱七虎》等。《积香成蕾——胡磊蕾曲艺作品文集》即将出版，我为评弹界创作人才的诞生而欣喜。

我与磊蕾联系不多。她的聪明才智，在弹词《雷雨》的改编中，我感受很深。为求精品，评弹《雷雨》的台本前后修改很多次，反复推敲，不断细化，但主要精力花在第一、第三回，而胡磊蕾执笔的第二回，是在改编的基本思路确定后，她个人执笔一次成稿，现在的演出台本约90%采用了她执笔的文稿。这次要求颇高的改编相当不易。这一回演绎话剧原第三幕周萍与四凤隔窗对话，蘩漪在狂风暴雨中站在窗外窥视的一段戏。在原著话剧中，周萍与四凤的对白寥寥几句，蘩漪没一句台词。要演绎成一回书，有难度。胡磊蕾凭空虚构了周萍与四凤的大段对唱，一层层展开，托出周萍隐秘纠结的负罪心理，演来清新动人。她还为雨中默默偷窥的蘩漪写了长篇唱词“大雨倾盆雷隆隆”“妒火熊熊燃心胸”，悲愤激荡，激情喷涌，感人肺腑。演员吴静用香香调演唱，每次总是掌声雷动。

《雷雨》第一回《喝药》，周朴园要周萍下跪劝蘩漪喝药，在原著话剧中两人没有一句台词，舞台演出时的静默仅十秒。我提出，蘩漪与周萍僵持的几秒钟，两人的内心对话应该挖掘，要写三个回合的一段对唱。胡磊蕾根据这个意思，写出了三个回合的一段对唱：“蘩唱：凝双眸，将他的心儿窥……”“萍唱：皱双眉，心中忐忑头难抬……”将两人默默僵持的内心戏通过对话层层展开，充分挖掘了“喝药”这场冲突内在的紧张性与戏剧性。磊蕾本没有执笔第一回的任务，是临时授命被要求根据别人的想法加写一段，这是颇为难的。她居然很快完稿，我一看，这段对唱词写得太好，充分满足了我们的要求。她深入地挖掘了两人刹那间的心灵风暴，层次分明又急速倒转地铺开抒情，词儿灵动舒展，不落俗套。这段对唱使评弹《雷雨》在开场七分钟就展露华彩，一下抓住了剧场中的观众，使他们直接感受到评弹的魅力。若没有对曹禺剧本与人物的深入理解把握和深厚的评弹文学创作功底，是难以做到的。

胡磊蕾以女性的细腻心灵体验书中人物的内心情感，她的弹词创作善于刻画人物的内心世界。她能深深进入，刻画对手人物的内心，让他们形成心灵交流、碰撞与冲突，她还能一层层铺开来抒情。这是胡磊蕾评弹创作的特长，她能将重点抒情段落写个透。许多新创作的评弹，在应该浓情细唱的要紧段落浅唱几句就轻轻划过，浅尝辄止，导致整回书轻飘，厚实不起来。胡磊蕾决不那样，她精心布局层次，安排详略，突出重点。这保证了她中篇弹词高潮段写作的成功，因为中篇共三到四回，每一回都要有一个小高潮或高潮，她擅长写透处于情感冲突纠结中的高潮戏。

就胡磊蕾的几部作品来看，写作风格又各有不同。

胡磊蕾在中篇弹词《徐悲鸿》中撷取徐悲鸿人生中四个片段，以《诚邀》《义救》《反目》《情归》四个回合，刻画了大师爱才、爱艺、爱情的赤诚大爱情怀。在跌宕起伏、华丽骤彩中刻画大师人生，这是徐悲鸿的人生历程。第一回的《诚邀》主要讲述徐悲鸿留法归国后积极投身于中国美术教育事业，以才华与真诚打动齐白石，最终邀其出山任教。第二回《义救》讲的是好友田汉被国民党以“宣传赤化”的罪名逮捕入狱，徐悲鸿奔走相救，将田汉留在家中养伤，引来蒋碧薇不满。第三回刻画他与蒋碧薇终因价值观分歧、生活态度迥异而“夫妻反目”。弹词没有以今日的政治观而丑化另一方，而是坦白敞开蒋碧微的心灵情感，以一曲长长的说白与唱段让蒋碧微直抒胸臆，从青春爱恋激情私奔、巴黎苦读相濡以沫到京华高聘才华迸发、对人生家庭憧憬向往，她的内心世界如江河决堤一泄而出。而徐悲鸿的回应、心灵的思考也因回忆往昔而不可遏止，他的爱才、爱艺与人生升华的境界在激情陈词中感人肺腑。胡磊蕾的华彩唱词、袁王档的激情弹唱，珠联璧合。

而中篇《绣神》第三回《诀别》则是轻雅的抒情风格。近代刺绣艺术大师沈寿的人生因文字记载稀少而令不少创作者却步。胡磊蕾苦心孤诣，细致深入地演绎其神秘人生与心底玄秘。在沈寿开创仿真绣技艺的道路上，其丈夫余觉无疑是第一大功臣。而张謇则提供了保证沈寿刺绣高端技艺继续发展的新空间。沈寿与余觉、张謇的纠缠遂成百年迷案。胡磊蕾在《诀别》一回设计了一个特殊情节：张謇为了抚慰沈寿病中的乡思，原物搬迁了木渎沈寿故居。沈寿睹屋念人，感恩张謇的苦心体贴，但终为尊重对方的名声地位而以礼相待。这样的描写是胡磊蕾得心应手之处，她以清雅而沉重的笔调一层层解开两人心灵深处的缠绵纠结，为盛小云、吴伟东细腻弹唱提供了演绎空间。

当然，阐释徐悲鸿、沈寿、张謇这样离我们不远的历史人物，对创作者是考验，需要丰富的历史知识、对历史的深度把握与智慧胆识，这对胡磊蕾是新的挑战。2018年，中篇《顾炎武》抓住顾炎武与钱谦益之间是否投门生帖的纠结，顾炎武晚年对故乡、母亲的怀念，刻画顾炎武的大胸襟、大情怀，风格慷慨厚实又抒情绵绵。胡磊蕾的创作呈现新的面貌。

胡磊蕾是新时代的弹词作家，她的弹词写作有创新性。按照评弹的传统套路，《雷雨》第二回应将话剧第三幕中鲁妈逼四凤发誓作为重点段，这是话剧《雷雨》最出彩的重头戏。评弹的传统做法是将原话剧两人的精彩台词转化为对唱，这样的写法足以应付老听客。可是我认为，原话剧台词何等精彩绝伦，内心戏剧性何等丰富，评弹这样改编还有何价值？与大师的话剧经典相比，评弹听众肯定不满足。我提出，今本评弹第二回《夜雨情探》的改编，重点移到周萍与四凤隔窗对话一段戏，中间插进窗外偷窥的蘩漪的内心咕白——曹禺写《雷雨》最早想起的就是这个场面。我希望能够借鉴传统戏《张古董借妻》中李秀才妻夜晚被困张古董家，而另一端李秀才在自己家中想念妻子，原来处于异地的两个人出现在同一舞台上，双方的自言自语（唱）本无关联，但在观众听来却形成戏剧性交流。蘩漪其实听不到两人讲什么，她的咕白却成了对周萍、四凤讲话的回应碰撞。这样的说法，传统书中没有，即使"点秋香"中唐伯虎与秋香也没有隔窗形成"心灵的对话"，传统书习惯于"话分两头表"。胡磊蕾心领神会，很快完稿第二回初稿。她写得很出色，她的思路是创新的，不落俗套。

苏州评弹雅俗交融，胡磊蕾写的那些优美的唱词体现出她的文学修养。传统的弹词唱词有套路，"却原来""莫不是""今日里""只为你""我只道""恨只恨"，一听就知道这是老派写法，在今天听来有熟陈之感。翻来覆去一式的固定七字句，有时为了硬凑七字很别扭。胡磊蕾读古典诗，也写新诗，她的唱词语言不落俗套，有新意。她的唱词句式灵活多变，是灵动的，又很流畅，如她创作的开篇《桥》："水是摇篮岸是枕，静看花月各风骚。桥下扁舟过，橹声惊飞鸟；桥上诉缠绵，小妹吴语娇。"唱词灵动，用语鲜活，语汇结构新颖。上文提到的《雷雨》第一回《喝药》中蘩漪与周萍的一段三个回合的对唱词，第二回周萍对四凤唱"你似山涧吹来的风，吹散了我心中的痛楚与阴霾"，都不落俗套。早年她携长篇《赛金花》单档跑码头在上海演出，其中《唱曲》一回叙赛金花为李鸿章唱曲，挑出李商隐《无题·相见时难别亦难》与王安石《泊船瓜洲》，扣住这两首诗，暗示李鸿章，这一回就有新意。也有人提出异议，认为这不合妓女身份。岂不知，在明清时期赛金花这样的高端青楼女，如柳如是，被培育要求能诗善画，她们是要接待大佬的，而大佬也是科举胜手。好在作者能独独挑出这两首诗切合人物、发展情节，如果没有较深的古典诗词阅读积累，是做不到的。

苏州评弹终于有了自己的作家。评弹界有一个错误观念——评弹创作靠演员自编自演，所以不重视甚至漠视专业创作人员。评弹演员当然需要具备自编自演的能力，但那是指将文学脚本经过演员二度创作搬上书坛，成为书坛演出时活的艺术。对绝大多数演员来说，在每次演出中应该有能力应对不同听众、不同时代、不同环境场所，对原先的演出（包括台本）随时做出调整修改，删除过时的，压缩冗长的，增添时新的，增加进演员对人物的新理解和新创手法。但是这样的所谓演员自编自演，是局部的、细小的，不能代替原创文学台本，尤其是驾驭范围广阔的长篇与中篇作品，只能由专业作家完成，演员配合。《三笑》《玉蜻蜓》《珍珠塔》都历经数代文人创作丰富提高，《三笑》先由冯梦龙首创短篇，又经乾隆年间无名氏，嘉庆吴毓昌、曹春江等丰富发展，不断改写扩写，又经几代名家响档的书坛二度艺术创造，才成为经典书目。对评弹文学创作重要性与价值的忽视，导致苏州评弹创作力量萎缩，几近于零。评弹编剧被视为可有可无，评弹剧本创作报酬微薄，与戏剧、电视剧剧本稿酬相比悬殊。评弹演出时，演出字幕上出现了一大堆不相干的姓名，编剧姓名却不见了。苏州评弹的常态是在书场中演出长篇，各种局限，只能照搬传统说法，模仿上一代演员演出，难以出新意，长篇越说越旧，评弹市场萎靡不振、少见生气。胡磊蕾终于出现了，非常难得，苏州评弹终于有了自己的专业作家！我更愿意把这件事看作振兴苏州评弹的新起点、新希望，倾力呵护评弹创作，推动苏州评弹迈上新台阶。

苏州大学教授、博士生导师

中国昆曲评弹研究院执行院长　　　朱栋霖

2022年8月9日

读万卷堂

序三

胡磊蕾现象给曲艺界带来的启迪

康　尔

胡磊蕾是一位优秀的、高产的曲艺作家，由她创作的曲艺作品多达五十多部。胡磊蕾也是曲艺界的“获奖专业户”，近年来几乎每一部新作都能获大奖，其中包括中国曲艺牡丹奖五个，国家艺术基金资助项目五个，中国评弹艺术节金奖三个……

胡磊蕾在曲艺创作上取得了如此骄人的成绩，是一个值得研究的现象。胡磊蕾现象给曲艺界带来的启迪，至少可以从三个方面去进行考察与分析。

一、从艺术教育的角度去看胡磊蕾现象

胡磊蕾是真爱曲艺、真懂评弹的曲艺作家。她初中毕业后考进了苏州评弹学校，师从邢晏春等多位前辈艺术家学习评弹表演。她毕业之后的第一个工作岗位，也是在苏州市评弹团从事评弹的表演与创作。

胡磊蕾后来考上了南京艺术学院戏文系和南京大学中文系，并获得了艺术硕士学位（MFA）。2016年，她赴英国威斯敏斯特大学接受培训，并在英国开展了艺术考察活动。据此，可以说，她是一位既学过评弹又研究过理论，既熟悉中华传统文化又了解西方现代艺术，既学过汤显祖、关汉卿、曹禺、老舍也知晓莎士比亚、契诃夫、易卜生、萨特的曲艺作家。

据我所知，在中国曲艺界，拥有像她这样的教育经历的人不是很多；具有像她这样的知识结构的曲艺作家，更是凤毛麟角。因此，本人获得的第一个启迪：要想培养曲艺界的高端人才，既要使之懂得曲艺本体、中华文化，也要使之知晓艺术史论、中外经典。在这个问题上，专业教育与通识教育同样重要，艺术实践与人文基础缺一不可。

二、从艺术创作的角度去看胡磊蕾现象

胡磊蕾是国家一级编剧，创作了《徐悲鸿》、《顾炎武》、《梅兰芳》、《赛金花》、《绣神》、

《雷雨》（选回）等一批精彩的、可望留传甚至成为经典的作品。但是，她对文艺批评、曲艺评论也有浓厚的兴趣。

2015年，胡磊蕾参加了全国首届文艺评论骨干研修班的学习，发表过《曲艺批评的价值与尊严》《试论中华传统美学精神在戏曲艺术中的呈现》《文艺评论当为人民服务》等多篇论文，并加入了中国文艺评论家协会，担任了中国文艺评论家协会曲艺杂技艺术委员会的副秘书长。

在我国的文艺界，创作与评论从来都是由两拨人操持的。在艺术学的学科框架内，创作论和批评论也是两个不同的专业方向。搞创作与搞批评的，大多不怎么来往，甚至互不买账、相互诟病。这个毛病，可能是受到了西方商业性很浓的艺术界的影响。西方的职业批评家，为了彰显其批评的权威性、公正性，非常忌讳与作家、画家、戏剧家一起喝咖啡，更不用说交朋友了。其实，中国古代的文艺理论家一直认为，创作与批评虽然术有专攻，但也是不可分割的。例如《文心雕龙》的作者刘勰就认为：“操千曲而后晓声，观千剑而后识器。”所谓“操千曲”，就是说评论家得“下海”，得开展艺术实践，继而从中揣摩出、把握到艺术之真谛。

通过对胡磊蕾的创作道路的分析，本人得到的第二个启迪：实践与理论是作家腾飞的双翼，创作与评论是可以兼顾、相得益彰的。

三、从曲艺发展的角度去看胡磊蕾现象

胡磊蕾的主要作品，固然是苏州评弹，但是，她也创作过快板与评弹、评弹音乐剧，以及舞剧、锡剧、滑稽戏等其他样式的作品，并获得了含金量很高的奖项。显然，胡磊蕾是具有探索精神与创新意识的。

将不同曲种予以嫁接，如快板加评弹，显然是曲艺发展的方法之一；让曲艺与戏剧联姻，也是创新的一条路径。即便是把曲艺的元素、特色、精华融进了其他艺术品种，也是值得鼓励与褒扬的。因为采用这种方式，让古老的曲艺在另一个更新的艺术载体中获得美的绽放、赢得生命的延续，也是曲艺界值得欣慰与庆幸的事。

据此，本人获得的第三个启迪：曲艺需要继承，需要有人坚守；但曲艺也要发展，需要有人做出探索与创新。跨界融合，集成创新，无疑是正道。

总之我认为，胡磊蕾的优秀作品固然值得研究，胡磊蕾的成才之路，以及她对曲艺的创新发展做出的种种努力，同样也值得分析。作为她的母校之一——南京大学的教师，我对胡磊蕾近年来取得的突出成就由衷地感到高兴！对于《积香成蕾——胡磊蕾曲艺作品文集》的出版，由衷地表示祝贺！期待她再出好作品、再做新探索、再作新贡献、更上一层楼。

南京大学艺术文化研究所所长、教授、博导
中国曲艺家协会理论委员会主任　　康　尔
2023年4月23日

目　录

中长篇类

短篇类

情景表演唱类

开篇选曲类

跨界融合类

书戏类

文章类

附录

中长篇类

顾炎武

（中篇苏州弹词）

第一回 梦 碎

说书人表 中国历史上曾经有一年出现了五个皇帝。李自成在西安称王，张献忠在成都称帝，崇祯皇帝自缢于煤山，福王朱由崧在南京建立南明政权，清军入关顺治登基。整个中国长江以北烽烟四起、国难深重，由汉人统治了二百七十六年的大明王朝眼看就要临近末日。

说书人表 然而，作为明朝第二政治中心的南京，此时此刻倒是风平浪静。秦淮河畔依旧灯红酒绿，夫子庙旁照样莺歌燕舞。现在辰光天蒙蒙亮，就在离秦淮河不远的中山门边上一块农田里闹猛得不得了，一帮太监在里厢干活。阿是太监从宫里出来服务群众，帮农民整田莳秧？没有这样高的觉悟。格么在做啥呢？捉癞团（癞蛤蟆）。

太监乙白 （模仿青蛙叫）呱，呱，呱……

太监甲白 哎，在那儿呢！

太监乙白 还是个肥家伙！

太监甲白 （手势作轻声状）嘘……

太监乙 （点点头，手势作两面夹击状）

太监甲 （点头）

甲乙合白 （轻声地）一，二，三……“噌”！

甲乙合白 哎哟……（两人同时伸手抚额）

太监甲白 快看看，逮着了没啊？

太监乙白 你咋松手了呢？完了完了，到手的金蟾硬是给它跑了！

太监甲白 金蟾跑了，金星还在眼前直冒呢！（作头晕摇晃状）哎哟……

太监丙表 伍笃两家头扑仔个空，边上还有个小太监机会来了。伍笃捉牢蛮好，捉不牢，格只癞团就归我了。现在看格只癞团往准该面逃过来，来得正好，格小太监起手里只网兜不偏不倚，“噼”，(白) 二位不好意思，是我的了！

太监甲表 螳螂捕蝉，

太监乙表 黄雀在后！便宜货让他给占去了！

太监丙表 小太监起劲哦，要紧奔到田埂上，对着马背上的总管太监，(白) 王公公，王公公，我逮到了个大金蟾！

王总管表 总管太监姓王，浓眉毛、小眼睛、塌鼻梁，外带龅牙。半夜三更出来捉蛤蟆，熬了大半夜天了，欠睏勒海，骑在马背上在得得冲。现在被格个小太监“横冷”一声，(白) 嗯??哪儿呢？哪儿呢？

太监丙白 您看，大肚皮，鼓又圆，四条腿，蹦得远，好肥一只大金蟾！

青蛙白 呱，呱，呱！

王总管表 嗯？我活到今年五十出头，从来也没有听说过癞蛤蟆会叫的。对俚手里再仔仔细细一看，(白) 蠢蛋！那是青蛙！(私) 苏州人叫田鸡。(白) 兔崽子，连蟾都不认得！蟾！

说书人表 “哈哈哈……”稻田里一阵哄笑！

王总管白 笑什么？今儿每人三十个指标都完成了吗？完不成都甭想吃饭！都啥时候了，还愣着干吗？快去找呀！

太监丙白 嗻！

说书人表 为了捉癞团，格片郁郁葱葱的稻秧给那帮人糟蹋得一天世界。天已经开始掀亮了。石生头里老远奔过来两个人，一男一女，六十来岁年纪，一面奔一面喊。

农民白 哎哟，不能踩，不能踩啊！

农民妻白 停下，停下，求求你们了！

王总管白 嗯??谁呀？

农民白 我叫土根，是此地的农民。

农民妻白 我叫菊英，是他的家主婆。

王总管白 一大清早乱嚷嚷什么？

农民妻白 这位公公，咱是靠这片田吃饭的，可踩不得呀！

农民白 是啊是啊，眼看就要抽苗了，这一糟蹋可全毁了呀！

王总管白 怎么？没长眼睛吗？咱家乃是“奉旨捕蟾”！万岁爷急需用蟾，此乃天下头等大事！毁你们几棵稻苗有什么了不起？没听说过普天之下，莫非王土吗？少他娘的罗嗦，滚开！

农民白 我说这位公公，就算是万岁爷的旨意也得给咱穷人留条活路呀！

农民妻白 就是，今儿毁人农田，明儿抢人闺女，这世道难道就没王法了呀？

王总管白 大胆刁民，竟敢口出狂言，忤逆犯上。反了！(表) 手里马鞭子举起来，朝对格对夫妻，“啪”拉起来就是一鞭子。(白) 知道了吧，这就是王法！小的们，收工回府了！

众人白 嗻！

说书人表 一队人马整顿集合，“嚯落落……”往准中山门里厢扬长而去。

顾炎武表 格个一幕情景，远远叫有一个人看得清清楚楚。啥人？本书主角——昆山名士顾炎武。顾炎武啥登样人？两个字：牛人！为啥叫俚牛人？因为历史上许多大人物，例如曾国藩、梁启超、鲁迅、毛泽东都对顾炎武有极高的评价，甚至习近平总书记也在2016年5月17日的全国哲学社会科学工作座谈会上把顾炎武列为中国历史上最杰出、最伟大的二十五位思想家之一。所以顾炎武是牛人心目当中的牛人，你们说阿牛？格么顾炎武是昆山人，哪哼会出现在南京的呢？自从清军入关，山河破碎，顾炎武痛心疾首，彻夜难眠。就在苦叹自己救国无门的当口，昆山县令为俚带来了好消息，说朱由崧在南京建立南明政权，正在招贤纳士，共谋救国良策，现在我推荐你去南京兵部担任司务之职。接到文件，顾炎武激动啊。激动点啥？虽然自己向来无意于仕途，但是一直怀有报效国家的梦想。从昆山千灯出发赶了好几天路，到南京已经蛮晚了。就在中山门外头的小客栈先安顿下来，准备明天一早到兵部报到。不晓得房间的北窗正好对准捉癞团的那片农田，都看在眼里。本来不准备管闲事的，但是听到"奉旨捕蟾"四个字，心里一震！直到看见两夫妻给格太监吃着一皮鞭么房里蹲不牢了，奔出客栈，往准田岸上过来。

农民妻表 两夫妻坐勒个田岸上在出眼泪。（白）老头子哎，你疼死了吧，要紧吗？

农民白 我皮厚，不疼，你呢？

农民妻白 你挡得那么快，苦头全让你一个人吃了。血印子都出来了，还说不疼！

顾炎武白 大叔、大婶，你们还好吗？

农民妻表 石生头里冒出一个小伙子，三十来岁年纪，一听口音就是外地人。（私白）早饭没吃，鞭子先吃，你说阿好不好？

顾炎武表 一个钝头！（白）大叔、大婶，方才的情形我在对面客栈看得明白，这"奉旨捕蟾"究竟是怎样一回事情啊？

农民妻白 这位相公，你是从外地来的吧？这南京城最近是乌烟瘴气，民不聊生哪！

农民妻唱 自从福王坐龙庭，城里城外不太平。
乡间农舍无宁日，"奉旨捕蟾"荒唐行，
良田毁了万千顷。

顾炎武白 哦，那捕了蟾做什么呢？

农民白 做药。

农民妻白 嗯，春药！

顾炎武白 吓！

农民妻唱 捉遍癞团为人药，活血壮阳又滋阴，
好日日宫闱戏美人，夜夜龙床把欢寻，
及时行乐过光阴。

农民白 听说格位福王体重么两百八十六斤半，来得个喜欢女人。

农民妻白 倷再看看对面格七八家人家，阿曾看出点啥名堂来？

顾炎武表 有三家人家大门紧闭，门上好像贴好的封条，门口还有兵丁把守，算啥个名堂？

农民妻白 大有名堂。

农民妻唱 选秀女，害百姓，挨家封条贴上门。

谁家有女未婚配，无论相貌与年龄，

一概不准出与进，强凶霸道吓煞哩个人。

但是米缸总有见底日，烧饭总需用柴薪，

生病总要请医生，大门不出要出人性命。

顾炎武白 岂有此理！（表）为了选秀女，不但封老百姓的门，还不许人进出，格叫侵犯人身自由!!!不好出门，其他不说，油盐酱醋、一日三餐又不会从院子里长出来的。（白）格么有急事夜要出门哪哼办呢？

农民妻白 交铜钱！

农民白 敲竹杠！

农民妻唱 面目狰狞似狼虎，有钿能使鬼开门，

敲诈勒索貌狰狞，恃强凌弱逞横行，

世道昏昏乱人心！

农民妻白 小伙子啊，你一会儿进城可要当心了！

顾炎武白 （选秀女，可我是男人怕点啥？）当心什么？

农民白 拉郎配。

顾炎武白 啊？？

农民白 那些还来不及封门的姑娘家为了逃避选秀，出动全家在大街上找男人，只要是单身男士，上到八十，下到八岁，抓到篮里就是菜，拉郎逼婚，实在热昏！

顾炎武白 嚯哟……（表）老夫妻格一番闲话听得个顾炎武浑身热一阵，冷一阵。热点啥？君王朱由崧荒淫无道，民不聊生，怨声载道，心里有火在蹿上来，哪哼不热？冷点啥？国家危亡，朝廷昏聩，自己一腔抱负，有恐付之东流，只觉着自己的人跌进了冰缸里，哪哼会不冷！不过好在我马上要到兵部府去报到，快点让我把今朝的所见所闻汇报给兵部大人史可法，写了奏折劝谏君王，为了大明中兴，定以社稷为重，历史之鉴，务必引以为戒。

顾炎武白 大叔、大婶，你们受苦了，再见了。

夫妻合白 小伙子，你当心啊，走好了。

说书人表 搭两夫妻回头一声，一骑快马往淮兵部衙门而来。不晓得顾炎武啊，你想见兵部尚书史可法，恐怕这辈子都见不着了。史可法因为受到奸臣排挤，半个月前就离开南京，贬到扬州去了。而现在的兵部尚书，变成了阮大铖。阮大铖啥人？

阮大铖表 阮大铖，今年五十八岁，三十岁考中进士，投靠阉党，做了魏忠贤的干儿子。后来阉党倒台，跟仔倒霉，冷板凳一坐就是十七年。现在身逢乱世，倒是官运亨通。最近深得朱由崧的器重，居然替代史可法，爬到了兵部尚书格只位子。平时衙门里基本

不去的，一直泡勒个石巢园。石巢园啥地方？是他寻欢作乐的地方，用现在的闲话讲起来就是阮大铖的私人会所。今朝在里厢招待同僚，大宴宾客。阿是商讨国家大事？并非！作啥？看戏。现在阮大铖坐好勒石巢园花厅当中那只金丝楠木的太师圈椅里，面孔上呒不半点国破家亡的忧伤，只有一脸的春风得意。

阮大铖白 （中州韵）诸位大人，列位朋友，阮某之新作《燕子笺》今日首演，稍停停伶人们就要粉墨登场，特请诸公不吝赐正。

马士英白 （普通话）大铖兄言重了。能得大铖兄相邀，我等荣幸之至。谁不知道大铖兄的戏班可是这南京城里最好的。这伶人们不但唱念做打无一不绝，服饰妆容也考究之至。这慢工出细活，不急，咱一边喝着，一边聊着，坐等新戏开场。

马士英表 啥人？此人叫马士英。比阮大铖小四岁，同科进士。崇祯年间做到凤阳总督，他结党营私，排除异己，搜刮民财，中饱私囊，十足一个坏蛋。此番朱由崧能在南京建立弘光政权，俚搭阮大铖是最得力的幕后帮手。现在官居内阁首辅，大权在握，不可一世。格么马士英长啥样子呢？俚搭阮大铖两人蛮好白相个，正好一个反差：一个着仔朝靴不满一米五八，一个赤仔脚超过一米八五；一个瘦得像只蟑螂，一个胖得像只棕熊；一个下巴上光秃秃，一个满面孔拉夯胡子；一个白得像剥掉壳的草鸡蛋，一个黑得像烤焦掉的烘山芋；一个生对三角眼，一个生对田螺眼；一个看上去不像好人，一个看上去绝对坏人。两家头一对带拉苏。

钱谦益表 就在阮大铖的右手里，倒坐好一位不高不矮、不胖不瘦、黑白适中、美髯飘飘的朋友。格朋友今年六十二岁，号称东林党领袖，在明末清初的文坛上影响蛮大，自从三年门前和比自己小三十六岁的秦淮名艳柳如是喜结良缘，格位老夫子的名字从文化版一下子窜到了娱乐版。我不讲名字大家已经猜出来了——文坛盟主钱谦益，官居礼部尚书。钱谦益向来自命清高，从心底里看不起这两家头，不过表面上逢场作戏罢了。

钱谦益白 啥人不晓得圆海兄非但用兵有谋，调兵有方，还是戏曲界难得的编导全才。这部《燕子笺》是圆海兄耗时两年的心血之作，今朝新作首演定然不同凡响。钱某我老早洗净两耳，翘首以待了！

官员甲白 是啊是啊，阮大人才华横溢，功垂梨园，

官员乙白 是啊是啊，我等耳福不浅，实在荣幸，

官员甲白 是啊是啊，《燕子笺》的名字一听就充满诗情画意，

官员乙白 是啊是啊，名字诗情画意，情节定然引人入胜，

官员甲白 是啊是啊，恭喜阮大人又写就一部传世大作，

官员乙白 是啊是啊，贺喜阮大人今朝首演圆满成功，

官员甲白 是啊是啊……（说话时始终双手合十状）

官员乙白 （对甲）喂喂，我又不是路头菩萨，你对我横拜竖拜作啥？

官员甲白 演出就要开始了，随时随地做好鼓掌的准备。

官员乙白　嚯哟，阿碍得格了。

阮大铖白　哈哈哈……谬赞谬赞，多谢诸位捧场。牧斋兄，尔乃文坛魁首，还望多多指教。

钱谦益白　岂敢岂敢，一饱眼福。

官员乙白　洗耳恭听。

说书人表　就在大家眼睛激出坐等演员出场的当口，突然外头大厅里一阵啰唣。

顾炎武白　我要见阮大人、钱大人，你们休要阻拦！

门差白　你这个人怎么自说自话的？不能进去就是不能进去。

顾炎武白　顾某有要事通禀，非见两位大人不可。

门差白　你有公务到衙门里去等，此地是阮大人的私人府邸，要是搅了我们阮大人的好戏，看你有几个脑袋？

顾炎武白　定要求见。

钱谦益表　钱谦益坐的位子齐巧斜对大厅的大门，厅里发生的一幕别人不注意，俚看得清爽。闯进来的小伙子不是别人，昆山名士顾炎武。格小伙子不得了，出身名门，官宦之家。七岁读完四书五经，九岁通读《孙子兵法》，十一岁研读《左传》《史记》，十二岁批注《资治通鉴》，十四岁考中秀才，十七岁加入复社，满腹经纶，文武双全。年初我搭俚在苏州见过一面，他告诉我他正在写“乙酉四论”，还准备了一整套兴复大计，要为南明献计献策，以实际行动爱国救亡。所以此番推荐他出任兵部司务，我倒也出了不少力。现在出现在石巢园，看上去已经到南京来报到了。不过此地是阮大铖私宅，今朝又是俚的新戏首演，你贸贸然闯进来，得罪了阮大铖，那是要吃亏的，快点让我出去解个围。悄悄然离开位子，轻动动穿过花厅，现在踏进大厅，看见顾炎武要紧招呼，(白)哟，亭林贤侄，你怎么到此地来则介？

顾炎武表　顾炎武看见钱谦益，抢步上前。(白)宗伯大人，你果然在此哦！晚生顾炎武，新任兵部司务之职，今日特来报到。

钱谦益咕　贤侄，报到么，倷走错场化则啘！

顾炎武白　(私)兵部府我已经去过哉。想见大人史可法，哪里晓得史大人变成仔阮大人。再到礼部想拜见你钱大人，底下人告诉我倷在此地，所以我寻到石巢园来了。想不到门公硬紧不给我进去。

顾炎武白　哟，宗伯大人，我真的有急事通禀……

钱谦益白　(私)不要急，我来。(对当差白)这位当差，顾先生是我的朋友，我是伍笃大人的朋友，什梗算下来，我的朋友就是伍笃大人的朋友。伍笃大人的朋友今朝肯定也是为新戏来捧场的，只是远道而来，迟到仔一歇歇。(对顾炎武白)贤侄啊，好戏就要开场了，随我来吧！(表)一边说，一边抓起顾炎武的手往准里厢就跑。

门差白　哎，钱大人……

钱谦益咕　(头回过来，不悦地)嗯？

门差表　阿敢再拦？哪亨敢介，倷是礼部尚书，里厢是兵部尚书，两个都是尚书，一个也不好得罪的。随便吧!

顾炎武表 总算讨着个救兵松了口气。跟仔钱谦益往准里厢进来。一看阮大成的私宅不得了!

韵白 一路走，一路看，香风扑面，
人入景，景入画，别有洞天。
莺百啭，燕千啼，蝶舞花间，
桃几树，杏几簇，牡丹争艳。
南假山，北池塘，相映一片，
雕白玉，嵌螺钿，楼阁堂轩。
九曲桥，红栏杆，金粉描线，
富贵气，豪华派，赛过宫殿。

顾炎武表 格只园子外头看不出啥名堂，想不到里厢设计精巧，环境一流，设施高档，配备豪华，格个造价仅靠每个月的基本工资绝对是承受不起的。(白)哟，宗伯大人，晚生此番前来么……

钱谦益白 (示意小声)嘘，先看戏!(表)齐巧走到花厅门口，只看见外口头并排并正好有两只空位子勒嗨，自己先在右手格只位子里身体坐定，对顾炎武望望，坐下来醃!

顾炎武表 阿是带我进来真的是看戏的啊?我有要紧事体呀!刚正到兵部衙门报到，听到两个侍卫在议论，说史可法大人在扬州缺兵少粮，请求兵部增援，倒说无人响应。国难当头，大敌当前，扬州作为江北重镇，一旦失守，后果不堪设想。形势如此危急，你们还在看戏?(白)宗……

钱谦益表 还覅等你“伯”字出口，拿俚往下头“噌”一拉。

顾炎武表 (跌坐状)年纪一把，气力倒不小。顾炎武没办法，只得坐了下来。

说书人表 伍笃两个人的一举一动并覅引起大家的注意，因为格歇辰光所有人的目光全集中在对面的戏台上两位演员身上。

花旦念 露湿晴花一苑香，小窗袅袅拂垂杨。

小旦念 才看紫燕衔兰草，又听黄鹂叫海棠。

花旦唱 春来何事最关情，花护娇莺，雨叩窗棂。小楼睡起倚云屏，眉点檀心，香爇桃林。

小旦唱 春光九十过将零，半为花瞋，半为花疼。梁间双燕语星星，道是无情，却似多情!

众人白 (喝彩状)呃，好!好啊……

官员甲白 这花旦的嗓音犹如天籁，甜津津，甜津津的，甜得像农夫山泉。

官员乙白 论唱功那小旦似乎更胜一筹，糯笃笃，糯笃笃的，糯得像黄天源的糕团。

官员甲白 花旦的长相胜过刘亦菲，

官员乙白 小旦的身材好过赵丽颖，

官员甲白 花旦的气质不输高圆圆，

官员乙白 小旦的唱功堪比邓丽君，

官员甲白 花旦是我的菜，

官员乙白　小旦是我的饭，

官员甲白　花旦美，

官员乙白　小旦靓，

官员甲白　花旦好，

官员乙白　小旦妙。

说书人表　两个人争得面红耳赤，恨不得要打起来快哉。

马士英表　所说马士英马阁老，眼睛激出，嘴巴张大，馋唾水滴到脚馒头上自己也覅觉得。（白）啧啧啧啧，妙，实在是妙！我说阮大人，这一双可人儿，你是哪儿去找来的呀？

阮大铖表　不瞒你说，为了觅这批美人，我可是动足脑筋，特从苏州几十个昆班精挑细选，又在府中请了先生悉心调教，待等姑娘技艺成熟再献于吾皇万岁！

马士英白　阮大人不简单呐！深谙皇上喜好，既爱美人又迷戏曲，马某佩服佩服！

阮大铖表　咦？哪哼钱谦益只位子空勒嗨介？人呢？哦，刚正雨前茶多喝了两开，方便去哉。

钱谦益表　钱谦益一直坐好在后头呀。啥体不坐到原位子上？一是怕轧进轧出，影响别人家看戏，二成之见陪牢倷顾炎武。

顾炎武表　格不叫“陪牢”，叫“看牢”。

侍卫表　就在格歇辰光，外头“吓哒哒……”奔进来一个侍卫，（白）禀大人，大事不好。

阮大铖表　阮大铖摸牢仔个阿胡子，闭拢仔个眼睛，正勒自鸣得意的辰光。

阮大铖白　何事报来？

侍卫白　扬州又来急报，十万清军已抵扬州城外，史将军再次恳请上封增兵支援！

阮大铖白　嗯?!放肆！（私）啥人让你报到该搭来格？

侍卫白　军情紧急，小的实在不敢耽误。

马士英白　阮大人，那史可法连日急报，您看真是心烦啊……

阮大铖白　哼，前日要钱，昨日要粮，今日要人，没完没了！

马士英白　是啊，万岁大婚在即，宫殿急需修缮，还哪来什么余钱？我说这史可法就一死脑子，粮食不够，就不会想办法去扬州百姓家拿呀，呃不，借呀？

阮大铖白　而今又来讨兵，都派去守扬州城了，这南京城哪个来守？

马士英白　就是。再说万岁爷一向主张划江而治，和平共处，若史可法与清军贸然开战，岂不坏了我南明的和平大计！

阮大铖白　（咕）蛮好一出戏，就此给俚搅忒。（白）还不与我滚了出去！

侍卫白　呃，是！

顾炎武表　听得个顾炎武，浑身的血直往头爿骨里厢冲!!啥个辰光了，扬州告急，你们几个还在自欺欺人，奢靡享乐？阿是大明中兴就靠格帮子人啊??

顾炎武唱　荒唐荒唐太荒唐，熊熊烈火燃胸膛。

恨则恨，北虏进犯中原地，胡马嘶吼饮长江，

欺我汉室太猖狂。

怨则怨，穷寇草莽盗贼起，觊觎社稷逞凶横。
惨则惨，先帝难消亡国恨，含羞自缢赴望乡，
撇下江山万年长。
惜则惜，忠肝义胆史可法，宦海沉浮大权丧，
奸佞专权驱忠良。
惊则惊，满城捕蟾稀奇事，一道圣旨自君王，
不理国事政务荒，淫乐宫闱乱朝纲。
苦则苦，民无安宁日，人心乱又慌，
田毁妻女散，大祸从天降，
百姓蒙冤齐遭殃。
怒则怒，朝廷要职同虚设，面临大敌少担当，
声色犬马弄昆腔，贻民误国似魍魉。
悲则悲，那献媚昏王群臣态，纷争内讧国力伤，
残破的山河庸君当，大明中兴梦一场，
我救国徒有热心肠，这半壁江山一旦亡。

顾炎武表 此时此刻，脑子里只有两个字：完了!!!

说书人表 外头声音倒又来了。（白）不好了，扬州失守，史将军战死，三十万大军已经往金陵杀来了!

阮马合白 吓……

说书人表 到底哪哼？请听下回。

第二回　起　义

说书人表 顾炎武一怒之下离开了阮大铖的石巢园，回到客栈，晚饭也没有吃，躺在床上辗转反侧，一夜未眠。悲愤、焦急、失望的情绪打败了自己浑身的免疫细胞，到第二日早上，叫啥额角头上沸沸烫，外加嘴巴里起仔一嘴的水泡泡，作啥？急火攻心，生病了，外加病来如山倒，格个一场毛病足足生仔俚一个多月。

说书人表 就勒格个一个月当中，弘光小朝廷的形势急转直下，扬州城破，南京一下子失去了屏障，清军乘势攻破南京城。马士英、阮大铖挟持福王朱由崧仓皇南逃，钱谦益等明朝官吏服服帖帖俯首称臣。

说书人表 清军接下来攻打镇江、无锡、苏州，一路烧杀抢掠，还到处张贴布告，勒令江南百姓像满人一样剃发留辫，并且规定，布告下达十日之内，如果有人敢违抗剃发令，当场杀头，格名堂就叫“留发不留头”。

说书人表 领兵攻打苏州的清军头子叫土国宝，听听名字像满人，其实俚倒是的呱汉族人。原来是山东一带的强盗，被勒洪承畴招降过后当上了江南总兵。该两日好不容易攻下

苏州，转念头，人间的天堂，果然名不虚传，好好叫勒天堂里休整几日，阿有啥弄点好吃的吃吃，寻点美女消遣消遣。所以到现在将近凌晨一点钟快了，还勒吃酒白相，寻欢作乐。到了苏州，不知哪搭去学仔几句苏州评弹，还勒浪唱了。

土国宝白 上有天堂，下有苏杭，杭州有西湖，苏州有山塘，哎呀！……

兵丁白 “吓哒哒……”报——总兵大人，

土国宝表 半夜三更，给俚一吓得了呀。（白）什么事？

兵丁白 这个家伙在外面鬼鬼祟祟，形迹可疑，一定是敌军的奸细。

土国宝表 奸细？嗯，现在苏州城攻是攻下来了，但是太湖一带的白巾军，号称义军，撑仔反清复明的旗帜，还勒周边蠢蠢欲动，倒不得不防。只看见格朋友头上戴了顶笠帽，一直遮到鼻梁下，只看得见一张嘴。贼头狗脑个样子，一定不是好东西，对手下人望望，半夜三更该种事体报上来作啥？直接处理掉么拉倒。（白）好，拖出去斩了！

兵丁白 是！

叶方恒白 慢！（表）阿要吓格勒，哪哼一上来就要杀格呢？（白）小人不是奸细，小人姓叶，叫叶方恒，从昆山来，有天大地大的大事体要向大人禀报！

土国宝表 听俚从昆山来？

土国宝白 慢！

土国宝表 昨日我刚正派自家阿舅带了六百兵丁，作为先遣部队到昆山城里去颁布剃发令，听说县令阎茂才主动请降，来得个顺利。不过江南的义军向来猖獗，现在俚讲有天大地大的事体要来禀报，阿会昆山出啥事体了？阿舅出毛病是家主婆面浪难交代的。

土国宝白 你是从昆山来的？

叶方恒白 是的，我从昆山来，大人，倷让我把笠帽脱掉，倷一看就晓得我是好人了。

土国宝表 不见得“好人”两个字写在面孔上勒嗨婉！

土国宝白 给他松绑。

兵丁白 是。

兵丁表 搭俚绳子解脱。

叶方恒表 “啪”，笠帽脱掉。

叶方恒白 大人在上，学生叶方恒见总兵大人有礼哉。

土国宝白 （衬）好人，绝对好人！

说书人表 阿是面孔上真的有“好人”两个字勒嗨啊？面孔上是看不出的，啥场化看出来的？枯郎头。只见格只脑袋四周刮得精光，当中只留了铜钱大小的一撮毛，编成了一条还没有手指头粗的小辫子，这种发型是剃发令要求的最标准的式样，叫金钱鼠尾式。

说书托白 有两个观众要说了，电视里的清宫戏俚一直看的，男人剃发只剃前半个头，后半个头拖条辫子又粗又长，倷的发型不对勒嗨。其实清朝在剃发令颁布之初，有一个统一的发式标准，就是这种金钱鼠尾式。留下来的头发比金钱大，或者比金钱小，都是要杀头的。只剃一半的发型一直要到清末再慢慢叫出现得来。昨日刚正在昆山城里颁布剃发令，格朋友积极响应，剃得这样标准，绝对不是奸细。

土国宝白 你是个好人。

说书人表 讲俚好人么罪过，叶方恒标准是个邱货，外加邱入骨。今朝从昆山连夜赶到苏州，就是来告发顾炎武的。其实，叶方恒搭顾炎武是同乡，才是昆山人，而且是同学，从小一道大的。不过格杀千刀从小就妒忌顾炎武的才学，再加上见财起意，要想吞没顾家祖上传下来的八百亩田产，所以挖空心思一直想陷害顾炎武。此番顾炎武搭归庄两家头，带仔人勒昆山公开反对剃发令，烧衙门、杀知县、高呼反清复明，想想那么机会来了，今朝来告发，一是借刀杀人，二是借清兵之势庇护自己，将来也好飞黄腾达。

叶方恒白 总兵大人，小人特地到苏州，向倷禀报，昆山出出……出大事啦！

叶方恒唱 前日颁布剃发令，昆山知县忙响应。

他号召百姓快点识时务，苗头嘎准足，做人拎得清，

顺应天命么归大清。

勿晓得么有人煽风来点火，半路浪杀出来个程咬金。

他么鼓动人心来反抗，不做顺民做逆民，说道不剃头发不降清。

土国宝白 什么人这么大胆？

叶方恒唱 刁民叫归庄，还有一个顾炎武，俚笃揭竿闹事体，聚众来寻衅；

私拉小山头，白布裹头颈；杀脱阎茂才，大闹县衙门；

明明是造反，还勒浪瞎缠三官经。

土国宝白 什么？他们要造反？

叶方恒白 哪哼勿是呢！

叶方恒唱 俚笃日里施诡计，夜里急行军；来到娄江边，伏击设陷阱；

借仔芦苇荡，放火毁大营；烧煞六百个，一个才勿挺。

叶方恒白 啊呀我个大人啊！

叶方恒唱 刁钻促狭顾炎武，带仔乡民算义军；像煞有介事，一本三正经；

狂妄自傲反朝廷；气势汹汹哎呀真正吓煞仔个人。

叶方恒白 顾炎武带头造反，昨天大人派得去的六百名弟兄，被俚火烧连营才烧光，一个也覅剩，昆山有难，大人救命啊！

土国宝白 哇呀呀呀！

土国宝表 听得个土国宝血往上涌，气往上冲，手里的酒杯“啪”甩得粉碎。六百名弟兄一个也不剩？自家阿舅匣勒里厢。

土国宝白 现在这帮逆贼人在哪里？

叶方恒白 就在昆山城外娄江边上安营扎寨。

土国宝白 有多少人马？

叶方恒白 一千左右。

土国宝白　好极了！来人，

兵丁白　有！

土国宝白　吩咐下去，速备三千骑兵，开赴昆山，剿惩逆贼！

兵丁白　是！

叶方恒表　看他暴跳如雷，叶方恒开心啊，顾炎武啊顾炎武，那么倷死的成功了。

说书人表　土国宝亲自带领两千骑兵，快马加鞭往准昆山娄江而来……

说书人表　顾炎武毛病生仔一个多月，等到身体有所好转，就离开了南京，回到苏州，加入了由太湖白巾军组建的义军队伍，参加了苏州保卫战。结底苏州失守，俚被逼无奈只能退到自己家乡昆山，现在搭好朋友归庄两家头，重新建立了一支由太湖白巾军搭昆山乡民联合起来的义军，继续抗清。万万想不到昆山知县阎茂才不战先降，非但卖主投敌，而且助纣为虐帮助清兵强推剃发令，杀害无辜老百姓。那么顾炎武怒不可遏，今朝日里厢带领义军冲进县衙门，为民除害杀脱阎茂才。夜里偷袭驻扎在娄江边上的清军，火烧先锋营，大获全胜，人心振奋。但是一日天忙下来，大家感觉蛮疲劳了，顾炎武关照弟兄们，勒浪娄江边就地歇息，预备养好精神天亮回城。现在大概凌晨四点半光景，顾炎武躺在草地上，看看勒休息，其实俚毫无睡意，忧心忡忡，心事重重，两只眼睛张得野野大。

说书人表　“吓哒哒……”石生头里奔过来两个人。走勒门前一个，五短身材，浓眉毛、大眼睛，壮瞒瞒个面孔，一看就是好人。年纪不满三十，无锡人，名字叫陈金福，大家叫俚“大阿福”，自从参加了义军，骁勇善战，现在已经是义军当中一位分队长。

说书人表　跟勒后头一个是阿福个妹子，十八岁个无锡姑娘，名字当中有个“燕”，大家叫俚“小燕子”。生长勒太湖之滨，吃太湖水长大，所以人匣长得水灵灵，蛮漂亮。但是国恨家仇却养成了小燕子勇敢果断的个性，无锡失守之时，爷娘死勒清军的屠刀之下，小燕子跟仔阿哥避难到苏州，两家头一道参加了义军，勒苏州保卫战当中俚还出仔不少力的了。总因寡不敌众苏州再次失守，现在只能跟仔大家退守昆山。姑娘从小跟仔阿哥打打拳头练练本事，读书机会并不多，不过到了昆山之后，通过阿哥认识了格个一位大名鼎鼎的顾炎武顾先生，几次交谈之后，小燕子懂得了很多道理，只觉得倷顾先生就是自己心中个一盏明灯，对顾炎武是崇拜至极。刚刚兄妹两家头奉命去打听消息，现在脚步匆匆来到顾炎武身边。

小燕子白　顾先生，不好了，出了大事情了，有情况。

顾炎武表　听见有情况，“喹”要紧跳起来。

顾炎武白　出了何事？小燕子，不用慌张。

小燕子白　慌是不慌，哥哥，我就是有一点点怕。

陈金福白　妹子，怕就是慌，你不要怕。顾先生，我伲得到确切消息，江南总兵土国宝带了三千骑兵从苏州杀过来了，马上要到了。

顾炎武白　啊？！这么快，已经来了？

陈金福白 顾先生，不要紧，老古话，兵来将挡，水来土掩，他们来，我们就拼。

顾炎武白 这？

顾炎武表 偷袭先锋营虽然成功，但是伲自己也损失了一些弟兄。现在敌人一下子来了三千人马，超出自己二倍多的兵力，格个一仗打起来，一定是凶多吉少，那么哪哼办？抬起头来只看见微微发亮的东方，顾炎武“啪”眼睛一闭。作啥么？要冷静，一定要冷静。眼睛重新睁开来，环顾四周，只看见格面娄江当中，隔仔一片芦苇的场化，有一个江心岛，灵机一动，有了！

顾炎武白 金福兄弟，燕子妹妹，招呼各位弟兄，速速后退，退至那边江心岛上。

小燕子表 打仗才是往前冲的，现在倷哪哼关照往后退呢？不过倷顾先生关照一定是有道理的。

小燕子白 哥哥，我们听顾先生的，快退。

陈金福白 不好退的，顾先生啊，书，倷比伲读得多，指挥打仗，恐怕不是倷的强项。顾先生，我们退，死了是狗熊，向前冲，死了是英雄，今朝宁当英雄，不做狗熊！

顾炎武白 兄弟，你来观看。

顾炎武表 现在是六月里，水位比较低，现在伲蹚水上江心岛，水顶多到腰里，这片芦苇虽然被火烧光了，但是芦根个下面全是淤泥，最深的地方大概有一人多高。伲从小才勒水边长大的，晓得格点淤泥，承受一个人的重量应该呒不问题，但是你要想骑马冲锋……

顾炎武白 他们必定深陷其中！

小燕子白 哦，原来如此，阿哥，你服吗？

陈金福白 服！

小燕子白 搭你说，听顾先生的不会错，这叫以退为守，顾先生你说阿对？

顾炎武白 好聪慧的小燕子。

说书人表 听到顾先生当面表扬，面孔匣有点红了。兄妹两家头跟仔顾先生，马上指挥队伍往后退，一歇歇工夫，千把个人，脚踏芦苇根，从河滩浪刚刚退到小岛上。

说书人表 土国宝已经来了，带了三千骑兵来到娄江边。现在隐隐约约只看见白巾军往准江心岛勒浪仓皇而退，那张充满杀气的面孔上不免露出一丝冷笑。

土国宝白 哼，一帮傻拉八叽的乡下人也想造反，真他妈找死！弟兄们！

兵丁白 有！

土国宝白 灭了那帮逆贼，庆功领赏，也好为咱们六百个弟兄报仇雪恨！

兵丁白 是，冲啊！（马嘶声）

说书人表 一个么小书大说，一个么大书小说，实头闹猛的。娄江边顿时杀声四起，清军穷凶极恶，要想骑仔马冲上小岛消灭义军，勿晓得那么伍笃上当。

小燕子唱 两军交锋在娄江边，风嘶马啸水连天。

方才偷袭未喘息，又迎新敌在眼前。

待见得三千铁骑已来到，他们声如吼，手举鞭；

嚣张跋扈燃气焰。
暴戾之气来掳掠，强凶霸道把人性颠。
哪知逢强智取从古说，顾先生巧计连环在那霎时间；
在芦苇荡中把敌人的鼻子牵。
清军是脚底绵软腰无力，失足马儿在淤泥陷。
弄得那退也退不得，进又领不了先；
乱成一团糟，人畜难分辨；
那小燕子此刻乐心田。
兄妹俩刀出鞘，弓上弦；
风动杀声把豪迈添。
一寸山河一寸血，岂容强虏来踏践。
箭齐发，枪刺肩；
江滩涂，鲜血溅；
义军们，志更坚；
乘胜攻击莫迟延。
半个时辰还未到，数百名清兵已到那森罗殿；
凯歌再起响彻九重天。

说书人表 “得儿……”从马背上跌下来的江南总兵土国宝，弄得像只刚正斗败的烂泥湖狲，在手下人护卫下重新退到了江滩上。只看见几百匹战马在淤泥里垂死挣扎，越陷越深，冲锋的骑兵死伤无数，惨不忍睹。万万覅想着只是第一回合，两千骑兵的正规部队面对不足一千的义军步兵，竟会输得什梗措手不及，狼狈不堪。

土国宝白 他妈的，老子就不信了！众将听令！

兵丁白 有！

土国宝白 骑兵改作步兵，整顿队形，准备第二次冲锋！

兵丁白 是！冲啊！

小燕子表 小燕子刚刚箭无虚发打退敌军第一次冲锋，还覅来得及高兴，现在一看，俚笃亦勒准备第二次冲锋。

小燕子白 哥哥，他们又来了，怎么办？太凶险了。

说书人表 更凶险的事体来了，土国宝刚刚命令叶方恒带了几个手下人到昆山衙门里，凋来个两尊火炮现在到了。对面的大阿福全看见，火炮的威力非同小可，本来义军在江心岛上已经身处绝地，短兵相接尚且凶多吉少，现在如果用火炮来对付伲，格是一轰一个准，后果不堪设想。

陈金福白 顾先生，你必须马上离开这儿。

顾炎武表 离开？顾炎武一怔，眼前如此的局面，你让我离开？

顾炎武白 我走了你们便怎样？

陈金福白 顾先生,你速速离开,我们留下来搭清狗拼命。

顾炎武白 江心岛上所有的兄弟都与我情同手足,生死与共。我怎能丢脱你们一个人逃生?(衬)再说,走不一定活,留不一定死,今天这个局面,只有破釜沉舟,背水一战,才有绝处逢生的希望。顾炎武一看,旁边有一个土墩墩比较高,三脚两步走过来,登上土墩墩,立定身体,拔高喉咙。(白)众位兄弟,顾炎武在此,不用慌乱。虽然大敌当前,只要我们众志成城,一定能无所可惧。

小燕子白 顾先生,倷放心,有倷勒浪,伲就勿怕,要死一道死。

陈金福白 对!要活一道活。

顾炎武白 好!在下与兄弟们同生共死、并肩作战。堂堂七尺男儿,虽然视死如归,可是我们不能死,要活,一定要活,一个人只有活在世上才有希望。

小燕子白 顾先生,你说我们的希望、光景在哪里?

陈金福白 对,这希望在哪里?

顾炎武白 这希望是要靠我们自己,用满腔热血前去领取。

顾炎武唱 日月沉浮汉江山,沧桑变幻见兴衰。
炎黄子孙共甘苦,衣冠风流数千载;
风雨同舟是好儿男。
眼前北虏侵汉室,欺我同胞施淫威。
逼我们,剃汉发,换衣衫;
还要九叩首,三下跪;
忘祖背宗要把腰弯。

顾炎武白 如今的江山是我们汉人的江山,如今的天下也是我们汉人的天下。数千年来,我们汉人一向以孝为先,上言道:身体发肤,受之父母。因此,宁可断头,不可断发!哪里知晓,自从清军入关以来,他们占我疆土,杀我同胞,如今又胁迫我们剃发易服,分明是要我们背宗忘祖,做那不忠不孝不仁不义之人啊!

说书人表 倷中气么匣足着点,喉咙么匣响着点,外加顺风相送,对面点清兵听得来得个清爽。土国宝手下的两千骑兵,有一大部分才是新近投降的明朝兵士,就算平时一直在做杀人放火的事体,大多数才是被逼无奈,毕竟是汉人,都有忠孝之念。现在听见倷顾炎武什梗一讲么,大家大伤斗志。土国宝一看,作啥,你们都像斗败的公鸡。

土国宝白 这个"横冷横冷"叫嚣之人,到底是谁?

说书人表 叶方恒就勒旁边,要紧凑过去。

叶方恒白 总兵大人,俚就是想反清复明的领头分子,叫顾炎武。

土国宝白 顾炎武,顾炎武,反清复明?简直是做梦,放屁。

叶方恒白 大人,不能再让他瞎三话四了,倷应该马上下命令开炮。

土国宝白 对,他放屁我放炮!来啊,放炮!

说书人表 大家都知道,老法头放炮先要装火药,再吹纸册,吹纸册的小兵前几天摔跤掉了两个门牙，漏风了。小兵吹了半天变“不搭界”。

顾炎武表 顾炎武立得高望得远，看看距离，估计我喉咙响点，对方敌军一定能听见，所以用足仔丹田。

顾炎武白 炎黄子孙的国土江山，不管怎样改朝换代，都是我们汉人的江山，就说我朝太祖先皇，他当年带领了全体汉民，把蒙古人也驱逐出去了。所以今日，我们怎能眼睁睁看那异族，再来掠夺我们的万里江山啊！

顾炎武唱 定国安邦非易事，汉宗血脉要绵延。

忠贞自是人臣责，认贼为父枉须眉。

天下兴亡匹夫责，众志能成城，何惧浊浪翻？

（我们要）振士气，保江南；驱鞑虏，扫阴霾。

顾炎武白 兄弟们！

顾炎武唱 就是碎骨粉身也要保那汉江山。

顾炎武白 他们这寥寥十几万鞑子，却要欺负我们泱泱数千万民众，要禁锢我们的思想，剥夺我们的自由，这样下去，我们不是亡国，而是亡了整个天下。兄弟们、父老们、义军的将士们，天下兴亡，匹夫有责！天下兴亡，匹夫有责也！

说书人表 倷顾先生一番慷慨陈词，真是发自肺腑，掷地有声，听得小燕子感动得了已经满面热泪。

小燕子白 顾先生讲得真对，一寸山河一寸血！天下兴亡，匹夫有责！

顾炎武白 对，十万百姓十万兵！天下兴亡，匹夫有责！

白巾军白 （合）天下兴亡，匹夫有责！

说书人表 土国宝一看，那么不好。

土国宝白 速速开炮！

说书人表 到底哪哼？请听下档。

第三回　索　帖

说书人表 顾炎武带领众弟兄英勇抵抗整整半个月，到后来，三十万清兵杀到，寡不敌众，起义失败，昆山失守。嗣母绝食而亡，自己也身受重伤。哪知道屋漏偏遭连夜雨，恶贼叶方恒，重金买通了顾府里的底下人陆恩，暗中收集顾炎武搭台湾郑成功之间的来往书信，准备以“通海”罪拿他置于死地。幸亏顾炎武发现得及时，毁书信，杀陆恩。哪知道，这样一来，又被叶方恒扳牢错头，串通陆恩的家属，一张状纸告到衙门里，说顾炎武把没有罪名的奴才杀掉，这个名堂叫“杀无罪奴”，把他捉进衙门，关在松江府监牢里，吃尽苦楚，受尽磨难，到今天已经整整四个月。

顾炎武表 扳扳手指头算算日脚，今朝已经是农历十二月廿八了，后日就是大年夜了，看上去这个年只好在牢里过了。该歇辰光大概早上七点钟光景，顾炎武一夜未眠，正襟危坐，两眼紧闭，嘴里念念有词。作啥？在读书。阿是监牢里还有书读？这是他的习惯，每天早上起床，要拿从前读过的书，脑子里复习一遍，这个叫温故诵读。

顾炎武白 子曰："君子博学于文，约之以礼，亦可以弗畔矣夫。"……

差人表 就在格歇辰光，"砰"，外头扇大门突然打开，进来一个当差，一路走一路在喊。

差人白 恭喜顾先生，贺喜顾先生！

顾炎武白 啊?！恭喜贺喜？我什梗一个将死之人，何来喜事？哦，我读书读得在做梦了。危邦不入，乱邦不居。天下有道则见，无道则隐……

归庄表 当差后头跟好一个人。一路进来也在喊。（白）亭林兄在哪里？亭林兄在哪里？

顾炎武表 啊呀，声音就在耳朵边，不像做梦哇？而且格声"亭林兄"熟得不能再熟，归庄！眼睛张开，实头是的。

顾炎武白 玄恭兄，你……怎么来了啊？

归庄表 格么这位归庄到底何许样人？也是顾炎武生命当中特别重要的人物。二人情同手足！俚是明代散文大家归有光的曾孙，书画出众，文采一流，为人狂放，洒脱不羁。为富不仁者要他的墨宝，千金难求；贩夫走卒要他的书画，只要拎一壶酒。平时与家小就住在归有光墓园里自搭的三间茅草屋里，一到落雨天，外头落大雨，里厢落小雨，一股霉蒸气。客堂里凳子个榫头只只会动格，客人坐上去，一个勿对劲凳子要"瑶"脱格，就拿绳子结一结，所以俚格搭自己的居所起名就叫"结绳居"。门口还挂好一副俚自己写的对联："两口寄安乐之窝，妻太聪明夫太怪；四邻接幽冥之宅，人何寥落鬼何多。"就什梗一个"奇人"，搭顾炎武什梗一个"怪人"被昆山人称作"归奇顾怪"。（勿是光福司徒庙的清、奇、古、怪。）两家头一道长大，一道读书，一道放弃科举，一道参加复社，一道起义抗清，一道国破家亡，真的是同乡、同年、同窗、同志、同心、同道、同生同死的患难弟兄。此番顾炎武被关进监牢，归庄心急如焚，为仔救俚出来，动足脑筋，四处奔走，想方设法，绞尽脑汁，今朝总算有仔结果。现在进监牢，对号子里的顾炎武一看，勿像了，头发蓬松，铁索锒铛，衣衫褴褛，面容憔悴，一阵心酸。

归庄白 亭林兄，你受苦了！

顾炎武白 些些皮肉之苦，算不得什么。无书可读，倒是苦闷至极。

差人白 顾先生，那你用不着苦闷哉，马上就好转去读书哉！

顾炎武白 转去？马上？玄恭兄，此话何意？

归庄白 亭林，你当我今朝来作甚的？

顾炎武白 探监。

归庄白 我是来接你回家的！

顾炎武白 回家？真的吗？我可以回家了??

差人白 府台大人亲手签的无罪释放令，哪哼会有假？王头儿，快点搭顾先生开门去锁！

狱卒白　哦，晓得！

狱卒表　身边钥匙摸出来，栅栏门打开，搭顾炎武镣铐去脱。

狱卒白　顾先生，恭喜你自由了！

顾炎武表　“杀无罪奴”的罪名总当自己凶多吉少。想不到挨年脚边还能转去吃着年夜饭。哪哼不激动？

顾炎武白　玄恭，这……这究竟是怎么一回事啊？

归庄白　叶方恒他撤诉了！

顾炎武白　这个贪婪无耻之徒一心想置我于死地，怎肯轻易撤诉？

归庄白　这个么………

差人韵白　顾先生，你此番能够死里逃生，真要谢谢你的好友归庄，
是俚费尽心力四处奔忙，为救弟兄古道热肠。

顾炎武白　多谢多谢！

归庄白　弟兄之间！

差人韵白　本来叶夹里拿你关进私牢，动用私刑害得你遍体鳞伤，
施以毒计用心不良，你性命堪忧防不胜防。

顾炎武白　可恨可恨！

归庄白　我心如煎！

差人韵白　归先生一封修书洋洋洒洒，字里行间毕露锋芒，
说子兰诛害屈原，韩非死于姚贾，
但是留下《离骚》《韩非子》千古文章，
后人只要读着文章，就拿两个害人精恨得牙齿发痒，
咒俚笃转世投胎做两只坑蛆。
就算炎武毁于你手，怎毁得了他巨著文章万古流芳？
你谋害大儒，恶名昭彰，千夫所指，只怕噩梦连床。

顾炎武白　痛快痛快！

归庄白　肺腑之言！

差人韵白　归先生字字句句掷地铿锵，言辞恳切柔中带刚，
叶方恒接到修书再思再想，只好拿你先生移交松江。

顾炎武白　好险好险！

归庄白　权宜之间！

差人韵白　救出私牢果然权宜之策，开脱罪名还需大费周章。
俚不顾辛劳处处求人，哪怕屡屡碰壁撞碎南墙，
幸有高人出手相帮，愿写保单救出先生。

顾炎武白　哪个哪个？

归庄白　（示意当差莫说）莫言莫言！

顾炎武白　（咕）啊?!莫言?哪个莫言?

归庄白　（衬）写《红高粱》的莫言。

差人白　不要听他瞎缠。

差人韵白　东林之首万人敬仰，两朝重臣赫赫名望，
而今官居大清礼部侍郎，钱公牧斋好大的能量。

顾炎武白　吓，不妥不妥!

归庄白　那么豁边!

差人韵白　虽则钱公爱才心切，也需师出有名能帮则帮。
所以提出一个要求，唯求顾绛拜他名下。
归庄代写门生之帖，缘结师生传遍街巷，
钱公出面一烙铁烫平，师傅救徒弟也算应当。
归先生功夫不负天皇，叶夹里撤诉就在当场。
松江府签下释令，顾先生遇难成祥。
患难足见侠义真情，中国好兄弟要算归庄!

顾炎武白　（拔高声，尾拖长音）啊呀呀，荒唐荒唐——

归庄白　啊呀呀，抱歉抱歉!

顾炎武表　顾炎武啥体什梗激动?万万覅想着归庄会求到钱谦益门上，钱谦益竟以拜俚为师作为救人的条件逼迫归庄代写门生之帖。格种猎名要挟的无耻行为搭俚的人品倒是如出一辙。清军逼近南京的当口，钱谦益口口声声说要效学屈原投湖尽忠，家小柳如是倒先跳了，格朋友立在岸上说水太凉，跳下去要伤风的。等到清军上门下剃发令，江南文人纷纷抵制，钱谦益说自己最近头皮痒得不得了，要到房里拿篦机篦篦再说，等到房里出来辫子自己已经剪脱格哉，“得儿……卜”跪到地上俯首称臣。从此以后，顾炎武从心底里彻底看不起格钱谦益，还专门写了一篇名为《廉耻》的文章，说道：“士大夫之无耻，是谓国耻!”毅然搭俚断绝仔往来。现在要去做格种人的学生，你叫顾炎武哪哼接受得了呢?（白）玄恭啊玄恭，你为何要去央求钱谦益这个无耻老魅?你你你……还不如杀了我的头算了!

归庄白　（咕）对当差望望，要你多嘴?

差人白　我也是好心。

归庄表　其实归庄本来不想拿事体的经过告诉你顾炎武的。想不到当差居然嘀嘀嘟嘟全讲出来。不过再想想，这种事，他迟早要知道的，昆山老百姓传得路路翻了。（白）亭林兄，愚弟也是救兄心切，出此下策，代尔投帖，先斩后奏，出于无奈，还望亭林兄多多原谅。

顾炎武白　我哪哼会不懂你归庄弟兄情深、一番好意。但是要我顾炎武去投拜一个屈膝降敌之人为师，我是万万不能从命的!

狱卒表　边上当差熬不牢了。

狱卒白　顾先生，格叫留得青山在，不怕没柴烧。你有什梗好的朋友就知足吧。今朝跟仔归庄先生回到屋里先好好叫调养调养身体，有啥想法，调养好身体再说。

归庄白　当差闲话有道理，亭林兄，我们先回姑苏吧！

顾炎武白　不不不不不，我不去姑苏！

归庄白　那你想去哪里？

顾炎武白　我要即刻赶往南京，向钱谦益当面索回名帖！

归庄白　啊呀呀，亭林啊亭林，不用这么感情用事，名帖是我代写，你不认账就是了，何必长途跋涉去往金陵？

顾炎武白　若不讨回名帖，我怎对得起当年浴血奋战的昆山志士？怎对得起舍命起义的生死弟兄？怎对得绝食殉国的恩养嗣母？我只有亲赴金陵讨回名帖，方能向士林呐喊，我顾亭林同这个做降臣、事二君的软骨头，不是一路人也！

归庄表　从小一道长大，顾炎武的牛脾气俚太了解了。发起耿劲起来，九辆卡车也拉不回来，说一不二，说得到做得到。（白）格么我陪你去？

顾炎武表　不要！你去要尴尬的。别人家倒要说你不讲信用。你搭我弄一身干净的衣裳，再叫一部车子，准备舒齐我马上就出发。

归庄表　归庄昵说法，晓得犟不过格书读头，只好答应。顺俚格心，格种就叫好弟兄，外边准备好马车，临走关照车夫，他监牢里刚出来，身子没复原，麻烦一路上照顾好顾先生，转来我发只大红包给你。“嗯，晓得！”

顾炎武表　顾炎武一辆马车直奔金陵钱府而去……

说书人表　钱谦益，清兵攻破南京城，就投降仔清廷，在朝堂上任礼部右侍郎一职。虽然俚在新朝又结交仔不少新贵，但是一些有点骨气的明朝遗老遗少全搭俚断绝了往来，就连一向景仰崇拜俚的家小柳如是也因为丈夫的变节，夫妻之间产生仔间隙。小吵天天有，大吵三六九。今朝大年初一，钱谦益一家头到同僚搭去拜年了。

柳如是表　家小柳如是，虽然出身青楼，但是当年清兵逼近南京，俚效学屈原投湖尽忠，称得上一位女中丈夫！对于男人钱谦益失节投清极度不满，对顾炎武倒是一向蛮欣赏，特别是格个一句‘天下兴亡，匹夫有责”足见顾炎武铁骨铮铮的傲然正气，柳如是加二佩服至极，最近拜读顾炎武诗作《精卫》更是爱不释手！精卫是《山海经》神话传说中的一种神鸟，据说是炎帝小女儿在东海游泳溺水而亡化身而成，俚每天从西山衔了树枝碎石，发誓要填平东海，劈波斩浪，永不疲倦。柳如是知道顾炎武在借精卫自喻，表达自己坚贞不渝的爱国情怀，也是对“鹊来燕去自成窠”的失节之“士”辛辣的讽刺，看得柳如是暗暗称好！什梗一首主题好、立意好、文采好的诗作，倒不如让我来编一首好曲（来个好上加好或者来个锦上添花）。今朝大年初一男人出门拜客，一干子抱起琵琶在我闺室慢拨轻唱！（唱诗）

柳如是唱　万事有不平，尔何空自苦？

长将一寸身，衔木到终古。

我愿平东海，身沉心不改。

大海无平期，我心无绝时。

呜呼！君不见，西山衔木众鸟多，鹊来燕去自成窠。

说书人表 外边进来个底下人。

下人白 禀夫人，昆山顾炎武求见！

柳如是表 啊？顾炎武，他怎么会来的？喔，看上去是专程搭先生、师母来拜年的。

柳如是白 快快有请。

下人白 是！（表）到外边，（白）夫人有请顾先生！

顾炎武表 顾炎武一心要向钱谦益讨回格张门生帖，所以马不停蹄赶仔两日两夜的路，今朝赶到金陵钱府。刚正听底下人说，老爷出去拜年了，夫人勒我闺室操琴，进去打扰好像诸多不便。石生头里听见里厢传出唱曲的声音，唱的居然是自己写的《精卫》一诗，特别感动。虽然钱谦益的为人不敢恭维，但俚格位青楼出身的夫人倒是女中豪杰。好得原来就认得的，多年未见，极应该进去叙叙旧。现在跟仔底下人踏进我闺室。

柳如是、

顾炎武同表（互视）哦哟，沧桑仔不少。

柳如是表 一个天天搭男人吵相骂，一个监牢里受尽折磨，哪哼会不沧桑。

柳如是白 初一新岁，顾先生大驾光临，寒舍顿然蓬荜生辉！

顾炎武白 恕在下冒昧，顾亭林给河东君拜年了！

柳如是白 多谢顾先生，先生请坐。

顾炎武白 告坐。

柳如是表 一看，今天实头不是来拜年的。为啥么，两手空空，格么来啥体？床底下放鹞子，大高而不妙。关照底下人送上香茗。

顾炎武白 河东君，在下闻得，你在国破家亡之际，投湖殉国，一腔忠义，不让须眉！

柳如是白 先生谬赞，世人谁不知晓你顾先生为光复大明，奔走高号，投身沙场，铁骨铮铮？且躬耕十载，编著了《天下郡国利病书》和《肇域志》两本巨著，均倡导实学，明道救世，民生利病，实在难得。先生就是那精卫神鸟，要衔尽经世致用之木，填平苍生穷苦之海，令人敬佩哟！

顾炎武白 呃，岂敢岂敢。

说书人表 格个两家头一个“不让须眉”，一个“令人敬佩”，倒是一见如故，相见恨晚！

钱谦益表 你们谈兴正浓，外边来勒。

钱谦益白 贤契在哪里？老夫回来了！哈哈哈……

柳如是表 你转来得太早着点哦。今朝好不容易和顾先生碰头，还覅讲着几句闲话勒呀。自从男人变节降清，夫妻失和，钱谦益长远覅踏进我闺室了，现在看见俚勒浪进来，场面头上倒不能不招呼。

柳如是白 老爷回来了，顾先生候你多时了。

钱谦益表　搭我冷战仔一呛哉。想不到场面头上倒晓得给我面子的。这样看起来，到底夫妻痛痒相关的，过来居中坐定。对边上顾炎武看看，这个学生我欢喜的，一直想收他为门下，哪知道他头颈骨硬矫矫，脾气古怪，不接令子，芥哆哆，这一次救了他命，他懂的，救命之恩不能忘，上门拜师谢恩来了。收到这个学生，心满意足，先生看学生，越看心里越舒畅。嘿嘿嘿……

顾炎武表　顾炎武亦如对他在看，眼睛门前的钱谦益，头上戴好一顶棕红色的貂皮暖帽，头颈里拖好一条已经花白的金钱鼠尾辫，不再是身穿罗袍直身、圆领广袖的明朝遗臣，而是改着长袍马褂、窄衣箭袖的清廷大佬。从广袖换到箭袖，倒是标准的两朝领袖。看俚两只眼睛瞅大仔也盯牢自己勒浪看，表情特别奇怪，作啥？

钱谦益表　作啥？等你上来见师生之礼啘！

顾炎武表　礼是要见的，只不过是见场面之礼！（白）晚生顾炎武见宗伯大人有礼了！

钱谦益白　晚……

钱谦益白　（私）学生见先生，哪哼好自称晚生呢？喔，大概像说书法门，一个口冲，快点改口酿。

柳如是白　（私）改啥口？

钱谦益白　（私）当然是晚生改学生啰。

柳如是白　（私）未必！按照我对顾炎武的认识，你的做法有点一厢情愿，弄得不巧，你叫他先生有份的，你要大失所望的！

顾炎武表　不是大失所望，而是气得险介乎吐血。

顾炎武白　宗伯大人，想晚生此番前来么……

钱谦益白　（私）哪哼还不改口了呢？

顾炎武唱　叫声宗伯钱大人，你道我，冒雪登门为了甚？

钱谦益唱　你是长途赶奔，临此地，端只为，叩见先生来谢恩。
你么休客套，莫言恩，师生情，似海深，你我两人同一心。

柳如是唱　听他胸有竹，自多信，哪知迭面本是两路人。

顾炎武唱　宗伯啊，你救我危困理应谢，然而登门无关师与生，
只为索帖勘误赴金陵。

柳如是白　（私）（对钱）阿曾听见，别人家是专程讨回格张门生帖勒来格？

钱谦益表　格记倒勦壳张呀！

钱谦益唱　投帖拜师非儿戏，你么岂能，出尔反尔不当真？

顾炎武唱　正因拜师投帖非儿戏，故而他人代写当不得真。

柳如是唱　一个儿真是假，一个儿假作真，是真是假须厘清。

钱谦益唱　是真是假须厘清。

顾炎武唱　是真是假须厘清。

钱谦益白　顾贤侄，老夫好坏亦称文坛之魁、朝廷名官，收你一个顾炎武做学生，有何不当？

柳如是白　（私）柳如是对俚望望，你哪哼到格歇辰光还勦拎清爽？你想收顾炎武做学生不是

当得起当不得的问题，而是你这种一厢情愿、乘人之危的做法属于下三路，跟叶方恒如出一辙。

钱谦益白 （私）格算啥闲话介？

柳如是白 （私）苏州闲话。

钱谦益白 （私）我听听像外国话，听不懂。叶方恒要俚死，我要俚活，两者岂可相提并论？

柳如是白 （私）依我看啊，叶方恒乘人之危，为谋夺田产陷害顾炎武，是要求利。你钱谦益趁人之危，要挟名流顾炎武投拜门下，是要猎名。一个为利，一个为名，怎不如出一辙！

钱谦益白 （私）你女人家，懂什么？孔夫子讲的，君子求名，小人求利，我做个求名的君子有何不可？

顾炎武白 （私）君子求名无可非议，但是钱谦益啊，你不要忘记“名”字后头还有个“节”字，无节之名枉称君子。

顾炎武白 宗伯大人若以传世文章为人之师倒也当得，若以士风节操欲为人师，（冷笑）呵呵……

钱谦益白 （私）（不解地模仿）呵呵，啥意思？

柳如是白 （私）啥意思？好听点叫自讨没趣！

钱谦益白 （私）难听点呢？

顾炎武白 叫恬不知耻！

钱谦益白 吓！

顾炎武唱 士林最重节与名，名节方显品与行。
那年清军围困金陵地，眼看江山易主换他姓。
志士饮恨胡尘里，羞做亡国屈膝人，
无能起义拼一死，宁随故国化烟云。
连那百川桥上一老丐，也纵身秦淮不贪生，
他临死赋诗涕泪淋，字字句句锥人心。

柳如是念 （扮乞丐念）三百年来养士朝，如何文武尽皆逃？
纲常留在卑田院，乞丐羞存命一条。

柳如是表 （扮乞丐跳河声）嚯咙呃咚……

顾炎武唱 总以为，屈大夫，爱国千秋范，文天祥，丹心照后人，
汉苏武，坚贞万人仰，宋岳飞，忠义代代云。
你钱宗伯，文坛称领袖，汉脊梁，靠你聚众撑，
哪知你，“髡辫头皮痒”，“殉国水太冷”，
躬下鸿儒身，脱下汉衣襟，
放下廉与耻，变节去仕清，
甘做贰臣遗臭名。
你堂堂须眉枉男儿，竟比不得，文姬离胡归汉心，

比不得，梁红玉击鼓抗金兵，比不得，血溅桃花的李香君，

更比不得，你那殉节投湖的柳夫人。

你本是，一代文宗名天下，标榜清流誉士林，

须知晓，肩头的道义重万钧。

哪知你，失节降清丢道义，让多少斯文尽伤心，

却教那，叛臣贼子更狰狞，

从此后，道德文章谁相信？只疑那，字字句句诳愚人。

常言道，为人各有志，清浊别泥云，

善恶难同道，奸良岂同心，

我顾炎武，此生都是汉室人，誓死不投你满门。

故而我，冒雪登门非为别，索帖销帖正清名，

与你楚汉两界划分明。

钱谦益白 （气坏状）嚯哟……

柳如是白 （私）煞渴！点赞！（白）讲得好！

钱谦益表 对柳如是望望，喂，你大概吃错了药，你是我家主婆哦！伍笃男人给别人家指着鼻子骂得像贼什梗，侬还点得落赞、说得落好么我总归服帖你。

柳如是白 （私）假使现在拿伊这段话往准我微信群、朋友圈里一发，估计半分钟好收着三千八百七十二个“赞”也不止。

钱谦益表 的确，顾炎武格番闲话讲得铁骨铮铮，骂得钱谦益无地自容，面孔涨得猪肝色，少个地洞钻钻，恼羞成怒！顾炎武，你的命也是我救的，没我救，只怕你年夜饭也吃不到。总当你来拜师谢恩的，想不到来讨回名帖，还当了我夫人的面，骂得个我体无完肤，面子夹里统统才撕光，我如果打不还手，骂不还口，我连下来还好做人勒？

钱谦益白 顾炎武啊顾炎武，生逢乱世，几人全节？

顾炎武白 钱大人啊钱大人，不重名节，岂能站立？

钱谦益白 回天无力，徒死何益？

顾炎武白 奴才亡国，卑躬屈膝！

钱谦益白 你是落水要命，上岸要钱。

顾炎武白 你是信义道德，尽抛一边。

钱谦益白 你过河拆桥，

顾炎武白 你猎名要挟，

钱谦益白 你恩将仇报，

顾炎武白 你乘人之危，

钱谦益白 你不识好歹，

顾炎武白 你逼人就范，

钱谦益白 你这无赖小人，

顾炎武白 你是无耻行为，

钱谦益白 我偏不还帖，

顾炎武白 格么谈也覅谈。

钱谦益白 你想哪哼？

顾炎武白 哪哼？写份声明，满城张贴，昭告天下，以正视听——

钱谦益白 气死老夫了……

柳如是表 啊呀……边上的柳如是看自己男人气得格副能吞腔，量量血压，顶起码二百八，倒有点不舍得了，我来打个圆场吧。

柳如是白 老相公，你不是不知道，俚是昆山一怪，你偏要针尖对麦芒，俚做得出的，到辰光俚真的写张声明，往准大街小巷什梗一贴，还是小事情，弄得不巧，往准网上一发，坍台坍到全世界。你是名人，要注意国际影响，依我之见么，帖子还是还给他吧。

钱谦益白 帖子还他么，我面子……

柳如是白 你夹里也没有了，还要啥面子？快点还吧！

钱谦益白 这……还……这……

说书人表 到底阿还？请听下回。

尾声　北　游

说书人表 钱谦益死要面子活受罪，家小出来打圆场他也不听。最后逼得顾炎武写了声明贴到大街上，方才归还名帖。顾炎武回转昆山痛定思痛，他在历尽坎坷、历经磨难之后，终于做出一个艰难的决定：离开江南，云游四海，广交学友，著书立说。一是为了避难，二是创立自己的学术观点，寻找救国安邦之良策。

说书人表 顾炎武这一走就是三十年。他访遍学术名流、世外高人，孑然一身，独守青灯。三十年当中，俚完成了好多部经典著作，特别是那部皇皇巨著《日知录》。

说书人表 今朝是大清康熙二十一年，也就是1682年，正月初九，已经七十高龄的顾炎武，在他山西曲沃名叫宜园的居所里，为格部《日知录》画上了最后一个句号。

顾炎武白 （咕）唉！三十年啊，终于写完了！

顾炎武表 笔一搁，有种如释重负的感觉，人往准靠背上一隑，奇怪，一歇歇工夫只觉着人有点恍惚，眼睛门前的一切越来越远、越来越远，自己的身体越来越轻，好像飘到仔另外一个世界……眼睛门前出现仔四棵蛮高蛮大的柿子树，树底下立好一个人，笑嘻嘻、笑嘻嘻，在和自己打招呼。

顾母白 儿啊，你辛苦了！

顾炎武表 啊呀，娘哇！望上去仍旧四十来岁的样子，知性温婉，秀丽端庄，一点也覅变。

顾母表 伲子啊！我现在看出来你还是这样年轻。风华正茂，意气昂扬！

顾炎武白 娘啊，那年清军攻入昆山，你绝食殉国，离开我已经整整三十七年了。

顾母白 嗯！儿啊，你还认得这四棵柿树吗？

顾炎武白 哦，可是孩儿四岁那年母亲在千灯旧宅亲手栽下的那四棵柿树？

顾母白 正是，那年为娘喜得"嗣子"，与我儿结下母子之缘，故而栽下柿树，以作纪念。（私）我还记得你当时问我：娘啊，为啥格柿子树不是三棵，也不是五棵，你要种四棵？

顾炎武白 你告诉我，因为四代表四德：孝、悌、忠、信；四又代表四美：良辰、美景、赏心、乐事；而我又是在四岁的当口过继给你的。所以足见母亲用心良苦！

顾母白 是啊！

说书人表 其实这个娘并不是顾炎武的亲娘，而是养母。俚姓王，标准的官宦千金。从小和顾炎武的堂叔顾同吉订仔亲。但是拜堂的前一日，新郎暴病身亡，十七岁的新娘"抱牌位成亲"，嫁进顾家。而且大贤大德，非常孝顺。有一次婆太太生重病，王氏听说用人身上的肉做药引子，可以药到病除，俚就偷偷叫割下自己一只手指头，煎了药喂给婆太太吃。这举动被朝廷知道，得到表彰，搭俚在千灯镇上立了一座贞孝牌坊。顾炎武的阿爹深为感动，想着自家伲子顾同应养了五个男小囡，就把排行老二的顾炎武过继给王氏为嗣子，继承香火。王氏自小饱读诗书，满腹经纶。俚非但教顾炎武读书，还教他做人。所以顾炎武忧国忧民的品格，搭格位养母是分不开的。

顾母白 儿啊！你离家北游三十余年，访遍名师著书立说，今日完成《日知录》这皇皇巨篇，可喜可贺！

顾炎武白 多谢母亲！是啊，弹指一挥，三十年了！只是沧海横流，天地改换，物是人非，一切都变了……

顾炎武唱 一别家乡三十载，星移斗转云变幻，
想当年，清军入关胡尘起，先帝自缢在煤山，
江山易主天地改。
我也曾，情系前朝勇抵抗，
不降清廷信誓旦，痛别家乡独徘徊。
然而是，盛衰兴亡寻常事，改朝换代不由谁，
那煤山杜鹃谢又开。

顾炎武表 在离开家乡的这三十年里，我一直在反思自己的所作所为。想想自己当年为了抗击清军、匡复明室不遗余力，也付出了沉重的代价。其实自从明末农民四处起义，明朝的腐败黑暗暴露无遗，俚就像一个千疮百孔、病入膏肓的老人，已经到了死亡的边缘，毫无抵抗能力，所以清军入关，势如破竹。

顾炎武唱 我忘不了，当年家乡遭涂炭，尸伏昆冈满目哀。
小城遍洒义士血，四万同胞赴泉台，
我一双兄弟遭了难，娘亲断臂惨、惨、惨，
嗣母你，绝食抗争志慷慨。
临终遗言犹在耳，一字一句铭胸怀。

顾炎武白 我永远也忘不了，三十七年前，三十万清兵攻破昆山，我眼睁睁看好仔自己两个兄弟惨死在敌人的钢刀之下，我的亲娘何氏给清军的长刀砍掉一只臂膀倒在血泊之中，大街小巷尸骨遍地，血流成河。而我最敬重的嗣母——你王氏，居然绝食半月以示抗争。直到今朝，我还清晰地记得格日夜里你奄奄一息用尽最后的力气，抓牢我的手对我讲的闲话。

顾母白 儿啊，为娘虽是妇道人家，但是身受国恩。与国俱亡，乃是理所应当。你若应允为娘，不忘先祖遗训，不负前朝国恩，不为异帮臣子，我在九泉之下也就瞑目了……

顾炎武表 这两句我没忘记！清朝建立初期，滥杀无辜，大兴文字狱，的确给社会带来了极大的破坏。但随着时间的推移，康熙皇帝制定了一系列好的政策，终于开创了康熙盛世！

顾炎武唱 且看今朝康熙帝，纵横捭阖施雄才，
除鳌拜，平三藩，征蒙古，收台湾，
奖荒垦，减赋税，兴水利，开矿产，
尊儒重道有胸怀，励精图治不简单。

顾炎武白 现在的大清可以说欣欣向荣，国富民强。我不得不佩服康熙皇帝的雄才大略，但是我又不能忘记国破家亡的深仇大恨。在很长的一段时间里，我很矛盾，甚至失去方向，我一直无法回答自己……

顾母白 伲子，我理解你！但是你面对矛盾，不得不去寻找、探索。勒浪行万里路、读万卷书的游历当中，你对朝代、君王、国家、天下，有了更深的认识。你也总结了明朝覆灭的教训，寻出了一条“天下兴亡，匹夫有责”的经世之路。儿啊，可是吗？

顾炎武白 知子莫若母！是啊！天下，并非一朝一姓君王之天下，而是百姓之天下。想通了这个道理就好了，无所谓明或清。娘！我发觉我自己正在悄然改变。曾经一门心思要想匡复大明，但是最后还是按照清政府的规定，剃发易服。虽然公开不仕清廷，不做清朝的官，但与清朝的许多地方官都有密切的联系。虽然拒修《明史》，但还是向编写人员提供不少宝贵的资料和意见。虽然不希望自己的学生包括三个外甥步入仕途，但是他们一旦做了官，有啥问题来请教，我总归来者不拒，出谋划策，还感到非常欣慰。这种惊人的改变，对我来讲，到底对还是不对？

顾母白 儿子啊，其实，这世界上的很多事情，很难以对与不对来衡量，只有问问自己的内心，是否问心无愧。儿啊！

顾母唱 你是昆山之子生千灯，世代书香伴经纶。
参加复社年方少，意气生风玉树临，
文字激昂写青春。
逐战娄江生智勇，为保家乡把命拼，
誓驱北虏净胡尘，一腔热血谱丹心。

顾母表 最让我欣慰的是，你这一生，永不停歇。一直都在艰难探索、勇往直前。

顾母唱 你访师齐鲁地，垦荒到雁门，

三山谒庙陵，五岳古迹寻，
细考百王典，勤习六艺文，
卷帙浩繁苦飘零，华章素志托后人，
天下兴亡匹夫责，微言大义千秋炳。
你博学于文行有耻，激浊扬清看风云，
明学术，正人心，拨乱世，兴太平，
经世致用实学兴，明道救世济苍生，
誓如精卫将东海平，海不平时目不瞑。
你远路从不愁日暮，年老终自望河清，
苍龙日暮把雨行，老树著花春更深。
你生无一锥土，常怀四海心，
寥天一鹤长风行，无愧先人无愧君，
无愧天地无愧心！

顾母白 我儿亭林无愧天地，无愧祖宗，无愧内心！

顾炎武表 不！你说的我太好了，我有愧。我最对不起的恰恰是我身边最亲的亲人，这么多年我为家庭和亲人做过些什么？什么都没做！

顾炎武白 不不不，孩儿有愧，孩儿有愧呀！

顾炎武唱 我半世抗争，半世远行，
时而困顿，时而清醒，
万卷书本，万里征程，
浪迹天涯，三十余春。
看惯白日依山尽，总见孤月海上生，
频叹宫阙山河吟，屡惜非是旧帝京。
我忧国伤怀文章里，也常做江南梦里人，自思自责自扪心。
我可曾问一问，故地家园安好否，至亲旧友可康宁，
我可曾望一望，家中米缸浅与深，娘亲白发添几根，
我可曾念一念，夫人暗泪到天明，膝下空空遗恨深，
我可曾抚一抚，嗣婴坟头荒草生，亡妻孤魂在天灵，
我可曾掂一掂，家与天下，孰重孰轻，
我可曾，愧对苦短这一生？

顾母唱 你这一生，抱负深，你这一生，坎坷深，
你这一生，纠结深，你这一生，钻研深，
你这一生，孤苦深，你这一生，造诣深，
你这一生，活了他人好几生。
你一生行迹半天下，

一腔壮怀志凌云，
一副肝胆日月明，
一身正气天地存。
你一程苦旅旅无伴，唯见那，一管毫素，

顾炎武唱 一盏青灯，

顾母唱 一匹瘦马，

顾炎武唱 一卷书本，

顾母唱 一缕夕阳，

顾炎武唱 一丈孤影，

顾炎武、
顾母合唱 踽踽行……

说书人表 中篇到此结束！

绣　神

（中篇苏州弹词）

第一回　抉　择

说书人表　故事发生勒1912年的2月12号，这一日，也是大清王朝的最后一日。早上五点钟敲过，天蒙蒙亮。北京城里朔风咆哮，大雪纷飞。

说书人表　就勒浪农工商部绣工科的院子里，有一个人已经起来了，啥人？绣工科的总教习沈寿，也就是本书的女主角！沈寿今年四十不到，清秀的面孔上生一对略显忧郁的丹凤眼，望上去端庄娴静、高雅清脱，透出一股不食人间烟火的纯净之美。

说书人表　沈寿原名叫沈云芝，字雪君，养勒苏州阊门外一个古董商之家，但是俚从小勒外婆屋里长大。外婆是勒木渎镇上开绣坊的，所以俚五岁弄针，七岁学绣，八岁就以一幅处女作《鹦鹉图》名震姑苏，被大家称为“刺绣神童”。就勒八年门前，慈禧太后过七十大寿，俚的两幅苏绣被推荐为寿礼进贡清廷；慈禧一见大加赞赏，称之为绝世神品，赐拨俚一个“寿”字，沈雪君就此更名叫“沈寿”，还获得了一个雅号——“绣神”！连下来，慈禧就勒农工商部设立仔女子绣工科，现在闲话讲起来也就是皇家刺绣学堂，任命沈寿为总教习，专门为国家培养刺绣人才。

沈寿表　自从到仔京城，沈寿一边带学生，一边搞创作。最近一直勒研究自己新创的一种绣法，格种绣法后来搭传统细绣、乱针绣并称为苏绣的三大谱系，因为绣出来的物事像真的一样，不是平面的，而是立体的，所以称之为“仿真绣”。为仔研习仿真绣，沈寿到仔废寝忘食的程度。现在梳洗完毕，进绣房，房门关一关，绣绷跟前身体坐定，绣花针“嗒”刚刚拿到手里。

沈立表　“嘡”，绣房门突然推开。（白）好妹子啊，覅绣哉，快点出来酿！

沈寿表　一吓得了呀。阿姐唁！大清老早门也不敲，冲进我绣房作啥介？（白）姐姐，什么事？

沈立表　沈寿的阿姐叫沈立，比沈寿大十岁，也是绣娘出身。姐妹两家头一道学绣，一道长大，一道进京，感情特别好。不过看仔俚只面孔，不大相信搭沈寿居然是一个爷娘生格。生一只胖嘟嘟圆兜兜的面孔，小辰光出过天花，所以格只面孔上有点高高低低。活到今年四十出头，还不晓得谈恋爱是啥个滋味。人么长得不算好看，不过良心来得个好。现在辰光拿妹子臂膀上抓牢拖仔往准外头去。（白）倷覅多问，跟我来！（表）拿妹子拖到大门跟首身体立定，门掀开一条缝。（白）妹子啊，你看外头！

沈寿表 大风大雪的，有啥个西洋镜好看介？啊呀，平时该辰光大街上还毕毕静了，今朝只听见外头"嚯落落……"啥闹猛得啦?!奇怪。眼睛往准门缝上凑上去。只看见一群群男男女女老老少少背仔大包小包好像勒赶路，身上大多是普通老百姓打扮。队伍当中最显眼的是一部绿绒顶的四轮马车，赅得起格种车子的倒又不像是普通老百姓。

沈寿白 姐姐，这帮人一大早的要到哪儿去啊？

沈立白 妹子啊，格帮人全是啥登样人介？慌慌张张的像逃难哇，看上去京城里不太平勒嗨酿！

沈寿白 是啊！

说书人表 "轧冷……"格部四轮马车勒浪过来。马车个帘子突然哈拉一掀，钻出一只女人的枯郎头，对准边上男人勒浪骂："你这个笨蛋，你看你，官补子还舍不得撕掉，你这样人家一看到知道你是个朝廷命官，你还要不要命啊？"

说书人表 格朋友听马车上的女人一喊，要紧弗煞把官袍脱掉，往准路边上一丢。（白）走吧走吧，快走！

沈寿表 沈寿看得清清爽爽，脱掉的蟒袍胸口头有一块补子，补子上绣好一只锦鸡，是个二品官员。沈寿的心一凛得来。格队人马并不是普通老百姓，而是朝廷官员和他们的家眷哇！内当中还有几只熟面孔来。格批王公大臣一大老早冒仔风雪，拖家带口，往准火车站的方向去，难道京城里出啥大事体则啊？

说书人表 清朝覆灭，改朝换代，事体大得野野豁豁勒嗨。

沈立白 好妹子啊，妹夫人呢？

沈寿白 昨日出去仔到现在嫑回来。

沈立白 一日到夜人影子也不见，不晓得勒忙点啥。咦，格不是阿龙吗？俚哪哼转来则介？

阿龙表 阿龙啥人？此地男当家人余觉的跟班二爷。属龙，今年十八岁。搭余家关着点亲，算余觉的远房外甥。爷娘死得早，从小由阿爹带大。沈寿看小囡作孽，自己又呒不小辈，就叫小官人拿俚留勒身边。人么不算玲珑，但是老实勤俭，服侍东家尽心尽力。该辰光正好从房里出来。

沈立白 阿龙，过来！

阿龙白 舅姆早，大舅姆早！（表）哪哼什梗个称呼？俚喊余觉喊娘舅的，喊沈寿理所应当就喊舅姆。想想沈立是舅姆的阿姐，自然比舅姆大，比舅姆大就应该喊大舅姆，这种推理娘舅笃阿爹也弄不清爽。

沈寿白 阿龙，倷啥辰光转来则介？

阿龙白　半夜。

沈立白　老爷人呢？

阿龙白　不晓得。

沈立白　倷不是老爷的跟班吗？哪哼会不晓得呢？

阿龙白　跟班么也要跟得牢么好呀。喏，有些事体好跟，有些事体不好跟，有辰光要我跟，有辰光覅我跟个呀！

沈立白　哦哟，这样看上去有啥事体不好跟勒覅倷跟勒嗨哇？啥事体介？

阿龙白　覅我跟么哪哼看得见呢？看不见么哪哼会晓得呢？

余觉表　就勒格歇辰光，"哐"，大门推开，跌打直冲进来一个人。

阿龙白　喏，娘舅转哉，问伊么就晓得则哇！

余觉表　进来的不是别人，正是沈寿的小官人余觉，余冰臣。余觉比沈寿大六岁，出生在浙江绍兴一个书香门第。非但长得清秀斯文，而且能书善画。婚后夫妻俩一个以笔代针，一个以针代笔，画绣相辅，形影相伴。沈寿能有今朝一日，离不开丈夫对俚的辅佐帮衬。余觉作为绣工科的总办，负责绣品的经营活动，所以应酬特别多，有辰光彻夜不归，沈寿倒也习以为常。现在推开门，一副惊慌失措的样子。（白）不不不，不好了，不好了！

沈寿表　今朝啥个日辰，里里外外全不大对勒嗨？（白）冰臣，怎么啦？

余觉唱　辛亥之年起风云，硝烟弥漫血雨腥。
四处起义革命党，一心共和立宪政，
要推翻帝制换门庭。
生灵涂炭君不忍，故而溥仪退位在今晨，
诏书颁时泪纷纷，百年基业拱他人。
天下霎时乱，皇城一旦倾，
覆巢无完卵，群臣坦战惊，
撇家弃旧主，无力挽朝廷，
马萧萧，车辚辚，冒雪匆匆去逃命。
富贵繁华一朝灭，城垣疮痍景凄清，
泱泱大清化烟云。

余觉白　皇上昨夜已经被逼退位，大清朝……完了！

沈寿表　沈寿的脑子里"嗡"个一来呀。（白）什么？溥仪退位，大清朝……完……完了？

沈立白　原说右眼皮跳仔三日三夜，白纸头横贴竖贴呒不用场，啥皇帝也下岗则啊？怪不得一大老早外头落落乱，格就叫树倒猢狲散哇。哎呀呀，格么伲哪哼办呢？

余觉白　做官朋友全往城外逃，看来此地不便久留。阿龙！

阿龙白　娘舅啥吩咐？

余觉白　快到外边准备车马。

阿龙白　要到哪搭去介？

余觉白　不管到哪搭，终归带倷跑。倷过来（咬耳朵样），（表）勒阿龙耳朵边上“触落”几声。

阿龙白　（俯耳听样）噢，晓得……懂格……明白哉……

阿龙表　阿龙一个纰头（即一路小跑）奔仔出去。

沈立表　沈立一听要准备车马，（白）妹夫啊，难道伲也要逃啊？

余觉白　不叫逃，叫撤，撤退个撤。

沈立白　撤？你当撤只把台子啊？东厢房撤到西厢房这样便当？该个院子里廿三十个人得来，夹忙头里撤到啥场化去介？

余觉白　哪里来回哪里去，回苏州。雪君，你看如何？

沈寿表　唉，想不到两百多年的大清朝说倒就倒，真是世事无常！皇帝下台了，龙袍是用不着绣了，文武百官逃光了，官补子也不用绣了，格个刺绣学堂看上去也保不牢了。（白）冰臣，要不你去总部打探下情况，看看上面有何动静？

余觉白　乱世之际，人人自危，总部早已空无一人，老虫也寻不着一只哉。

沈寿白　可要是我们也走了，这绣工科怎么办？那些学生又何去何从？那两个从南通送来培训的学生可是难得的好苗子啊！

余觉白　我已经想好了，回到苏州，开个绣坊也能度日。再不行，依旧回到我画你绣的日子。凭倷现在的身价和名气，还怕绣品呒不销路啊？到辰光赚着铜钿照样可以开绣班带学生，可是吗？

沈寿表　闲话是不错，但是终归有点不甘心。想想自己从木渎镇上一个小小的绣娘，到京城绣工科总教习；从献寿成功，到赢得去日本学习的机会；从只懂继承传统，到学会研发创新，一路走来并不容易。眼界也开阔了，境界也提高了，对事业的要求也不一样了。本来沈寿对自己将来的发展应该说充满信心，如果回苏州，再为温饱而刺绣，一切又要从零开始，实在难以接受。（白）要不，我们先暂避天津，或许等局势平稳下来，我们回京城也算方便。

余觉表　倷还勒浪想当然了。（白）大清气数殆尽，怎有回天之力？我等草民唯尊天命，顺应大势，方能苟活。再说到了天津坐要坐铟，立要立铟，覅到辰光北京么回不转，铜铟么全用光，再要想回苏州就难了。（表）看沈寿不响，同意了。（白）我到外边去张罗，姐姐，你与雪君一起准备准备，该带的人带仔跑，留下来的人给些铜钱以作遣散。

沈立白　看来只好打道回府则哇。（表）沈立要紧去准备。

余觉表　余觉正要往外头去——

阿龙表　“吓哒哒……”（白）娘舅，大人来了，大人来了！

余觉表　大人来则？该歇辰光啥人会来？（白）哪位大人？

阿龙白　农工商总部的张大人来了！

沈寿白　听见张大人来，沈寿心里好像又有仔巴望了。（白）张大人来了？快快有请！

余觉表　余觉一呆得来。总部明明人去楼空，张大人哪哼会来的？要么来视察工作啊？总不会吧？对阿龙说倷快点去办倷个事体，其他事体倷覅管则；让阿龙出去。余觉拿身上的雪掸一掸，袍整一整，迎仔出去。

说书人表 外头来了。这位张大人看上去六十不到，身材挺拔，气度不凡。既有几分读书人的儒雅，又有生意人的干练，还有做官人的气派。格么俚到底何许样人？讲出来不得了，俚是中国历史上杰出的实业家、政治家、教育家，大名鼎鼎的清末状元，南通名仕——张謇。张謇一生办了二十多个企业，三百七十多所学堂，毛主席称俚是中国近代轻工业的开路先锋。张謇怎么会到此地来？因为他原来的身份是大清朝农工商部部长，是沈寿和余觉的顶头上司，通过工作上的接触，俚对这对夫妻的才能，尤其对沈寿的人品和艺术佩服之至。今朝来绣工科阿是视察工作？外头乱成这样，再敬业的领导也呒不如此好的兴致。格么来作啥？特地为格对夫妻的前途而来。现在人踏到里厢。

沈寿白 张大人在上，雪君迎接张大人！

余觉白 张大人驾到，沐臣未曾远迎，失敬失敬！

张謇白 大清朝都垮台了，还有什么大人小人的？你我都是一介平民，免礼免礼！

沈寿白 张大人清晨冒雪前来，有何公干啊？

张謇白 朝廷垮台，又何来公干哪？

沈寿白 那您这是……

张謇表 "嗒"，袋袋里摸出一只精致的红丝绒盒子，"啪"，盖头掀开。

余觉表 嚯哟，眼睛门前"刷"金光一闪。一块金表！

张謇表 这块表不是普通的金表。这块表的表面上镶好三颗一克拉的钻石，背后刻好一个意大利皇家徽号的钢印，格只钻石金表假使收藏到现在，格个价值不得了。

张謇白 沈教习，你还记得那幅《意大利皇后像》吗？

沈寿表 哪哼会不记得呢？格幅绣像是我四年前绣的。当时慈禧太后派我和余觉到日本去考察，回到京城我就开始摸索仿真绣，吸收西洋油画的用光、用色和明暗关系，用中国传统苏绣的针法和色线来表现西方艺术，让绣品达到立体逼真的艺术效果。格幅《意大利皇后像》是我仿真绣的处女作，用仔整整一年半的辰光完成的。当时很多人对格种创新的绣法全抱怀疑的态度，冷嘲热讽的闲话是不不少少，只有张大人，俚非但鼓励支持，还顶仔压力，拿我格幅绣像送到意大利去参加仔世界博览会。

张謇白 绣像勒世博会上，果然大放异彩，征服了评委，获得了"世界最高荣誉大奖"。全世界只有三个人获此大奖，沈寿是其中之一！后来清政府就拿该幅作品作为国礼送给了意大利皇室。去年年底，意大利皇帝为了感谢清政府，回赠了一枚勋章，还有这块钻石金表，指定要送给作者本人。前两日我刚拿着仔这块金表，今朝物归其主。"请沈教习一定要收好了。"

沈寿表 沈寿从心底里感激张謇张大人。现在时局这么乱，倷还想着拿格块金表亲自送到我手里。尤其感到欣慰的是，自己的作品能得到西方皇家的认可。说明啥？尽管时代更替、改朝换代，中国传统经典的艺术是永恒的，不会贬值的，俚可以超越国界、超越时空、超越一切！（白）如此，多谢张大人！

余觉白　是啊，想不到张大人为了这块金表，大清早冒雪冲风特意送到门上，真是过意不去！

张謇白　举手之劳，何足挂齿！哦，对了，我看见门外备好了车马，大包小包的，你们这是要去往哪里？

余觉白　我们已经商量过了，回姑苏老家。

张謇白　回转家乡何以为生呢？

余觉白　开个绣馆，卖卖绣品，聊以生存。

张謇白　从头再来谈何容易，白手起家未免艰辛！余总办，沈教习，我的家乡与二位的家乡一江之隔，就在南通。我所办的师范学校正缺刺绣班的老师，也缺余总办这样的经营人才，如果你们愿意的话，我想请绣工科全班人马随老夫同往南通，共谋苏绣发展大计，不知二位意下如何？

沈寿表　格种就叫气派，一请就是全班人马一道去南通，沈寿心里倒有点兴奋。南通我虽然朆去过，但是我听余觉说过，张大人勒十几年门前就勒家乡经商办厂、发展实业，还建学堂、造公园、兴水利、办慈善，拿南通建成仔一座发达开放的模范城市。按照张謇“教育兴邦，实业救国”的理念搭俚目前的实力，如果跟俚到南通去发展刺绣事业，或许又能看到今后的希望。再说张謇的为人，正直豁达，有远见，有眼光。记得就勒三年前的南洋劝业会上，有人要出手一套露香园的顾绣，张謇请我鉴定，我一看激动得不得了，真迹！张謇问我哪哼看出来的。我说我从小学的就是顾绣，但是寻遍各处，难觅真迹。这套绣品一共十二屏，上头是欧阳修的诗、董其昌的字、顾明世的绣，绝世珍品，宝贝当中的宝贝。张謇马上出铜钿拿俚买仔下来，临时分手的当口装到仔我车子上，说好剑配英雄，仙曲觅知音，倷最适合做俚的主人。几年相处下来，我已经不单单拿俚当上司看待则，而更多的是拿俚当长辈、老师和朋友。不过到底是去南通还是回苏州，不能我一个人说仔算，还要尊重小官人的意见。对余觉望望，倷啥个想法？

阿龙表　还朆等余觉表态，阿龙哭出乌拉只面孔往准里厢勒进来。（白）娘舅，我是弄不落了，倷自己出去看看吧。

余觉白　倷哪哼又进来了？

阿龙白　倷关照我去喊车子，今朝格种日辰，加上又是大风又是大雪，一部空车子也寻不着，付仔三倍的价钱好不容易喊着两部旧车子，两个女人板要一人一部，我说伍笃轧轧吧，倒说格皇爷个囡吾嘈尖（即“作”）是嘈尖得来，随便哪哼不肯，拿夫人部车子“嚓沓”位子占脱格哉！我是实在呒不办法，只好进来讨救兵哉！

沈寿表　啊?！哪哼外头弄仔两个女人出来介？对余觉望望，哪哼桩事体？

余觉表　对阿龙望望，倷个笨赤佬哪哼教煞教不会格呢？那么哪哼办呢？

阿龙表　其实阿龙真不笨，平常日脚只是装憨。虽然是倷娘舅余觉的跟班，心倒是一直向仔舅姆沈寿的。余觉勒外头养好两个女人，阿龙心里一本账清清爽爽，但是余觉关照过沈寿面前不许讲，所以一直不敢拆穿。现在要回苏州则，娘舅要拿两个女人偷偷叫带转去，还瞒脱仔舅姆，阿龙有点看不过去则。所以现在有意进来挑穿帮格。

余觉表 余觉尴尬仔只面孔。（白）呃，雪君，事情是这样的……呃，这个……呃……

丽子表 倷覅这个那个哉，外头来了。“塌啦，塌啦，塌啦，塌啦……”（日语）おはようございます，各位早上好！

余觉表 余觉只面孔顿时转色。（白）你不在外面等着，进来做甚？

丽子白 日本にいた時；えいえんに愛してくれるって；私とずっといっしょにいたい；だから私は家族の反対を顧りみない；あなたを追いかけて中国に来て；昨日、あなたは段取りをしたら、私を蘇州に連れて帰ると約束しました；でも、今は人が会えなくて、私をほったらかして；どういう意味だ？

说书人表 听众要说哉，欺瞒伲中国人，一句也听勿懂，退书票。覅急，我再翻译一遍。

第一句：日本にいた時（当初在日本），

第二句：えいえんに愛してくれるって（你说会永远爱我），

第三句：私とずっといっしょにいたい（想和我永远在一起），

第四句：だから私は家族の反対を顧りみない（所以我才不顾家人的反对），

第五句：あなたを追いかけて中国に来て（追你追到中国来）。

第六句：昨日、あなたは段取りをしたら、私を蘇州に連れて帰ると約束しました（昨天你答应会安排好我带我回苏州的），

第七句：でも、今は人が会えなくて、私をほったらかして（可现在人面不见，对我不管不顾的），

第八句：どういう意味だ（你到底什么意思）？

沈寿表 换仔别人可以蒙混过关，碰着沈寿和张謇，一个状元出身，懂八国外语，一个勒日本待过一年半，句句听得懂。格翻闲话，听得个沈寿手心发冷，胸口发闷，面孔发白，嘴唇发抖。

沈寿唱 恨悠悠，泪溶溶，顿觉五雷当头轰，
又如万箭刺心胸。
总以为，上苍授意佳偶配，
夫画妻绣趣相共，妇唱夫随心相通。
还记得，当年出访东瀛地，共怀抱负在胸中，
同游富士听山雪，同赏樱花惜落红。
我与他，情切切，意融融，心蜜蜜，爱浓浓，
喜怒悲欢一样同。
哪知晓，浓情蜜爱全是假，一厢痴心原是梦，
他纵声色，学狂蜂，求新枝，恋花丛，

背我瞒我觅娇容，叛我伤我为哪宗？

沈寿表　对于丈夫在外头拈花惹草的事体，沈寿其实早有耳闻，听说有个皇爷养勒外头的私囡——所谓的“格格”搭余觉一直有往来。沈寿倒也眼开眼闭，作啥么想想自己一门心思全在刺绣上，余觉外面应酬又多，逢场作戏在所难免，所以倷不说，我也不问。但是除脱格个“格格”，还有这样一个日本女人勒嗨，万万勠想着的。因为在日本的一年多，我自认为是伲夫妻两人事业最顺、感情最好的一段辰光，当时我觉着自己是该个世界上最最幸福的女人。哪里想得到倷居然不露声色，背仔我搭牢个日本女人，还情得如此，再回想想一年半来，倷对我何来半点真心？全本勒浪演戏啊！

沈寿唱　我朝伴晨星夜伴月，劈线拈针绣匆匆，
独坐绣房听晨钟，你却倚红偎翠在欢场中。

沈寿表　近来三日两头夜里有应酬，我当倷勒外头谈生意，其实倷是女人堆里逍遥去则。怪不得勠阿龙跟牢，倷是怕俚当倷个电灯泡。刚刚关照阿龙到外头去准备车子，还要搭俚咬耳朵，看来倷心里老早盘算好则，偷偷叫拿两个女人先安排好，悄悄然带回苏州好神不知鬼不觉。倷拿我沈寿当啥哦？

沈寿唱　叹只叹，苍天易老花易落，怨只怨，人生长恨水长东！
到如今，心已碎，肠已断，情已逝，爱成空，
只有那，心头点点是伤痛！
从此是，唯将痴心付锦绣，自立自强慰心胸，
独思独坐，独行独卧，独向银针诉情衷！

沈寿表　现在辰光个沈寿，面对余觉既伤心又失望。鼻头一酸，眼圈一热，倒是张謇勒浪，眼泪只好勒眼眶里打转。

余觉表　格么余觉阿是一个彻头彻尾的花花公子呢？倒也不能这样说。余觉本来是个多情种，感情丰富而细腻。而沈寿呢，事业心特别强，尤其到仔京城过后，几乎所有的心思全扑在了工作上，一创作起来更是成日成夜，丈夫勒想点啥需要点啥，疏忽了。男人大多欢喜示弱的女人，而沈寿看似柔弱，实则要强。格日本女人叫芳草丽子（倒不叫糖炒栗子），是余觉勒日本认得个。伍笃看俚走两步路，开两声口，就晓得格女人非但柔情似水，外加嗲功到家，正好填补了沈寿的缺门。所以女同胞勒屋里勠太强势，明明女人来三，在男人面前也要装得天真点，可爱点，小鸟依人点，否则外头个女人要来钻空子格，阿对。

余觉表　那现在事体穿帮，余觉一面孔尴尬，对阿龙望望，（白）全是倷闯的祸！（瞪眼）

阿龙白　咦？咦，哪哼对我弹眼睛呢？

余觉白　啥人叫倷办事不力，擅离岗位？倷闯的祸，倷去收场，快点拿俚带出去。

阿龙咕　不怪格日本女人怪我喏，响不落。（白）糖炒栗子啊——

丽子白　我叫芳草丽子，不是糖炒栗子，お願いします（拜托）！

阿龙白　芳草丽子，糖炒栗子，差……差匣差不多。咦，中文倒讲得蛮好个喏！

丽子白　中国来仔长远则，当然会讲个啰。

阿龙白　拜托倷快点跟我出去吧。

丽子白　すみません（对不起），我是来找我的男人的！我要和我的男人一起出去，分かりますか（明白吗）？

阿龙白　（用日本人口气）你要明白，你的男人，不是你一个人的男人，也是很多女人的男人！

余觉白　啊?！

阿龙白　哦，不不不，也是我舅妈的男人。

丽子白　我并不在乎我的男人有几个女人，只要他真心爱我，我也会真心爱他，分かりますか（明白吗）？

阿龙白　你不出去？

丽子白　我为什么要出去？

阿龙白　你真的不出去？

丽子白　他出去我才出去！

阿龙白　你再不出去，你的男人就要生气了，（衬）看见吗？格只面孔几化难看（余作生气样）。他一生气就不会爱你了，不爱你了就不要你了，不要你了你就去不了苏州了……

丽子白　去不了苏州，我就只能回日本了？なに（什么）？是吗？

阿龙白　哟西！分かりますか（明白吗）？（表）要死，我也跟仔俚说日本闲话哉。

丽子表　阿龙格两句闲话实头灵验。芳草丽子阿要急个啦？要紧把身一躬，（白）すみません（对不起），那我还是在外面等着吧，打扰各位了！さようなら（再见）！“嗒啦嗒啦嗒啦……”跑得个快！

余觉表　嚯，总算出去则！假使糖炒栗子一直搦下去不肯走是，我要弄僵。格只笨阿龙，总算也玲珑仔一趟。看见家小眼窠盈盈的样子，快点搭俚赔个不是，（刚张口）倒是张大人勒达浪，不大方便。

张謇表　张謇来得个知趣。（白）余总办，沈教习，同往南通一事，谨请二位互谈相商，张某在外听候回音，先行告退！（表）转身要走。

沈寿白　慢！张大人，我现在就可以给您回音。

张謇白　哦?！

沈寿白　我跟您去南通！

余觉表　余觉一呆。平常日脚要作啥个决定，总归先要征求我的意见。现在我还覅表态，啥俚已经答应则？

张謇表　张謇有点喜出望外，沈寿肯跟我去南通，再好没有。（白）那余总办的意思呢？

余觉表　我肯定不去！为啥？我家小勒此地是绣工科总教习，我该个总办大小也是个官，拿的是朝廷俸禄，接触的是达官显要，绣品的价值和去向，主动权全勒自己手里。南通小地方，沈寿去做个小老师，我替张謇卖命，做得再好，为他人作嫁衣。还不如回苏州，就算一切从头开始，也总比看别人家面孔吃饭、样样作不动主要好得多。那么再说，外头两个女人哪哼安排？如果回苏州，我拿伲笃安置勒外头，搭沈寿不见面，日脚一长么事体也就掀过则。假使跟到地陌生疏的南通，三个女人住勒一道，我还弄得落个啦？哪是家小的心结勠想解得开则，不能去。（白）蒙张大人抬爱，冰臣感激不尽。只是姑苏乃我与雪君的家乡，又是苏绣的发源地，我们还是想回归故里，自谋前程。南通么就不去了。我不去么，雪君自然也不会去了！

沈寿白　不，我去！

余觉表　今朝存心搭我唱对台戏。晓得个，搭我拗别气。（白）雪君，有什么话我们回家再说。好勿容易雇着一只船，勒船码头等，我们抓紧动身吧！

沈寿表　回家？阿是回到苏州，用我的一针一线让倷去养格两个糖炒栗子、五香瓜子啊？阿是再指望搭倷做一对"夫画妻绣"的黄金搭档？勒格种环境下面去指望我的理想啊？不，我不会跟倷回苏州格。

张謇表　按照道理上的做法，既然余觉不肯去，张謇应该马上劝仔沈寿跟丈夫一道回苏州，关上南通这一扇门，避免加深伲笃的矛盾。但是张謇有伲自己的想法，格扇门一关，影响到的不仅仅是沈寿的前程，还关系到中华刺绣事业的命运啊！

张謇唱　中华文明渊源长，艺海无涯自辉煌。
皆因为，江山代有才人出，传承经典世流芳。
沈寿她，百年难遇称奇才，"苏绣女神"美名扬。
她似幽兰山涧出，需有清泉来滋养，古树遮荫花更香。

张謇表　像沈寿这样一个百年难遇的刺绣天才，就像一枝名贵的兰花，必须有一个好的土壤、好的环境，方能出好的作品。刚刚日本女人的一幕我全看勒眼睛里，假使伲回到苏州，一直气气恼恼，还谈啥个创作呢？再说沈寿毕竟年近四十，可以说伲刺绣的黄金时期呒不几年了，而伲的仿真秀还勠完全成熟。世界上任何一种艺术能留传百世，中间肯定要出几代天才，经过传承搭创新拿伲发展下去。现在伲教的学生起点全蛮高，如果能一直跟伲学下去，再过几年，伲绣不动了，但是伲的学生已经出来了，仿真绣就能一代一代传下去，生生不息，发扬光大！

张謇唱　而今是，大清覆灭天下乱，皇城根下尽沧桑。
然而初展才华仿真绣，成熟之路慢又长，
还需勤探索，少彷徨，倾心力，向前方，
精益求精志昂扬，方能绣坛耀光芒。
倘然今朝劝其姑苏去，八载辛勤尽抛荒，
苏绣的前景要陷迷惘！

张謇表　国家虽然动荡，但是艺术的传承不能断，断一断，再接起来就难了。南通格扇门非但不能关，还要开得大一点。（白）南通是座充满活力、相对开放的城市，有较好的背景和氛围。在那里办学，既有利于艺术的发展，又可以解决生计的问题。余总办也是位不可多得的人才，老夫还是希望你能陪沈教习同往南通，为刺绣教学出谋划策！

余觉表　今朝假使不是倷横戳枪，家小心里再有气，也会跟我转去格。全是倷，拨仔俚一条后路，害得伲夫妻矛盾升级。现在倷非但不帮我劝俚回苏州，还要背后踢一脚。勿知安的啥个心？

沈立表　旁边沈立也听好靘嗨，（白）好妹子啊，倷到南通去，我也要去格。

众人白　夫人到哪搭伲总归到哪搭。

学生白　伲也跟沈老师到南通去！南通去，南通去，去啊……

余觉表　全搭我唱反调，余觉是气啊！

阿龙表　"吓哒哒……"今朝最忙就是阿龙。（白）娘舅啊，皇爷的囡吾，格个"格格"等得心焦勒嗨骂山门哉，说倷再不出去，俚也要进来哉。那么所有个物事全装好哉，车子不等人，再不走，人家要回头生意哉！

余觉表　对沈寿望望，（白）你真的不跟我回苏州？

沈寿白　是的。

余觉白　你决定了？

沈寿白　当然！

余觉白　不再考虑了？

沈寿白　不用！

余觉白　非去不可？

沈寿白　没错！

余觉白　好！走！

沈寿白　慢！你什么东西都可以带走，十二屏顾绣请你留下！

余觉白　凭什么？

沈寿白　它是我的！

余觉白　也是我的！

沈寿白　那是张大人送给我的！

余觉白　送给你的就是你的，你的就是我的，连你都是我的，还有什么不是我的？

沈寿白　你……

余觉白　我们的家在苏州，这宝贝理所应当回苏州，你只要跟我回苏州，就能天天陪伴这顾绣！

沈寿白　那我最后再说一遍，我不会跟你走的！

余觉白　蛮好，倷覅后悔！走！

沈寿表　沈寿要想上去争……

张謇表　张謇起手一拦。（白）绣品都是有灵性的，总有一天会回来的！

余觉表　余觉气得巩吼回转苏州，

沈寿表　沈寿两手空空去往南通，

张謇表　张謇信心满满再创事业。

说书人表 到底哪哼？请听下回。

第二回 决 裂

说书人表 沈寿跟仔张謇来到南通，虽然此地的生活条件搭京城不能比，但是招收的学生子个个勤奋好学，充满朝气。张謇生意再忙，总要抽空到刺绣班里来转转望望，关心一下生活，了解一下学生子的学习情况。在沈寿等人的精心指导下，绣班开得格外红火，一年以后，所有学生的绣品全达到了销售水平。张謇认为已经达到预期效果，沈寿可以脱出身来，搞一些精品创作。后年就是世博会了，俚应该拿近两年的创新成果到世界上去展示一番。

说书人表 沈寿选中仔苏州籍油画家颜文樑画的《耶稣像》。画上的耶稣头戴一顶荆棘冕冠，额角头被荆棘刺破，血流下淌，皮肤苍白，两眼向上翻，痛苦而悲壮。张謇说这幅画像色彩灰暗、神态个别，难度不是一点点。沈寿说耶稣是西方人心目当中的救世主，选该个题材参加世博会能引起外国人的共鸣。自己也愿意接受挑战，迎难而上，一旦绣成，将是一大进步。

说书人表 想不到沈寿有如此的见解，张謇欣然应允，大力支持。《耶稣像》一绣就是两年，勒张謇眼睛里，该幅《耶稣像》比起第一幅《意大利皇后像》更加出色，堪称完美。完工无多几日，张謇就带仔格幅沈寿的最新作品远渡重洋，赶赴四年一度的世博会去了。

沈寿表 手里的针一停，沈寿的心里顿时有点空落落。现在是黄梅天，前脚还勒落雨，一歇歇太阳倒又出来则。沈寿立勒个窗口，只看见园子里煊煊红的海棠、雪雪白的栀子，又是五月里了。(白)遥想山涧雨蒙蒙，五月杨梅正当红。欲摘此果尝个鲜，只恨不在此山中。

沈立表 阿姐沈立齐巧进来。听见妹子勒念诗，是一首关于杨梅的诗。晓得格，又勒浪牵记苏州哉。(白)好妹子啊，倷看看，碗里厢是啥？

沈寿表 看见阿姐手里托好一只碗，碗盖一掀。(白)呀，杨梅！

沈立白 晓得倷最欢喜吃杨梅，我大清老早勒门口头买的。尝仔一颗，来得个鲜洁。

沈寿表 勿是圆刺，全是尖刺。(白)该个不是东山杨梅哇？

沈立白 (咕)倒是老鬼！(白)此地又不是苏州，哪搭来啥东山杨梅呢？该个是浙江人挑出来的余姚杨梅，东山杨梅还勒树上呢！

阿龙白 东山杨梅来格哉！

沈立表 只看见一个人直跌个跌进来。不是别人，阿龙哇。(白)阿龙啊，倷哪哼会来格介？

阿龙白 我陪娘舅送杨梅来格！娘舅啊，来匣来哉，进来酿！

沈寿表 夫妻分开三年，信也覅通过一封，今朝倷余觉突然上门，沈寿倒有点意外。朝外面一看果然是余觉。身上着一件蓝灰色的蚕丝呢长衫，右手里拿好一把折扇，左手里提好一篓子杨梅。不过眉宇间少仔几分春风得意，多仔几分劳顿忧郁。

余觉白　娘子，一向好！

沈寿表　到底廿多年个夫妻了，格声娘子一出口，顿时拨动仔沈寿的心弦。当初两家头也是自由恋爱，刚结婚的头几年，俚依我宠我，处处想着我。记得有一年勒苏州，也是格种黄梅天，俚特意到东山去采摘最新鲜的杨梅给我吃。回来的辰光落大雨，俚踏仔烂泥浆奔到屋里，像只泥乌龟，一篓杨梅还顶好勒头上。终当仔我会笑，想不到我心里一热，眼圈一热，两滴眼泪，不舍得呀！今朝同样是一篓子杨梅，还是从苏州送到南通，但是沈寿的心随便哪哼热勿起来。（白）坐吧！

沈立表　沈立看见格篓杨梅倒有点惹气。我不买，俚不送；我余姚杨梅，俚东山杨梅；我一碗，俚一篓，格朋友今朝存心来搭我别苗头来格哇！（咕）格呒良心的，小老婆两个一讨，三年音信全无，一篓子杨梅又拿好妹子骗倒了！所以对着余觉一只白眼。

余觉白　姐姐，一向好？

沈立白　我是呒啥好。不像有种人，一只耳朵日本闲话，一只耳朵北京闲话，过得格叫滋润。

余觉白　姐姐，我也给你带了件礼物。

沈立白　啥，啥我匣有格啊？啥物事介？

阿龙表　阿龙要紧传过来。

沈立白　哦哟，两盒鸭蛋粉，还是扬州谢馥春的。（表）啥叫鸭蛋粉？搭现在女同志用的粉饼一个意思，不过俚是椭圆形的，像鸭蛋一样大小，拓到面孔浪雪雪白。（白）一送送仔两盒，倒勿忘记我，还算有点小良心。

余觉白　姐姐，你擦了它么定然年轻十岁。

阿龙白　大舅姆，娘舅本来只买一盒，我说一盒不够格，大舅姆只面孔起码要用两盒得来。

沈立白　（咕）麻子拓粉，蚀煞老本。（白）小赤佬，勒丑我哇！

余觉表　今朝余觉哪哼会来格呢？其实是非来不可。三年前带仔两个女人回到苏州，各买一套房子作为安置。“格格”欢喜闹猛，挥金如土，尤其吃不惯江南的甜食，过不惯苏州阴冷潮湿的冬天，半年待下来，看余觉开火仓铜钿快要摸不出则，就一跑头跑脱格则。格日本女人倒是个多情种，开头以为只要能搭心爱的男人天天腻勒一道，就是一日三顿咸菜萝卜干也不要紧的。但是生活毕竟是现实的，余觉一日到夜勒外头忙于生计，哪搭还有啥风花雪月的闲情。日本女人倍感失落，整日无所事事，寂寞空虚，竟然吸上了鸦片。本来已经坐吃山空，鸦片一吃，变仔无底洞。余觉只好靠卖画过日脚，但是自己的画离开了沈寿的绣，并不值几个铜钱。余觉身心俱乏，晓得只有请家小回苏州，再能支撑起格个家。当初伤仔妻子的心，就这样请俚转去不一定请得动，必须端正态度，拿出诚意。身边摸出一块洋钿，（白）阿龙，倷勿是说要出去逛逛吗？

阿龙白　南通倒是第一转来，是想出去跑跑，就是不认得哇！

沈立白　有啥不认得介？南通南通，一直往南总归通格。

余觉白　格么就请大舅姆陪倷一道去。姐姐，烦劳你了！

沈立表 沈立懂的，要拿伲两家头差开。正叫看勒两盒鸭蛋粉面浪，否则我随便哪哼不走格。对妹子看看，心勠软，否则又要上俚个当。带仔阿龙出去。

余觉白 娘子，我今日到此，是特地向娘子赔罪来的！

沈寿白 三年了，倷倒想着了。

余觉白 云芝，我的好娘子啊（下意识哼起了越剧）——

沈寿白 到底绍兴人！

余觉唱 你我劳燕分飞近三载，我扪心自问太不该。
我不该，忘却盟誓学轻狂，冷落贤妻逐新蕊，
我不该，背你京中纳私妾，让她们鸠占鹊巢把姑苏回。
我不该，惹你负气他乡走，任你辛劳独自担，
我不该，鱼沉雁杳天涯路，你可知，我是如何熬过这三载？
每逢三月春明媚，我怕见庭前开牡丹，
只为见花如见你女裙衩，历历往事揪心怀。
连绵阴雨到五月，怕见枝头结杨梅，
只为爱梅之人已走关山，甜亦苦来我下咽难？
桂子香飘到八月，怕见玉兔下尘寰，
只为明月不谙离恨苦，斜光空照鸳鸯被。
娘子啊，我夜夜梦，梦萦回，深情唯有梦里追。
梦见你，花下盈盈笑，窗前影珊珊，
银针飞舞，丝线斑斓，
你我相依相偎情漫漫，然而醒来唯有我影孤单。
娘子啊，思卿心如西江水，日夜东流不复回。
我是百般离肠有千千结，万种悔恨如重重山，
春愁秋殇壶中醉，一寸相思一寸灰。
娘子啊，我今朝特地上门来，深作揖，把罪赔，
心中的话儿还有千千万。
你是玉指纤纤非寻常，飞针走线锦绣才。
声名日上这女红所，皆因仰仗你金招牌，
还有那，鞍前马后的好姐妹，耿耿忠心将你追随。
娘子啊，但愿你随我回家转，我们协力同心把女红办，
再不用，寄人篱下遭怠慢，
再不用，辛辛苦苦立讲台，
再不用，为了生计皱双眉，
再不用，离乡背井守清寒。
为人当自立，

我们夫妻要挺腰杆，
与他人，井水河水两不犯，
我们双双同返姑苏台，我画你绣两相陪，
潇潇洒洒走一回，恩恩爱爱不分开。

余觉白 娘子，以往之事都是我的不好，还望娘子看在二十余载风雨同舟的分上，原谅冰臣的差错。现在“格格”已经回去了，日本女人也早晚要走的，恳请娘子不计前嫌，随冰臣同返姑苏，夫妻团圆，画绣相辅，共创事业！三年了，倷的气也该消了，就算三年不见是对我的惩罚，三年也应该够了！娘子，雪君，你就随我回去吧！

沈寿表 凭你铁石心肠，面对洋洋洒洒一份检讨书，啥人能搪得牢？沈寿的心一点一点勒软下来，格只怨气个瓶盖头开始松动了！

沈寿唱 见他意真诚，言由衷，心头渐渐冰雪融。
想当年，与他花前初相识，绣前乍相逢，
我半是青涩半懵懂，他说因缘皆在冥冥中，
欣遇佳人感苍穹。

沈寿表 说起搭俚的相识，也算一见钟情。那年木渎端园的女主人请镇上的绣娘去府上赏牡丹，我勒八角亭里看见一幅绣绷，绣绷上画好两朵牡丹，娇艳欲滴，栩栩如生，一个人不由自主坐下去绣仔起来。两瓣花瓣绣好，立起来的当口，“吓”！背后头居然立好个风度翩翩的小伙子。格个男人不是别人，就是余觉，画牡丹的朋友。俚说我是端园主人的远房阿侄，对倷慕名已久，借此花会只为一睹芳容！面对这样一位知书达理、温文倜傥的才子，十六岁的我动心了。一个月过后，俚就上门来提亲。不晓得我爷搬口回头，因为我勒弟兄姐妹当中排行最小，从小只懂刺绣，不懂家务，爷说嫁到绍兴格种男尊女卑的旧家庭，要吃苦的。倷“啪”拿出自己画的一幅画，说自古画绣不分家，苏州历代刺绣大师，都有做书画家的丈夫相帮辅佐，若能结为秦晋之好，定能成就绣坛佳话！我爱云芝胜于一切，今生今世非她不娶！

沈寿唱 丹青一幅为媒妁，登门求亲拜岳翁。
说道此生专情将妻爱，用心坚守白头盟，
否则是，甘受刀劈与雷轰。

沈寿表 爷最终被俚说服，终于答应了这门婚事。不过提仔个要求，要俚倒插门做上门女婿，倒说俚一口答应。俚绍兴的娘不同意俚招赘，俚就绝食三日，以死抗争。历经磨难，方始成就仔这段姻缘。

沈寿唱 也曾志相投，也曾意相通，
也曾月下絮语花下拥，
他弄丹青我弄女红，小轩窗畔乐融融，
唯求此生悲欢与君同！

沈寿表 新婚燕尔，如胶似漆，夫画妻绣，何等恩爱！我们生活上相濡以沫、工作上配合默

契、事业上蒸蒸日上，可以说是幸福美满。想不到一到京城，两家头越来越忙，而交流却越来越少，以至于矛盾越来越多。其实走到今朝的一步，自己也有不可推卸的责任。人家说一日夫妻百日恩，毕竟廿四年的夫妻了，还是有相当的感情基础，今朝俚态度诚恳，上门认错，一档篇子唱得急汗嗒嗒滴（注：这是书台插科即兴），我极应该趁势落篷。格只怨气瓶盖头就此打开，心里格点气也就消散了！

沈寿白　过去的事就让它过去吧，

余觉表　哦，一档小飞调总算覅白唱。（白）多谢娘子宽宏大量！

沈寿白　但是，

余觉表　别，哪哼还有“但是”了介？

沈寿白　我不能跟你走！

余觉白　这却为何？

沈寿白　南通的事业勒张謇的支持和大家的努力下发展得蛮顺利，女红传习所也建起来了，刺绣的传承有了更好的平台。如果我现在放下手里的一切跟你回去，对不起学生，也辜负仔先生。其实先生一直因为倷不肯搭我一道来南通而感到遗憾，该几年也写过书信再三请倷来。如果你真想夫妻团圆，回到从前，你可以到南通来，我们一起把女红传习所办好，如何？

余觉表　听俚横一声张謇竖一声先生，倒有点触气。想当初如果不是俚的出现，伲夫妻哪哼会分开？（白）哎，俗话说，金窝银窝不及屋里个狗窝，南通再好，毕竟不是我们的家啊！

沈寿白　你不是说过，夫妻俩只要在一起就是一个家，人到哪，家就在哪吗？我们在苏州都没什么亲人了，你又何必执意要回去呢？

余觉白　堂堂七尺男儿，岂能寄人篱下、仰人鼻息？我已经看过了，此地传习所的规模并不大，之所以外头有点名气，全靠倷沈寿这块金字招牌搭伲勒京城的一班人马。我想凭伲两家头的能力搭经验，如果回到苏州同样办一个刺绣班，人气绝对不会比此地差。到辰光出几化精品，获多少大奖，所有成绩全属于伲自己的，伲苏州人的炮仗就不会被南通人放得去则。所以南通么，我是断断不愿来的！

沈寿表　那么弄僵！

沈立表　就勒格辰光，沈立从外头直冲个冲进来，眉毛竖眼睛弹，对仔个余觉——（白）哼，啥叫啥不愿来，倷分明是不能来！

沈寿表　沈寿一吓得了呀。

沈寿白　姐姐，怎么啦？

沈立白　（韵白）原说三年，毫无音信，今朝哪哼，突然上门，
当面赔罪，态度诚恳，思念娇妻，一片真心，
哪里晓得，全本热昏，一篓杨梅，假意虚情，
请倷转去，另有原因。

俚勒浪苏州，逍遥开心，女人堆里，一掷千金，
糖炒栗子，还染上烟瘾，吃上鸦片，山穷水尽，
俚铜钿用空，眼睛定定，看见顾绣，动起脑筋，
自说自话，变仔金银，无价之宝，已经换仔主人！

沈寿表　吓！沈寿听完么如梦初醒。原来倷是铜钿用光日脚过不下去了，要我转去帮倷赚铜钿啊？倷明明晓得洛十二屏顾绣是我的性命，招呼不打一声就卖脱则啊？沈寿啊沈寿，倷哪哼上不完里个当，吃不怕俚个苦格呢？沈寿肚里一气，胸口一闷，头里一昏。（欲昏倒状）

余觉表　余觉要想搀。

沈立表　滚开！覅假惺惺！

余觉表　对俚望望，两盒鸭蛋粉倷拿格哇？

沈立白　阿是两盒鸭蛋粉就买倒我啊？断命呒良心的，倷勿来妹子倒蛮太平，倷一来好妹子就气伤心，倷搭我滚！两盒鸭蛋粉往准余觉面孔上丢过去，“嚯落落……”

余觉表　鸭蛋粉洒了一地。余觉对阿龙望望，又是倷个小赤佬，成事不足，败事有余，我转去再搭倷算账。

阿龙白　咦，又怪到我头浪来则呢？该个世道总归老实头触霉头！

余觉表　余觉还想搭沈寿再讲两句，沈寿眼睛一闭，睬都不睬。格么蛮好，既然倷心里已经呒不我该个男人则，格么倷就留勒南通，搭张謇去过吧！说完调转身体拂袖而去。

说书人表　此地么不欢而散，就勒浪地球另一边的美国旧金山的一座豪宅里灯火通明，宾客满堂，觥筹交错，乐声悠扬，服务员来来往往，手托杯盘，服务蛮忙。“先生，您是要香槟还是葡萄酒？”

张謇白　香槟，谢谢！（表）格位先生不是别人，就是带仔《耶稣像》来参加世博会的张謇。本来这两天张謇的心情特别好，因为在此次是有始以来规模最大的世博会上，《耶稣像》不负众望，从七十四个国家选送的上千件作品当中脱颖而出，获得金奖，为中国摘足面子。还有几日天就要回国了，昨日突然收到主办方的请柬，说要为中国开个欢送酒会。张謇觉着有点蹊跷，其他国家走得差勿多了，哪哼单为中国办欢送会？而且《耶稣像》到现在还覅送转来，内中啥个意思？

玛丽表　其实格幅《耶稣像》今朝就挂好勒大厅南墙的劈虚当中，只是用一块红色的丝绒遮脱勒嗨。一首施特劳斯的圆舞曲刚结束，一位女士走到绣像的边上。（白）女士们、先生们，大家晚上好！

张謇表　格位女士的出现，使得大厅一下子静仔下来。

玛丽表　格位女士叫玛丽·艾伦，是此地颇有名望的一位公爵夫人，既是格座豪宅的主人，也是此次酒会的斥资人。只看见俚身浪着一件宝蓝颜色低胸束腰的丝绒长裙，棕红颜色的头发盘到头顶，一顶小圆帽子别致轻盈，帽子浪插仔根羽毛匠心独运，头颈里根宝石项链剔透晶莹，鸽蛋一样大的荡头与《泰坦尼克号》里的“海洋之心”

有得一拼，整个人望上去典雅高贵，相当迷人！

玛丽白 首先我代表此次世博会的主办方对各位的光临表示诚挚的欢迎，另外还要感谢中国参展团给我们带来了精美绝伦的艺术珍品，让我们感受到了东方艺术的无穷魅力。（表）说到该搭，起手“咣”拿格块红色丝绒一掀。

众人白 哦，《耶稣像》！

众人白 我们的主复活了！阿门！

玛丽白 很难想象，这么精湛复杂的工艺品，居然是用小小的银针穿起五彩丝线而绣成的。我对它的欣赏和赞叹真的无法用语言来形容，所以我只能“唱”了！

玛丽唱 东方art（艺术）妙无伦，small（小小的）银针绣乾坤。
《耶稣像》一幅惊world（世界），世博会勇夺number one（第一）。
它色彩多rich（丰富），look（神情）多传神，
远看像幅picture（画），又像photo（照片）太逼真，
difficult（高难度）水平令人惊！
When I see it（当我看到它的时候），我的heart（心）就跳不停，
全身blood（血液）齐翻腾，surprise（惊喜）憾灵魂。
如此珍品great（伟大），beautiful（美丽）世超群，
我like it（喜欢它），adore it（热爱它），
所以buy it（买下它）我已下决心！

玛丽白 所以我必须用行动来证明我对它的喜爱。我已经决定要买下它，我出一万美金！

张謇表 张謇到现在辰光方始明白外国人今朝举办格一场酒会的特殊用意。想不到俚笃看上仔格幅绣像，连价钱都有了。

商人表 今朝要买绣像的绝对不止公爵夫人一个。宾客当中有许多人全是冲着格幅《耶稣像》来格。内当中有个做艺术品投资的大老板叫麦克·哈利斯，大块头，肚皮好当台面的派用场，晓得该幅物事一转手最少可以卖到两万多，利润空间不是一点点。倷公爵夫人价格一出，要紧跟上。（白）我出一万一。

藏家表 大块头旁边还立好一位六十几岁的老先生，一手撑仔柄司的克，一手拿仔副无框眼镜，是专门从洛杉矶赶得来的收藏家。为仔该幅《耶稣像》，俚已经勒旧金山逗留仔一个多礼拜，栈房铜钿贴脱不少。（白）我出一万三。

玛丽表 夫人想伍笃阿是要搭我来抢啊，格是呒不这样便当。（白）我出一万五。

商人表 哦哟，利润空间越来越小了。（白）一万五千五。

藏家白 一万六千五。

玛丽表 公爵夫人志在必得。（白）两万！

说书人表 见呒不人再跟进，拍卖师要紧喊，（白）两万一次，两万两次，两万三次。（表）刚刚要落锤——

张謇白 慢！（表）想不到欢送会变成仔拍卖会，突如其来的变化让张謇措手不及。出来的

辰光自己答应沈寿一定会拿绣像带转去的，那现在哪哼办？中国在世界上地位并不高，能参加世博会已经是莫大的荣幸，如果今后还想勒国际上争取更多的交流展示机会，外国人是不能得罪的。所以要想拿回绣像，只能智取，不能硬拼。趁你们争相加价的辰光，张謇的脑子像风车一样转个不停。哎，有了！（白）各位！各位！请各位听我说几句。各位对东方艺术的厚爱，令张某不胜感动，只是这幅作品存有瑕疵，稍显遗憾。

玛丽白　哦？瑕疵，在哪里？

张謇白　请取下来我指给各位看。

玛丽表　公爵夫人要紧关照侍从拿绣像从墙上卸下来。

张謇白　张謇当当心心接到手里，转身交给身边的随从。（白）打包！

众人表　“哗……”一个啰唣。（白）你这是什么意思？

张謇白　没有什么意思！这幅绣像精美绝伦，白璧无瑕，我要把它带回去。

藏家白　慢！绣品本是艺术品，是供人欣赏之物。

商人白　它也是商品，可以买卖。

藏家白　你这样做是为了什么？

张謇白　不为什么，是为了一位中国绣娘的心！

商人白　什么心不心的，中国人言而无信！（表）言而无信，“哗……”

玛丽白　请大家静一静。（表）公爵夫人开口了。（白）张先生，您说是为了一位中国绣娘的心？每一件绝世珍品的背后必有一段动人的故事，我倒很想听听。

张謇白　好！那我就说一说。

张謇唱　千年文明苏州城，山明水秀地杰人又灵。
那木渎镇上的刺绣女，世代相传一脉承，
她在娘胎里就听惯了刺绣声。
她有灵气，有恒心，爱针爱线爱得深又深，
透了血液它入了心。
她酷爱书画多钻研，八岁时，不用画稿作蓝本，
绣成了一对鹦鹉人人称。
十二岁，蝇头小楷写得多娟秀，能把唐寅的名画变绣品，
苏州城里第一人。
十六岁，她的绣品畅销江南地，一幅难求贵又珍，
未满十八就成了名。
数年后，八仙上寿图一幅，慈禧太后喜又惊，
御笔亲书赐其名，声名远扬称绣神。
成了名，她不上心，却爱上了，西洋油画意境深，
色彩明暗艺更精。

从此一发难收拾，废寝忘食钻研勤，三个冬夏四个春，
绣成了，意大利皇后像一帧，一举世界便闻名。
世界闻名有什么？只是我沈寿一个人。
中国刺绣要生存，必须万紫千红满园春。

张謇白 因此，她成了一名苏绣教师。

张謇唱 她身高才够一米五，瘦小的身躯只有七十斤。
一幅精品功千日，为了绣品靓丽新，
她只近素食不近荤，（只为）空腹挨饿气息轻，
免教浊气污绣品，好比黄卷青灯在苦念经。
她起清早，磨黄昏，伴星月，熬夜深，
一根细丝劈了一茎又一茎，洗手焚香舞银针，
把七情六欲抛干净，今生未曾做母亲。
精品面世人疯狂，她独卧病榻悄无声。
她无怨无悔为什么？只为了百年绣娘一个梦，
只为了与绣缘深情更深，只为了如痴如醉的一颗心！

张謇白 在我临行时，她坚持要来送行。我说多休息，别送了。她脸带微笑，眼含热泪，说道，又一个孩子远行了，以后恐无见面之日，怎能不送？她的所爱也就是大家的所爱，这么多年来，没有一件精品能留在身边，她的心怎能不空？我对她说，张謇在孩子就在，我一定替你把它带回来。如今各位坚持要把它留下，叫张謇回去，如何面对？

玛丽白 "啪，啪，啪！"（鼓掌）好一位伟大的中国女子，好一位诚信的东方君子。为你们点赞！我放弃！

众人白 OK，为放弃干杯！干杯，干杯……

张謇表 张謇不愧状元之才，智取《耶稣像》，拍卖会又变成仔欢送会。临走的时候，公爵夫人请张謇代俚向格位东方绣神致以最真诚的问候。俚还请张謇带给沈寿一本画册，说里面全是精美的人像，或许能对作者的创作带来一点启发和灵感。希望在不久的将来能看到更伟大的作品！三年后，沈寿一生中最完美的作品《倍克像》诞生了，也是俚生命中的最后一幅珍品。但是就在绣像完工这一日，沈寿再一次昏倒勒绣绷跟前……

第三回　诀　别

说书人表 沈寿突然昏倒，张謇心急如焚，要紧请德国的名医为沈寿看病，医生看下来两个字：肝郁。就是肝硬化。医生说该个毛病需要静养，不能吃力，更不能受刺激。张謇怪自己太大意，还是对沈寿关心不够，如果能老早发现就不至于拖到现在。为仔让沈寿有个静养的环境，张謇就拿自己读书的地方腾仔出来，让姐妹两家头搬进去。匾额上

两个字"谦亭"是张謇的亲笔。这座房子宽敞明亮，窗子打开看得见濠河。而且四周绿树成荫，鸟语花香，住勒里厢就像住进仔一个天然的氧吧。张謇劝沈寿：从现在开始倷放下手中的一切，搭我好好养病。

沈寿表　沈寿哪哼肯听哦。刺绣是她的生命，呒不针线勒手里的日脚俚是一日也过不下去的。自病自得知，阿有啥趁自己还爬得起，能多绣一针是一针。所以这两日闭门不出，连阿姐也不许进来打扰。今天从早上到现在，在绣绷跟前已经坐仔七八个钟头哉。现在最后一针绣脱，"吧嗒"线剪一剪断，针往梆子上一别，嗯，还算满意，边上拿过一块布往绣面上头一遮。门"咯扎得儿"一开，深深地吸了一口气，好香啊！花园里的牡丹已经开了。看见牡丹花，沈寿情不自禁地想起仔一个人——三十年前，就是因为赏牡丹，成就了自己搭余觉的一段孽缘。自从三年前搭俚彻底决裂，杳无音信，沈寿最牵记的是被俚卖脱个一幅露香园顾绣，现在不知勒哪搭。看上去我这辈子再也看不见这件珍品了。

张謇白　雪君！

沈寿表　呀，是先生。连落三日大雨，张謇已经三日朆来了，今朝雨一停，又来看我了。(白)先生，您来啦？

张謇白　听沈立老师说，你这几天又在房里绣通宵，这样可不好！又在绣什么呢？

沈寿白　没，没什么。闲着也是等日子，还不如多绣几针。

张謇白　可不许说这种丧气话！这几天我又带人去山里弄了点草药，听说效果极好，一会儿等你姐煎出来，就喝着试试。喝完了我再去抓。

沈寿表　该个三日下大雨，我当倷不方便来看我，啥倷是替我觅药去格呀？眼圈一红。(白)如此烦劳先生，雪君实在过意不去！

张謇白　你我之间还说这种客套话？哎，雪君，今天天气不错，桃红柳绿，你如果身体不累的话，我们到濠河边上去走走吧！

沈寿表　虽然人有点软，但是绣房里闷仔好几日则，出去透透空气散散心倒也呒啥。(白)嗯，那先生请啊！

张謇白　请啊！

沈寿表　今朝的沈寿梳仔一个横"S"的发髻，身上着件白颜色的旗袍，镶的是深绿色的绲边，旗袍角上自己还绣好一小丛兰花。走在河边上，春风习习，衣袂飘飘，格丛兰花迎风而动，若隐若现。

张謇表　虽然韶华已去，疾病缠身，但是格种江南女子特有的清丽温婉、灵秀之气，还是从沈寿的骨子里透仔出来。

沈寿表　走到濠阳桥的桥面上，沈寿身体立停，桥下是盈盈濠河、微微碧波，两岸是艳艳碧桃、依依杨柳，看在眼里真叫人心旷神怡啊！(白)这儿的春天和外婆家的春天一样，真美啊！

张謇表　听俚提起外婆么，晓得俚又勒牵记家乡则。(白)听说，你们姐妹俩从小是在外婆家长大的？

沈寿白 是啊，外婆家在木渎镇的香溪边。外婆是镇上最有名的绣娘，家里开了一家绣坊，名字就叫绣园。记得小时候，我只要看见绣绷上出现的一朵朵鲜花、一只只蝴蝶，就会兴奋得像是去到了另一个世界。

张謇白 那说明你天生和刺绣有缘啊！

沈寿白 记得我八岁那年，把绣好的《鹦鹉图》给外婆看，她一边笑一边流泪，摸着我的头说："苏绣后继有人了，我们雪君将来一定能青出于蓝胜于蓝的。"

张謇白 外婆倒是一位伯乐呀，要是看到你今天的成就，老人家一定会为你感到骄傲的！

沈寿白 外婆去世已经二十年了，我一直想回绣园看看，但是始终未能成行，现在我的身体……哎！恐怕再也回不去了。

张謇白 不要胡思乱想，你只要按时服药、好好休养，病就会好的。

沈寿白 但愿如此吧！（表）咦？突然发现桥对面的河边上多仔一支房子。格支房子望上去有点特别，看看是新的，望望是旧的。说俚是旧的，因为上次来的辰光还呒不勒，说俚是新的吧，黑瓦灰墙，苍老古朴，又像一支老房子。（白）先生，那边是什么地方？

张謇表 哦哟，看见了！心想我今朝就是要带倷到格搭去看看。（白）雪君，这座院落叫雪晴轩，是我前一阵专门请人造的，今天正好请你进去参观一下？

沈寿表 哦？啥格支房子是倷造个啊？晓得哉，俚拿自己原来读书的谦亭让给我养病，自己呒不读书的场化则，所以重新造了这所房子。蛮好，去参观一下。跟仔张謇过濠阳桥，沿河一转弯直到雪晴轩的门口一看，奇怪！只觉得熟悉得来，这地方好似来过。

张謇表 钥匙拿出来，锁去脱，两扇朱红漆的大门"咯扎得儿"推开。

沈寿表 人踏到里厢。只见一座苏式风格的院落出现勒自己眼前：一只蛮大的花园，花园的左手里是用青砖砌成的围墙，右手里并排两间房间，沿仔房间门口的回廊往里厢走，可以直到二楼。花园里还有一口井，青石的栏圈有半公尺高，井后头还有太湖石堆成的假山，假山的两旁种仔两棵树，一棵是梅树，一棵是松树，一砖一瓦，一草一木，哪哼什梗熟悉啊？

沈寿唱 旧园，旧廊，旧墙，旧井，
是真？是幻？是梦？是醒？
为什么，一砖一瓦曾相识，一草一木倍亲近，
思乡人顿生思乡情？
恍惚间，又见故人檐前立，对我轻轻招手笑盈盈，
竟是白发外婆翘首慈眉在唤亲亲！

沈寿表 简直不敢相信自己的眼睛，这个……这不是我外婆屋里绣园吗？我的《鹦鹉图》就是勒格个房间里绣出来的。

沈寿唱 还记得，十指玲珑的小绣女，不闻墙外卖花声，
心中自有花似锦，漫将银针逐清芬。

但见那，红梅斗雪枝更老，苍松傲霜叶更青，

我要问一问，一别廿年可识君。

沈寿表 为了绣好梅花和松树，搭阿姐就勒院子里亲手种了这两棵梅树和松树……自从外婆过世，我再也嫐回过木渎，但是二十年了，我无时无刻不在牵记外婆，思念绣园里的一切。今天我哪哼会回来的呀？我肯定又在做梦了。（白）不……不，先生，我是又在做梦？

张謇白 雪君，这不是梦，是真的，今天你回家了。

沈寿白 回家了……（表）到现在沈寿懂了，今朝的你说请我出来走走，其实就是请我"回家"啊！该地方简直就是绣园的翻版，居然仿造得搭我外婆屋里一式一样！沈寿很细心，突然发现几块墙砖上有刀刻过的印子。仔细一看，吓！这不是阿姐小时候用剪刀刻上去的吗？当时外婆买仔一只新绣绷要给我，阿姐看见仔板要，外婆说这样，我正好接仔点绢头生活，给伍笃三日天的辰光，啥人绣得好绣得多，新绣绷就归啥人。阿姐来得个起劲，绣好一块就勒墙头上刻一刀，三日下来刻仔十三刀半，最后我以十六块绢头的绝对优势拿着仔格只绣绷，阿姐就此三日嫐理我，还勒十三刀半的边上刻仔一个字："气"！动气哉。奇怪，三十多年前的印迹哪哼会出现勒新造的房子里呢？恍然大悟，该座房子根本不是啥仿制品，而是的的呱呱的原装货哇！沈寿心里的兴奋和激动难以形容，该搭看看，格搭摸摸。（白）这难道是真的？我真的回家了？

张謇表 的确，今朝的张謇请倷出来个目的就是给倷个惊喜。虽然沈寿勒苏州已经呒不啥亲人了，但是不经意间经常会流露出浓浓的思乡之情。张謇是个有心人，晓得倷重病在身，又放不下手里的针线，就想出来格个办法，拿倷的家搬仔过来。为啥用"搬"这个词？因为该支房子并不是仿的，而是原式原样从苏州搬到此地来的。房子哪哼搬法？张謇亲自带仔人赶到木渎，先拿旧房子的结构和一草一木的位置画下来，打好图样，再在每一块砖头、木头和家具上编好号头，拆卸下来打包装船，走水路，一船一船运到南通；然后像看图搭积木一样原封不动地恢复仔老房子的原貌。现在看俚快活得像个小囡，张謇也蛮感到欣慰。

张謇白 雪君，我们再到楼上去看看啊？

沈寿白 嗯！（表）两家头一前一后上楼，右手一间是姐妹两家头曾经的闺房。房门关好勒嗨，上头挂好一块匾额，三个字："曼寿堂"。

张謇表 格是张謇特地为这一房间取的名字，"曼"，延长的意思，"寿"既是指沈寿，又是指寿命，"曼寿"，就是希望沈寿的身体能好转，健康长寿！

沈寿表 沈寿何等聪明，自然心领神会。"得儿"门推开，人踏到里厢。"吓"呆脱了！这一房间被张謇布置成了一个绣品陈列室，四面墙头上挂好仔自己不同时期的作品：《耶稣像》《倍克像》《柳燕图》《济公像》……最让沈寿震惊的是，北墙的正中挂好一套让俚朝思暮想的绣中珍品——顾绣十二屏！简直不相信自己的眼睛，一下子有点

语无伦次。(白)这些……怎么会在这里?这……这些不是被他拿去都卖了吗?

张謇表 格一切又要归功于张謇的一番苦心。自从得讯余觉要卖脱格十二屏顾绣,张謇就托苏州的好朋友时刻关注格点绣品,尤其是格幅顾绣的命运。张謇晓得,对于拿刺绣看得比自己生命还重的沈寿来说,失去心爱个绣品是何等的痛苦。据张謇对余觉的了解,俚不一定会珍惜格些艺术品,因为余觉一向是拿艺术品当商品的,而且该两年又是风流又是吃鸦片,再多的积蓄也要挥霍一空的。果然,他前一阵从朋友那里得到消息,余觉一样一样勒变卖格些物事,张謇说倷搭我一样一样全买下来,朋友说格套十二屏顾绣已经开到仔天价哉,但因为是稀世珍品,问的人还是不少,阿要买?如果要买,倷给我一个尺寸,啥个数目可以买?张謇只回答俚四个字——不惜"倾家荡产"!就这样,张謇斥巨资拿格些绣品一件一件追仔转来,雪晴轩一造好就一件一件全挂了出来。(白)雪君,你可记得我曾说过,绣品是有灵性的,总有一天它们会回来的?

沈寿表 我只当倷是安安我心的呀,我万万覅想着倷对我的每一个承诺无不兑现。一个一个惊喜实在是始料未及,倷为我沈寿真是用心良苦!倷明明晓得所有的付出是等不着回报的,而倷还要这样做,究竟是为点啥哦?

沈寿唱 眼蒙蒙,泪潸潸,咽喉哽住口难开。
置身旧园今如昔,曼寿堂中竟藏机关。
似梦非是梦,是真信也难,欲言谢,"谢"字轻轻何足谈?
这八年来,你惜我怜我照拂我,犹如慈父拳拳爱,
我有心事你抚慰,我遇窘迫你解围,
嘘寒问暖倍关怀。
你还懂我帮我明白我,艺术巅峰一起攀,
助我艺海展风采,弘扬苏绣倾赤胆,
此恩此情重泰山。
先生啦,你对我千般理解万般好,一片苦心是为何来?

张謇唱 为何来?为何来?我也扪心自问千百回。
皆因你,贤淑善良性温婉,清雅端庄非一般,
犹如空谷一幽兰。
你针下求自立,腹中锦绣才,绣花花烂漫,胸中有江海,
不畏难辛不畏难,鞠躬尽瘁未言悔,
一片痴情天难撼,我慕你敬你感胸怀!

张謇表 我第一次看见倷作品的辰光,就被倷的艺术才华深深吸引。十来年的接触,倷沈寿温文贤淑,清纯善良,在我心目中,倷就像一个不食人间烟火的仙女。我宦海沉浮,激战商场几十年,见过的出色女子要多少,呒不一操场么,也有一书场,但从来覅有过格种感情。

张謇唱　人生难得逢知己，感恩天公巧安排。
为红颜沥胆披肝亦心甘！

沈寿唱　心弦拨动音万种，胸中层层起波澜。

沈寿表　虽然两家头年纪相差廿一岁，但是特定的辰光，特定的环境，特定的遭遇，昔日的崇拜变成仔爱恋，感动变成仔激情。沈寿格一双素手不由自主伸仔出来。

沈寿唱　四目相视

张謇唱　四目相视。

沈寿唱　情难禁，

张謇唱　口难开。

沈寿唱　眸儿转，手儿抬，欲相搀，意相随，

张謇唱　情忐忑，心潮翻，莫非好梦未醒来？

张謇表　格情景曾经出现过勒我的梦头里，但现在梦境变成现实。张謇格两只手不由自主迎仔上去。两颗心越跳越快，两双手越嚯越近，眼看就要碰着，就相差0.01公分！

沈寿表　沈寿突然停住。啊呀！

沈寿唱　世间最毒悠悠口，一越雷池头难回，
先生清誉要毁一旦。
纵然是，情到浓时难自主，郎情妾意意珊珊，
我要悬崖勒马坐稳鞍。

沈寿表　自从到仔南通，张謇对自己无微不至的照顾，已经招来了外界的风言风语，如果今朝真的跨出格一步，不但会影响先生的声誉，但为了刺绣事业所付出的一切也将付之东流。看上去该辈子，我搭僚先生只能是忘年之交、师生之谊。想到该搭，格双手往后一缩。

张謇表　啊？！

张謇唱　我这里情深切，她那里意徘徊，为什么，手欲相搀却未相搀？

张謇表　哦，明白了！

张謇唱　她晓我初衷知我意，怕污言浊语当头掺，
恶名儿就此身上担。
当年她毅然离故土，撇家随我来，为了绣艺把梦想追，
狂风浊浪任它吹，头顶世俗迎艰难。
倘然今朝燃情焰，背叛之名她承担，
两相爱要变作两相害，情海终将成苦海！

张謇表　在这一刹那，张謇对眼前这位女子除了爱怜，更多了一份敬佩。真正的君子能"发乎情而止于礼"，就让伲拿格份爱永远藏在心底吧。

张謇唱　一个儿清末状元称名士，

沈寿唱　一个儿刺绣女神匡世才，

张謇唱　他们俩相爱手儿却未相搀。

沈寿唱　欲相搀，手儿难相搀，

合唱　难相搀，心儿已相搀！

张謇表　张謇与沈寿之间，就开出了这样的一朵既高洁又美丽的情感之花。

沈寿表　但是沈寿的身体每况愈下，医生对张謇说，沈寿的肝硬化已经到了晚期，最多不超过半年。

张謇表　张謇听到格个消息好比五雷轰顶，一方面到处求医问药，一方面丢开手中所有的事体，全心全意照顾沈寿，自从她卧床不起，每天要来看她。现在手里端好一碗药，轻动动“得儿”推开房门踏到里厢，只见床前一只绣绷，啊呀，你病成这样怎么还在绣啊?!走到床前一看，她睡着勒嗨，药碗往准台子上一放，走过来拿上面的包袱“哗啦”掀掉，一看么，啊！只看见绣面上两个墨黑的大字：“谦亭”！格两个字分明是自己的手迹，边上还绣好一行小字：“贺啬翁寿辰”。懂了，因为再过几天就是自己的生日，俚从匾额上拿格两个字去拓下来，赶绣出来送给我。再细细叫一看，格两字并不是用丝线绣的，而是用墨黑的头发精绣而成！张謇再也熬不住了，对沈寿望望，倷为我青丝作绣，格是一种怎样的情感啊？（泣泣之声）

沈寿表　倷的泣泣之声惊醒了床上的沈寿，眼睛睁开一看。（白）先生来了？

张謇白　雪君，你病成这样还要为我而绣，千万不能再绣了!!!

沈寿白　过几天就是您的生日，我想表表心意。

张謇白　雪君答应我，再也不要绣了，好吗？

沈寿白　放心吧，这幅“谦亭”是我最后的作品，我也绣不动了。

张謇白　不，等病好了再绣，来，不烫了，把药喝了吧。

沈寿白　（拿药碗一推）告诉我，还有多少日子？

张謇白　（哪哼好讲给倷听哦，面孔上还装得很轻松）别问这些，把这药吃下去病就好了！

沈寿白　先生，你别瞒我，医生究竟是怎么说的？

张謇白　医生说，让你好好养病！

沈寿白　你快告诉我吧，我还有一件非常重要的事要做，请你告诉我实话，不然就来不及了！

张謇表　听俚这样说，一阵心酸，也不忍心再瞒俚了。（白）还有……还有半年。

沈寿白　半年？半年应该够了！

张謇白　你已经病成这样，还想做什么？

沈寿白　自从来到南通，您在事业上支持我，生活上关心我，精神上理解我，生了病你还要照顾我，为了却我思乡之苦，居然把老家的房子都搬了过来，你为我做的一切，雪君此生难以回报，只得来世犬马图报。

张謇白　雪君，你我之间别说这些啦。

沈寿白　先生，我还有一件事要麻烦您，最后再帮我一次吧，雪君求你了。

张謇表　格个“求”字能从俚嘴巴里说出来，看上去格桩事体极其重要，重要到俚非做不可。

张謇白　你说，什么事啊？

沈寿白　苏绣艺术精妙绝伦！（表）可惜从古至今，只是按照师徒授艺的方式代代相传，如果有一部专业的书，将苏绣的技艺和针法留下来，就不用担心它的失传了。所以我想写一本绣谱，但现在我的身体已经不允许了，只能请您帮忙，我来说，您来写。答应我好吗？

张謇表　张謇的眼圈一红，一个病入膏肓的弱女子，为仔让苏绣艺术能传下去，俚要用生命的最后一丝余力来完成这本绣谱，这个要求我怎么好拒绝呢？这恐怕是我最后能为俚做的事情了。写！从那一日开始，张謇陪着沈寿废寝忘食，夜以继日，赶写这本绣谱。

沈寿表　一个是年过四十，即将走到生命尽头的传奇女子，虽然干瘦憔悴，但还是衣衫整洁地靠在床上，尽量拿每一句每一字说得清清爽爽。

张謇表　一个是年近七十，才高八斗又是富可敌国的清末状元，虽然头发斑白，老眼昏花，但还是认认真真捧好仔本簿子，拿每一句每一字写得明明白白。

沈寿表　一开头沈寿的身体还好撑撑，两个号头过后，有仔肝腹水，作孽啊！沈寿有时痛得俚嘴唇皮都咬破。

张謇表　张謇心痛万分，要想放弃。

沈寿表　沈寿咬紧牙关，板要坚持。

张謇表　经过六个月的奋斗和煎熬，这一本中国历史上最完整、最实用的刺绣工具书终于完成了。正式出版那日，张謇手捧绣谱亲自送到了沈寿床前。（白）雪君，看，你的绣谱出版了。

沈寿表　瑟瑟抖双手接过来一看，《雪宧绣谱》？

张謇表　“雪宧”两个字是张謇为沈寿取的雅号，但是从来覅用过，格是第一趟。雪：洁白，宧：光明。说明倷沈寿勒我张謇心目当中永远纯净无瑕。

沈寿表　那时的沈寿已经开勿出口了，对张謇微微一笑。我的心愿终于了了。“啪”，绣谱打开，里厢夹好一张信纸。信纸上写好两句诗，格笔迹熟得不能再熟，是先生写的：“誓将薄命为蚕茧，始始终终裹雪宧。”沈寿嫣然一笑，我沈寿的命真好，此生能碰着先生这样的知己，我死而无憾！一代艺术大师、仿真绣创始人沈寿沈雪君，就这样带仔一面孔的满足离开了这个世界。

说书人表　沈寿入土为安，葬勒南通黄泥岭山脚下，依山傍水面对家乡。石坊上张謇亲手题好一排字：“世界美术家沈寿女士之墓”。余觉得讯赶到南通，质问张謇为啥拿家小葬勒异乡客地。为啥？张謇想自己格把年纪，还能活多少日脚？就让我自私一回，让俚陪自己走完人生最后一程！当然，格些闲话张謇并覅出口。接下来的每一日，张謇都要到坟上来看看坐坐，说说闲话。有一日，张謇又像往常一样坐到沈寿的坟前，讲讲张，居然眯着哉。一歇歇辰光天上开始落雨了，开头是蒙蒙细雨，连下来雨点越来越猛，越落越大。但是张謇毫无感觉，俚勒做梦，梦头里看见沈寿来了……

沈寿白 先生知我，我必报恩。

张謇表 张謇点点头，把手一伸。

张謇白 来，我们回家！

说书人表 就在不知不觉当中，张謇的魂魄伴随着沈寿一起去了。

说书人表 沈寿与张謇神交八年，他们互相欣赏，互相倾慕，互相理解。

说书人表 互相帮助，互相扶持，互相关怀。

说书人表 荷绽清流，却不求花开并蒂；这才是真正的知己情、知音魂！

说书人表 沈寿的故事讲完了。着过俚绣服、享用过俚绣品的帝王将相、达官贵人早已烟消云散，但是沈寿的名字和苏绣的艺术却在世界艺术的长廊里永放光彩！

说书人表 中篇到此结束！

徐悲鸿

（中篇苏州弹词）

第一回　诚　邀

说书人表　1928年的10月，古老的北平城因为没有雾霾，天高云淡、秋高气爽。明媚的太阳照在无量大人胡同5号那座精美的大宅院里，也透过客厅的窗棂“啪”——照到了主人那张精致的面孔上。

说书人表　之所以说他精致，因为面如冠玉，眼如朗月，肤如凝脂，鼻如悬胆，温文倜傥，带点妩媚，男人吃煞，女人更爱，无可挑剔，十全十美。倷讲的到底男人勒女人介？喏，有辰光是男人，有辰光是女人；台下是男人，台上是女人。到底是啥人？京剧大师，一代名伶梅兰芳。三十四岁的梅兰芳在1928年绝对是家喻户晓的大明星，非但戏唱得好，画两笔画也呱呱叫。今朝特意请仔教俚画图的师傅上门亲授，一对一，特别辅导。格歇辰光师徒两家头立好勒缀玉轩的客厅里，勒浪看墙头上挂好的一幅画。

梅兰芳白　齐先生，这幅《天女散花图》可是我极珍爱之物，还是徐悲鸿先生去欧洲留学之前画的呢。

齐白石白　哎哟，惟妙惟肖，不同凡响，把畹华兄在舞台上所有的神韵都给画出来了。

梅兰芳白　是啊，您看这面部，应该是一种西洋的画法，而身上的服饰还有这长绸，则运用了国画的勾勒手法，所以人物呼之欲出，画风别具一格，实乃不可多得的佳作！

齐白石白　嗯，中西合璧，匠心独运。这个徐悲鸿……嗯！（表）格么格位齐先生啥人呢？我只要拿俚个外貌描述一下，大家作如就猜得出他的名字：头戴一顶黑颜色绒帽，身穿一件深棕色长袍，脚上一双大圆口布鞋，手里拿根曲曲弯弯的竹头拐杖比人还高，一副金丝边的旧眼镜，勒鼻梁上挂得蛮牢，雪白的苏苏拖到胸口，勒秋风里厢飘勒飘，童颜天真，鹤发清瘦，赛过天上下来的神仙佬佬。对，俚就是画坛大师齐白石。不过，1928年的齐白石名气远远叫勿及如日中天的梅兰芳，只有极少数人欢喜俚个画。因为当时北京的画坛全推崇仿古的国画，而善于创新的齐白石被那些保守派骂作野路子，所以曲高和寡，知音寥寥。但是梅兰芳独具慧眼，拜俚为师，虚心求教。齐白石收着梅兰芳这样的学生子，当然倾尽全力，悉心传授。

说书人表 伍笃两家头么勒浪研究墙头上格幅画，一个下人“吓哒哒……”奔到里厢。（白）禀梅先生，徐悲鸿先生求见！

【齐和梅相视而笑。】

梅兰芳白 这说曹操——

齐白石、

梅兰芳白 （异口同声）曹操到！

梅兰芳白 快快有请。

梅兰芳表 一边说一边往准外头去。

说书人表 三位中国近代史上最最杰出的艺术家今朝要碰勒一道了！听众朋友们，伍笃格张书票几化值啊！主人公出场了。其实也用勿着我多介绍，只要翻开《辞海》，上头写得清清爽爽：徐悲鸿，生于1895年，江苏宜兴人，出身贫寒，自幼随爷徐达章学习诗文书画，刻苦努力，曾赴法国留学。他是中国现代美术教育的奠基人，被国际评论誉为“中国近代绘画之父”。刚正结束八年的留学生涯，准备一展抱负，投身国内的美术教育事业。请他的学堂不少，因为北平大学的校长陈师曾是他的知己、朋友，所以朋友抛出仔橄榄枝，当然义不容辞。艺术学院院长一上任，就亲自招兵买马，组建师资力量。俚一向欣赏齐白石的画，想请佬佬出山，亲自上门请仔两趟，倒被佬佬一口回绝。徐悲鸿并不放弃，今朝一早再上门，勿晓得佬佬给梅兰芳请得去则。好得梅兰芳搭自己也是朋友，让我转道梅府再去请，作如还好请梅大师搭我撬撬边来。今朝的徐悲鸿，着仔一身淡灰颜色的西装，戴仔一副深颜色的领结，中分的西式头配俚格身行头，浑然一体，协调而有个性，浑身上下透出仔洋气、书卷气、才气、灵气、朝气、大气，真所谓气度不凡，气宇超人！

梅兰芳白 今儿个真是贵客盈门呐，悲鸿先生，欢迎欢迎，快快里边请！

徐悲鸿白 畹华兄亲自出迎，实不敢当！

齐白石白 悲鸿兄！什么风把您吹到缀玉轩来了？

徐悲鸿白 白石先生，我上您家拜访，追踪至此哦。

梅兰芳白 我和齐先生正在欣赏您的这幅《天女散花图》呢。

徐悲鸿白 哦，这可是十多年前的作品了。当时梅先生请我去看这出新戏，他一出场我就被他震住了。畹华兄居然敢走前人未走之路，突破程式的束缚，在京剧中糅进了绸舞。“呛呛呛……”伴随着激越的鼓点，大红长绸满台翻卷，虎虎生风，那个掌声啊！可惜，我当时还没接受过西画系统全面的学习，所以笔法还是不够成熟。如果现在重画，一定能画得更好！

齐白石白 悲鸿兄太谦虚了。我听畹华说，您可是第一个以全优的成绩从巴黎美术最高学府毕业的中国学生。太了不起了!

徐悲鸿白 还好，留学八年，悲鸿庆幸没给咱中国人丢脸!

齐白石白 岂止是没丢脸呀，简直太长国人之志气了。太给力了!

徐悲鸿表 看见书案上宣纸铺好着，上头画好几笔兰花，墨迹还没干透。(白)这是白石先生的笔墨吧?

梅兰芳白 齐先生正在教我画兰花呢。

齐白石白 畹华兄，我可是把看家的本领都教给你了，这不，正好徐先生也到了，一会儿你一定给我们唱一段。

梅兰芳白 那是现成的，等我的琴师到了，我一准唱。

齐白石白 好好好!

梅兰芳白 这兰花才画了一半，要不趁琴师还没到，请齐先生再画几笔吧。

徐悲鸿白 好啊好啊，在下正好现场学习学习。

齐白石白 那可不敢当，请徐大院长指正才是。

徐悲鸿白 岂敢岂敢。

齐白石表 三家头走到台子旁边。台角上摆好一盆兰花勒嗨，齐白石看仔两眼，笔拿到手里。(白)刘伯温有诗云:“幽兰花，为谁好，露冷风清香自老。”这兰花呀，禀天地之纯精，幽香清远，素洁脱俗，得把它的君子风韵画出来才是。

梅兰芳白 先生所言极是。

齐白石白 (作画状)……主花的叶色要浓，辅花的叶色要淡，注意上下呼应……撇叶时必须悬腕，提——按——转……

徐悲鸿白 哎呀，啧啧啧啧，清绝简括，满纸生气。我突然想起了郑板桥的那句诗——“多画春风不值钱，一枝青三半支妍”哪!

齐白石白 过奖过奖!

梅兰芳白 齐先生的兰花千姿百态，变化多端，使我在舞台上的表演也受益无穷呵。

徐悲鸿白 对对对，畹华兄的手势是在舞台上对兰花的写生，白石先生是用笔墨对兰花的写生，二位都是师法造化而巧夺天工啊!

齐白石白 据我所知，梅先生借鉴兰花的手势该有五十多种了吧?

梅兰芳白 先生知我，正是。

徐悲鸿白 五十多种?了不得，了不得呀!白石先生，我们是不是让畹华兄给我们现场展示一下啊?

齐白石白 好好好!

梅兰芳白 好，那我就献丑了。(边念边变换动作)“看!嫦娥皎皎，清辉寂寞，今宵与谁司醉?明日酒醒何处?岁月蹉跎!”

【徐和齐鼓掌。】

徐悲鸿白 太美了！我忽然想起法国著名画家德拉克洛瓦曾经说过："在画中，人物的手应该像脸一样地富有表情。"（学兰花指样）

齐白石白 梅先生，你对兰花的神态已经了然于胸，你肯定会画得好的。

梅兰芳白 学生愚笨，还得请两位大师多多指教才是。

齐白石白 哎，梅先生，既然今天悲鸿兄也来了，倒不如请他在这上面也赐上几笔吧？

梅兰芳白 好啊。徐先生，怎么样？和我先生切磋一下吧！

徐悲鸿白 求之不得，正好请白石先生赐正！

齐白石白 客气，客气了！

徐悲鸿表 只看见徐悲鸿笔拿到手里，不假思索，（作画状）寥寥几笔，兰花边上多仔一枝梅花，笔墨空灵，骨格清脱。

齐白石白 好，果然大家之风！

徐悲鸿表 徐悲鸿梅花画好，顺手在边上题了一首诗。

梅兰芳白 （念诗）半枝冷梅起孤影，
几株素兰吐幽清。
阅遍群芳撩人色，
不如花妙一缕魂。

齐白石表 齐白石一看，不得了！三十出头的小伙子，画得这样好已经了不起了，诗还写得这样好，实在难得。

齐白石白 梅先生啊，悲鸿兄这首诗不但写出了梅兰二君子的高洁品性，更是匠心独运，智慧无穷啊！你看出什么玄妙来了没有？

梅兰芳表 梅兰芳到底不是普通人，也已经看出来了。这首诗里大有文章。你看，半枝冷梅起孤影——梅；几株素兰吐幽清——兰；阅遍群芳撩人色——芳；怎及花妙一缕魂——妙。每一句当中那个字连起来读，就是"梅兰芳妙"！这是一首藏文诗！

梅兰芳白 悲鸿先生大才，夸人都如此含蓄诗意啊。

齐白石白 "梅兰芳妙"！词妙意妙，格妙韵妙，妙笔生花，妙不可言。北平大学果然慧眼识珠，能请悲鸿兄去当艺术学院院长，实乃学生之幸啊！

徐悲鸿表 嚯哟，三位大师一谈到艺术，滔滔不绝。徐悲鸿转念头：我今朝来的主要目的，是请齐白石出山的，前两次到他门上都是无功而返，今朝么啥，随便哪哼要说动他为止。现在倒是个好当口，快点让我说上去。

徐悲鸿白 唉，可惜独木难成林呵！现在学院缺的就是像白石先生您这样技法高超、求新求变的师资啊！白石先生，既然梅先生这样的名角您都敢教，您为什么就不肯到学院给那些孩子们上上课呢？

齐白石表 本来倒蛮开心，你现在提到去上课么，佬佬面孔一勒。

徐悲鸿表 啊呀哪哼格只面孔说变就变格介？

齐白石表　佬佬就怕你提去上课的事体。

齐白石白　那梅先生是什么人呐？是大师，是君子，我们交往已经十多年了，每当我遭到什么鄙视，受到什么窝囊气的时候，他总是加倍地抬举我，安慰我。

梅兰芳白　瞧您说的。

齐白石白　蒙悲鸿先生高看，一而再再而三地要请我去大学授课，可老朽体弱力衰，又顽冥愚钝，实难胜任啊！

徐悲鸿表　果然又打回票。

徐悲鸿白　白石先生……

齐白石白　（抢白）悲鸿兄！

齐白石唱　蒙君抬爱感心胸，竟学刘备赴隆中。
盛情相邀显诚意，三顾茅庐请愚翁。
怎奈我，目欠明，耳欠聪，花甲过，少玲珑，
怎登讲台把西席充？

徐悲鸿白　哎，高等院校的教授中，古稀之年的有的是。

梅兰芳白　（衬）蛮准，人家外国的大学里，八十岁还勒嗨立讲台了。教授越老越吃香。

齐白石唱　我是一介村夫乡野客，蓬门子弟出身穷，
粗木匠，雕花二，丹青从未学正宗，
被人笑，被人攻，遭人羞辱遭人讽。
骂我旁门左道亵画坛，天马无缰乱行空，
故而我，怎登讲台把西席充？

齐白石白　悲鸿先生，我知道您看中我，可外面那帮势利鬼，压根看不起我这木匠出身的乡巴佬。有时候画是让我画了，却不让我在画上题款，就好像画是斯文的东西，我却不是斯文中人，只是个木匠，不配在画上题款似的。

徐悲鸿白　木匠又怎么啦？（苏白）王侯将相宁有种乎？

梅兰芳白　（衬）蛮准，英雄何论出身。（白）教授的资格在于真才实学。（衬）勿像现在，网上抄几篇论文就好评教授哉。

徐悲鸿白　我呀，就是要借您手里木工斧子，来砍一砍北平画坛上的枯枝朽木！

齐白石白　别别别！（苏白）我待在家里卖卖画，他们背地里还骂我野狐禅，没有书卷气，一无可取。我假使贸贸然到大学去上课，勿知要给他们骂得哪哼来。

齐白石唱　山鸡莫攀凤凰顶，野鹤素来吟长空，
闲云不羁享清风。
况且象牙塔难容我这枯朽木，众八仙朝南气势汹，
推崇“四王”踞正宗，定然排斥异己难通同，
我怎登讲台把西席充？

齐白石白　学院里头的那些人都是什么人呀？个个师出名门，八仙过海呀，他们膜拜承袭的是

“四王”山水，都以所谓的“正宗”而雄踞画坛，哪会看得起我这些个不成章法的野路子画哟？你说我何苦要送上门去挨骂呢？我躲都躲不过来呢！

梅兰芳白 遭受讥讽和责难，更说明您的人和画绝非流俗啊。不落古人窠臼，自成一格，多难得呀！

齐白石表 对梅兰芳看看，哎，我是你师傅哦！你哪哼不帮师傅讲闲话，臂巴弯独剩往外头弯的呢？

梅兰芳白 （苏白）你是我师傅，俚是我好朋友，随便哪哼弯弯不到外头去的。

徐悲鸿白 畹华兄言之有理，就您这造诣，不但能教学生，也能教我悲鸿啊！

齐白石白 徐院长，您说笑了！我一乡野画匠哪能当您这个留洋大画家的老师呀？您就别为难我了！我还是那句话，这大学的讲台我是坚决不会上的！

徐悲鸿白 齐……

【齐摇头摇手。】

徐悲鸿表 啊呀，回头得割割裂裂！三顾茅庐都请勿动。

梅兰芳表 我也算撬尽边了，佬佬实在梗不过，看上去难勒嗨！

徐悲鸿表 那倒僵哉！

徐悲鸿唱 我一邀再邀用尽心，他一拒再拒不肯行，
看来精诚也叩不开金石门。
先生啊，
华夏泱泱五千载，传统文化底蕴深，
画海无涯博又精，流派纷呈艺林欣。
然而明末以来生积习，“四王”独步暮气沉，
一味临摹陈相因，仿古守旧少清新，
颓败之势当头临，不进反退忧人心。
先生啊，
我敬你，诗书画印无不绝，妙笔轻点万象新，
不走庸人寻常路，独领风骚辟蹊径，
“墨叶红花”添诗情。
先生啊，
我慕你，为万虫来写照，替百鸟齐张神，
一花一叶扫凡尘，墨海灵光色缤纷，
风轻云淡性天真。
先生啊，
我望你，授技艺，带门生，育桃李，铺绿荫，
笑看后浪追前人，喜迎画坛满园春。

先生啊，我……我求你。

齐白石白 （衬）哦哟，罪过，“求”字也说仔出来哉！

徐悲鸿唱 辅助悲鸿施臂力，帮扶后生振精神，
同求文化复兴心贴心，
不惧路泥泞，不怕风雷鸣，
不畏旧势力，不抛赤子心，
胸怀鸿鹄志，坎途并肩行，
不望青史留美名，只求一管丹青将天地撑。

徐悲鸿白 艺术想要保持生命力，必须在继承传统的基础上开拓创新。一味仿前人，走老路，艺术就会成为棺材里的僵尸，找不到任何前途和出路。现在艺术学院的某些讲师，那就是庸俗的画匠，由他们霸占讲台实在是误人子弟。您看您开创的“红花墨叶”，将大雅和大俗这两种截然不同的要素巧妙地统一到了绘画之中，创造出了雅俗共赏、别具一格的艺术之风，给死气沉沉的画坛注入了多少生机和活力呀。艺术学院最缺的就是像您这样与时俱进的大师呀。白石先生，我苦口婆心地说了那么多，唱了那么多，您就出山吧！

齐白石白 这……我怕去了反而给你增添麻烦，让你为难啊！

徐悲鸿白 您放心，我既然挑起了艺术学院院长这副担子，就做好了迎接一切挑战的准备，我不怕！

齐白石白 （苏白）倷勿怕我有点怕。（白）我一乡下糟老头，也没什么讲学的经验，到洋学堂去上课，怕也讲不出什么道道来。

徐悲鸿白 我会亲自陪您去上课的。冬天呀我给您准备一个火炉子，夏天我给您安一电扇。您呀，只要像刚才那样安安心心地作画示范就行了！

齐白石白 哦，就……就这么简单？

梅兰芳表 齐先生，有徐先生给您把场，您坍不了台。您的笔墨绝活应该传下去。像我这样愚笨的学生您都肯教，我呀，顶多算个票友，人家徐先生那儿才能出您真正的门徒哪！

徐悲鸿表 对梅兰芳看看，格记边攇得好！

齐白石白 嗯……（点头状）

徐悲鸿表 要松口哉……

齐白石白 好吧……

徐悲鸿表 答应哉，开心！

齐白石白 让我——再考虑考虑吧。

徐悲鸿表 搞仔半日天，仍旧是考虑考虑，等于呒结果碗。

说书人表 就勒格歇辰光，梅兰芳的琴师倪秋平先生终于到则。（衬）是好到则，再勿到老听客也要急则，胃口吊到现在则呀。

琴师白 梅先生，您这儿有客人啊？那咱待会儿再吊吧。

梅兰芳白 别别别，都不是外人，他们二位呀，就等着听这一口呢。哎，悲鸿先生，您不是才学了一段《坐宫》吗？要不咱一块儿唱？

徐悲鸿白 哎哟，我这水平，就甭献丑了。

齐白石白 来吧，来吧！我也听说悲鸿唱得还不错。今儿个我倒是想看看，是畹华兄这个绘画界的票友票得好，还是悲鸿兄这个京剧界的票友票得妙？

徐悲鸿白 就我那几嗓子……

梅兰芳白 徐先生，白石先生都开口了，您可不能扫这个兴。您就甭客气了，来吧！（苏衬）隐隐然，倷再推却，佬佬要勿开心则，唱吧！

徐悲鸿表 今朝最最得罪勿起的就是佬佬。只要齐佬佬开心，就算要我千跟斗、豁虎跳，我也只能上。既然大家都在兴头上，格么就硬硬头皮唱吧。

徐悲鸿白 好，那恕在下辱没各位的耳朵了！

梅兰芳表 对琴师点点头。

梅兰芳白 秋平先生，开始吧！

【演员扮作琴师拉琴状，徐与梅对唱《坐宫》。】

梅兰芳唱 （扮公主）一见驸马盟誓愿，咱家才把心放宽。

你到后宫乔改扮，盗来令箭你好出关！

徐悲鸿唱 （扮杨延辉）公主去盗金钺箭，本宫才把心放宽，

扭转头来叫小番，备爷的战马扣连环，爷好出关！

齐白石表 老听客，今朝格张书票伍笃终归听出本钱来则。一曲《坐宫》，听得齐白石点头得脑，如痴如醉。（鼓掌状）

齐白石白 哎呀，老夫今儿个可算是看出来了，这梅先生绝对是戏曲界画画得最好的，徐先生是绝对画画界戏唱得最好的，二位大师功夫相当，珠联璧合，佩服，佩服，哈哈哈！

梅兰芳白 齐先生，悲鸿先生才是不可多得的艺坛全才呢。您要是和他做同事呀，不但可以天天和他切磋画艺，还能天天听他唱戏呢。去他那儿当教授，保您成天乐乐呵呵，健康长寿！

徐悲鸿白 是啊白石先生，您要是愿意去当这个教授，我天天给您唱都行！

梅兰芳白 齐先生，悲鸿先生三顾茅庐，一片真诚，看在他刚才唱得那么卖力的份上，您就答应了吧！

齐白石表 今朝两位大师一搭一档，一吹一唱，我再勿答应，太不近人情了。

齐白石白 就您的才情、胆识和诚意，我还有什么可说的呢，好，我去！

说书人表 到底哪哼？请听下回。

第二回　义　救

说书人表　徐悲鸿三顾茅庐，好不容易说服齐白石到学堂里去上课，想不到格些教师中的保守派对齐白石挖苦讽刺不要去说俚，还以罢课相要挟，对徐悲鸿提出抗议。吓得佬佬覅上满一个号头课就逃转去了。学生子也因为北京大学更名为北平大学而对政府提出抗议，三天两头罢课游行。面对空荡荡的教室，还有格些老教授对俚不屑一顾的眼神，徐悲鸿提出仔辞呈，接受仔上海南国艺术学院和南京中央大学的邀请，南下任教。不过俚就此与齐白石结下了深厚的交情，等到二十年过后，身为中央美术学院第一任院长的徐悲鸿再次请八十多岁高龄的齐白石去做客座教授的辰光，佬佬隔愣也覅打一个，欣然前往。

说书人表　徐悲鸿一面教书，一面搞创作，还到处办画展，忙得不亦乐乎。今朝上半日呒不课，徐悲鸿早上五点钟就起来了，画室里一孵就是三四个钟头，也覅觉着吃力。拿仔个画笔，全神贯注。

丽丽白　爸爸，爸爸……

徐悲鸿表　囡吾喨，哭出乌拉作啥介？（白）丽丽怎么啦？

丽丽表　丽丽今年只有六岁，正好是似懂非懂的辰光。一双乌溜溜的大眼睛嵌勒肉滋滋、粉笃笃、圆兜兜、胖满满的小面孔上，实头是一块人见人爱的“小鲜肉”。平常爷的画室里不大来的，怕影响爷工作，但是今朝娘一个老早就出去了，受了欺瞒，只好到爷跟前来哭诉。（白）小猫咪，小猫咪坏了！

徐悲鸿表　一看么，是前一阵到法国开画展的时候买的一件工艺品，一只瓷器的小猫，专门带转来给囡吾白相的。现在头和身体分了家了。（白）丽丽不哭，跟爸爸说到底怎么回事。

丽丽白　哥哥坏，他尿床了，我笑他羞羞羞，他就把我的小猫咪摔坏了！呜呜……

徐悲鸿表　哦！妹妹笑哥哥“偎水”，哥哥动气了，拿妹妹的白相家物事出气，到底才是小小囡了，喽喽吵吵经常的事体。倒是格只猫咪女儿夜里搿牢仔困觉当宝贝的，现在掉坏脱是要伤心则。哪哼办呢？一想么，有了。宣纸拿过来，一歇歇工夫。（白）丽丽，你看！

丽丽白　小猫咪，小猫咪！（表）居然画得和那只掉坏脱的瓷猫一模一样。（白）呵呵，爸爸真有本事！（鼓掌）

徐悲鸿表　覅小看一张纸头一支笔，非但好养家糊口，还好骗小囡了。徐悲鸿天不亮画到现在，现在一双儿女进来闹闹，倒也是一种放松。就勒格歇辰光，只听见外头“横冷”一声。

田汉白　家里有人吗？

徐悲鸿表　有人来了？格声音熟悉得啦？

田汉白　有人在吗？

徐悲鸿表　不是别人喨，好朋友田汉！一个激动，往准外头直冲个冲出去。

说书人表　哪个田汉？就是格个国歌《义勇军进行曲》的词作者田汉。田汉比徐悲鸿小三岁，是中国近代史上著名的剧作家、五四新文化运动的代表人物。1925年，他和徐悲鸿在上海一见如故，成为莫逆之交。就在几个月前，田汉因为创作了抗日救亡题材的电影剧本《风云儿女》，被国民党以“宣传赤化”的罪名逮捕，在监牢里吃尽苦头。徐悲鸿得着消息，急得不得了，四处奔走，用自己的性命作担保，好不容易以保外就医的名义拿田汉救仔出来。田汉勒医院里住仔个把号头，实在蹲不牢了，今朝从医院里溜出来，寻到此地。现在看见徐悲鸿，亦然一个箭步冲上来。

田汉白 悲鸿！

徐悲鸿白 寿昌！

说书人表 说书没有办法，只好嘴巴上闹猛，意思意思。换了放电影，肯定要来一个特写镜头，一个激动而热烈的拥抱。因为这个拥抱不是一般的拥抱，这是一个久别重逢的拥抱，是亲如弟兄的拥抱，是生死之交的拥抱，更是两个伟大而杰出的男人之间的热血拥抱，这个拥抱里面涵盖了千言万语！

田汉白 悲鸿，让我怎么感谢你才好呢？要不是你舍命相救，我还真不知道能不能活着出来。

徐悲鸿白 你我弟兄之间还说这些干吗？换作是你，你也一定会这么做的。伤怎么样了？让我看看！

田汉白 也就断了两根肋骨，瘸了一条腿，医院里二十几天一住，好了！现在让我上景阳冈啊，保证也能当上打虎英雄！嘿！（自信地作一打虎的动作，突然伤疼）唉哟！

徐悲鸿白 你瞧你，伤还没好，就偷跑出来了。本来想再过几天去医院接你的，没想到你自己摸来了。这儿不好找吧？

田汉白 （苏）对于伲这种搞惯地下工作的人来说，啥地方寻不着介？（白）这房子不错嘛，（苏）两楼两底，独门独院，（白）可比你原来住的丹凤街宿舍楼强多了！

徐悲鸿白 还不是要感谢我那帮好朋友，是他们筹款出资买了这块地，才建起这栋小楼的。

田汉白 那是，谁让咱徐教授人品好、人缘好呢？这下呀，咱徐大画家再也不用趴在宿舍的地板上，翘着屁股画画了，哈哈！

同弟表 伍笃有说有笑，外头进来一个人。五十来岁年纪，一个头发团梳得绢光滴滑，身上印花布的短衫裤子汏得清清爽爽，手里抄仔一只篮头，里面六根茭白、五两虾、四只番茄、三棵青菜、两条鲫鱼、一块豆腐、半斤肉。啥人呢？徐悲鸿屋里的保姆，叫同弟，是徐悲鸿的宜兴老乡，与夫人蒋碧薇还关着点亲，因为屋里条件实在差，徐悲鸿两个小囡正好需要人照看，所以到门上来帮帮忙，也好赚点钱贴补家用。刚正买小菜转来，踏进门一看——

同弟白 咦？田先生？

田汉白 哟，是同弟啊！

同弟白 您的伤好啦？

田汉白 在医院喝了您送来的骨头汤，伤当然好得快喽。

同弟白 这要谢谢我们徐先生，是他想得周到。唉，要不是夫人反对，我肯定天天给您送！

徐悲鸿表　同弟样样全好，就是有辰光闲话太多。（白）同弟，快给田先生泡茶去。

同弟白　哦哦哦！那田先生，您先坐，我给您泡壶茶去。（表）要紧往准里厢进去。

田汉白　悲鸿，怎么没看到嫂夫人啊？

徐悲鸿白　一早就出门了，看朋友去了吧！

田汉白　哎，待会儿嫂子回来看到我，又该皱眉头了！（表）啥体这样说？徐悲鸿的家小一向反对徐悲鸿与田汉来往的。因为俚晓得田汉是国民党的内控分子，弄得勿巧政治上受牵连，要影响男人的前途的。所以当初田汉请徐悲鸿到自己创办的南国艺术学院去当美术科主任，去了没几个月，俚就以离婚相要挟逼仔徐悲鸿离开上海。（白）悲鸿，我在牢里经常想起我们在南国共事的那段时光。你，我，欧阳予倩，我们义务给那些充满艺术追求的穷孩子们上课，虽然条件艰苦些，却充满着激情和快乐。你还记得吗？你的第一幅巨型油画就是在那儿画出来的。

徐悲鸿白　是啊，你和那些个学生还是我的模特呢。（表）徐悲鸿的第一幅巨型油画作品叫《田横五百士》，是他的油画代表作之一，也是他的成名之作。作品取材于《史记》当中的一则故事。说的是战国时代齐国的旧王族田横在秦末农民起义中带领五百人困守孤岛。刘邦建汉以后开出优厚的条件派人去招降，田横在赴洛阳的途中拔剑自刎，守岛的五百壮士闻之也全部自杀殉节。画面选取的就是田横与五百壮士诀别的场面。整幅油画从1928年画到1930年，用了三年时间方始完成。

田汉白　我经常梦见田横壮士的那双眼睛，目光炯炯，凛然正气，没有凄婉，没有悲伤，闪烁着坚毅、自信的光芒。可联想到如今那些个贪生怕死、见利忘义的小人，趋炎附势于腐败的国民党和贪婪的侵略者，真让人痛心疾首呐！

徐悲鸿白　是啊，没有气节的民族只能任列强宰割，人失去了傲骨也只能沦为奴隶。这次去欧洲巡展，这幅作品也引起了西方人的强烈关注。

同弟白　茶来了，茶来了！张大千先生送的明前雨花茶，您喝喝看！

田汉白　谢谢，谢谢！

同弟白　我们徐先生这次到欧洲去开画展，那些蓝眼睛、黄头发的洋人都对我们先生佩服得不得了，说我们先生是中国的“大分箕”。

田汉白　“大分箕”？什么‘大分箕”？

同弟白　“大分箕”也不知道？就是那个把女人画得笑眯眯的特别有名的大画家“大分箕”。

田汉白　那叫达·芬奇！

同弟白　对对对，达·芬奇，“大分箕”，差也差不多。那些大报小报的记者整天都围着我们先生转哦，那叫一个风光哦！

同弟唱　我伲先生勿简单，漂洋过海拿画展办。
丹青妙笔惊四座，轰动巴黎与米兰，
享誉法兰克福、不来梅，莫斯科人也齐称赞，
洋粉丝赢得仔千千万。

才说先生技艺高，油画国画才来三，
中西合璧称奇才，继承创新眼界开，
东方大师非一般。
报纸天天拿头条上，记者日日嗡上来，
跟东跟西拿明星追，先生是，风头健得来海海威。

同弟白 哎，田先生，你等下！

同弟表 只看见俚“噔噔噔”奔到楼上，一歇歇工夫“噔噔噔”奔下来，手里拿仔一沓报纸。

同弟白 我来念给你听听哦，这是《巴黎时报》：“徐悲鸿先生的《田横五百士》用娴熟的西画技巧，描绘了一个纯东方的动人故事，画出了一个东方民族的坚韧之魂。”《柏林早报》：“徐悲鸿先生的作品熔古今中外技法于一炉，显示了极高的艺术技巧和广博的艺术修养，是古为今用、洋为中用的典范。”《西方日报》：“徐悲鸿先生借历史画来表达他对社会正义的呼唤，以他非凡的艺术造诣和惊人的毅力，赢得了欧洲艺术界的尊敬。”还有这个《世界画报》……

徐悲鸿表 看俚一本正经，读得像煞有介事的腔调，徐悲鸿要喷出来快哉。

徐悲鸿白 （笑）同弟，你这洋文水平都超过我了呀！

田汉表 边上的田汉是呆得像木头人什梗，嘴巴张得野野大，塞得进一只烘山芋么拉倒。一个五十来岁的女底下人，非但看得懂外文，还精通几国语言？

田汉白 哎呀，果然是真人不露相，佩服，佩服！

同弟表 同弟想我中国字也不识几个，哪里看得懂啥洋文介？

同弟白 它们是认得我的，可惜我不认识它们。

徐悲鸿白 （苏）所以读么读了四张，拿么拿反了三张。

同弟白 （苏）呵呵，本来就是装装腔格呀。

田汉白 （苏）啊？装腔？啥意思介？

同弟白 这几张报纸一直在夫人房里放着，只要她有亲戚朋友来，她就会拿出来读一遍。她读了多少遍么我就听了多少遍。我字么不识，记性还可以的。

徐悲鸿白 （苏）啥叫还可以介？简直像复读机，一字不错，只字不漏，记忆力好得热昏。

田汉表 哦，原来什梗桩事体。

田汉白 悲鸿啊，我从国内的报纸上也看到，你们这次去欧洲办巡回画展，光在巴黎美术馆就接待了五万多人次，好评如潮，不但破除了西方人对中国艺术的偏见，还在世界艺坛上为祖国文化赢得了尊严。悲鸿，我太为你骄傲了。哎，你不是说最近又在创作一幅特大油画吗？我能看看吗？

徐悲鸿白 好啊，走！

徐悲鸿表 徐悲鸿拿田汉领到画室的南墙根首，起手拿遮勒油画上的布“晃”地一掀。

徐悲鸿白 我的新作：《徯我后》！

田汉表 只有两个字好形容：震撼！只看见灰暗的画面上大地龟裂、树木枯萎，一头瘦得皮包骨头的耕牛在啃树根，一群衣衫褴褛、骨瘦如柴的穷人正在翘首远望，好像在焦灼地盼望一场久旱后的甘霖。整幅作品两米多高，三米多长，一共由十六个真人大小的人物构成，气势恢宏，摄人心魄。田汉不愧是剧作大家，俚晓得“徯我后”三个字出自《书经》当中的一只故事。讲的是夏王桀昏聩暴虐，商汤带兵去讨伐暴君，受苦的百姓仰天而叹：“徯我后，后来其苏！”翻译成白话文就是：等待我们贤明的领导人吧，他来了，我们能得救了。这幅油画描写的就是格只故事。

田汉白　“徯我后，后来其苏！”画上这些暴君统治下的穷人的期盼，不就是如今国民党统治下的百姓的期盼吗？悲鸿，你的作品总能给我带来意外和惊喜，给人警醒和力量，太让人震撼了！

徐悲鸿表　这也是徐悲鸿不惜一切代价要拿田汉救出来的原因。人生知己最难求。田汉和自己非但是志同道合的朋友，而且互相欣赏，互相支持，是艺术上真正的知音。现在讲起来一个字：懂！俚完全看懂了徐悲鸿这幅画，讲出仔徐悲鸿画这幅画的用意。徐悲鸿构思这幅画，是在日本帝国主义发动九一八事变，大举入侵东北三省之后。蒋介石下命令“绝对不抵抗”，拿东北的大好河山就这样拱手送给日本侵略者，引起了全国人民的悲愤。国民党政府推行的这种卖国政策，一面向帝国主义屈膝投降，一面大肆镇压人民群众和民主运动，陷百姓于水深火热之中。国破家亡的惨状，严酷的社会现实，让徐悲鸿满腔义愤。

徐悲鸿白　寿昌，我们虽然不能拿着真刀真枪上阵杀敌，但我们是人民的艺术家，我们可以用手中的笔去揭露黑暗，伸张正义，为民请愿，为国效力，你说呢？

田汉白　没错，手握椽笔也可以成为出色的战士。（苏）我这次虽然因为写了《风云儿女》的电影剧本给国民党抓起来，险介乎送掉一条命，但是，只要能为民族的独立自由而战，就算死也是值得的。

田汉白　悲鸿，我要告诉你一个好消息：我的《风云儿女》已经在上海开拍了！

徐悲鸿白　太好了，寿昌，恭喜你！

田汉表　口袋里摸出一只香烟壳。

田汉白　夏衍同志正在等我的主题歌歌词呢。其实我已经在医院里写好了，念给你听听？

徐悲鸿白　好啊，洗耳恭听。

田汉表　用评弹唱的国歌伍笃外头肯定听勿见的吧？伍笃第一次听，我也是第一次唱，试试看。

田汉唱　起来！不愿做奴隶的人们！
把我们的血肉筑成我们新的长城！
中华民族到了最危险的时候，
每个人被迫着发出最后的吼声！
起来！起来！起来！
我们万众一心，
冒着敌人的炮火，前进！

冒着敌人的炮火，前进！

前进！前进！进！

徐悲鸿表 听得个徐悲鸿拳头捏紧，血流加快。

徐悲鸿白 铿锵有力，振奋人心，好词，好词啊！

田汉表 两个热血男儿，一样的才华横溢，一样的激情澎湃，

徐悲鸿表 一样的坚持真理，一样的同仇敌忾。两家头聚在一道，实头有讲不完的闲话啊！

徐悲鸿唱 他们性相投，义相酬，

田汉唱 心激越，意气赳，

合唱 慷慨昂扬话不休。

徐悲鸿唱 一个儿，画坛巨匠世人仰，

田汉唱 一个儿，剧苑骄子炳千秋。

徐悲鸿唱 一个儿，挥洒丹青绘宏愿，

田汉唱 一个儿，椽笔立言固金瓯。

徐悲鸿唱 一个儿，敢将愤懑画中诉，

田汉唱 一个儿，竟将壮志歌中留。

徐悲鸿唱 一个儿，一腔豪情抒怀抱，

田汉唱 一个儿，一片丹心热血流。

徐悲鸿唱 一个儿，爱家国，意悬悬，铁肩大义有追求，

田汉唱 一个儿，仇敌忾，恨悠悠，不惜赴死性命丢。

合唱 中华幸有志士在，铁马冰河笔底走，

赤子之情感神州。

他们惺惺相惜旷世谊，肝胆相照胜战友，

生死之交美名留。

说书人表 生于动荡的年代，两位艺术家的创作都不是书斋里的闲适小品，也不是自娱自乐的风花雪月，而是渗透着人性的观照和对祖国前途命运的思考，发出仔对自由、民主、和平的呼喊，实在难能可贵！

田汉白 悲鸿，我得找个旅馆住下，然后赶紧把歌词寄到上海。你一定要注意休息，我先告辞了。

徐悲鸿白 慢！（苏）虽然你从牢里出来了，但是保释书上写得清清爽爽的：不准你离开南京，不准你回上海，也不准你搞抗日活动。国民党肯定派人监视好你的一举一动勒嗨，假使你现在拿这歌词寄出去，等于自投罗网。

田汉白 那怎么办呢？

徐悲鸿白 把这任务交给我吧！我明天正好要去上海办事，我替你带出去。（苏）你就住在我屋里，好好叫养伤，明朝到仔上海，我正好拿你老娘和家小一道接得来。（白）你就放心吧！

田汉白　那……那得给你添多大的麻烦呀？不行不行！嫂子那……

徐悲鸿白　碧薇那我会解释的，其实你嫂子没你想得那么不通情理。

田汉白　不是……我是……

徐悲鸿白　好了好了，就这么说定了！同弟——

同弟白　来哉来哉，先生有啥个吩咐啊？

徐悲鸿白　快把楼上那间客房收拾出来，先让田先生休息休息，然后把你今天买的菜全做了，让寿昌好好吃顿饱饭。

同弟白　哦，晓得哉。田先生，今朝不吃骨头汤，我来做鲫鱼豆腐汤给你吃哦！

田汉表　田汉是感动啊！样样事体全替我想好安排好。我半年把勿吃过一顿饱饭，俚也想着哉。格种么叫弟兄！

徐悲鸿表　伍笃两家头弟兄情深，哪里晓得家小蒋碧薇转来大发雷霆，那么要夫妻反目。请听下回。

第三回　反　目

说书人表　徐悲鸿，为仔好朋友可以两肋插刀。

说书人表　勿晓得一个人大为光火。啥人？家小蒋碧薇。所说今年三十七岁的蒋碧薇，是宜兴城里最有名望、最大的一家人家的二小姐。十八岁的辰光，因为爷蒋梅笙被上海复旦大学邀请得去做教授，所以全家搬到上海，认得仔徐悲鸿。为仔格份一见钟情的爱情，蒋碧薇跟徐悲鸿私奔到国外，吃仔不少苦。回到中国，随仔男人的名气与地位的不断上升，作为名画家、名教授的夫人，蒋碧薇也极享受格份荣耀和风光。俚勿希望有任何人或任何事体影响男人越来越辉煌的前途，而田汉，就是俚认为的格种危险分子。洛么蒋碧薇长得啥个样子呢？皮肤雪白，身材高挑。五官拆开来看，每一样不过七八十分，放勒一道看，哎，倒说好超过九十五分，气质一流，风韵迷人。今朝身上着仔一件明黄缎子的印花旗袍，拿身材勾勒得曲线玲珑，外头披仔一条毛茸茸的紫貂皮披肩，看上去富贵逼人。现在从外头转来，气得吼吼直奔画室。

徐悲鸿表　徐悲鸿上半日在中央大学上课，下半日就拿自己关在屋里的画室里，继续格幅《徯我后》的创作。现在看见家小气得吼吼冲进画室，作啥介？

徐悲鸿白　碧薇，怎么啦？

蒋碧薇白　怎么啦？我倒要问你怎么啦？

徐悲鸿表　开出口来就是一股火药味！

蒋碧薇白　你怎么可以拒绝为蒋委员长画像呢？

徐悲鸿表　哦哟，消息倒灵通勒嗨啘？上半日国民政府派人到学堂里来寻我，要我替蒋介石画像，俚哪哼已经晓得则介？（白）你应该知道，我向来只画自己感兴趣的东西。

蒋碧薇白　嚯，你居然说对蒋委员长不感兴趣？这样的美差多少人求之不得，你却拒之千里。

我真想不通，这种可以平步青云的好事，你为什么就不感兴趣呢？你看你在巴黎的同学，那几位跟蒋委员长走得近的，都做了大官了。你就不能像张道藩张次长那样在仕途上也有点追求吗？

徐悲鸿表 张道藩啥人？徐悲鸿在巴黎的同学。虽然在艺术上呒啥天赋，但是在政治上极会钻营，现在做到国民党教育部常务次长，也算蒋介石身边的红人。还有一个身份，格是徐悲鸿不晓得的，就是俚搭家小关系暧昧了十多年，后来成了蒋碧薇的地下情人。现在听家小提到张道藩么，徐悲鸿有点不屑一顾。（白）他做他的官，我画我的画，做人嘛，本来就是人各有志！

蒋碧薇白 是，你靠画画吃饭，也能养家糊口。可是你也不能凭着你的个人兴趣胡画乱画，葬送前途呀！

徐悲鸿白 我怎么胡画乱画了？

蒋碧薇表 指指俚眼睛门前格幅《徯我后》。（白）你画这种画是什么意思？你这不是含沙射影吗？哎，我就不明白了，你为什么就不能画一点轻松的东西呢？（苏）像现在社会上格种时髦的画家一样，画点香蕉啊，苹果啊，风景啊，美女啊，照样好卖大价钱。（白）你为什么非要画这种费时费力，还可能影响自己前途的破画呢？放着安安稳稳的日子不过，非要瞎折腾，你到底为什么呀你？

徐悲鸿表 今朝碰着个“十万个为什么”勒嗨。（白）我的创作意图你是知道的。天下兴亡，匹夫有责。碧薇啊，你为什么对国难当前就熟视无睹呢？（衬）要死，也给俚过着则！

蒋碧薇白 哼，我熟视无睹，我不关心国家，就你关心。你现在画这样的画简直是引火烧身，我看你就是被田汉这帮共产党给洗脑了！

徐悲鸿白 碧薇，田汉是我的好朋友，我们都热爱艺术，有共同的理想和追求，所以当年我才接受他的邀请到南国艺术学院一起办学，为中国艺术界培养年轻的一代而努力，你为什么到现在还是不能理解呢？

蒋碧薇白 （苏）理解？倷当年宁可放弃一个号头三百大洋的工作，到上海替田汉免费打工，只有付出，呒不回报。倷叫我哪哼理解？（白）你非要和田汉搅在一起，就是听不进我的劝。这次冒了这么大的风险把他从牢里弄出来不算，居然把他全家都弄到家里来，你不是存心和我对着干吗？我算是明白了，在你的心目中，你的朋友、你的学生、你的画，永远比我蒋碧薇重要得多，这十八年来我跟你吃了那么多苦，受了那么多罪，都是活该！

徐悲鸿白 碧薇，你何必要说这些赌气的话呢？

蒋碧薇唱 历历往事涌心间，思绪纷繁话当年。

我本是，出身望族名门女，生活无忧蜜样甜，

快乐逍遥度日闲。

我随父客居上海地，与你常叙乡情缘匪浅，

两厢爱慕魂相牵，竟毁婚约，发了癫，

抛下堂前二高年，与你出走私奔赴天边。

蒋碧薇表 我记得第一次勒上海看见你的辰光，我只有十八岁。倷作为宜兴同乡突然登门来拜访我的爷。

徐悲鸿表 倷格日着仔一条鹅黄颜色的百褶长裙，勒花园里读书，靠勒个藤榻上，楚楚动人，就像一幅画。

蒋碧薇表 倷身上着仔一条粗布的蓝长衫，脚上居然着仔一双红洋袜，我实在熬勿牢，“咯勒”笑仔出来。

徐悲鸿表 我面孔红到头颈里，心跳到喉咙口。

蒋碧薇表 倷搭我爷倒是无话不谈，从文学到历史，从绘画到音乐，所以我爷特别欢喜倷，三日两头喊倷到屋里来吃饭。

徐悲鸿表 该则里老实勿客气，趁上门蹭饭的机会，好多看倷两眼。

蒋碧薇表 我娘也拿倷当伲子看待，说假使再有一个囡吾就好了。因为我十三岁就配亲，配仔给苏州查家了。

徐悲鸿表 格日我是失魂落魄走的，因为忘记物事回转来拿，看见倷眼睛煊煊红。所以我偷偷叫留仔一张条子给倷。

蒋碧薇表 我一看，上头只有四个字：“跟我走吧！”思想斗争做仔三日三夜，我终于决定跟倷私奔，陪倷到法国去读书。我么跟仔倷一跑头，我娘一场毛病床上困仔一个多月。我身担不孝，跟倷远走天涯，总以为只要倷爱我，我爱倷，就能过日脚。哪里晓得理想与现实之间的距离不是苏州到宜兴的距离，而是地球到木星的距离。真的太遥远了！

蒋碧薇唱 我为了爱情全不顾，身担不孝理太偏。

陪你欧洲来攻读，褪胭脂，持素颜，

穿布裙，立灶前，思柴米，想油盐，

住阁楼，拾针线，我这蒋家的大小姐，

竟也为钱愁半天，苦心操碎何人怜？

蒋碧薇表 我一下子从一个娇生惯养的千金小姐变成了一个整天为柴米油盐操心的全职保姆。

徐悲鸿表 我安心勒巴黎高等艺术学院读书，一有空就到博物馆、美术馆去参观临摹。

蒋碧薇表 倷一个人的留学官费要供两个人用，本来就捉襟见肘，哪里晓得因为国内局势混乱，生活费非但不能按时发放，还一断再断。

徐悲鸿表 为了节省开支，伲租到仔别人家的七层阁楼上。

蒋碧薇表 买瓶酱油，一个来回就要跑二百八十六级扶梯。有一日半夜落冰雹，天窗的玻璃敲得粉碎。

徐悲鸿表 一百八十六斤的房东太太板要伲出铜钱赔。

蒋碧薇表 房租已经拖仔三个月了，哪搭有铜钱赔得出？我只好老仔面皮到朋友屋里去借，敷衍仔一上半日，“借铜钱”三个字就是说不出口。实在呒不办法，就拿娘传给我的一直带在手上的镯头去卖脱。交脱房租，赔脱铜钱，还剩三个法郎，只好换三瓶牛奶、两袋面包。最难熬的是大冷天，身上呒不厚的衣裳，也生不起炉子，我只好钻勒被头里御寒。倷抽空帮百货公司画广告，我就接点缝缝补补的生活，好不容易积点铜钱想买件皮大衣，倷兜仔一圈买仔一幅画转来，说错过就呒不了，全然不顾我失望失落的神情。将要回国的辰光，倷到南洋去画画了，我鞠仔只肚皮，拖仔五个月的身子，拿倷勒欧洲买的所有书画、古董，还有格两尊搭人一样大的石膏像打仔八只大箱子，一家头搬到中国。现实的生活拿我从一个娇娇女活扎里里变成仔一个女汉子啊！

蒋碧薇唱 十年光阴匆匆过，我粉面娇容成黄脸，
甜酸苦辣都尝遍，委屈何止一点点？
总以为，付出艰辛终有报，苦尽甘来福绵绵，
哪知你，工作大如天，顽固性情偏，
龃龉常不断，矛盾风波掀，害我夜静泪涟涟。
都说今世因缘前世债，欲要还清要受熬煎，
我满腔愁苦何处言？

蒋碧薇表 借仔路费回到国内，儿子刚刚出生，经济依旧困难。高薪请倷去工作的地方不少，倷偏要到田汉的南国艺术学院去义务劳动，我实在熬不牢了。

徐悲鸿表 格是伲结婚过后第一次吵得什梗凶，倷以离婚相威胁，逼我离开上海，我为仔勿影响伲夫妻的感情，只好依依不舍告别南国的师生，到南京中央大学去上任。

蒋碧薇表 照道理每个月三百块大洋的工资不算少了，再加上倷偶尔卖画的收入，不至于再过苦日脚。但是铜钱仍旧不够用，因为倷永远改不了倷的臭毛病，只要看见欢喜的金石书画，哪怕呒不饭吃，借仔铜钱也要想方设法买下来。

徐悲鸿白 因为我是一个画家，爱画入骨髓。

徐悲鸿表 倷阿记得有一日我买着一枚鸡血石的图章兴冲冲拿转来给你看，你居然往准痰盂罐里"噹"地一丢！那一刻，我的心比针刺还要痛。

蒋碧薇表 后来吵相骂的次数越来越多。倷拿铜钱买书买画买古董勿算数，还一直贴勒外头人身上。南昌的傅抱石、苏州的吴作人，全是倷拿屋里的铜钱出来贴给俚笃去留学。格个蒋兆和搭倷非亲非眷，倷让俚屋里一住就是两年，现在再拿田汉这样的危险分子一家门才去弄得来……

蒋碧薇白 徐悲鸿，你到底把咱家当成什么地方呀？收容所？救济站？慈善堂吗？你为什么做事从来不考虑我的感受呢？我们好不容易熬到今天，可你正在一点一点毁掉我们来之不易的生活，你知道吗？

徐悲鸿表 蒋碧薇一口气倒出仔心里所有的委屈。格十八年所发生的一切，也像电影回放什梗勒徐悲鸿的脑子里过仔一遍。其实夫妻两家头的矛盾已经不是一日两日了，矛盾的根源，就是两家头性格的差异以及对艺术、对生活的态度的巨大反差。2001年9月

14日，中央电视台《人物》栏目播出徐悲鸿的专题，徐悲鸿和蒋碧微的女儿丽丽专门谈起她对父母的印象，态度极其诚恳。她讲：父亲脾气温和，生活节俭，平时只穿布长衫，皮鞋要旧得实在不能再穿了，再想着到旧货摊上去买双二手货。对于艺术却是爱到骨髓，花再多的钱也在所不惜。而母亲出身富贵，穿着讲究，爱享受，讲派头，还任性暴躁。爷搭娘当年虽然一见钟情，但是毕竟没经过深入的了解就匆匆结合了。在外国留学的辰光，两人患难与共，为了改变生活的状况，为了一段时间内共同的生活目标，双方还能压抑自己的个性。一旦苦尽甘来，差异凸显，摩擦冲突也就不可避免。中国有很多夫妻只能共苦而不能同甘，也就是这个道理。

徐悲鸿白 碧薇，你不要这么激动嘛。我没有一日不感念这十八年来你为我所做的一切。可是我有我做事的原则，你可以不理解，也可以不支持，可你为什么总是这么咄咄逼人呢！田汉是我的生死至交，我怎么能见死不救呢？傅抱石、吴作人、蒋兆和，他们就是当年的我啊，有理想，有追求，有才华，需要帮助和支持啊。我第一次离开宜兴，到上海流浪的时候，要不是那么多好心人伸出援助之手，我能有今天吗？我早就饿死街头了！碧薇！

徐悲鸿唱 我是穷人之子出身寒，随父画像度日难。
为求生计离乡井，孤身独闯上海滩。
总以为，五光十色大世界，只要有梦就可追，
有志便好攀高山。
哪知晓，屡屡受挫生绝望，处处碰壁心儿灰，
饥寒交迫活命难，只得黄浦江畔觅泉台。

徐悲鸿表 我当年跟仔爷在屺桥村浜以替别人家画像为生。后来爷过世，我一家头到上海滩去讨生活，寻不着工作，住不起栈房，几乎流落街头。经同乡黄警顽介绍，好不容易揽着画四幅美人图的生活。当时袋袋里只剩五个铜板，而四幅美人图从构思落笔到着色至少要用一个礼拜。早上捏仔一个铜板在早点摊门前笃笃转，齐齐转，最终买仔一只粢饭团，因为糯米做的，顶饥。一日天就靠格只粢饭团撑下去。过了第五日，一个铜板也摸勿出了，还剩两日只好饿仔肚皮画。饿得笔也动勿动，台子上磕一歇，喝几口冷水，继续画。交画格日，说老板改变想法了，画用勿着了。外头落仔个大雪，我只好拿身上格件单长衫脱下来拿到当铺里去当，朝奉先生一看，说破得什梗呒当头了，往准外头一丢头。一个人跌跌冲冲走到黄浦江边上，放声痛哭："爷啊，我呒不出息，我对不起倷，倷带仔我一道走吧！"下定决心，一死百了！一个人拿我拦腰一搿。一看么好朋友黄警顽追得来了，说道："悲鸿啊，倷连到死都不怕，倷还怕活吗？"

徐悲鸿唱 他说道，天无绝人路，寻死非好汉，
人生本艰难，只要咬牙关，柳暗定能见花开。
他是苦相劝，频安慰，宽我心，暖我怀，

将我黄泉路上拉回来。

徐悲鸿表 俚拿我带到宿舍里，两家头合睡一只小床，日里还替我跑腿寻工作。皇天不负有心人，我画的《仓颉像》给明智大学录用，就勒格搭我结识了先生康有为，承蒙俚看得起，收我为徒，居然拿俚个书房借给我读书画图。康先生还拿我介绍给蔡元培先生，我终于被北京大学聘为画法研究会导师，有了一份像样的工作。后来在教育总长傅增湘的帮助下头，我得到了官费赴法国留学的机会。到仔法国，因为国内局势不稳定，官费一断再断，中国驻法总领事赵颂南先生慷慨解囊，帮伲渡过难关。回国呒不路费，南洋华侨黄孟圭弟兄出资相帮，伲方始顺利回国。伲有今朝什梗一日，一路上得到了多少人的无私帮助啊！

徐悲鸿唱 我一路走，一路难，再难的路上有人搀，
他们行仗义，施慷慨，不图回报有大爱，
只望悲鸿展双翅，只望悲鸿扬风帆，
只望悲鸿一路向前莫徘徊，
只望悲鸿前程似锦有将来，
实现梦想振画坛，轰轰烈烈干一番。
而今众望终如愿，我回馈社会理应该，
助难帮困责任担。
只要我们伸援手，心敞开，施雨露，播洒爱，
人间便多真善美，阳光就能驱阴霾，
海阔云高天更蓝！

徐悲鸿白 人不能忘本，我也不能弃患难中的朋友于不顾。至于那些生活贫困却勤奋有才的孩子，尽我最大努力和能力去帮助他们是我的责任，我不会袖手旁观，从前不会，现在不会，将来还是不会！

蒋碧薇表 蒋碧薇是火啊！还勒浪搭我唱反调。

蒋碧薇白 反正我的话你永远是听不进去的，再说下去还是吵架，没意思。那为蒋委员长画像的事你总该重新考虑考虑吧？

徐悲鸿白 我既然已经作了决定，肯定是不会更改的了。

蒋碧薇白 那好，我们离开这个是非之地，回巴黎去。在那样一个艺术之都生活和画画，我们一定能过得很好，我们……

徐悲鸿白 碧薇，做人不能太自私！在国难当头的时候，我怎么能抛弃自己的国家，跑到外国去过悠闲的生活？如果我这么做，还有何面目面对自己的学生、自己的国家呢？

蒋碧薇白 你爱国，你伟大，你真把自己当成救世主了！你少跟我讲大道理，我已经听够了！是，我自私，我可恶，我什么都不好，我就是你的眼中钉、肉中刺，只有那个孙多慈才无私，才可爱，才是你的心肝宝贝！

徐悲鸿表 孙多慈啥人？徐悲鸿教的一个女学生子，特别有灵气，所以俚相当看重这个学生

子，教起来也特别用心，最近还勒搭伊申请官费出国留学的名额。蒋碧薇本来搭徐悲鸿夫妻关系就不大融洽，给勒边上人一挑拨，等于雪上加霜。

徐悲鸿白 你老扯上一个女学生干什么？

蒋碧薇白 哼，既然做了还怕人说？

徐悲鸿白 我做什么了我？

蒋碧薇白 你为她做的够多的了，张罗着替她出画册，还想派她出国留学，你以后我不知道吗？

徐悲鸿白 我没否认过很爱她的才华。你刚才也说了，我帮助过很多男学生出国学习，为什么对一个有才华的女学生就不能培养呢？

蒋碧薇白 现在不正流行师生恋吗？天知道你培养她是什么目的！我告诉你，我今天已经到教育部去过了，她的留学名额已经被取消了！哼，孙多慈，算什么东西，就是一个只会勾引男人的贱货罢了！

蒋碧薇表 说完，面孔上露出仔得意和胜利笑容！

徐悲鸿表 格个笑容，顿时让徐悲鸿觉着毛骨悚然。伊只觉着眼睛门前的蒋碧薇越来越陌生。那个十八年前他所爱过的少女已经不存在了，现在站在他面前的分明是一位高傲、自负、任性、横蛮、不可理喻的泼妇。

徐悲鸿白 蒋碧薇，你……你太过分了！你怎么可以这样侮辱我的学生，侮辱一个规矩的女孩？

蒋碧薇白 侮辱？你心痛了？我不但要说，我还要叫人写出来，贴到她的教室里去！你看着吧！

徐悲鸿表 疯了，格个女人彻底疯了！

徐悲鸿白 为什么？这是为什么？每当我疲惫不堪地从学校回来，希望得到一点点家的安宁和温暖的时候，你给我的只是叫嚷、吵闹、猜疑和不信任。你干预我的工作、我的创作、我生活中的一切，以至我的一举一动。你为什么专以使我痛苦为乐呢？

蒋碧薇白 呵，我使你痛苦？那你何必回来？去找使你幸福的人好了，去找那个淫妇孙多慈好了！你给我滚！（手指门外）

徐悲鸿白 天啊，这是什么生活？这是什么样的生活？好，我走，我马上走！"吓哒哒……"

说书人表 到底哪哼？请听下回。

第四回　情　归

徐悲鸿表 一个事业有成的大画家，却在婚姻生活上备受折磨，徐悲鸿只好把所有情感寄托在那支画笔上。伊先后赴广西、广东、云南、香港和新加坡、印度等地举办个人画展，并捐出所有的收入，以实际行动支持抗战。格个一圈，一兜就是七年，虽然当中有好几次回到南京想搭蒋碧薇握手言和，但是蒋碧薇态度坚决，破镜难以重圆。1942年，徐悲鸿回到已经迁到陪都重庆的中央大学执教，并为中央美术学院的筹备而奔忙，样样事体亲力亲为，连招一名图书馆管理员伊也要亲自面试。

廖静文表 笔试第一名的是一位十九岁的湖南姑娘，叫廖静文。伊初来重庆的目的其实是报考金陵女子大学的化学系，将来成为像居里夫人什梗的科学家，但是因为崇拜徐悲鸿的艺术，所以先来应聘这个图书馆管理员试试看。

徐悲鸿表 面试的辰光，清秀漂亮的廖静文从巴金、鲁迅谈到托尔斯泰，从古典诗词谈到美术鉴赏，一下子赢得了徐悲鸿的好感，毫无悬念地被录取了。

廖静文表 廖静文非但成为仔徐悲鸿工作上的得力助手，还在生活上主动关心帮助住在单身宿舍里的徐悲鸿。

徐悲鸿表 衣裳有人汏了，被头有人缝了，艺术上有人交流了。久违的温暖使得徐悲鸿不由自主向姑娘敞开心扉，倾诉因婚姻失败而带来的痛苦和孤独。

廖静文表 对徐悲鸿的同情、怜悯、崇拜、尊敬，使得十九岁的廖静文对徐悲鸿产生仔一种姑娘家从来朆有过的感觉。

徐悲鸿表 徐悲鸿懂得，格种感觉叫“爱”，不知不觉，一颗年轻的心与一颗沧桑的心，越贴越近。

蒋碧薇表 有一个又要作了——蒋碧薇！蒋碧薇一面以“小女人”的姿态给张道藩写肉麻的情书，一面却以“大夫人”的威势给廖静文的爷、娘、阿姐写信，企图破坏徐悲鸿和廖静文的感情。

廖静文表 廖静文有过挣扎，有过退缩，有过不辞而别。

徐悲鸿表 但是徐悲鸿用他的善良、真诚、执着、坚持打动了廖静文的家人，并答应无论付出多大的代价，都要以自由之身给廖静文幸福。

蒋碧薇表 蒋碧薇开出的离婚条件吓得煞人：一百幅徐悲鸿的作品、五十幅收藏的古画、一百万洋钱，还要每个月付给两个小囡四万块的生活费。

徐悲鸿表 当时辰光徐悲鸿拿的是大学教授最高一档的工资，月薪两万块。为仔搭蒋碧薇早点了清爽，徐悲鸿隔愣也朆打一个，连下来除了工作，就是不停地画，经常通宵达旦，不吃不睡，身体严重透支。格日昏倒勒画室里，送到医院里一检查，上压二百三，下压一百五，还有严重的慢性肾炎，生命垂危。

廖静文表 已经考取金陵女子大学的廖静文请仔长假，日夜陪护，精心照顾，徐悲鸿才脱离危险。勒医院里一住就是三个月，徐悲鸿一日一日在好起来，廖静文一日一日在瘦下去。

丽丽表 徐悲鸿的女儿丽丽今年已经十五岁了，勒嗨中央大学附中读书，离医院相当近。平时住勒娘搭，离爷住的场化特别远，加上娘看得紧，与爷见面的机会不多。自从爷进仔医院，三日两头往准爷搭跑。今朝一放学又来了，踏进209病房，看见爷靠勒床上专心致志在看书，轻动动跑进来，起手拿爷的眼睛一蒙。

徐悲鸿表 徐悲鸿一猜就是女儿。故意喉咙一沉。（白）谁啊？

丽丽白 喵呜……

徐悲鸿白 哪里的小野猫跑到医院里来捣乱啊？

丽丽白 嘻嘻，爸爸好！

徐悲鸿表 十五岁，亭亭玉立，像花什梗一朵，看看也窝心。

丽丽白 哎，爸爸，我怎么发现您今天变化好大呀，又年轻又帅的？

徐悲鸿表　医院里住仔三个号头，头发、胡子长得野野长。再过两日要出院了，所以来仔个“大扫除”。

徐悲鸿白　这可是你静姨的手艺，怎么样？有专业水准吧？

丽丽白　静姨真能干，脾气也好，哪像妈妈，一天到晚对我吼！

徐悲鸿白　丽丽，妈妈脾气再不好，也是妈妈，平时一定要听她的话，千万别惹她生气，知道吗？

丽丽白　她今天早上又让我问您要钱，你和静姨过得这么苦，妈妈却每天喝着咖啡，吃着荷包蛋，抽着美国香烟，可她还是不满足！

徐悲鸿表　勠看看女儿只有十五岁，大人的事体俚也已经有点懂了。

徐悲鸿白　你回去跟妈妈说，爸爸最近实在没办法画画，但我答应她的，一定不会食言。爸爸住院前画的十几张画还在裱画店里，我让你静姨去取了，取到了就给你妈妈送去。

丽丽白　静姨天天在这儿陪你，照顾你，给你理发，还吃你的剩饭，她真是好人！

徐悲鸿白　什么？你说静姨吃我的剩饭？

丽丽白　哦，我上次临走的时候在走廊里看到的，她不让我说的！

廖静文表　就勒格歇辰光，廖静文从裱画店里拿仔画转来了。廖静文今年廿一岁，看上去清秀雅气，端庄朴实。在她身上既有少女的天真，也带几分知识女性的成熟。推开病房门——

廖静文白　哟，丽丽来啦？

丽丽白　嗯，静姨好！

廖静文白　先生，裱画店的金老板知道您在住院，都不肯收钱。我说裱画本来就是小本买卖，这年头生意又难做，怎么能让店里白干活呢？他说您老照顾他生意，知道咱最近手头又紧，最后两个人推来推去的，只收了我一半儿的钱！我发现走到哪儿，都有人记着您的好！

廖静文表　咦，我讲仔半日天，响也不响，面孔笃起仔啥体介？

徐悲鸿白　静，你过来。

廖静文表　难得看见俚什梗严肃格呀。

廖静文白　哦！

廖静文表　床沿上一坐。

徐悲鸿白　你今天中午吃什么了？

廖静文白　嗯——三鲜面，还是旁边那家小馆子吃的。

徐悲鸿表　还勒浪骗我？

徐悲鸿白　你是不是又在走廊里偷吃的我的剩饭？

廖静文白　我？！

廖静文表　对丽丽望望，肯定你个小叛徒告的密啘？

【丽丽吐舌头。】

徐悲鸿白 （苏）我吃的是病号饭，呒不油水覅去说俚，就剩一两口，哪哼当得了顿？你居然瞒仔我吃我的剩饭，还天天骗我说不是勒外头吃的三鲜面就是蛋炒饭？（白）你，你让我说你什么才好呢？

廖静文表 听得出格，格个埋怨里既有心痛，也有内疚。最近倷经济压力什梗重，一方面要满足蒋碧薇开出来的所有条件，住医院又要不小的费用，假使不是朋友相帮，恐怕连第二期的住院费都交不出，我勒经济上又帮不上倷啥个忙，只好能省则省。

廖静文白 我胃小，吃几口就够了，正好减肥！好了好了，别生气了，丽丽，来，咱一起来欣赏一下爸爸的画。

廖静文表 说完，当当心心抽出其中一幅，搭丽丽两家头小心翼翼拿画展开。

丽丽白 哇，爸爸画的马总是像要飞起来一样！

廖静文白 嗯，看着让人神思飞越，有种想提着挎刀骑上去的冲动！

徐悲鸿表 这幅水墨奔马图是徐悲鸿住院前画的。当时辰光中国抗日部队传来捷报，在缅甸孟关大败日军，徐悲鸿以画奔马来表达自己激动的心情。所以在徐悲鸿的许多奔马图上，你经常能看到这样的题款：闻台儿庄大战胜利，悲鸿写此志喜；闻报长沙大捷，悲鸿写此志喜。所以在那个特殊的年代，徐悲鸿的马是时代的号角，是民族精神的象征。眼睛门前这匹马，四蹄腾空，呼啸而来，好像要从纸上冲出来一样，有特别强的视觉冲击力，绝对是一幅精品。

丽丽白 爸爸，我记得有一次我们全家坐马车出游，你非要下来走，说这样可以观察马的跑姿。马越奔越快，你跟在后面只顾看马的腿，没顾看自己的脚，结果摔得鼻青脸肿，妈妈还骂你自作自受呢！

徐悲鸿白 小坏蛋，又揭爸爸的短！

说书人表 就勒格歇辰光，外头“笃笃笃”。

徐悲鸿表 有人来了？阿会是护士小姐？

徐悲鸿白 请进！

特务白 您就是徐悲鸿先生吧？

徐悲鸿白 （衬）覅跑错格。

徐悲鸿表 一看，哦哟，一个美女。

徐悲鸿白 我是徐悲鸿，请问找我有什么事吗？

特务白 打扰，打扰！

特务表 身边摸出一张报纸。

特务白 这是前几天的《新华日报》，上面有一篇《陪都文化界对时局进言》，不知徐先生看了没有？

徐悲鸿表 哦，格是重庆文化界为反对国民党独裁专政，建议成立民主联合政府，向国民政府提出六项具体意见的一篇宣言。是郭沫若先生根据周恩来的提议而起草的。上头有田汉、曹禺、巴金、茅盾、顾颉刚等重庆文化界三百多位重要人物的签名。格日郭沫若特会到医院来寻我，我当然义不容辞，鼎力支持。

徐悲鸿白 当然看到了，要不怎么会有我的签名呢？

特务白 徐先生，蒋委员长看见该篇物事大发雷霆，伲主任张道藩给委员长喊得去一顿臭骂。事态很严重，问题很棘手哇！

特务唱 一篇《进言》掀波澜，我伲主任倒了霉。

文章见报才片刻，蒋委员长大火冒穿天灵盖，

一声令下拿主任喊，碰台拍凳、暴跳如雷，

骂俚办事不力是蠢蛋，让共产党，瞎钻空子不应该，

牌头吃得勿能谈。

主任他，细追究，严调查，发现事情有撬开，

名人响应原是假，才是共党耍心眼，

骗盗签名施手腕，瞒天过海弄机关。

还望先生识时务，登报声明站出来，

宣扬正气把头抬。

特务表 啪，又摸出一张报纸。

特务白 现在已经有人在《中央日报》上发表声明，揭露文件上的签名是被盗用的，既然人家的签名是被骗上去的，那么，您的签名也一定是被骗上去的。张主任的意思是，请您最好也登一个同样的声明！

徐悲鸿表 哦，原来是张道藩派得来的特务。哼，蒋介石听不进文化界的呼声也就罢则，居然用颠倒黑白、卑鄙无耻的方式来混淆是非，真的是无药可救！

徐悲鸿白 别人有没有受骗我不清楚，但我对我的签名完全负责。

特务白 张主任说，这其实是蒋委员长的意思，请您必须登一个声明，否则……

徐悲鸿白 哪哼？

特务白 对您很不利，很不利……

徐悲鸿表 威胁我啊？徐悲鸿真也不吃倷格个一套了。

徐悲鸿白 不管是谁的意思，我决不收回我的签名！

廖静文表 边上廖静文也熬不牢了。

廖静文白 我们两个人，四只眼睛看的那份《进言》，和《新华日报》登载的一模一样，我们的签名都是自愿的、真实的，不存在被骗一说。你们这样做才是在骗人呢！

特务表 要倷一个女人妈妈挤在前八尺啥体？看徐悲鸿格种腔调是转去要交勿落差格哴。好得还有一手来。

特务白 徐先生，张主任还说了，您是他的老同学，不会为难他的。

特务表 身边摸出一只信壳。

特务白 现在看病这么贵，您又都是自费。张主任特意给您申请了五千元的医疗补助，方便您出院时结账。

特务表 说完往床头柜上一放。

徐悲鸿表 格就是国民党办事体的一贯手段，不是威逼就是利诱。

徐悲鸿白 请您回去转告张主任，结账的事就不劳他费心了。（苏）这五千块钱还是留给俚自己买点西洋参吃吃，补补气、清清火吧！

徐悲鸿表 拿到手里，往准地上“嗙”地一丢。

特务白 这……

廖静文白 对不起，徐先生身体欠安，需要静养，请便吧！

特务表 直接赶动身了？看上去软硬不吃。

特务白 在下也是奉命行事。既然这样，那小的也只能告辞了！不过，有个消息必须告诉您：费巩教授已经失踪两天了，家人正到处发布寻人启事呢！不相信您看看这报纸！

徐悲鸿表 费巩啥人？四川大学的名教授，也是《进言》的签名者之一。要紧拿报纸拿到手里勒寻人启事专栏里一看。

徐悲鸿白 你们……你们太卑鄙了！

特务白 祝您早日康复，再见！

廖静文白 慢！

特务表 哦哟，有戏！

徐悲鸿白 静文……

廖静文表 指指地上的信壳。

廖静文白 这个拿走！

特务表 弯倒身体，钱拾起来。对廖静文看看，现在市面上不欢喜铜钱的女人倒勿大有的！

特务白 告退！阿，阿嚏……

特务表 灰溜溜出去。

徐悲鸿白 静，我还以为……

廖静文白 我早说过，您做任何事我都会站在您这一边的，况且您做的这些事都是这样勇敢、正义和伟大。

徐悲鸿表 窝心啊！和蒋碧薇同样是女人，哪哼能个勿一样呢？一个激动，拿廖静文的手一把抓到胸口。

徐悲鸿白 哦，静！

丽丽白 （装咳嗽）嗯咳嗯咳……

徐悲鸿表 哦哟，忘记脱边上有个电灯泡勒嗨。

廖静文表 面孔涨得煊红，手要紧缩转来。

丽丽表 刚正特务进来格点闲话，丽丽才听好勒嗨。

丽丽白 又是那个张道藩！总是阴魂不散！

说书人表 就勒格歇辰光，“呜……”重庆城的上空又响起仔防空警报。小护士推门进来：“快快快，快进防空洞！”

廖静文白　丽丽，搀好爸爸，我们一起走！

丽丽白　好！

徐悲鸿表　徐悲鸿虽然身体还蛮虚，但是下床走路呒不问题。徐悲鸿的病房在最东头，通往地下防空洞的楼道在最西头，三家头刚正奔到楼道口。

徐悲鸿表　徐悲鸿搭廖静文同时立停身体。

徐悲鸿、

廖静文同白　画！

徐悲鸿表　两家头全想起了格十几幅画。

廖静文白　丽丽，你陪爸爸先走，我回去拿。

徐悲鸿白　不，你带孩子先走，我去拿。

廖静文表　廖静文拿手一撒，"吓哒哒……"

徐悲鸿表　徐悲鸿呆仔一呆，"吓哒哒……"

丽丽表　丽丽亦然跟勒后头，"吓哒哒……"

说书人表　三家头奔得格么叫快，格歇辰光拿秒表掐一掐，刘翔只好排第四，毕竟千钧一发，性命交关。

廖静文表　回到病房里，画拿好，只听见"嗡……"飞机来了。

徐悲鸿白　（大喘气）静文！快！

廖静文白　（大喘气）你这身体怎么能这么跑呢？

丽丽白　（大喘气）爸爸，我这健康人都跑不过你。

徐悲鸿白　别说了，快走！

廖静文表　来不及了，日本人的飞机已经飞到医院的上空，一枚炸弹从天而降，"得儿……"廖静文不知哪搭来个力气，拿徐悲鸿搭丽丽往准地上一揿，自己的身体像棉花毯一样往准两个人身上一捂。

说书人表　"嘭！"假使格枚炸弹再晚丢0.00000001秒，格三家头就危险了。因为早仔什梗0.00000001秒，格颗炸弹偏着一二公尺，一栋楼房炸塌一半。西面的一半已经成为一片废墟，东面一半虽然还勒浪，但是也是一片狼藉。209病房的门也震仔下来，窗玻璃碎仔一地，窗框吊了个墙头上甩了甩，荡了荡，随时有掉下来的危险。

丽丽表　丽丽第一个回过神来。推推边上的爷。

丽丽白　爸爸，你没事吧？

徐悲鸿表　哦，看上去命大，阎罗王覅收得去。

徐悲鸿白　我没事。静文，静文！（咕）哪哼勿动格介？

丽丽白　静姨，静文阿姨！爸爸，血！

徐悲鸿表　一看么，廖静文额角头上、臂膀上全是个血！

丽丽白　（放声大哭）静姨死了，静姨死了……

徐悲鸿白　静，别吓我，静……医生，医生！

护士甲表 有几个护士刚正从防空洞里钻出来，

护士甲白 咦，我们这是在哪呀？哪哼到仔露天来则介？

护士乙白 房顶什么地方去了？难道我们穿越了吗？

护士丙白 要死，东南西北也弄不清爽格则唲，啥个路道介？

护士甲白 刚正听见头顶心上“嘭”的一来，阿会格颗炸弹齐巧丢了伲医院里格啊？

护士乙白 啊呀，这地上全是盐水瓶了药瓶，看上去是炸格伲医院唲！

护士丙白 断命小日本，生病人也不放过，巴俚笃全生癌。

护士甲白 房子炸成这样，不知道有没有人伤亡啊？

护士乙白 真正受仔伤120救护车也用勿着喊的，就地抢救，便当倒便当的。

护士丙白 翘辫子还要爽气，直接太平间里一送，完结。

说书人表 医院里出仔什梗大的事体，三个护士小姐还勒浪大攀谈说死话么总归认得俚笃。

徐悲鸿表 徐悲鸿搿牢格廖静文还勒浪喊。

徐悲鸿白 医生，医生……

护士甲白 格搭有人勒喊唲。

护士乙白 快点去看看！“吓哒哒……”

护士乙表 护士小姐奔进来，一检查。

护士乙白 还好，是给玻璃划的，皮外伤。

护士乙表 倒是药房也炸脱格则，伤口处理一下么做了一个简单的包扎。

廖静文表 廖静文觉着自己好像做仔个梦刚正醒转来一样。

廖静文白 先生，丽丽，都好吧？

徐悲鸿白 嚯！还好！静，你吓死我了！

丽丽白 （哭腔）静姨，我还以为你死了呢。

廖静文白 傻孩子，静姨是属猫的，有九条命呢，死不了。

廖静文表 要紧地上爬起来，再拿徐悲鸿搀起来，让俚床上先坐一坐。医院炸得格种腔调，看上去呒不办法再住下去了，本来隔两日就要出院了，就提前转去吧。医生来得个负责任，开仔张药方，说药房也炸脱了，只好麻烦伍笃到药店里去买了，药一定要坚持吃，暂时还不能工作，多休息，否则容易复发。账结脱，好勿容易喊着一部三轮车，先拿丽丽送到屋里门口，顺便关照俚拿格十几幅画带进去，丽丽立勒个门口，含仔个眼泪搭爷和廖静文挥手而别。格一路，徐悲鸿没开过口，只是拿廖静文的手紧紧地捏勒自己手里，好像怕俚逃脱一样。

廖静文表 到住的场化，廖静文搀仔徐悲鸿床上隑一隑。要想立起身，

徐悲鸿白 静，别走！

廖静文白 我去烧壶水。

徐悲鸿白 倷受个伤勒嗨，也隑脱一歇，我有话对你说。

廖静文白 哦，那好吧。

廖静文表　重新坐到床上，往往徐悲鸿肩架上一磕。

徐悲鸿白　我的静！

徐悲鸿唱　感苍穹，施洪恩，此生得遇你廖静文。

总以为，心到伤透无知觉，情历沧桑空余恨，

幸福无缘照今生。

谁料想，天公不薄垂怜我，派了你这最可爱的人，

拯救我迷茫的灵魂。

你似江南的雨，滋润枯木春，

你似云贵的风，温文又清新，

你似塞上的雪，剔透闪晶莹，

你似寒冬里的阳光，暖了我冰冷冰冷的心。

自从有了你，我耳边多笑声，自从有了你，我生活添信心，

自从有了你，我病枝爆了青，自从有了你，我灵魂得重生。

你朝朝相伴还入我的梦，梦里梦外都怕你消失无踪影，

我天天自问自扪心，我这无钱有病曾经沧海半百的人，

怎配拥有你俏佳人？怎配拥有这好收成？

徐悲鸿白　静，我不知该如何感谢老天爷，居然把你送到了我的身边。你是那么那么好，那么那么完美，你已经成了我生命中的一部分，我是如此地依恋你。你为我做了那么多，今天还险些为我丧了命，所以我想……

廖静文表　拿我说得加好，难道是想向我……

徐悲鸿白　所以我想，你应该拥有更美好的人生，找一个能真正能给你幸福的人。

廖静文白　啊？先生，您这话是什么意思？

徐悲鸿白　（苏）看看我住的场化，一张床，两只凳子，一只写字台，还是勿上过漆的。别人家听听徐悲鸿大画家终日脚过得蛮好，其实穷得连看病铜钱也要问人家借。倷什梗年轻，我比倷大仔廿八岁，还一身的毛病，我搭倷登勒一道只会拖累倷，倷有啥个幸福可言。而且倷也看见了，我是个脾气特别梗的人，有辰光做事体勿考虑后果，所以遭受威胁恐吓是家常便饭，倷跟仔我还要过格种担惊受怕的生活，（白）我于心何忍？虽然我是那么地爱你，甚至有时候担心你会突然从我身边走掉，但是做人不能太自私啊！

廖静文白　先生，我们已经订婚了呀！

徐悲鸿白　婚约也是可以根据不同情况解除的。订婚时，我是健康的，可现在……静，你好不容易考取了大学，可这次为了我落了那么多课。你快回成都上学去吧，我不能再影响你的功课了！我一个人习惯了，我能照顾好我自己！你，走吧！

廖静文表　廖静文万万勿想着徐悲鸿转的是要搭自己分手的念头。格两年来，伲两家头经历仔多少风风雨雨才走到今朝格一日，你的境况，你的为人，我又不是刚正再晓得。我

的眼睛里从来吪不穷人、富人，凡人、名人，健康人、生病人之别，我的眼睛里只有一个正直善良、是非分明、爱才爱国、才华超群、顶天立地的男人！

廖静文白 先生。

廖静文唱 你是浩天一飞鸿，正气凌云九霄冲。
妙笔神来造万物，龙吟虎啸马嘶风，
鸡啼鹰翔鹤唳空，八荒吞吐腕底功。
你勤钻研，勇探索，誓向画坛注新风，
苦心孤诣创不同，敢攀高山一重重。
你潜心艺术无旁骛，甘享清贫不怕穷，
坚韧犹如一棵松。
你识才爱才无人及，慧眼伯乐人称颂，
无私倾囊不求报，只望桃李笑春风。
你云游行万里，家国系心胸，
悲悯怜苍生，豪情日月同，
冷眉仇敌忾，胆剑向天耸，
一心求真理，仁义君子风，
胸有移山志，寸锥写愚公，
笔抵千钧力无穷，此生唯求中国梦。
如此男儿世间少，胜似珍宝藏琼宫，
我敬你唯用双手捧，爱你怜你心儿痛。
我不求锦衣与玉食，只望喜怒悲欢与君同。
陪你朝看花，夜赏月，品墨题诗丹青弄，
小轩窗下乐融融，此生相爱紧相拥。

廖静文白 先生，我早已想过千遍万遍了，我对您的感情是真诚的。不管遇到什么困难，不管将来会发生什么，我的心坚决依附着您，照顾您，守护您，陪伴您，今生今世都不离开您！

徐悲鸿白 哦，静！即使我长久地这么衰弱，即使我两手空空，一无所有，你也不会离开我吗？

廖静文白 先生，您知道《简·爱》里男女主人公的最后几句对白吗？

徐悲鸿白 当然知道。罗切斯特问简·爱：“跟一个比你大二十岁的人结婚，还是个残废，你愿意吗，简？”

廖静文白 简回答：“我愿意！”

徐悲鸿白 罗切斯特又问：“这是真的吗，简？”

廖静文白 简回答：“这是真的！先生，此生不渝。”所以先生，我会像简·爱爱罗切斯特那样坚定不移地去爱您，全心全意地照顾您。况且您又不是残废，您刚才在医院里比我跑得还快呢！

徐悲鸿白 哦，我的静！可是，你得回去上课，不能再耽误学业了……

廖静文白 其实，三个月前我就已经申请退学了。我觉得，没有什么比守护在您身旁更重要的了。照顾好您，才是我人生最大的意义！

徐悲鸿表 再多的语言都无法表达徐悲鸿此刻激动、欣喜、感恩、满足的心情，含在眼眶里的男儿之泪终于熬不牢了，像嘉陵江水奔涌而出，格条臂膀一下子有仔千斤之力，拿身旁边这个像天使一样的姑娘越搿越紧，越搿越紧……

徐悲鸿唱 莫叹孤鸿自飘零，人生何处无真情？

徐悲鸿唱 他们手相挽，

廖静文唱 心相近，

徐悲鸿唱 绵绵意，

廖静文唱 浓浓情，柔韧芳心寄徐君。

徐悲鸿唱 红袖添香余生暖，

廖静文唱 伴君甘愿付青春，

徐悲鸿唱 誓用真爱惜卿卿。

徐悲鸿唱 江水为媒山为证，好人终有好收成，

合唱 倦鸟从此归山林，一曲佳话动人心！

说书人表 有情人终成眷属。勒浪徐悲鸿生命的最后七年里，廖静文相伴左右，全心追随，生儿育女，真心付出，身为艺术大师的徐悲鸿享尽天伦，终于感受到了真正的幸福。

说书人表 1953年的9月26号，徐悲鸿在北京出席全国文艺工作者座谈会的辰光突发脑溢血，医治无效，撒手人寰，终年五十七岁。

说书人表 廖静文遵从徐悲鸿的遗愿，拿俚所有的作品与收藏无偿捐献给了国家，其中遗作一千二百多幅，唐宋以来的名人书画一千二百多件，美术资料一万余件。其价值根本无法用金钱来衡量。

说书人表 曾经有个诗人叫徐志摩，俚并不是徐悲鸿艺术观点上的同道，但是俚有首诗是这样写徐悲鸿的："你爱，你就热热地爱，你恨，你也热热地恨。崇拜时你纳头，愤慨时你破口。你是一个——现世上不多见的——古道热肠的人。就你不轻易阿附，不论在人事上或绘画的气节与风格而言，你不是一个今人。你言行的背后，你紧紧地抱着你独有的美与德的准绳——这，无论现代和未来都是值得赞美的！"

说书人表 徐悲鸿的生命是一次遥远的旅行，留下了一位探索者的伟大身影。他给后人的启示，是他的爱，对自然的爱，对人类的爱，一个大写的爱。让倪大家牢记这个伟大的名字——

说书人表 徐——悲——鸿！！

梅兰芳

（中篇苏州弹词）

第一回　夜　访

人　物　（按出场顺序）燕如梅、阿贵、小圆子、戏迷甲、戏迷乙、戏迷丙、福芝芳、秦妈、梅兰芳、赵叔、齐如山

【燕如梅扮杨贵妃，阿贵扮裴力士，小圆子扮高力士。】

杨贵妃念　丽质天生难自弃，承欢侍宴酒为年。
六宫粉黛三千众，三千宠爱一身专。

杨贵妃白　裴力士！

裴力士白　在！

杨贵妃白　高力士！

高力士白　有！

杨贵妃白　酒宴可曾齐备？

裴高合白　俱已齐备。

杨贵妃白　摆驾百花亭。

裴高合白　是，摆驾百花亭啊！

【戏迷起哄声、喝倒彩声不绝。】

戏迷甲白　下去下去下去……

戏迷乙白　梅兰芳在哪儿，怎么还不出来？

戏迷丙白　这压大轴的谁呀谁呀？

戏迷甲白　这杨贵妃都演成苏妲己了。

戏迷乙白　（扮唐明皇样）爱妃，寡人赏你一鸡蛋，快快滚了下去……（扔样）

戏迷丙白　再赏你一馒头……（扔样）

戏迷甲白　还赏你一黄瓜……（扔样）

戏迷合白　哈哈哈……可以给贵妃娘娘凑成一顿营养早餐啦……下去吧您……

说书人表　今天北京广德楼戏园的台上台下乱得不像。臭鸡蛋、烂黄瓜都扔到台上，这种情况倒不大有的。本来这场演出是戏曲界一个自治团体叫正乐育化会为一所小学筹款组织的义务戏，一共四出戏：余叔岩与杨小楼的《阳平关》，裘桂仙与鲍吉祥的《捉放曹》，王琴侬的《彩楼配》，梅兰芳的《贵妃醉酒》。因为角儿们都要赶场子，所以排好时间，让梅兰芳压台。

燕如梅表　但这时候在台上压轴的显然不是梅兰芳，而是梅兰芳的同门师兄叫燕如梅，今年三十三岁，喉咙好、扮相好，就是心态不太好。本身是唱小花旦的，看师弟梅兰芳年纪轻轻唱到哪里红到哪里，局局压台，心里总是有点酸溜溜。晓得今天梅兰芳要赶四个场子，就对他说："师弟啊，你用不着太赶的，身体要紧，反正义务戏，你实在赶不及，我来替你压台。"唱主角的压台梦做了长远，所以老老早早就扮好，等到王琴侬《彩楼配》结束，迫不及待往准台上一跳，唱起了梅兰芳的咬臂戏《贵妃醉酒》。

阿贵表　还有两个配角也是梅家班的成员，演裴力士的叫阿贵，五十不到，倒是武行出身，俞菊笙的高足，十年前演《铁笼山》千跟斗摔坏了腰，险些没饭吃，后来幸亏得梅兰芳收留，在台上跑跑龙套，做做配角，也能养家糊口。

小圆子表　演高力士的只有十六岁，叫小圆子，没爹没娘一个孤儿，从小在戏园子里泡大的，最欢喜叶盛章的猴戏，所以学的丑行。刚进梅家班一年多，是粒讨人欢喜的开心果。现在演戏演得吃烂黄瓜、臭鸡蛋么开心不出来了。（白）都是些什么人呐？这戏还怎么演啊？阿贵叔，咱快撤吧！

阿贵白　非得露一小脸，这下好了，丢大脸了！（表）对燕如梅看看，一道下吧！

燕如梅白　我这大轴还没唱完呐！"海岛……"哎哟……

【众人继续喝倒彩，扔杂物。】

说书人表　阿贵和小圆子两人像逃一般往后台退，"哎哟……"没想到后台幕边站好了一个人，三人撞得那叫一个结实。

福芝芳白　慢点儿……

小圆子白　是太太呀，对不起，对不起，怪小圆子屁股上没长眼睛。

阿贵白　谁屁股上长眼睛来着。太太，您怎么来了？

福芝芳表　来的不是别人，梅兰芳的家小福芝芳。福芝芳今年只有廿来岁，雪白的瓜子脸上生一对煞俏的丹凤眼，南方人的长相、北方人的性格，讲起话来干了个脆，做起事来爽了个荡。曾经跟梅兰芳的老师吴菱仙学过青衣，也算是梅兰芳的师妹。因为梅兰芳的第一任家小王明华不能生养，身体也一直不好，所以福芝芳十六岁就嫁给梅兰芳做起了第二任太太。王明华过世后，福芝芳作为梅家的当家夫人，非但对梅兰芳的台前幕后照料得井井有条，而且对整个梅家班大大小小的事也都用心操持，绝对是梅兰芳生活与工作中的贤内助。本则在家里照顾儿子，听说广德楼出了点事，要紧赶来。

福芝芳白　都闹到这份儿上了，能不来吗？畹华还没到吗？

小圆子白　在吉祥戏院和谭老板唱《汾河湾》，赶场子还没回呢。

阿贵白　我看今儿个梅大爷就没想回，要不怎么让如梅压大轴呢？

小圆子白　我看今儿这梅家班，怕是要毁在燕师哥手上了。

福芝芳白　唉，碰到这些个难缠的戏迷，也难为如梅了！

【出秦妈脚色（梅兰芳的贴身侍者）。】

秦妈白　梅老板回来啦——

说书人表　后台十几双眼睛那叫一个齐，都往声音的方向扫了过去。

梅兰芳表　三十一岁的梅兰芳，身形俊朗，面容清脱，温润儒雅，丰神飘逸。尤其那双眼睛，虽然不是很大，但是从眼角到眼梢，线条清新流畅，好比工笔白描的墨线，柔韧婉转，生动迷人。尤其他的眼神，在台下宁静而深邃，透出一种让人心灵平和的力量。而一到台上，那种雌雄莫辨的神秘感好像可以把人吸进去一样，使得多少戏迷为之疯狂。所以漫画大师丰子恺评价说，梅兰芳的身材和容貌，简直是上帝亲手制造的一件精妙无比的杰作。梅兰芳七岁学戏，十岁登台，二十岁不到就红遍大江南北，还多次出访海外，接待各国政要名人，被业内推为“伶界大王”。人怕出名猪怕壮，京城各大戏院的老板与富豪权贵们都以请到梅兰芳演出或堂会为荣，梅兰芳又是个脾气好、不大肯得罪人的人，所以这两年疲于奔波，着实辛苦。

福芝芳白　畹华，你终于来了，累坏了吧？快坐下喝口热水，先歇歇。秦妈，你也歇歇吧！

秦妈表　秦妈是梅兰芳的奶娘，今年五十不到，是梅兰芳的娘当年从老家泰州去觅得来的，因为梅兰芳爹娘过世得早，梅兰芳一直把秦妈当自己的亲人看待的。而秦妈因为是看着梅兰芳长大的，也对梅兰芳疼爱有加，从小就像老母鸡护小鸡一样把梅兰芳护在身边，到现在还是跟出跟进，用心呵护。（白）怎么会不吃力啊？今天一天从颐和园到通惠河，再从玉渊潭到柳芳街，赶了三个园子一个堂会，我陪在边上的人也赶路赶得小腿要折，坐车坐得老腰要断，听戏听得耳朵要聋，何况畹华又做又唱又要应酬，一刻都没歇过，想想也肉麻（心疼）。我劝他直接回家吧，他说不放心这里要来看看，说不定还能赶上给如梅加油喝彩呢。

梅兰芳白　秦妈，我还好，习惯了。倒是您，跟着我受累了。

秦妈白　我都跟了你三十来年啦，也习惯啦。（表）看见阿贵和小圆子，（白）咦，你们两个怎么在此地？

梅兰芳白　是啊，还没散戏呢，怎么把师哥一个人晾台上啊？

小圆子白 梅大爷，您听听里面那声音，我们是被臭鸡蛋砸下来的。

阿贵白 估计如梅也快挺不住了。

燕如梅表 台上的燕如梅到这个时候是真的挺不住了。（白）是可忍孰不可忍，这大轴我是没法唱了！

梅兰芳表 梅兰芳被吓着了，眼前的还是杨贵妃吗？歪戴凤冠，头发凌乱，衣衫不整，水袖撕断。（指头上）那里叉半根黄瓜，这里签一个馒头，下巴上的鸡蛋清汪了汪、汪了汪，还在打转！哪里像雍容华贵的杨贵妃，倒像疯疯癫癫的乞丐女王。（白）师兄，发生什么事了？

燕如梅白 要想不受气，除非不唱戏！扔几个臭鸡蛋也就算了，那两个臭流氓还到台口来扯我的裙子，感情把这戏园子当堂子了！气死我了！

梅兰芳白 唉，都怪我。人不要紧吧？

燕如梅白 这脸都丢到唐朝了，还紧哪儿去呀，谁让我不是梅兰芳呢？

阿贵表 阿贵有点听不下去了。（白）这大轴可是你要唱的，你也看到了梅老板是顶着多大的压力把这大轴让给你的。这人呐，可不能不识好歹。说实话，这人要是没点儿自知之明，到哪儿哪受气……

燕如梅白 你……

梅兰芳白 好了好了，这事怎么说也是因我而起。你们仨都去卸个妆洗洗吧，我到台上给观众去做个解释……

福芝芳白 畹华，你这会儿上去观众还能让你下吗？

梅兰芳白 （苏）总不见得臭鸡蛋也丢上来？

小圆子白 那哪能啊？肯定拖着你来一段呗。

秦妈白 赶了一天的戏了，哪还唱得动啊？这样吧，我来出去给观众打个招呼，后天您不是在这儿还有个下午场吗？请他们再来就是了。

梅兰芳白 慢着秦妈，你让观众们把今天的票根留着，就说后天的戏我请客。

秦妈白 等于又要唱一场义务戏。好吧！

说书人表 就在这时候，外面"吓哒哒……"奔进来一个人。（白）梅老板，您的信！

梅兰芳白 哦！（表）接过信，对信封上一看。（白）又是他？

福芝芳白 又是那个齐如山？

梅兰芳表 迫不及待把信拆开来。（念）"……观先生之《汾河湾》数遍，竟毫无新意，也无长进。看来先生只会唱戏，不会演戏，还不懂什么是戏……"

阿贵白 呸！放屁，堂堂的京城名角儿不懂戏，还有谁懂戏？这不睁着眼睛说瞎话吗？梅老板，这种人甭鸟他，估计着脑袋是给八大锤锤过了，你千万别当回事儿！

梅兰芳白 这信我还真得当回事儿。芝芳，你和大伙儿先回去，我还真要去会会那个齐如山。（表）说完往外就走。

秦妈白 等等我呀，我陪你去……

福芝芳白　唉！（表）晓得梅兰芳的脾气，决定的事体板要做的。

说书人表　一班人等跟夫人回转梅宅，秦妈跟了梅兰芳按照信上的地址寻到了东单西裱褙胡同31号的齐宅。不知为啥大门居然半开着，喊了几声没人应，两人不由自主踏进四合院。

赵叔白　哎哎哎，站住站住……

梅兰芳表　咦？这声音怎么是从后面传来的？

赵叔表　开口之人是此地的看门人，姓赵，五十开外年纪，小时候生过小儿麻痹症，一只脚不大灵光，走路有点脚高脚低。本来这个时候已经关门落闩休息了，突然外面有几个野孩子往院子里扔石头，所以出来看看。想不到一眨眼的工夫闯进来两个不速之客，不要是小偷哦。（白）这深更半夜怎么私闯民宅呀？

秦妈白　这门半开着，不算私闯，最多算参观。

赵叔白　我这儿又不是博物馆，参哪门子观呀？博物馆也没听说有半夜开放的呀。

梅兰芳白　对不起对不起，在下梅兰芳，有要事拜见齐如山先生，烦请大叔通报一声。

赵叔表　听见“梅兰芳”三个字，呆了七秒钟。（白）您……您就是那位名动京城的梅兰芳梅老板？

秦妈白　难道北京城里还找得出第二个梅老板？

赵叔表　呵呵，北京城的确找不出第二个梅老板，可听说山西的煤老板能找出一大堆。（白）梅先生，上个礼拜我还偷偷地去吉祥戏院听您的《玉堂春》来着。（忘情哼唱）“苏三离了洪洞县……”够味儿！

齐如山表　这时候已经夜深人静了，院子里讲话的声音一个人听得清清楚楚，啥人？在书房里挑灯夜读的齐如山。齐如山祖上是河北高阳人，书香门第出身，少年通读四书五经，青年时代留学欧洲，中年回国致力于戏剧研究，现在在京师大学堂任教，是梅兰芳的铁杆戏迷。不过他这个戏迷和别的戏迷不一样，别的戏迷擅长捧角儿，他这个戏迷专门批角儿，而且只用写信的方式提意见，私底下与演员从来不接触。虽然也算新派文人，毕竟按当时的社会风俗，与男旦交往容易给人说三道四，而且齐家向来家规森严，所以看了梅兰芳好几年的戏，信写了不不少，但是从来没在台下打过照面。现在听见梅兰芳上门，一惊！这个点儿，他来做啥？会不会是看了我刚送出去的那封信，恼羞成怒，上门来寻着我，从今往后不许我再去听他的戏？不能出去，倒不是见他吓，一是我不想破坏自己的规矩，二是不想招来麻烦是非。（白）赵叔，跟谁说话呢？别把老太太吵醒了。

秦妈白　你们家齐先生吧？快去通禀呀。

梅兰芳表　看上去没休息呢。顺了声音传来的方向一看，果然，房门开着，房里的灯光透过门上那幅竹帘子射到天井里。（白）多谢赵叔。

赵叔白　梅老板，真对不住，出了这扇门，我是您的超级粉丝。可只要在这扇门里头，我就得遵守咱齐府的家规。齐府夜里从来不会客，这可是老太太立下的规矩，更何况……

还是您这样的客人。二位，还请回吧！

秦妈白　您这话是什么意思？梅老板这样的客人怎么啦？别人八抬大轿抬还抬不来呢！

赵叔白　哟，我这话还算好听的，要是真把老太太吵醒了，那话可就真难听了！

梅兰芳白　赵叔，在下……

齐如山白　赵叔，麻烦你告诉客人，今儿实在太晚了，恕不接待！

赵叔白　梅老板，齐先生都下逐客令了，您就回吧！

秦妈白　大爷，不是我说您，不就是一个听戏的观众吗？至于让您半夜三更兴师动众地拿自己的热脸往别人的冷屁股上贴吗？走，回去。

梅兰芳白　秦妈，齐先生可不是一般的观众，他可是难得的行家、理论家、批评家，京剧的发展太需要这样的高人了！（表）今朝反正闯宫也闯了，就做一趟秦香莲吧。（白）赵叔，麻烦您禀告齐先生，今儿个要是执意不见，我就站在院子里赏一晚上月亮了。

赵叔白　（咕）（苏）今朝初二，哪里来的月亮？

梅兰芳白　（苏）月亮在我心里。

赵叔白　（咕）（苏）心里？

秦妈白　（衬）不是有首歌叫《月亮代表我的心》，阿是在心里啦？

赵叔白　梅老板，您是演惯夜场做惯夜猫子的神仙，我这看门老头可熬不住了。再说真要是把老夫人给惊醒了，我这饭碗可就砸您手上了。

秦妈白　怕什么？真要没饭吃，就到咱梅家班来拉大幕。

齐如山白　赵叔，既然梅老板执意不走，那就请他隔帘一叙吧！

赵叔白　（咕）（苏）咦，怎么松口了？

秦妈表　千穿万穿马屁不穿。行家、理论家、批评家三顶高帽子一戴，不松口也要松口了。

赵叔白　（衬）（苏）划一对的，马屁人人吃的。（白）那梅老板，就麻烦您再走几步，与我家先生隔帘相叙吧。

梅兰芳白　好好好。（表）走到离帘子一米开外的地方身体立定。这时候的梅兰芳有种错觉，两人的角色好像突然进行了转换，平时都是我在台上唱戏，他在台下听戏，此刻他在台上上课，我在台下听课，倒是神奇。

齐如山表　人的一生，就是角色不断转换的一生，没啥好稀奇的。（白）抱歉梅老板，齐某突感风寒，身体染恙，不便出帘相见，还望多多见谅！

秦妈白　（咕）隔了帘子说话？他当自己是慈禧太后了？

梅兰芳白　无妨无妨，深夜造次，为在解惑，隔帘相叙，已是打扰。

齐如山白　梅老板有话请说。

梅兰芳白　齐先生的信我都认认真真地拜读过了，真知灼见，受益无穷。

齐如山白　只是一些薄识浅见而已，不足挂齿。

梅兰芳白　先生今日在信中提出，我昨日在演《汾河湾》这出戏时有所不当，望先生详解赐正。

齐如山表　这样一位红得发紫的伶界大王居然会认真对待一个观众的意见信，而且深更半夜亲自上门诚恳讨教，倒属意外。

说书人表 不像现在有的演员红还没红了呢，观众的意见只当耳旁风，观众的来信从来不拆的，客气点的直接往垃圾筒里一丢，不客气点的一边撕一边骂……

齐如山表 不由自主立起身来向帘门走近了一步。（白）在《汾河湾》里，你扮演的柳迎春和丈夫薛仁贵分别了多少年？

梅兰芳白 十八年。

齐如山白 十八年后，突然有一个人出现在你面前自称是你的丈夫，这时候你会是什么反应？

梅兰芳白 激动欣喜却也将信将疑。

齐如山白 然后呢？

梅兰芳白 命他诉说身世，以辨身份真伪。

齐如山白 好，那就重点说“窑门”这一段。

说书人表 为了让观众看得明白，就让我们来一招“原音重现”。西皮倒板起——

【由秦妈扮琴师拉胡琴状，由赵叔扮薛仁贵唱。】

薛仁贵唱 家住绛州龙门郡，薛仁贵好命苦无亲无邻。
幼年间父早亡母又丧命，撇下了仁贵无处存身。（音乐不间断）

齐如山白 他若说得清楚说得对，你会如何？

梅兰芳白 夫妻相认，百感交集。

齐如山白 他若说不清楚胡乱云，你便怎样？

梅兰芳白 冒认至亲，便是有罪。

薛仁贵唱 常言道千里姻缘一线引，在柳家庄中招了亲。

齐如山白 他在诉说身世时，你是何举动？

梅兰芳白 进室闭门。

齐如山白 闭门之后呢？

梅兰芳白 脸朝里坐定。

齐如山白 就此不理他了？

梅兰芳白 正是。

齐如山白 所有人都这么演的？

梅兰芳白 先生都是这么教的。

齐如山白 虽然老师是这么教的，但传承者必须从人情处斟酌，从戏理处推敲。试想，薛仁贵唱出夫妻久别之情，柳迎春怎会无动于衷？

梅兰芳白 那……照您的意思？

齐如山白 全神贯注，心绪难平，因为接下来将和自己有关，倚门侧耳，凝神细听。

薛仁贵唱 你的父嫌贫心太狠，将你我二人赶出门。

齐如山白 提起伤心往事，记忆之闸瞬间打开，开始难过。

【梅点头，露出伤心的神情。】

薛仁贵唱 夫妻双双无投奔，在破瓦寒窑把身存。

齐如山白 往事不堪回首，惊讶他居然说得很对。这里不但要大点头，还得大难过。（自己不由自主示范起来）

【梅也跟着做。】

薛仁贵唱 每日里窑中苦受尽，无奈何立志去投军。

齐如山唱 （不由自主跟着后一句一起唱）……无奈何立志去投军。（薛唱停止，齐接唱）
结交下弟兄们周青等，跨海征东把贼平，
幸喜狼烟俱扫尽，保定圣驾转回都城，
前三日修下辞王本，特地前来探望柳迎春。
我的妻你若不肯信，来来来，算一算，连去带来十八春。

【齐唱时，梅很自然地配合表情和动作。此时的书台上，从"原音重现"的状态变换成了齐和梅搭档入戏。】

秦妈白 赵叔，看不出你家齐先生不但笔头子来事，嘴皮子也蛮有功夫。两句谭派唱得有板有眼！

赵叔白 那是，你们梅老板演《汾河湾》他是每场必到，这几十场听下来，学都学会了。

秦妈白 （跷起了大拇指）灵的。

赵叔白 （苏）我刚才那几句"原音重现"不灵啊？

秦妈白 （苏）方才说让你到梅家班来拉大幕着实委屈你了，请你做谭老板的B角偶尔和我们梅老板配配戏绝对没问题。

赵叔表 这记窝心。

秦妈白 咦，慈禧太后啥时候出来的呀？

齐如山表 这两人越说越投入，越唱越兴奋，越演越默契，一起进入了忘我之境，自己啥时候从帘子里出来都勿晓得。

梅兰芳白 齐先生一番教诲，醍醐灌顶，胜过兰芳十年苦练呐！

齐如山白 戏由心生，演戏终究还是演人物的感情。

梅兰芳白 是是是，兰芳受教。

齐如山白 都说梅先生谦恭好学，从善如流，今日得见，名不虚传。只是时间太晚了，梅先生请回吧。（表）说完，别转身体，手搭到帘门上，准备回书房。

赵叔白 梅老板，我虽然也舍不得您走，但再不走，里面老太太……

梅兰芳白 老太太不在家。

赵叔白 （苏）你怎么知道的呀？要么演惯了白娘子，也会掐指算阴阳？

梅兰芳白　（苏）老年人睡觉都惊醒的，如果在，早就出来了。再说老太太真要是在，齐先生怎么敢又是嚷又是唱的，不怕老太太拐杖扔上来啊？

赵叔白　（衬）（苏）到底梅兰芳，有道理！

梅兰芳白　齐先生，可否容兰芳再说几句？

秦妈表　秦妈虽然陪梅兰芳唱惯夜场，到这个时候也有点趟不住（受不了）了。（白）畹华，再不走天也要亮了，夫人在家等得要急哉，明天还有三场戏要演呢。

【梅将乐器拿到手里。】

说书人表　说么就说了哇，啥还要唱啊？

梅兰芳表　你们唱了半天了，是不是也得让我唱几句啊？

说书人表　哦，也要显显，那就让你唱几句吧。

梅兰芳白　齐先生。

梅兰芳唱　休看红氍毹上多风光，演尽将相与帝王，
都只见台前铺鲜花，哪得见台后泪两行。
十年工夫也难成角，迎来送往倒笑脸忙，
奉谀权贵作平常，无奈戏场竟误入了游戏场。
然而皮黄声里有傲骨，乐魂文脉寄宫商，
代代艺人心血藏，艰守传承作榜样，
方换来，临水照花菊坛香。
先生啊，伶人难遇真知己，真知己也未必真内行，
此生有幸遇先生，高山流水水汤汤，
怎不欣喜感上苍？
故而我，恳请先生下海洋，助我创演新剧谱新腔，
还望先生作担当。

齐如山唱　闻言语，暗思量，这梅兰芳果然不寻常。
本以为，寅夜难挡不速客，一纸信笺惹祸殃，
他兴师问罪上门墙。
哪知晓，他言恳切，语温良，貌恭谦，行端方，
虚心求教身段放，诚意切磋胸怀广，
一点就通领悟强，不愧伶界称大王。
然而戏园向来是非地，况且我齐氏家训森严纲，
违背母命要不孝当，故而他，盛情邀我下海洋，
我纵然是愿担当也未必能担当，只能一口回绝在当场。
梅先生，你的美意我心领会，怎奈我一介书生少用场，
岂敢梨园掀风浪？我还是，看戏追星写文章，

所思所想落几行，与你台上台下各一方。

梅兰芳唱 先生休要忙回绝，今夜里，听我肺腑的话儿掏一掏光。

中华戏曲虽博广，然而陈规陋习囿皮黄，

新剧少问世，旧戏难改良，

何谈国粹放光芒，明珠蒙尘掩灵光。

国剧涅槃非容易，浴火方炼金凤凰，

文化兴则兴家邦，众人拾焰火更旺。

先生啊，怪只怪我有心无力才疏浅，恨无妙策与良方，

徒有一副热心肠，弱肩难将宏愿扛。

还望先生助我力，出书房，点江山，兴梨行，

去旧芜，改陋章，执妙笔，谱皮黄，

同舟共济救兴亡，笑迎菊坛花更香。

梅兰芳表 口袋里摸出一本小的笔记本。（白）齐先生，这里是一百七十九封信的记录，您从民国八年到今天，给我写了整整五年的信，谆谆教诲尽在其中。而今传统文化正遇大变革时期，戏曲的前途命运亟需像先生这样有真知灼见的有识之士的指点与帮助。兰芳自幼唱戏，学识有限，凭己之力，难有作为。故而为国剧之兴亡，兰芳恳请先生下海梨园，共兴戏文。

齐如山表 想不到一个台上唱唱戏的男旦，台下这样有思想、有抱负、有胸怀、有诚意，我今天如果执意推辞，于情于理都有点说不过去。那只掀门帘的手突然一放。

梅兰芳表 有戏？

齐如山表 身体转过来，

梅兰芳表 成了？

齐如山表 走上三步，

梅兰芳表 答应了？

齐如山白 好，

梅兰芳表 一档唱篇总算没白唱。（白）太感谢您了！（伸手欲握）

齐如山白 （苏）我还没答应了哇。

梅兰芳表 啊？一只空心汤团？

齐如山白 梅先生德艺兼备，志向高远，令人敬佩！若先生一定要齐某涉身梨园，必先允我三个要求。

梅兰芳白 （苏）随便你提啥要求，我总归答应你，哪怕你让我把戏台让给你，我来拉大幕，我也答应你。先生请说。

齐如山白 一、我们只合作于艺术，不往来于生活。二、齐某不算下海，只凭兴趣，不拿银钱，来去自由。三、双方恪守以“先生”互称。

梅兰芳白 好，都依先生便是！

齐如山白 好，那就一言为定！

赵秦合白 好，那就祝二位合作愉快！

赵叔白 那我真有机会去梅家班拉大幕了。

秦妈白 哪能拉大幕呀？是去唱B角！

【四人同笑。】

第二回 游 美

人 物 梅兰芳、梅葆琦、福芝芳、燕如梅、褚明谊、秦妈、齐如山、小圆子、阿贵、玛丽、安娜、观众甲、观众乙、观众丙

说书人表 因为有像齐如山这样一帮有见识、有热情的文化人的大力支持与帮助，梅兰芳比一般艺人走得更好更远，不仅是传统戏曲艺术的继承者，还成了京剧艺术的革新者。接下来的几年，推陈出新，佳作迭出，表演上也越来越成熟，慢慢地形成了完全属于他自己风格的“梅派”艺术。最近在京剧名旦的评选上，梅兰芳独占鳌头，被评为“四大名旦”之首。近阶段除了一直在策划到美国演出的事宜，梅兰芳仍旧一空就泡在排练场，越发勤奋刻苦。

梅兰芳表 今天排练场里排了八个小时的新戏，回到缀玉轩天已经黑了。虽然身体相当疲劳，但是看见客厅里儿子葆琦与家小的身影，心里有一种特别满足的愉悦感。

梅兰芳白 葆琦，今天上课老师都教了啥呀？

梅葆琦表 葆琦只有六岁半，一双大眼睛好似粉团子上嵌了两粒黑葡萄，特别有神。（白）爹，我背给你听：弟子规，圣人训。首孝悌，次谨信。泛爱众，而亲仁……

梅兰芳白 哟，我们家葆琦记性真好，今天才教的就已经背上啦。

福芝芳白 （得意地）那是，龙生龙，凤生凤，也不看看是谁的儿子。

梅兰芳白 关键是你妈这只凤聪明，你爹小时候呀可笨着呢，没少挨你师爷爷的骂。

福芝芳白 倒也是。你当年学戏应该和葆琦差不多大吧，那位朱师傅说什么来着？

梅兰芳白 （拿着戒尺对着儿子学当年朱师傅样）“梅畹华，你小子言不出众，貌不惊人，眼神呆滞，双臂无力，可惜祖师爷没赏饭吃。”（打手心状）

【葆琦下意识地缩手。】

福芝芳白 天天挨手心，硬是把人家给气跑了。

梅兰芳白 没有朱师傅开蒙，哪有我后来的笨鸟先飞，发奋图强呀。对了芝芳，马上过年了，朱师傅没儿没女的，你别忘了帮我再送点钱和年货过去。

福芝芳白 放心，我哪年忘过呀。你呀，就是心善。

梅兰芳白 一日为师，终身为父。葆琦，你知道你刚才《弟子规》里的“首孝悌”什么意思吗？

梅葆琦白 老师说过了，就是孝敬父母，尊敬师长。

梅兰芳白 对，我们葆琦真是个明事理的好孩子。爹小时候也想读书，可那会儿我们唱戏人家的孩子只能学唱戏。如今好了，葆琦能像普通人家的孩子一样上学堂，受教育了。孩子，记住爹爹一句话，以后无论做什么，一、先把书读好；二、得把人做好。记住了吗？

梅葆琦白 嗯，孩儿谨遵父亲教诲。

梅兰芳表 排戏演戏再吃力，天伦之乐绝对是消除疲劳的一剂良方。

福芝芳表 葆琦还想爬到爹的身上发发嗲，福芝芳赶忙把他抱下来。（白）你爹都累了一天了，赶忙让他歇歇。（表）桌子上拿来一对木头宝剑。（白）喏，功课做完了，就去练会儿剑吧。

梅葆琦白 哦……（表）虽然有点不情愿，但是娘的话总是听的。宝剑拿到手里，到院子里去练功了。

梅兰芳白 芝芳，葆琦还小，学不学戏你可别逼他。

福芝芳白 我才不逼他呢，只随他兴趣。（衬）现在中小学不是都在普及艺术素质教育吗？学点传统文化，提高艺术修养，也是小朋友的必修课。

梅兰芳表 你倒是紧跟形势，不让儿子输在起跑线上。

燕如梅表 就是在这时候，只听见门外，（白）喝，陆九爷，如梅今天奉陪到底，再来一斤没问题……干……呃……

福芝芳白 你师哥又喝醉了。

梅兰芳表 两人把他扶到自己房里，让他靠背上隑一隑。（白）师兄，你不该老这样。

燕如梅白 我咋样啦？给你丢脸啦？

梅兰芳白 你不该老跟那个陆九爷搅和在一起。他……他可是个活牲口！

燕如梅白 哈哈，活牲口怎么啦？他对我好着呢。看到没，这是他给我买的翡翠戒指，水头多足哇！

福芝芳白 师哥，这种人的东西咱可不能要……

燕如梅白 为什么不要？他占我便宜，我再占他便宜，扯平……

梅兰芳表 只觉着一阵心痛。（白）师哥，你何苦这么糟践自己呢？

燕如梅白 呵，糟践？我燕如梅七岁学戏，唱到今天也快三十年了吧，也就是个得永远傍着你梅兰芳等口剩饭吃的二旦的命。还男不男、女不女、人不人、鬼不鬼地过活着。我就是个下九流的臭戏子怎么着？跟你一样，谁给钱就伺候谁，跟他妈的婊子一路货！

梅兰芳白 （手扬起欲扇耳光，又下不去手）你……你真的醉了，不但醉了，还疯了……

燕如梅白 醉了？醉了好啊，可以唱《贵妃醉酒》。（唱）“这才是酒入愁肠人易醉……”疯了？疯了也好啊，可以演《宇宙锋》。“哈哈哈，我要上天……哈哈哈……我要入地……”哈哈哈哈哈……

梅兰芳白 师兄——

福芝芳表 看梅兰芳面孔发白，嘴唇发紫，眼睛发定，浑身发抖，晓得俚气得不轻。（白）畹华，你师哥的醉话你可别当真，等到他酒醒了，这事自然就过去了啊。甭理他，我们回自己屋里去……

燕如梅白 过去？过得去吗？燕如梅？如梅？这不时时刻刻都在提醒我不如你梅兰芳，得被你梅兰芳压一辈子吗？有些事是一辈子都过不去的……

【梅无力地摇头挥手，示意妻子搀自己离开。】

福芝芳表 两人刚回进客厅……

褚明谊白 梅老板，不好了，不好了……

福芝芳表 褚明谊？北京商会会长，也是一位京戏发烧友，缀玉轩的常客。见俚一手拿了一张报纸，一手捂着个额头，心急慌忙的样子，啥体介？（白）哟，褚会长，出啥事啦？

褚明谊白 大事，出大事啦！

褚明谊唱 我吃好夜饭床上隑，拿起报纸随手翻，
借花边小道来消食，闲文野章解困懒。
翻到新闻海外版，急得我床上跳起来，
撞到墙上弹转来，头上多了个青胖块。

福芝芳白 这海外新闻跟您有什么关系？（衬）哦，商会也做进出口生意的，外国的行情倒是关心的。

褚明谊白 跟我关系倒不大，但是和梅家班关系就大了。

褚明谊唱 新闻来自美联社，说美利坚最近倒了霉。
商品卖不脱，店铺把门关，
企业全倒闭，失业一大堆，
货币贬值快，美元吃不开，
穷人打砸抢，富人去逃难，
鸡飞狗跳人难安，社会动荡遭了灾，
经济危机扑面来，资本主义航船顷刻翻。

褚明谊白 梅老板，美国正遭遇严重的经济危机，国内形势乱作一团，这会儿去演出，恐怕不合适吧！

梅兰芳表 其实梅兰芳已经得到美国方面的消息了。（白）这是刚刚收到的加急电报，我已经知道了。

福芝芳表 福芝芳要紧接过电报。（白）“美国正值经济危机，市面不振，或缓来，或多备钱款，切切。”畹华，那看来咱筹的那十万块钱还远远不够啊！

梅兰芳白 是啊，那十万块钱也只够咱戏班到美国的路费，在美国的吃住开销和回来的路费还得靠门票收入来解决。

褚明谊白 梅老板，您再看看这报纸上写的，日本和法国的歌舞团在美国都没人看，一个个铩

羽而归。咱这中国戏他们本来就听不懂，又碰上经济大萧条，不是我多嘴，要是到了美国上不了座您就得倾家荡产，到时候想回都回不来，只能流落异乡，当个街头艺人，地上放只草帽，像猴子出把戏一样……

福芝芳白 褚会长，您有点危言耸听了吧？

梅兰芳表 不，褚明谊的担心不是没有道理。想想这三年来，为了到美国演出的事，精力和心血不知用了多少。就讲经费的筹集就让他大伤脑筋。因为邀请方"华美协进社"是个民间团体，梅兰芳是以私人的名义出访，所以所有经费只能自己解决。幸亏得齐如山帮他一起四处奔走，多方求援，总算在京沪两地商界、金融界朋友的支持赞助下，募捐到八万块，自己再拿出两万积蓄，凑了那十万经费。除了要操心钱的事，还有大量的前期准备工作要做：与美国新闻界、各大剧场的联系和接洽，专门介绍中国京剧和梅兰芳艺术特色的宣传资料的准备，向留学中国的美国学生了解美国文化，所有赴美人员进行礼仪训练……从计划赴美到现在整整三年，除了排戏演戏，所有精力都花在这上面了。但是美国突然出现了这么严重的经济危机，演出团如果贸然前往，万一没有市场，非但要影响梅家班的声誉，经济上还要遭受巨大的损失。但是如果不去，三年白辛苦不要去说他，中西文化交流的愿望就无法实现，也对不住那些无私向我伸出援手的亲朋好友。而且船票都已经预订好了，还有十来天就要启程了。到底去还是不去，一下子实在难以定夺。赴美的所有策划安排基本上都是齐如山在负责，想与他商量商量，奇怪，这两天人影子都见不着。刚才排练结束关照秦妈去找了，不知找到了没有？

秦妈表 秦妈倒来了。（白）斲命齐踱头，寻来寻去寻不着，玩起失踪来了。

梅兰芳白 秦妈，没找着吗？

秦妈白 家里大门紧闭，一个人也没有。

梅兰芳白 他平时常去的地方呢？

秦妈白 从学堂里到戏园里，从朋友屋里到亲眷屋里，都找遍了，没得。

褚明谊白 躲了，一定是躲起来了。平时左一个主意，右一个建议，这会儿倒好，成一缩头乌龟了？

梅兰芳白 褚先生，齐先生可不是你说的那种人。

褚明谊白 人家都撂挑子了，您还替他说话。我知道你们俩关系非同一般，这去美国演出的事也是他挑的头，说什么繁荣国剧，走向世界，所以让我们商会赞助点路费我也是极力支持，可这一出事他就烂摊子一扔，拍屁股走人了，这做人也太不地道了。梅老板，齐如山这人我看靠不住，您没听外面人都是怎么传的吗？说他对您是别有用心，不怀好……

梅兰芳白 （拍桌子）够了！别人怎么传是别人的事，齐先生是什么人我梅兰芳心里最清楚。褚会长，如果你还想继续我们的友谊，请你以后不要再说这样的话。

褚明谊表 想不到一向温文尔雅的梅兰芳拍起桌子来倒也蛮凶的。（白）好好好，当我没说，当我没说。

秦妈白 大爷，我倒也要多两句嘴。三十多号人跑到那么远的美国去演出，那要花多少钱啊？您这些年演出赚的钱除了要养活一家老小和整个梅家班，还经常接济穷人和同行，还三天两头在家自费招待国际贵宾和友人，这次为了去美国演出自己又差不多掏空了老底，梅家班上上下下几十口人可得靠您撑呢。齐先生不一样，他是“吃了饭”才来弄戏的，全凭个好玩儿。可您是唱了戏才有饭吃，唱戏是您的本行。您如今又是四大名旦之首，可不能随随便便去冒这个险啊。既然美国那么乱，咱又不富裕，要不别去了吧？

福芝芳白 去，一定要去。（表）秦妈进来的时候，福芝芳走开了一会儿。现在回进来手里多了个包裹。（白）秦妈，这是我这么多年攒下的一些首饰和娘家的陪嫁，你拿去当了吧，也可以再凑点去美国的费用。

梅兰芳白 芝芳，你……

福芝芳白 去美国访问演出一直是你的梦想。你最想做的事情，只有极力支持你才配做你的妻子，因为——你是梅兰芳。

齐如山表 就是此时，一个人跌跌冲冲从外头奔进来，直奔到梅兰芳跟前。（白）对，因为……因为你是梅兰芳，所以……你必须去！

梅兰芳表 一看不是别人，齐如山。看他失魂落魄有点狼狈的样子，（白）三哥，您这是怎么啦？

秦妈白 哎哟齐先生，您终于出现啦？我可找得您好苦！

褚明谊白 来了就好，不然大家还以为您玩失踪呢。

福芝芳表 福芝芳眼尖，看见他手臂上别好一块黑纱。（白）哟，齐先生，您这是……

齐如山白 ……一位至亲，已经把她送走了。反正该做的我都做了，不该做的我也做了……

梅兰芳表 今天的齐如山特别奇怪，讲出来的话有点听不懂。

福芝芳表 亲人过世，悲伤过度，正常反应。（白）齐先生，您一定得保重身体，节哀顺变啊。

齐如山白 是人都得往那条道上走，没有回头路。所以活着，就得去做自己想做的事，免得留太多遗憾。（表）说完从口袋里摸出一张银票。（白）（对梅）拿着，应该足够了！

数人同白 二十万?!

梅兰芳白 三哥，你哪来那么多钱？

褚明谊白 不会是中六合彩了吧？

齐如山白 不是偷的，也不是抢的，来路绝对正当。（又掏口袋）这是所有人的船票，我也都拿好了，美国之行绝不能变，一切必须按原计划行事！

梅兰芳表 这时候的梅兰芳只觉着心里热动动，眼圈酸溜溜，异常激动。一面是我生活上的知己，一面是我事业上的知音，我能够得到他们的信任、理解、支持、帮助，我梅兰芳何其幸也！

梅兰芳表 （抓，抓）一面一只手抓牢。

梅兰芳唱 只觉得两股暖流入胸膛，竟化作了，两滴珠泪湿眼眶。

一手是我的贤妻子，一手是我的好兄长，
人生知己得一双，我心满意足感上苍。
你们一个是，奔忙筹巨款，一个是，陪嫁作典当，
倾力倾心倾了囊，劝我出洋赴异邦，
你们恩待我兰芳是为哪桩？

福芝芳唱 只为夫妻原一体，何谈为哪桩。

齐如山唱 只为朋友做一场，何谈为哪桩。

福芝芳唱 既然梦修同枕千年长，就需百年同船风雨扛。

齐如山唱 既然世间知音最难得，我肝脑涂地又何妨？

福芝芳唱 既然你心怀蓝天鸿鹄志，我就应放你高飞去远方。

齐如山唱 既然你不惧山险路又长，我愿为你保驾作护航。

福芝芳唱 你多少血痕与泪痕，印在台口成雪霜。

齐如山唱 你多少希望与愿望，刻在心间成梦想。

福齐合唱 百年梨园沧桑变，时代洪流掀巨浪，
走向未来推开窗，弘扬国粹谱华章，
非你莫属梅兰芳！

福齐合白 因为你是梅兰芳，

福芝芳白 是与众不同的梅兰芳，

齐如山白 是独一无二的梅兰芳，

福芝芳白 是历经风雨的梅兰芳，

齐如山白 是胸怀抱负的梅兰芳，

福芝芳白 是万众瞩目的梅兰芳，

齐如山白 是代表京剧的梅兰芳，

福齐合白 是我们最爱的梅兰芳，所以——你必须去！

说书人表 三个人的手越搀越紧，越搀越紧……

秦妈表 边上的秦妈倒也蛮感动。（白）那我接下来的包银也不要了，陪大爷到美国，认真做好后勤工作。

褚明谊表 边上褚明谊倒有点尴尬。（白）哎呀，想不到齐先生是为梅老板筹钱去了，一下子能筹到二十万，实在是法力无边呀。该不会是把祖产卖了吧？或者民间借贷？哈哈，开玩笑，开玩笑。各位，既然钱的问题解决了，那美国之行也就没有后顾之忧了。我提议，开瓶酒庆贺一下怎么样？

福芝芳白 抱歉，畹华从来不喝酒的。

梅兰芳白 那就以茶代酒吧。我敬各位！

齐如山白 好，那就祝美国演出圆满成功！

众白 对，圆满成功！

说书人表 十天过后，梅兰芳演出团一行三十多号人从上海出发，乘坐加拿大皇后号邮轮，经过二十多天的海上航行，终于到达了离中国万里之遥的美国纽约。那这次演出准备了多少出戏呢？喔，不要太丰富哦：

书赋 《贵妃醉酒》《汾河湾》，《黛玉葬花》《虹霓关》，
《霸王别姬》《金山寺》，《木兰从军》《青石山》，
《女起解》《五花洞》，《嫦娥奔月》《奇双会》，
《上元夫人》《玉簪记》，《天女散花》《彩楼配》，
《六月雪》《空谷番》，《铁寇图》《桑园会》，
《凤还巢》《雁门关》，《宇宙锋》《天河配》，
《宝莲灯》《母女会》，《梅龙镇》《雁门关》，
《打渔杀家》《打金枝》，《红线盗盒》《战蒲关》，
《龙凤呈祥》《武家坡》，《麻姑献寿》《春秋配》，
《玉堂春》《风筝误》，《朱砂痣》《樊江关》，
《春香闹学》《廉锦枫》，《刺虎》《拷红》和《思凡》，
剧目多得海海威，我一口气也来不及背。

说书人表 梅兰芳肚里一共有四百八十九出戏得来，这些剧目都是梅兰芳和齐如山根据不同的内容和特色精选出来的，单单说明书就印刷了这么厚一本。休整几天，倒倒时差，今天就是首演的日子。

说书人表 今天的百老汇第四十九街剧院与往常大不相同：
大门口挂好两排七彩宫灯，贴出来的广告都是东方美人，
舞台上的大幕用了六层，紫纱红缎高贵喜庆。
外檐龙柱上对联写得分明：
上联是，有声画谱描人物，下联是，无字文章写古今。
两旁边的隔扇古朴典雅，天花板式的垂檐龙凤腾云，
布置上透出浓浓的中国风韵，只等角儿唱出天籁之音。

梅兰芳表 这时候离演出还有刻把钟，老早就化好妆、换好行头的梅兰芳已经立在后台候场了。紧不紧张？再是四大名旦之首，第一次要站到美国的舞台上去唱戏，心跳也会加速百分之三十一。虽然不是第一次出国，日本已经去过两次了，但是中国和日本毕竟离得近，都属于东方文化，艺术上有相通之处，日本人容易接受。但是到文化完全不同的西方来演出，而且正巧碰到美国经济不景气，到底有多少上座率，心里的确有点没底。

小圆子表 小圆子和阿贵隔着幕布在往外看。（白）这戏快开始了，好像还不到一半人呀？

阿贵白 经济不好，美国人也得勒紧裤带过日子哦。

小圆子白 要是听不懂，一会儿再抽签走一半，这戏就没法演了。

阿贵白 梅大爷说了，只要台下还有一个观众，咱也得演。不过听齐先生讲，美国人看戏都

是掐着点儿来的，或许还没到时间呢。

说书人表 你们在讲话，坐在台下第一排有两个外国女观众也在攀谈。

玛丽白 Anna, how beautiful you are today.

安娜白 Oh dear Mary, you are also beautiful.

玛丽白 Do you like drama?

安娜白 Of course, so I have to come.

安娜表 听不懂？凭良心说我们也只会那几句。那就说中文，重来。

玛丽白 安娜，你今天真漂亮啊！

安娜白 哦，亲爱的玛丽，你也好美。

玛丽白 你很喜欢戏剧吗？

安娜白 当然，所以我才来啊。

玛丽白 你听过中国戏？

安娜白 没有，而且对中国也不太了解，只知道中国菜还不错。我偶尔会和家人去唐人街的华人餐馆吃饭，最爱点苏州松鼠鳜鱼和徽州臭鳜鱼，虽然一条是香的，一条是臭的，但吃到嘴里都是鲜滋滋的。

玛丽白 说实话，我不太愿意和中国人打交道。那些华裔每天都躲在中国城里以经营洗衣作坊和中国餐馆为生，要么猥猥琐琐，要么打打杀杀，充满了无知和黑暗。

安娜白 可这个梅兰芳可是中国有名的艺术家，听说在国内一票难求，我倒想领略一下真正的东方艺术。

玛丽白 不过我还是劝你别抱太大的期望，去年我曾在旧金山听过一场中国的什么戏，那个感觉实在怪怪的！

安娜白 哦，怪在哪里？

玛丽唱 咚咚锵一阵锣鼓敲，嘀嘀答几声喇叭闹，
哩哩啦丝弦竹管器，上来个人，哇呀呀对着观众叫，
亮个相“嘣噔菜”要吓得人一跳。
衣袖管接的是白布条，脚上的鞋子赛过踩高跷，
左抬脚右抬脚，脚脚都要顿分秒，
半天只走几步遥，急得我心头像火燎。
男孩子可能正变声，掐尖了喉咙吱呀吱呀怪腔调，
老头儿也许吃错了药，开口时，脑袋晃浪晃浪不住地摇，
女人们一定是肚子疼，左捂右捂忙将肚子抱，
呜哩呜哩不知唱的啥个调。
最后死人僵尸倒，看得我心惊肉又跳，
却引得全场都叫好，实在有点莫名其妙吃不消。

玛丽白 反正第一次接触中国戏的感觉特别怪，又吵又闹，你要做好心理准备。

安娜白 哦，听你这么一说，我就更好奇了。不过玛丽，既然你不太喜欢中国戏，那今天为什么还买票来看？

玛丽白 这票不是我买的，是我妹妹送我的，她临时有事来不了，免得浪费，就送给我有看呒看瞎看看吧。

【音乐起。】

玛丽白 听，演出开始了。

【阿贵扮裴力士，小圆子扮高力士。梅兰芳扮杨贵妃。】

裴力士白 高公公请啦！

高力士白 裴公公请啦！

杨贵妃白 摆驾！

杨贵妃唱 海岛冰轮初转腾，见玉兔又早东升。
那冰轮离海岛，乾坤分外明。
皓月当空，恰便似嫦娥离月宫。

说书人表 等到一出《贵妃醉酒》演完，台下掌声雷动，喝彩不绝。

观众甲白 哇，这么美妙的艺术，太令人享受了。

观众乙白 天底下居然有这么好看的女子，这才是我们男人心中真正的女神！

观众丙白 No, no, no，听说他是男人。

观众甲白 哦，no, no, no，这怎么可能，天底下哪有他那样比女人还女人的男人？误传，一定是误传。

观众乙白 这么出色的歌唱家、舞蹈家、表演艺术家，实在太难得了，可惜我们美国一个也找不出来！

玛丽表 第一排的玛丽也是兴奋得不得了。（白）安娜，你不觉得中国戏实在太精彩了吗？那身段、那眼神、那动作、那唱腔……那个梅兰芳，都要把人迷死了……优雅、高贵、娇柔、妩媚……我真想上去好好地拥抱她一下……安娜，你怎么不说话？发什么呆呀？……

安娜表 已经激动得讲不出话了。摒了半天，（白）不行……

玛丽白 不行？我看是你的脑子不行或眼睛不行吧？这么精彩绝伦的中国戏，你居然……

安娜白 不不不，我是说，只看一场肯定不行，太不过瘾了。接下来她演一场我要追一场，她演到哪里我要追到哪里，我已经被她彻底征服了。

说书人表 这就是梅兰芳的魅力，当天的两场演出就座无虚席，好评如潮。等到第二天演出结束，梅兰芳谢幕谢了十六次，观众还是不肯离场，都希望能与偶像来点近距离互动。齐如山只好上台打招呼，说让梅兰芳先到后台卸个妆，等会儿在大厅里给各位在节目单上签个名吧。等了大概二十来分钟，当恢复男装的梅兰芳出现在剧院的大厅，所有观众都呆掉了。

众白　……Oh, it's a man, it really is a man!

众唱　（男女轮唱）

方才间还是俏目黛眉，顷刻间变成了朗目须眉，

方才间还是千娇百媚，顷刻间变成了潇洒男儿。

台上的婀娜，分明是天然的女儿态，

台下的温雅，有几个男儿能学得来？

罗裙飞扬，柳腰风摆，

明眸善睐，娇羞似水，

半是如雪之梅，半是如铁之兰，

刚柔并济乾坤翻，昊然芳华绝代。

神秘的东方，孕育出神奇的天籁，

华夏文明无愧千载，方降下这非凡的仙胎。

伟大的艺术，才有盖世的风采，

让世人惊呆，眼界大开！

说书人表　台上台下的巨大反差，使得美国观众更加为梅兰芳的演技深深折服。签名的粉丝队伍从剧院大厅一下子排到马路上，足足一公里长。有几位观众挨到签名的时候，还向梅兰芳交流看戏心得。

观众甲白　Mr.梅，您扮演的柳迎春生得这么beautiful，薛仁贵一定非常love you，他赔礼道歉的时候你再多晾他一会儿，他一定还得想法子来要求你。你往后最好不要轻易地回心转意答应了他，非难难他不可！

梅兰芳白　Yes, OK！（表）其实除了"柳迎春""薛仁贵"六个字，其他一句也没听懂。

观众乙表　轮到下一个。（白）Mr.梅，看了《贵妃醉酒》我有点angry，明明跟皇帝约好在一处饮酒，等人家把地方也打扫干净了，酒菜也预备好了，可他找别的girl去了，贵妃娘娘怎么能不郁闷呢，可是这时借酒浇愁也就最容易醉。不过我想若是你派人去请皇帝，他一定会来的，既然他平时那么love you，你又那么beautiful，你为什么不派人去请他呢？

梅兰芳白　Thank you very much.（表）作孽，一个字也没听懂。

观众丙表　再下一个。（白）亲爱的梅先生，我想问个问题。

梅兰芳表　这个听懂了，虽然红头发、蓝眼睛，倒会讲中文的。（白）您请说。

观众丙白　《打渔杀家》里那个可爱孝顺的小姑娘闹了那么大的乱子就跑了，我非常想知道她最后跑到哪里去了。

梅兰芳白　哦，小姑娘后来到了另一个城市，恰巧遇到了她的未婚夫，也是一位既勇敢又英俊的少年英雄，后来两人就结婚了，生活得非常幸福。

观众丙白　哦，这下我就放心了。另外我还想冒昧地提个请求。

梅兰芳白 请说。

观众丙白 我想和您握个手可以吗?

梅兰芳白 OK,当然可以。(对方伸出一只手)(表)那只手最起码有蒲扇那么大,手背上蜡蜡黄的金毛少说也有两寸长,还带点自来卷。

观众丙白 您看您的那双手,指头不秃不尖,皮肤又白又嫩,不宽不窄,不长不短,不肥不瘦,我从没见过这么美的手。

梅兰芳白 谢谢,谢谢!

观众丙白 可你为什么把这么好看的手经常用袖子遮起来呢?我希望你以后演戏都像今天《打渔杀家》里的萧桂英一样穿成短袖,这样观众就能一直欣赏到您这双迷人的手了。

梅兰芳白 呃……那我尽量多演看得见手的戏……(手一直被捏着,显了尴尬样)

观众甲白 (对丙)喂喂喂,手可以放了,艺术大师的手不是被陌生人随便握的,没看到我们后面还排着那么长的队吗?

梅兰芳表 后面的观众有意见了。(对甲)(白)您好!

观众甲白 你好!

梅兰芳表 咦?你不是刚才排队排在最前面,已经来签过了吗?

观众甲白 嘻嘻,为了多看您一眼,我又重新去排队了,这会儿又轮到我了。

梅兰芳表 怪不得这签名签来签去签不完,(朝队伍望去)原来许多观众又去重新排队了。

说书人表 美国观众对梅兰芳的热情和痴迷让梅兰芳和剧团所有人始料未及。本来一百场的演出计划加演到了两百多场,票价从六美元被黑市炒到二十美元,还是场场爆满,一票难求。所有媒体对梅兰芳的报道用的都是“杰出的艺术家、罕见的风格大师、伟大的艺术使节”的称呼,美国好几所大学还授予他文学博士学位。美国政界、军界、商界的头头脑脑,艺术圈、教育圈的知名人物,都来争相一睹中国京剧大师的风采。全美顿时刮起了一股“梅兰芳旋风”。

第三回 明 志

人 物 梅兰芳、燕如梅、褚明谊、秦妈、福芝芳、卫士、由藤佳子、宪兵

说书人表 梅兰芳出访美国的巨大成功,为京剧,更为祖国争得了无上荣光。接下来他还出访苏联,考察欧洲,在充分吸取了世界优秀戏剧养料之后,不仅对中国戏曲更加充满自豪,还因为眼界的开阔、知识的积累、文化素养的提高而对未来的京剧发展充满信心。

说书人表 然而无情的现实一下子击碎了他的梦想——抗战全面爆发了。为了摆脱日本人的纠缠,先是避走香港,再是隐居上海,并暗暗发誓,只要脚下的这片土地仍然被侵略

者掌控，他决计不会再登台。心里有了这样的底线，外界的一切纷扰、诱惑、规劝，他都可以视而不见，听而不闻。

说书人表　但是心里总要有所寄托，更重要的是饭总要吃的。好得梅兰芳廿一岁就开始学画画了，几笔丹青着实有点专业水准，不少达官贵人倒也愿意出钱买他的画，所以靠画画梅兰芳也能勉强度日。昨天又是画了半晚上，这会儿靠在书桌门前的椅子上，有点迷迷糊糊……只看见外面好像进来两个人……

燕如梅白　褚大哥，来，我陪你再喝一杯……

褚明谊白　好啊，怎么个喝法，我的如梅小燕子？

燕如梅白　褚大哥想怎么喝就怎么喝。

褚明谊白　那就来个交杯吧……

梅兰芳表　一个燕如梅？一个褚明谊？这两人怎么搞到一起去了？（白）师兄，怎么是你……你……你这些年跑哪去了？

燕如梅白　有褚大哥一直捧着我，我唱大轴去了。

梅兰芳白　你当年为什么不辞而别？

燕如梅白　因为我的师弟是梅兰芳，他像一张巨网把我牢牢地困在深渊里，让我永无出头之日。我只有撕开这张网，才有喘气的机会，才有可能唱上大轴。哈哈哈……褚大哥，来，咱喝咱的交杯酒……

梅兰芳白　师哥，别再这么作践自己了，回家吧！

燕如梅白　家？戏子有家吗？

褚明谊白　有啊，我的家就是你的家啊，我的小燕子！

梅兰芳白　师哥，你们……

燕如梅白　我们怎么啦？你可以和你的三哥搞在一块儿，我就不能和我的褚哥找点乐子？

梅兰芳白　我和齐先生是艺术上的合作伙伴，我们是清白的。

褚明谊白　清白？你们要是清白，他会为你卖房子？

梅兰芳白　褚明谊，你说清楚点，谁卖房子？

褚明谊白　别装糊涂了，你难道不知道他给你的那二十万是哪来的？

梅兰芳白　……

褚明谊白　那个出了名的大孝子为了凑钱让你去美国，卖了祖上的房子，还气死了八十岁的老娘……

梅兰芳白　……

燕如梅白　清白，骗鬼吧！……哈哈哈……

梅兰芳白　不……

说书人表　“轰隆隆……”外面突然一个雷响。

梅兰芳表　从椅子上直直地跳起来。还好，刚才只是一个梦！（衬）不晓得梅兰芳啊，这个梦既是梦又不是梦，用句迷信点的话说，相当于托梦，都是真的。

秦妈表　秦妈一看天像要落雨了，准备来书房关窗。正好看见梅兰芳从椅子里跳起来，面色夹白的样子。（白）大爷，你怎么啦？我一大早好像看到吴医生走出去，是不是身体不舒服？

梅兰芳白　没……没事，只是做了个梦而已。

秦妈白　大爷，我看你日也画，夜也画，弄得比唱戏还吃力。还是要好好休息，不然把身体熬坏了，再想唱戏就唱不动了。

梅兰芳白　日本人一天不走，我就一天唱不了戏，真不知道这样的日子还要憋多久。

秦妈表　秦妈这点还是懂的，对于像梅兰芳这样一个正在鼎盛时期的艺术家而言，因为抵抗恶劣环境而谢绝舞台生活的日子，他心里的苦闷是无法用言语来形容的。（白）大爷，日本人叫你去唱你可以不去，但一般的营业戏、商业戏请你去，价钱还随你开，你可以露露面啊，也不用天天这么辛苦地以卖画度日了。

梅兰芳白　不，这面可露不得。日本人知道我还在上台，能放过我吗？我只有彻底离开戏台，他们才有可能死心！

秦妈白　死心？死心还会三天两头派人来逼你？我估计那个投靠了日本鬼子的家伙，一会儿又要来骚扰你了。

福芝芳表　就在此时，福芝芳从外头进来。（白）哎呀，畹华，秦妈，今天不知运气怎么这么好，那十来张画一下全卖完了。

梅兰芳白　芝芳，辛苦你了！

福芝芳白　我不辛苦，你才辛苦呢。为了一家老小的生计，硬生生把你从一个一流的京剧艺术家逼成个三流的画家。

秦妈白　太太，你这句话我不同意的。

福芝芳白　啊？

秦妈白　我们大爷一流的京剧艺术家肯定是的，但是说他是三流的画家，有点贬低他了，好歹他也是齐白石先生的得意门生。名师出高徒，不然那十来张画怎么就一抢而空了呢？

福芝芳白　呵呵，听着倒好像有点道理的哦。

梅兰芳白　二位，无论我梅兰芳是一流还是三流，是唱戏还是画画，反正这世道把我从君子变成了小人。

秦妈白　啊？这么贬低自己？那我更不同意了。

福芝芳白　你大爷是说，原来唱戏是动口，现在画画是动手，君子动口不动手，现在动不了口了，只能动手，不就是从“君子”变成“小人”了吗？

秦妈白　哦，是这么个“君子变小人”啊！这么难的谜面我哪猜得出啊！

梅兰芳白　还是芝芳了解我。

秦妈白　所以你福气啊，娶了个这么善解人意的老婆。

福芝芳白　秦妈，我刚买了一只鸡，你快拿去做了，给畹华和孩子们补补。

秦妈白　一张画能变成一只鸡，三流画家能有这本事？好好好，我去杀鸡炖鸡，你也好好歇歇啊。

褚明谊表　话音还没断，外面来了。（白）哎呀，这雨说下就下，什么鬼天呀？畹……

梅兰芳表　听见褚明谊的声音，一股厌恶之情油然而生。本来还算不错的朋友，自从知道他投靠了日本人，梅兰芳就毅然决然地把他从朋友圈里删除了。尤其想起刚才出现在他梦里的那副恶形恶状的样子，实在不想面对他那只脸孔。所以身体一侧。

褚明谊表　给个侧脸给我看？没办法，日本人天天给我压力，只好先耐气些。（白）畹华，给皇军唱戏的事可不能再拖啦。

梅兰芳白　我早说过了，我年纪大了，嗓子也退化了，不能再登台了。

褚明谊白　畹华，你这个年纪可是艺术最炉火纯青的时候，嗓子嘛，只要吊一吊就回来了。您看，离日中亲善纪念活动的演出时间还有不到十二个小时了，你……

福芝芳白　褚会长，哦不，你现在是中日亲善联络办主任，应该称您褚主任才对。您不是一向喜欢玩票唱大花脸吗？要唱，你自己去不就得了。

褚明谊表　哦哟，这记钝头厉害。（白）梅太太，我这只是票两口，哪能和伶界大王相提并论呢？你这么怼我就没意思了。我可是为了畹华和梅家好，毕竟和皇军作对是不会有好果子吃的。

梅兰芳白　褚明谊，你到底是不是中国人？

褚明谊白　管他是哪里人，只要是人，好死不及赖活着。

梅兰芳表　想不到这么无耻的话你都讲得出来。只觉着心口的火直往天灵盖上在蹿。（白）那你回去告诉你的主子，梅兰芳不唱戏了！秦妈，送客！

褚明谊白　慢！（表）赶动身？那要不要试试看？（白）梅兰芳，看来你是不见兔子不撒鹰，不见棺材不掉泪，好，那就别怪我不讲交情。带上来……

卫士白　是！

福芝芳表　只看见连拖带拽架进来一个人。赤了双脚，两个裤脚管拖一片挂一片，像两只松掉了的拖把，身上鞭痕累累，都是血印子，蓬头散发……

燕如梅白　唱大轴……我要唱大轴……

梅兰芳表　这个一吓非同小可！（白）师哥……你这是怎么啦？

福芝芳白　褚明谊，你把如梅怎么啦？

褚明谊白　怎么啦？皇军本来是要梅兰芳去唱的，可腕儿大请不动哇，就找你师哥去唱了。可没承想这平时挺顺溜的人，居然也不肯唱，那就只能敬酒不吃吃罚酒了！

福芝芳白　居然出手这么狠，这帮刽子手！（对燕）师哥，别怕，咱到家了。

燕如梅白　唱大轴……我要唱大轴……

梅兰芳白　褚明谊，是你把我师哥交给日本人的？

褚明谊白　我也不愿意啊，可得罪了皇军咱也吃不了兜着走啊，所以，也只能忍痛割爱了。

梅兰芳白　无耻……你无耻！

燕如梅白 梅兰芳……

梅兰芳表 啊呀，认得我的，神智还是清楚的！瑟瑟抖的手捧起他的面庞，（白）师哥……

燕如梅白 你是梅兰芳？

梅兰芳白 是，我是梅兰芳，我是你的师弟梅畹华。

福芝芳表 边上的福芝芳眼泪也别想止得住。（白）他师哥，我是福芝芳，你也认得我是吧？

燕如梅白 福芝芳……梅兰芳……两个芳……一对姐妹花……哈哈哈……唱大轴……一起唱大轴……一定要唱过梅兰芳……

梅兰芳表 梅兰芳只觉得自己的心像千针刺、万刀戳，那种痛简直无法用言语来形容。

梅兰芳唱 痛悠悠，泪悠悠，思悠悠，梦悠悠，
多少往事涌心头，涌上心头痛难收。
想当初，我们因戏缘结金兰谊，多少血汗一起流，
朝练山膀夜云手，夏练翎功冬水袖，
吊嗓踢腿翻筋斗，圆场卧鱼九龙口，
一半儿，听师傅口传心授，一半儿，躲后台明借暗偷，
吃过馊饭、睡过马厩，遭过棍殴、挨过鞭抽，
唐明皇前起了誓，罚了咒，
携手闯码头，不惧风雨骤，
有乐一起乐，有愁一起愁，
《金山寺》同将法海斗，
《牡丹亭》共赏花满楼。
未曾料，
你为了成角儿，狠心将我丢，为了成角儿，负气天涯走，
为了成角儿，自弃自怨尤，为了成角儿，堕入淤泥沟，
为了成角儿，弟兄反成仇，为了成角儿，恨我到骨头，
再相逢，竟然形销骨立，垢面蓬头，
疯癫痴傻，行尸走肉，咫尺陌路，阶下成囚，
痛得我，肠如刀绞肝如剖，滴滴鲜血泣心头。

梅兰芳表 师弟兄一场，曾经情同手足，一起跟师，一起学戏，一起给师傅骂，一起跑码头，一起唱皮黄昆曲，（白）师哥，我是从小和你一起长大的那个畹华，你真的不认识我了吗？……你还记不记得，那年师傅教我们唱昆曲《思凡》，就那一句我总是唱错，"我本是……"

燕如梅白 （接唱）"我本是女娇娥，又不是男儿郎。"

梅兰芳白 （惊喜地）是，就是这句！师哥，你记起来了是不是？？可我总是往反里唱"我本是男儿郎，又不是女娇娥……"师傅罚我在雪地里站了一宿……等到天亮回屋，你二话没说，扯开自己的棉袄就把我的脚往心口捂，从那时起，我就暗暗发誓，不论你做

什么，你这辈子都是我的亲哥哥……（表）台下从来不大悲大喜的梅兰芳，这时候抱住了燕如梅已经泣不成声。

由藤表 “……”突然一阵响亮的皮靴声从外面传进来。

褚明谊表 褚明谊一看，要紧哈腰曲背，出了张笑脸迎上去。（白）佳……

由藤表 （挥手作制止状）进来的啥人？一个日本人，一个日本女人，一个穿着军装的日本女人。（白）梅先生，梅太太，冒昧登门，多有打扰。我是由藤佳子，请多关照！

福芝芳表 福芝芳一看，进来个日本女人，那名字多怪？叫“油余茄子”？你倒不叫“油余饺子”！

燕如梅表 燕如梅看是进来个穿了军装的日本人，眼睛瞪大，浑身发抖，躲到梅兰芳的身背后，（白）不不不，我不给日本人唱大轴，打死也不能唱……给日本人唱了大轴，我以后就没脸给中国人唱大轴了……不不不……我不唱大轴了……我再也不唱大轴了……

梅兰芳白 师哥，别怕，只要你想唱，我以后天天陪你唱，你唱大轴，我捧着你……

燕如梅白 不能唱……不能唱……

梅兰芳白 芝芳，你先把我师哥扶回房吧。

福芝芳白 嗯。师哥，来，咱到家了，不怕啊不怕……（表）搀扶了燕如梅进去。

褚明谊白 畹华，我得给你隆重介绍一下，这位是大日本帝国驻上海司令部的由藤少佐。

【梅兰芳仍旧把身一侧，不予理睬。】

褚明谊表 仍旧给个侧脸我们看看。（跳出）凭良心讲看是真的好看的，侧面绝对不输袁小良。

梅兰芳表 （跳出）正面输啥人啊？

褚明谊表 正面绝对不输贾乃亮。

梅兰芳表 （揶揄地）谢谢你！

褚明谊表 头颈骨倒着实硬！（白）梅兰芳……

由藤白 （仍旧手一挥作制止状）梅先生，都说您多才多艺，妙手丹青，今日一见，名不虚传。这些画都是您画的吧？

梅兰芳白 闲来无事，涂鸦而已。

褚明谊白 哼，这叫不务正业。

由藤表 对书桌上一看，一幅画墨迹还没干。（白）梅先生，如果我没看错的话，您这画的是您演的《天女散花》？

梅兰芳表 梅兰芳最近的确画了不少人物，尤其自己作品中的女主角。舞台上没有办法去呈现，只能借画笔寄托情感。想不到你一个日本女人居然晓得《天女散花》。（白）确切点说，只能叫“天女”。

由藤表 再仔细一看，的确，画上只有天女，捧了一只空篮头，散花散花，花呢？（白）为什么没有花？

梅兰芳表 血光冲天，遍地焦土，这花还能往哪儿撒呀？

梅兰芳唱 天女她本是菩萨差遣，散鲜花只为爱满人间，

然而人间最怕善恶颠，魑魅魍魉扰人间，
人间顿然变森罗殿，花香之地血雨掀。
大法力也救不了无辜良善，大智慧也无奈这豺狼凶险，
大慈悲渡不过浩劫无限，岂不枉称了菩萨枉做了天。
故而挥去了身边祥云冉冉，散尽了鲜花再无流连，
收起了花篮返身仙殿，人间从此天女不见，
空留下，一抹泪痕划长天！

梅兰芳白 你们来了，带来了灾难和浩劫，带来了死亡和痛苦，天庭动怒，天女无忍，返身仙界，收回百花，免遭踏践！

褚明谊表 不要看梅兰芳平时生活当中话并不多，真要动起嘴皮子俚倒也蛮厉害的。（白）梅兰芳，不就一张画嘛，哪来那么多废话？

由藤白 褚sir，梅先生可是我们大日本帝国极尊重仰慕的艺术大师，休得无理。

褚明谊白 嗨！

由藤白 梅先生，其实我是个很幸运的人，除了《天女散花》，我还看过你很多好戏。

梅兰芳白 哦？

由藤白 那是二十三年前的事啦。

由藤唱 二十三载弹指挥，那时候，我还是个懵懵懂懂的小女孩。
尤记得，帝国剧场人潮涌，都只为，一睹梅郎好风采。
《天女散花》碧空浮祥云，《霸王别姬》芳魂断汉山，
《贵妃醉酒》花容叹富贵，《嫦娥奔月》青天怜情海，
一悲一喜一叩一拜，一颦一笑一痴一醉，
你眉尖到心坎，指尖到秋水，
唱念做打演尽人间百态，手眼身法表尽愁怒喜哀，
几多缠绵，几多慷慨，
皮黄声声似天籁，多少佳人入梦来，
却梦里梦外皆沉醉，萦绕我心头千百回。

由藤表 那年我才九岁，跟着父亲去东京的帝国剧场看您的戏，当时似懂非懂，却久久难忘。后来渐渐长大，越发痴迷上了中国京剧，对梅大师的景仰之情更是有增无减。

梅兰芳表 怪不得她晓得我画的是《天女散花》，原来曾经是我二十多年前第一次去日本演出时的一个小观众。（白）那一年，日本发生了大地震，我是去赈灾演出的，谢谢你还记得。

由藤白 我还记得您吃不惯日本的生鱼片，那天早晨突发肠胃炎，幸亏救治及时，您才没误了晚上的那出《霸王别姬》。

梅兰芳白 咦，这个事你怎么会知道呢？

由藤白 因为是我父亲给您开的药，挂的水。

梅兰芳表　身体突然别转。（白）你……你是由藤板三郎的女儿？

由藤白　谢谢您还记得我父亲的名字。

梅兰芳白　你就是那个给我唱《樱花歌》的小佳子？

【由藤佳子点点头，唱起了《樱花歌》。褚明谊也跟着边舞边唱边鼓掌。】

梅兰芳表　这倒没壳张的。（白）令尊还好吗？

由藤白　他在五年前因病去世了。

梅兰芳白　哦，那太遗憾了！

由藤白　不过我父亲这一辈子救人无数，积德行善，也算不枉此生。

梅兰芳白　是啊，你父亲此生以救人为天职，而你，却以杀人为目的，我想，你父亲要是看到你满手是血的样子，他的在天之灵是绝不会安息的！

褚明谊白　梅兰芳，今天由藤少佐可是给足了你面子，你不要蹬鼻子上脸，不识好歹！（拔出枪）再胡说八道，可别怪枪子儿不长眼！

由藤白　（对褚呵斥）ばか!!（表）拉起来就是一个耳光。（白）梅先生是我们的贵客，你不许用这种态度和他说话！

褚明谊白　嗨！（表）搞了半天我里外不是人。怨啊！

由藤白　梅先生，我是军人，军人以服从命令为天职。今日登门，我也是奉黑木总司令之托，诚邀您参加庆贺演出。

梅兰芳白　庆贺？庆贺什么？庆贺你们践踏中国国土还是庆贺你们屠杀中国同胞？哼，对不起，请你一定转告你们的黑木司令，我梅兰芳可以为日本人民演出，但决不为日本军国主义唱戏！

由藤白　梅先生，我听说您最近把北京的房子，还有收藏多年的字画、古董都给卖了。您不唱戏，就不怕委屈了家人？

梅兰芳白　我还有手，还能卖画度日。

褚明谊白　卖画度日？梅兰芳，你也太天真了！你知道你的大部分画都是谁买走的吗？

梅兰芳白　谁？

褚明谊白　黑木总司令。

梅兰芳白　吓！你们……逼人太甚！

由藤表　就在这时候，由藤佳子突然发现梅兰芳的面孔有点异样，和印象中的梅兰芳不大一样。

说书人表　啥个上不一样？作为一个旦角演员，梅兰芳一向注重自己的形象。由于在舞台上扮演女性角色的需要，任何时候出现在别人面前都是光鲜整洁，从没留过胡子。即使细小的胡子茬也要用镊子一点一点去掉，这是他的一种职业精神与素养，也是众所周知的事。

由藤白　梅先生，你……你怎么留起胡子来了？

褚明谊表 褚明谊也好像刚发现一样。原说，我总觉得他这张脸有什么地方不对劲，原来是光壳蛋上长了毛了！（白）我说梅大师，你这名旦蓄须是几个意思啊？你也太荒唐了吧？

由藤白 梅先生，你这是何苦呢？

由藤唱 本则你，台上梅郎千般俏，粉面桃花别样娇，

褚明谊唱 你偏在人前添笑料，名旦蓄须为哪遭？

梅兰芳唱 大丈夫乃是我本色，须眉男儿我自豪。

由藤唱 蓄须怎将天女扮，分明拒演耍花招，

褚明谊唱 劝你听我良言告，麻烦祸殃莫自找，

梅兰芳唱 我立得稳，站得牢，何惧恶魔把门敲？

褚明谊唱 得罪皇军不必要，你还是跟咱走一遭。

梅兰芳唱 敌前歌舞屈膝腰，归来如何对同胞？

由藤唱 曲当终来歌自散，世事如戏本勾销。

梅兰芳唱 生灵涂炭哀鸿遍，血海深仇怎勾销？

褚明谊唱 劝梅郎，莫声嚣，都知你温文涵养高。

梅兰芳唱 若将涵养逼得急，《打渔杀家》走一遭。

由藤唱 你这是以卵击石将南墙撞，撞碎南墙命半条，
再向前一步是奈何桥。

梅兰芳唱 奈何桥，又能奈何，人人都要过此桥，
我不信魔鬼总逍遥。

褚明谊唱 为人何必太执拗，顺势而为最重要，
地也阔来天也高。

梅兰芳唱 我今生不做墙头草，不弓背来不弯腰，
春秋大义路一条，不与虎狼同战壕，
心头坦荡天更高。
倘然非要听我唱，

褚由合白 怎么说？

梅兰芳唱 那就再唱一唱那《抗金兵》，听一听那地动山摇战鼓敲。

梅兰芳表 《抗金兵》这部戏表面上讲的是梁红玉抗金的故事，实际上是九一八事变后，梅剧团特地为号召民众抗日而专门创作的新戏。其中有一段《擂鼓助阵》的擂鼓表演尤为精妙，对当时百姓的抗战情绪起了很大的鼓舞作用。现在戏不唱了，但是鼓还放好在自己书房里。箭步走到窗前，拿起一双鼓槌，“咜咙……咜咙……”

说书人表 （*雷声又起*）“轰隆隆……”屋内战鼓隆隆，屋外惊雷阵阵。连老天也在为梅兰芳的勇气呐喊助威。

由藤表 由藤佳子到这会儿有点耐不住了。想不到表面温润如玉的梅兰芳生这样一幅犟骨头。离演出的时间越来越近了，如果今天任务完不成，在黑木跟前是决计交不了账

的。那要不要硬上？好得有那条狗（指褚明谊）在，我倒不必亲自动手。对褚明谊看看，既然你们是朋友，那就交给你了！

褚明谊表　搞了半天，皮球仍旧踢还给我？断命戏子，软硬不吃。（白）来呀——

宪兵白　是！

褚明谊白　黑木司令有令，只要梅兰芳还能站着说话，就必须把他带走。如敢违抗，军法处置！

宪兵表　两个宪兵倒说也是梅兰芳的戏迷，没办法，走到梅兰芳跟前，先鞠了一躬，起手刚想朝梅兰芳的胳膊上抓上去……

梅兰芳表　只看见梅兰芳晃了晃，摇了摇，面孔煊红，额头上的汗像黄豆一样在滴下来……（晕倒状）

福芝芳表　福芝芳正好从里面出来。眼尖手快，一把把梅兰芳抱住，（白）畹华，你这是怎么啦，畹华……

褚明谊表　刚才还好好的，怎么一会儿像发重毛病的样子？晓得的，在演戏！

福芝芳表　福芝芳一摸梅兰芳的额头，沸沸烫。（喊秦妈）（白）秦妈……秦妈……畹华他这是怎么啦？……

秦妈表　秦妈急匆匆从里面出来。（白）来了来了！（凑到福跟前耳语状）太太，我也是刚才听小圆子说的，早上吴医生来给大爷打了伤寒预防针……

福芝芳白　……

秦妈白　还打了三针。

福芝芳白　什么……他不要命了……

褚明谊表　褚明谊看梅兰芳的面孔从红转白，嘴唇从紫发青，浑身发抖、神志不清的样子，不像演戏哇。马上通过日本军方请医生上门诊断，一量体温，四十一度八。问医生：啥个毛病？医生说：应该是急性伤寒。问：那今天晚上有没有可能站到台上？说：退烧针是打了，但是过一晚上能不能醒过来还要看他的造化……褚明谊只觉着梅兰芳的毛病生得蹊跷，但是也没办法，只能灰溜溜离开梅家，等吃日本人的耳光。

梅兰芳表　这个时候的梅兰芳，一会儿觉着身处熊熊火海，一会儿又觉着跌入万丈冰窟，正在经受水深火热的煎熬。眼睛拼命想睁开，喉咙拼命想发声，但是赛过都上好了铁锁，无能为力。但是他能感觉到有一双赤赤软的手，把自己的手紧紧抓牢，生怕自己逃走一样。

福芝芳白　畹华，今天你早早地要我出去卖画，你是故意要把我支走是不是？你是铁了心不给日本人唱戏是不是？你是为了给唱戏人争口气做好了豁出命的准备是不是？

秦妈白　怎么不是啊，大爷明知他一打伤寒预防针就要发高烧，他还非要打三针。他平时这么爱惜自己身体的人，竟然赌自己的命。我虽然从小看着他长大，但我今天才知道我的大爷这么勇敢……

福芝芳白　我的畹华……

福芝芳唱　搀住你的手，紧紧不放手，

越搀越紧泪越流，怕它从我手中溜。
还记得，我当年最迷你这双手，第一眼只有十八九，
我躲在后台偷偷瞅，惊你十指兰花千种秀，
我醒里梦里看不够，东施效颦学不透。
就是你这双手，挑我红盖头，
就是你这双手，敬我交杯酒，
就是你这双手，教我写《春秋》，
就是你这双手，抚我腹中儿，
就是你这双手，带我天涯走，
就是你这双手，拂去万斛愁，
故而我，今生今世决不放开你这双手！
畹华啊，我怎不知，戏是你的命，戏是你的魂，
你此生只为戏欢忧，怎肯从此将戏台丢。
谁不知你乃是名伶之后，你祖父梅巧玲艺贯九州，
你伯父梅雨田“六场通透”，吹拉弹唱算班头。
你七岁入私塾，八岁将师投，
沪上成名早，越发苦勤修，
名旦列为首，处处显身手，
出访东瀛与美国，献艺苏联与欧洲。
你百尺淤泥终不染，亭亭玉立濯清流，
传播了中华文化，结交了四海之友，
化身了美的天使好比嫦娥抒广袖。
我怎不知，你粉墨一生经千浪，怎甘歌罢舞歇檀板收？
眼看列强侵，风雨骤，日寇铁蹄踏神州，
和平瞬间化乌有，国恨家仇涌心头，
你心不甘，气不收，情不灭，志不丢，
不惧十面埋伏，宁死破釜沉舟，
哪怕霸王别姬，也要节留义守，
女儿的如水温柔，化作男儿咆哮的激流，
坦坦荡荡朝前走，铮铮铁骨竞风流，
不回头呵不回头，只待天地清明复灵秀，
再登氍毹放歌喉！

福芝芳白 畹华，你一定要醒过来，我知道你一定会醒过来的……

说书人表 那梅兰芳有没有醒过来呢？（对观众）你们说呐？

说书人表 听，新中国成立十周年的庆典上，刚刚加入中国共产党，但已经六十五岁的梅兰芳

带了一群徒子徒孙，又在唱他的新戏了！

【大幕出《穆桂英挂帅》的背景视频。】

演员轮唱

加合唱 猛听得金鼓响画角声震，唤起我破天门壮志凌云。

想当年桃花马上威风凛凛，敌血飞溅石榴裙。

有生之日责当尽，寸土怎能够属于他人。

番王小丑何足论，我一剑能挡百万兵。

我不挂帅谁挂帅，我不领兵谁领兵！……

说书人表 中篇到此结束！

女保安

（中篇苏州弹词）

第一回　花瓶劫

说书人表　世界上只有两种人：
男人与女人。
人们经常拿男人比作天，
女人只是天上的云；
拿男人比作山，
女人只是山里的水；
拿男人比作月亮，
女人只是月亮边上勿起眼的星星；
拿男人比作树，
女人只是绕勒树上的一根藤。
男人可以闯天下，打江山，搞事业，
女人只能买小菜，烧夜饭，洗尿布。
男人可以选择多种多样的职业，
女人经常被职业而选择。
因为男人总以为要比女人聪明能干、勇敢刚强。
而女人在男人眼睛里则永远是胆小软弱、优柔寡断。

说书人表　但是古今中外，偏偏有一些女性巾帼不让须眉。以前有女状元、女将军、女巡按、女宰相、女驸马，现有女厂长、女经理、女律师、女法官、女市长、女首相，英国还有女王，伲今朝说个这只中篇就叫《女保安》。

说书人表　就在美丽的狮山脚下，高科技飞速发展，三资企业林立的苏州新区，有一座现代化的四星级大酒店——国际友谊大酒店。酒店里非但有一流的设施，优雅的环境，热忱的服务，外加有一个场化与众勿同。

说书人表 啥个勿同？

(韵白)道说一群保安，年纪轻轻，

匀称的身段，玉立亭亭，

略施粉黛，尽显风韵。

矫健的步伐，婀娜的身影，

真诚的微笑，和蔼可亲，

眼睛雪亮，反应灵敏，

处理事体，头脑冷静，

待人接物，很有水平，

一身正气，飒爽精神。

来往客人，赞叹纷纷，

very good，女中精英，

为酒店增设，独特的风景。

说书人表 你勒浪吹哉，女人在饭店里工作最多接接电话，托托盘子，整理整理客房，打扫打扫卫生。保安是男人的工作，女人妈妈哪哼能胜任呢？覅说得的，肯定是酒店为了吸引客人，别出心裁，叫俚笃做做花瓶，摆摆炮的，阿对？

说书人表 啥人说的？格几个女保安工作起来比男同志更加细心、认真、耐心、亲切，顾客特别能够接受。的确，酒店用女保安在中国并勿多见，特别是在苏州还是第一家，所以算得上是一件新鲜事体。

酒店保安部二十个工作人员中，女保安有八位，平均年龄只有二十六岁。内当中年龄最大的叫苏笑恬，二十八岁，一米六五的个子，纤细的身段，白里透红的皮肤，大而有神的眼睛，小而娇俏的嘴巴，不粗不细的眉毛，不高不低的鼻梁，还有两个不深不浅的潭潭，啥个潭潭？就是酒窝。格只面孔只要一笑，现在小青年攀谈起来，覅忒甜啊！搭俚的名字苏笑恬倒蛮切的。覅看俚好像秀秀气气、斯斯文文，苏州警察学校毕业的高才生，现任保安部副部长，主要负责监控室工作。

监控室设在七楼，一间不足十平方米的房间里布满了三十多只眼睛。啥个眼睛？实际上是监控显示屏。此地的工作需要密切注视那三十多只小小显示屏，及时了解酒店各地区的情况，对酒店的大堂、餐厅、商场、走廊、楼道、吧间、电梯、茶室、舞厅、会议室、办公室、仓库等地方进行全方位监控，就是一个地方勿能监控，啥地方？房间与卫生间，假使那个地方也去监控，还有人敢住进来啦？那酒店早晚关门大吉。

说书人表 现在是夜里九点多钟，正是监控室交接班的辰光。苏笑恬像平时一样，下班之前，在工作手册上做好当天的工作记录，然后凳子里厢立起来，习惯性地捶了捶腰，从口袋里拿出俚常备的眼药水，“叭”，盖头去脱。

小李白 笑恬姐，有情况！

苏笑恬表 给接班的小李“横冷”一声，一个紧张，眼药水往准鼻头洞里滋！

小李白 笑恬姐，对勿起。

苏笑恬白 （咕）眼药水变“滴鼻净”哉，鼻子酸得眼泪要出来快了。（白）小李，怎么回事？

小李白 你看，十楼客房部打起来了。

苏笑恬表 要紧眼睛激出，盯牢监控显示屏。只看见，一个人手舞足蹈，还有一个面孔上血淋带滴，覅说得的，肯定出事体了。（白）小李，你覅走开，我来通知大堂。

小李白 笑恬姐，你已经工作八个小时了，早点回去休息，这事情由我来处理吧！

苏笑恬白 事情出在这个时候，我哪哼能走呢？你看好显示屏，密切注意十楼情况，其他事情，由我负责。（表）对讲机拿到手里：“喂喂。”

辣妹子白 喂喂。

苏笑恬白 我是苏笑恬。

辣妹子白 我是辣妹子。是笑恬姐吧，下班时间早过了，怎么还不见你回去？

苏笑恬白 辣妹子，十楼客房部发生“血案”。

辣妹子白 真的?!

苏笑恬白 先覅紧张，尽量覅影响其他工作人员。你先到十楼了解情况，保护、控制现场，我随后就到！

辣妹子白 是，苏部长。

辣妹子表 辣妹子赛过接到一项光荣而艰巨的任务，来得个兴奋。辣妹子今年二十二岁，四川人，是保安部年龄顶小的一个。粗眉毛，大眼睛，圆鼻头，一张娃娃脸，十分讨人欢喜。原来在餐饮部做女厨，也就是烧菜师傅。炒两只川菜呱呱叫。后来酒店招女保安，就到经理那里去自我推荐，说道：“我覅做女厨，我要做女保安。”经理说：“你菜勿是炒得蛮好，啥事体要改行？”“一日到夜搭鸡鸭鱼蟹那种小畜生打交道，实在勿过瘾。而且做厨子，这只手挡仔把铲刀，头沉倒仔，两只眼睛看牢格菜，菜看只锅，锅看牢仔火，火看牢煤炉，实在呒不劲。做保安几化神气，制服一穿，大盖帽一戴，搭角皮带一佩，走起路来头什梗的（头昂起状），一个什梗（头沉倒状），一个什梗（头昂起状），大摊板勒嗨。”经理一看么到底小囡勒，工作讲神气勒好看格，“你以为保安好做的啊？一日天工作八个钟头，而且还有可能发生意外情况需要处理，你一点点的小囡，哪哼来三呢？”“经理，你覅看我人勿大，但是我从小峨眉山脚下长大，有几样物事蛮大。”啥物事？”“手大、脚大、胆大，尤其力道大。”“嚯?!”“勿相信？你手伸出来。”“啥事体？”“搭你绞脱把手劲，你就觉搭哉。”经理要笑出来快了，小姑娘实头好白相。“什梗，下礼拜上岗培训，试用一个月，勿合格，仍旧去挡你的铲刀。”勿晓得一个月下来，非但合格，外加工作出色，连下来正式成为八名女保安之一。现在一个箭步到电梯跟前，进电梯，往准十楼上来。

说书人表 电梯出来就是十楼酒吧间。客房部每一层都有这样一个吧台。地方勿大，环境蛮雅。客人可以在此吃上酒，聊聊天，听听音乐，看看杂志。

辣妹子表 "叮"，十楼到了。辣妹子帽子戴戴正，皮带佩佩好，踏出电梯。(白)我的天哪！

辣妹子唱 出电梯，直发呆，
一片狼藉酒吧间。
勿晓得哪个闯祸胚，
拿镜子敲得粉粉碎，
只只酒瓶全跌翻，
羊毛地毯变仔垃圾堆，
玻璃一块块，
呕得一摊摊，
上头还有血斑斑。

村东白 ……ばかやろう(混蛋)……

辣妹子唱 耳朵旁边蛮闹猛，
格个词语熟得来，
喔，想着哉，
当年日本鬼子打进来，
最最欢喜"白格牙鲁"声声喊。

村东白 哈哈哈……よし(好)……

辣妹子唱 只看见俚避了避，甩了甩，
走一步，退三退，
勿像走路，
赛过跳芭蕾。
头发乱糟糟，
衣裳全敞开，
那根领带赛过"油杂烩"，
在背心浪厢甩了甩。
俚是眼睛煊煊红，
"吃相"蛮野蛮，
分明是，吃酒吃得醺醺醉，
所以狼狈不堪失常态。

村东白 ……来，干杯……

辣妹子表 看俚要跌了，要紧上去搀一把。(白)先生，当心了！

村东表 吃醉的朋友叫村东野夫，日本东京东亚电子公司高级职员，住在1013房间。村东对中国的文化非常感兴趣，是个中国通，中文虽然讲得勿是十分流利，但是听都能听懂。今朝酒吃得蛮多，已经在该搭闹仔一歇哉。看辣妹子上来搀。(白)女人的，不要碰我！滚开！(表)伸出手来要想拿辣妹子一把头发。

辣妹子表 辣妹子眼明手快，拿手一挡。

村东白 啊一哇！（表）吃着生活加二火了，像只狼狗一样扑过来。

辣妹子表 辣妹子啥出身？汏菜师傅出身。平常百把斤的猪给俚尾巴一拎“噎”一掼头，百把斤的面粉袋“嘿”一得头，现在对付你个吃醉朋友是毛毛雨。看准后头有只沙发勒嗨，稍微用一点力，“噎”一推。

村东表 本来脚里就呒不“了木”，给你什梗一推，往准后头“蹬蹬……蹭”！四脚朝天。

辣妹子表 只觉着鼻头旁边一股“酒扑气”。（白）先生，请你冷静一会儿好吗？

村东表 所以说吃醉酒的人，你勿好搭俚去多缠的，越缠越闹得结棍。今朝的村东茅台酒吃仔瓶把勒嗨呀，行为已经完全勿受大脑控制。现在四脚朝天勒嗨，看见脚上只皮鞋甩了甩，拿到手里，赛过丢手榴弹什梗，往准门前“得……”

小江北表 吧台服务员小江北拿仔格扫帚畚箕“噎……”在兜过去，刚正一个转弯到吧台，格只皮鞋往准俚额角头上“蹭”。（白）啊一哇……没得命喽！

辣妹子表 一看是小江北，（白）小江北，哪哼桩事体？

小江北白 辣妹子，你来得正好，这个日本人喝醉了酒，在这里又是哭又是笑，又是跳又是闹，像疯子似的，在这里闹了半天了。你看，把吧台搞得一塌糊涂，喏，还用花瓶砸伤了两位中国客人。

辣妹子表 对沙发里一看，果然，两个中国客人，一个捧牢个头，哭丧了面孔，一个头上、手上血在淌下来。

小江北白 这个日本鬼子专门欺负中国人，真是本性难移！

辣妹子白 哎，小江北，你这是什么话，事情还没搞清楚，你怎么能旧债划到新账上，这可有损于两国友好关系的！

小江北白 啊一哇，给我戴帽子，上纲上线哉，开个玩笑呀。

辣妹子白 （苏）现在辰光还开啥个玩笑？住到伲酒店，才是伲酒店里尊贵的客人，格种玩笑以后勿准瞎开，知道吗？

小江北白 当心，他的“手榴弹”又要掷上来喽！

村东表 村东真的又拎起一只皮鞋“得儿……”丢过来。

辣妹子表 辣妹子“啪”接住。（白）小江北，快，去拿块冰毛巾来，先让他清醒清醒。

小江北白 晓得。（表）一歇歇工夫，冷毛巾拿过来，往准日本人额角头上一贴。

村东表 日本人原本又是逗，又是犟，逗仔一歇歇也呒不力道了。现在一块冷毛巾额角头上一敷，阴当当，来得个适意，一个人倒慢慢叫安静下来了。

辣妹子表 趁俚现在还算老实，先拿俚送到房间里再说，关照小江北帮个忙，两家头像吊田鸡什梗拿俚弄到房间里，让俚床上躺一躺。（白）小江北，你好好照看他，我出去看看那两位受伤的客人，这里就交给你了。

小江北白 好吧，我来看住这个日本鬼子！

辣妹子白 什么？

小江北白　不不不，我是说，我来照顾这位日本客人，你放心就是了！

辣妹子白　这还差不多。（表）辣妹子往准外头出来。

苏笑恬表　苏笑恬齐巧踏出电梯，到酒吧间，看见辣妹子从客房里出来，要紧问。（白）辣妹子，到底出了什么事情？

辣妹子表　看见苏笑恬，（白）报告苏部长，什梗长，什梗短，一位日本客人酒后闹事，还用花瓶砸伤了两位中国客人。

苏笑恬白　喔，是这样。那现在情况怎么样？

辣妹子白　日本人已送回房间，由小江北照顾。

苏笑恬白　两个受伤的客人呢？

辣妹子白　喏，还没来得及招呼上。

苏笑恬白　辣妹子，你马上把医务室王医生找来，先替客人处理一下伤口。

辣妹子白　是。（表）一歇歇工夫，一个医生拎仔只急救箱，跟辣妹子到酒吧间。打开药箱先搭出血的客人处理伤口，进行包扎。

苏笑恬表　哎，只看见另外个客人，手抱仔个头，两只眼睛定样样，一眼勿眨。看上去头上吃着个生活，虽然血勿出，但勿知伤得哪哼。到俚跟前。（白）这位先生！

宋福宝白　……

苏笑恬白　（手伸到其眼前晃两晃）先生！

宋福宝白　……

苏笑恬白　（咕）哪哼路道？（大声）先生！

宋福宝白　我的头……我的头还在吧！

苏笑恬白　（咕）头呒不还会讲话啦？（白）当然在！

宋福宝白　小姐，我这个脑袋可是电脑啊，里面有好多好多资料，还有数不清的电话号码，千万别出什么问题，万一伤着了它，那就麻烦啦！

苏笑恬表　看俚情绪蛮激动，要紧倒仔杯水。（白）先生，来，先喝口水，到底怎么回事，慢慢说！

宋福宝白　（咕）哪哼桩事体，我到现在也懵懵懂懂勒嗨呀！

宋福宝唱　我三字名叫宋福宝，
专做生意卖电脑。
特从广东到苏州，
科技园区观光学习又讨教。

苏笑恬白　（咕）喔，原来是做电脑生意的，广东人，怪勿得开出口来所有的音全落勒"i"上的。"好啦，对啦，不是啦——"（白）这么说，宋先生此次是特意到新区高科技工业园观光学习来的。

宋福宝白　是啦！

宋福宝唱　我是喜住友谊大酒店，

只觉着环境优雅服务好。
今朝我，吧台浪厢叫仔杯酒，
提提精神驱疲劳，
心情愉悦兴致高。
我是喜滋滋，乐陶陶，
还哼哼戏曲蛮逍遥。

宋福宝白 就在我蛮得意的辰光，突然之间——

宋福宝唱 有样物事飞后脑，
赛过甩过来一只炸药包，
痛得我实在吃勿消，
眼睛门前的金星冒勒冒，
头爿里厢晕陶陶，
脚底下险些立勿牢，
只觉着到阎罗王搭去报过到。
想勿到我名叫宋福宝，
一点勿半靠。
而今福未来，宝勦到，
吙缘吙端把祸殃遭，
险介乎送脱命一条，
格种生活真正吃得莫名又其妙。

宋福宝白 小姐啦，我这个电脑从外面看看，尽管还和原来一样，但里面到底怎么样，会不会有后遗症，会不会产生各种各样的电脑病毒，很难说哎，我明天就要回广东了，在回去之前，你们酒店一定要把这个事情处理好！

孔善德白 中！不能便宜那个日本佬，一定要给个说法。

说书人表 啥人？头上血淋带滴的朋友。现在伤口已经包扎好了。格朋友姓孔，叫孔善德，据俚自己说是孔老夫子嫡传的第九十九代子孙，也是生意人，五十来岁年纪，山东东平市东创生物有限公司市场部经理。到苏州来的目的，寻找新区技术力量雄厚的单位，成立合资企业。也住勒友谊酒店，刚正在酒吧间里翻翻杂志，听听音乐，哪里晓得飞来横祸。到底哪哼桩事体，俚倒看得蛮清爽。

孔善德白 这位姑娘，你是这里的女保安吧？

苏笑恬白 是的！

孔善德白 你们来得还真及时，那个日本人像疯狗似的，乱窜乱砸，要不是那位四川妹子及时把他摁住，他真要变成“孙猴精”了。

苏笑恬白 啥意思？

孔善德白 大闹天宫呗！

苏笑恬表　一看还好，格位客人虽然头上血出仔勿少，头脑倒蛮清爽。（白）这位先生，你现在感觉怎么样？

孔善德表　只觉着格位姑娘和蔼可亲，尤其那一笑，看得俚额角头上痛也觉勿着了。（白）还好，没砸到“心灵的窗户”，眼睛豁瞎掉，不然就惨喽！残疾人协会又要多一名会员喽！

苏笑恬白　先生，贵姓？

孔善德白　我姓孔，孔子的孔。

苏笑恬白　喔，孔先生，我想问一下，一个花瓶，怎么砸了他，又砸了你呢？

孔善德白　一个歪打，一个正着，这才叫背哩。

孔善德唱　我住进酒店一月整，
几乎天天要到酒吧间里去解解闷。
今朝亦勒吧台坐，
听听音乐养精神。
突然来了个日本人，
吃得糊里糊涂醉醺醺。
脚里跳起仔芭蕾舞，
嘴巴里厢还骂勿停，
赛过疯人院里逃出来的神经病。
他是晃晃悠悠到走廊，
顺手操起一花瓶，
恶狠狠，朝对门前用力掷。

孔善德白　当时我突然有种强烈的感觉。

苏笑恬白　啥个感觉？

孔善德白　（哼唱山东民歌）“一九三七年，鬼子他进了中原……”

苏笑恬表　山东民歌也唱仔出来哉，（白）后来呢？

孔善德唱　勿晓得，前头齐巧坐个广东人，
一记晃勒俚后脑门。
俚是背对“鬼子”自然看勿清，
害得俚懵懵懂懂头发昏。

苏笑恬白　喔？花瓶丢到俚头上，搭你的头勿搭介格啘。

孔善德白　就要搭介了啘！

孔善德唱　谁知花瓶弹出来，
眼看近我身，
我要紧偏一偏，
心想勿要紧，
哪里晓得勿偏倒勿碍，

一偏偏大祸临。

苏笑恬白 勿见得格只花瓶生眼睛盯牢侬勒嗨啘，又勿是“飞毛腿”导弹。

孔善德唱 勿壳张花瓶弹到镜子上，
镜子、花瓶顿时碎粉粉。
碎片飞到面孔上，
割破我皮肉血淋淋。
你说格种生活吃得阿冤枉，
我孔善德，看来今年要倒霉运！

孔善德白 这叫什么事来，平白无故被放了血，还破了相。搞成这样子，俺明天怎么回去，真是倒了八辈子霉了。保安同志，俺人身受到严重侵犯，决不会就此罢休，俺要那个日本鬼子负全部责任。

苏笑恬表 苏笑恬听完两位客人的叙述，蛮清爽，广东人与山东人搭格位日本人无冤无仇，完全属于飞来横祸。今朝事体的责任完全在日本人身上。看上去两个中国客人勿会就此罢休。眼睛门前两个受伤，一个酒醉勿醒，而这三个，又全是友谊大酒店的客人。伲酒店的责任，就是要使每位客人的利益在伲酒店得到最大程度的保障，特别是对于我们保安人员来讲，更应该对客人的安危担负责任。今朝对格桩事体的处理，非但关系到中、日客人各自的切身利益，还关系到整个酒店的形象及声誉，我该哪哼办呢？

苏笑恬唱 心中忐忑思潮新，
眼前境遇如何办？
一个是，人事不知酩酊醉，
两个是，身受侵犯讨交代。
一个是，迢迢而来的东瀛客，
两个是，中国同胞怎怠慢。
看来处理纷争非容易，
“中日战火”调停难。
左思右想少主见，
先将两颗受伤的心儿来安慰。

苏笑恬白 宋先生，孔先生，

苏笑恬唱 住进酒店都是客，
顾客至上怎忘怀。
今朝你俩遭不测，
酒店理当来承担。
日本人酒醉闯大祸，
酒吧间里失常态，

使两位身心受伤害。

要他负责理应该。

只是水有源头树有根，

他事出有因费疑猜。

故而等他酒醒后，

我要问清原委与他当面谈，

你们再作交涉也不晚。

而今你们休顾虑，心莫担，

暂且稳定情绪把气耐，

眼前听我作安排。

伤势轻重非儿戏，

先到医院把病看，

看病无恙我心方安。

苏笑恬白 两位先生，既然事体发生在我们酒店里，我们理当负起责任，尽量把事体妥善处理。这样，等那日本人酒醒后，我先出面和他交谈，进一步了解情况。你们两个我马上派人把你们送往医院，再彻底检查一下，好吗？

宋福宝表 一番话，蛮有道理。（白）保安小姐，那这个事情就有劳你费心了。我太累了，想到房间里休息休息。这样吧，我躺在床上，让"它"启动启动，看看这里面的文件有没有丢失，信息有没有出现问题，如果有情况、有故障，再上医院。

苏笑恬白 格么也蛮好。（表）关照辣妹子，拿广东客人送到房间里，让俚暂且休息。然后叫小江北，拿山东客人送往医院，再好好叫检查检查，医药费回转来到我搭报销。等到人全跑脱，现场处理清爽，收作干净，笑恬稍稍松仔半口气，一个人只觉着吃力，有点头晕脑涨。你想酿，监控室里上班上仔八个钟头，现在又做起仔"三调员"，哪哼"三调员"？调查员、调解员、调度员。一个人哪哼会勿吃力呢？沙发里刚坐稳，"嘀……"手机响了。一看号码，屋里的电话，肯定是爱人打来的。（白）喂，是振家……我怎么会忘呢，今天是情人节，又是咱们结婚五周年纪念日……可我单位出了点事，暂时还不能回家……对了，你明天一早就要出差到北京，北京冷，穿那件我给你买的波司登……西洋参在写字台右边第二个抽屉里，带个两盒……资料都准备好了吗？注意休息，早点睡吧，好，就这样！（表）电话结束。"唉！"啥事体叹气，心里内疚。今朝是情人节，又是夫妻俩结婚纪念日，屋里烧仔一台子的菜等自己转去一道庆祝，但是酒店事体还勦处理掉，我哪哼好走？看上去今朝夜里爱人只好一家头独守空房讫！

小江北表 就勒格个辰光，小江北陪仔山东人倒回转来了。

苏笑恬白 小江北，客人阿有啥问题？

小江北白 全部检查过嘞，皮外伤，吃两只乌骨鸡补补血就可以嘞，没得问题！

宋福宝白 问题大啦!

说书人表 宋福宝捧牢个头跌跌冲冲房间里出来。真是一波刚平一波又起。到底哪哼?请听下档。

第二回 真情篇

说书人表 宋福宝本来以为呒啥大问题,回到房间里,床上一躺。勿晓得你的头到成人头,勿是铁头呀,躺仔一歇,勿对,头爿又是晕又是痛,看上去"脑震荡",勿去看是要交"痴呆症"的,要紧出来,反映情况。苏笑恬关照小江北马上陪客人到医院去挂个急诊。小江北想今朝好哉,进进出出,赛过像走马灯什梗,自己的头也晕哉。让俚陪宋福宝去看病。

说书人表 再说村东野夫饮酒过度,自家晓得闯仔大祸。辣妹子拨俚吃仔点醒酒药。现在时间已过子夜,人倒在宾馆客房里逐渐苏醒。俚张开眼睛,看了看周围,呒啥动静,当视线转向房间的沙发上,发现一个女人。啊!阿是自家太太来了?俚揉揉眼睛,勿是,自家太太是圆面孔,俚是鹅蛋形,勿是。是自家日本的妹妹?也勿是,妹妹我总归认得格,再说,俚勒浪日本,也没跟我到中国来。格么俚阿是该搭酒店的服务员?好像也没有看见过。格么奇怪哉,中国有出戏《红楼梦》,莫非是"天上掉下个林妹妹",倒要问问清爽。从床上爬起来,靠在床头。

村东白 你的,你的——

苏笑恬白 我的——(表)看俚清醒过来,蛮高兴,现在俚看见我觉着陌生,奇怪,应该搭俚讲清爽。所说笑恬为适应大饭店工作需要,平时也在进修英语、日语,已经学会了一般的对话。(白)我姓苏,苏州的苏,我是友谊大酒店的保安。

村东白 哦,苏小姐,什么的保安?

苏笑恬白 保卫贵宾的安全,是我的职责。

村东白 哦,我的,现在的,很安全。

苏笑恬白 勿,你的,大大的不安全!

村东白 不,我在你们的大酒店,大大的安全。

苏笑恬白 你的不安全,给我们的酒店带来大大的不安全。

村东白 我听不懂你的话。

苏笑恬白 我的,应该告诉你。(表)说完,苏笑恬主动倒了一杯开水,送到村东野夫手上。

村东表 村东野夫接过茶杯,(白)ありがとうございます(谢谢)。

苏笑恬唱 黄昏消逝夜深沉,
酒店渐渐寂无声,
你出外饮酒回房来,
已脚步踉跄醉醺醺。

路过酒吧间，
突然祸殃生，
口中声声骂不停，
手捧花瓶猛一掷，
掷向别人的后脑门。

村东白　我怎么一点也不知道？

苏笑恬白　饮酒过量，神志模糊，已经完全失态！

村东白　啊，すみません（对勿起），那个“吃生活”的先生是谁？

苏笑恬白　广东省东莞市东方电脑公司副总裁，宋先生，宋总。

村东白　广东、东莞、东方、东东东，宋总？他怎么样？

苏笑恬白　已送医院。

村东白　ごめんなさい（抱歉）。（表）说完，要跳下床去当面道歉。

苏笑恬白　慢！你自己饮酒过度，必须休息。我还有话对你讲，受伤的不止宋先生一个。

村东白　还有？

苏笑恬白　对，还有一个。

村东白　谁？

苏笑恬白　山东省东平市东创生物制药有限公司市场部经理孔善德，孔经理。

村东白　山东、东平、东创、东东东，孔经理？

苏笑恬白　对。

村东白　一只花瓶怎么伤了两个人？すみません（对勿起）！

苏笑恬唱　花盆砸后脑，
弹向照衣镜，
玻璃碎粉粉，
削向无辜人，
脸上手上顿时血淋淋。
肉体受伤心恐惊，
一个重来一个轻。
飞来横祸人遗罪，
你完完全全有责任！

村东表　村东野夫一听，酒吃多了，祸闯大了，吃后悔药也来勿及了，应该负起责任来。（白）苏小姐，ごめんなさい（抱歉）！我要向他们道歉，我要向他们请罪，我要向他们下跪，我要为他们付医药费，我要去买点礼品去让他们“咪西咪西”。

苏笑恬白　（咕）态度着实好。（白）这一切，都是你应该做的。

村东白　はい（是）！

苏笑恬白　但他们还提出要索赔，赔偿精神损失。

村东白 这个——多少？

苏笑恬白 宋先生提出要五十万日元，孔先生提出要三十万日元。

村东白 はい（是）！（咕）五十万、三十万加起来八十万，数字勿小，相当于我三个月的工资收入。天亮以后，我就要回日本，回国之前把这件事处理掉，快刀斩乱麻，也好。忍一忍痛，赔！（表）村东野夫立即从床上爬起来，找自己的一只公文包，翻枕头、拉抽屉，大喊一声"ばか（笨蛋）——"倒在床上，手敲额角，哭丧着面孔，眼泪水差一点滚出来。

苏笑恬表 发觉他异常，有新情况。（白）先生，又发生了什么事？

村东白 我的，公文包的，不见了。

苏笑恬白 啊？（咕）一桩事体覅解决，又发生一桩事体。（表）笑恬心里也紧张起来，但格事体，也是我的事体，先要问问清楚，如果勒浪伲大酒店里遗失，伲个责任更是重大，何况我是保安部负责人。正在这个时候，"嘀——"手机响了，笑恬摸出手机。（白）喂，哦，振家，很抱歉，事体还覅处理掉，看上去还勿能回来……啥个，家里还来了个朋友……哦……蛮好……是男的还是女的……哦……啥地方……哦……那再好没有，你今夜勿至于孤独，让俚陪陪你，并且代我向他问好。"啪！"（表）一个飞吻，将手机关掉放好。

村东表 村东野夫因为常来苏州，苏州话也能听懂五六成。（白）小姐，你下班没有回家？

苏笑恬表 点点头。

村东白 家里有事？

苏笑恬表 点点头。

村东白 为了我？

苏笑恬表 点点头。

村东白 你怎么不说话？

苏笑恬白 家里的事体再大也是小事，酒店里的事再小也是大事！

村东白 ありがとうございます（谢谢）！

苏笑恬白 现在你不必问我，最要紧的是我要问你。

村东白 はい，はい（是）！

苏笑恬白 你想想，公文包里放点啥物事？

村东白 はい（是）！（表）事关重大，村东野夫现在已经彻底清醒，一半是药物作用，一半是公文包作用。（白）小姐，

村东唱 急煞人真是急煞人，
我村东祸不单行祸临身。
公文皮包虽然小，
分量重得赛过金刚门。
公文包里公文多，

村东白　（苏）里面有一份是搭上海光明电子公司签订的重要合同，涉及金额人民币两千万。

村东唱　遗失定要受处分，
被炒鱿鱼回家门，
从此不能进公司门。

苏笑恬白　还有啥？

村东白　美元、日元、澳元和中元。

苏笑恬白　中元是什么？

村东白　你们中国的人民币。

苏笑恬白　我们还没有这种说法。

村东白　人民币勿贬值，我们相信，早就叫中元了。

苏笑恬白　ありがとうございます（谢谢）！估计有多少？

村东唱　两千三千四千五千，
一时一刻讲不清，
无钱寸步难行走，
岂能出你酒店门。

苏笑恬白　还有什么？

村东唱　日本护照最要紧，
天明将要回国门，
遗失护照出不了中国门，
进不了日本门，
到不了我家门，
家里人还要骂山门，
心里越想越昏闷。
求求小姐帮帮我，
让我跳出自家做戌的地狱门。

苏笑恬白　村东先生，你覅急，我们会帮你去寻找公文包。请你回忆一下，公文包啥辰光失落的？可能失落在何处？

村东白　上半夜我出门喝酒，在门口打的，会不会遗失在出租车上？

苏笑恬白　这没有关系，凡是住在本酒店的客人，在门口打的，为防止意外，我们都有车牌号记录，一查就是。

村东白　噢，ちがいます（不对），人民币放在公文包里，如果找勿到公文包，付不出车费，就下不了车。

苏笑恬白　そうです（对），后来你啥地方去喝的酒？什么酒家？

村东白　我记不清了。

苏笑恬白 你好好回忆。

村东白 车子出门左转弯，走了百米右转弯，过了一条马路再左转弯，上了一条大桥再右转弯，左转弯，右转弯，我也不知转到啥地方去了。

苏笑恬白 （咕）我拨你转得也头昏了。（白）哪个酒家，阿曾看清？

村东白 （韵白）一家夜总会，牌子覅看清，

门口霓虹灯，灯下弹簧门，

小姐笑盈盈，陪我把酒斟，

吃得醉醺醺，付账两千零。

苏笑恬白 （咕）付脱两千元还记牢，公文包还在手里。（白）后来你坐啥个出租车回来？

村东白 桑塔纳。

苏笑恬白 什么颜色？

村东白 （苏）红的，哦，勿，蓝的，黑的，哦，勿勿勿，银灰色的，也勿对，呒不颜色的！

苏笑恬白 怎么会没有颜色？

村东白 （苏）吃醉了，也看不清了。

苏笑恬白 驾驶员是男还是女？

村东白 （苏）好像是个男的。

苏笑恬白 （咕）格个有啥好像勿好像，俚也急昏脱了，让俚慢慢再想想。（表）笑恬想，当务之急，要急客人之急，找公文包。拿起对讲机。（白）喂，辣妹子，你还没有下班？……我勿下班，是为了及早解决日本客人的问题。你可以下班了。哦，你要跟我一起……好好！现在又冒出了一个新问题：日本客人的公文包遗失了，什梗长，什梗短，你立即进行联系，尽量帮俚找到。请注意休息，谢谢！（表）笑恬想，公文包由辣妹子去找，该搭村东野夫还有一个情况勿明勿白：按照电脑上显示，俚住进伲个酒店还带仔夫人，从昨天下午开始，俚个夫人就没有出现过。村东野夫一个人出去酗酒回来，与俚个夫人阿有关系？俚酗酒回来，掷花瓶的举动也绝不是偶然，与广东的宋总无往来，无瓜葛，为啥？一定有复杂的内情。其中，可能涉及隐私，一般情况下隐私应该受到保护，现在出了事故，也必须有个水落石出，再说，村东野夫夫妻双双入住伲个大酒店，现在只剩下一个人，我们也有责任要找到另一个人。对，应该抓住现在的时机，帮俚从极端的痛苦中解脱出来。（白）村东先生，请原谅我冒昧问你一些情况。

村东白 いいよ（好）！我知道你是好人，大大的好的中国女人，你问吧，有问必答。

苏笑恬白 ありがとうございます（谢谢）！（表）俚虽然表示“有问必答”，我还是要注意提问技巧，要有点策略，以真情换俚个真心。（白）村东先生！

苏笑恬唱 你飞越重洋到姑苏台，

肩头担子重非凡。

你为何干出反常事，

祸不单行难挽回。
喝闷酒，砸花瓶，
丢公文，失钱财，
误了大事心伤悲。
看你是人发呆，皱双眉，
人独往又独来，
究竟有何苦与难？
女保安有心帮助你，
愿不愿与我谈一谈？

村东白 はい（是）！

村东唱 波起浪涌一齐来，
我心里又是昏闷又是烦，
水有源头树有根，
事出有因心愧惭。
公司派我来谈判，
协议未果与愿违。

村东表 村东野夫这次任务是与新区BS公司谈一个合资项目，因为信息迟，到达也迟，已被荷兰一个企业抢先一步，合资会谈呒成功，回去勿好向老板交代。

村东唱 老板骂我无能力，
立即回国再商谈。

苏笑恬唱 互惠互利要协商，
协议不成再看机会。
胜败乃是平常事，
生意场风云多变幻，
抓住信息再会谈，
何惧困苦何惧难。

苏笑恬白 信息迟到一步，行动缓慢一步，失去机会，这是司空见惯的，责任不完全在于你，我想，你一定另有苦衷。

村东表 “别”，拨俚一语道破！我是另有苦衷，阿要讲？唉，家丑不可外扬，还是勿讲为妙，坍台要坍到日本，何必坍到中国来。

苏笑恬表 看俚勿响，我来主动一点。（白）村东先生，你进驻本店时还带着夫人，现在夫人啥地方去哉？

村东表 吞吞吐吐。（白）俚有点事出去了。

苏笑恬表 单刀直入。（白）为啥一夜勿回？

村东白 这个……（表）闲话塞住。阿要讲，既然俚问起，就讲，没什么大不了。

村东唱　此行夫人一起来，
夫到姑苏妻作陪，
满心高兴笑满腮。

苏笑恬白　应该高兴，你的夫人非常漂亮！

村东白　はい（是）！（咕）问题就出在漂亮身上，现在勿是流行几句闲话：二十岁个女人像橄榄球，要几十个人抢；三十岁个女人像篮球，要十个人抢。我老婆是三十岁，一只篮球，也要有十个人抢！（白）小姐，我夫人你认识？

苏笑恬白　勿，我在监控室荧屏上看到，后来呢？

村东唱　昨晚欣逢情人节，
本应双双同举杯。
她执意拜访同学去，
我几番未能来阻拦，
她突然离去不复回。

苏笑恬白　（咕）出色，事体越弄越大了，勿但要帮俚寻公文包，还要帮俚寻家主婆。（白）所以你心里昏闷，出去寻找欢乐，一人独酌吃闷酒了。

村东白　老婆不告而别，吃酒闯了穷祸，遗失贵重公文包，我恨不得跳楼一了百了！

苏笑恬白　（咕）那怎么得了，事情越来越严重，俚个心情可以理解，要好好安慰一下。（白）村东先生，

苏笑恬唱　休焦躁，莫心烦，出门人常常有困难。
希望你，记住教训记住痛，
密切配合不懈怠。
酒店就是你的家，
为你排忧理应该。
客至如归是承诺，
高兴而来满意归，
定为你妥善解难细安排。

苏笑恬白　我想问你一个问题：你夫人怎么在苏州有同学？

村东白　（苏）俚是上海人。

苏笑恬白　哦，你们是“中日友好”。

村东白　上海医科大学毕业生。

苏笑恬白　从医什么科？

村东白　脑外科。

苏笑恬白　（咕）医科大学？脑外科？（白）她要去拜访的老同学在哪个城市？

村东白　苏州。

苏笑恬白　是男还是女？

村东白　是公的。

苏笑恬表　公的也给俚说出来哉，看上去吃醋哉。

村东白　（咕）哪哼覅吃醋呢？（白）现在市面上有首顺口溜：握着小姐的手，好像回到十六七八九；握着情人的手，一股暖流涌心头；握着同事的手，该出手时就出手；握着同学的手，后悔当初没下手；握着老公的手，好像左手握右手，一点感觉也没有！我的夫人、同学，一个女的，一个男的，也是同学的，他们一握手，肯定后悔当初没下手，我说的对不对？

苏笑恬白　（咕）想勿到日本男人吃起醋来比中国男人还要结棍。看上去俚打翻了醋罐头，所以捧起了酒罐头。（白）那为什么你夫人一定要在情人节之夜去拜访老同学呢？

村东白　她说她的老同学天亮以后就要出差，必须在夜里碰头。我的心里像你们苏州人的一常言俗语：喔拉勿出。

苏笑恬白　她的老同学天亮之后出差到什么地方？

村东白　到北京出席一个脑外科学术研讨会。真的，还是假的，我还吃勿准。

苏笑恬白　他叫什么名字？

村东白　すみません，我不知道！

苏笑恬表　想世界上阿会有什梗巧个事体？我爱人也是上海人，也是医科大学毕业生，也是脑外科，也是天亮以后要去北京参加学术研讨会。会不会俚夫人去拜访的老同学就是我的爱人？对，刚才催我回去，说有个朋友也在，阿会就是俚夫人？让我马上打电话回去。慢！（白）你夫人大名叫啥？

村东白　山口千惠。

苏笑恬白　真好听，山口百惠有了个妹妹。勿，俚个中国名字？

村东白　白惠。

苏笑恬白　噢。（表）苏笑恬马上拿出大哥大：5151551。（白）喂喂！

村东白　（苏）小姐，阿是我夫人找到了？

苏笑恬表　点点头。（白）喂喂。

村东白　（苏）小姐，阿是电话勿通？

苏笑恬表　点点头。（白）哪哼呒不人接电话？

村东白　（咕）两个人碰头，避免干扰，勿接电话。ばか（笨蛋）——（表）想着苏州是个文明之地，勿好骂人，刹车！

说书人表　白惠阿是勒浪苏笑恬屋里？为啥呒不人接电话？村东野夫花瓶事体如何了结？请听下档。

第三回　团圆曲

说书人表　做生意，勿如意，担心老板炒鱿鱼；情人节，妻出走，一跤跌到醋缸里；掼花瓶，祸殃起，既要索赔又要医；公文包，又遗失，村东野夫真作死。现在已经半夜过后，村东野夫酒醉醒来，当知道身边发生的一切事体，悔恨交加，沉浸在痛苦之中，不能自拔。

苏笑恬表 笑恬半夜未困倒也无所谓，勿能下班无所谓，和爱人不能过一个结婚纪念日的温馨之夜也无所谓，但花瓶事件覅解决，日本客人、广东客人、山东客人天亮以后都要离店，一旦勿能如期回去，三方领导都会对自家派遣的下属产生怀疑，影响俚笃的前途，这倒有所谓了。看来，村东野夫是个关键人物，而关键当中的关键，要迅速找到俚的夫人白慧，也就是山口千惠。正在这个时候，身边的对讲机响了。（白）喂喂，是啥人？咦，监控室小李，啥事体？九楼，啊，九楼有情况！……什么？发现有个女人勒浪走廊里来来回回，走来走去，既勿进房，又勿进电梯。啊，好，我马上去了解一下。（表）笑恬对村东野夫，（白）村东先生，乌云过去见青天，一切都会过去的，你暂时好好休息一下，我等会儿再来。

村东白 ありがとうございます（谢谢）！小姐，有事你忙，真不好意思，害你们也一夜未困。

苏笑恬白 你必须镇静、冷静、安静。

村东白 はい（是）！静、静、静！

苏笑恬表 轻轻将房门拉上，走进电梯，到九楼，出电梯。果然，有位女子在走廊里走来踱去，想现在啥辰光了，还在踱方步？（白）小姐，你……

千惠表 走廊里的女士长得十分秀气，圆脸，大眼睛，面孔白净，戴一副银边眼镜，长发披肩，身穿宝蓝色的羊毛套装，手里一件日本式的米色风衣，脚穿高跟皮鞋。见有个身穿保安服装的女子走来，先是一惊，后想想自己行动有点反常，必定会引起别人的注意，倒也平静得很。现在对方已经招呼，应该也有个表示。（白）小姐，我是贵店的一个旅客，从外面刚刚回来。

苏笑恬白 哦，你是哪个房间？

千惠表 指指吧台对面那只房间。（白）那一间。

苏笑恬白 为什么不进门？

千惠白 上面有显示，“请勿打扰”。

苏笑恬白 （咕）格个倒奇怪了，明明是自己的房间，怎么会有“请勿打扰”的显示？（白）小姐，请问，你房间里还有什么人？

千惠白 我的先生。

苏笑恬白 你的先生明明知道你在外面，怎么还招呼“请勿打扰”？

千惠白 莫名其妙！

苏笑恬白 能不能问你一声，你的先生尊姓大名？

千惠白 村东野夫。

苏笑恬白 来自日本东京，东亚电子公司。

千惠白 啊，你怎么会知道？

苏笑恬白 职业的本能。

千惠白 哦。

苏笑恬白 我也知道你的名字，山口千惠。

千惠白 不，不全对。

苏笑恬白 原名白惠。

千惠白 对，这也是职业的本能？

苏笑恬白 人来客去，我们都了解得一清二楚，是为了对客人，对贵宾负责。你是上海人？

千惠白 对。

苏笑恬白 学医的？

千惠白 这与你没有关系。（表）对俚看看，半夜三更，调查户口，调查履历了，真勿明白！

苏笑恬白 哈哈，我想告诉你，你现在思想上有些混乱，心里还有心事，有些心不在焉。

千惠白 从哪里可以发现？

苏笑恬白 你住的十楼，却跑到九楼来了。这个房间的客人已安睡了，当然要"请勿打扰"，而十楼你的房间里，房门一直开着，等你回去。

千惠表 山口千惠这时才如梦初醒，少登了一层楼，赛过相差了十万八千里，到天亮也进不了自己的房间。幸亏方才覅敲门，如果敲了门，非但要惊吵别人，而且说勿定要吃耳光，当我是三陪女半夜上门，想想真难为情。现在给格位小姐一提醒，面孔涨得煊红。（白）小姐，谢谢你的指点，我上错了楼，走错了门，现在我要上楼去了。

苏笑恬白 好，请！（表）两个人一同进电梯，上十楼，一同出电梯。

千惠表 山口千惠正要往自己房里走去。

苏笑恬白 慢！

千惠白 啊！

苏笑恬白 能不能影响你几分钟休息时间，我们谈一谈。

千惠白 （咕）大概我犯了错误，要受一下教育。（白）请谈吧。

苏笑恬表 酒吧已停止营业，旁边有一对沙发。（白）请坐。

千惠表 山口千惠坐在沙发上，正襟危坐，一本正经接受教育的样子。

苏笑恬表 笑恬也一旁坐下。（白）白惠小姐，十分冒昧，恕我多言，我想问你一下。

苏笑恬唱 情人节，情意浓，
情侣伉俪喜融融，
你们夫妻双双东瀛来，
天伦之乐乐无穷。

苏笑恬白 我们友谊大酒店举办情人节联欢活动，邀请你们前来参加，但是——

苏笑恬唱 在这花好月圆夜，
不见你们的影和踪。
为什么，不举同心杯，
不温鸳鸯梦，

一个西来一个东?
深夜不归为何因,
冷落先生在房中?
他是事业受挫难交代,
忧忧郁郁心事重。
需要亲人来关切,
需要亲人紧相从。
意相随,心相同,
共荣华,共苦衷
熬过残冬迎春风。
人生道路漫又长,
鹏程万里艳阳红。

千惠表 听俚什梗一番话,觉得俚有教训我的味道,心里有气,再一想,伲情人节闹矛盾,只是一个爆发点,问题早已潜伏。俚来关心伲,呒不恶意,也是好心。不过俚是友谊大酒店一位工作人员,我搭伲先生的事体,是家事、私事,俚也无权过问。(白)小姐,谢谢你的关心,不过,我搭伲先生的事体,用勿着劳驾你。(表)说完,正要立起身来。

苏笑恬白 慢!(表)笑恬吃了个软钉子,但还是有耐心,天亮之后,俚笃要回日本去,我要抓紧时间,拿来龙去脉弄个明白。(白)白惠小姐,我晓得你方才到啥地方去的。

千惠白 啥地方?难道做保安的可以跟踪?

苏笑恬白 宾客来去自由,跟踪是犯法的。不过,我晓得,你是找老同学去了。

千惠白 是的,同学之间叙叙旧,也是正常。

苏笑恬白 你的老同学是上海医科大学毕业生?

千惠白 勿错,我们是同班同学。

苏笑恬白 学的是脑外科?

千惠白 对,脑外科。

苏笑恬白 高高的个子,高高的鼻子,下巴底下还有粒黑痣?

千惠白 咦,你怎么知道?

苏笑恬白 他的名字叫张振家。

千惠白 对对!

苏笑恬白 天亮之后他就要出差?

千惠白 的确。

苏笑恬白 到北京去参加一个学术研讨会?

千惠白 勿错。啊,你是何仙姑再世——

苏笑恬白 啥个意思?

千惠白　女仙人啘！（表）白惠听到这里，心里奇怪，格个女保安赛过做间谍情报员，了解得这么清楚，倒要问问清爽。（白）小姐，你怎么这样了如指掌？

苏笑恬白　哈哈哈，你的老同学就是我的爱人，你刚才勒我的家里，可惜，因为酒店里发生了一些事，我没有赶上在家里接待你。

千惠表　听到该搭，白惠呆脱，怪勿得我的老同学等妻子回来过情人节，庆祝结婚五周年纪念日，等等勿来，望望勿转，说爱人单位里发生了一点意外事情勿能回来。原来你就在这友谊大酒店。拿俚一个拥抱。（白）小姐，人生无处不相逢，想勿到我勒浪该搭搭你碰头，我老同学拿你一直挂在嘴上，说你是个好妻子，对他的工作十分支持，对他的生活十分体贴、关心。

苏笑恬白　可惜我今天没有陪俚度过这个有意义的晚上。欠俚一笔心债。唉！

千惠表　白惠放开手，恢复平静，（白）单位里究竟发生了一些什么事？

苏笑恬白　搭你有关。

千惠白　啊！（咕）搭我有关？弄勿懂哉，要问问清爽。（白）搭我有啥关系？

苏笑恬白　有关系！需要请你支持我。

千惠白　我一定支持！看勒我老同学面上，我也要支持，再看看你为事业忘我劳动的精神，我也会支持！

苏笑恬白　谢谢你。不过，我先要请你告诉我，你和村东先生之间发生了什么分歧？

千惠白　格个——（表）犹豫了一下，俚觉着现在碰着仔自家人，应该讲，将心比心，以心换心。（白）小姐，啊呀，我应该怎样称呼你？

苏笑恬白　我二十八岁，看来你比我大一点，我应该叫你阿姐。

千惠白　我讨便宜了。我的保安妹妹——

千惠唱　今日萍水喜相逢，
往事历历心潮涌。
人生难得一知己，
要志趣相投心相通。
多年前我东渡留学去日本，
陌路相识遇村东。
他对我情切切，意浓浓，
我对他有好感，情独钟，
日久情深在爱河中，
建立家庭喜气浓。
花开花落方两载，
他一反往常露真容，
大男子主义危害重，
夫权思想占上风。

他要我放弃工作当主妇，
他要我终身留守在家中，
他要我当个贤妻与良母，
他要我服侍公婆与老公，
男尊女卑理欠通。
我说道，我不是瓶中花，
我说道，我不是鸟入笼，
更不能在丈夫身边当女佣。
人生自有价值在，
平庸苟活一世空。
我要去工作，
我要去劳动，
我要搞科研，
我要项目攻，
学医治病为大众。
青春易逝争分秒，
半途而废心更痛，
自食其力更光荣。
他说我，人固执，心不忠，
我说他，性怪癖，情难容，
同床异梦各西东。
思想分歧难愈合，
争得耳赤面又红，
还不顾情分出手凶，
打得我鼻青嘴又肿。
我却是，心更坚，志更浓，
咬定青山不放松。
今日巧遇贤伉俪，

苏笑恬白 通。

千惠白 我有我的志趣，我有我的爱好，我有我的社会责任，我怎么可以厮守家中，苦度终身。就是万贯家财，也是心里空虚！

苏笑恬白 国情不同。中国女子，一向勤劳。日本女子，多数待在家中。两种传统思想的碰撞，分歧也很正常。阿姐，我们妇女也要有作为，也要作贡献，你虽然入了日本籍，但你还是个中国人，我支持你，你可以用你的行为感动村东！

千惠白 对！现在我可以问你，村东究竟发生了什么情况？

苏笑恬表 笑恬什梗长、什梗短告诉了白惠。

千惠白 啊！（表）白惠一听，面色煞白。（白）闯穷祸了，村东闯穷祸了，我也有责任啊。

苏笑恬白 阿姐，你别急，我伲正在帮助俚，非但解决事端，而且一定要寻到公文包。

千惠白 叫我怎样来感谢你们！

苏笑恬白 一家人不要说两家话。

小江北表 正勒该歇辰光，服务员小江北急匆匆过来，看见苏笑恬。（白）笑恬，乖乖隆地冬，事情勿得了。

苏笑恬白 小江北，发生啥事体了？

小江北白 啊一哇，没得命了！

小江北唱 东方微明天将亮，
村东先生早起床，
夫人出门后，一夜未归房，
一人呆独独，急得心发慌，
想起公文包，两眼泪汪汪，
进店辰光蛮像腔，
现在赤脚地皮光。
广东宋总也起床，
清早冲到村东房，
面孔铁铁板，眼睛红彤彤，
摩拳又擦掌，看来火气旺，
事态要发展，难免打相打，
阿会中日起战火，
扭胸脯来扇耳光。
山东老孔也勿买账，
跟仔广东冲进房，
面孔红药水，手上纱布绑，
赛过战场上，伤兵一个样，
揎拳又捋袖，吃相蛮难“项”，
阿会再算隔夜账，
天翻地覆闹一场。

小江北白 要出事体哉，快点去看看。

苏笑恬表 笑恬、白惠一听，心里紧张，要紧搭小江北一道到村东房间里，一看情况还好，大家坐勒浪沙发上，好像勒浪谈判，心平气和。笑恬急忙打招呼。（白）伍笃好，真抱歉，大家一夜勦困好，喏，我来介绍一下，这是村东先生夫人白惠小姐，这是广东宋总，这是山东孔经理。

千惠表 白惠向大家行礼。（白）すみません（对勿起）！村东野夫昨夜闯了祸，很对不起大家，我不在现场，也有责任，再次向大家赔礼道歉。

孔善德表 山东孔经理开口，（白）村东先生饮酒过度，有点失态，我们也谅解。今天我要回山东去了，特地前来告别。

千惠白 （咕）锣鼓听声，说话听音，要走了，索赔。（白）关于赔偿问题，我们会考虑的。

孔善德表 孔经理摇摇手。（白）勿勿，昨日夜里，一时冲动，说要索赔。你们到中国来，也是为了加强经济合作与交流，事体呒不办成，我也十分同情。昨日夜里，我是擦破了点皮，流了点血，但无伤大局，包扎一下就好了。再说，我们山东，是孔夫子老家，孔老夫子有句闲话：有朋自远方来，不亦乐乎。

说书人表 格朋友吃仔生活还要不亦乐乎勒呀！

孔善德白 而且我们是礼义之邦，一人有难大家帮助，哪哼可以趁水踏沉船呢，赔偿就不要了，交个朋友嘛！

千惠白 谢谢，我很感激。

苏笑恬表 苏笑恬对小江北看看，你勒浪搞啥名堂，人家来告别，你说来打相打。

小江北表 小江北也想勿落，对笑恬一面孔尴尬。我是冬瓜缠到茄门里，蒲鞋穿到袜套里。

千惠表 白惠转过头来，对老广东。（白）你是直接受害者，情况比较严重，刚才苏小姐给我讲了，我们要妥善安排，勿使你留后遗症。

宋福宝白 是的。昨天好比打排球法门我是二传手，孔经理倒还好，我赛过吃了只手榴弹，血么勬出，可能内伤，也可能轻度脑震荡。

千惠白 ごめんなさい（抱歉）！我们应该重重地赔偿，加倍地赔偿！

宋福宝白 （苏）钞票勿在乎，只要健康，覅变憨大。

千惠表 白惠心里十分同情，十分内疚，想亲自陪俚去医院检查一次。（白）宋先生，我想你什么时候离开这里？

宋福宝白 我今天回广东。你问我，什么意思？

千惠白 我想陪你去医院再检查一次。

宋福宝白 勿必了，昨天晚上已检查过了，以后再说吧！

千惠表 白惠突然想到。（白）宋先生，你上网了吧？因特网？

宋福宝白 （咕）问我有没有上网，很突然，勿懂是啥意思。（白）上网了，不但是“网虫”，而且是只“大虾”。

千惠白 有问题还可以“886”。

孔善德表 山东孔善德听勿懂了，啥个“大虾”“886”，（白）你们讲讲清楚，“大虾”，“886”，啥个意思？弄得我这山东人吃麦冬——一懂也勿懂。

宋福宝白 那是我们网迷之间的闲话，“大虾”就是资深网民，“886”是再见！

孔善德白 喔，懂了。

千惠表 白惠高兴得跳起来。（白）那好，我们是网友了。我是东京医院脑外科医生，早已入网，如果你今后脑部有什么病痛或反常，网上告诉我，我给你网上看病，如果需要，我会坐飞机前来，无条件为你看病！

宋福宝白 那再好也没有，我们网上看病。如果你来广东，我请你吃佛跳墙。

村东表 村东野夫对夫人重新看看，心里感激，幸亏夫人，幸亏是医生，幸亏是脑外科，否则，宋先生脑震荡，我也脑震荡。一样物事碰坏了，可以换一样，脑子出了毛病，又勿能换一个脑子，拿我的脑袋换给俚。情不自禁，（白）惠，你真好，いいよ（好）！

千惠表 白惠余气未消，（白）我勿“依依喏”，要去做医生！

村东白 你不要说了，我都知道了。

千惠白 你知道什么了？

村东白 方才，你和苏小姐在吧台沙发上讲的话我都听见了。你去拜访的老同学，还是苏小姐的丈夫哩！

千惠白 你怎么会听见？

村东白 说出来难为情，我在房门背后听壁脚。唉，我是错把金子当黄铜，还打翻醋瓶子，砸碎花瓶子，掉脱皮夹子，想想真正呒面子。从今以后，我支持你去做医生，还要做网上医生，最要紧替宋总看好脑震荡！

千惠白 はい（是）！（表）点点头。

村东白 各位中国朋友，中国有句老话：不打不相识。我村东野夫闯了祸，也得了福，交了你们这些中国朋友，欢迎你们到日本来做客！

辣妹子表 正在这个时候，辣妹子到。（白）笑恬姐，哦，还有各位全在。

苏笑恬表 苏笑恬要紧问，（白）辣妹子，公文包阿有下落？

辣妹子表 点点头。

辣妹子白 （韵白）得知皮包一失落，我电话打仔七、七、八，
出租车公司全出动，四处查访出租车。
凌晨得到好消息，公文皮包有下落，
出租车驾驶员叫冯阿六，车号苏E86586。
半夜过后回家去，预备打扫出租车，
发现有个公文包，丢在座位边角落，
想着失主心里急，一分一秒勿耽搁，
半夜未困再出车，请求公司来协查。
值班员开包来查看，知道是日本客人来遗落。
我接到电话就出门，找回失物心快乐。
今将失物还失主，请村东先生来检查，
看看钞票是否缺？可有东西再失落？

村东表 村东野夫接过自己的公文包，心里一阵激动，阿要查一查包内的物事？勿必了。眼窠盈盈，对着辣妹子，（白）辣、辣、辣，（表）嚼辣出啥名堂来。

苏笑恬表　苏笑恬一旁看得清爽，心里也高兴，想着一桩事体，（白）村东先生，还有一桩事体告诉你，我们苏州另有一家电子公司——东吴公司，要找合作伙伴，这里有他们的一批资料、信息，如果有兴趣可以协商联系，回国征求董事长意见后再发传真过来。

村东表　村东野夫现在眼泪水留勿住了，往地上"叭"一跪。

苏笑恬表　笑恬立即拿俚搀扶起来。（白）村东先生，别激动。

村东白　ちゅうごくじんはいい、そしゅうじんはいい、ゆういほてるはいい、そしょうてんもいいよ。

小江北白　什么意思？

千惠白　中国人好，苏州人好，友谊大酒店好，苏笑恬好！

苏笑恬表　正在这时，"嘀……"笑恬的大哥大响了，拿起大哥大。（白）喂喂，噢，振家，你已经上车了，亲爱的，我没有赶上来送你，非常抱歉，这是我欠你的一笔债，回来后再补偿。哦，怎么补偿，一切由你安排，等你回来！"啪！"（手吻）

说书人表　（韵）一夜风波未曾安，
无私无畏心里安，
保卫开放保平安，
感谢一代女保安！

（此作品与朱寅全老师合作完成）

雷　雨—夜雨情探

（中篇苏州弹词选回）

鲁贵表　今朝天么热得实在懊糟，鲁贵个心里更加烦躁，勿晓得啥地方得罪仔倷蘩漪，囡吾饭碗敲掉连得我也下岗吃老泡。现在工作几化难找？全世界经济萧条。阿是就这样算数？嘿……拿我鲁贵惹毛，我叫得格张底牌一掀，勿怕你个女人勿弯腰！

侍萍表　侍萍是说勿出个懊牢，女儿应该我来带好，就勿会惹出今朝个是非根苗，好得及时发现，还来得及马上扳艄，逼牢俚罚过毒咒。小囡还算乖巧，离开天津就在明朝，从今以后路归路，桥归桥，快刀斩乱麻，永世勿缠绕，主意打定，让俚去困觉。

四凤表　四凤的心里难画难描，娘的闲话勿敢违拗，倒是肚子里已经有仔周家的骨肉，怎么可以说走就走，说抛就抛，所以头沉倒，心里赛过火烧。

说书人表　天边雷声如千军万马，“轰隆隆……”

四凤表　四凤现在心里落落乱，娘一向对我百依百顺，为啥要拼命阻止我搭周家来往，还逼牢我罚这样重个咒，啥个天打、雷劈！娘啊，我叫勿好告诉倷，我已经有仔周家个骨肉，倷明朝就要带我到济南去，我哪哼走得落啊？大少爷，我是一门心思想跟你到矿浪去，但你现在又勿方便带我一道走，唉！天啊！我应该哪哼办呢？

周萍表　周萍来则，天浪有点雨蒙蒙，地浪有点滑泥泥，但是周萍脚下格两步路走得非常轻松，马上就可以搭四凤碰头则，而明朝就可以彻底摆脱蘩漪无休无止个纠缠了。

蘩漪表　你想摆脱，谈何容易？蘩漪就像不散的阴魂，倷前脚出门，俚后脚紧跟。啥事体要跟，俚自己也讲不清爽，只觉着心口头有一捧火在烧，烧得俚坐立不安。为了不让周萍发现自己在跟踪，始终搭倷保持三五十米的距离，你走俚也走，你停俚也停。格歇辰光的蘩漪浑身墨黑，墨黑的旗袍外面罩了一件蛮蛮长的墨黑的雨衣，只有半只雪白面孔露在帽子外头，远远叫望过去就像黑夜中的幽灵，在周萍的身后飘飘荡荡。

周萍表　周萍一路过来到四凤房间的窗口头，熟门熟路俚闭了眼睛也摸得着，四凤家里住的是矮平房，只要一开窗就好进去，看见里厢灯亮着，勿敢轻举妄动，耳朵贴在窗上。一听四凤娘的声音，等一歇吧，寮檐水滴滴答答滴在头颈里冰冰阴，幸亏吃了点酒，还抵挡得住。好不容易等到四凤娘走，周萍松了一口气，行动吧，老规矩，吹口哨。

四凤表 口哨声，大少爷来哉，阿会自己心理作用格，走到窗跟首，耳朵拨直。

周萍表 外头也在听，哪哼没有回音介？要么勿听见啊？再来。（口哨声）

四凤表 实头来了，要想开窗，啊呀，刚刚在娘面前发过誓勒呀，这扇窗哪哼好开呢？别过身体窗上一靠，大少爷啊你现在来做啥喔？

周萍白 四凤。

四凤表 这颗心"啪——"（白）你，你来做啥？

周萍白 （苏）倷不是讲好的吗？

四凤白 我现在不能见你。

周萍白 为啥？

四凤白 姆妈在房里。

周萍白 你不要骗我，你姆妈去睡了。

四凤表 骗也骗不过，（白）不，你不能进来，万一给我哥哥看见了，俚不会放你过门的。

周萍白 你又在骗我了，你哥哥不在屋里。

四凤白 （私）俚哪哼才晓得格呢？

周萍表 我勒外头侦察仔一歇哉，里里外外的情况摸得清清爽爽。

蘩漪表 最最重要的情况倷覅摸着啘，背后有个盯梢朋友立好勒嗨。蘩漪刚正一路跟你到此地，看得出你周萍到四凤门上不是一转两转，而是熟门熟路哉。今天我倒要看看，这个半年多来，你们两家头的关系到底发展到啥个程度哉？现在蘩漪就立好勒廿米开外的场化，眼睛瞪大，时刻在关注你周萍的一举一动。

周萍白 四凤，你把窗开开阿好？

四凤白 不，你不要进来，我已经睡了。

周萍白 我有要紧闲话要搭你说！

四凤白 我已经睡着了！

周萍白 凤儿，不要讲戆闲话哉，我只想临走再见你一面，我求求你了。（敲窗）

四凤白 （私）再敲下去隔壁要听见快哉。（白）大少爷，这里不是你的周公馆，你就饶了我吧！

周萍白 你真的不开？

四凤白 不开！

周萍白 实头不开？

四凤白 不能开呀！

周萍白 你再不开，我——

四凤白 你哪哼？

周萍白 我要唱哉！"小白兔乖乖，把窗儿开开，我要进来……"

四凤白 嚯哟，看上去老酒吃饱勒嗨啘！

蘩漪表 蘩漪才看好勒嗨。格扇窗敲仔半日不开，看上去下半日我搭四凤娘说的那番话起作用哉，格是今朝格扇窗只要不开，我搭你周萍的将来就还有希望。看得出两家头隔仔窗在讲张，讲点啥听不清爽，让我再走近点，与你周萍的距离慢慢叫从廿米缩短到十米。

周萍白　凤儿，我明天就要到矿上去了，一肚皮的话不讲出来，恐怕没有机会也呒不勇气再讲了，凤——

蘩漪白　（私）蘩漪只觉得一阵酸溜溜，格声凤叫得阿要亲热啊。

周萍唱　叫一声凤，我的爱，千头万绪一齐来，
满腹话儿言齿难。
凤儿啊，你可记得，我们花前相拥缠绵态，
你说侍奉我今生不言悔。

四凤唱　我忘了，我们月下盟誓情真切，
你说爱我怜我永相随。

四凤白　不过大家都说这个世界上最不可以信的就是男人的甜言蜜语。

蘩漪白　（私）对啊，搭你好的辰光一只面孔，搭你不好的辰光又是一只面孔。丫头么丫头，四凤格点倒比我看得清爽。

周萍白　四凤，难道你怀疑我对你的感情吗？

四凤表　我哪搭有资格不疑介，只是觉着奇怪。

四凤唱　既然你爱我并无假，为什么情相悦却心徘徊，
躲躲藏藏瞒瞒遮遮，怕见日月与光辉？
莫不是你我主仆有尊卑，故而恋爱使君头难抬？

周萍唱　我是堂堂七尺男儿汉，只管自由路上求真爱，
哪管主仆与尊卑？
只是前情一段如孽债，沉甸甸好比千重乌云万重山，
压得我喘不过气来脊梁弯。

周萍白　凤儿，我……我该死啊！

四凤表　该死？倷格句话啥意思介？

蘩漪白　（私）啥意思？旧债未了，新债又添，喜新厌旧，朝三暮四，哪哼不该死？

周萍白　我……爱上了一个我不该爱的女人。

四凤白　你指的阿是我啊？

周萍白　不，不，你不要误会，我是指我曾经爱上过一个我不该爱的女人。

蘩漪白　（私）格个女人是我啘，蘩漪听见格句闲话又是开心又是伤心。开心的是格冤家总算还承认俚是爱过我的，伤心的是俚对格份爱作出了否定：不该爱。既然你认为当初不该爱，那你为啥还要爱呢？

四凤表　四凤也懂珞，不该爱，也就是说格份爱是错误的。

周萍表　错得不要错了。

四凤唱　若是真心相爱有甚错，该与不该从何谈？

周萍唱　怪只怪我自幼未享慈母爱，年少轻狂羁难返。

初见她，千般雅致撩心扉，万种风情拂面来。

她还擅弄丹青生妙笔，文章诗赋好文采，

兰心蕙质不一般。

她对我事事处处多照拂，让我备受温情与关怀。

四凤唱　你啧啧称赞都是她，如此好的姑娘她是谁？

蘩漪表　啥人，除脱我，还有啥人？蘩漪的心里掠过一丝暖意。格两句评价说明我蘩漪在你心目当中还是有交关场化是值得你爱值得你留恋的。周萍啊，你要晓得我还是当初的我呀，而你为啥不再是当初的你了呢？

周萍唱　我是青涩无知性懵懂，她是芳心寂寞怕孤单，

我们误读风月与浪漫，意乱情迷陷魔潭。

我与她，人前恭谦充母子，人后妄将天伦犯。

周萍白　那你总晓得我指的“她”是啥人了吧？

四凤表　讲得这样清爽再不晓得变憨大哉。格么四凤阿觉着惊奇？倒并不。因为爷搭自己已经打过预防针了呀，虽然你和太太勒客厅闹鬼的事体我不大敢相信，但爷也不会凭空瞎说格呀。现在你亲口讲的闲话，那还有假啦？不过凭良心讲，像太太什梗聪明漂亮又有教养的女人，哪个男人看见仔不动心介？不过俚是你爷的妻子，你喊俚喊娘格，你哪哼好爱俚呢？

周萍表　我昏就昏勒格点上哟。

周萍唱　欲海无边难回首，万劫不复这弥天罪，

天道大逆我身上背。

四凤唱　既然你已经将她爱，她要回头也觉难，

你男子汉就该把责任担。

蘩漪表　蘩漪心里一热，到底同为女人，格就叫惺惺相惜。想想周萍啊，我十八年前踏进周家的门，你就晓得我蘩漪是你的娘、你的长辈。但是三年前你对我说，真正的爱情是不分年龄、不分辈分、不分种族、不分国界的，爱是可以逾越一切障碍的。所以就在格个夜里，你的热情、你的坦诚、你的不顾一切，让我彻底忘记了自己的身份，而做回了一个能爱也需要爱的有血有肉有灵魂的女人，而现在的你胆小、懦弱、逃避、彷徨，与当初的你判若两人，格究竟为点啥？

周萍白　当初的幼稚冲动使我一念之差，从此以后跌进了万劫不复的无底深渊。

周萍唱　这罪孽的魔障似鬼魅，它夜夜飘忽入梦来。

有时即，它化作先人愁眉蹙，怨周家竟出了我这不肖辈，

说道万世积德空成灰，列祖列宗尽坍台。

有时即，它化作家父冲冠怒，顿足捶胸失常态，

说道家庭秩序我毁一旦，从此父子亲情再续难。

有时即，它化作亲娘慈母泪，黄土拢中哭哀哀，

说生我不该撇下我，无娘的孩儿实可悲，

我纵犯天伦是娘错，她愿投畜道来赎罪。

这幕幕情景张张脸，日日相见夜夜来。

煎我灵魂噬我血，揪心磨肺苦不堪。

都因这难见天日的一份债，我怨，我恨，我羞，我悔，

天地君亲，祖宗牌位，扪心自问我对得起谁？

周萍白 我天天在悔恨与自责中度日如年，格种精神上的折磨与痛苦无人能诉。每次只要面对我爷格张极有威势的面孔，我的心就会发冷发抖，而日朝面对同在屋檐下的俚——我的后娘，我想避，避不开，我想逃，逃不脱，格种日子比死还难过。

周萍唱 她是越陷越深难自拔，我是越思越怕心胆寒。

只得欢娱所里纵声色，酒灌愁肠化忧烦。

周萍白 不过就在我走投无路，迷惘绝望的时候，

周萍唱 凤儿啊，你似山涧吹来的风，吹散了我心中的痛楚与阴霾，

你更好比一缕春阳撓人怀，使我浪子回头心澎湃，

你引我救我出苦海，让我重拾希望与未来。

凤儿啊，明日我将离家去，但是撇下你凤儿我心不安。

故而雨夜匆匆来道别，将这磨人的苦衷来诉一番。

周萍白 凤儿，我是个坏人，是个罪人，也不配做个男人。我对不起爷，对不起娘，对不起列祖列宗，对不起自己也对不起你！我想去死，但是我又不敢死，所以我只有逃避格一切。该说的我全说出来了，你恨我也好，怨我也好，看不起我也好，但是我总算当了你的面把压在我心里的那块蛮重蛮重的大石头搬开了，我走也好走得轻松点了。

蘩漪表 外头个雨越落越大。你周萍一番说话断断续续听得蘩漪特别吃力。不过大概意思俚听明白了，一个字：悔！你对我们之间发生的一切勒浪懊牢。作啥懊牢？你觉着对不起身边的所有人，活着的，死去的，还有你自己。但是你最对不起的人你却只字未提，那就是我！你想用逃避的方式离开我，以求得心灵上的解脱，但是你把我一家头丢在格座闷得煞人的周公馆里让我慢慢叫绝望而死，难道你就心安理得了吗？你说你追求四凤是为了摆脱犯错的痛苦，重树生活的信心，实际上你是为一个男人喜新厌旧的本性勒寻借口。我倒要看看里厢的四凤会有啥反应。一个男人口口声声说爱自己，但是心里还装着另外一个女人，我看你格扇窗阿开得落。

四凤表 四凤哪哼呢？叫啥俚个想法正好搭你相反，堂堂一个大人家少爷，为了从前那段不应该的恋爱连死的念头也有了，阿要罪过？虽然你是有过错，但是又不好全怪你的。太太作为长辈，理应保持清醒的头脑，哪哼也会什梗糊涂呢？你一直在痛苦、自责，说明你晓得错了，知错就改不碍格呀！

四凤唱　他一吐淋漓一席话，听得我四凤心儿碎，
他是年少冲动行鲁莽，一念之差终成悔。
三更梦魇挥不去，乍醒冷汗湿衣衫。
恨无妙方离孽海。
常言道，圣贤也有差错时，收缰勒马不嫌晚。
今日里，他一敞心扉衷肠诉，隐隐往事尽摊开，
分明是，欲求解脱与抚慰，更是一片真诚将我爱。
我极应当，理解宽容施大度，不嗔不怒不怪罪，
共扫阴霾渡难关，走出迷惘天更蓝。

四凤白　（私）想到此地，刚正娘门前赌神罚咒才忘记脱格哉，窗上插销去脱，格扇窗往外一推。

蘩漪白　（私）完！覅壳张格呀。照道理你听仔我搭俚那段经历，又是气又是恨，格扇窗死也不开么对格呀。哪里晓得你的气量什梗大。

说书人表　蘩漪啊，这个就是你与四凤的区别，各自对爱有不同理解。女人的爱有两种，一种是把对方紧抓在手里死也不放，一种是用宽容的心让对方过得轻松幸福。你属于前者，而四凤属于后者。这个或许就是你人生悲剧的根源吧。

周萍表　周萍看见窗开，一个激动。什梗一看么，人是要说实话，坦白从宽，窗开格则啘！人要紧豁到里厢。

四凤表　四凤一吓，只看见俚浑身淌淌滴，额角头上还在出血。

四凤白　吓！血！

周萍白　不要怕。这是爱的见证！来的路上跌格！

四凤表　加二勿舍得哉。（白）萍——

周萍白　（私）格声"萍"么叫得着肉格！（表）拿俚的手一把抓牢，（白）凤，让我好好叫看看你！（表）就在格两双手刚正碰牢的一刹那。（霹雳声）

四凤白　姆妈！（表）啥体不喊周萍喊姆妈？因为我刚正跪在地上答应娘永远不见周家的人的，现在违背了誓言，所以老天爷勒给我颜色看了，娘我不是存心的，你要原谅女儿的。

周萍白　凤儿，不要吓，有我勒嗨！（表）拿四凤一搿。

四凤白　萍！（表）四凤抱牢周萍，越抱越紧。

蘩漪表　你们两家头热得像两团火，外头个人冷得像块冰，所说周萍刚刚进来没关窗，外头的雷一阵响过一阵，蘩漪就立好勒窗跟首，格只面孔白得发青，青里发蓝。

说书人表　上头个寮檐一看么……咦，格个女人覅看见歇过啘？啥体啊？两只眼睛对仔里厢一动勿动？喂！非礼勿视！非诚勿扰！拎勿清，让我也来警告警告俚，两笃冰冰阴个寮檐水，往准俚额角头浪，"嗒、嗒"！

寮檐白　阿觉搭？

蘩漪表　勿觉搭！

寮檐表　今朝碰着个都是木头人。

蘩漪表 雨水顺仔俚的前刘海从额角头上滴下来，一直滴到眼睛里，再混仔眼泪一路滴到嘴巴里，只觉着又是咸又是苦还带点酸，一个人像泥塑木雕什梗，一动不动。

蘩漪唱 大雨倾盆雷隆隆，狂风霹雳天地崩。
手足冰凉身颤抖，妒火熊熊燃心胸。
他那里是情脉脉，紧相拥，
我这里是凄惨惨，泪溶溶，
怨苍天你弄人太不公。
虽则是，素窗一扇两相隔，却万山难隔心相通，
故而乍相逢，他们情更浓。
看来是花前月下非短日，早已偷磨耳鬓赴春梦。
我总以为一腔痴情将真爱来换，哪知晓偏遭无情一场空。
他浪蝶又逐新蕊去，迷恋青春小四凤，
只为一吐相思话情衷，竟顾不得雨夜踉跄血流红，
而今你，一走了之要离家去，你要逼我癫狂逼我疯，
没奈何，我也要向前冲一冲，
哪怕粉身碎骨跌入万丈深渊中！

蘩漪表 房间里个一幕情景，刺激仔蘩漪脆弱而敏感的神经，俚妒火中烧、痛心失望，一个忘形么重重叫地叹了口气。

蘩漪白 （重重的叹气声）唉！

四凤白 萍，你听，有人在叹气，一个女人。

周萍白 不要瞎想，格是你约幻觉。

四凤白 不，真的，就在窗外头。（表）头慢慢叫别过来……

蘩漪表 “煞……”一道闪电，只见一个人像死神幽灵一样，就立好勒倷窗跟首。

四凤白 啊！（表）吓得格四凤急叫地叫出来。

鲁大海表 鲁大海刚正回转来，本来毕毕静的房里给你什梗“横冷”一声，也吓了一跳。妹子的声音啘，出什么事了？（白）四凤——

四凤表 四凤格个一吓么才勒嗨。阿哥啘！不要就什梗进来介？要紧把周萍推一推开。

周萍表 周萍格歇辰光酒倒醒哉。不过到底发生了什么事俚也覅弄清爽。（白）四凤……

四凤白 嘘——你快点走！

周萍白 哦！哪哼出去介？

四凤白 哪哼进来么哪哼出去啘。

周萍白 对格。

周萍表 过来一看么。

周萍白 窗关脱勒嗨？

四凤白 倷好开格啘！

周萍白　……推勿动？

四凤白　不可能的。

周萍白　要么碰着个赤佬啊？

蘩漪表　不是赤佬是活人。趁你们不注意的辰光，外头的蘩漪已经悄悄然拿格扇窗关上了。窗上的两个风圈里还拿雨衣的腰带串进去打好几个结，人再往窗上一隑，你哪哼推得开？蘩漪啊，那么你闯穷祸哉，你当仔拿佢笃关在里厢就可以拿周萍抢转来？恰恰相反，你害仔周萍，也毁灭仔周家。

鲁大海表　大海要紧点好一支蜡台火，门一推，往准四凤的房间勒进来。

四凤表　那么要死哉。什梗一个大男人藏到啥地方去呢？

周萍白　床底下试试看？

四凤白　里厢塞满物事勒嗨。

周萍白　台子底下？

四凤白　来不及了！

鲁大海表　大海已经到仔里厢，蜡台火拿房间照得锃亮。

四凤表　四凤急得浑身发抖。

周萍表　周萍吓得一动不动。

鲁大海表　“吓”，大海惊得目瞪口呆！啥里厢是格局戏啊？还当了得啦？（白）妈，倷快点进来，我碰着赤佬哉！

侍萍表　侍萍根本没睡着，衣裳一披冲到女儿房间里。等到看清爽四凤身边立好个周萍，叫啥只觉着脑子“哄”个一来呀，女儿欢喜的不是二少爷，是你啊，这时候用四个字来形容再确切不过：魂飞魄散！想想老天爷啊，我前世到底作仔啥个孽呀！

鲁大海表　倷么呆勒浪，大海的火勒直蹿的蹿上来，下半日吃着佢记耳光勒嗨呀，看见台上有把刀，手里一拿。

侍萍白　大海，住手！

鲁大海表　鲁大海根本不听你，冲到周萍跟前，我劈煞倷个小贼！刀举起——

侍萍表　侍萍直扑地扑拿大海的手抓牢。

侍萍白　你如果劈下去，娘就死在你面前。

鲁大海白　娘，你放手，对格种人覅客气！

侍萍白　（私）倷格把刀劈下去，就是同胞相残，佢是你亲生阿哥，劈勿得格啊！对呆勒嗨的周萍望望，糊涂虫，你还不跑？

周萍表　快点跑吧！“吓哒哒……”

说书人表　到底哪哼？下回继续。

顾维钧—骤雨

（中篇苏州弹词选回）

三个档【二男一女】

说书人表 李顿带来的消息是日本人出给顾维钧的一道难题，通俗点讲就是拨你一个下马威！顾维钧哪哼办？不愧是民国第一外交家，冷静应对，见招拆招！美国驻沈阳公使乔安森夫妻确实是顾维钧的好朋友，这一点千真万确。1905年，顾维钧在哥伦比亚大学留学，乔安森夫妻和俚同班同学，主修同一个方向——政治和国际外交，跟的是同一个导师——穆尔教授。三年同吃同住同学习，关系非同一般。不过刚刚顾维钧告诉李顿说今天夜里乔安森夫妇要为他接风请俚吃饭，格是做梦也没有这件事体。所以讲一半是真一半是假。现在李顿一走，顾维钧想我要马上想办法了，面对眼前的困境，我只有亲自登门叫老同学帮忙了，我搭俚笃夫妻交情不浅，请俚笃帮帮忙搭我接个风请我吃个饭应该还是没有问题的。事不宜迟，快点去叫老崔准备车子去美国公使府，对。要想开房门出去。

老崔表 老崔倒在进来了。（白）少东家。

顾维钧白 老崔，你来得正好。

老崔白 少东家，美国公使夫人来了。

顾维钧白 啥物事啊？

老崔白 乔安森夫人来了。

顾维钧表 嘿嘿！真的是心有灵犀啊。（白）快快有请！

老崔白 晓得。（表）“吓哒哒……”

顾维钧表 不多一会儿工夫，只看见老崔带了公使夫人在进来了。老同学分别二十多年，一朝碰头，那种激动与兴奋，到我们这种年纪，只要参加过同学会的都会感同身受。要紧一个箭步迎上去。（白）海伦，我的老同学。

海伦白 少川！

顾维钧表 少川是顾维钧的字，也是同学之间对俚最最亲热的称呼，现在听见只觉得一阵温暖。

顾维钧白 亲爱的海伦，我想念你们啊！

海伦表 乔安森夫人的本名叫海伦，俚年纪与顾维钧相仿，今年四十出头。有棱有角的西洋面孔上嵌了一对蓝宝石一样的大眼睛，一头棕红色的头发衬得皮肤越加雪白，身材和二十年前在大学里的辰光几乎没有啥变化，一件浅咖啡的靠腰身呢大衣穿在她身上，曲线玲珑，气质高雅，与她公使夫人的气场极其吻合。今朝怎么会来的？美国公使府今朝早上也接到了本庄繁的请柬，夫妻俩马上联想到现在的顾维钧肯定是面临险境，进退两难，所以乔安森关照夫人快点先到大和旅馆和顾维钧见一面，看看能否帮他一帮。一别二十多年了，当年学校里那个懵懂青涩的中国美少年，已经变成享誉国际的东方外交家了，一只依旧清秀的面孔上既写满了智慧、成熟，也刻满了忧虑、沧桑。（白）哦，少川师兄，我终于又见到你了！（两手张开欲拥抱样）

老崔白 （私）喂喂喂，作啥？

海伦白 （私）拥抱。

老崔白 （私）这里是中国，不行这一套格，顶多搀把手，这个叫入乡随俗，阿懂？

海伦白 （私）不懂，搀把手怎么能够表达得了我此刻激动的心情。（白）亲爱的老同学，我太想念你了！

顾维钧白 I miss you too，海伦！

说书人表 两家头紧紧相拥。

海伦白 Nice to see you again!（吻脸）

顾维钧白 Me too!（回吻）

老崔白 （私）（袖遮脸状，对观众）儿童不宜。

海伦表 一个大胆主动。

顾维钧表 一个密切配合。

老崔白 （私）你们把我当空气。

老崔表 其实老崔跟了顾维钧走南闯北这么多年，也是见怪不怪了。但是身为从小接受的是孔孟之道传统教育的中国人，对西方人那套见了面又是搿又是亲的习惯实在有点不习惯。

老崔白 请问夫人喝点什么？

顾维钧白 如果我没记错的话，师妹最爱喝地道的麦斯威尔白咖啡。

海伦白 不，我这两年爱上了中国的碧螺春。唉！现在应该正好是明前茶刚上市的时候。可惜这里是东北，只能想象一下它的清香和甘甜。

老崔白 夫人，今朝你来着了，阿拉少东家上海人，最最欢喜也是碧螺春，这次出来的时候随身带了一点，那请夫人稍等，我去泡得来。

老崔表 说完老崔去泡碧螺春。

海伦表 久别重逢，要讲的话不不少少。（白）少川，这些年来你在国际舞台上的表现相当卓越，让很多老牌外交官对你的外交能力刮目相看，也让我和乔安森因为有你这样的同学而倍感自豪和骄傲。

顾维钧白 老同学过奖了。作为一名中国人，一名中国的外交官，我只是忠于职守、尽己所能，说了我应该说的，做了我所应该做的罢了。如今国内纷争不断，日本又肆意挑衅，这次来到沈阳更是进退维艰，一筹莫展，所以离你所说的“卓越”二字还远着呢！对了，乔安森可好，怎么没和你一起来？

海伦白 乔安森得知你要来沈阳的消息，已经兴奋了好几天了。这不他留在使馆亲自张罗晚宴，说要好好地为老同学您接风洗尘，特意让我先来打个前站，发个通知，免得到晚上你先被日本关东军司令本庄繁给请去了。

顾维钧表 吃准了，今天海伦的出现绝对不是巧合，而是作为好朋友，碰到事体的那种心灵上的默契。他们对本庄繁的险恶用心，对我的艰难处境肯定了如指掌，现在上门就是特意来帮我的。到底老同学，患难见真情。（白）虽然两个美国人在中国的土地上为一个中国人接风，这种事听上去有点像在说书，但我这个中国人特别愿意也非常荣幸接受你们这两个美国人的邀请，今天晚上我们一聚为快。

海伦白 哈哈，老同学还是那么幽默风趣。到时我们会用美国使馆的外交车辆接送你，以保证你的绝对安全。

顾维钧白 （衬）想得阿要周到！不过你那属于“公车私用”，阿算违反规定的呢？

老崔表 就在这时候，老崔泡好一盏碧螺春送了出来。（白）夫人，请用茶。

海伦白 谢谢！（看、闻状）色泽鲜润，碧绿喷香，浑身茸毛，一叶一芽。（喝状）嗯，好正宗的明前碧螺春呀！

老崔表 哦哟，倒实头老鬼。

海伦白 来了中国我才知道什么叫茶文化。原来不同的地方产不同的茶，不一样的季节得喝不一样的茶，每种茶都有每种茶的泡法和喝法……

顾维钧表 就在你滔滔不绝的当口，顾维钧突然开口了。（白）海伦，我能提个要求吗？

海伦白 关于“茶”吗？

顾维钧表 俚陶醉在茶里跳不出来了。

顾维钧白 不不不，关于“车”。

海伦白 有什么要求只管说。

顾维钧白 哦，我的要求是……能否用你们的车帮我再悄悄地去接个人？

海伦白 悄悄地？

顾维钧白 我想在公使馆秘密地和他会上一面。

海伦白 秘密地？

海伦表 一个“悄悄地”，一个“秘密地”，两个副词透露出极丰富个信息。一、那个人从某种程度上来讲是个危险分子。

顾维钧表 对于日本人来说绝对是眼中之钉。

海伦表 二、那个人对你顾维钧来说极其重要。

顾维钧表 非但对我极其重要，还关系到整个东北三省的生死存亡。

海伦白 他是谁？

顾维钧白 张学良。

海伦表 我的判断完全正确。

海伦唱 闻言语，暗思量，他这要求之中有文章。
为何悄悄然，为何秘密行，
只为相见相谋张学良。
本则是，同窗之情情深厚，有求相帮理应当，
无非汽油费几两，桌上多摆筷一双，
成人之美也无妨。
然而身为外交官，铁律有规章，
谋事政府间，不可介军方，
倘然行鲁莽，贸然红线碰，
帮了老同窗，再轧个张学良，
得罪日本要起风浪，引火烧身惹祸殃，
好心反累祸一场。

海伦表 如果从好朋友、老同学的角度出发，我应该答应你的要求，也就是车子多开几里路、桌子上多摆一双筷的事情。但是我们除了是同窗好友，还有一重外交官的特殊身份。外交官的职能范围，只和政府打交道，万万不能和军方有啥往来。一旦介入军方，我们就得罪了日本人，在格地盘上这样做是非常危险的，而这样的危险是身为美国驻华的外交官应该避免的。所以对于这样的原则问题，公使夫人回绝起来倒也毫不含糊。（白）So sorry. 顾师兄，作为老同学，能帮的我们决不袖手旁观，一定尽心尽力。但作为外交官，不能帮的我们也决不自找麻烦，引火烧身。所以对不起，我不能答应你提出的要求，希望您能理解。

顾维钧表 回头得干了个脆，爽了个荡！阿能够理解？完全理解。身为外交官，为自己的祖国争取利益最大化，麻烦最小化，危险避免化，这是外交上的一条铁律。她用一个外交官的职业精神来拒绝我，合情合理。格么阿要再努力一把，争取一下？不必了。一、强人所难的事体我顾维钧从来不做的。二、如果万一给日本人发现，我就会将这两位好心帮忙的老同学也推入险境，给他们带来极大的麻烦，那我就太对不起他们了。想到此地，顾维钧的回答倒也蛮诚恳。（白）该说对不起的是我，于您来说这是个十分不合理的要求，我无条件收回。

海伦白 顾师兄言重了！好了，乔安森派给我的任务我也顺利完成了。还有一肚子的话我们应该留到晚上一边喝酒一边再聊。使馆的车会在下午五点钟准时在旅馆门口等您，届时我和乔安森恭迎师兄大驾光临哦！

顾维钧白 好的，不见不散！（表）亲自把海伦送出旅馆，看她上车，车子开，转身往准自己房间

在回进来。一面走一面倒有点忧心忡忡，刚才公使夫人拒绝了自己的要求，也就意味着失去了与张学良安全碰头的大好契机。再要寻这样的机会，恐怕不可能了。而张学良手里的资料又是至关重要的证据，我能交给调查团的证据越多，在国联揭露日本人吞并中国野心的机会就越多。为了得到那些证据，赢得调查团的支持，我应该也只有冒一记险了。

顾维钧白 老崔，备车。

老崔白 少东家，您要出去?

顾维钧白 嗯。

老崔表 感觉不妙！刚才他向公使夫人提出的要求，我都听好勒嗨。按照我对少东家的了解，他想做的事体哪怕付出生命的代价他也会想方设法去完成的。弄得不巧，他是想马上去见张学良？想到此地，一颗心不由自主揪了起来。（白）少东家，你……你要去哪里?

顾维钧白 少帅府。

老崔表 实头给我估着的。（白）少东家，这么危险的事，你不能做的！

顾维钧白 身为调查团的一员，唯一的中国人，我必须这么做。

老崔白 少东家啊，外面的情况你不是不清楚，整个大和旅馆已经给日本兵团团包围，我们的一举一动也都在日本人的监视之下。你的安全本来就没有保障，如果还要铤而走险，一旦出事就是天塌下来的大事。少东家，你千万不能去！

顾维钧白 我不去，就拿不到张学良手里那些证据，不能揭露日本人的野心，这次国联调查团来华就毫无意义，日本人就会更加肆无忌惮地分裂中国，让东北的老百姓陷入更深重的痛苦与灾难……

老崔白 如果得到那些证据的代价是你少东家的性命，那这代价就太大了！

顾维钧白 古今中外的历史上，任何一个民族要成就大事体、难事体，要活得有价值、有尊严，都是要付出代价的。而那种代价何止付出一个人、几个人的生命，有时候需要付出一群人、一辈人，甚至几代人的生命……

老崔白 你少东家是吃过洋墨水、见过大世面的读书人，很多又深又悬的大道理我不一定听得懂。但是我晓得人的性命只有一次，关系到性命进出的大事体，我随便那哼不会让你去做的。

顾维钧白 （有点着急了）再不去就没时间了！你不肯去叫车子，那我自己去！（表）转身要走……

老崔白 慢！！少东家，你是我从小看牢仔、陪牢仔长大的，老太太临终还托付我一定要好好叫照顾你、保护你，我绝对不能让你去冒这么大的险！（表）说完一把臂膀上抓牢。

顾维钧白 老崔，放手！

老崔白 我不放！

顾维钧白 我求你了！

老崔表 非但不放，再加一只手，（抓）（白）我求你了！

顾维钧表 看见老崔那只右手，顾维钧突然鼻头发酸，眼圈发热，一个人变得异常激动。那只手不是一只正常的手，而是只剩两只指头、半爿手掌的残疾手。阿是天生？并非。八年之前，我以内阁外交总长的身份和苏俄正在进行边界谈判，苏方代表加拉罕态度非常强硬，而我呢也是寸土必争。整整谈了三个月，大家摒僵，毫无进展。这一天我下班转去，佣人阿芳送上来一样物事，说这是刚才有人送来的礼物，我接过一看，像一只西洋机器铜钟，做工实在粗糙，“嘀嗒嘀嗒……”声音倒还蛮清脆。边上写好一行小字：敬赠外交总长顾维钧。奇怪！啥人送礼物会送这样一只破钟给我介？送钟……啊呀不对……你觉着不对，边上一个人也觉着不对，啥人？老崔。抢步上前一把抢过顾维钧手里的铜钟，叫了一声“让开”，往外直冲地冲了出去。齣隔十几秒钟的工夫，只听见花园里“嘭”一声巨响，那只钟在老崔手里爆炸了。经过抢救，老崔的性命是保住了，但右手的三个手指和半个手掌没有了。当初如果不是老崔机警果断，冒死相救，倒在血泊中的就是我顾维钧。（抓）把他那只右手紧紧抓牢。

顾维钧白 老崔，我出去是有危险，但待在这里就安全了吗？你难道忘了你的这只手了吗？

顾维钧唱 那年中俄来谈判，只为边界起争端。

洋人是，看似明枪来交战，实则暗中施手腕，

送钟要送我赴黄泉。

你是情急之中挺身出，血染指尖掌心断，

一腔忠义把命拼，不顾生死你为哪般？

老崔唱 听主人重提当年事，仿佛那，一声巨响又在耳畔。

东家呀，为主尽忠是本责，我护你周全是必然。

顾维钧唱 我身负外交令，你随我天涯远，

尽受劳顿苦，还危险常陪伴。

防明枪，躲暗战，遭冷箭，刀影寒，

性命常在那一线悬，无怨无悔你为哪般？

老崔唱 你不但是我老崔的少东家，还是中华民族的外交官，

你若平安全家安，你若遇险国要乱，

外交桌上要翻盘，我护你周全是必然。

顾维钧白 对啊！

顾维钧唱 既然你明白，我不但是你老崔的少东家，还是中华民族的外交官，

而今面对日寇施强权，蛮横叫嚣如恶犬，

我救国赴险是必然，你频频阻拦为哪般？

老崔唱 小主啊，我在顾府五十载，你们老少待我如亲人般，

让我尽享天伦与温暖。

我怎忍心，任你救国赴险去，一去就此音信断。

我怎忍心，由你救国帅府走，一走就此香火断。

我怎忍心，随你救国与家别，一别就此阴阳断。
我怎忍心，听你救国来放手，一放就此肝肠断。
小主啊，于国你是外交官，于家你是一条船，
外交官何止你一个，但是船翻顾家就要完。

顾维钧唱 家国向来是一体，国若险来家怎安？
虽则孰重孰轻难评判，于家我是一条船，
于国我更要挺腰杆，谁让我是外交官？
家国轻重立能判，为国赴死我亦心甘！

老崔唱 东家啊，倘然你非要一意孤行赴险去，

顾维钧白 怎样？

老崔唱 罢罢罢，让我老崔了心愿，代你东家去周全，
倘然一去不能转，你就当我，与老爷夫人喜团圆，
望乡再续主仆缘！

老崔白 少东家，如果你今天非去不可，那就让我老崔替你去吧！

顾维钧白 老崔！！（表）眼泪，“……”（白）你为了救我已经少掉半条命了，我怎么可以让你为我再去送掉半条命呢？今朝我无论如何不会让你去的。

老崔白 那你也别想去……

顾维钧表 一个要去，

老崔表 一个要替，

顾维钧表 一个有情，

老崔表 一个有义，

顾维钧表 一个为国，

老崔表 一个为家，

顾维钧表 一个尽责，

老崔表 一个尽忠。

顾维钧表 这种主仆关系，

老崔表 天下少有。

老崔表 这种主仆感情，

顾维钧表 实在难得。

说书人表 “叮铃铃……”

合白 电话！

合表 啥人来格？

海伦表 美国公使官邸！海伦告别顾维钧回转公使馆。

乔安森表 乔安森要紧抢步上前，帮她把脱下来的大衣衣帽架上挂好。

乔安森白 夫人，见到顾师兄了吗？

海伦白 Yes, I saw!

乔安森白 是不是被我们猜到了?

海伦白 亲爱的,你果然料事如神!顾师兄接到本庄繁的请柬,左右为难,正等我们去帮他呢!

乔安森白 看来我们上下铺的同学还是心有灵犀的。

海伦白 不过,我们只猜到其一,没猜到其二。

乔安森白 还有其二?

海伦白 Yes.

乔安森白 What?

海伦白 他请求我们帮助他在这里秘密约见一个人。

乔安森白 Who?

海伦白 张学良。

乔安森表 听见"张学良"三个字,乔安森公使的心"咯噔"一来。对于日本人来讲,顾维钧是眼中之钉,张学良就是肉中之刺。这两个"危险分子"凑到一起,无疑是日本人最怕发生的事。我们现在用同窗叙旧的挡箭牌去帮顾维钧,本庄繁一下子倒也扳不牢我们差头,如果轧一个张学良进来,性质就大大叫不一样了。(白)你……答应了吗?

海伦白 ……No!

乔安森白 ……哦!

海伦表 这声"哦"虽然听起来很轻很轻,但是海伦明白,此刻男人的心思一定很重很重。作为好朋友、好哥儿们,他比任何人都想帮助顾维钧,但是作为一名美国驻华使节,他晓得帮越过河界的巨大风险不是他一副肩胛能担得起的。此刻轮着他陷入两难了。为了调节下气氛,海伦有意把话题先岔一岔开。(白)闻到咖啡香了,亲爱的,麻烦帮我倒一杯吧。

乔安森白 哦,麦斯威尔白咖啡,你的最爱,都煮了半天了,就等着你回来。(表)走到吧台跟前,咖啡壶拎起来先边上放一放,可能因为心不在焉,转身的时候不小心把还点着的酒精灯碰翻在了地上,酒精洒到地毯上碰着明火"嘭嘭……"迅速烧了起来。

海伦表 海伦急忙拿了条毯子过来帮乔安森一起扑火。

乔安森表 上蹿下跳的火苗把夫妻二人的面孔映得通红。

海伦表 同时也一下子打开了两家头的记忆闸门。

说书人表 这是二十多年前的一个夜里。哥伦比亚大学的一栋宿舍楼里也是火苗翻滚,上蹿下跳,不过这是一场可怕的火灾。

说书人表 当天是万圣节,大火是一楼的几只南瓜灯引起的。

说书人表 乔安森和顾维钧是上下铺,都住在402。火灾发生的时候,402只有顾维钧一个人。

乔安森表 乔安森和另两个室友到外头唱歌狂欢过万圣节去了。

顾维钧表 和乔安森关系最好的顾维钧因为明天有篇论文要交,一家头关在宿舍里用功。

海伦表　而住在俚笃楼上502的海伦也没出去，和同学在宿舍里做做南瓜灯、扮扮死人妖怪倒也蛮有趣。

说书人表　那天风特别大，凌晨一点钟光景，大火从一楼烧到了三楼。

乔安森表　乔安森和两个同学刚正回来，看见这幕情景急得不得了。想要上去救人，楼梯通道已经给大火吞没了，站在楼前束手无策。眼看灾情越来越严重，不晓得好朋友顾维钧情况怎样，有没有逃出来。（白）顾维钧……你在不在……你好不好……快回个话……

同学甲白　（咕）402半天没有动静？（白）也许他已经逃出来了？

同学乙白　不一定，也许还在里面？

同学甲白　在里面的话还能逃哪里去？说不定已经被烟熏昏过去了？

同学乙白　说不定已经变成烤肉了……

乔安森白　呸呸呸，你们二位能不能少说两句。顾师兄不会有事的，他不会有事的……（哭了出来）呜呜呜……他说了毕业要带我去中国玩的……呜呜呜……要带我去上海吃小笼包的……呜呜呜……

甲乙同白　乔安森，快看！

乔安森表　眼泪要紧揩一揩干对上头一看，只看见402的窗口伸出来一条用布条结成的绳子。一个人沿着布绳在爬出来。顾维钧！！看见好朋友的身影，那颗吊在喉咙口的心终于放下来了一些。（白）上帝保佑，阿门！

说书人表　哪知晓刚刚爬出半个身子。

女生众白　救命，快救救我们……（表）502的女生宿舍发出了一阵阵惊恐的求救声。

乔安森表　Oh, my god! 自己最欢喜的女生海伦就住在502。现在火已经到了三楼半，烧到五楼是分分钟一蹿头的事。那颗放到一半的心又吊了起来。

顾维钧表　四楼窗口头的顾维钧也听到了，楼上的女生在求救。他毫不犹豫，赶紧爬回窗里，收起绳子，直奔五楼，一边奔，一边喊，“先救女生，救女生……”

海伦表　顾维钧的出现让502的女生看到了希望！（白）我们有救了！

顾维钧白　大家别慌乱，抓住这根绳，从北窗一个个下，我保护你们。

海伦表　海伦和其他几个女同学在顾维钧的帮助下，就用那一根用布条扎成功的绳子从五楼一点一点滑到一楼，安全着落，化险为夷。

说书人表　当顾维钧最后一个从熊熊烈火的五楼活着逃出来的时候，在场所有的人都为这位舍己救人、见义勇为的中国同学热烈鼓掌。

乔安森表　乔安森的那颗吊上吊下的心也终于归到了原位。他也在鼓掌，一边拍手，一面暗暗叫转念头：这个叫顾维钧的中国同学，一定是我乔安森这一辈子最最看重的朋友！

海伦表　海伦因为惊吓过度住进了医院。

乔安森表　对俚爱慕已久的乔安森趁机天天探望，关心备至，最后赢得了芳心，抱得了美人……

海伦表　夫妻两家头合力扑灭了地毯上的火，

乔安森表　但乔安森心里的这蓬却越烧越旺，越烧越旺。

乔安森白 海伦，二十年前的那场火灾，顾师兄用一根布绳救了那么多人，今天，他也需要一根绳啊！

乔安森唱 都言患难见真心，熊熊烈火炼真金。
一蓬火，点燃当年事，一蓬火，照亮同窗情，
一蓬火，迷途把路引，一蓬火，暗中见光明。
夫人啊，二十年前那蓬火，却害你高楼飞惊魂，
幸得师兄侠义行，冒死递上绳一根。
一根绳，细又轻，凝劲聚力重千钧，
一根绳，何足论，危难时刻判死生。
一根绳，见奇迹，一根绳，续卿命，
一根绳，施真情，一根绳，见品行。
而今他，身陷危难遭困境，好比悬崖之下来求生，
人要将心来比心，他此刻也需一根绳，
抓牢绳索好攀登。
我们只有递上这一根绳，方能救他出危困，
也报答他当年救命恩，不负同窗情谊深。

乔安森白 海伦，顾师兄是个好人，是位君子。如果今朝我们不帮他，按照他义无反顾的性格，他自己也会去寻张学良的，那就等于把他推入更险的绝境啊。现在我们就是他手里的这根救命绳子，于情于理、于公于私我们都不能撒手不管，我们极应该像当年他把绳子毫不犹豫递给你一样而重新递还给他啊！Do you think so?

海伦表 海伦心服口服。

海伦白 亲爱的，我听你的。

乔安森表 夫妻两家头要紧拨通了顾维钧房间的电话。

顾维钧表 “叮铃铃……”

合白 电话！

顾维钧表 顾维钧扑向电话拿起听筒。(白)喂，哪位？

海伦白 少川师兄，我是海伦，今晚乔安森想请您和您的朋友一起来参加晚宴，可否赏光？

顾维钧表 顾维钧开心啊，上下铺的感情，绝对真感情！你们不是在帮我，你们帮助的是全中国人民。(白)谢谢老同学，我一定准时赴约！老崔！

老崔白 勒浪。

顾维钧白 马上行动！

老崔白 晓得！

赛金花—唱曲

（长篇苏州弹词选回）

说书人表　今朝是大清光绪二十二年（1896）三月十一，就在上海彩云书寓二楼包厢那只朝南的太师椅里，坐好一位特殊的贵宾。称他是贵宾，因为他曾经是大清的风云人物，大权在握；说他特殊，刚正摘掉三眼花翎，被贬南疆，途经上海。这位特殊的贵宾就是今年已经七十六岁高龄的洋务派首领李鸿章。

说书人表　坐在李鸿章对面的，是彩云书寓的女主人，今年廿四岁，曾经做过状元夫人，还跟了丈夫出访欧洲，名震西洋，她，就是外国人都称为“东方第一大美人”的彩云，也就是后来在北京开妓班的赛金花。昨天听恩客杨立山说，今天李鸿章要经过上海，想在此是请他吃顿晚饭，格是不敢怠慢，一个老早起来布置包厢，准备酒菜。咯歇辰光又是倒酒又是夹菜，殷勤备至。

彩云白　李伯爷，这些菜可是立山大人特地为您备下的，来，您尝尝，是不是合您口味？

李鸿章白　立山也真是，非要给我送行，我说大可不必，凑一块谈谈，然后各奔东西。大家都是皇命在身，身不由己呀。

彩云白　李伯爷，这可是立山大人对您老的一片心意。再者说，您曾是我们家洪状元洪老爷的救命恩人，趁此机会我也可以敬您两杯呀！

李鸿章表　当年我只不过在朝堂上为洪钧讲了几句话，想不到事隔多年，他还念念不忘，倒蛮有良心的。（白）好，我喝。（表）几杯下肚，只觉着头里有点浑浊浊。对彩云望望，标致！面如瓜子，脸若桃花，两条欲蹙非蹙的蛾眉，一双似开非开的凤眼，说不尽的千娇百媚，道不尽的风姿绰约。可惜红颜薄命，身世飘零。

李鸿章白　听闻彩云姑娘能弹会唱，技艺绝佳，今日可愿一展歌喉，让老夫也饱饱耳福？

彩云白　那好，李伯爷，您先喝着，春香，拿琴来！（表）琵琶拿到手里，（白）李伯爷，您想听什么？

李鸿章白　你看着办吧！

彩云表　这倒难了。凭良心讲肚里小曲是百把支勒嗨，平时都是客人出了钱点的，要听啥唱啥。现在叫我自己看了办。让我好好想想看！一边娇音，一边动脑筋。

彩云唱 心暗转，细思量，
轻拢丝弦来调宫商。
他本是，朝堂重臣身价赫，
北洋之冠威名扬，
豪情壮志气轩昂。
谁料洋夷凶蛮干戈起，
甲午战败噩梦长。
一纸《马关》群臣怒，
误国之罪要他担当。
而今他，遭贬谪，下南疆，
风烛年，走他乡，
定然是，苦尽心头恨满腔，
惜无知音诉衷肠。

彩云表 现在眼前坐的，不是一般的豪门贵胄，而是权倾当朝的一品相爷。虽然此番因为甲午战败，被贬南疆，但是毕竟走南闯北，见多识广。今天我这支曲子，一定要唱出水平，唱出感情，唱出与众不同，唱到俚心里去，我要让俚晓得，我彩云不是青楼俗粉，不是平庸之辈，不愧是当年的状元爱妾，外交夫人！

彩云唱 我今朝，不唱那《相思调》，
不唱那《凤求凰》，
更不唱那咿咿呀呀的《好风光》，
我要唱，一曲古辞来谱新腔，
效学那，山间樵子来感君家。

彩云白 李伯爷，您听着。

李鸿章白 洗耳恭听！

彩云唱 相见时难别亦难，东风无力百花残。
春蚕到死丝方尽，蜡炬成灰泪始干。
晓镜但愁云鬓改，夜吟应觉月光寒。
蓬莱此去无多路，青鸟殷勤为探看。

彩云表 彩云一曲琴歌，声情并茂，听得房间里所有的人意乱情迷，如醉如痴。

李鸿章表 李鸿章，称得上是天下数一数二的饱学之士，他一听就晓得彩云唱的是一代大家李商隐的《无题》，词里表露出的人间无奈，离愁别恨，触动了他的内心。琴音还未断，已经老泪偷弹！

李鸿章唱 中堂此时泪潸潸，
愁满心头苦满怀。

一曲琴歌声幽咽，
话尽沧桑与无奈。

李鸿章表 想想我李鸿章，廿八岁就做到翰林，而立之年投曾国藩门下，文能谋事，武能克敌，接下来从江苏巡抚、湖广总督一直做到直隶总督、北洋大臣。扪心自问，四十年来我为了大清鞠躬尽瘁，呕心沥血，尤其在国家每次面临危机的辰光，出来收拾残局掮木梢的总是我李鸿章。中日甲午之战，没打之前我劝太后，大清国不能在外交上走一贯的老路：事端一出，动辄开战，战则必败，败则议和，和则割地赔款。现在海军军费匮乏，设备落后，弱不可轻易敌强。慈禧根本听不进，认为日本弹丸小国，不屑一顾。1895年2月17日下午4点，日本联合舰队在风雪交加中开进威海卫，浩浩大清国一败涂地。那么服帖！接着派我到日本议和，一粒子弹险些送了老命。面对日本人开出的条件——割让辽东、台湾、澎湖及两亿两白银的赔款，朝廷的电报只有四个字：酌情而办。你简简单单四个字，我四天四夜勿合过眼睛。头上的伤痛与无奈的心痛一直在折磨我。条约签还是不签？不签，只能导致中日战争继续扩大，以大清国实际的军力，战争的结果只能是中国的东北被全面占领；签，大清国财产与主权的损失也是巨大的。两害取其轻，啥个意思？也就是说两种结果对我都不利，但是哪哼做可以拿损失减到最小我就哪哼做，《马关条约》的签订，是我李鸿章面对残局的无奈选择。想不到一回转大清，我李鸿章成了举国的公敌，成了人人不齿的卖国贼。到这个时候这么一把年纪，还被贬谪边陲，逐出京师，遭受颠沛之苦。死，我不怕，我伤心的是一世功名，只怕要灰飞烟灭。“春蚕到死丝方尽，蜡炬成灰泪始干”，这不就是我李鸿章这辈子的写照吗？

李鸿章唱 想我是么四十年来把两宫伴，
为什么相聚时难别更难。
分明是么东风枉自吹无力，
我独木焉能挽狂澜，
为什么偏怪苑中百花残。
为什么我春蚕至死丝难断，
为什么我蜡炬自剪泪难干，
为什么丹心一片化成灰。
为什么空将辛劳来染霜鬓，
为什么世态炎凉人情寒。
为什么暮年蓦地遭颠沛，
为什么知音乃是红粉辈，
为什么相见竟然在勾栏。

李鸿章表 我心里的苦何人能懂？想不到一介青楼女子，一曲琴歌就唱出了我的心声。对呀，眼睛门前的彩云岂是一般的青楼女子？做过状元夫人，跟了男人到欧洲做过公使夫人，非比寻常。真叫男人死了，洪家容不得她，和我一样，被逼无奈，流落异乡。这就叫同是天涯沦落人，惺惺怎不惜惺惺？

李鸿章唱 但愿前方真有那蓬莱岛，
她作青鸟来探看，
从此后么远离人间喜与悲。

李鸿章表 一曲《无题》，听得李鸿章百感交集，老泪纵横。啊呀，晓得自己有点失态，要紧身体一别。

彩云表 你在擦眼泪，彩云已经看见了。都说李鸿章为人深藏不露，想不到一曲琴歌听得他眼泪淌淌滴，可见他也是性情中人。（白）李伯爷，我是不是不该唱这……

李鸿章白 不，唱得好，唱得好，

彩云表 到底年纪一大把了，不要哭坏了身体介，格么阿有办法让他笑？试试看。（白）李伯爷，我是苏州人，再给您唱一曲姑苏弹词怎么样？

李鸿章表 唱出味道来了。（白）好，再唱，再唱。（咕）不过苏州话不知我阿听得懂碗？

彩云表 包你听得懂。

彩云唱 京口瓜洲一水间，
钟山只隔数重山。
春风又绿江南岸，
明月何时照我还？
明月定能照你还。

李鸿章白 哈，哈，哈……（表）听不懂变猪头三了。宋朝丞相王安石的《泊船瓜洲》。当时他推行新法，被贬钟山，但是没隔多少辰光，宋神宗把他召回京城，二次拜相，重推新法。这首诗就是在召回的途中写的。看似写景，实则抒情。现在她唱这首诗啥意思？把我比作王安石。"京口瓜洲一水间，钟山只隔数重山"，意为：被贬与召回一水之隔，只是上面一念之差，没啥大不了。"春风又绿江南岸，明月何时照我还？""春风"就是皇恩，哪天上面睡醒了，皇恩大赦，你还是可以还转京师，为国效力。怨不得当年的洪状元为她神魂颠倒，现在的杨立山为她痴迷疯狂，果真是世间少有的奇女子。我真叫七十六岁花不动了，如果年轻个二十岁，我肯定是她最最忠实的追星族、发烧友。两支曲子唱得李鸿章悲喜交加。（白）老夫今儿才算明白，什么叫善解人意啊，哈哈哈……

赛金花—引荐

（长篇苏州弹词选回）

说书人表　赛金花原名赵彩云，十三岁上花船，十六岁嫁给洪状元为妾，连下来三年陪洪钧出访欧洲做公使夫人，名震西洋。就在廿五岁的当口，洪状元暴病归西，彩云给大夫人逐出洪门，现在流落上海滩，为了生计只好重落风尘，开班竖旗。

说书人表　她的要好小姐妹金小宝——上海四大名妓之一，又是给她寻房子，又是帮她物色姑娘，只等书寓开张。但是小宝说，你一个女人妈妈要在上海滩上立牢脚头不是件容易的事，身边必须有个撑得住场面的男人。彩云懂格，难听点叫"乌龟"，好听点用现在新法话讲起来，就是总经理秘书、保镖，兼销售部主任。小宝来得个热心，说我来给你引荐一个人。

说书人表　今天带来了。天津人，姓孙，家中排行老三。在上海滩来得个吃得开，而且他还是京剧名角孙菊仙的阿侄，名票，就在门外，阿要喊俚进来，你们见见面。难为小宝这样热心，格么蛮好。

彩云表　小宝出去喊，彩云坐在里面等。听小宝的介绍，那个孙三爷应该是个不错的人选，划一不知长得哪哼，不过俚的阿叔孙菊仙——美男子，人称"赛潘安"，格是按照遗传基因，俚的阿侄儿子不会推板的。

说书人表　进来了。小宝对指指，就是俚。

彩云表　吓，啥这只面孔啊？墨腾赤黑，七高八低，两只眼睛还比例失调，一只像葡萄，一只像杏桃，这个半爿脸在哭么那个半爿脸在笑。终当俚像宋玉潘安，哪里晓得还不如钟馗判官。对小宝看看，啥俚是孙菊仙的阿侄啊？那样登样的阿叔该得出这样难看的侄子的啊？你阿曾弄错介？

金小宝表　阿是阿叔潇洒阿侄板神气格啊？爷聪明儿子板玲珑格？爷工程师儿子扦脚师不是没有，爷大盖帽儿子偎灶猫也多煞咣，况且现在隔了一房勒嗨，正常的。那么再说你现在又不是剧团里选头牌小生，板要英俊潇洒，现在是堂子里要个掌门人，就要找这种类型的，别人不敢来吃你，压得牢阵。再说人不可貌相，我先回避，你们好好叫谈谈，谈下来你再作决定。

彩云表 小宝退出去，彩云倒说浑身不自在。对准那只面孔，隔夜饭也要呕出来的，有啥好谈呢？

孙三表 你不开口，孙三熬不牢了。（白）在下早就认识您啦！

彩云表 人么长得难看，开出口来倒是温和文雅。（白）喔，在哪儿？

孙三白 夫人还记得头上那个碧玉簪吗？

彩云表 格是我跟老爷出国之前在北京西单一爿姓孙的珠宝行买的，与你搭啥个介？

孙三白 那家姓孙的珠宝行就是家父开的。

彩云白 你们家里开的啊？格么这样说起来你是珠宝店里的小开啰？那我怎么没见过你呢？

孙三白 那天夫人您从轿子出来，我一吓。

彩云白 哪哼？

孙三白 我当仔仙女下凡，嫦娥临世了，想出来招呼，不敢。

彩云白 怎么着？

孙三白 我自己晓得，我只面孔丢在地是狗也不要吃的，怕吓着您夫人，所以没敢出来，只能躲在屏风后面偷偷地看美女来着。

彩云表 怪不得我怎么一点印象也没有。格朋友倒有点自知之明的。既然你的家里是做珠宝生意的，衣食无忧，你怎么会到上海来谋这种生路格呢？（白）记得当年珠宝行生意还挺红火的，那现在呢？

孙三白 唉！

彩云表 看上去不灵勒嗨。

孙三白 往事如烟，不堪回首那么！

天津本是我家乡，
祖上三代作经商。
家父聪慧又勤俭，
京津两地奔波忙，
经营珠宝有名望。
本则家底多殷实，
不愁衣衫不愁粮，
共享天伦福满堂。
哪晓天有不测风云起，
那鸦片烟，似魍魉，
害苍生，毁千家，
使人痴迷使人狂，
孙家从此噩梦长。
双亲是，身陷地狱难自拔，

把数万家财尽弄光，
只落得，暮景萧萧音凄凉。
我无奈远离伤心地，
孤影独行走他乡，
天涯地角苦飘荡。

孙三表 本来蛮好的一家人，哪知父母兄长都抽上了鸦片，孙家就此一败涂地。（白）现在这家店早就转姓了！要不，我孙三爷，还会来夫人这里，像条丧家犬似的，求您赏口饭吃吗？

彩云表 一个大男人落到这个地步，也算是惨了。伲两家头倒差不多，都是迫于无奈而出来讨生活。彩云对伲从厌恶转而产生了几分同情。（白）千万别这么说，我可是知道孙三爷在上海滩上的名气，挺能呼风唤雨的。

孙三白 朋友是有一些，只可以给您做做虾兵蟹将。

彩云白 你客气了。听说你叔叔是孙菊仙，那你也该会唱上几句吧？

孙三白 别的不如夫人，要说这唱，或许是胜您一筹了。

彩云表 倒不谦虚，（白）能来一个段子吗？

孙三白 夫人想听什么？

彩云白 你最拿手的吧。

孙三白 小的是生旦净末丑行行皆能。

彩云表 格朋友开过喇叭店的——倒很会吹的。（白）就来一段耳熟能详，大家都会唱的吧！

孙三白 那就唱一段《苏三起解》吧。

彩云表 一个五黑愣墩的粗坯，尖起喉咙唱《苏三起解》，你不要吓我哇。

孙三表 不吓你喛，你听了再说。

【孙三唱《苏三起解》。】

彩云表 呀！唱得哪哼，鸭头颈里挂铜铃——铛铛响，呱呱叫。有板有眼，字正腔圆。

彩云唱 他是声幽咽，韵悠扬，
声情并茂不寻常。
果然梨园名伶后，
字正腔圆韵味长。

彩云表 再对只面孔看看，生得还好勒呀，天庭饱满，眉骨很高，鼻头虽然有点鹰钩，但像刘德华什梗倒蛮挺括相格。两片嘴唇皮开头看看厚得啦，切切一盆子，现在望望肉滋滋，来得个性感。嚯，格歇辰光的彩云已经完全扭转了对孙三的第一印象，从厌恶、同情转而产生了几分好感。

彩云唱 见他唱到动人伤心处，
眼眸点点闪泪光。

彩云表 听俚唱到最后一句“来生变犬马我也当报还”的时候，情绪激动，眼睛激出盯牢自己在看，意思蛮清爽：你今朝如果肯给口饭我吃吃，我下世里一定犬马相报。格么拿俚留下来，连下来天天与格只面孔同榻共眠，倒有点不情愿。再一想，哎，彩云啊，

彩云唱 你再不是，白璧无瑕的良家女，
你再不是，二八芳龄的俏姑娘，
你再不是，状元夫人气轩昂，
你再不是，择婿待嫁要配夫郎，

彩云表 彩云彩云，你以为你还是状元夫人？你以为你还是年方二八的红粉佳人？你以为你现在在择婿待嫁，选美招亲？

彩云唱 你只是，走投无路的烟花女，
你只是，将近三十的半徐娘，
你只是，权把青楼作生涯，
挑挑拣拣为哪桩？

彩云表 你是给洪家逐出门的一条落水狗！你是已近三十的半老徐娘！你不过是急于在堂子开张之前找一个可以充当你这个老鸨的当家龟奴而已！彩云彩云，你还有什么可以挑挑拣拣的呢？再说，

彩云唱 他是无奈走他乡，
我是被逼落平康，
同是沦落天涯尽飘荡。

彩云表 有句老话，同是天涯沦落人，相逢何必曾相识。
既然同是天涯沦落人，
相逢定是天主张，
相携相伴又何妨？

彩云白 好，三儿，今我就把你留下了。

孙三白 谢夫人！

短篇类

南唐绝唱

（苏州弹词）

说书人表　在伲中国历史浪出了一位蹩脚的皇帝，非凡的才子。讲俚蹩脚，因为俚在政治上软弱无能，最终成为丧国之君。说俚非凡，是俚在中国古典诗词上的造诣对伲中国文学产生了深远的影响。特别是一首《虞美人》，更是俚杰作中的经典！所以脍炙人口，传唱至今。格么格个是啥人呢？不是别人，就是南唐皇帝李煜李重光，人称李后主！

李煜表　三年前，北宋赵匡胤挥师南下，攻破金陵。作孽！拥有江南三十八州的南唐皇帝李煜一夜天成为阶下之囚。因为赵匡胤欢喜李煜的诗词，欣赏俚的文才，就拿俚软禁勒汴梁，只有家小周玉英左右相伴。今朝是七月初七，乞巧之日，齐巧是李煜四十二岁生日，是仔从前屋里肯定张灯结彩、宾客盈门。而今朝，四壁萧然，清冷一片！心里厢窝涩么，一首词倒又填好哉！

李煜白　啊！玉儿，不要忙了，来来来，你来看呀！

周玉英白　是，来了！（表）周玉英，人称小周后。非但温良聪慧么，而且琴棋书画无所不精，是李煜一生当中的知音。因为今朝是男人的生日，所以俚勒里厢端正酒菜。现在听见李煜在喊，要紧应声而来。（白）啊！李郎，看什么啦？

李煜白　玉儿，看这首新词填得如何？

周玉英表　哦！一看么，一首《乌夜啼》，好是蛮好，（白）若与《虞美人》相比，就略显逊色了！

李煜表　格么当然。格首《虞美人》是经过我反复推敲、精雕细刻的用心之作，所以会在宫里宫外争相传唱。“春花秋月何时了……”（白）哎！今朝是我生日，单单吃酒阿要没有劲？什梗，你拿格首《虞美人》唱上一曲，为夫与你伴乐，好吗？

周玉英表　啊呀，男人啊，你不要当仔格首词在外头到处传唱是好事体啊！当初赵匡胤是因为爱你的才，对伲总算以礼相待，但现在的皇帝是俚的兄弟赵匡义呀。本来就对我心怀叵测，拿你当眼中之钉格，该呛你格首《虞美人》唱遍大街小巷，就怕你有复国之心，就在寻动手的机会呀，我搭你赛过天天在刀尖上过日子！现在我唱一唱，作如马上引来杀身之祸。格么不唱？你看俚，箫也拿好哉，就等我开口了，我哪哼忍心去扫俚的兴呢？唱吧。明年的生日不知阿过得着了。(白)夫君有此雅兴，就请李郎伴乐，待玉儿唱来！

李煜白 好好好，有道是夫唱妇随；(表)今朝倒过来，叫妇唱夫随，自娱自乐！

周玉英表 唉，自娱自乐？要么苦中作乐！正要开口唱……

太监白 嗟——万岁有旨，今逢七夕，宫苑设宴，特命郑国夫人周玉英进宫陪宴，敬酒侍驾，不得有误，钦此。

周玉英白 呃喔。

太监白 还不谢恩！

周玉英表 玉英想，我晓是晓得昏君对我不会死心，想不到今朝我男人的生日，还要来缠绕不清。格么赵匡义阿赵匡义，你看错人了，就算我肯跟倷走，我男人也不会受得了格个屈辱！所以口么不开，两只眼睛独剩盯牢李煜在看：只要你说声“不”，今朝就是搭你马上死，我也无怨无悔。

李煜表 阿要扫兴？蛮好妇唱夫随，夹忙头里来道圣旨。格个赵匡义花头是透，又要去敬酒则。不过今朝奇怪，本来总归是召伲夫妻一道去，而今朝单召玉英？称心浪说声“不”！我的家小，凭啥生日不陪我了要来陪你啊？不来格呀！抗旨不从要杀头格呀！阿是我为仔自家一时的意气用事让家小吃苦头啊？再说，敷衍脱两杯就好转格。所以对家小望望，你不要管我的格，去敷衍脱两杯就走，我等你转来下寿面。

太监表 贼太监看两家头，你对我看，我对你望，哪哼？不当俚圣旨当俚通知啊？(白)怎么？两位是没听见呢还是有意抗旨啊？

李煜表 一吓，(白)罪臣不敢，罪臣领旨。(表)对家小看看，你呆勒嗨作啥？先接旨吧！

周玉英表 伤心啊！你哪哼能个不争气呢？你阿晓得格深宫好比龙潭虎穴，作如我今朝去仔不转也讲勒嗨格。我死是不怕格，只怕死得不清不白，对不起自己也对不起你！趁眼泪还没落下来，“得儿……卜”，(白)罪妇领旨！(表)接过圣旨，轰声能立起来，看也不对李煜看，往准外头一走头。

太监表 咦咦咦咦，要么不接旨，要么一走头，碰得着格，要紧跟上去。一只脚刚刚跨出门槛，别转头来对李煜看看：隐隐然李煜啊李煜，今朝么格顶绿帽子你是戴定了戴定格哉！格贼太监还要幸灾乐祸了呀！

李煜表 李煜看家小一走头，晓得俚去得不情愿勒嗨，心里厢也叫握拉不出。堂堂一个男人，自己家小拨勒别人喊进喊出，阿要枉空！有啥办法呢？要怨也只好怨自家不争气！吃酒！横一杯竖一杯，总当玉英就要转格，等到格壶酒吃光，谯楼鼓打二更，不见人影么，啊呀！去仔要个把时辰则，哪哼还不转呢？酒杯一丢，窗口一立，抬头只见一弯新月；院子里的梧桐树给风一吹，“沙拉拉……沙拉拉……”只觉着愁肠百结，思绪万千！唉——

李煜表 (念词)无言独上西楼，月如钩，寂寞梧桐深院锁清秋。
剪不断，理还乱，是离愁，别有一般滋味在心头。

太监表 来则！一个太监手里捧仔把酒壶走勒门前。

周玉英表 周玉英脚里拖勒拖跟勒后头，越走越慢，越走越慢——

太监白 我说郑国夫人，皇上可只给你一个时辰，这壶酒你拿好了，咱家在门外恭候了！

周玉英表 “嗒”，玉英接过酒壶。啥浪越走越慢？刚巧你李煜答应么俚只好去陪宴，心里是不愿格。碰着个赵匡义对俚百般调戏，软硬兼施，玉英誓死不从。那么赵匡义拨俚一壶毒酒：拨你一个时辰，转去拨你男人吃，如果你不肯格，格么不客气，我要下辣手则。我死是呒啥怕，倒是想着自己心爱的男人死在目前，心如刀绞，不过再想想李煜啊李煜，格种生不如死的日子到今朝么过到头勒。眼泪擦擦干，捧仔格壶酒，往准西楼“嘚嘚嘚……”

李煜表 格个脚步声是熟透熟透，转哉！要紧到门跟首一看，果然，（白）玉儿，回来了？

周玉英白 嗯。

李煜表 咦？手里一壶酒？（白）此乃何意？

周玉英白 君王所赐。

李煜表 哦，酒宴浪带转来格。格么蛮好，该搭一壶我已经吃光则，就拿你格壶当寿酒，（白）我与你痛饮几杯！

周玉英白 （咕）寿酒？是寿终格寿酒。（表）还记得十年门前，我第一次看见格李煜，骨骼清奇、英姿勃勃；而现在呢？寄人篱下、任人摆布。格位倜傥风流的江南才子到哪里去哉？格位潇洒温良的南唐帝王又到哪里去哉？今朝是你个生日，而你居然让我去陪昏君吃酒！（白）李郎，你是个男儿吗？

李煜表 是啊！

周玉英白 你是个丈夫吗？

李煜表 是啊！

周玉英白 你是个顶天立地的男儿，铁骨铮铮的丈夫？

李煜表 呃，拨俚前头加仔两顶帽子倒接不落下呼则呀！（白）这个——

周玉英白 既然你——

周玉英唱 是堂堂六尺好儿男，委曲求全为哪般？
你曾言，君王自有君王志，
保家国宁把性命拼。
你曾言，文人自有文人骨，
要将慷慨愤懑诉笔端。
你曾言，丈夫自有丈夫德，
关护爱怜情义拳拳。
而今你，志、骨、德尽消磨，
低头折腰图平安；
效学阿斗不思川。

今日里，让我别寿堂，独自进深苑，

陪笑靥，去把庸君伴，

受欺辱，珠泪眼中含，

忍煎熬，五内乱箭穿，

真叫我，肝肠寸断心亦寒！

周玉英白 可知晓，壶中不是寿酒。

李煜白 晓得格，我权当寿酒。今朝都是我不好，我先自罚三杯，让你消消气。

周玉英白 （咕）消气？恐怕我格气还等不及消已经断了。还要自罚三杯勒！（白）此乃毒酒！

李煜白 吓！你想谋杀亲夫？

周玉英表 是有人谋夫夺妇！（白）李郎，只要你饮下了这牵机毒酒，不消一个时辰，就会形同牵机，毒发而亡。到那时节，大宋君王要与奴家百年好合，永结同心！

李煜表 周玉英一句反话呀，李煜亦勿晓得。听俚牙齿干嗒嗒，搭俚百年好合，永结同心，你！你心里阿有我勒？（白）你，你好！（表）（动作）“嚓”，一记耳光。

周玉英表 玉英哪哼？非但不哭，反而快活。（白）打得好！（表）唉，现在么有点像个男子汉大丈夫哉！

李煜表 李煜是气得勒浑身发抖。

李煜唱 手儿抖，心儿揪，

一掌声清脆，十年恩爱休，

惊碎了，我胸中块垒一丘丘。

我本是情魁首，诗班头，

只爱那，敲棋煮酒登高楼，

弄箫玩墨会文友，

听风载月泛轻舟，

红衫翠袖逐风流，

却为何，生我宫闱称帝胄。

李煜表 我亦不想做啥个皇帝，格个一世只想勒浪金陵城里吃吃酒、下下棋、填填词、唱唱曲，做个风流诗人，快活神仙。但是，造化弄人啊！爹死，阿哥死，格只皇位板要拨我坐。本来想守好江南，让百姓安居乐业，做个温良爱民的太平皇帝。嘿！势大力强的赵匡胤连到太平皇帝阿勿拨我做，只落得国破家亡，苟活人间！可怜啊！可悲啊！

李煜唱 这南唐江山四十载，

那三千里地竟被我丢。

而今苟活他乡地，

忍辱含羞作哑囚，

我生有何所求，

我死了也蒙羞，

唉——只得生生死死一朝休!

李煜表 十年夫妻,相濡以沫。曾经何等恩爱,何等幸福?!而现在,我连自己最最心爱的女人也保护不了,我哪里还有做人尤其是做男人的资格喔?!格种日脚还活俚作啥?罢——“嗒”,毒酒拿到手里,(白)玉儿啊玉儿,祝你与那大宋帝君百年好合,永结同心!(表)一饮而尽。

周玉英白 好一个江南天子,好一个玉儿的夫君!(捂肚状)

李煜白 玉儿,你怎样了?

周玉英白 玉儿此生,蒙君恩宠,十载夫妻,如胶似漆。我做了你李煜的妻房,今生今世,来生来世就只是你李煜的妻房!(表)格壶酒,我进门之前已经喝过两口了。

李煜表 啥物事?你……(白)啊呀!我好糊涂啊!悔煞我也,悔煞我也!(表)“嗒”,捧住家小的面孔,眼泪滴里嗒啦下来。(苏白)刚正敲得你痛煞哉,我搭你撸撸啊?!

周玉英白 玉儿能与你生死相依,同赴幽泉,今生幸亦,此生足亦!哼!我周玉英只与我的李郎百年好合,永结同心!

李煜白 玉儿——

周玉英表 格首《虞美人》是倷所有词曲当中我最欢喜的一首,怕惹祸,一直不敢唱。今朝你生日,我刚巧就想唱格,结果昏君召我进宫,没唱成功。趁我现在还有一点点精神,我要在生命的最后一刻拿格首词为你唱一唱,格么我搭你明明白白,轻轻松松,洒洒脱脱一道走,就不会有啥个遗憾哉!

李煜表 为我唱《虞美人》啊?我听是要听格,但是现在辰光我还忍心叫你唱吗?(白)啊呀,玉儿!不唱也罢!

周玉英白 不妨事!

周玉英唱 春花秋月何时了,
往事知多少,
小楼昨夜又东风,
故国不堪回首月明中。
雕栏玉砌应犹在,
只是朱颜改,

李周合唱 问君能有几多愁,
恰似一江春水向东流!

茉莉花开

（苏州弹词）

说书人表　在伲苏州城北虎丘山脚下有个镇就叫虎丘镇，镇上有个村叫茶花村，茶花村因为种各种做花茶的茶花而得名，村上本来最多的是茉莉，曾经有“家家茉莉栽，户户能发财”的说法。在二十世纪八十年代初，茶花村的花农也成了苏州农民中先富起来的那一批。二十多年过去了，茶花村还叫茶花村，但是由于农村城市化的发展，种茉莉花的人越来越少了。

说书人表　不过此地还有一个，姓苏名北坡，今年已经七十八岁高龄。与茉莉花打了一世的交道，爱花如命。该两日心情不大好，作啥么——骚扰电话不断。

苏北坡白　唉！

（韵白）手里电话日日响，天天有人来搞嘴讲，

说外国人要来造工厂，让我迁到城里厢，

该搭孵仔一世哉，临死还要爬肚肠，

啥叫啥有福之人搬新房，呒福朋友只好守牢格只破花棚。

想不到我个乡下人，七十八要去重新投胎做城里人，

祖宗亡人也勿壳张！

说书人表　就在格歇辰光，倷个小灵通响了，“好一朵美丽的茉莉花，好一朵美丽的茉莉花……”

苏北坡表　喏，又来格哉！（白）喂，喂喂！

王主任白　苏阿爹啊，人家都搬了，就剩你一户，你就帮帮忙……

苏北坡白　王主任啊，伍笃不要来搞了，该则里肯定不搬格！

王主任白　干将路边上，黄金地段，两房一厅，格小区还是外国风格，叫“欧洲皇宫”，崭得不得了……

苏北坡白　欧洲皇宫？蛮好叫白金汉宫啘！外国风格？哼，外国人擤的鼻涕也是鲜的，炒菜还好当作料了！呵！要我搬可以的！

王主任白　谢天谢地，啥辰光？

苏北坡白　翘仔辫子！（表）苏阿爹年纪么大，脾气蛮耿，火气来得个旺，还不等你说完，电话搁脱格哉！唉，转念头倒不是我板赖勒浪不肯搬，我一走，格点花哪哼办？虎丘山脚下也就剩这几百盆茉莉了，如果茶花村这最后一片茉莉园也保不住，在苏州飘香了八百年的江南名花作如就会在苏州城里彻底消失，这对姑苏古城来讲，阿要遗憾啊？虎丘山脚下土生土长的苏阿爹家里四代都是种茉莉的老花农，对茉莉啥个感情勒嗨！不要去管俚，该两日花房朝南个十几盆花出了问题哉，花米头上一直黑赤赤，不知啥地方来个虫。药水用了不少，越喷越多，今天弄了点新药，再让我去试试看。拎了药壶到里厢，（白）断命瘟虫，也来与我作对，翘脱伍笃个辫子！“呲呲——”

茉莉表　就在这时候，来了一位姑娘，手里拿了张照片，东张西望，自言自语。（白）后面是塔（点头）……白墙黑瓦（摇头）……大花房（摇头）……噢，茉莉，jasmine（茉莉）！

苏北坡表　只见一个外国人，廿七八岁年纪，两根头发跟狗毛什梗，黄抓抓，毛茸茸，贼头狗脑。（白）勿许碰！

茉莉白　（闻香，陶醉地）噢，fragrant（香的）！

苏北坡白　啥物事？

茉莉白　Fragrant!

苏北坡白　勿灵个扔脱？外国小娘吾，年纪不大，派头不小!!勿灵个丢脱？哪盆勿灵，你倒指给我看看喏？

茉莉白　喔，对不起，这位大爷，这些花都是您的？

苏北坡白　不是我的，倒是你的啊？

茉莉表　哪哼开出口来硬邦邦格介？（白）大爷您误会了，我是外国人。

苏北坡白　嚯——唷——（学茉声腔）“外国人”——啥稀奇？“外星人”——格么你吃价哉！

茉莉白　（咕）不行顿个畹！（白）我从加拿大来。

苏北坡白　加拿大，倒是老白的同乡？

茉莉白　老白？哪个老白？

苏北坡白　转去补补历史课，屋里出什梗一个老白也不晓得，白——求——恩！

茉莉白　喔，对，老白，老白！大爷，我要解释一下我刚才说的那句——

苏北坡白　Fragrant.

茉莉白　Yeah！大爷真是语言天才。

苏北坡白　马屁勠拍！你讲我的花勿灵罢哉，还要丢脱，我哪哼会记勿牢呢？

茉莉白　Fragrant，中文的意思就是——香！

苏北坡白　（边念，边轮流扳左右手指算音节数作对比状）“f-r-a-g-r-a-n-t”，“香”——大推远绷勒嗨畹，格么“臭”怎么说？

茉莉白　Smelly.

苏北坡白　（咕）香，fragr……；臭，smelly。倒稀奇格，香叫“不灵”，臭叫“蛮灵”？哈，外国人香臭勿分！

茉莉白 喔，我忘了自我介绍了，我叫Morren，就是“茉莉”！

苏北坡白 茉莉？

茉莉白 唔！

苏北坡白 噱，长相外国风格，名字中国风格！简直格格不入！

茉莉白 嗯，这叫中外结合！

苏北坡白 瞎缠三官经！

茉莉白 发展在创新！

苏北坡白 七勿老三牵！

茉莉白 切莫老脑筋！

苏北坡白 搞啥百叶结！

茉莉白 百叶结？豆腐做的？一股烟火气，不太好吃。我最喜欢喝的是茉莉花茶，最喜欢闻的是茉莉花香，所以奶奶就给我起名叫“茉莉”。

苏北坡白 这样说起来，你也懂花格啰？

茉莉白 皮毛而已。（滔滔不绝，由慢到快，一气呵成）其实花的美，美在“色、香、姿、韵”四个字。色，颜色；香，香味；姿，姿态；韵，风韵。就拿梅、兰、竹、菊这花中四君子来说，梅的美在于……

苏北坡白 好哉好哉，（咕）倒看但不出。（白）我是问你懂不懂茉莉花？

茉莉白 懂一点点。

苏北坡白 说说看！

茉莉白 茉莉花，属木樨科植物，原产印度，

苏北坡白 唔，

茉莉白 茉莉花，落户苏州已有八百多年历史，

苏北坡白 唔，

茉莉白 茉莉花分木本和藤本两种，

苏北坡白 唔，

茉莉白 茉莉还有三好：好光、好水——

苏北坡白 好肥！对对对，想不到还是个专家呢。来来来，（表）把她带到里厢，（白）你到搭我看看，密密麻麻，啥个断命瘟虫？药水用了不少，一点用也没有。

茉莉白 哦，这是日本虫子，叫太阳虫。消灭它们很容易，用敌敌畏加淡蜂蜜水两天喷洒一次，坚持一个月后就OK了，绝对叫它们全部死光光！

苏北坡白 加蜂蜜水？

茉莉白 这种虫子怕糖。

苏北坡表 好！那就叫它们个个都得糖尿病，翘脱俚笃个辫子！（白）看来我今天碰着个老师哉！

茉莉白 哪敢呀？其实很多知识我都是从奶奶那里学来的。

苏北坡白 哦？外国好婆也会种中国花格啊？

茉莉白 我奶奶可是中国人，而且是地地道道的苏州人！

苏北坡白 苏好婆？洋孙囡？

茉莉白 我爷爷是新加坡人，妈妈是美国人，后来移民到加拿大生下了我这个加拿大人。

苏北坡白 你们家倒像联合国！

茉莉白 喏，（表）一张照片，递到苏阿爹跟前。（白）这就是我奶奶！本来她今年想回这里看看的。

苏北坡白 好啊，她要来了，我一定请她到山塘街上新开的松鹤楼吃茉莉虾仁。

茉莉白 不会有这机会了。没等到今年的茉莉花开，奶奶就……走了！

苏北坡表 盯着格张照片，一个人会发抖格，（白）俚……俚就是你好婆？

茉莉白 是啊，奶奶这一生独爱茉莉，园子里种的是茉莉，窗台上摆的是茉莉，旗上绣的是茉莉，头上戴的是茉莉，自己叫白茉莉，给我起的名字还是茉莉——

苏北坡白 ……她最爱喝的是茉莉花茶，最爱抹的是茉莉香油，最爱吃的是茉莉虾仁，最爱唱的是——“好一朵茉莉花，好一朵茉莉花，满园花开香也香不过她……”

茉莉白 大爷你怎么……

苏北坡白 六十年了！你终于回来啦？

苏北坡唱 六十年来抑心田，
今朝回首似昨天。
年少青涩情一段，
魂里梦里常相牵。
茉莉啊，我与你，虎丘山下共长大，
两小无猜花月前。
惜花怜花意相合，
栽花护花六月天。

说书人表 所说照片上的格位姑娘叫白茉莉，六十多年前爷娘在镇上是开茶庄的，苏阿爹屋里呢是种茶花的，因为苏家种的茉莉的品质在当地堪称第一，所以白家茶庄做的花茶所用的茉莉花基本上都是从苏家进的。两家人家生意一做就是十几年，两家人家的小囡也就两小无猜，一道长大。

苏北坡唱 那一年，日本鬼子来侵略，
古城烽火冲连天，
茉莉花开声幽咽。

苏北坡表 鬼子一来，花呒不办法种了，与白家的生意也就断了。本来你娘就不大同意你我来往，毕竟一个镇上人，一个乡下人，你是茶庄老板的女儿，我是种花农民的儿子，所以趁机不给我们见面的机会。直到一年多后的那天，你突然在我家里的茉莉花棚里出现。一手拿着一个你用茉莉花编的花冠，一手拉着我的手一本正经地对我说：

“北坡哥，今天我不走了，我们来白相以前常玩的‘新郎新娘’的游戏阿好？’实际上你那天是特会向我表心迹来的，哪里晓得我个阿木林，傻嗒嗒地说：“伍笃娘说了，不让我碰你。我送你回去吧！”倷咬着发抖的嘴唇，半天迸出几个字：“不碰就不碰！”把花冠往地上一丢，含着眼泪“吓哒哒……”等我回过神，那个恨哪，不是恨自己傻，而是恨自己太傻，拼命地喊着：“回来，茉莉！回来……”

苏北坡唱 你伤心娇羞撇我去，
我顿足捶胸悔无边。
声声唤，喊连连，
从此不见卿卿面，
欲诉爱恋无处诉，
再欲牵手手难牵。
从今后，朵朵茉莉寄心迹，
点点洁白系思念，
对花如对你茉莉面，
茉莉花开心更煎。
我盼呀盼，盼天天，
盼得一年又一年。
花开盼到花又落，
花落盼到新枝添。
盼得青丝成白发，
一盼盼了六十年，
终于盼得你归家转，
只盼得，一帧旧照，一缕香魂，一泓老泪盈枯眼。

苏北坡白 你也呒不格呀，一跑跑了六十年！早晓得你要一走不回头，我死也不会放你走的。（表）对着手里的格张照片，自言自语。（白）两条辫子，两个酒窝，两只大眼睛，阿要讨人欢喜！倷倒伲日什梗，我老得勿像哉！

茉莉白 哦，难道你就是奶奶日记里常提的那个“他”，外号“苏东坡的亲戚”——

苏北坡白 苏北坡。

茉莉白 喔，亲爱的北坡爷爷！（表）上前一个拥吻。

苏北坡白 （咕）阿要尴尬格啦。六十年覅给女人抱过哉，好像有点不大习惯！

茉莉白 对不起，我习惯了！

苏北坡白 习惯搿老头子？

茉莉白 不，只习惯搿您这样的可爱的老头子！

苏北坡表 可爱？可怜没人爱喔！

茉莉白 我是在整理奶奶遗物的时候知道了你们俩的故事，您千万别怨恨我好婆。（表）伲也叫呒不办法。(白)爷爷，您——听——我——说！

苏北坡表 唱《红灯记》哉！

茉莉唱 那一年，日军进犯干戈起，
战火熊熊硝烟弥。
祖母她，跟随家人离故土，
南洋投亲灾祸避。
二十一岁青丝绾，
听命双亲配夫婿，
辗转经商为生计。
姑苏茉莉她最爱，
养花轶事她常提。

茉莉白 其实奶奶在外那么多年，从来没有淡忘过那段浓浓的姑苏情结，心情好的时候，给我说说虎丘花农栽花、养花、卖花、窨制花茶、开花会的种种趣事，心情不大好的时候，总是看她盯着这张老照片发呆，坐在茉莉花香的小院里闭上眼睛半天不说一句话……

茉莉唱 六十年做异乡客，
一段纯情牵故里，
欲诉难言埋心底。
其实她怎能忘，与你虎丘山下同成长，
手牵手儿共孩提。
怎能忘，村后屋前常游戏，
她做娘来你做爹，
红绳一根拜天地。
怎能忘，栽花养花同乐趣，
月月年年盼花期。
怎能忘，满园花开欢歌唱，
花月同眠两相依。
怎能忘，欲将真爱赠临别，
刻骨之情好铭心底，
却花前挥泪永别离，
只有将，一怀愁绪诉茉莉。

茉莉白 本来我以为好婆拿了格张照片在花园里一直呆顿顿，只是思念家乡，现在我终于明白了，她是在寻找过去，追思那段未了的缘啊！(表)接过照片，甚是激动。(白)奶奶，我终于带你回家了……奶奶，您闻到了身后的茉莉花香了吗？

苏北坡表 苏阿爹亦然仰天祈祷。茉莉，从你转过身的那一刻起，我一直在等你，我一刻也没

离开过，我知道你会回来的，我终于等到了……喏，这张照你就是立在这里拍的。只是时代变了，院子老了，花房破了，花快没了，花茶也没人窨了，我还留在这儿作啥？是该走了……就让老外来收作收作，弄得干净体面点，也好与时俱进，旧貌换新颜吧！

说书人表 “好一朵美丽的茉莉花，好一朵美丽的茉莉花……”手机响了。

苏北坡白 喂，喂……不是我的。我还以为上面又来催我搬家了，看来不搬也是不行的了 可怜那几百盆茉莉，唉……

茉莉白 喂，王主任，别客气，不用陪的，我找到那个地方了。环境气候、地理位置都非常优越，面积也适中，能为苏州的建设出一份力，作为苏州人的后代骄傲光荣又义不容辞。我想只要合同一签，这块地很快就能动工了，好，见面再谈！

苏北坡表 等你接完电话苏阿爹如梦初醒。（白）这块地是你买的？

茉莉白 Yeah!

苏北坡白 是你断了这山脚下最后一片茉莉的生路？

茉莉白 （惯性地）Yeah！噢，no，no！

苏北坡白 我是苏州乡下人，听不懂你啥个“盐勿盐、糯勿糯”的洋泾浜。

茉莉白 苏东坡爷爷。

苏北坡白 晓得我推板一个字，存心触我霉头啊？

茉莉白 哦，对不起，北坡爷爷。

苏北坡白 伲格种乡下穷人受不起的，你好婆不应该给你取这样洁净的名字，“茉莉”，应该叫你“呒理”，为了功利呒不道理！蛮好，这几百颗花我既然不能带仔走，我也不愿将它们留在此地给你们这种不懂花的外国人白白糟蹋——（表）搬起一盆花要砸。

茉莉白 别！奶奶会伤心的！

苏北坡白 要是她的心还在跳，岂止是伤心啊？

茉莉白 我是受了奶奶临终嘱托才这样做的！

苏北坡白 撒谎！

茉莉白 奶奶说，虎丘山麓八百多年来家家种花，户户有苗。尤其茉莉花开，香飘姑苏 那种幽香清远的感觉，让所有人觉得：这就是苏州。它已成为苏州文化的一种符号。茉莉花茶也因沁人肺腑的江南气息而蜚声海内外。可是当一切美好的事物被利益掌控的时候，冒牌和伪劣的花茶断送了自己，也毁了花农的期望，更毁了茉莉本身的高洁。人们开始离它越来越远，甚至渐渐将它遗忘……

苏北坡白 说得太好了！

茉莉白 谢谢！

苏北坡白 不是指你，指你好婆。

茉莉白 为了能留住那份本属于这座古城的美丽，了却奶奶临终的心愿，趁这次苏州招商引资的机会，我准备买下这块地，在虎丘南麓，建一个现代化高科技的花卉观赏种植基地，一是让富有特色的传统园艺成为古城的旅游资源。另外您知道吗？在国际市场上，一公斤茉莉花油的价格相当于一公斤黄金呢！所以第二，我们还要在产业化生产和商业化营销上做做文章，使更多的茉莉花进入爱花人的家中。

苏北坡白　蛮好，蛮好，其实茉莉花浑身都是宝，花、叶还可以入药，里厢大有文章好做呢。

茉莉白　是啊，这就叫作科技创新。

苏北坡白　太伟大了！茉莉！

茉莉白　大爷在叫哪个茉莉？

苏北坡白　小的，老的（指大片茉莉），还有我的，一起叫。真是没想到啊，还是改革开放好，科学发展好啊！落伍啰，是该走了！

茉莉白　去哪里？

苏北坡白　进城！搬家！

茉莉白　爷爷，您放心，过一阵我还是要请您回这儿帮忙的！

苏北坡白　一个什么也不懂的老农民，不挖改革开放的墙角已经不错了，能帮得上啥忙？

茉莉白　您可是难得的养花专家，等到基地建成，我还要您发挥余热呢！

苏北坡白　惭愧惭愧！

茉莉白　到时候我还要让奶奶回这落叶归根，让她的灵魂在开满茉莉的虎丘山下笑着安息！

苏北坡白　也好，到那时，就让我这个还不肯翘辫子的老头子陪好仔，看好仔，守好仔这一大片香喷喷的茉莉吧！

茉莉白　对，让洁白美丽的江南茉莉在姑苏大地上永远飘香……

村民的心声

（苏州弹词）

蒋妹妹白　（唱歌）“我在仰望，月亮之上，有多少梦想，在自由地飞翔……”

说书人表　喂喂喂，伲是来说书格，哪哼唱起流行歌曲来则呀？

蒋妹妹表　唱歌个朋友就是本书的女主角，常熟蒋巷村村民蒋妹妹，叫么叫妹妹，其实年纪已经七十三，样样烦恼抛得开，一顿好吃八只菜，身体健得勿能谈。格歇辰光在自家的蔬菜地里收菜，一边忙，一边带仔个MP3的耳机，骨头来得个轻。（继续唱）“……生命已被牵引，潮落潮涨，有你的远方就是天堂……哦马蹄声起，马蹄声落，哦耶哦耶……”

胡小弟表　老太边上还立好一个七十岁的老阿爹。既不是老蒋巷人又不是新蒋巷人，四十年前从苏北逃荒过来的，姓胡叫小弟，家小十年前就过世哉，最近在追也是单身的蒋妹妹。格歇辰光忙笃，一歇歇替老太扇扇子，一歇歇替老太擦汗，马屁拍足。

胡小弟白　妹妹啊，渴了吧，来，喝口矿泉水吧。

蒋妹妹白　哦哟，别一天到晚妹妹呀妹妹的，肉麻勿出。

胡小弟白　你姓蒋，叫蒋妹妹，不叫你妹妹叫你什么？

蒋妹妹白　我比你大三岁，应当叫我阿姐。

胡小弟白　那不是把你叫老了？在我眼中你永远是那个迷死人不偿命的蒋夹里的妹妹。（表）说完起手往老太腰里“嘿”一掰。

蒋妹妹白　老不入调的，当心被别人看见。

胡小弟白　怕什么？你单身，我光棍，你乐意，我情愿，又是常书记做的媒人，我们这是阳光下的爱情。

蒋妹妹白　啊一哇哪，还爱情不爱情了，一把年纪也不怕摊充。

说书人表　就在伍笃打情骂俏的辰光，过来一个小伙子，搭两位勒打招呼。（白）大叔大妈，你们好啊！

胡小弟表　这个小伙子勿看见歇，不是村上人。（白）你好你好！

方舟白 两口子种菜呢？

蒋妹妹白 哎，不要瞎说，我和他可不是两口子。

胡小弟白 快成两口子了。目前是她的准老伴，还在考察期，呵呵！

方舟白 哦，恭喜恭喜。哎大叔，听您的口音不像是本地人啊？

胡小弟白 我是四十多年前从苏北逃荒逃到这块来的。

蒋妹妹白 笨来要死，来了四十多年了，还是这块那块的。

方舟白 那你们对常书记应该很熟悉吧？

胡小弟表 在问常德盛常书记，哪哼会不熟呢？伲是看着常德盛来到我们村，然后娶妻生子干事业这么一路走过来的。（白）熟，熟得不能再熟。

方舟表 今朝看上去寻对人则。（白）那你们对常书记的印象如何？

胡小弟白 这个印象么，当然——

蒋妹妹白 慢！（表）勿晓得格小伙子问长问短啥意图啘？（对方）划一同志，你从哪里来啊？来我们蒋巷是来旅游还是来参观的？

方舟白 我啊？喏！

方舟唱 我姓方名舟住金陵。

胡小弟白 金陵？金陵么就是南京啘，跟我倒是半个老乡。他在长江这块，我在长江那块。

蒋妹妹白 你这个“那块”离长江还有几百公里来！

方舟唱 今年虚度三十春。
我去年考取了公务员，
在省级机关写公文。

蒋妹妹白 哦，公务员啊？金饭碗啘。

胡小弟白 小伙子有出息格！

蒋妹妹白 晓得哉，今朝出来公费旅游的？

方舟白 呵呵，不是的。

方舟唱 蒋巷村，有名声，出了个好人常德盛。
听说他，爱岗敬业不怕苦，无私奉献令人敬。
听说他，书记做了几十载，任劳任怨工作勤，
全心全意为乡亲。
引领全村奔幸福，蒋巷人，日脚越过越舒心。
我今朝特意来此地，要亲眼看一看，亲耳听一听，
村民生活多滋润，道德模范非虚名，
调研走访蒋巷村，还望二老多帮衬，
实事求是吐心声。

方舟白 我是接到单位的任务特意从省里下来做些调研的。想从侧面了解一些常德盛同志的情况。

胡小弟表　胡小弟一听，哦，来蒋巷村做调研的，要问常书记的情况，格是你问到伲两家头算问对人则。（白）说起这个常德盛，一个字：好！

蒋妹妹白　好你个死！这个常德盛身上的毛病缺点多得海海威威。

胡小弟白　咦，啥路道？唱反调？哎，人家是从省里来调研的，你不能瞎三话四格啊。

蒋妹妹白　正因为俚是从上面来调研的，所以伲更不能讲常书记好。

胡小弟白　作啥？

蒋妹妹白　先不要问作啥，反正你只要说不好就可以则。

胡小弟白　我，我说不出常书记啥场化不好。

蒋妹妹白　那你胡我调总会吧？

胡小弟白　你姓蒋，我姓胡，这“浆糊”怎么捣我只能试试看了。

方舟表　　小方一轧苗头，看上去常书记在老百姓心目当中的形象也不是一边倒的，格位好婆肯说真话的。（白）大妈，看来你真的很了解常书记？

蒋妹妹白　当然，我替他总结过的，八大毛病，叫“四个头脑”“四个不”。

方舟白　　啥个意思？

蒋妹妹白　“四个头脑”：耿头耿脑，犟头犟脑，戆头戆脑，愁头愁脑。

胡小弟白　我看你这个老太婆今天有点昏头昏脑，说出来的话痴头怪脑，简直有点莫名其妙、胡说八道！

蒋妹妹白　你懂个屁！少开口。

胡小弟表　哦哟，凶得啦！

方舟白　　大妈，您能不能说具体点？

蒋妹妹白　好。小方，你听我说！

蒋妹妹唱　常书记的毛病一箩筐，说三天三夜也讲不光。

蒋妹妹白　第一个毛病，耿头耿脑。

蒋妹妹唱　俚廿二岁当上大队长，毛头小伙太轻狂。

蒋妹妹白　就说六十年代他刚当上大队长那会儿，居然提出一个口号：“天不能改，地一定要换。”他以为床上褥子换席子啊？这么便当？换地？口气也太狂了点！

胡小弟白　别人家大年初一走亲访友过新年，他大年初一一个人在地里挑土填河拉大粪。他硬是用十年的时间，把整个蒋巷村一千七百亩土地平均垫高了一米半。

蒋妹妹唱　俚自己压成仔罗圈腿。

蒋妹妹白　作孽，作作辣辣矮脱仔三公分，

蒋妹妹唱　走起路来嗙勒嗙，远看好像武大郎。

方舟白　　嗯，倒是有点愚公移山的耿劲。

蒋妹妹白　第二个毛病，犟头犟脑。七十年代初——

蒋妹妹唱　上头要求种双季稻，他偏种单季反毛戗。

　　　　　人家种田先耕地，他偏要在未耕的田里插满秧。

蒋妹妹白 他想做的事十头大牛也拉不回。四十年前，上头要求农村种双季稻，他偏要种单季稻，人家种田先要耕地，他偏要用他发明的什么免耕法，固执得不得了。

胡小弟白 结果他的做法惊动了市长、省长，都说他种田的方法省时省力，他成了科学种田的先进模范。

蒋妹妹白 （对胡）你不开口别人不会当你哑子的。

胡小弟白 我说的是实话。

方舟白 戆头戆脑又是怎么回事？

蒋妹妹白 哎小方同志，你喜不喜欢人民币啊？

方舟白 我想没有人不喜欢吧。

蒋妹妹唱 几百万个奖励俚不肯拿，上千万个股份丢一旁，
搭票子作对神经有点勿正常。

蒋妹妹白 常书记自从兼任常盛集团公司董事长、总经理以来，不仅工资报酬，按规定可以获取的几百万元绩效奖励他居然分文不要。企业改制时，他明明可以持有数千万元的股份，他也推出手不要。只有他这种戆头戆脑的人才会与人民币过不去。

胡小弟白 他把这份资产全部留给集体了。他是一心为人民服务，不像现在有些干部一心为人民币服务。

蒋妹妹白 还有，堂堂一村之长，这么大企业的老总，到现在——

蒋妹妹唱 上班还骑仔部脚踏车，“轻灵哐啷”像啥腔。

方舟白 “轻灵哐啷”？啥意思？

胡小弟白 格部自行车还是八十年代买的，永久牌，骑到现在，除脱铃不响，其他地方全响，骑在路上阿要“轻灵哐啷”格啦？

方舟白 作啥勿配部专车呢？

蒋妹妹唱 死活不肯拿小车配，俚拿公家的铜钱来节省，
还说经常要走小街和小巷，小车忒大勿便当。

方舟白 那平时出门办事坐什么？

胡小弟白 大卡车、翻斗车、货车、拖拉机，看到什么坐什么。

蒋妹妹白 所以老远望过去，不像干部出门，倒像民工出工。他这种戆大真是天上没有掉下来，地上没有出出来，外国勿有，蒋巷独一。

方舟表 小方转念头，干部中像他这种戆大的确找不出几个了。（白）讲仔三个“头脑”，还有一个是什么“头脑”来着？

蒋妹妹白 愁头愁脑。

方舟白 瘦头瘦脑？（表）照片上看上去倒是蛮瘦的。

蒋妹妹白 他对村里啥人未婚、啥人离婚、啥人丧偶、啥人单身了如指掌。他把这些人当作了他公司里的产品，一有机会就向别人介绍推销。

蒋妹妹唱 一次一次又一次，一趟一趟再一趟，

他只求“产品”销路广，恨勿得天天吃喜糖，热心热肺热肚肠。

蒋妹妹白　他是“红娘控”，做起媒人来盯别人盯头势结棍。一次不来二次，二次不来三次……直到“生意”做成功再肯歇搁得来。

胡小弟白　对对，做红娘，这是常书记的一大爱好。就像我跟她（指蒋），她一个人过了二十三年，我一家头过了三十二年，虽然我眼睛小点，但早就与她对上了眼，可是她放不下身段，我搁不下老脸，如今手里有了点老钱，孙子都已经考研，常书记热心牵线，要我们往前再跨一点，携手共创美好明天！

蒋妹妹表　对老胡头望望，我看你比常书记还要愁！他是愁得嗒嗒滴，你是愁得汤汤滴。

方舟表　小方听仔半日，哦，耿头耿脑，犟头犟脑，戆头戆脑，愁头愁脑，不过这“四个头脑”也不算是什么缺点毛病啘。

蒋妹妹白　耿、犟、戆、愁集中在一个人身上还不是毛病？我看都病入膏肓了。现在的年轻人啊，越来越分不清是非了。

胡小弟白　我看不知是哪一个分不清好坏！

方舟白　那除了这“四个头脑”，刚正你说的“四个不”又是什么毛病？

蒋妹妹白　不近人情，不守信用，不孝长辈，不负责任！

胡小弟白　我坚决反对！

蒋妹妹白　不许唱反调。

胡小弟白　你这是污蔑加诽谤。

蒋妹妹白　我这个人向来是实事求是的。

胡小弟白　同志，我看她是犯了突发性老年痴呆，满口胡说八道的。

蒋妹妹白　你才老年痴呆呢，我讲的是有凭有据的事实。

胡小弟白　你倒把凭据拿出来我看看！

蒋妹妹表　这个死老头子居然喉咙比我还要响，昏忒哉。给点吓头给俚吃吃。（白）别忘了你我的关系还没有转正，你还在考察期内呢。

胡小弟白　哦，算吓吓我格。该则里也是戆头，吃软不吃硬格。考察期通不过，大不了七十岁再失一次恋。不过前脚与你一刀两断，后脚我就让常书记再帮我介绍一个又年轻又漂亮的，你阿要试试看喏！

蒋妹妹表　一记黑虎掏心呀。蛮好，终于说实话了。嫌我又老又难看了阿是？

胡小弟白　你晓得我不是这个意思，不过哪一个说坏常书记我就跟哪一个急！阿晓得！

方舟表　老头老太脾气全不小嘛。（白）大叔，您也别急，还是听大妈怎么说嘛。

蒋妹妹白　（对观众）这只老头子，平常看上去倒来得个温柔，想不到凶起来像只踏疼尾巴的疯狗！倒惹气咯！

胡小弟白　我看你倒像被疯狗咬过的呢。

方舟表　啊呀呀，不灵哉，难听闲话全出来则，快点拉刹车，否则要像动车一样撞起来则。（白）大妈，您把这“四个不”也给我解释解释吧。

胡小弟白 哼，我看你怎么解释！

蒋妹妹白 覅你个老死人夹勒前八尺。

胡小弟白 啊一哇，“老死人”也出来则，伤心啊！

蒋妹妹白 常书记对外人一向提拔重用，自己亲弟弟请他在工作和生意上关照一点，他却一口拒绝，你说他是不是不近人情？

方舟白 嗯，的确不近人情。（对胡）大叔，有这事吧？

胡小弟白 有，有！

蒋妹妹白 他爱人从没去过杭州，他答应过几百遍，说要带俚爱人去一趟去一趟，但是只见俚嘴动不见俚行动，是不是不守信用？

胡小弟白 嗯，没错，二十年前就答应她了，就是到现在还没兑现。

蒋妹妹白 那一年他母亲得了带状疱疹，可他当时只关心村里一个生白血病的小囡，奔波在外求医问药，却延误了对母亲的及时治疗。后来因为村办厂实在太忙，他连母亲最后一面都没见上，你说他是不是不孝长辈？

胡小弟白 是啊，常书记他心里只有集体和村民。四十多年来，他没休息过一天，天天五点半上班，没有很好的饮食和起居，不但得了很严重的胃病，几年前还在肠子上查出了一个肿块，可他无论如何不肯抽时间去看一看，他对自己实在是太不负责任了。

蒋妹妹白 （对胡）OK，你把最后一个“不”——“不负责任”也替我总结出来了。

方舟表 方舟听到格歇辰光么总算有点听明白了。（白）我说大妈，这“四个头脑”“四个不”哪是什么缺点毛病啊？分明都是常书记的优点哇。

胡小弟表 老胡头给蒋妹妹搞得云里雾里呀。转念头，妹妹啊，我真搞不清爽你今天葫芦里卖的是什么药，你到底是想说常书记好还是不好？

蒋妹妹表 当然是不好喽！

胡小弟表 可你明明说的是反话嘛。

蒋妹妹表 你这个人就是拎不清！常书记是好，可我们一定要说他不好。

胡小弟表 好就是好，不好就是不好，明明好你非要说成不好，说成不好其实又是好，你叫别人的调研报告是写好还是不好呢？

蒋妹妹表 要被俚个绕口令绕晕脱哉。（白）我问你，好东西人人眼红吧？好东西人人要抢吧？这两天又是媒体采访，又是省里调研，往上这么一宣传，说不定上面会找他谈话：“常德盛啊，像你这么好的共产党干部放在一个小小的村里实在是太可惜了，你应该做更大的官，为更多的人民服务！”然后把他“白拉嗒”往上这么一调，我们蒋巷村的好日子不就过到头了？

胡小弟表 啊呀，我哪哼覅想着呢？那么恍然大悟。（白）妹妹啊，你太有才了！

胡小弟唱 她一席话儿我如梦醒，万种疑团一扫清。
总以为，她意志昏昏神恍惚，痴头怪脑胡乱云，
黑白好歹也不分。

哪知晓，她心似镜，看分明，胸中早布百万兵。

“四个头脑”“四个不”，提炼总结有水平，

我偏在一旁拎勿清，七嘴八搭搞脚筋。

她方才之言我细琢磨，字字句句赛真金。

今朝省里来调研，专访村民探情形，

我俩如何对答如何云，有关我们蒋巷的幸福与前程。

胡小弟表 蒋妹妹的脑子着实比我清爽，我远远叫不及俚。（白）妹妹啊，你真有水平，我太崇拜你了。

蒋妹妹表 总算拎清爽哉。（白）我是突发性老年痴呆，你崇拜我作啥？

胡小弟白 呵呵，我老年痴呆，我猪头三一个。我郑重地向我亲爱的妹妹赔礼道歉！

蒋妹妹白 这还差不多。

方舟表 边上的小方服帖，一个七十多岁的农村老太思维跳跃，见解独特，阿要可爱。（白）哈哈，大妈，我可真佩服你的分析力和想象力啊！

蒋妹妹白 哎，这可不是我一人这么想，这是我们所有蒋巷人的心声，上次温总理来考察的时候，村民们就说：上面可以把我们蒋巷村大大小小企业创下的利润全部拿走，绝不能动常书记，因为常书记是我们全村人的主心骨，是我们蒋巷村的无价之宝。

胡小弟白 对对对，小方同志啊，你一定要跟上面说，我们蒋巷人民真的离不开常书记，所以你的调研报告千万不能把常书记写得太好，当然也不能写得太差，差不多点就可以了。

蒋妹妹白 哎，那么佳哉，总算搭我统一战线哉。

方舟表 小方想我今朝覅白来，收获不是一眼眼，常德盛格位全国劳模名不虚传，你看啊，村民对俚啥个感情勒嗨？（白）这调研报告我知道怎么写了，题目也想好了：村民吐心声，深爱当家人；

合表 好！蒋巷出明星，好人常德盛。

擦皮鞋

（苏州弹词）

说书人表 故事发生在当代，暂夜快。在南京杨公井附近的一个十字路口摆好一个擦皮鞋的摊头。摊头的主人叫任德发，顺风皮鞋厂的技术科科长。咦，皮鞋厂的科长么怎么夜头漫间到大街上擦皮鞋？搞三产？不，任德发最近不得法勒嗨，上个月单位转制一刀切，男同志一律切到五十五岁，任科长前个号头刚正做过五十六岁的生日，齐巧切进！今天第一天出来擦皮鞋，也算下岗再就业格。

任德发表 坐仔毛毛叫半个钟头哉，生意也呒不。喊喊看。清清喉咙。（白）擦——（表）断命喉咙赛过上好把锁勒嗨呀，（白）擦——（表）该种事体从来勦做歇，头难头难，一点也不错。（白）擦——（表）什梗掮下去，到明朝天亮也不会有生意格啘。最近作孽，为了省两个电费，屋里空调也不开，电视也不看，电冰箱休息，电吊子下岗。有啥办法呢？伲子马上要结婚，老娘还在医院里，电话费、水费、煤气费、火窗钿、房钿，那连下来开销全要照俚牌头格呀。（白）擦——（表）倒是给熟人看见阿要难为情，说起来：喏，任科长夜里世界杯不看，在大马路上擦皮鞋。再一想，别人脚踏车厂宣传科科长下了岗也在踏三轮车，我擦皮鞋有啥大不了？譬如吃好夜饭出来散散心，省得得老年痴呆症。就算碰着熟人，我准备工作全做好勒嗨，一顶草帽、一副墨镜，黑铁墨搭，啥人认得出介？横势横，眼睛一闭，（白）擦、皮、鞋——哎，喊出来喽！

高明敏白 哎，这位师傅。

任德发表 一喊生意就来喏。是位姑娘，短头发，戴了副金丝边的眼镜，身上一身白颜色的职业套装，一手搿一只皮尔卡丹的公文包，一手拿一只诺基亚最新款的翻盖手机，着实吃价。就是格双皮鞋，龌龊形势。（白）来来来，请坐，请坐。

高明敏表 姑娘叫高明敏，今年廿八岁，五年前就从厂里下岗，因为人聪明，肯吃苦，就在去年年底，注册了自己的公司。最近听说自己原来个厂给私人老板买下来了，厂里的技术科科长，自己本来的顶头上司也下岗在屋里。哎，如果请俚出山，倒好助我一臂之力。所以打听好地址，今天亲自出马。不晓得一下半日兜下来也覅寻着，想打电话问问清爽，叫啥电话打来打去打不通。就在急得团团转的辰光，看见门前有个擦皮鞋的摊头。要想开口（笑），笑点啥？只觉着有趣，夜头漫间，呒不太阳戴副墨镜，不落雨戴顶草帽。喔，终有啥暗毛病格，不是斜巴眼么定是瘌痢头。（白）老师傅，我想问一下。

任德发表 问价钱。（白）我这块价钱公道，包你满意！

高明敏表 （手机歌曲铃音）“不经历风雨，怎能见彩虹，世界从此与众不同——”（白）喂，是我……

任德发白 （咕）这手机音乐倒是蛮与众不同的。

高明敏白 ——你等等，我记一下。（表）电话总算打通了。“商务通”拿出来，就在你门前格只擦皮鞋的凳子上“嚓蹋”一坐。

任德发表 坐到格只凳子上，就是擦皮鞋。（白）请你把脚放到这个箱子上头。

高明敏白 好的，你来办（搬）吧！

任德发白 我来搬？（咕）派头倒大勒嗨哝。你只脚还要我来搬。不过出门的当口家主婆关照的呀，你现在不是科长则啊，对顾客要耐气，顾客就是上帝。大丈夫能屈能伸，我来搬就我来搬。缠错哉。一只手抓姑娘脚上抓牢。

高明敏白 ——一定得抓紧了！

任德发表 生怕捏不牢滑脱啊？还要抓得紧点？不去管俚，你说啥我照做总不错的。手里再用点力。

高明敏白 嗯，不能放——

任德发表 格只脚非但要我搬，还要我抓紧；非但要抓紧，还不能放，碰得着格。你关照我不能放，一只手不保险，格么两只手一道来。

高明敏白 你，你这人怎么回事啊？

任德发表 哦哟，你个朋友倒难服侍格哝。（白）小姐，你不把脚放好，我怎么替你擦皮鞋？

高明敏表 擦皮鞋？（白）谁说要擦皮鞋的？

任德发表 不擦皮鞋你坐到格只凳子上啥体？（白）这个脚不是你叫我搬的？还要我抓紧不能放？

高明敏表 ——啊呀，格朋友缠错哉哝。也难怪，是我不当心坐错了场化，耽误了俚生意了。倒有点勿好意思。（白）老师傅，对不起，我不擦鞋。

任德发表 断命第一个炮仗就是回潮的。缠仔半日，不是擦皮鞋，心里有点窝涩。（白）真是莫名其妙，寻什么开心？

高明敏表 别人家就是靠格浪吃格呀，是要不开心哉。对自己双脚看看，为了生意勒外头奔来奔去，蛮好双白皮鞋，两个号头也覅着满，你看呢，上头又是烂泥又是灰尘，鼻头眼乌珠也呒不了。什梗，做成俚支生意吧，顺便还好打听打听了。格种做小生意的，大街小巷熟悉点得来。（白）师傅，真的不好意思，这样吧，这鞋擦就擦，不过要快，我还有急事要办呢！

任德发表 碰着你种客人要头晕格啘。幸亏得擦皮鞋，假使做其他生意，搞运输，几千吨的集装箱，轮船飞机上搬上搬下，不要给你弄煞格啊？对俚望望，那格只脚你自己搬吧！

高明敏表 呵！不要再冬瓜缠到茄门里哉。脚箱子上一搁，（白）快擦吧！

任德发表 该转不像寻开心哉。工具一样一样舒齐，头沉倒，开始擦皮鞋。

高明敏表 “不经历风雨，怎能见彩虹——”喂，喂，（咕）不是手机，小灵通。（白）喂——

任德发白 （咕）倒比美国国务卿还忙。

高明敏白 什么？不是富强路，是富祥路，安祥的“祥”——你等等，老师傅，你知道富祥路吗？

任德发表 该搭作孽，虽然原来是皮鞋厂的技术科科长，大街上擦皮鞋毕竟还是第一转，尤其这个是第一支生意，毫无经验，所以急汗汤汤滴。听见俚问富祥路，我就住在富祥路啘。（白）知道知道。

高明敏白 那等一会儿麻烦你带个路好吗？

任德发表 做脱你支生意，我也要收工了。（白）不麻烦，顺便回家。

高明敏表 格是好极了。（白）放心吧。我这儿找到个向导。门牌号？忘不了，富祥路58号——

任德发白 （咕）58号？我么住在58号呀。

高明敏白 对，现在最重要的是要找到任科长。

任德发表 找我？

高明敏白 对，只要逮住他，问题就解决了。

任德发表 啊，逮我？

高明敏白 哎，只要我高明敏想办的事，就没有办不成的！

任德发白 （咕）高明敏？

高明敏白 好的，谢谢，再见！

任德发白 啊一哇，没得命喽！（表）高明敏，不是别人。顺风皮鞋厂有名的“小炮仗”啘。啥体叫“小炮仗”？凶不过，一碰就要炸格呀。记得五年前，顺风皮鞋厂第一批工人下岗，就是我拿俚的名字报给党委书记的呀，倒不是我存心与俚过不去，主要俚平常工作自由散漫，还经常迟到早退，大家对俚意见来得个大。所以厂里研究决定，拿俚放在第一批，心里见我哪哼不要毒？真正黄毛丫头十八变，原来在厂里，两条辫子一股稚气，现在看上去精明成熟，赛过变了个人什梗，今朝寻我啥体？不要说得个，看冷铺，报复来的。格顶帽子、格副墨镜真正帮着的大忙，趁现在还勿给俚认穿帮，快点溜，否则等歇给俚认出来，格是闲话有得难听了，说起来：哟，啥你现在皮鞋厂科长不做，做起擦皮鞋摊摊长来了？哦哟，你与皮鞋倒实头有缘的啘。格是我少个地洞钻钻。对，三十六计走为上，摊头要紧收作收作，要想跑。

高明敏表 咦，你皮鞋擦一只，我铜钱付一半啊？吼不格啘。喊牢俚。（白）老师傅，还有一只没擦呢！

任德发表 还有一只你自己转去擦吧。擦下去要“擦”穿西洋镜格呀。（白）对不起，家里有急事，以后再说，以后再说！

高明敏表　哪哼有你什梗做生意格介？（白）天哪，哪哼一只白皮鞋变成黑皮鞋了介？

任德发表　要死，心急慌忙，看也覅看清爽，白皮鞋上仔黑鞋油格哉啘。

高明敏白　你，你也太不负责任了！

任德发白　特殊情况，特殊处理嘛！

高明敏表　你格种口气不像擦皮鞋的，倒像科长啘！

任德发白　（咕）本来就是科长呀！

高明敏表　啊呀，慢慢叫。声音、语气、动作，熟悉得啦！

任德发表　格两句是我任科长的口头禅呀。你在我手底下登了三年，格八个字也听了三年，不熟也熟格哉啘。（白）我真的有急事，我要走了。（表）门前竖好根电线木勒嗨呀。天么黑着点，心么急着点，鼻子上么滑着点，眼镜么大着点，叫啥一个趔趄不当心，电线木上一扳，格副墨镜“得儿——啪”落到地上。

高明敏表　该搭已经起疑心了，

任德发表　要想眼镜拾起来，

高明敏表　不等倷按倒身体，人“啪”已经到你跟前。越看越像。（白）老师傅，我觉得你像一个人。

任德发表　千万不要给俚认出来啊。（白）人家都说我像香港电影明星周润发。（表）墨镜刚正拾到手里，叫啥不争气，格顶草帽“得儿——啪”。格么你眼镜快点戴上去呢，啊一哇，断命出两块半地摊上买的处理品呀，两只脚全分仔家哉，那么要死哉！

高明敏表　不是斜巴眼，也不是瘌痢头，任科长啘。（白）你不是任——

任德发白　哪个说我不是人？

高明敏白　不不——我是说，你就是任——

任德发表　那么完！（白）不不不，我不是人，不是人——

高明敏白　哈哈——

任德发表　面孔涨得羞红，难为情。

高明敏唱　一个儿，又惊又喜笑开怀，

任德发唱　一个儿，又急又羞头难抬。

　　　　　他是神色慌忙心绪乱，

高明敏唱　她好比绝处重见这水和山。

　　　　　真是皇天不负用心苦，

　　　　　相逢竟作巧安排。

任德发唱　这天公从不遂人愿，

　　　　　冤家竟狭路来相会。

高明敏表　今朝真是踏破铁鞋无觅处，得来全不费工夫。（白）任科长，你叫我找得好苦哇！

任德发表　寻我？不就是要看我好看？今天我是洋相出尽，那你全看见了啘？

高明敏白　任科长，说实话，我高明敏能有今天，还真得好好地感谢你才是呀！

高明敏唱 我心存感激难言表，

任德发表 谢我？晓得的。讽刺我，挖苦我，打击我。从前么公子落难，今朝我是科长落难。落在你冤家手里么，随便吧，总归倒霉格哉。

任德发唱 看来她，不泄怨忿是心不甘。

高明敏白 任科长！

任德发表 晓得我现在也下岗了，横一声科长，竖一声科长，存心触我霉头啘。

高明敏白 我的任科长！

任德发表 实头恶劣格！

高明敏白 科长！

任德发表 触心筋啊！

高明敏唱 想当年，一声下岗催人急，

我终日萎靡人憔悴，

只觉前景茫然心不安。

高明敏表 前两年，只要提到“下岗”两个字就会人心惶惶，大家总以为下岗就是吃不饭吃，我开头听见自己要下岗也想不通的呀。

任德发白 （咕）我现在深有体会。

高明敏表 但是，就是你任科长一番话激励了我，振奋了我，提醒了我。

高明敏唱 是你任科长，找我把心谈，

说道年轻人，精神振奋要不怕难。

你劝我，心莫灰，泪擦干，人生路上莫徘徊。

你劝我，生活的风帆高扬起，甘甜是辛苦换得来。

你劝我，成功的真谛今何在，唯有勤奋与智慧，

方能展翅翱翔天更蓝。

高明敏表 你对我说，下岗并不可怕，（白）路在自己脚下！

高明敏唱 你一席话，我豁然开，事在人为从古谈。

从今后，我不再消沉不悲叹，用勤劳的双手奋起追，

到而今，阴云愁雾一扫开。

高明敏表 就在我离厂的五年中，一边读书，一边劳动。我摆过地摊，跑过保险，做过促销，也擦过皮鞋，苦吃了不少，眼泪也流了不少，但每次只要想起你格番话，我觉得一切的一切，全是值得的。“啪”，包里拿出一张名片，（白）给！

任德发白 自强皮制品公司总裁——高明敏。啊—哇，乖乖隆地冬！

任德发唱 这一方名片一番话，使我百般滋味涌心怀。

历历往事犹在目，下岗女已变高总裁，

好比鸦雀栖进了凤凰山。

然而不是一番寒彻骨，梅花怎能傲雪开！

这“总裁”两字虽夺目，凝聚了她多少辛酸多少泪，

万种困苦万种难。

我也要，精神来振作，勇敢闯难关，重创天地不懈怠。

任德发白 小高，不不不，高总，你真了不起呀！

高明敏白 格一切全是你的功劳。

任德发白 不不不，格全是你自己努力的结果嘛！

高明敏白 我今天是特地找你帮忙来的。

任德发白 帮忙？我现在该只手呒不权，格只手呒不钱，一刀切切在屋里，能帮你啥个忙介？

高明敏白 你呒不权，但有技术，呒不钱，但有经验，格个全是你的无形资产。你不是对我说的吗？现在社会，靠真才实学，到东到西饿不着肚皮。像你这种有本事的人，失业也是暂时的。不瞒你说，我已经听说有好几个单位全想请你去了，所以我今天抢先一步，就想请你这位制革能手出山的！

任德发白 出山？

高明敏白 对，我考虑了长远哉，假使伲能充分利用此地人力和资源优势，搞一个皮制品生产、加工、销售一条龙服务，携起手来，联合办厂，那该多好啊？

任德发白 联合办厂？

高明敏白 就怕庙小，请不动您这尊大菩萨！

任德发表 当年我敲脱你的铁饭碗，今朝你反而送我只银饭碗，心里怎么不激动？（白）明敏，你一点都不恨我吗？

高明敏白 哎，我的任科长，要不是你当年站得高看得远，让我提前五年自力更生，我还会有机会成为现在的我吗？

任德发表 什梗说起来我倒是高瞻远瞩啘。

高明敏表 着实有远见。（白）好了，愿不愿意和我这个“小炮仗”一起干，说吧！

任德发白 好，那我就厚了脸皮试试吧！

高明敏白 太好了！哎呀，我的天，

任德发表 炮仗又开始炸喽！

高明敏白 差一点忘了，我还和客户有个重要的约会呢。

任德发表 格么毫稍走呢。

高明敏白 好，按名片上打我手机。（表）要想走，要死，两只皮鞋一白一黑，怎么见人介？（白）这，这鞋怎么办？

任德发白 哎，有了。也搽俚上点黑鞋油，涂成黑颜色，让你的客户黑铁墨搭，吃俚不煞，不就行了吗？

高明敏白 哎，这就叫白鞋变黑鞋，旧貌换新颜！

香妃伴猎

（苏州弹词）

乾隆帝白　（念）击鼓声声穿云霄，木兰围猎旌旗飘，
八旗兵马多神勇，谁作英雄看今朝。

乾隆帝表　乾隆皇帝今朝带了一队人马专程到承德木兰围场来演兵狩猎，因为是皇家御用之地，所以围场四周插满大清黄龙旗，秋风吹过，“啪啪……”迎风招展，威严得极。现在围猎的阵势已经布好，一切舒齐，乾隆帝一声吩咐，（白）来！

太监白　嗻。

乾隆帝白　传令各部，随朕入围！

太监白　领旨。万岁有旨，随驾入围了！（表）（鼓声）“卜隆……卜隆……”

香妃表　（马蹄声）（白）皇上——等等我——（表）一条煞俏的喉咙，所有人一呆。接着千把只枯郎头像奥运会开幕式一样，“唰”，那叫一个齐，全转向一个方向。

李大人白　张将军！

张将军白　李大人！

李大人白　那是谁啊？

张将军白　没见过！

李大人白　好一个玉面骑手，身姿相当矫健！

张将军白　嗯，骑术相当高超！

李大人白　瞧他那身行头，一级棒！

张将军白　真漂亮，太OK了！

李大人白　我猜肯定是哪位阿哥。

张将军白　不对，我猜是哪位贝子。

李大人白　要不咱打个赌？

张将军白　赌什么？

李大人白　一坛八十年的状元红。

张将军白　好，就这么定了！

乾隆帝表　两个大臣私底下打起赌来。皇帝一呆，刚要开拔，半路杀出个程咬金，啥人介？眼熟得啦？

香妃表　这匹马已经到了皇帝跟前。人马背上下来。（白）臣妾参见皇上。“得儿——卜”。

乾隆帝表　香得啦！

香妃表　来的不是阿哥也不是贝子，是皇帝近两年最得宠的妃子香妃。三年前南疆与朝廷和亲联姻，香香公主从边疆草原嫁进大清宫廷受封香妃。姑娘非但面孔标致，能歌善舞，而且周身会散发出一种迷人的天然的香味，所以迷得乾隆神魂颠倒，对俚特别宠爱。此番来承德总想能跟了皇帝一道进围场打猎，哪里晓得皇帝无论如何不肯带俚来，说大清的规矩女人不好进围场的。香妃想，我在南疆草原的时候别说骑马打猎，就是上战场打仗也是常有的事，怎么一到大清规矩就那么多？香妃的脾气，你不带我么我自己来。你皇帝一走，要紧行头换好，宝马备好，英姿飒爽，扬鞭而来。这时候看所有人全呆着，晓得的，穿着这身行头，不认得我哉！（白）皇上您瞧，我穿这戎装，像不像英武的八旗子弟？

乾隆帝表　喔，啥，啥是你哦？

香妃白　今日，臣妾要和皇上一起策马入围，伴驾狩猎！

说书人表　边上两个臣子又熬不住了。

李大人白　张将军，

张将军白　李大人，

李大人白　刚才这赌咱可是白打了，

张将军白　可不，这香妃胆真够大的，

李大人白　是啊，居然私闯围场禁地！

张将军白　还穿了身男人的行头，

李大人白　太不像话了，

张将军白　你听听，她要和皇上一起策马入围，

李大人白　这不坏了大清的规矩吗？皇上肯定不答应。

张将军白　也难说，皇上对她可是宠爱有加，百依百顺哪！

李大人白　可这毕竟是大清祖制啊！

张将军白　祖制也是人定的嘛！事在人为！

李大人白　要不咱再打个赌？

张将军白　好啊？赌什么？

李大人白　（苏）男人的爱好，两样：酒、色。刚正赌酒，现在赌色！

张将军白　（苏）哪哼赌法？

李大人白　（苏）我赢了，你家七夫人给我当八姨太，

张将军白　（苏）没问题，要是你输了？

李大人白　（苏）随便你拣。

张将军白　（苏）你家六姨太给我做九夫人。

李大人白　一言为定！（表）不要看看两个做官朋友平时朝堂上一本正经，骨子里全是酒色之徒。家主婆好拿出来换的，只有他们缠得落。

乾隆帝表　乾隆帝哪哼呢？不知啥路道，只要一闻着格阵香味头就要昏的，头一昏脚里就发飘，哪哼会发飘？骨头变轻了，骨头一轻，老祖宗的规矩全忘了。对香妃看看，是标致。格对眼睛比高圆圆还要大，鼻梁比章子怡还要挺，绝色美人！眯花眼笑，两手一伸，（白）啊，爱妃，快快请起！

香妃白　多谢皇上。（表）刚正要想立起来。

大臣甲白　臣启万岁，此乃皇家禁地，后宫嫔妃不得入内，请万岁慎行。

大臣乙白　皇上，香妃娘娘擅入围场，有背祖训，望皇上圣裁！

大臣丙白　皇上，香妃娘娘身着男装，颠倒阴阳，藐视朝廷，理当严惩！

众大臣白　请皇上明鉴！

众大臣白　请万岁三思！皇上明鉴，万岁三思……（表）突然身边一片啰唣。

乾隆帝白　这——（表）划一对的啊，女人不好进围场，这是大清的制度，我怎么好忘记呢？险些儿犯错误哦！本来要把俚搀起来的，现在那么多双眼睛盯着，倒讨厌了。两只龙爪伸么伸了出来，就这样缩回去啊？落场势也要呒不的。乾隆帝想是也想得出的，两只手伸到一半划两个圈往后一背。（白）嘟，大胆香妃，颠倒阴阳，私闯禁地，有违祖制，你可知罪否？

香妃表　皇帝面孔翻得好快啊。刚正眯花眼笑，现在冷眉暴目。还帽子一顶连一顶，要治我的罪啊？别人家全说你是个开明帝君，现在一看啊，你也是个不开通的封建君王。

香妃唱　一片欢欣策马来，未料蓦地起波澜。
入围激起群臣怒，君王他竟搬祖制将我来责难。
万岁啊，并非香香我藐祖训，只因情难自抑我出宫闱。
你可知晓，我进京三载日非短，梦里思乡千百回。
此番出京来伴驾，尽览秋色使人醉。
你看这，阴山茫茫多浑厚，好比那，巍巍天山称雄伟。
你看这，伊逊河面浪花卷，好比那，塔里木河水潺潺。
你看这，围场广袤草丰盛，好比那，伊犁草原天更蓝。
置身其中情激动，香香仿佛把南疆归。

香妃白　皇上，你能理解臣妾的心吗？

乾隆帝白　哦——（表）来到承德，触景生情，想家哉，那我怎么会不理解呢？但是这不能成为你私闯禁地的理由啊。

乾隆帝唱　围场本是练兵处，戒备森严不可犯。

香妃唱　臣妾自小把骑射练，任我草原把缰鞭挥。

乾隆帝唱　现如今你是后宫一妃子，一言一行要守宫规，
切不可，违背祖制生刁蛮，出乖露丑难下台。

香妃唱　万岁啊，你祖制长来祖制短，我进宫三载已听烦；
皇家规矩千千万，礼节繁文一堆堆，
真好比千重枷锁万重山，禁锢了自由禁锢了爱，
扼杀了我香香的天真与烂漫。
万岁啦，制度向来是人定，修修改改也不难，
只要你君王把金口开，就是泰山也能推翻，
我香香，也可自由自在伴万岁。

香妃表　天下你独大！只要侬皇帝金口一开，御笔一挥，啥物事不好改？样样好改！（白）皇上，您说呢？

乾隆帝白　住口！（表）你以为身上穿的长衫修修改改便当得啦？这种话你在房里当了我一个人的面说说，我当侬小囡不作你真就罢了，这个当口你当着这么多人的面，在这种场合，发这种牢骚，倷有点看不清三十哉。我今朝不拿点威势出来，我这个皇帝不要给臣子骂枉空的啊？（白）来人，脱下她的戎装，带回行宫！

香妃白　慢着！（表）我这身行头啥人也不许碰。

乾隆帝白　（苏）哪哼？

香妃白　这可是我们草原上最漂亮的猎装。

乾隆帝表　五花六花，不男不女，我看是呒啥好看。

香妃表　啥个不男不女介？这个是伲维吾尔族最标准的猎装，男女全好统穿的。（白）这上面的一针一线是我悄悄忙了多少个晚上才绣成的！

乾隆帝表　哦，啥俚自己绣的啊？绣点啥介？左肩上绿色的一片……

香妃白　是南疆的草原。

乾隆帝白　（私）后头白达达的……

香妃白　是白雪覆盖着的天山。

乾隆帝白　（苏）哦！格么右面肩胛上呢？弯里曲落黑赤赤是啥介？

香妃白　（哼唱粤歌）万里长城永不倒——

乾隆帝表　我看不像长城像蛇。下头黄色的呢？

香妃白　（继续唱）千里黄河水滔滔——

乾隆帝表　哦！左肩和右肩好象不大搭界的？

香妃白　这边是我的家乡，这边是我的第二故乡。这边是夫家，这边是娘家，怎么不搭界啊？

乾隆帝白　（苏）倒是搭界的。（指胸口）当中煊煊红又绣的是啥介？

香妃白　皇上您呀。

乾隆帝白　我？滴溜滚圆，我看像只苹果。

香妃白　哈哈哈！那可不是苹果，是太阳！

乾隆帝白 太阳?

香妃白 嗯，这一草一木一山一水不正是在您浩德隆恩的普照下才那样生机勃勃的吗？您不就是那红太阳吗？

乾隆帝表 这记马屁窝心。

香妃白 （苏）老实讲，没有你皇帝的帮助和保护，伲南疆肯定要毁在霍集占那帮人的手里。（表）霍集占啥等样人？当时新疆的叛乱分裂分子，专做烧杀打抢的事体。不过虽然近两年南疆太平了不少，但是我晓得霍集占一日不除，你皇帝一日不会心安。这一阵俚又在边关闹得蛮凶，看倷皇帝寝食难安的样子，我心里说不出的滋味啊。

香妃唱 万岁啊，感念你集万千恩宠于我身上，
更对南疆人民情意长。
近日边陲又风波起，你是食不安来茶不香，
唯盼捷报传京邦，南疆人民好得安康。
香香我坐享锦衣与玉食，袖手旁观愧难当。
今日恰逢围场演兵阵，臣妾暗自整戎装，
也想弯弓跨马骋沙场，效学木兰意气扬，
为君分忧作栋梁，一抒香香热心肠。
无奈这宫规祖制似屏障，沟沟坎坎绊香香，
我满腔热血付汪洋。（泣音）

乾隆帝白 这——

乾隆帝唱 她字字句句出肺腑，不由朕躬重思量。
只以为她天真任性多娇惯，却原来胸怀博爱将天地装。
且不论，私闯禁地非与是，只一件，七彩戎装就不寻常。
针针表祝愿，线线露衷肠，
浓情绣中寄，赤诚对君王，一山一水爱荡漾。
今日里，她身披戎装将围场入，也想效学男儿来战沙场，
跃马横枪去保家乡，豪情冲天势难挡。
我何不将她来成全，一睹她马上风范意气扬，
并銮骑射骋围场，共谱皇家风流新篇章。

乾隆帝表 今朝就冲她那份心，冲俚对家乡的思念，对大清的热爱，对我皇帝的崇敬，不要说不忍心治俚的罪，就是俚今朝进围场的要求也应该满足俚。别多想了，就破破例带俚一道走吧。“卜隆……卜隆……”（白）啊呀，不可，不可啊！

乾隆帝唱 耳听得，鼙鼓隆隆震天地，八旗军威撼穹苍。
我是一统山河非容易，怎可儿女情长来乱纲常。
佳人纵可爱，难将法礼抗，
君妃情无限，宫规岂能忘，

只有斩柔肠，护朝纲，江山方能万年长。

乾隆帝表 思前想后，为了维护大清国法的威严，儿女私情只能抛在一边，看上去这个例我是无论如何不能破格。

皇后白 香妃，香妃！

乾隆帝表 咦，今朝怎么热闹得啦？一个覅走，又来一个。

香妃表 香妃一看，不是别人，皇后来了。（白）姐姐，你怎么来了？

皇后白 妹妹，你祸闯得不大不小。擅离行宫，连招呼也不与我打，快，跟我回去！

乾隆帝白 嘟！

皇后表 划一皇帝跟前招呼也覅打呢。看上去要吃排头了。（白）臣妾参见万岁。

乾隆帝表 本来要寻着你，（白）身为后宫之首，却枉承祖训，任香妃私行出宫，你好大胆！

皇后白 是，臣妾该死！

香妃白 皇上，您可别冤枉人，这不关姐姐的事。

皇后白 妹妹，不可顶撞皇上。（私）着乖点，少说两句。

香妃白 皇上，您不问青红皂白，逮着谁就训，太没道理了。

皇后白 （私）你看皇帝只面孔越来越不活络了。

香妃白 （私）我的脾气向来有啥说啥。（表）我说的都是实话，是我自己穿的戎装，是我自己备的快马，是我自己来的围场，是我自己——

乾隆帝白 好了，（表）皇帝的肝火倒给她吊上来了。（白）把她给我带了下去，罚回京城！

香妃白 什么？好啊，您既然罚我回京城，那就索性把我罚回南疆好了！（表）说完，身体一别，“吓哒哒……”

乾隆帝表 倒比我还凶，皇帝气得无话可说。

皇后表 皇后一看么识相点，要紧回头一声皇帝跟了上去。（白）妹妹——

乾隆帝白 （私）这丫头头上长角，大庭广众一点面子也不给我，真的给我宠坏了。唉！（表）又是叹气又是摇头。突然，“爵”，耳边一声马叫。（白）何人坐骑？叫声如此尖利刺耳，搅朕清静。

太监表 小太监踏上一步，（白）回皇上，此乃香主子的南疆宝马。您瞧它身高八尺，长丈二，嘶如虎啸，威似猛虎。见主人离去，故而嘶鸣不已。

乾隆帝白 好，朕今日就乘这嘶鸣不已的宝马行围狩猎。

太监白 皇上，南疆宝马生性倔强啊！

大臣白 万岁龙体贵兮，不可擅骑！

乾隆帝白 （咕）哼，人的毛么我捋不顺，一只畜生我不见得做不服帖啊？今朝我偏要骑！倒说皇帝在香妃那里受着了气，这时候与她的畜生较起劲来了。（白）来，牵马！

太监白 嗻。（表）圣命难违。缰绳牵到手里。

马表 不晓得你皇帝有气，马伯伯也有气呢。想想主人啊，你就这么一跑，把我留在此地算啥名堂呢？老话说好人被人欺，好马给人骑，我虽是好马，但不是人人好骑的，对

皇帝望望，你要上来没这样便当。（马嘶声）

张将军白 两个臣子全看着呢。（白）李大人，

李大人白 张将军，

张将军白 这南疆宝马它不让皇上近身啊！

李大人白 你傻老冒吧。皇上胸有成竹，正与它周旋呢。

张将军白 看哪，皇上抓住它了，

李大人白 哎哟，皇上好身手，一个鹞子翻身，坐上去了。

众大臣白 皇上好身手！万岁好本事！好啊，好啊……

马表 马伯伯想，上么给你上来了，接下来阿要试试看喏？突然两蹄腾空……接着往准围场里厢……

大臣表 那些王公大臣一看，（白）不好了，宝马受惊了，救驾，快救驾呀！"嚯落落……"

说书人表 那马奔了里把路，一个急刹车，触狭，一歇歇调后蹄，一歇歇甩屁股，一歇歇伦巴，一歇歇迪斯科，弄得个皇帝吓得那只面孔十八个画师也画不像。

乾隆帝表 乾隆帝想，这样一看什么样人骑什么样马，不过这匹马比人还要难弄。要怪怪自己，非要骑，自作自受。

马表 那马儿贼骨牵牵了一会儿，又要出花头了，让我来原地转圈，转得你回转去的路也寻不着了完结。越转越快……

乾隆帝表 皇帝额头上的急汗汤汤滴。想想那些臣子，派你们用场的时候怎么一个也看不见呢？眼睛一闭，随便吧。

香妃白 皇上，皇上！

乾隆帝白 （咕）啊呀，这不是香妃的声音吗？（表）眼睛张开，果然。（私）你怎么又来了呢？

香妃白 来救你！

乾隆帝白 你私闯禁地，又进围场，二次犯规，罪名不轻。

香妃白 （苏）哪怕杀头，我也不能见死不救的。你是我男人，又是大清的皇帝，你的命可比我的命要紧得多。

乾隆帝白 （私）脾气么有点邱，良心确实好，患难见真情。（表）乾隆帝这个时候激动啊。

香妃表 香妃到马跟首，嚼环上抓牢。翻身上马。（白）乖，澳巴马，别闹了。

乾隆帝白 （苏）你，你喊俚啥？

香妃白 澳巴马！

乾隆帝白 这名字怎么那么怪啊？

香妃白 它爸爸是澳大利亚马，它妈妈是巴基斯坦马，配出来的马就叫澳巴马。阿懂来？

乾隆帝白 哦，明白了。不过澳巴马对我实在不大友好。

香妃白 （苏）正常的。第一是陌生，第二，它是马伯伯，你是皇伯伯，伯伯碰着伯伯，同性相斥。

乾隆帝白 哦，有道理。（表）那匹马一看见主人，马上变得驯服温顺，想想我白相了一阵也吃力了，歇歇吧，顿时平静下来。……皇帝总算松了口气。此时此刻一马双驼，就促两

家头，感觉多好啊。

大臣甲白 皇上，这南疆宝马风驰电掣，臣等追得好苦。

大臣乙白 皇上神鞭飞舞，洪福齐天。

大臣丙白 娘娘仙姑天降，玉臂柔展。

乾隆帝白 （私）要你们出现的时候不出现，不要你们出现的时候偏来轧一脚。两家头马背上下来。

香妃白 惊马降伏，皇上无恙，臣妾告辞了！

乾隆帝白 且慢！

香妃白 皇上，您不是要罚我回京城吗？

乾隆帝白 这个……（私）囡医啊，你就不能留点面子给我吗？

皇后表 就在这时候，皇后也来了。懊糟仔只面孔。（白）皇上，臣妾办差不力，又让香妃跑回禁地，臣妾该死！

乾隆帝白 好，朕这就颁旨——香妃听宣！

香妃白 臣妾在。

乾隆帝白 朕准你伴驾围猎不得离开寸步，从今后戎装宫内行走任凭往来。

香妃表 啥物事？我阿会听错啊？（白）皇上，您，您再说一遍。

乾隆帝白 朕准你伴驾围猎不得离开寸步，从今后戎装宫内行走任凭往来。

香妃表 香妃那叫一个开心啊。（白）真的吗？我可以伴驾围猎了？我可以穿着这身服饰进出宫门了？谢皇上。

大臣甲表 那些臣子不要急的啊？皇帝啊，你在拆烂污了啊。（白）皇上，使不得呀，这祖制可不能改啊。

大臣乙白 万岁，擅改祖制，有辱皇家，对不起大清列祖列宗啊。

皇后白 是啊，万岁，为一嫔妃，你就擅改祖制，法礼难容，请皇上收回圣裁！

众大臣白 请皇上收回圣裁！……

乾隆帝白 朕意已决，圣裁决不收回，且一字不改！众爱卿维护朝纲，冒死进谏，朕感动不已，可你们可晓得我今朝想了点啥？目睹爱妃英武的身姿、舍生的意志，我仿佛又看到了先祖铁骑进关的神威，八旗勇士横扫千军的气概。我在想，如果皇室八旗子弟全能像香妃一样的威猛，一样的忠君，我大清社稷何愁之有？

太监表 你话音还勑断。（白）启禀皇上，边关大捷！

乾隆帝白 哦？奏来。

太监白 香妃娘娘之胞兄额尔尼率南疆军民与朝廷同心协力，浴血鏖战，歼灭叛匪千余人，击毙匪首霍集占，南疆功绩可昭日月！

乾隆帝表 阿曾听见？（白）正是有南疆这样的好兄弟，天下才得享民之安宁，国之昌盛。咱们大清国民族众多，朝廷理应尊重他们的世俗礼仪、宗教信仰、服饰民风、草原本性，相互尊重，这才是泱泱大国之风啊！

众大臣表 那些臣子这才服帖。(白)皇上远见，皇上圣明！……皇上祖制改得好，改得好……改得好……

李大人白 张将军，

张将军白 李大人，

李大人白 瞧，皇上把祖制都给改了，认赌服输吧，明儿个我就花轿上门来抬七夫人。

张将军白 呸，做你个大头梦！

情感热线

（苏州弹词）

说书人表 格是一对看上去相当幸福的夫妻。男主人叫方天亮，今年三十八岁，苏州大学中文系副教授。

说书人表 女主人叫苏明月，三十二岁，苏州广播电台的金牌节目主持人。格歇辰光明月刚正从外头转来。

方天亮表 “今日上证A股大幅下挫，以1664点收盘，创一年来新低……”方天亮一边烧菜一边勒听俚个股市行情。

苏明月白 又是开盘价、收盘价，烦不烦哪。（表）“啪”，电视关脱。（白）天亮，菜好了没，我饿死了！

方天亮白 就差一个汤了，马上就好。

苏明月表 只看见台上一台子个菜。今朝啥个好日脚介？（白）嗯，这拔丝土豆真好吃，（表）夹了一筷，往老公嘴里塞去。

方天亮白 你知道我不爱吃甜食的。

苏明月白 不嘛，一起吃嘛！

方天亮表 呒说法，只好硬仔头皮咽下去。

苏明月白 对了，我们今天又发钱了，给！

方天亮表 一只信封墩墩叫。

苏明月白 别看你是副教授，我每个月的收入快赶上你的三倍了。

方天亮表 你不经意间一句实话，方天亮的面孔有点不活络哉。（白）太太的意思，是不是你在养活我？

苏明月白 胡说什么呀？我们家哪件事不是听你的？

方天亮白 省省吧，促种四等男人，还要听我个来。

苏明月白 啥，啥个四等男人介？

方天亮白 一等男人考察开会，二等男人应酬吃醉，三等男人天天加班，四等男人屋里烧饭。

阿是四等男人？搭男保姆差不多！

苏明月表 哦哟，委屈煞哉，男保姆也讲仔出来哉。（白）我说亲爱的保姆同志，我该提醒你几句：我不会管账，你可别挖空心思玩什么以钱生钱的花样了。没这方面的才能，就别瞎扒肚肠……

方天亮表 胸口有点发闷。（白）你怎么知道我没这方面的才能？

苏明月白 前两年你做什么钢材、水泥，电话费一天比一天高，可结果呢？不是有了上家没下家，就是有了下家没上家，偶尔上家、下家都有了，货没了……

方天亮表 最怕俚翻老账，阿有啥冬疮疤不要掀。

苏明月白 格么历史问题伲就不谈，哈哈，就说说最新动态吧。

方天亮白 笑什么？

苏明月白 我笑你炒股。天天割肉，就倷格身排骨，还有几斤肉好割？

方天亮表 哪壶不开俚提哪壶。

苏明月白 现在格当口白相股票，啥人不是六出六进？

方天亮白 啥个六出六进？

苏明月白 咦，欢欢喜喜进去，哭哭啼啼出来；风风火火进去，疯疯癫癫出来；做着美梦进去，一场噩梦出来；自作聪明进去，自认倒霉出来；想买房子进去，卖了房子出来；想投资进去，想投河出来。阿是六进六出？

方天亮白 股票这玩意你不懂，现在金融危机，大环境不好，哪个不赔钱？不过股票格样物事，买进靠耐心，卖出靠决心，观望靠信心。只要时局一翻转……算了，算了，说这些没意思……（表）重新打开电视，股票行情还在播："估计近期股市仍将保持低位振荡，请投资者谨慎操作……"

苏明月白 我说方大教授啊，我看你的心思太浮躁了，干吗不能安安心心教你的书，写你的文章呢？工资低点就低点，够用就可以了，干吗脑子里转的都是钱呢？

方天亮白 太太，我好像已经对你说过了，我想赚钱和别人想赚钱不一样。

苏明月白 有啥不一样介？铜钱眼里千跟斗，亏你还是大学教授。房贷车贷，屋里开销，我替栏目多拉两个广告就有了，只要我爱你，永远爱你就行了呗。（表）一边说，一边要想勾俚个头颈发发嗲。

方天亮白 本来今朝心情还可以，给俚转来课一上，八十度顿时降到仔十八度。（头一偏，苦笑）

苏明月白 怎么啦？我说的是心里话，赚钱总也得听其自然吧。

方天亮白 我以前经商走入了误区，所以会失败。不过人不能以一时的成败论英雄。现在我想明白了，做生意，也要发挥自己的专业优势，我要办一家文化经营公司，我就不信不能成功——

苏明月白 啥物事？办公司？谈何容易？场化呢？资金呢？

方天亮白 我……我只是这么想想，也许有哪个憨大愿意帮我……

苏明月表 现在的社会，呒不好处啥人肯付出，只有永远的利益，呒不永远的朋友！不过听俚话里有话，(白)天亮，你讲的憨大，不会是外头轧好的女朋友吧？

方天亮白　作……作兴格哪……

苏明月白　哈哈哈，省省吧。你要是有女朋友，世界上的女人就不够分了！

方天亮白　哼，我在倷眼睛里就什梗呒不用啊？

苏明月白　不是这个意思。当节目主持人的，研究人是基本功，况且是研究与自己朝夕相处的丈夫。你不是这种人！

方天亮白　不一定，有句老话叫作破夫家七条裙，不晓得男人啥个心。现在社会貌合神离、同床异梦的夫妻太多了。

苏明月白　好了，不跟你多聊了，我马上要去台里做节目勒。

方天亮白　你不是只做一三五吗？今朝是礼拜四，应该轮着小张，再说今朝是——

苏明月白　小张临时有事，我顶俚。划一等歇碗汏汏清爽，睡觉前一定要汏脚，不许在床上抽烟……啵一个，"嘘"，拜拜！

方天亮白　明……(表)看看家小风风火火的背影，再望望台子上自己辛辛苦苦忙仔一下午的菜，方天亮除了摇头只剩叹气。(白)唉，今朝是啥个日脚，看上去俚又忘记了！

苏明月表　明月到台里，先把今朝要播出的内容资料认认真真消化仔一遍，看辰光差不多，胸有成竹，踏进播控室。现在是夜里十一点钟，绝大部分苏州人已经进入仔梦乡。(白)这里是苏州人民广播电台FMA95.5兆赫，由明月为您主持的《情感热线》又在空中与您相会了。(表)《情感热线》是一档苏州家喻户晓的电台栏目，虽然现在是网络时代，节目每天又是在远离黄金时段的深夜播出，但开播七年来收听率有增无减，所以格档节目成了台里的金牌保留栏目。(白)我们今天将要讨论的话题是"金钱与爱情"的关系。当代中国人几乎人人都在做发财梦。据调查，89.9%的中国人都有过买彩票的经历。追求富裕这自然是一个美好的理想，但和追求爱情是否会发生激烈的碰撞呢？从今天起我们将和大家一起探讨这个令人苦恼又使人激动更叫人深思的话题。欢迎广大听众拨打66778899或99887766参与到我们节目中来。

说书人表　节目开始呒不几分钟，已经有电话进来了。

女听众白　喂啊，主持人，你们的电话实在太难打了。

苏明月白　这位朋友，您好。

女听众白　我连续拨了五十八次半才拨通的。(衬)哪里来半次？(表)有一次拨到第五个号码揿错一个数字再重拨的。(白)你们讨论钞票与爱情的话题实在是太好了！最近我在感情上遇到了一些难题，很想向你们讨教讨……

"嘟——嘟——"

苏明月表　突然断了。(白)很遗憾，第一位听众的连线突然断了，那让我们再来接听下一位听众的电话。喂，这位听众，您好！

男听众甲白　(方言)这种讨论有啥意义？爱情又不能当饭吃，我老婆天天问我要钱，还不如讨论讨论怎么赚钱呢！无聊！(表)啪，挂掉了！

苏明月表 格种节目就是这样，形形色色的人全会打电话来的，作为主持人要有绝对好的心理素质与承受能力。

的哥白 喂，我是个的哥，刚才那位先生的说法实在欠妥。金钱和爱情都是生活中很重要的东西，怎么叫没意义呢？他娶个只会伸手要钱的老婆那才叫没意义呢！

苏明月表 是个开出租的司机，血气方刚，出来打抱不平了。（白）参与节目的听众越来越踊跃，为了让更多的听众能发表自己的见解，我们再来接听下一个电话。喂，我是明月，请说话。

男听众乙白 啊呀，电……电话通了，你……你真的是明月吗？

苏明月表 听得出的，格男听众蛮激动勒嗨。（白）对，是我。

男听众乙白 今天能打通这个电话，俺……俺实在是太激动了。你，你看，俺的手都在发抖……噢，可惜你看不到……

苏明月白 你对刚才那几位听众提出的问题有什么想法吗？

男听众乙白 对不起，俺没听到，俺是在公用电话亭打的电话。俺打电话是想说，你主持得太好了，声音也好听得一米，俺们工地上好多的小弟兄都是你的忠实粉丝。哪天不听，第二天做啥事都没劲。俺老爹喜欢抽烟，俺娘叫他戒怎么也戒不掉，现在俺终于明白什么才叫上瘾了……

苏明月白 哦，是位年轻的民工兄弟，非常感谢你和朋友们对我们栏目的鼓励和支持。那你对我们今天讨论的话题有什么想法吗？

男听众乙白 俺……俺谈不出什么，俺没钱，也没女朋友，实在不知道发财与爱情是个什么关系。对了，你能把你的QQ号告诉俺吗？发到俺手机上好了，俺可以到网吧和你私聊的……

苏明月白 （私）碰着格种七勿老三牵的听众，既不能得罪，也不能迁就，需要的是应变能力。（白）这位听众，如果你对今天的话题不感兴趣，那我们就把宝贵的时间留给其他朋友好吗？

男听众乙白 哎，俺的手机很好记的，15827237488，（苏）要我吧、搞七廿三、七嘴八搭。

苏明月表 格种无厘头的电话每趟要接接不少得来。（白）谢谢刚才那位朋友的热情参与，让我们再来接听下一位听众的电话。喂，

盛小雨白 哈啰！I am Hillary！

苏明月表 一个外国朋友？希拉里？不会是现在美国的国务卿吧？从白宫打得来的？倒一个激动。（白）你好，希拉里女士。

盛小雨白 Do you still remember me?

苏明月表 问我阿记得俚，听听声音有点熟。

盛小雨白 My Chinese name is盛小雨。

苏明月表 中文名字叫盛小雨？哦，记起来了。就在一个月前，格位女士通过热线曾经讲过俚自己的遭遇与困惑。其实俚是上海人，十五年前随仔“出国热”嫁到美国，但是婚后的生活远非俚想象的开心幸福，俚与外国丈夫呒不一丝一毫的共同语言，除了钱，

她一无所有。去年俚与美国人离婚，分着了一大笔钱，因为欢喜苏州，决定来苏州投资文化产业。俚讲俚最欢喜苏州的评弹，又嗲又糯，尤其名家盛小云的唱俚是爱得要勒不要。所以自己本来姓盛，取个中文名就叫盛小雨。最近俚在生活上碰着个难题，因为爱上了一个有妇之夫，感情上不知何去何从，所以想通过情感热线来寻求答案。（白）哦，是盛女士，

盛小雨白 也可以叫我希拉里，

苏明月白 哦，希拉里女士，（衬）哪哼叫起来能个别扭呢。（白）谢谢您对我们栏目的支持与信赖，那您今天对我们这个关于“金钱与爱情”的话题有何高见呢？

盛小雨白 高见谈不上，但我觉得中国那句老话非常有道理的：Money is not omnipotent, but there is no money is totally unacceptable.

苏明月白 金钱不是万能的，没有金钱是万万不能的。

盛小雨白 没错。你知道我有过一段失败的婚姻，但我从中也并非一无所获，我得到了a large amount of money。有了这笔钱，我可以做我想做的事，帮我所爱的人。

苏明月白 你说的所爱的人……

盛小雨白 当然是我现在的boyfriend，男朋友啰。

苏明月白 哦，上次提到的那位有妇之夫。

盛小雨白 爱是无罪的！（苏）你上次不是说格段爱情如何发展关键要看我男朋友的态度吗？

苏明月白 Yes，（衬）哦哟，我也过着哉。

盛小雨白 我说过，他是个内向的人，从不轻易表达自己的feelings，有些话他对任何人都不会说，包括我，也包括对他的wife。不过，我已经说服他向你说说他的苦衷，我想你一定能给他一个good idea。您愿意听他谈谈吗？

苏明月白 当然欢迎，他就在你身边吗？

盛小雨白 Yes！达令，来呀，turn to you，轮到你了！

方天亮白 哦……明月……你……你好……

苏明月表 一怔……

方天亮白 我知道这个电话打得很突然。我想，我还是不说自己是谁好，因为毕竟有成千上万的听众在收听这档节目。我只说，我是个无足轻重的人物，在我妻子的眼里尤其如此。

苏明月表 格歇辰光的明月，一只面孔夹了死白，格只挡牢话筒的手顿时赛过捏牢块冰，抖个不停。那声音再熟不能熟——自己的丈夫方天亮。此时此刻所发生的一切俚不相信会是真的，但残酷的事实告诉俚自己认为绝对不可能发生的事体老早就发生了。（白）这位先生，你不再爱你的妻子了，是吗？

方天亮白 不，我爱她，可她对我已经淡漠了。现在，我真想问她，今天是什么日子？

苏明月白 今天？什么日子？

方天亮白 我三十八周岁生日。

苏明月白 ……

方天亮白 我想她一定忘记了。以前，我和她每年都要过三个生日：她的，我的，我们共同的——也就是结婚纪念日。在那些日子里，当我们点燃一根根生日蜡烛，爱情也像烛光一样明亮温暖……不过，近两年，她不再记得我的生日、我和她共同的生日，每年唯一过的是她的生日。因为她是个名人，总有那么多崇拜者替她庆贺生日，因此那一天我特别孤独。今朝是我的生日，俚当然不会记得，可有一个人记住了，我仅仅向她提过一次，她就记住了……

苏明月白 是希拉里？

方天亮白 不错，就在今晚，我最孤独的时候，她给我买了生日蛋糕，还送给我一样很特别的礼物——一套办公室。俚说这样生日礼物她早给我准备好了，她说我可以在那里实现我的梦，把我想办的文化经营公司办起来……

苏明月白 你爱上她了？

方天亮白 我不想用"爱"这个字眼，它太复杂，也说不清爽……

苏明月白 （私）你在外头搞不清爽，现在自然说不清爽！哼，想不到一套办公室就轻易收买了你的感情。趁仔心浪恨勿得给俚两个字：无耻！但是这时候的明月只有强忍怒火。（白）听众电话很多，你是不是就谈到这里？

方天亮白 不，我还想说几句……

苏明月白 请你长话短说。

方天亮白 明月，你能不能给我一个建议？

苏明月白 建议？你想要啥个建议？

方天亮白 一个真诚的建议。

方天亮唱 是人都有爱和情，这情爱两字伴一生。
然而真爱未必能相守，相守未必是真情。
我是步入婚姻已八载，也有欢乐与温馨。
昔日恩爱终留恋，今日浪漫更销魂，
故而身陷迷茫痛苦深。

方天亮白 我现在其实非常矛盾，好像觉得自己被分成两半，一半留恋昔日的温情，一半向往未知的将来。我……我真的不知道该怎么办。

苏明月白 怎么办？难道你不明白该怎么对你自己、对你所爱的人负责吗？顺便问一下，你有没有和你的妻子面对面谈过这件事？

方天亮白 我想，我谈过……

苏明月白 谈过？（私）啥辰光谈过介？

方天亮白 就勒今朝，俚问我是不是有女朋友了？我本想把一切都告诉她，可她太自信了，居然把我的话当作一个玩笑。不过说心里话，我也怕和她谈……

苏明月白 为啥？

方天亮白 因为俚是个一切以自我为中心的特别要强的女人，我怕俚承受不了。

苏明月白 所以你就不顾一切地伤害俚，去接受别的女人的爱情？

方天亮白 不，我从不曾想过要伤害俚，但是我一直想告诉俚，对男人来说，爱并不是一切，有样物事比爱更重要，那就是自身价值的实现。

方天亮唱 我是表面光鲜一个副教授，毕竟象牙塔里守清贫。
三尺讲台方寸地，浑浑噩噩度光阴。
都说男儿应有凌云志，好一抒怀抱赴鹏程。
所以我也常将蓝图画，谋求发展将机遇来寻。
但是天不遂人愿，好运擦肩成烟云，
事倍功半无收成，屡屡受挫我不甘心。
终希望，妻子支持来理解，鼓励安慰施柔情，一扫阴霾陪我出困境。
哪知她，常埋怨，频教训，讽刺挖苦将我轻，嘲笑打击冷我的心。
她常说，我的梦想太缥缈，好比天马空中胡乱行，费钱费力费精神。
只要我，安现状，守本分，勤力照顾小家庭，
她的事业就会更上楼一层，何愁缺衣少食过光阴。
我也有理想，我也有自尊，我也想放开喉咙吼三声，
然而她只顾追逐利与名，我痛苦的灵魂她何曾问。
我是有志难酬，平庸的生活多黯淡，
她是春风得意，成功的光辉耀眼睛，
我们心灵难通，同床异梦到天明，
故而貌合神离，渐行渐远到如今。

方天亮表 金钱虽然不能决定一切，却能实现人的自我价值。而对于一个男人来讲，自我价值的实现就像耶稣背负了十字架一样，是一个沉重而永恒的梦想。我讨厌一直被人叫作"某某的丈夫"，我只想做回我自己。而希拉里的出现，使我感觉到我像个真正的男人，她关心我，尊重我，支持我，帮助我，她比我妻子更能理解我……

苏明月白 （私）哼，理解你，支持你？说得阿要好听？你所谓的自我价值的实现，说穿了就是满足你们男人膨胀的欲望，实现发财的梦想。方天亮啊方天亮，你为了你的自我价值，你居然出卖你的灵魂和感情，背叛你的承诺与婚姻，你不像个男人！

苏明月唱 眼蒙眬，心迷离，这眼前事，是梦是真费猜疑。
神思恍惚手冰冷，叹只叹，人生果然是一场戏。
总以为，八年夫妻情真切，灵魂相通心相依，相濡以沫成一体。
总以为，你甘心付出支持我，为我事业架天梯，无怨无悔爱你的妻。
总以为，争争吵吵平常事，相处难免有高低，
只要爱情有根基，白头偕老也很容易。
其实你的梦想我明白，但是量力而行是真谛，
何必强求太痴迷，劳命伤财把主业废。

你郁郁寡欢人焦躁，我看在眼里怎不急心里？

苏明月白 （私）别人称你为“明月的丈夫”，难道是我的错吗？社会地位的不均衡是一种客观存在，难道也是我的错吗？你为仔你所谓的梦想，日朝像掐了头的苍蝇，难道我心里就好过吗？我向来是个大大咧咧的人，可能许多场化对你关心不够，但是我对你的感情从来覅变过，你哪哼可以用今朝格种方式来报复我啊？

苏明月唱 纵然我，忙于事业疏忽你，繁重家务留给你，
好为人师开导你，言辞之中冒犯你，
浪漫之夜撇下你，不知不觉伤了你，
但是我的心中只有你。
我纵然有错你须谅解，磨合沟通也应待时机，
毕竟你我是夫妻，当年因爱在一起，山盟海誓永远不分离。
而今你，为什么要把情移，为什么竟将我欺，
为什么背信弃义绝情意，为什么如此羞辱你的妻，
为什么一把钢刀深深地刺进我心里？

说书人表 作为一个专门主持情感类节目的主持人，平时一直是俚去开导别人，但是事体一旦发生在自己身上，俚搭普通人一样，也是非常脆弱的。此时的明月，再也控制不住自己的情绪，CD打开，只好播歌，台子上一磕，失声痛哭。

说书人表 CD机里播的是一首经典的对唱歌曲：“（女）往事不要再提，人生已多风雨，纵然记忆抹不去，爱与恨都还在心里……（男）爱情它是个难题，让人目眩神迷，忘了痛或许可以，忘了你却太不容易……因为我仍有梦，依然将你放在我心中，总是容易被往事打动，总是为了你心痛。（女）别流连岁月中，我无意的柔情万种，不要问我是否再相逢，不要管我是否言不由衷……”

说书人表 歌唱到此地，书还覅结束。

苏明月表 明月连下来居然把刚才发生的一切原原本本告诉了听众，希望听众能为自己出出点子，拿拿主意。

说书人表 热线顿时变成了火线，听众们纷纷替明月拿出了自己的答案。

说书人表 有的说像俚丈夫格种男人不值得爱，叫俚下岗，重新再寻一个。

说书人表 有的说夫妻还是原配的好，大家先冷静冷静，给对方一个机会就是给自己一个机会。

说书人表 有的说格种男人应该弄顿生活给俚吃吃，一点不懂得珍惜，还是休脱俚格好。

说书人表 也有的说格种男人敢造你明月的反，倒也是个勇敢的男人。

说书人表 有劝合的，也有劝分的。

说书人表 作为伲两家头来讲，清官难断家务事，是合是分还需要格两位主人公自己拿主意。不过在这里，伲要奉劝天下所有的夫妻，尊重对方，关心对方，及时沟通，相互理解，婚姻的爱情之花才能常开不败，伍笃说，阿对？

幸福在心头

（苏州弹词）

上手表 无锡市洛社镇幸福义工志愿者服务总站成立于2010年，到现在注册的志愿者已经有两万八千多名，常年开展“幸福洛社、文明乡风”的志愿者活动。

下手表 最最开心的是洛社镇敬老院里格点孤寡空巢老人，自从身边出现仔格点不厌其烦、不计报酬、乐于助人、乐于奉献的爱心天使，闲话有人讲了，血压有人量了，报纸有人读了，指甲有人剪了……幸福感“噌噌噌”上升，只觉着老有所乐、温暖满足。今朝是8号，格些老头老太伸长仔头颈倒又在等好哉。

上手表 等啥人呢？剃头师傅李巧根。李巧根从小爷娘就过世哉，在镇上靠吃百家饭长大的。后来在隔壁乡邻的帮助下学了一门剃头的手艺，开了个剃头店，一开就是二十年，现在赚仔票子、买仔房子、讨仔娘子、养仔儿子，小日脚过得蛮舒心，但是他一心想报答乡亲、回馈社会。所以在旧年义不容辞地加入了志愿者的队伍，成了一名幸福义工，不管生意再忙，每个号头个8号就是到敬老院去服务个日脚。所以今朝巧根带好剃头的家生么往准敬老院而来……

李巧根唱 掼起家生匆匆行，
哪管额上汗淋淋。
个个号头勿脱班，
敬老院里送爱心。

五好婆、
六阿爹唱 五好婆，六阿爹，
全是洛社的老寿星，
敬老院里来养老，
天天都有好心情。

五好婆白 哦哟巧根啊，你来了啊？

李巧根白 好婆，我来了。

五好婆白 什梗刮辣辣个太阳么要晒成人干的。

六阿爹白 哎，是个呀，什梗毒的大太阳，倷还要上门来服务，我们真的过意不去的！

李巧根白 我不来，你们肯定要记挂我的。

五好婆白 倒是的，伲只枯郎头只有交给倷么最放心呀！

李巧根白 好婆，爷爷，今天你们俩谁先来（剃）？

六阿爹白 Lady first!

五好婆白 啊？老调勿死脱？倷哪哼骂人格介？

六阿爹白 哦呦，什梗简单的英语也勿懂的，格个叫“女士优先”，我让倷先来！

五好婆白 哦，你在跟我讲英文啊，哦哟倒看不出，七八十岁的人还会外语来。好格好格，格么勿客气，奴先来。

五好婆唱 五好婆，“嚓蹋”坐到凳子上，

李巧根唱 巧根他，抖开围布披上身，
手持银剪忙不停。

李巧根白 好婆，我发现你最近的黑头发越来越多了。

五好婆白 阿是真格啊？

六阿爹白 嘿嘿，说不得个穿，都是染的，要中毒格。

五好婆白 瞎说，绿色纯天然，自己长出来的。

李巧根白 看上去好婆最近吃得下、睡得着，心情不错，所以啊返老还童了。

五好婆白 作如格！

五好婆唱 自从老伴过世后，
我孤单寂寞苦伶仃。
感谢政府办实事，
敬老院里来养老，
连心家园暖人心。
此地是，设施一流环境好，
要啥有啥着实灵，
阅览室里读读报，
健身房里健健身，
要放松到休息室，
按摩椅上推背筋，
倒是奴，背心浪厢怕肉痒，
一坐上去就“嘿嘿嘿嘿”笑勿停。
进茶室，泡香茗，
说说闲闻谈谈心，
烦恼抛到九霄云。

吃中饭，进餐厅，
好菜好饭真丰盛，
公要馄饨婆要面，
天天来翻花头经。
正所谓，老虫跌进仔米缸里，
该种快活日脚哪搭寻？

五好婆白 敬老院好地方，让伲格点空巢老人老有所养，老有所乐，非但勒此地安享晚年，还有义工来陪伴，我哪哼勠快活得返老还童呢？

李巧根白 是要越活越年轻了！好婆你看，这个发型您喜欢吗？（拿出镜子）

五好婆白 哦呦，童花式，哪是加二年轻哉！

六阿爹白 嘿嘿，本来七十三，现在三十七！

五好婆白 少触我霉头！

六阿爹白 那么轮着我哉！

五好婆白 你从小就是光郎头，一世勠长过头发，现在轧啥个闹猛？

六阿爹白 我头顶上是贫困户，下巴上是富裕户啘。头发勿长，胡子蛮猛！巧根啊，老规矩，刮刮清爽！

李巧根白 放心，包你满意！

六阿爹唱 六阿爹，"嚓蹋"坐到凳子上，

李巧根唱 巧根他，剃须泡沫往俚下巴喷，
推剪刮刀齐上阵。

李巧根白 爷爷，我发现你最近面色越来越红润了！

五好婆白 吃个龟鳖丸。

六阿爹白 格种补品我是从来勿碰格，全是骗骗人的呀，里厢哪搭来甲鱼介？要么全是添加剂。

六阿爹唱 因为有，幸福义工服务好，
我心有所乐显年轻。
义工是，勿怕脏来勿怕苦，
每个礼拜才要来照应，
衣食住行常关心，
嘘寒问暖蛮贴心，
拉拉家常有耐心，
精神抚慰献真心，
节目表演蛮用心，
敬老助老有爱心，
真是温暖无比的大家庭！

六阿爹白 本来我一家头闷勒屋里独想不开心的事体，死钻牛角尖，现在享着仔敬老院的福，

有什梗好的养老环境，还有什梗一大帮幸福义工“好子女”，我恨勿得活到俚格一百五十岁得来。

五好婆白 一百五十岁，格是变老妖怪哉。

李巧根白 爷爷，照您现在的精神搭气色，活到一百五十岁不是没可能哦。爷爷您看，刮得阿干净？

六阿爹白 哦呦灵格，那是赛过像《非诚勿扰》里的孟非哉。

五好婆白 像孟非来，要么像剥光的皮蛋！

六阿爹咕 哦哟，六月债还得快！（白）好哉，五妹妹啊，覅动气哉！

李巧根表 啥两家头勒怄气啊？平常两个人热络煞的，哪哼今朝闲话一句高一句低啊。（白）爷爷，您什么地方得罪好婆了啊？

六阿爹白 喏，今朝早上乘风凉的辰光，我勿坐勒俚身边，坐到仔三婶婶的边浪，所以勿开心则。

李巧根白 哦，吃醋了！

五好婆白 你只老猢狲，格哪哼好讲出来呢？

六阿爹白 哦哟，巧根又不是不晓得伲两家头勒谈黄昏恋，有啥道理介？

五好婆白 还要讲，难为情煞哉！

李巧根白 爷爷，这下么我要批评您了，谈恋爱的时候对女朋友一定要专一，不能三心二意的。

五好婆白 阿曾听见？阿曾听见？

六阿爹白 真正冤枉！俚的边浪给七伯伯先坐脱则，只有三婶婶边浪有只空位子。

李巧根白 哦，原来是有误会在里面。好婆，爷爷，你们两位长辈啊慢慢沟通，里厢还有十几个人在等我呢，我要走了啊。

五好婆白 好格好格！划一铜钱给倷！

李巧根白 跟你们说我是幸福义工，不收钱的。只要伍笃需要我，伍笃的枯郎头我一包到底！

五好婆白 天下世界居然有格种好事体，福气勒福气，要感谢政府感谢党啊！

上下手韵 改革开放四十春，幸福义工献爱心。
共建美好大家庭，幸福洛社非虚名！

宝黛释嫌

（扬州弹词）

说书人表 今天是农历四月二十六，也是一年二十四节气中的第九个节气——芒种。话说金陵大观园里的女孩子们奔进奔出，忙得不亦乐乎。忙些什么？芒种芒种，是不是都在忙着种花、种草、种菜、种田？大观园里哪块来田啊？其实芒种一过，便是夏日了。按民间风俗，芒种这天要举行花神祭祀仪式，饯送花神归位。所以今天大观园里上自小姐下至丫鬟，不但个个打扮得桃红柳绿，花枝招展，还为园子里所有的花木披红扎绿，登高爬低。

林黛玉表 不过姑娘们忙归忙，一个个笑靥如花，心情大好。唯独一个人不好，哪一个？娇滴滴、俏灵灵、病恹恹、惨兮兮的林黛玉。娇滴滴、俏灵灵、病恹恹都好理解，为什么用个惨兮兮？昨天晚上去怡红院找宝玉，结果被丫鬟拒之门外，吃了个闭门羹，回房伤心了一夜，到现在一双丹凤眼还肿得像两粒熟透的水晶葡萄，惨是不惨？今儿个又逢祭祀花神，向来多愁善感的林妹妹对着园子里满地的落花，越发自艾伤怀。这会儿一个人躲在山坡后的桃花冢前，正独自掉泪呢！

林黛玉念 花谢花飞飞满天，红消香断有谁怜？

林黛玉唱 繁花尽，饯花神，花尽神褪愁煞人。
一年三百六十日，风刀霜剑严相侵。
且把锦囊收艳骨，一抔净土掩芳魂。
桃花冢畔春泥湿，是泪痕？是血痕？
才怜春，却恼春，怜春恼春皆伤春。
满眼红销香魂断，枝上杜鹃泣声声，
泪洒空枝不忍听。
愿侬肋下生双翼，随花同向天涯行。
质本洁来还洁去，免教漂泊堕泥尘。
一朝春尽红颜老，花落人亡两不闻。

依今葬花人笑痴，他年葬侬知谁人？

说书人表 古今多少看官讽刺黛玉，说她爱哭，爱使性子，可知黛玉的哭可不是随便哭的，一哭就能哭出一篇锦绣文章。一般女子，受了委屈也会哭，“啊一哇你这个没良心的杀千刀……”一边哭一边闹，哭死了也哭不出一首五言绝句来。可林黛玉不一样，随口就哭出一首千古绝唱——《葬花吟》。这就是才女与俗女的区别吧！此刻黛玉手捧落花，暗自神伤，又想到自己慈母早亡，身世飘零，寄人篱下，委曲求全，越想越难过，越哭越伤心，泪眼婆娑，连树上的鸟儿也跟着黛玉悲鸣起来：“叽叽，喳喳！想想，苦哇！”

说书人表 这厢正上演着悲鸣二重奏。哪知假山旁边亦传来泣泣之声。

贾宝玉白 “……”（抽泣声）

说书人表 二重奏一下子变成了三重奏。倒把黛玉吓了一跳！

林黛玉表 人人都笑我痴，难道还有一个痴的不成？抹下眼泪，转过头来，想看一看是谁。

贾宝玉表 还有谁？你的宝哥哥！其实宝玉对昨晚发生的事一无所知。今天一大早兴高采烈地跑去潇湘馆看他的心上人，哪晓得黛玉眼皮子都没对他抬一下子。追到园子里，也对自己不理不睬，光给他看背影。只跟其他姑娘说了两句话，回身连背影都没得了。宝玉实在是丈二和尚摸不着头脑，自己到底做错什么事了，惹得林妹妹只把自己当成空气。登山渡水，过树穿花，找到这山坡后，看到黛玉本想上前面问个明白，却听她一曲葬花，伤断愁肠，花开花落，自比生死，字字句句如泪似血，直往宝玉怜香惜玉的小心坎上滴。这会儿竟也情难自抑，泪下如雨，“……”（抽泣声）

林黛玉表 黛玉不看还好，这一看是又气又恼。柳叶眉一皱，小米牙一咬，粉拳头一捏，啐道：“我道是谁，原来是这个狠心短命的……”“短命”二字还未出口，却忙将嘴一捂。作甚？这冤家虽则让我受气，我倒不忍将此不吉利的咒语用在这冤家身上。所以格嘀笃又将这“短命”二字咽了回去。转身想走。

贾宝玉表 这会儿不会放你走了。（白）你且站住！

林黛玉表 你叫我站住我就站住啦？偏不！迈开一只三寸金莲……

贾宝玉表 看它还未落地，我非叫它收回来不可。（白）我只说一句话，从今后便撂开手！

林黛玉表 黛玉一怔！休看简简单单三个字“撂开手”，其中大有文章。意思是说，我说完了这句话，从此后与你林黛玉井水不犯河水，大路朝天各走半边，有点最后通牒的意思。这下子黛玉这只金莲倒落不下去了，不由自主收了回来。

贾宝玉表 看到了不？我“撂开手”，她“收回脚”，着实管用。

林黛玉白 只说一句话？那就说吧。

贾宝玉白 一句不够，再加一句，你听与不听？

林黛玉表 哼，居然跟我讨价还价起来了。反正一句也是听，两句也是听，（白）你说就是了。

贾宝玉白 唉！（长叹息）

林黛玉白 这算一句！

贾宝玉白 啊?!这……这叹口气就算一句了啊?

林黛玉白 还有一句。

贾宝玉表 (无奈地)好……好吧!一般白富美都是这么蛮不讲理的。第二句:既有今日,何必当初!

林黛玉表 这话什么意思?味道更不对了。(白)当初怎么样?今日怎么样?

贾宝玉白 当初姑娘,来到金陵,孤雁北飞,弱质伶仃。
一见如故,两厢倾心,护你疼你,惜卿怜卿。
一桌吃饭,一床安寝,共赏春花,共读诗文。
哄你开心,怕你伤心,捂你暖心,望你宽心,
处处小心,唯抛真心,只求妹妹,懂我痴心。
哪知女孩,捉摸不定,如今对我,斜着眼睛。
不理不睬,冷面如冰,见我就躲,如避瘟神。
害我痛心,惹我揪心,让我灰心,落魄丢魂。
只求姑娘,指点迷津,到底宝玉,犯甚罪行?
倘若有错,立马改正,免得做那,屈死冤魂,
去到地府,不得超生!(此韵白当从慢转快,一口而干)

林黛玉白 嚯……哟……(韵)听得姑娘,百感油生,满肚气恼,顿消烟云。

林黛玉表 到底从小一块长大的,宝玉对她的好怎会不知道呢?现在看宝玉着急得满脸通红,委屈得泪眼蒙眬,一肚子气竟生不起来了。气虽然不生了,但事情总是要弄弄清楚。(白)你既这么说,昨晚为什么我去了,你不叫丫头开门?

贾宝玉白 啊?!这话从何说起?我要是这么做,立刻就死!

林黛玉白 呸呸呸,一大清早死呀活的,也不忌讳。你说有就有,没有就没有,起什么誓呢。

贾宝玉表 被你骂几句打几下我都忍得,就是被你冤枉我忍不得。(白)实在没有见你去,就是宝姐姐坐了一坐,就出来了。

林黛玉白 若不是你的意思,要么是你的丫头们懒得动,丧声歪气地打发我来着。

贾宝玉白 肯定如此。妹妹放心,等我回去问了是谁,定不轻饶!

林黛玉白 哼,你的那些姑娘们是该教训教训了,今儿得罪了我的事小,倘或明儿宝姑娘来,什么贝姑娘来,也得罪了,事情岂不大了。(表)说完忍不住抿嘴一笑。

贾宝玉表 嚯!雨转多云,总算笑了!

说书人表 这真是——
纵然金玉良缘,误会在所难免。
一笑泯了恩仇,宝黛冰释前嫌。

情景表演唱类

人　桥

（苏州评弹）

【演员至少四人，多男一女。脚色为多名解放军与多位村民。】

说书人表　1949年4月，江南进入暮春时节，

说书人表　国共决战也进入了最后关头。

说书人表　在横渡长江、解放无锡后，解放军第29军85师接到军部命令，于26日零时出发，沿沪宁铁路向苏州挺进。

团长白　同志们，苏州还有国民党第123军的182师分别在虎丘山、枫桥、木渎等地驻防。我们254团作为85师的先头部队，任务是向枫桥铁铃关实施主攻，现在进一步明确各营任务：黑子，

黑子白　在！

团长白　你带领一营由开山村向东，直抵枫桥运河两岸；

黑子白　是！

团长白　老铁，

老铁白　在！

团长白　你带领三营在一营右翼展开，向枫桥南边的江村桥推进；

老铁白　是！

团长白　狗蛋，

狗蛋白　有！

团长白　你带领二营在一营的左侧展开，向枫桥与铁路之间的运河西岸推进。

狗蛋白　是！

团长白　现要求各营在黄昏前抵达运河西岸，构筑好进攻出发阵地，做好一切准备。

群体白　是！

合唱　烽火狼烟姑苏台，江枫渔火晓星残。

彻夜征程军行急，猛追穷寇到铁铃关。

说书人表 经过十几个钟点头的急行军，26号夜里，部队终于抵达运河西岸。

黑子白 团长，敌人在运河东岸的枫桥和江村桥上都有工事驻防，主要重机枪火力点应在铁铃关城楼，要不我们就在对岸用迫击炮干了他们？

狗蛋白 对，趁着天黑，给他们来个措手不及！

团长白 不行！

团长唱 千年姑苏非一般，历史悠久名四海，
上峰军令令如山，轻举妄动不可为。
诗里枫桥寒山寺，必须保护名胜免受灾。

老铁白 团长说得对！

老铁唱 还有那，铁铃关，建明代，抗倭风烟今犹在。
历尽沧桑数百年，怎可炮轰毁一旦，
千古罪人谁承担？

合唱 千古罪人难承担。

黑子表 不能隔岸开火，也就是说，必须渡河交战？

群表 对，渡河交战！

老铁表 河面什梗宽，河水什梗急，眼睛门前呒不桥哪哼渡河？

团长表 呒不桥，想办法搭座桥也要过。

狗蛋表 格么用啥物事搭呢？

黑子表 用船搭桥，既快又稳！

老铁表 格么船又在哪搭呢？

团长表 唉，可惜附近村民的船老早被国民党部队摧毁了。

合唱 河上不见桥，过河难上难，
夜空星斑斓，总攻不可耽，
怎么办，怎么办，只急得，铁血男儿皱双眉。

说书人表 哪哼办？天无绝人之路。办法来了！

三妹白 村民们，为了苏州的解放，为了胜利的希望，我们一定要让解放军同志们顺利过河！

土根白 三妹讲得对，帮助解放军就是帮助伲自己。

阿六白 蛮准，只有拿国民党彻底从苏州赶出去，伲苏州才会有天亮的日脚！

阿爹白 格么父老乡亲们啊，让伲一道行动起来，帮助部队搭桥过河！

群白 嗯，大家加油！

群白 我卸门板！

群白 我掮台板！

群白 我拆床板！

阿爹白 咳咳咳……我掮棺材板，横势横哉！

合唱　开山村民齐行动，为助部队不怕难。

轮唱　出台子，掮梯子，拆脱床板拆门板，

还有几个阿爹辈，主动捐出棺材板，

阿爹唱　只要消灭国民党王八蛋，我不困棺材关啥来，

人死不过一捧灰，只求活着心无愧！

合唱　哎作来，哎作来，木板掮到运河滩，

面对河水倒又犯了难！

土根白　三妹啊，木板可以当桥面，但是呒不桥脚，格桥仍旧搭不起来格酿！

阿爹白　对格碗，桥呒不脚相当于人呒不腿，撑不起来格碗！

阿六白　伲什梗点人，百把条腿勒嗨，怕点啥？

【此时大家的目光都集中到阿六的脚上。】

阿六白　（尴尬且自我解嘲地）不要看我跷脚阿六两条腿的长短不一样，尴尬起来也好派派用场的。

三妹白　阿六讲得对，板当桥面，人当桥脚，只要大家齐心协力，呒不搭不成的桥！乡亲们，会水性的跟我下！

阿六表　“抓”（把三妹拖住，俯耳状），（白）家主婆啊，你拖格身体（怀孕）勒嗨，哪哼好下水介？

三妹白　当年什梗点女红军可以克服困难爬雪山、过草地，我有啥不可以？再说，我作为一名共产党的联络员，又是开山村的村民，理应带该个头！

土根白　你在岸上指挥，该个头我来带！乡亲们，会水性的跟我土根下啊！（表）说完往淮河里“嚯咙呃咚……”

阿爹白　我作为党员家属，积极响应！

阿六白　阿爹，你哪哼往袋袋里在装石头介？

阿爹白　我身上脂肪少，总共只有七十三斤半，不要下去仔马上汆起来，加点分量压压秤！（表）“嚯咙咚……”

阿六白　倒提醒我哉，我该条腿短着点，这只裤袋里也装点石头，到了水里好保持平衡！（表）“嚯咙咚……”

群众表　“嚯咙咚……”

群众表　“嚯咙咚……”

群众表　“嚯咙咚……”

合唱　顿然间，运河生鲫浪，一浪又一浪，

板与板相傍，心与心接壤，

春水寒如霜，热血沸胸膛，

一座人桥向东方，好比黑夜之中筑光芒！

说书人表　在三妹的指挥下，呒不几化辰光，一座由西向东的人桥搭好在运河当中。

阿爹表　阿爹到底六十出头了，本来身体就不大好，人又长得疏小，给激骨头的河水一刺激，头加二晕，脚加二飘，血压升到两百八……（往后倒状）

土根表　土根眼明手快，要紧腾出一只手拿阿爹撑牢……

阿六表　阿爹手一松，旁边搭俚合掮一块板的跷脚阿六加二失衡……

三妹表　起脚板一塌完完大结。到格歇辰光怀了四个月身孕的三妹顾不得许多了，往准河里“嚯咙呃咚……”

说书人表　万万勿想着，苏州的老百姓为仔让部队过河，居然冒生死、搭人桥，内当中还有不少妇女、老人，格是一种啥个精神？

合表　当然是舍生忘死、患难与共的精神！

说书人表　格是一种啥个感情？

合表　绝对是军民之间的鱼水深情！

说书人表　格个一幕情景，看得岸上格点解放军心潮澎湃，激动万分。

三妹表　看岸上的解放军呆瞪瞪，一个也呒不动静，三妹阿要急格啦？（白）解放军同志们，还愣着干吗呀，快过啊！

群众白　是啊，时间就是保证！

群众白　时间就是生命！

群众白　时间就是胜利！

说书人表　话音刚落，石生头里“哒哒哒……”（机枪声）

黑子表　啊呀不灵！（白）团长，敌人开始行动了！

大山白　是铁铃关方向的重机枪！

狗蛋白　团长，再不过就来不及了！

合白　快过吧！

团长白　（哽咽着）……谢谢，谢谢乡亲们……为了苏州的解放，为了我们共同的目标，黑子，

黑子白　有。

团长白　你带领一营负责机枪掩护，

黑子白　是。

团长白　二营，三营，

合白　有。

团长白　以最快的速度，过桥！

合白　是！

合唱　一声令，划破枫桥夜茫茫，一声令，铁铃关前斗志昂。

军人唱　桥上心不忍，

百姓唱　桥下更坚强，

军人唱　屏息凝神稳脚下，

百姓唱　咬紧牙关肩如钢，

军人唱　枪林弹雨何所惧，

百姓唱　唯求姑苏早天亮！

合唱　百人筑桥千军过，军民连心攻敌防，

铁铃关，打响苏州第一枪，鱼水深情感穹苍！

（曲终）

钱七虎

（苏州评弹）

甲表　　2018年1月8日，在万人瞩目的北京人民大会堂，一位白发苍苍的昆山老人从习近平总书记手里接过一本煊煊红的本本。

乙表　　国家最高科学技术奖——那是代表中国科学家最高成就的闪亮勋章，也是多少科研工作者毕生的梦想。

甲表　　俚是啥人呢？

丙表　　俚是中国现代防护工程理论的奠基人，

丁表　　俚以科技强军、铸盾报国为毕生追求，

戊表　　俚教书育人，桃李满天下，

乙表　　俚为国家铸就了坚不可摧的“地下钢铁长城”！

合表　　俚就是中国工程院院士钱七虎。

【“钱白”用钱七虎的语录作背景音及背投上打字幕，人物不在舞台上出现。】

钱白　　“以智慧筑牢地下长城、以心血铸就和平之盾，是我义不容辞的责任，也是我矢志不渝的心愿。”

合唱　　耄耋之年自有狂，磨剑铸盾似金刚。

风雨甲子终无悔，一片丹心投国防。

甲白　　伍笃阿晓得，抗美援朝的时候，上海代表团去朝鲜慰问志愿军时，其中有一样慰问品，就是钱院士中学毕业的成绩单。

乙白　　六门功课，四门满分，

丙白　　两门缺三分，也是第一名。

丁戊白　　哇，从小就是学霸哇！

甲白　　嗯，智商测一测，超过两百七！

轮唱　　想当年，淀山湖畔那个少年郎，历经日寇施猖狂。

国破民弱锥心痛，报考军校坚主张。
学业称霸崭头角，留学苏联圆梦想。
他钻书海，写文章，攻难题，实验忙，
冷馒头，果腹肠，花花世界无心赏，
从未出过校门墙，立志报国筑信仰。

甲白 大学六年，俚除了回过一次家，从来没跨出过校门半步。

乙丙白 非但是学霸，

丁戊白 还是学痴！

钱白 “不断地学习，不断地警惕，不断地激励自己，才能培育好自己的科学家精神。”

甲白 别人在军校学的是造导弹、核弹，最热门的专业，钱院士却选择了别人都不喜欢的冷门专业。

群白 哦？啥个专业？

甲白 防护工程。

甲白 为啥？

乙白 哦，要么俚农村出生，天生欢喜与烂泥铁搭打交道？

钱白 “哪些事情对国家和人民有利，科技工作者的兴趣和爱好就要向哪里聚焦。”

丙白 因为1945年8月6日，美国B-29轰炸机在日本广岛投下第一颗原子弹，几秒之内就有数万人从人间蒸发的惨状深深触痛了他的心。

轮唱 军事抗衡“矛”与“盾”，核弹是“矛”显力量，
防御铸“盾”怎偏荒？
故而“九地之下”安全路，他迎难深耕不彷徨。
披繁星，戴骄阳，战南洋，固北疆，
青丝忙到满头霜，将论文，写在祖国大地上，
为只为，华夏从此好挺脊梁！

钱白 “要前进，就要走前人没有走过的路。”

乙白 他设计出了当时国内抗力最高、跨度最大的飞机洞库门，

钱白 “创新永远是科学发展的最大动力。”

丙白 他主持了被誉为“亚洲第一爆”的珠海国际机场项目爆破工程，

钱白 “不能完全依赖外国，要靠自己，才能进步，才能超越。”

丁白 他为港珠澳大桥的海底隧道项目建设提出了关键性建议方案，

钱白 “关心国家的建设发展，是一名科学家必须具备的情怀和担当。”

戊白 他在南水北调、西气东输、雄安新区规划等重大民生工程中立下汗马功劳。

甲白 作为他的弟子，我为有这样的导师而感到特别庆幸。

甲唱 他治学严谨惜人才，传师道，育儒将，
掏肺腑，倾心囊，不署名，不贪奖，
名与利，让学生，甘为人梯做榜样，

满园桃李尽芬芳。

钱白　“防护工程要发展，需要年轻人成长，就要把更好的机会留给青年。”

乙白　作为他的妻子，我为有这样的伴侣而感到无比骄傲。

乙唱　虽则分居十六年，苦甜自己尝，

他寂寞研重器，我孤单又何妨？

他奉献青春爱国如家，我守护小家理所应当，

爱他助他理解他，是我此生的使命与信仰，

无怨无悔，携手夕阳。

钱白　“自古忠孝难两全。国是家的靠山，是人民的钢铁长城，只有我们国家强大了，人民才能安居乐业。”

丙白　作为他资助过的贫困学子，我们为有钱院士夫妇这样的慈善好人而感到幸福温暖。

轮唱　帮贫困，助寒门，你们用爱将我们的希望来点亮。

春风化雨数十载，多少学子暖心房，

爱将命运来灌溉，逐梦路上更坚强，

谢恩人，大爱无疆福绵长。

戊白　你们可知道这次钱院士获国家最高科学技术奖拿着几化奖金？

群白　八百万元！

乙白　哇，发财了！

戊白　叫啥他一下子用个精光，

丙白　买栋豪宅，安享晚年也是应该的。

甲白　不，他把八百万元全部捐了出来，在家乡昆山成立“瑾晖助学基金”，一如既往地资助更多品学兼优的贫困家庭子女有学上、上好学。

丙白　今年2月，他又向武汉再捐六百五十万元，以实际行动投身抗疫。

甲白　感动！

乙白　敬佩！

群白　了不起！

钱白　“只有把个人理想与国家的需要、民族的前途紧密联系在一起，才能有所成就、彰显价值。”

轮唱　唯求福利民，誓以身许邦，

国，是你头上的徽章，

党，是你坚定的信仰，

爱，是你传递的光亮，

赤子豪情，将军柔肠，银霜夕阳，照亮远方，

民族复兴倚栋梁，中国精神谱华章！

钱白　“爱党信党跟党走，是我一生中最正确、最坚定的选择！”

忠　魂

（苏州评弹）

群众唱　姑苏三月春已来，清溪河畔花始开。

杏花吐雪李花白，似悼英烈露伤悲。

主角表　三月的苏州春寒料峭，古镇盛泽清溪桥上却人潮涌动，蜡台摇曳。桥栏上，一条黑颜色的横幅上写好一排格外醒目的大字：

群众念　“舍己救人，精神永垂，

英雄走好，风木同悲！”

群众白　他是谁？

群众白　他是谁？

主角白　他叫刘磊，是一位二十二岁的消防战士。

同事白　副班长，我们来送送你……

同事白　黑哥我知道你怕黑，也来陪陪你……

同事白　你个臭班长，那天接到救援的命令，您从训练场飞一样地赶到这里，一心想说服那个想跳河轻生的姑娘，

同事白　可您刚赶到，只听见“扑通”，这姑娘愣没给您这个安抚组组长一丁点儿机会……

同事白　你明知道身上这套消防服一沾水就是上百斤，可您想都没想，也跟着姑娘纵身一跃……

同事白　……姑娘终于被您托出水面安然无恙，可您……您在哪儿呢？

群众唱　只见河水湍又急，

只觉春冷透骨寒。

年轻的人啊，你在哪里呀？

为何不见你把手挥，为何不见你上了岸？

难道你要起了孩子气，与我们把迷藏捉一回？

同事白　你个臭磊子，下周的比武竞赛没几天了，为了挂钩梯项目不拖后腿，你白天练、晚上

练，明着练、暗着练，吃饭练，连梦里都在练，流的血比流的汗还多，你怎么说放弃就放弃了呢？你不是要带我们去争第一吗？你怎么能用这样的方法当逃兵呢？你湖南人的倔劲狠劲哪去了呢？……你个臭磊子，咱还有半盘军棋没下完呢……

群众白　副班长，咱还有一轮电玩没PK呢，

群众白　这几天的消防水枪还没擦，
你最怕上面落满了灰。

群众白　这几天的消防水带还没整，
你最恨乱得像个破布堆。

同事白　你见义勇为跳进河里头不回，
从今后，谁和咱一起参加救援队……

群众唱　霎时间，青枫摇曳随风泣，
杜鹃嘶啼哭声哀，
花零落，草低垂，
鱼儿呜咽游弋难，
英雄啊，想必你也化作了柳烟与碧水，
融入了你最爱的美江南。

大婶白　小刘也是我的恩人，到现在还不能相信这桩事。

群众白　这位胖大婶，刘磊也救过你的命？

大婶白　去年小年夜，我所在的企业厂房发大火，当时楼下堆好一百多只燃气罐头，四周毒烟弥漫，我是困在楼道里吓得魂灵头出壳，总想年夜饭吃不着了。就在我万念俱灰的时候，是小刘，奋不顾身冲进火海，解下自己的氧气面罩套到我头上，以他一百十六斤的小身体背起我一百八十六斤半的石鼓墩逃出火海，我总算年夜饭吃着。要是呒不小刘，那日被阎王收仔去，我怎么再有机会日里“嚓哺嚓哺”吃肉归吃肉，夜里“蓬嗒蓬嗒”减肥归减肥，广场舞跳得飞起来？

群众白　那一晚，他抱着水枪站了一整夜，

群众白　火光中的他又高又大，帅极了！

群众唱　他总是哪里有险那里去，
救人从不顾安危。
蓝焰烈火锻意志，
炼就了，信念如铁坚无摧。

群众白　哎？这是不是敬老院里的张大爷吗？您腿脚不方便，怎么也来了呀？

大爷白　囡囡啊，平时都是你抽空来陪我，今天我来陪陪你……回想起这三年，我赛过拾着一个孙子……不，比亲孙子还要亲的亲人……我头发长了你帮我剪，我饭吃不落你一勺勺喂，我不肯汰浴，你一面帮我擦背一面唱样板戏给我听“……”（唱上一句）……是你告诉我，美国有个总统叫“不上普”，是你告诉我，中国最了不起的企

业叫华为……你得了奖状总是第一个拿给我看……你还问我谈恋爱到底啥个味道……这么好的小囡，老天爷，你怎么说收就收得去了呢？……老天爷，我想和你商量商量，阿能够时空倒转，把我这把八十八岁的老骨头去换那好小囡的命啊？……心肝啊，你只有二十二岁了呀，连女小囡的手都还没搀过了呀……

群众唱 老泪心更痛，白发哭更悲。
一别成永诀，相见托梦海。
志坚男儿郎，心灵柔似水。
敬老施温情，胸中有大爱。

姑娘白 刘磊，对不起，请原谅，原谅我只敢偷偷地跪在角落里厢您说声“对不起”。其实我知道，无论我说多少句“对不起”都是苍白而徒劳的。曾经的我是那样的愤世嫉俗，把自己所遭遇的所有不幸都归结于命运，认为身边的每个人都是冷酷而自私的……所以我也选择了最自私的方式来摆脱这一切——纵身一跳……同样是纵身一跳，我这一跳自私怯懦、万念俱灰，可你那一跳英勇果敢、点亮希望……您用您激情燃烧的生命去唤醒我行尸走肉的灵魂，我还有什么理由不好好地活着？我必须以最真诚的洗心革面永远地向您忏悔，向您表达我的歉意！……英雄，请您一定要相信我，不管您的父母愿不愿意认我，打我骂我也好，怨我恨我也好，我都将是他们这辈子的女儿，我发誓，一定代您养老送终！……今夜，我就静静地跪在这儿，等着明天送您魂归故里……

群众白 还有我们，一起为您送行！

群众唱 星儿转，月儿归，一缕朝霞生斑斓。
万人空巷缅英烈，英魂长眠姑苏台。
烈火铸忠魂，忠魂化碧水。
江南灌溉英雄花，人间青山更妩媚。

主角念 这真是，英雄壮举树楷模，
新时代，消防战士的形象放光辉。

群众念 “对党忠诚”志不渝，
“竭诚为民”弃安危。

合念 此去忠魂化碧浪，精神永存立丰碑。

姑苏热恋

（苏州评弹）

合唱　　俊男靓女忙相亲，
千里姻缘会荧屏，
争奇斗妍展风采，
“姑苏热恋”热古城。

男白　　我先作个自我介绍，

男唱　　我叫张明明，今年三十零，
正宗苏州人，勒外资做白领，
欲觅有缘人，携手度今生。

女合　　哇！

女唱　　勿像“张明敏”，倒像黄晓明，
“帅锅”一枚弹眼落睛，
故而“锃锃锃锃”全亮灯。

女一白　请问你现在从事的是什么专业的工作？

男唱　　我大学学的是IT，还曾留学赴牛津，
支持科技搞创新，软件开发属精英。

女合　　哦哟，还是“海归”来！

女二白　请问你谈过几个女朋友啊？

男唱　　勿算多，

女合　　（齐点头）嗯，

男唱　　也勿少，

女合　　（惊奇地）啊？

男唱　　扳扳指头有半打整。

女合　　半打？辣手格！

男唱　　小学迷恋同桌的她，中学对班长有仰慕情，
大学对校花动过心。

女合　　全是单相思！

男唱　　青葱岁月多懵懂，美好往事如烟云。

女三白　　请问你会做饭吗？

男唱　　中餐西餐样样会，爆熬蒸炒件件精，
下厨烹饪是一乐，只需闲暇有好心情。

女合　　做俚女朋友倒有吃福格！

女四白　　你怎么看待异地恋？

男唱　　异地恋，多考验，耗财耗力耗精神。
见面沟通勿能少，电话短信也需勤，
薪水到手非容易，全贡献了航空与电信，
两地相思还折磨人，想想实在呒啥劲！

女三、

女四白　　完！

女三唱　　我是出来创业的山东人，

女四唱　　我是出门旅游的广东人，

女三唱　　俺明年就要回老家，

女四唱　　我明天就要转家门，

女三、

女四白　　既然他反对异地恋，

女三白　　锃！

女四白　　锃！

女三、

女四唱　　无奈只能把灯灭，把机会留给姐妹们。

女三、

女四白　　姐妹们，加油！

女合　　（做手势）OK！

女五白　　你对女生有什么要求？

男唱　　文静又聪慧，善良又真诚，
温柔懂体贴，乖巧孝双亲，
长长的头发多飘逸，大大的眼睛像星星，
一闪一闪亮晶晶。

女合　　要求着实高！

女一白　　懊牢！

女合 倷懊牢点啥介？

女一唱 我前日还是长头发，为仔相亲显精神，

一个“活夺”犯了晕，“咔嚓”下去齐头颈。

女合 那是接上去也来勿及哉！（转头对女二）咦，俚为啥灭灯？

女白 我格双眼睛太小。

女合 小？看上去比两只铜铃还大啘！

女唱 该则里，眼影拓脱兰盒把，眯起眼冒充牛眼睛，

一卸妆容要露原形。

女合 倒有自知之明！

女六白 请问你有什么才艺？

男白 别人都称我是苏州的迈克尔·杰克逊。

女合 啊哦？真的假的？

男白 美女们，一起来吧！

【《姑苏style》。】

来段姑苏style，姑苏style。

姑苏热恋 谈一场银光灯下的恋爱，

女的美，男的潇洒，面对面看看着实养眼，

女嘉宾提出问题，我必须笑战题海，

应对“白、富、美”的“美眉”！

我想谈恋爱，

是下决心要认认真真地谈恋爱，

是准备轰轰烈烈挖心挖肺地谈恋爱，

是不想瞎白相要想结婚的谈恋爱，

我要谈恋爱，

姑苏热恋 看起来亖赞，

一道来，嗨，一道唱起来，嗨，

茫茫人海 让我们相会，

一道来，嗨，一道跳起来，嗨，

只要我们努力就能创未来！

……

（完）

吴地课堂

（苏州评弹）

老师唱 华夏文明源流长，
吴地人文闪华光。
学生轮唱 伍子胥，相土尝水城池建，
孙长卿，孙子兵法名气响。
范仲淹，忧国忧民忧天下，
唐伯虎，画的姑娘顶漂亮，
最出名，要数《三笑点秋香》。
学生合唱 我伲小小年纪爱国学，
快快活活进课堂。
学生合白 王老师好！
老师白 同学们好！
学生白 王老师，今朝的吴文化课堂，你准备搭伲讲哪个名人啊？
老师白 喏！
（唱）窈窕风流杜十娘，
学生接唱 自怜身落在平康……
学生白 不对不对，
学生白 错哉错哉。杜十娘明明是苏州评弹里的名人，
学生白 哪哼搬到苏州历史名人的队伍里厢去则呢？
老师白 同学们阿晓得杜十娘的故事出自哪搭？
学生白 我听教伲评弹的顾老师讲，出自“三言二拍”里的“三言”。
学生白 “三言”？啥个是“三言”？
学生白 “三盐”也不晓得格？喏，井盐、海盐、低钠盐。
学生白 不对不对，是胃炎、肺炎、胆囊炎。

老师白　哈哈，同学们的想象力真丰富啊！“三言二拍”是明代五本著名传奇小说集的合称，其中三本《喻世明言》《警世通言》《醒世恒言》合称“三言”。

学生白　对的对的，我想起来了，（得意地）杜十娘的故事就是出自《警世通言》第三十二卷《杜十娘怒沉百宝箱》。

学生合白　（惊讶地）乖乖，这你也晓得的啊？

学生丁白　（傻笑地）呵呵，我也是听顾老师讲的。除了杜十娘，伲中国的戏曲舞台上不不少少故事才是从“三言”里来的：

学生轮唱　白娘子永镇雷峰塔，
赵太祖千里送京娘。
卖油郎独占花魁女，
金玉奴棒打薄情郎。
十五贯戏言成巧祸，
苏小妹三难准新郎，
乔太守乱谱点鸳鸯。

老师白　了不起，了不起！想不到同学们小小年纪个个全是国学通，连苏小妹、乔太守都晓得的。

学生合白　哈哈，伲才是听顾老师讲的。

老师白　格么伍笃阿晓得“三言”的作者姓啥叫啥呢？

学生白　好像……姓冯……

学生白　大概……姓梦……

学生白　可能……姓龙……

学生合白　实在有点……朦朦胧胧（梦梦龙龙）！

老师白　搭边倒个个搭边的。俚就叫冯梦龙！

学生合白　蛮准蛮准，就叫冯梦龙。

老师白　我晓得的，伍笃又是听顾老师讲的！

学生合白　对，王老师你真聪明！

老师唱　杜十娘牵出冯梦龙，
吴文化历将经典藏，
“三言二拍”天下扬。

学生白　王老师，这个冯梦龙能编出一肚皮的故事，什梗聪明，从小读书肯定呱呱叫。

学生唱　他定然爱阅读，有思想，
屁股摆得定，游戏不白相，
热爱写文章，是个读书郎。（白）阿对？

老师白　对……也不对！

学生白　啊？啥意思？

老师唱 他勤攻读，立寒窗，
博览群书好榜样。
学生合白 嗯，好榜样！
老师唱 但是爬树捉鱼斗蟋蟀（音：才节），
从小也是个皮大王。
学生合白 啊？皮大王?！
学生唱 俚倒是，读书归读书，白相归白相，
动静来结合，身心蛮健康，
“文武双全”不一样。
学生白 王老师，像冯梦龙这样有学问的人，肯定官运亨通？
老师白 通是也算通的，就是通得晚着点。
老师唱 他是志存高远怀抱负，
六十岁而仕发苍苍。
学生唱 六十岁做官不算晚，
姜太公要八十岁上遇文王。
学生唱 不晓得俚做的是啥个官？
老师唱 福建寿宁拿知县当，
学生唱 哦！也是习大大青春无悔奋斗过的地方。
老师白 （竖大拇指）哇，这个伍笃也晓得格啊？又是听教评弹的顾老师讲格哇？
学生白 不对不对！这次是听教政治的周老师讲的。
学生唱 我伲的总书记，习大大，
也曾锻炼到地方。
赴任宁德三个月，
布鞋磨破几十双，
走遍了九县十三乡，
老师唱 俚讲过，冯梦龙就是俚个好榜样，
“为官一任，造福一方。”
冯知县他“上任先走半年路”，
察民情，走遍庙桥与村浜，
他办实事，修桥铺路筑城墙，
他御外敌，抗击倭寇驱强梁，
他惩贪腐，扫黑除恶正气扬。
他做好父母官，性情寄文章，
“三言”《情史》与《智囊》，
著作等身不寻常，

闲时还将那《山歌》唱。

“蜂针儿尖尖刺不得绣，

学生接唱 萤火虫亮亮点不得油。

蛛丝儿细细盘不得扣，

师生合唱 纺织娘叫不来女工头。”

老师唱 深入浅出讲国学，

学生唱 生动有趣课一堂，

老师唱 总书记点赞有分量，

学生唱 “冯梦龙”三字已记心上。

老师唱 文化自信从何起？

学生唱 挖掘传统寻宝藏，

合唱 人间天堂称富矿，

吴地文化来弘扬！

（完）

姑苏游

（苏州评弹）

合唱　鸟儿喳喳迎朝阳，风儿习习百花香。

妈妈白　囡囡啊，起来哉，唔么（吻状）！

囡囡白　唔，

妈妈白　姆妈带倷出去兜兜！

囡囡白　唔，（不愿意地）今朝礼拜日呀！

妈妈唱　快快起，莫赖床，
窗外是，三月姑苏好风光。

妈妈白　一二三，（作拖状）哎哟来！

囡囡白　一个晚觉就此歇搁！（打哈欠样）

囡囡唱　哈欠打仔十八个，噘起小嘴起了床，只好跟仔姆妈去走一趟。

合念　走过一人弄，二门口，
三茅观巷，司（四）前街；
吴（五）趋坊，陆（六）家巷，
戚（七）姬庙弄，北（八）街上；
九胜巷，十全街，百花巷里声悠扬：
（唱）“卖花哎，卖花哎……”

囡囡白　姆妈，倷小辰光的苏州是哪哼样子格？

妈妈白　喏！

妈妈唱　小桥流水间，住着我的家，
粉墙黛瓦下，古塔映夕阳，
门前那条船，在日月里摇晃，
琵琶声声脆，处处茉莉香！

囡囡白　呀，太美了！不过眼前的苏州，也很迷人哦！姆妈你看，

囡囡唱　桃花红，梨花白，杨柳青青随风扬，
巷千条，桥千座，青石板路长又长。

囡囡念　拙政园个荷花、沧浪亭个水，
留园个假山，怡园个廊，
西园里个罗汉五百个样，
寒山寺个钟声铛铛响。

（传来一句昆曲《牡丹亭》的唱腔……）

囡囡白　姆妈，你听！

妈妈唱　园林里厢传妙韵，呖呖莺声别有腔，

妈妈白　囡囡啊，格么你阿晓得里厢唱的是啥？

囡囡白　该则里小苏州呀，哪哼会勿晓得呢？

囡囡唱　那是《牡丹亭》里的杜丽娘，
游园惊梦爱一场。

囡囡白　阿对？

妈妈白　（竖起大拇指夸奖）人么小，倒全懂全晓得格喏！

囡囡白　勿出来跑跑么勿觉着，今朝出来一兜，发现家乡苏州真的是个好地方！

囡囡唱　最美一帘江南雨，最纯一壶碧螺香，

妈妈唱　最柔一席吴侬语，最嗲苏州小姑娘。
（母女对视，互相笑出声）

囡囡白　嘿嘿，

妈妈白　哈哈！

妈妈白　囡囡啊，太阳落山哉，伲要准备转去哉！

囡囡白　啊?！还有交关地方还覅走到了琬？

妈妈白　哈哈！倷倒逛出念头来哉，今朝是来勿及哉！

囡囡白　哦，（又噘起嘴，不情愿地）格么伲下个礼拜再出来逛，阿好？

妈妈白　好，一言为定！

囡囡白　拉钩！

妈妈白　拉钩！

合唱　姑苏美，不寻常，古韵今风世无双，
姑苏游，心欢畅，家乡处处好风光。
如诗如画，谁不恋这梦里水乡，
如痴如醉，谁不爱这人间天堂！

髓　缘

（苏州评弹）

唱　人海茫茫，素昧平生，
远隔千里，却缘分注定。
涓涓血髓，浓浓爱心，
大爱无疆，让我们靠近。

快板　昆山市，德善城，
爱心团队负盛名。
“髓缘”天使达四十六，
捐献率全国第一名。
有个老板叫钱大明，
商人也有菩萨心。
那年加入骨髓库，
竟然八年杳无音。
那天正在谈生意，
眼看大单要敲定，
突然手机响不停。

方言对白　“喂，哪一个撒？”
“Hello，are you 钱大明？”
啊一哇，一个洋妞？“嗯呐，who are you？”
“我是温哥华医院的医生，我叫阿黛尔。”
“阿黛尔？你不当歌手改行去当医生啦？”
“我是加拿大的阿黛尔，不是英国的阿黛尔。我们医院里有个病人和您的造血干细胞初配成功，我们特别需要您的继续帮助和支持。Thank you！”
“配型成功？我滴个乖乖，太好了！”

快板　钱大明，他真高兴，
助人为乐救人命，
胜过一日赚万金。
要求立刻作捐献，
谁知体检出毛病。
血糖血脂都超标，
这可怎么献爱心?
钱大明，铆足劲，
所有应酬统统停，
戒烟戒酒戒荤腥，
每天跑步汗淋淋。
半年不食肉滋味，
体重降了四十斤，
各项指标杠杠滴，
捐献成功太欢欣。

唱　爱是雨中一把伞，
爱是黑夜一盏灯。
爱是雪里一炉炭，
爱是温良的一颗心。
大爱能化三春雨，
滋润枯苗万木春。

快板　有位大夫，医者仁心，
骨髓捐献，成功配型，
妻子有孕，即将临盆，
采集之日，慢慢靠近。

方言对白　“亲爱的老婆，没想到医院定的捐献日和你的预产期正好是同一天！”
“哦，那真是太巧了。”
“如是真是那么巧，我就不能陪在你身边看着宝宝出生了，我……”
“我倒希望那么巧。用挽救一条生命的方式去迎接另一条生命，那宝宝的出生多有意义啊？他一定会为拥有你这样的好爸爸而感到骄傲的！我支持你，亲爱的老公！”
“谢谢老婆！”

同时白　“我们一起加油！”

快板　家庭最可贵，夫妻结同心。
祈求老天爷，祝咱交好运。
上苍果然眷顾，巧合从来天成，

捐献日子一到，宝宝准时降临。
哭声响彻天际，直为爸爸鼓劲。
用爱创造奇迹，髓缘改变命运，
两条美丽生命，从此血脉相亲。

唱 平凡的人呵，却有最美的心灵，
充满勇气，不染一尘，
境界如峰，耸入秋云，
驱赶阴霾，带去光明。

快板 还有位姑娘叫小英，
身材瘦小是辅警，
她也是捐髓志愿者，
那日收到一封信：

方言 “亲爱的小英姐，您好，俺是山东的马兰花！”

快板 三年前，我得白血病，
是您捐髓救我命。
当时您，才当妈，
宝宝只有七月零。
您公公婆婆都反对，
可您一意来孤行，
断奶也要捐爱心。
当时您就八十斤，
从小怕疼还血晕。
一针下去咬紧牙，
不顾反胃头又昏，
捐献义举令人敬。
一滴髓血一份爱，
我就此与死神擦过身。
今年我已上大学，
时刻感念您救命恩，
决心将爱来传递，
回馈社会做好人。

唱 髓缘连血脉，
大爱无边境。
谁说人心冷，
处处见真情。

生命火种燃希望，
爱的接力暖昆城，
美好家园更温馨。

（完）

吴中绣郎

（苏州评弹）

女合唱 浩渺太湖醉春光，吴中烟雨氲水乡。

雨丝柳丝化蚕丝，蝶舞花间绽绣绷。

男唱 曾几时，家家养蚕户户绣，

女合唱 八千绣娘名远扬，

男唱 她们青春豆蔻俏模样，

女合唱 功夫尽在那针里藏。

男唱 而今青丝化雪春秋暮，

女合唱 纤纤玉手也蘸风霜，

男女合唱 传承创新正费思量？

女白 你是谁？

男白 我姓张，叫天工。

女白 张天工？搭张天师不知阿关着点亲？

女白 你从哪里来？

男白 我是土生土长的苏州人，刚从法国留学回来。

女白 哦，“海龟”，本土“海龟”。

女白 你来这儿干什么？

男白 拜师，学艺。

女白 学刺绣？

男白 嗯！

女合白 男人，刺绣？哈哈哈！

女唱 稀奇稀奇真稀奇，

女轮唱 荒唐荒唐实荒唐。

你可知晓，针线向来女红活，从前闺阁遣日长，

如今也是苦行当，熬心熬血熬肝肠，
你一个大男人，轧啥闹猛绣鸳鸯？

男唱 三百六十行，行行能出挪，男子爱刺绣，稀奇也平常。
顾明世，露香园里飞针忙，张洪兴，清朝蜀绣称大王，
还有Chales Henry，法国大叔高鼻梁，
他们为绣痴迷为绣狂，绣花郎个个不输绣花娘！

女唱 看来他，对刺绣实头不陌生。

女白 格么伲来考考倷，伲苏州的刺绣有啥个特点？

男白 明代王鏊在《姑苏志》里早有定论：四个字：精、细、洁、雅！

女白 精？

男唱 精致精巧精技艺。

女白 细？

男唱 细密细腻工为上。

女白 洁？

男唱 洁明亮。

女白 雅？

男唱 雅端方，
搭伲苏州城的气质一个样。

女白 对格！

男唱 山水能分远近之趣，楼阁能布深邃之章，

女唱 吴中翰墨，园林幽巷，

男唱 花鸟能传生动之态，人物能现悲欢之状。

女唱 说噱弹唱，苏滩昆腔，
搭伲苏州人的生活一个样，

男白 蛮准！

众合唱 故而姑苏人间称天堂。

男唱 苏绣凭六技，更有大文章，
平、和、顺，匀、齐、光。

女合唱 看来今朝碰着个真内行，

男白 平？

女白 绣面平服。

男白 和？

女白 色彩调和。

男白 顺？

女白 丝缕自如。

男白　匀？

女白　线条均匀。

男白　齐？

女白　针脚整齐。

男白　光？

女白　色泽鲜亮。

女白　咦？到底伲考俚还是俚考伲介？

女白　又说又唱，给俚缠昏脱哉。

女白　刺绣这门生活，光有理论也呒不用的，

女白　对格，还要有实践经验。

女白　小张啊，不知你阿曾捏过针碗？

男白　绣绣白相相倒经常的，喏，这个是我的最新习作，请各位老师不吝指教！

【大屏上出现似梦似幻的《星空》作品。】

女轮唱　非花，非草，非山水？
非禽，非兽，非人像？
几多神秘似星空？
浩渺宇宙显苍茫？

男白　对，它的名字就叫《星空》。

女轮唱　行星绕太阳，星轨泛银光，
文艺又现代，简洁又抽象，
如梦似幻不寻常，

女白　你们看里面的针法，

女轮白　齐针、戗针、集套针，
滚针、锁针、盘金针，
虚针、乱针、打籽针，
接针、齐针、刻鳞针，
还有……

男唱　还有针法算自创，也是弄弄白相相。

女白　弄弄白相相？倷太谦虚哉！

女白　该幅作品在图案设计、色彩搭配、针法运用上已经相当娴熟，

女白　而且突破传统，极具创意。

女白　不是童子功么至少也绣仔三五年了。

女白　小张，按照你这个水平，今朝哪搭是来拜师学绣格介？

女白　分明是来别苗头，

女白　　摆擂台，

女白　　作PK格啘！

男白　　不不不，我今朝是诚诚心心向各位老师来学习、讨教、寻求帮助的。

女白　　帮助？啥意思？

男白　　我在法国学设计的导师经常对我讲，任何艺术的传承光传手艺是远远不不够的。

女合白　还要传啥？

男白　　文化！

男唱　　苏绣技艺承千载，全仰吴地文化源流长。
而今名列非遗录，亟需创新来弘扬，
走进生活成日常。

男白　　因为这幅《星空》，我已经收到国外工艺商的订单，准备在年轻人的日常用品，比如耳机、表盘、手机套的个性化、艺术化上用刺绣提升价值，打造品牌，让苏绣技艺走进生活、走近青年、走入时尚、走向世界！

女白　　到底吃过洋墨水的，眼界境界比苏州国金中心还要高！

女白　　是啊，传承需要顺应时代，

女白　　创新必须接牢地气，

女白　　如何让中国民间刺绣这个文化瑰宝发扬光大，使它获得强大的生命力，这是时代摆在我们眼前的一大课题啊。

女白　　格么小张，倷需要伲做点啥呢？

男白　　搞培训、开讲座，网络直播当课堂，
传统现代相碰撞，合作共赢闯市场，
传承发展共商量，振兴苏绣谱华章！

女轮唱　共商量，谱华章，新时代的男儿不寻常，
敢想敢为敢担当，传承文化有信仰，
须眉甘作绣花郎！

男唱　　银针渡风云，蚕丝鉴辉煌，
让我们，携手再绣新天堂！

女合唱　好，让我们，携手再绣新天堂！

（完）

太极情缘

（苏州评弹）

人物　张小丰——男，三十出头，未婚，打得一手好太极，洛社太极拳协会负责人，简称“丰”。

戴娜——张小丰的初中同学，从中学起就喜欢张小丰，大学留学英国，英文名戴安娜，从事中外文化交流活动，准备回国发展，已与小丰确定恋爱关系，简称“娜”。

戴娜妈妈——望女成凤，常为女儿的婚事操心，爱搓麻将，简称“妈”。

【太极拳音乐起。张小丰在公园一隅认真地打着太极拳。】

【戴娜从一侧上，悄悄跟在张小丰身边学打太极。】

丰白　（突然发现娜）咦，小娜，你怎么到这儿来了？

娜白　我来拍照！等会儿你们练拳，我这个半专业的摄影师给队员们好好地拍几张，到时候可以用在宣传海报上，还可以发到太极拳协会的微信公众号上。

丰白　小娜，你想得真周到，近阶段辛苦你了！

娜白　为了太极为了你，我愿意！（主动伸手去拉小丰的手，小丰欣喜地迎上）

【戴娜妈妈气冲冲上，对欲拉小娜手的小丰。】

妈白　Stop！停，我不愿意！

娜白　妈，你怎么也来了？

妈白　我不来，你就要上当了。

丰白　（稍有尴尬地向戴娜妈妈问好）阿姨，我是张小丰，你好！

妈白　好你个死忒！哎哟……（腰疼状）

丰白　阿姨，您的腰……？

妈白　（自言自语地）到底老了，连搓了三天麻将就……

娜白　　妈，您坐这儿，我帮您揉揉……

妈白　　（生气地）去去去……

【小丰主动为戴娜妈妈的座位掸灰，三人坐下。】

丰白　　阿姨，请坐！

妈白　　（对娜）你个小娘吾啊，出国读几年书脑子读坏掉了。

妈唱　　自从你留学到英格兰，我是逢人脸上添光辉。

只望你凤凰栖高处，事业爱情中头彩，人生将来还有将来。

本则你，门门功课全是A，毕业留英好机会，

听说那，查尔斯笃阿侄还将你追，皇亲国戚耀门楣，

到将来，白金汉宫住下来，还好生一个混血囡囡洋宝贝。

娜白　　妈，你瞎讲点啥哦！

妈唱　　哪知你，偏要回到小无锡，大好前程全丢开，

还不肯相亲谈恋爱，却跑到洛社来约会，

弄啥太极不太极，实头烧坏的脑壳爿。

妈白　　（对丰）我说张三丰啊，

丰白　　（忙纠正）阿姨，我叫张小丰。

妈白　　张三丰，张小丰，差也不差多。

娜白　　（对观众）那是差得远来。一个是太极祖师爷，一个是我男朋友。

妈白　　我倒不懂哉，你们两个一个在英国伦敦，一个在无锡洛社，离开十万八千里，怎么会搭牢的呢？

娜白　　不是俚搭的我，是我搭的俚。

妈白　　（害臊地）啊咦！怎么不怕难为情的呢？

娜白　　姆妈！

娜唱　　感谢妈妈一片爱，

妈白　　马屁少拍！

娜唱　　你省吃俭用，送我留学赴海外。

深造不为功与名，只为实现人生价值不辜负这新时代。

我导师名叫爱德华，研究华夏文化数十载，

论文开题《太极拳》，邀我一起组团队。

网上搜着张小丰，本是同乡好攀谈。

太极拳协会是他亲手建，“老架一路”他打得出神入化飞起来，

洛社镇上好口碑。

他替我寻资料，助我脑洞开，

消我疑与惑，解我困与难，

让我导师跟前受青睐，同学跟前挺腰杆，
完成学业一路顺风又顺水。
况且天下无巧不成书，妈妈呀，你道小丰他是谁？

妈白 听明白了，他是你的网友。

娜唱 （摇头）他与我，竟同学同窗同过班。

妈白 瞎说，你从读幼儿园到研究生的同学我哪个不晓得，从来也没听说过有叫张小丰的。

娜白 妈，你记不记得，初一的时候我被隔壁班那个人高马大的死胖子欺侮，我们班有个男生把那家伙的鼻梁都打歪了，还就此得了个处分。

妈白 当然记得，那男生叫张阿二，是从洛社镇考到无锡市一中的插班生，阿对？

娜白 （指着小丰）对，就是他。

妈白 （惊讶地）不会吧？我印象当中的张阿二，又矮又小又黑又瘦。而眼前这个张小丰，我上看下看，左看右看，前看后看，远看近看，又高又大又白又壮。怎么可能是一个人？

丰白 阿姨，张阿二就是我，张小丰也是我，张小丰就是当年的张阿二，张阿二就是现在的张小丰。

妈白 都说女大十八变，你倒是男大七十二变，变得赛过换忒个人喏！

娜白 七十二变？你当别人家孙悟空哉。

丰白 这或许搭我练了十年太极拳有关吧！

妈白 十年？在我印象当中太极拳么全是七八十岁的老头子、老太婆白相解厌气的，你一个年纪轻轻的小伙子轧啥个闹猛呢？

娜白 姆妈，太极拳是伲中华文化当中的宝贝，你懂点啥哦？

妈白 中华文化当中的宝贝多了，（突然地）欸，麻将阿算的？

娜白 你只晓得搓麻将！

丰白 阿姨！

丰唱 中华拳功太极门，遵儒循道学问深。
阴阳辩证虚实间，内外兼修功自成。
俯仰天地得正气，以拳载道德修身，
“意、气、形、神”通乾坤。
撑开一片天，划出一道云，
刚柔相融济，吐纳涤身心。
天人合一亲自然，中正安舒动中静，
无病健脑冶性情，有病通络强骨筋。

娜唱 对，常打太极少求医，强身健体好防百病。
“野马分鬃”攻步展，双腿关节变活灵。

丰唱 “白鹤亮翅”控血压，头痛头晕一扫清。

娜唱 “弯弓射虎”少贫血，保护心肌血充盈。

丰唱　　“倒撵猴儿”治失眠，防便秘全靠“海底针”。

娜唱　　“手挥琵琶”松肩周，乳腺小叶防增生。

丰唱　　“上步七星”防早衰，不得老年痴呆症。

娜唱　　“玉女穿梭”练腰肌，颈椎腰椎少毛病，麻将一搓好搓天明——

妈白　　哦，这句我最听得进。

丰唱　　八十八式太极拳，

娜唱　　拳拳全有名堂经。

丰唱　　健身养身又修身，

娜唱　　练功练气练肺门，

丰唱　　新冠病毒不上身，

娜唱　　提高免疫吓瘟神。

合唱　　百姓安康国方安，强健体魄好守国门，

中华复兴逐梦路，全靠华夏儿女精气神！

妈白　　乖乖隆地冬！碰着两个太极拳专家！照你们这样说起来，学打太极拳非但能陶冶情操、修身养性，关键还能强身健体，抵御新冠病毒，为中华民族伟大复兴铺路搭桥？

丰咕　　一档篇子总算没白唱。（白）嗯，阿姨总结到位！

娜白　　哟，姆妈悟性一流！本来今年十月，由我的导师爱德华牵头，受英国爱丁堡艺术节邀请，小丰将带仔太极拳协会老中青幼四代太极拳爱好者赴欧洲表演，向老外展示太极拳的魅力。

妈白　　最近英国人在推行“群体免疫”，看上去计划泡汤了。

丰白　　虽然“计划赶不上变化”，但是洛社推行全民健身的计划、打造太极小镇的计划是绝对不会变的。

娜白　　对！妈，我劝你以后麻将少搓搓，身体多动动，为仔健康，还是跟小丰学打太极拳吧？

妈白　　八十岁学吹鼓手，阿学得会格介？

娜白　　你这么聪明的人，当年打麻将无师自通，学打太极拳，还不是小菜一碟？

妈白　　去，不行钝人格哇！

娜白　　看，爱好者们已经来了！摆好阵势，准备开练！

【三人谈话间，群众已陆续上场。音乐起，众人随张小丰操练太极。】
戴娜妈妈效学现拙，甚是有趣。戴娜先是辅导妈妈打拳，最后拿出相机拍照。背景照片定格。

两岸母子情

（苏州评弹）

合唱 有一座小城叫昆山，有一座小岛叫台湾，
咫尺天涯海相隔，却隔不断同根同脉同娘胎。
改革开放大浪涌，昆山之路成标杆，
喜迎台商千千万，共谋发展蓝图绘。
此刻是，才入初春寒料峭，绵绵冷雨透骨寒，
但见一抹瘦影雨中来，她一个“愁”字锁双眉，
走三步，停一番，停停走走步艰难，
不觉已到高铁站。
她是谁？她是谁？
她就是，台湾妈妈林雅慧，她就是，爱心天使降尘寰，
然而今朝无奈要别昆山。

女表 三月初的江南，有点拗春冷。雨一落，风像小刀割肉。就在昆山高铁站的网络取票窗口，出现一个瘦小的身影。她叫林雅慧，台湾人，在昆山投资了一家化妆品企业，大陆一待就是二十年。这二十年中，有艰辛也有喜悦，有困难也有辉煌，但是自从美国发起贸易战以后，因为设备老化，又缺乏技术更新，企业出现了前所未有的危机，陷入了措手不及的困境。一撑再撑，公司实在撑不下去了。残酷的市场竞争使得在商场打拼了二十年的女强人不得不离开这座她深爱的小城，离开她就算闭拢眼睛瞎走也不会迷路的第二故乡。

男白 “各位旅客，从南京开往上海的G3116趟列车开始检票了，请各位旅客……”

女表 “啪”，票拿到手里，望望雨蒙蒙的天，“唉”，轻轻地叹了一口气。进去吧！

男白 （气喘吁吁地）……林妈妈……怎么不接电话……还好……终于找到你了……

女白 车站，你……你怎么来了？

男表 突然出现在林雅慧眼前的小伙子大概二十来岁，单看面孔，不输现在的偶像剧明星

黄晓明，但是走两步路一瘸一拐有点艰难，他的名字叫车站。

女表　这个名字还是十九年前林雅慧给他取的。车站其实是一个孤儿，因为先天发育不良——手和脚是畸形的，医学上叫佝偻病——还是血泡泡的辰光，就被亲生父母遗弃在老火车站地下过道的一个角落里。是乘夜火车到昆山的林雅慧把他抱到屋里，搭俚起名车站，一是从车站抱回去的，二是希望他的人生就从这个车站出发，走得顺顺当当。因为不符合收养条件，只好拿小囡送到福利院。但是林雅慧把车站视如己出，三日两头要去望望俚、陪陪俚、关心俚、照顾俚。林雅慧的举动还影响仔身边一群在昆山的台湾小姐妹，她们自发组建了一支爱心妈妈的公益队伍，给福利院里所有的小囡带去了亲情和温暖。（白）车站，你不在学校做实验、写论文，跑出来干什么？

男白　林妈妈，我是来找你回去的。

女白　回去？员工都遣散了，公司都倒闭了，林妈妈什么都没有了……

男白　不，你还有我！（表）"啪"，头颈里解下来一样物事。（白）林妈妈，还记得这个护身符吗？

女表　看见这个护身符，两人的思绪不由自主回到了十年前的那个夜里。

男白　林妈妈，从今天开始，我就十岁了吗？

女白　是的，十岁就是小男子汉了。戴上这个护身符，一定无病无灾，健康成长。来，这是你最喜欢吃的油爆虾，林妈妈祝你生日快乐！

男白　嗯！谢谢林妈妈！（嘴张大状）

女表　往准他的勺里一放。

男表　咦？平时全是直接搛到嘴里的，今朝……

女白　今朝，你自己来。

男表　车站一愣。自己拿勺子吃饭？这在别人那里天经地义的事情，对于他这个百节百骼全是弯的残疾小囡来讲，简直比登天还难。虽然做过了两趟手术，林雅慧也一直在帮他做康复训练，但是因为畸形程度实在严重，左手的手指仍旧伸不开，右胳膊也呒不办法抬起来。平时吃东西一直是林雅慧喂的。（白）不，我要你喂！

女白　不行！想吃，就拿起勺子，自己吃。（表）一边说，一边拿勺子往车站的右手里一戳。

男表　车站不明白林妈妈为啥今天突然对自己格种态度。倒是这样大的油爆虾，看么看得见，吃么吃不着，两条馋虫在喉咙口千跟斗了豁虎跳了。（动作）右手刚正抬起三分之一，只觉臂膀像电击一样，痛得俚"啊一哇"也来不及喊，勺脱手，"得儿……"掉到地上粉粉碎。

女表　勺子特意买好十六打半勒嗨。重新拿一把，再夹一只虾，（白）再来。

男白　疼……太疼……

女白　疼也得来，哪怕这些虾全报废了，我再重做！

男表　看看桌子上五盆油爆虾廿六把勺，再看看林雅慧一脸的冰冷严肃，车站心里一阵委屈。(白)我……我不吃了!(表)哭出乌拉立起身,(白)我要回去!(表)往门外就走。

女表 看俚摇摇晃晃步履艰难的样子,林雅慧的眼泪熬不牢了。(白)站住!

男表 立停身体。

女白 不是林妈妈心狠,我不可能照顾你一辈子,任何人也不能。你必须学会自己吃饭!只有学会吃饭,你才能长大成人;只有战胜了自己,你才能战胜命运,才能不被人当作废人,不被人欺侮!你懂吗,孩子?

男表 十岁的年纪,似懂非懂。但是林妈妈在哭,俚听得出的。在我记忆当中,除了那趟送我进手术室她哭过一次,平时看见我总归一面孔的阳光灿烂。林妈妈待我一直像亲生儿子什梗,我哪哼可以让俚哭,惹俚伤心呢?别转身体,又摇摇晃晃走到林雅慧跟前,一边揩自己的眼泪,一边搭林雅慧揩眼泪。(白)林妈妈,你别哭了。我乖,我自己吃……

男表 就这样勺子掉碎了一把又一把,

女表 油爆虾废了一只又一只,

男表 手抬了一次又一次,

女表 冷汗出了一身又一身……终于,在试吃最后一只的时候,你把虾送到了自己的嘴里!

男表 你一把将我抱到怀里,激动地对我说:天下无难事,只要肯攀登。林妈妈为你骄傲!

女表 是啊,哪哼会不骄傲?从那天开始,你好像一下子长大了。非但开始自己吃饭,自己着衣裳,生活越来越自立,读书也越来越出色。非但考上了大学,还以优异的成绩考取了研究生。

男表 这全要归功于你,我的林妈妈!让我找寻到人生价值的,是你无私的支持、鼓励还有爱!(白)十九年前,您在车站捡到了我,让我拥有了一个家。今天,我想在同样的地方,接您回家!

女白 可林妈妈的企业关门了,林妈妈回不去了……

男白 门关了可以再开。(表)从包里取出一份文件。(白)这是我和导师最新的实验成果。这种纳米技术完全可以运用到您现在的产品里,然后试着把市场从美国转向欧洲,企业一定能迎来转机!

女表 实验报告拿到手里。(快速浏览样,越看越兴奋激动)眼泪……

男衬 实头一二不过三。第三次出眼泪了。(白)十年了,这个护身符从没离开过我。它在我最需要力量的时候给了我力量。今天,我把它送给您,希望它同样能给您力量!

女白 车站!

男白 林妈妈!

女白 我的孩子!

男白 妈妈……

女白 走,妈妈跟你回家,

男白　　嗯，我们一起回家！

合唱　　风歇了，雨停了，暖阳照到了心尖上。
都说母亲最无私，都说母爱最伟大，
都说温馨的家园全靠她。
无关骨血亲，哪怕隔海峡，
她将赤子心融化，她把大爱来播洒，
这人世间，因她开遍幸福花，芬芳满天涯。
有爱就有家，爱家业更大，
行得春风有夏雨，何惧霜雪打。
有我在，你不要怕，
有你在，我不再怕，
相扶相搀手相拉，共护一个家。

（此作品与高向东合作完成）

烽火情

（苏北琴书）

男唱　风朔朔，云漫漫，泰山隐隐，

女唱　星点点，月昏昏，子夜沉沉。

男唱　歇战火，淡硝烟，万籁俱寂，

女唱　沂水城的牢房内却炉红铁殷。

男白　（扮日军）你滴，到底是哪里人？

女白　中国人！

男白　你丈夫叫什么名字？

女白　男子汉！

男白　你是干什么滴？

女白　打鬼子的！

男白　你丈夫又是什么滴干活？

女白　灭你们的！

男白　（气急败坏地）八嘎——连她肚子里的孩子……一起死拉死拉滴……

男唱　皮鞭夹棍轮番上，
电棒烙铁施极刑，

女唱　任凭焦味伴血腥，
她银牙咬断不吭声。

女表　这个铁骨铮铮的女汉子到底是哪一个？

男表　先说说她的夫君，那是家喻户晓——中国炮兵元帅朱瑞。

女表　她，就是朱瑞的结发妻子，时任山东省妇救会常务委员的陈若克。一周前，敌人突袭大崮山，二十二岁的陈若克为掩护部队撤退，不幸落入鬼子之手。

男表　一个大男人都很难经得住敌人挫骨割肉的酷刑，何况一个怀着八个多月身孕的孕妇！

女表　临盆在即，加上连续不断的皮肉折磨，此时的陈若克已经气息奄奄，魂若游丝……

男白　（扮朱瑞）若克，我来了……

女唱　恍惚间现一抹蒙眬身影，

男白　我是朱瑞，你的朱校长……

女唱　原来是夫君他正朝我走近。
见他笑盈盈，忽而泪盈盈，
大丈夫两行泪里都是情。

男唱　若克啊，我的妻，
怪只怪，朱瑞枉有七尺身，
未将妻儿护安宁，
害你受尽非人苦，
我自思自责自痛心。

女唱　夫君啊，你休自责，莫痛心，
你常说，抗日之路血染成。
纵然是，刑具将我血肉毁，
也难毁我胸中的长明灯！

女白　瑞，你还记得我们第一次见面吗？

男白　当然。十九岁的你，扎着两个小辫，瞪着一双热情似火的大眼睛，操着一口浓浓的上海话，来报考我们华北军政干部学校。

女白　（闪回）阿拉要报名，找哪位？

男白　找阿拉就行，来来来，侬先填表格。

女白　侬也是上海人？

男白　勿勿勿，我只是在上海工作过。

女白　哦，格也算半个老乡。（闪出）我当时以为你就是个招生的，哪知道你就是大名鼎鼎的朱校长！

女唱　初相见竟与您毫不陌生，
朱校长儒将风平易近人。

男唱　交谈间，得知你也是年少丧父，
弱肩膀担负起家庭重任。
干工厂读夜校投身革命，
入党籍宣誓言——

女白　（闪回起誓）“我庄严宣誓：从现在起，我的思想，我的身体，连我的头发，都应该属于无产阶级……”

男唱　（接上半句唱）——不由人肃然起敬！

女唱　我也慕你，年少立志出乡关，

赴苏深造学业成。
我更敬你，智勇双全布炮阵，
运筹帷幄沙场征。

合唱 我们志相投，意相合，
两颗红心渐渐近。

男唱 “七一”求婚姻，

女唱 “七七”订婚姻，

合唱 党旗为媒，太行作证，
“八一”良宵值千金，
我们两颗心融成了一颗心。

女唱 从此后，你把我捧在手掌心，
呵护关爱倍暖心，
指导工作有耐心，
劝慰我，面对困难不灰心，
战胜敌人有雄心，
革命路上添信心，
你和党，就是那海上不灭的灯，
引领着小船向前行！
瑞哥呵，我最心爱的人，
我还欠你，中秋夜一温团圆酒，
还欠你，破衣角最后三两针，
还欠你，走长路一双新布鞋，
还欠你，回故里同把乌骓寻，
学几句拉魂腔，唱一唱家乡音，
“……”（来一句）
再回老宅，看一看，夜夜盼咱的老母亲！
最……最欠你，一双儿女绕膝下，
让你天天抱来日日亲，
既享人间天伦乐，
又喜迎革命后来人！

男唱 一番话好似断肠散，
大将军饮泣不忍听。
伸出手将爱妻的肚儿来抚摸，
若说欠，对妻儿，我三生三世都还不清！

男白 （学婴儿哭）哇……

女唱　　突然间，婴儿哭声震天际，

她半是梦里半惊醒。

女白　　孩子……我们的孩子……

女唱　　她咬破手指滴血奶，

鲜血和泪喂亲亲。

儿啊儿，你吃吃饱，好困觉，

稍后跟妈妈去赴刑。

男白　　（学婴儿哭）哇……哇……

女唱　　你不要伤心不要怕，

爸爸的大炮会轰敌人。

待等轰走厉鬼和恶魔，

烽火尽息天放晴，

好梦中，我们阖家再续天伦情！

女白　　（用上海话）朱校长，依保重——

男白　　若克，等我——

（完）

开篇选曲类

大美江苏

（弹词开篇）

合唱　　大美江苏，江苏大美。
女领唱　美在青山，美在碧水，
合唱　　唱则唱，好山好水好江南。
男领唱　秦淮中分白鹭洲，栖霞山青青天外。
女领唱　瘦西湖恋明月夜，紫气氤氲观音山。
合唱　　千年锡山望惠山，太湖润泽拈花湾。
女领唱　姑苏那个水巷啊，如一阕清词般浪漫，
　　　　　枫桥客船入梦来，摇到虎丘山，
　　　　　一路烟雨追，
合唱　　嘚儿……一路烟雨追！
合唱　　大美江苏，江苏大美，
女领唱　美在湿地，美在花海，
合唱　　唱则唱，苏北堪比美江南。
男领唱　莲波叠韵秦湖间，藕花深处白鹭归。
女领唱　丹顶鹤舞滩涂地，麋鹿奔腾逐云彩。
合唱　　南水北调骆马湖，芦花风送渔歌醉。
女领唱　衲田那个花似海，是春在人间笑颜开，
　　　　　振兴乡村施宏图，华夏大地美，
　　　　　今宵多烂漫！
合唱　　今宵多烂漫！
合唱　　大美江苏，江苏大美，
　　　　　绿水青山就是金山银山，
女领唱　发展重生态，

男领唱　　浊波化清澜，

女领唱　　江南江北一样美，

合唱　　明朝天更蓝！

蘩漪悲歌

（弹词开篇）

千种风韵，万般柔肠，
心意彷徨，望断高墙，
寂寞孤枕恨夜长。
枯荷久旱盼雨露，
我只求在爱河之中尽情徜徉，
却为何，魂销尽处满身伤！
惊雷醒好梦，
大雨舞酣畅，
天公啊，纵然你笑我痴癫笑我狂，
笑我自作自受自荒唐，
我也要，困兽之斗来拼一场，
烈焰燃身又何妨？
恩怨灰飞烟灭去，
唯留下，一曲悲歌悼情殇。

并蒂牡丹姑苏情

（弹词开篇）

水悠长，巷悠长，
情悠长，梦悠长，
千年姑苏韵悠长。

姑苏啊，你是月的故乡，
枫桥的渔火把月儿照亮。
月缺是你娇羞的面庞，
半入桥拱悄梳妆。
只待金秋月盈时，
与君相约扁舟上，
同饮丹桂酒一觞。

姑苏啊，你是雨的故乡，
雨丝巧绣花芬芳。
轻敲黛瓦，细叩朱窗，
醉了碧桃，惊了红杏。
姑娘听柔雨，檐前轻吟唱，
“有位佳人，在水一方！”

姑苏啊，你是风的故乡，
古塔风铃奏沧桑。

阳澄湖面皴绿波，
阖闾城头云飞扬，
风过处，沁心房，
碧螺茶香茉莉香。

姑苏啊姑苏，你是评弹的故乡，
弦音雅曲吴侬腔。
说不完，才子佳人，帝王将相，
唱不尽，小巷风流，时代辉煌，
听不厌，天籁之声，余韵绕梁，
看不够，牡丹怒放，并蒂芬芳。

港珠澳大桥颂

（弹词开篇）

龙隐伶仃跃海空，凤翔三地架飞虹。
西望莲花东紫荆，海陆连珠一脉通。
奇迹惊世界，重器撼苍穹，
三地同心结玉带，四海团圆紧相拥，
谁将伟业千秋颂，谁将丰碑朝天耸，
谁人举世功？

问蓝天，天激动，大国工匠中国风。
多少离乡寻梦客，为酬壮志别江东，
惶恐滩头筑梦中。
缚虎当须深虎穴，屠龙自敢搏浪汹，
一年聚智烟波里，百里凝辛风雨同。
一脉同根襄盛事，八方协力绘图宏。

问碧海，海汹涌，大国制造中国风。
测海穿针惊鸥鹭，墩立管沉镇海龙。
长城筋骨凝雄臂，珠峰椎梁挺巨弓。
难题一个个，险关一重重，
海面筑奇岛，海底绣花功，
凌空烟岛落双鸿，攻坚克难攀高峰，
不是天工胜天工。
问世人，人称颂，大国襟怀中国风。
四海一心结硕果，九州携手挽长虹，

通途水陆接天涯，手足相亲乳交融，
一国两制共昌荣，金汤稳固御长风。
九年三千两百天，碧海南天建奇功。

建起一座连心桥，三地心相通，
建起一座自信桥，中华傲群雄，
建起一座复兴桥，重温汉唐风，
建起一座圆梦桥，尽圆中国梦。

梦中你是一张琴，奏时代凯歌，流水淙淙，
梦中你是一盘棋，布人间智勇，帷幄胸中，
梦中你是一笔字，书钢筋铁骨，挥洒浑雄，
梦中你是一幅画，写中华脊梁，气贯长虹。

果然是，
春到南天多故事，改革霖雨化彩虹。
神州从此添壮景，飞龙迤逦舞苍穹，
碧涛斟满酒千盅，盛邀明月与清风，
共庆华夏第一功。

春悼亭林

（弹词开篇）

春去春来春复春，
春风春雨润无声，
百年青冢草尤绿，
春花吟哦悼先人。
那长长的石板街，刻满你年少壮志的足印，
那巍巍的秦峰塔，见惯你临窗耕读的身影，
那涓涓的娄江水，吻过你捍卫家邦的碧血，
那阳澄湖的风帆呀，目送你天涯远行。
半世抗争，半世飘零，
万卷书本，万里征程，
师山川，谒庙陵，考旧典，访古人，
经世致用实学兴，
明道救世济苍生，
誓如精卫东海平，
哪管衔枯一寸身，
激浊扬清看风云。
你生无半锥土，常怀四海情，
虽别桑梓地，魂归驻千灯，
永留下，
一身正气，一片丹心，
华章素志励后人。
永留下，
天下兴亡匹夫责，微言大义千秋炳，
日月常伴天地存，年年春花悼亭林！

好人礼赞

（弹词开篇）

诗意姑苏，风雅江南，
仁德载道，文明花开。
用勤劳来滋养，
用真诚来灌溉，
用温情来呵护，
用爱心来栽培。
古城悠悠情，
好人千千万，
文明之花全靠他们亲手栽。

他们是，爱岗敬业的普通人，
他们是，见义勇为的英雄汉，
他们是优秀的共产党员，
他们是“中国好人”称模范。
他们“存好心、做好事、
当好人、扬好德”，
良知与责任肩上担，
播洒阳光播洒爱，
古城处处花烂漫。

一个个典型如灯塔，
人心向善立标杆；
一个个榜样添力量，

共建家园心相搀，
“道德之城”添光辉。
爱如春风，
爱如春雨，
爱如春潮，
爱在姑苏，情满江南！

桥

（弹词开篇）

唱　　诗里有你，江南的桥，
画里有你，古老的桥。
水是摇篮岸是枕，
静看花月各风骚。
桥下扁舟过，
橹声惊飞鸟；
桥上诉缠绵，
小妹吴语娇；
春满桥边，雨比杏花俏，
月上桥头，桂香满城飘。

歌里有你，雄伟的桥，
梦里有你，心头的桥。
潮起潮落自岿然，
跨江卧波看今朝。
历经岁月听风雨，
见证梦想与自豪。
钢躯展风采，
铁骨穿云霄，
幸福之歌桥头绕。

Rap　　桥啊桥，桥啊桥，
家乡的桥有多少？

大桥、小桥、高桥、矮桥、
长桥、短桥、木桥、石桥、
砖桥、铁桥、曲桥、拱桥、
竹桥、藤桥、吊桥、廊桥、
立交桥、公路桥、高架桥、
悬索桥、斜拉桥、隧道桥，
诗里的桥，歌里的桥，
画里的桥，梦里的桥，
网桥、鹊桥、连心桥！

唱 哦，家乡的桥可真不少，
画梦诗歌千百回啊，
座座都是最美的桥。

水墨巴城

（弹词开篇）

都言美玉出昆冈，昆冈的小镇美无双。
倘若你到巴城来，只怕心醉水乡忘还乡。
风帆点点，芦荻飞扬，
看不尽啊，渔舟灯火泛萤光。
秋水静揽五湖月，桂花成酿酒飘香。
撒出渔网捕希望，喜看蟹肥伴菊黄。

老街自有老故事，短笛山歌诉悠扬。
一部昆曲游园梦，吴音天籁水磨腔。
露湿光阴，岁月染霜，
演不完啊，六百年风流情一往。

人文荟萃钟灵地，吴越文化源流长，
一管毫素挥翰墨，唐法晋风书华章。
啊，古城千年，水墨流淌，
淌出了梦里水乡诗情荡漾，
你是人间最美的天堂。

水舞端阳*

（弹词开篇）

【吴歌引】

男领唱　五月五，端阳来，

合唱　家家门上挂香艾。

女领唱　吃粽子，白糖蘸，

合唱　一道去看龙舟赛！

【评弹音乐起】

女领唱　水舞端阳姑苏台，

合唱　龙腾园区闹非凡。

男领唱　锣鼓喧天金鸡湖，

合唱　五彩龙舟竞扬帆。

男合唱　水里是，法国队、巴西队、英国队、日本队，
阵容倒像世界杯。
还有苹果队、松下队、华为队、滴滴队，
全是园区名企来参赛。

女合唱　岸上是，大阿姐、小妹妹、新苏州、洋太太，
欢呼鼓劲啦啦队。

男领唱　英国队长叫戴维，在西门子里做总监，
这场比赛非一般，输赢着实拿心筋关。

---

* 每年端午节在苏州工业园区金鸡湖上举行的“水舞端阳节·龙腾金鸡湖”的龙舟比赛已成为苏州市乃至江苏省的品牌文化活动。

女合白　Why?

女领白　(喊)加油!戴维!

女领唱　我答应倷,今朝如果进前三,
明朝我就嫁给倷!

女合白　哦,

女合唱　原来岸上有个嗲妹妹。

男合白　Yes!

男合唱　赢比赛,方能抱得美人归。

女领白　加油,

男领白　嗨哟!

女领白　加油,

男领白　嗬哟!

女合白　加油加油,

男合白　嗨哟嗬哟!

男领唱　双桨划,百桨挥,
好比男儿把梦追。

男合唱　我们建设工业园区洼地起,
喜看东方之门入云海,
我们见证狮城苏城手相搀,
庆幸发展蓝图同描绘,
引领江苏作标杆。

女领唱　建设者,见证者,
你们来自五湖与四海,
是什么把你们留下来?

男合唱　是独墅湖春烟雨醉,
是阳澄蟹汛年年来,

女合唱　是金鸡湖秋月斑斓,
是李公堤上花烂漫。

男合唱　是交响,是评弹,

女合唱　是昆曲,是芭蕾,

男合唱　是传统,是浪漫,

女合唱　是古典,是现代,

男合唱　是开放包容真胸怀,

女合唱　是融合创新大情怀,

是一群滴滴糯糯的苏州妹，

男合唱 是一场热热闹闹的龙舟赛。

女领唱 百桨划，

男领唱 千桨挥，

领合唱 好比万舸争流在新时代。

合唱 水韵姑苏谁不爱，

弄潮逐浪幸福追，

人间天堂梦筑来！

目　光

（弹词开篇）

浩浩碧空，为谁凝眸，
在这万众瞩目的金秋？
鲜花怒放装城楼，
红旗漫卷典金瓯，
阅三军仪仗，看铁甲银钩，
震五湖四海，彰大国风流，
亿万目光汇神州。

我们的心呵，如音符跳动，
我们的血呵，如大海奔流，
这滚烫的目光呵，期待了多久？
几辈人风雨同舟，
七十年壮志同酬，
势蓄黄河与昆仑，
方迎来这扬眉吐气的时候！

来不及看啊，
铿锵的步伐，飒爽的回首，
庄严的敬礼，深情的问候，
赤子丹心展宏猷，
和平鸽飞五大洲。
来不及听啊，
鹰击云霄，铁马嘶吼，

轩辕亮剑，重器抖擞，
捍卫城汤御敌寇，
军魂誓将山河佑。

这不一样的目光呵，
与新中国交融，
如炬如电如暖流，
半是刚毅半温柔，
为军人喝彩，为祖国加油，
为时代讴歌，为幸福奋斗，
让我们，手拉手，
共祝华夏富强，更上层楼！

冯梦龙

（弹词开篇）

清雅江南名士风，
诗赋锦绣文墨浓。
风流奇才出黄埭，
谁人不识冯梦龙？
他幼年博览勤攻读，
出口成章天资聪，
制谜断案智无穷，
闻名乡里小神童。
怎奈运不济，天作弄，
屡考功名路不通，
权宜生计西席充，
桃李遍开小村中。
他怀抱负，志在胸，
心有江海气如虹，
花甲之年赴闽东，
六十而仕终圆梦。
他捐俸修城隘，
护坝利耕种，
重教建学宫，
筑路便交通。
除黑凶，安良农，
勇改革，为民众，
一片丹心两袖风。

他性情寄椽笔，
妙思如泉涌，
胸中有天地，
嬉怒文章中，
字字透灵性，
篇篇显真功，
信手描离合，
悲欢尽掌控，
经史懂，音律通，
俗有趣，雅亦工，
《智囊》《笑府》笔从容，
“三言”《情史》出横空，
巨著等身日月同。
大师已去魂犹在，
化作寥星映苍穹，
笑看世间云与风。

还君明珠*

（弹词开篇）

手捧明珠不胜悲，
对恩人苦苦凝双眉。
三年前我丈夫征战边关去，
跃马横枪扬国威，
家书难得到门楣。
我为求夫婿身康健，
奴是拜神灵，保平安，
我单身独上五台山。
谁料归途不测遇强贼，
幸得君家相救我把家回。
你赞奴容颜姣好如仙子，
你叹奴四壁萧然家道寒，
你惜奴弱质伶仃无人护，
你怜我青春年少守孤单。
你还慷慨相赠我明珠子，
感君缠绵意相关。
知君用心如日月，
故而系向罗襦贴胸怀。
然而我神前曾经亲许愿，
事夫誓拟共尘灰，

---

* 根据唐朝诗人张籍名诗《节妇吟》改写。

刀劈雷轰分不开。
你总要鉴我冰霜心一点，
体谅我此事实为难。
你么还将此时此刻意，
怜取深闺美裙衩。
恨只恨是未嫁之时未遇你，
今生无缘结连环，
只得还君明珠双泪垂。

原诗：
君知妾有夫，
赠妾双明珠，
感君缠绵意，
系在红罗襦。
妾家高楼连苑起，
良人执戟明光里。
知君用心如日月，
事夫誓拟同生死。
还君明珠双泪垂，
恨不相逢未嫁时。

感恩有你

——为亨通集团成立三十周年而作

（弹词开篇）

一束光电温暖着大地，
一根线缆诉说着传奇。
穿越一万九百五十天，
串起风云变幻的四季。

今日里，亨通之舟又启航，
载满鲜花泪花和情谊，
驶进三十年的岁月里，
去感恩，堤岸上站着的每一个你！

感恩有你，亲爱的员工，
走遍千山万水，说尽千言万语，
吃尽千辛万苦，想尽千方百计，
错过多少团圆夜，只争朝与夕。

感恩有你，可爱的“上帝”，
扬帆四海生动力，攻坚克难添勇气，
衣食父母助成长，产品质量保底气，
订单连成生命线啊，亨通因你显生机！

感恩有你，挚爱的伙伴，
合作求共赢，唇与齿相依；
手与手相挽，建起——

产业链、资金链、供应链、市场链、
人才链、技术链、创新链、物流链，
链链都见情和义，风雨也难侵！

感恩有你，敬爱的五星红旗，
机遇点亮光棒，上市如架云梯，
跟随春风破千亿，群雄逐鹿显豪气，
国运护航，盛世奋楫，
遨游太空海洋和陆地，
让我们在行业之巅屹立！

感恩有你，我们最爱最爱的你，
从那个懵懂追梦的鲈乡少年，
到中国时代楷模的光辉奇迹，
你带领我们把民族脊梁挺起！
产业报国，实干兴邦，
看着世界地图做民企，
沿着“一带一路”走出去。
光电所至心所往，
“神舟”“天宫”将豪情寄，
亨通因你震寰宇，
世界因你更美丽！

三十年，白驹过隙，
三十年，披荆斩棘，
三十年呀，筚路蓝缕，
三十年呀，风雨砥砺，
三十年，时代作桨梦作帆，
三十年呀，同舟共济心相依，
感恩有你，
往昔峥嵘，未来可期，
让我们，携手再闯新天地，
我们永远在一起，感恩有你！

姑苏运河十景

（弹词开篇）

（序）

一条大运河，滋养姑苏城，
一脉江南水，涌起千年韵，
一缕琵琶弦，拨动两岸情，
一根碧玉带，明珠串十景。

（吴门望亭）

吴门第一镇，春秋筑望亭，
千畦稻花香月城，灯火动黄昏。

（浒墅关）

孟姜女过浒墅关，寻夫三里亭，
昌阁风桅波影里，桑蚕吐丝织锦云。

（枫桥夜泊）

泊枫桥，兰桨停，枕涛声，入梦境，
渔火摇，晚霜轻，夜半钟，诗里寻。

（平江古巷）

春入平江花满巷，柳烟杏雨掩重门，
绿浪红栏忆旧事，陌上吴侬煞俏声：
“栀子花，白兰花……”

（虎丘塔）

怪石千僧坐，灵池一剑沉，
虎丘塔檐悬明月，曾照吴王宫里人。

（水陆盘门）

古盘门，水陆萦，伍子胥建城立功勋，

孙权建塔报母恩，瑞光普照后来人。

（横塘驿站）

年年送客横塘驿，彩云横卧向邮亭，

胥江犹闻饮马声。

（宝带桥）

天外虹飞彩，波心日泻金，

五十三孔邀玉兔，宝带桥头迎秋汛。

（石湖五堤）

石湖悠悠五堤开，采莲歌飞挠郎心，

龙舟调也寄相思情：

“拨开仔个船头摆开仔个梢，划起仔个龙船么听妹勒笃笑……”

（平望　四河汇集）

四河汇集通衢地，水色天光一望平，

乌篷白帆从不停。

（尾一）

一水绿两岸，一河见风云，

十颗明珠耀苏城，穿越古与今！

（尾二）

一根碧玉带，明珠串十景，

一缕琵琶弦，拨动两岸情，

一脉江南水，涌起千年韵，

一条大运河，滋养姑苏城！

脊　梁

（弹词开篇）

华夏泱泱，屹立东方，
民族脊梁，时代雕像。
平凡中见伟大，
柔韧中显刚强。
揣梦想，眺望远方，
生斗志，激情飞扬。
一回回，顶天立地，
一次次，铸铁成钢，
充满自信添力量，赢得尊严负担当。
俯身拾大爱，挺身筑信仰，
风霜雪雨摧不断，感召日月尽辉煌。
你是涓涓小河，也是浩浩长江，
你是青青细岭，也是昆仑宏梁，
你是万里长城，也是万众心墙，
你是“一带一路”，也是复兴之光。
你初心永不改，砥砺向前方，
百年圆梦生双翼，
再化巨龙去翱翔，
谱写时代新篇章。

出　征

（弹词开篇）

白　　这是一个没有硝烟的战场，这是一场保卫生命的战斗。面对疫情，中华儿女万众一心，共克时艰，迎难出征，扶危渡厄，充满了战斗必胜的信心！

唱　　鬼魅舞春，江汉混沌，华夏危临。
看人间天使，断发请缨；
振臂盟誓，耿耿丹心。
无论生死，逆风逆行，
悬壶出征救苍生。
驱妖魔，为生命而战，无愧杏林。
此番多少别离，尽天下兴亡家国情。
听一声号令，虽远必应，
雷火神山，点亮光明。
同克时艰，众志成城，
国歌声震九霄云。
祈平安，佑中华大地，雨过天晴！

颂隽永甲子　忆岁月如歌

——献给苏州评弹学校建校六十周年庆

（弹词开篇）

每一条小溪，流淌对大海的向往，
每一只雏鹰，饱含对天空的仰望；
每一缕朝阳，看惯琴影摇荡，
每一道晚霞，听惯吴韵悠扬。
六十年，春风雨露，托举青葱的翅膀，
六十年，饮水思源，绵延艺术之光，
六十年，润心塑艺，编织追梦的摇篮，
六十年，继往开来，绽放生命辉煌。
六十年呵，园丁遍栽桃李树，
六十年呵，学子书坛耀星光。
忆岁月如歌，弦音今又响，
颂隽永甲子，琵琶奏华章。
薪火相传六十载，
春华秋实满庭芳，
出人出书走正路，
扬帆砥砺再启航！

战·无硝烟

夕阳，黄昏，石库门

（中篇苏州评弹选曲）

刘浦生唱　夕阳，黄昏，石库门，
亦远，亦近，恍惚生，
多少次梦回百顺里，相逢竟隔十二春。
红墙添斑驳，青砖映苔痕，
黯壁蛛罗网，陋梯勘木纹，
一步一阶“吱嘎”声，声声沧桑抵人心。
十二年旧楼听风雨，十二年天地起风云，
十二年壮怀酬烽火，十二年浦江涛滚滚。
而今日月新天换，上海滩头却浊浪腾，
经济暗战何容轻，我双肩担子重千钧。
他心匆匆，却步沉沉，思绪间，上楼已到自家门。
门半掩，真安静，仿佛时空顷刻凝。
为什么，梦中清晰人，眼前模糊影，
银霜蚀青丝，佝偻背不挺，
秋光泛浊意，黛眉稀疏形，
岁月啊，你比浦生更无情，
让我这天涯人，险些儿认不得老母亲！

战·无硝烟

喜见那，朝霞烂漫舞长空
（中篇苏州评弹选曲）

陈毅唱　夜漫漫，月溶溶，

刘浦生唱　月溶溶，风茕茕，

陈毅唱　云笼雾罩添朦胧，

刘浦生唱　月昏月朗变幻中。

陈毅唱　新中国，盘古开天非易事，千头万绪任务重，
黄浦江水浪尖涌，经济工作摸索中，
浦生啊，你好比，迎向暗刃去冲锋。

刘浦生唱　冲锋陷阵军人职，该冲锋时便冲锋。
曾记得，临行首长细叮咛，沪上金融须把控，
经济战弦不可松。
大上海，万众瞩目聚焦地，一旦失守患无穷，
愧对先烈血流红，难将抱负对苍穹。

陈毅唱　共产党，何惧难，千难万险出英雄。
你血与火中经考验，有胆有识业务通，
故而派你陈毅市长去跟从，鸿雁浪中搏汹涌，
共和国，亟需栋梁朝天耸。

刘浦生唱　他那里意铿锵，语喁喁，我这里，受鼓舞，倍激动，
一腔热血言由衷。
首长啊，申江形势虽复杂，特务暗中扰金融，
但是残舟难掀惊天浪，欲酿飓风恐力难从。
而今是，商贾齐观望，脚踏两船中，
他们摇摇摆摆难适从，
我们要，拼将东风压妖风，让他们，甘随春风弃邪风。

陈毅唱　故而这一仗，休小觑，这一仗，至关重，
这一仗，与上海人的生活休戚共，
这一仗，与新中国的前途风雨共，
这一仗，与共产党的形象荣辱共，
这一仗，有进无退，必须成功！

刘浦生唱　首长一番令，慷慨气如虹，
云雾渐渐散，心与明月同，

陈毅唱　展智慧，难题攻，不惧强敌依民众，
月迎黎明东方红，

合唱　喜见那，朝霞烂漫舞长空。

战·无硝烟

"规矩"两字谁不晓

（中篇苏州评弹选曲）

刘安娜唱 "规矩"两字谁不晓，然而你言"规矩"真可笑。
我们暂将规矩放一放，
来理一理，你怎会追梦路上任逍遥！
想当年，你"闯"进百顺里，我无缘成独苗，
新衣先尽你，好吃我无权挑，
我非掌中宝，你却是全家傲，
供你大学举全力，我中途辍学心似焦，
梦断现实妒泪抛。
你离家全不顾，我养家一肩挑，
没奈何，红毡毯上捷径跑，柴米生计稳中找，
漫漫长夜却苦中熬，
方成就你，事业锦绣天之骄。
妈妈啊，若不是你行偏袒，
造就他，自私自利责任逃，
我怎会将婚姻赌一遭，甘嫁商人只认钞票，
又何必，对他哭，对你闹，
委曲求全在今朝。

刘安娜白 （关于手套）……
唱这针针线线寄温暖，丝丝缕缕爱滔滔，
十数春秋连绵涌，何曾分我厘与毫？
妈妈啊，你可曾扪心问一问，为何视我作路边草？
为何亲生不如江边抱？为何爱的天平一边翘？
为何我的痛，我的恼，我的苦，我的糟，

我的辛劳我的好，我的喜怒你心不操，

我的悲欢你从未晓？

如此亲情逆天理，休谈“规矩”惹人笑，

而今嫁鸡嫁犬我认了，护夫救夫我责难抛，

故而满腹苦水我要倒一倒，

休把我，再当那忍辱负重的受气包！

妈唱 听女儿，声声控诉泪如涌，为娘心头愧又痛。

浦生啊，望你高抬亲情手，免教妈妈心更痛。

刘浦生唱 妈妈啊，国法昭彰党纪严，此弦万万不能松，

徇私舞弊罪孽重，原谅你儿命难从。

妈唱 你命不从，我心要痛，痛这手心手背（肉）不拢。

倘若你，不念亲情偏绝情，妈妈梦里梦外要日日痛。

刘浦生唱 卢俊文，贪得无厌气势汹，全不顾，百姓在水深火热中，

妈妈啊，我若顾念你心痛，定然使，浦江民众皆心痛。

妈唱 痛痛痛，皆是痛。女儿的痛是妈妈连心的痛，

想必是，你与我们血脉终未通，故而再三恳求你无动于衷，

任凭这连心痛变成我挥之不去永远的痛！

刘浦生唱 妈妈言尤重，我焦虑添几重，

养育恩超越泰山重，情与法更须掂轻重！

事在人为从古说，迎敌智勇需并重，

倒不如，让我松一松动一动，见机行事斗顽凶，

亲情国法两相容，风雨之中去觅晴空！

战·无硝烟

他们莲藕虽断丝好续

(中篇苏州评弹选曲)

三妹子唱 我刚正还覅踏进屋，看见花园里厢戏一局。
美丽娇柔卢夫人，梨花带雨勒浪哭，
沈董事长怜香又惜玉，
一只手搭俚揩眼泪，一只手帮俚下巴托，
哦哟哟，格种画面看得眼睛辣笃笃。
覅看格个沈亦武，身高不满一六八，
头发贫困有点秃，卖相推板人老熟，
搭尊夫人，年纪也相差十五六，
还是个二手油腻叔，两家头，当年也曾蛮热络，
险皆乎，咪哩嘛啦点花烛。
还不是侬轧一脚，衣冠楚楚骗眼目，
甜言蜜语迷魂毒，横刀夺爱蛮利索，
抱得美人享艳福。
想必是，两人前缘未曾了，
他沈老板，有意搭侬来接触，搿做生意饭一镬，
一往情深有寄托，他们莲藕虽断丝好续！

战·无硝烟

翻牌但看此一番

（中篇苏州评弹选曲）

李梅亭唱 风云变幻上海滩，乾坤倒转日月悲。
失民心者失天下，大势所趋谁能拦，
党国无奈撤台湾。
虽然红旗更替了白日旗，但是上海滩焉是黄土滩，
金融之城轻难撼，土包子，攻城容易守城难，
我李梅亭，倒可以，大展宏图干一番。
我们银圆一战虽败北，他们兵戎偷袭用机关，
笔杆子怎敌得过枪一杆，虽败犹荣勿坍台。
然而此一仗，非一般，一黑两白民生关，
干扰市场谁敢为，"无形之手"驾驭难，
只要遵循规矩办，我便挥云施雨学如来，
叫你们，一败涂地更难堪。
到那时，棉炭噌噌涨，粮价飞起来，
百姓入苦海，寝食皆难安，
谁再相信共产党，红旗底下哭声哀，
民心得失来复还，江山未稳雨又摧。
莫道百无一用是书生，文化人不敌沙场汉，
然而无烟战事靠智慧，一兵一卒何足谈，
翻牌但看此一番，我李梅亭，鸿儒笑中挽狂澜！

战·无硝烟

功过是非民判定

（中篇苏州评弹选曲）

刘浦生唱 泱泱华夏千秋更，万里江山多浮沉。
楚落汉起烟犹在，隋废唐盛史为镜。
民心得失铸成败，民贵君轻天下赢，
盛衰兴亡不由君。
本则是，抗战胜利举国欢，共理家园迎复兴，
你们却，挑内战，逆流行，点烽火，殃生灵，
未失天下先失民心。
为了解放大上海，我们听令中央谨慎行，
不伤草木不伤城，不响枪炮不扰民，
未拥天下先拥民心。
眼见大势去，你们挣扎不甘心，
四处搞破坏，暗杀家常行，
魑魅乱舞害百姓，尽失民心怎会赢？
我们是，修厂房，装机器，搞复工，顾民生，
与民痛痒相关心，谁得民心谁就赢！
如今天下定大局，你们扰金融，黑白争，
将民众置于水火深，哪怕螳臂当车也要搅得江水浑，
失道寡助毁民心。
我们是，收粮食，积棉帛，储煤炭，助民生，
举国之力为百姓，天南海北一家亲，
得道多助聚民心。
常言道，天下何以治，得民心，天下何以乱，失民心，
失天下者先失民，得其民者得其心。

你们扰民心，伤民心，逆民心，离民心，
我们稳民心，抚民心，顺民心，归民心，
民心主宰家天下，唯有民心见输赢，
功过是非民判定，何须留予后人评?!

顾维钧

他目如鹰隼徐徐扫
(中篇苏州弹词选曲)

本庄繁唱 他目如鹰隼徐徐扫，只等一人来聚焦。
策划安排均妥帖，稍待鸣锣有好戏瞧。
想想我们大和民族崇武道，争强好胜骨头傲，
弹丸之地资源少，侵占扩张是目标。
泱泱中国五千载，地大矿富是块膘，
历经甲午元气耗，而今又内乱一团糟，
正好趁枪势里捞一票，也算为国建功劳。
建立满洲国，用意自明了，
分裂东三省，对外不可昭。
叫啥百姓不买账，专门绕葛焦，
舟船行逆水，覆水恐抛锚。
最最可恨顾维钧，跳进蹦出唱反调，
巴黎和会早领教，口才煞克像把刀，
态度强硬不弯腰。
此番撺掇国联来调查，费尽心机拿手劲拗，
威胁恐吓全不怕，还白相太极躲猫猫，
我递上欢迎帖，俚赠我回头票，
神出鬼没行踪杳，足智狡猾是坏料。
今朝你偏要长春来，
来来来，我等好了，等你入我掌心无处逃，
来来来，与你走着瞧，我们面对面再拿手劲来缟一缟，
管叫你，形容狼狈，威风尽扫，

难挽狂澜，锐气全消，
知难而退，低头弯腰，
无功而返，认输收梢。

顾维钧

恨泪悲泪如泉涌
（中篇苏州弹词选曲）

程露茜唱 恨泪悲泪如泉涌，久哽咽喉痛彻胸。
身处离乱，心似飘蓬，
天天恍惚，夜夜噩梦，
多少次顿足问苍穹，你怎会瞬间塌九重？
我本在校园将孩子伴，喜看张张小脸东方红，
爱国爱家常启蒙，炎黄子孙傲如龙。
何时起，课堂唱起樱花曲，互打招呼把腰躬，
太阳旗子迎北风，东北东洋成一统？
侵略先从文化起，我奔走呼号终是空。
故而放下教鞭离讲台，改当记者去从戎，
以为奋笔也能来冲锋，好唤醒政府与民众，
然而危船怎敌飓风，蚍蜉难逃山洪，
满洲国立猖狂中，日军挥刀失心疯，
本庄繁露面目凶，我们无力抗争意气穷。
先生啊，
晚了晚了太晚了，大势难挽，浊浪穿空，
完了完了真完了，弱国受欺，万民怆痛，
只得眼睁睁，看中华沦陷水火中！

顾维钧

顶天立地的中国人

（中篇苏州弹词选曲）

顾维钧唱 风萧萧，云沉沉，车轮滚滚向前行。
见那车窗外，疾风劲草树摇曳，一草一木幽咽深，
仿佛一个个，一群群，宁死不屈的中国人。
想我此行东北多艰险，屡遭磨难入困境，
幸得中华儿女一条心，几度绝处又逢生，
拨开迷雾迎光明。
记得才进沈阳地，头绪难理清，
无名中年人，冒死闯进门，
揭露请愿书上作伪证，誓与日寇作抗争，
为只为，他是一个中国人。
餐厅又遇服务生，面包之中藏隐情，
一张纸条把路引，为只为，他是一个中国人。
还有老崔忠义仆，护我周全拼性命，
要为顾家留下一脉根，要让外交舞台发出华夏音，
为只为，他是一个中国人。
张学良，张将军，本是敌人眼中钉，
险中会面传铁证，守护东北下决心，
为只为，他是一个中国人。
还有海伦、乔安森，雪中送炭施真情，
伸援手，解危困，坚持真理爱和平，
他们虽是蓝眼睛，却是黑白看分明，
挺身帮助中国人。
还有那，以笔冲锋的程露茜，痛按快门向敌人，

偏遭日军毁罪证，仰天号啕泪纷纷，
为只为，她是一个中国人。
幸得柳暗处藏神秘人，一卷胶卷见花明。
忍辱负重时耀宗，甘做阴阳双面人，
黑太阳下潜伏深，与敌周旋揭罪行，
为只为，他是一个中国人。
还有誓死抗争的老百姓，同仇敌忾的东北人，
一个个，一群群，千千万万热血腾，
不甘践踏遭欺凌，敢向强盗怒目睁，
为只为，他们都是中国人。
中国人，有烈性，中国人，有韧劲，
中国人，有智慧，中国人，心贴心。
纵然弱国无外交，我此去前路更艰辛，
然而比天还大是民心，捍家卫国是民之声。
滔天罪证何容辩，据理力争我须发巨音，
誓将贼寇赶出门，还我家园朗乾坤，
为只为我顾维钧，也是个顶天立地的中国人！

雷　雨

吃药

（中篇苏州弹词选曲）

周萍表　周萍回过身来，把这碗药“嗒”端到手里，头都不敢抬，一步一步在走过来。

蘩漪表　蘩漪两只眼睛盯牢他在看。

蘩漪唱　凝双眸，

周萍唱　皱双眉，

蘩漪唱　思绪纷繁……

周萍唱　步履艰难，怎面对？

蘩漪唱　你须面对……

周萍唱　该面对偏偏难面对。
父亲他，连连逼，声声催，
莫非已知内机关。

蘩漪唱　周萍啊，周家是囚笼，
令我喘息难，
你父亲似阎君，
使人心胆寒，
唯盼你，男儿汉，挺腰杆，
敢作敢当敢担待，
救我助我在今番。

周萍唱　蘩漪啊，你的苦楚我全明白，
然而他，一碗药汤藏机关，
莫不是洞察秋毫整家规。
我若今朝违父命，
露端倪，立刻要走祸灾。

朴园白　去，走到母亲面前！跪下，劝你的母亲。

蘩漪表　不！我不是你的母亲，三年前是你亲口说的。

蘩漪唱　你推倒高墙雷池越，
温情脉脉暖胸怀。
你说道，我们真情两相爱，
世俗路上不平坦，
只要心相印，手相搀，
浊浪狂风自有你承担。

周萍唱　荒唐人说荒唐话，
除却羞惭空余悔，
回首往事不堪谈。
然而她一片痴情未曾变，
我是欲弃旧情理欠亏，
我理当，念旧情帮她来解围。

周萍表　我今朝极应该在父亲面前挺她一记，撑她一把！刚想转身……

朴园白　叫你跪下！

周萍表　周萍浑身发抖，看来此路不通。

蘩漪表　看他一步一步仍在走过来，蘩漪这颗心一点一点在收拢来。

蘩漪唱　求你“母亲”两字休出口，

周萍唱　父权严威——

蘩漪唱　求你挺直腰杆莫下跪，

周萍唱　父命难违——

蘩漪唱　求你求你我求求你，

周萍唱　为难为难我实为难。
蘩漪啊，咽下汤药终小事，
然而暴露真情天要塌；
息事宁人求平安，
你就受了我周萍这一跪！

周萍白　母亲！

蘩漪表　蘩漪心如刀割，人急忙站起来，抢过药碗——

蘩漪白　我喝，我喝！

啼笑因缘·娜事Xin说

骂金钱

（长篇弹词选曲）

樊家树白 哈哈……金钱呀金钱，支票啊支票，你的魔力真是大得很哪！你不但能买吃买穿、买房买车，你还能买人家的身子，买人家的良心啊！

樊家树唱 谁说金钱买不了情，谁说金钱收不了心，
这金钱果然是照妖镜，照得那，贪婪欲壑清又清。
我本以为，有钱总比无钱好，毕竟是，贫贱哀事第一名，
只要君子取财遵其道，富达也可济寒门。
哪知金钱魔力大无形，可以玩转乾坤天地昏，
引得世人熙熙向其奔。
多少人为你增烦恼，多少人为你添昏闷，
多少人为你食无味，多少人为你睡不稳，
多少人为你失孝廉，多少人为你忘忠信，
多少人为你伤名节，多少人为你断义恩，
多少人铤而走险都为你，多少人锒铛入狱毁一生。
多少人祸国殃民万人骂，多少人害己害子孙。
多少眉头展不开，多少眼泪揩不净，
多少黑白成颠倒，多少是非看不明，
多少亲情成陌路，多少友谊船翻身，
多少美梦成陷阱，多少世人丧性命，
好端端的金银变祸根，这金钱呀，要害煞世间多少人？
我平生未把你金钱恨，今日里你却自揭面纱露狰狞，
亵渎爱情毁真心，将这赤裸裸的交易展世人！
到如今，我识破了你伪面目，看透了你险恶心，
把你碎骨粉身处极刑，让你要横行无法再横行，

气难平，骂声声，把支票撕成蝴蝶形，
与心儿一起碎纷纷，连连狂笑不能停！

樊家树白 哈哈……世界上的人都被你害煞了！

跨界融合类

幸福苏州人

（苏州评弹与流行说唱）

评弹　倘若你到苏州来，
小桥流水依旧在。
杏花烟雨重逢处，
一阕清词入江南。
古塔古桥千年影，
老街老巷映朝晖，
旧园旧廊好寻梦，
粉墨昆腔六百载，
余音袅袅未曾散。

Rap　那是如诗如画的苏州，
那是似梦似幻的江南，
悠悠太湖上的一轮明月，
流淌了两千五百年的华彩，
也将时尚金鸡湖照得斑斓。
喝着卡布奇诺的咖啡，
在图书馆的墨香里流连忘返。
看东方之门对着干将莫邪锻剑的长路，
仿佛在锻一把时空的钥匙，
去开启古今交替的谜团，
和多少年岁月变迁风云变幻。

评弹　桃花坞，春阑珊，
唐伯虎却不在桃花庵。

Rap　他正在姑苏八点半的舞台，

踮起脚尖跳着芭蕾，
又粉丝吸了一大堆。

评弹　虎丘山，茉莉开，
缕缕幽香引君来。

Rap　沿着白居易的足迹走了七里，
来自五湖四海的游客真是人山人海，
都惊叹吴地文化世界遗产。

评弹　一叶兰舟枫桥过，
张继曾夜泊在寒山。

Rap　一首流传了千年的唐诗，
"月落乌啼霜满天"，
被小云老师你哼进了苏州评弹，
听得北京人、天津人、山东人、广东人如痴如醉，
闭着眼睛都说：太美，太美！

评弹　阳澄湖，蟹汛来，
芦荻渔歌响云帆。

Rap　酒楼、饭馆、画舫、农家乐，
蓝眼睛、黄头发的外国人排着长队，
都要尝一尝这横爬大将军的美味，
再就着白鱼、白虾、鸡头米，
食指大动连说：OK，OK！

评弹　三轮车喊一部，平江路兜一回，
碧螺春呷一杯，品一品这旧江南。

Rap　积极向上的新苏州人，
乘上四通八达的轻轨，
和娇娇滴滴的姑苏女孩，
去看苏州湾的音乐喷泉，
谈一场刻骨铭心的温柔恋爱。

评弹　处处公园步步景，
欢声笑语似天籁。

评弹　不变的永不变，

Rap　变起来真叫快。

评弹　经济腾飞全民富，

Rap　青山绿水醉人怀。

合　百姓幸福笑颜开，

全靠奋斗换得来。

评弹 古也苏州，新也江南，

Rap 醉也苏州，梦也江南。

合 你如一幅双面绣，

典雅时尚两相含，

跨越美丽新时代！

（完）

看今朝

（苏州评弹与陕北说书*）

男唱　啊嗨！啊嗨！

三弦一拨攒劲地弹，

唱家乡绿水青山美田园。

男白　妹子们！

女白　嗳！

男唱　好政策让山沟沟面貌变，

嘿，美醉了那一道道峁梁一道道川。

女唱　琵琶一抱我轻柔地弹，陕北哥——

听我们唱唱江南的水和山。

太湖澄澈桃花碧，

美醉了，一条条小巷一片片帆。

男白　妹子们！

女白　嗳！

男白　看，

男唱　大棚里，春雨惊春菜花花鲜，

河川上，夏满芒夏谷穗穗圆。

山苹果，秋处露秋红个艳艳，

羊羔子，冬雪雪冬白似云团。

后生们，撸起袖子加油干，

全都是青春时尚的好青年。

苏州姑娘来转一转，

---

*　男为陕北说书，女为苏州评弹。

男白　你们要找婆家呀，
女白　哪哼？
男唱　找婆家就到大理川。
女唱　一方水土一方人，
苏州姑娘嗲无边。
喊一声，陕北哥——
男白　嗳！
女唱　伲声音就是什梗甜，
也来为家乡做代言。
小镇秀如画，碧水亲蓝天，
环保重生态，数据城乡连。
姑苏自古富庶地，
江南永远是春天。
男白　我们陕北，
男唱　整地用激光画垅线，
新科技遍布稻蔬万亩塬。
男白　婆姨们，
男唱　张嘴就是电商服务站，
还扯起了京腔偏闲传。
女白　哎？啥叫“偏闲传”？
男白　就是聊大天。
女白　哈哈哈哈！
女唱　覅看苏州姑娘嗲哩哩么娇滴滴，
小女子也能撑起天半爿。
朋友圈，常把幸福生活晒一晒，
QQ群，十九大精神学习谈体会，
“美丽中国”同描绘，
共享繁荣新时代。
女白　再叫一声陕北哥，
男白　嗳！
女唱　欢迎到伲江南来，
茉莉花茶呷一杯，
男唱　还想听听昆曲和评弹。
啊嗨——
精准扶贫暖心田，

唱过旧篇唱新篇。

女唱　风调雨顺民康泰，

水更清呵花更艳。

男唱　富民强国中国梦，

女唱　民族复兴在眼前。

合唱　江南塞北美如画，啊嗨——

看今朝，华夏又是一重天。

（此作品与李立山老师合作完成）

姑苏八点半

（苏州评弹与流行说唱）

【时钟嘀嗒声：“嘀嗒、嘀嗒、嘀嗒……铛！”】

Rap　　八点半，就等八点半，
八点半，开心我和你；
八点半，又到八点半，
八点半，一起去嗨皮！

评弹　　月洒江南，华灯骤起，
姑苏的夜呵，撩动心扉。
五彩斑斓，流光旖旎，
灵秀风雅繁华地，今宵多美丽。

Rap　　观前街、平江路、同德里，都是网红打卡地，
金鸡湖、靴子楼、李公堤，霓虹缤纷眼迷离。
走走走，去邂逅几座梦幻舞台，
在江南小剧场里，
嗨歌热舞，评弹昆曲。

评弹　　小白菜，沈凤喜，
在琵琶声中哆哩哩，
杜丽娘，爱情勒笃梦头里，
王老虎，抢亲抢出一包气，
上堂楼，美女变成小弟弟。

Rap　　哈哈哈，有趣有趣真有趣，

评弹　　滑稽滑稽真滑稽，

合　　文旅融合唱大戏。

Rap　　走走走，去徜徉一番夜游集市，
好吃、好玩、好用滴，
直播带货看新奇。
评弹　　糖炒栗子桂花糕，
黄天荡的鸡头米，砀山的梨，
正宗太湖大闸蟹，
不用蘸醋也甜咪咪，
Rap　　声声吆喝有中气。
欸，这小团扇，画得真细腻，
这小丝巾，文创好设计，
这二手摊上也有好东西，
能否优惠再便宜？
评弹　　你去闲鱼网上转一转来比一比，
这个价钿已到底，
不过你若真欢喜，
半卖半送我也乐意，
就当弘扬江南文化助非遗。
Rap　　OK，OK，谢谢你，
评弹　　来来来，再加个微信常联系。
Rap　　走走走，去玩转一场夜幕车展，
喝着慕尼黑的扎啤，
祈盼收获豪礼撞“锦鲤”。
走走走，去体验一部露天电影，
喝着老字号的酸梅汤，
让点点繁星照亮童年回忆……
评弹　　最抚凡人心，人间烟火气。
夜游苏景、夜品苏味，
夜泊苏城、夜赏苏艺，
消费统统五折起，
吃、住、行、游、购、娱，
六面魔方显生机。
Rap　　八点半，姑苏八点半，
为啥热得起、嗨得起、火得起，
自创品接地气？
评弹　　政策点亮夜经济，衷心感谢好书记。

干事创业有豪气，激情燃烧显胆气，

Rap　下好姑苏一盘棋，带领人民创奇迹，

合　苏州百姓好福气！

Rap　八点半，姑苏八点半，

八点半，快乐我和你。

合　绿浪红栏欢不寐，

重书繁华谱神奇。

（完）

北京的城门姑苏的巷

（苏州评弹与京韵大鼓）

合　　神州辽阔曲苑芬芳，
　　数不尽北调与南腔。
京　　鼓板“嘣呛”京韵高亢，
苏　　琵琶“叮咚”吴音悠扬。
京　　唱一唱，北京的城门气势恢宏，
　　透着古朴与端庄。
　　里九外七皇城四，
　　方方正正如同咱北京人一样。
苏　　唱一唱，苏州的小巷温婉悠长，
　　写着清秀和灵光。
　　展延纵横万千条，
　　曲曲绵绵就像伲姑苏小姑娘。
京　　曾何时，阜成梅花报春暖，
　　西直门前柳成行。
苏　　你看那，青石巷里苔痕绿，
　　斑竹巷里赏幽篁。
京　　曾何时，右安门外花乡美，
　　朝阳门里粮满仓，
　　安定门百姓祈福求安康。
苏　　你看那，燕家巷喜燕报春讯，
　　黄鹂坊黄鹂歌嘹亮，
　　桃花坞里桃花香。
京　　曾何时，德胜门于谦显豪气，

袁崇焕出征意气扬，
出生入死护国安邦。
苏　你看那，烟轻笼，雨轻洒，
姑娘走进了丁香巷，
一纸油伞何处去，
缘何愁绪长又长？
京　曾何时，和平门外翰墨香，风雅百年琉璃厂。
正阳门前梨园余音袅，大栅栏里红氍谱群芳。
地安门旁荷叶擎伞盖，什刹海上船橹摇灯光。
八百年古都往事如烟云，三千年古城历史何悠长。
苏　你看那，书声琅琅大儒巷，
竟出了七个状元郎；
你看那，西美巷里聚佳人，
半隐花窗巧梳妆，
金狮河沿绣鸳鸯，
嗲嗲糯糯唱起了《苏州好风光》！
“上有呀天堂，下呀有苏杭”，
一条小巷一支长箫，
吹不尽幽怨与欢畅。
京　一座城门一方醒木，
说尽了荣辱与兴亡。
苏　一条小巷一阕清词，
诗意缱绻任徜徉。
京　一座城门一册黄卷，
见证了岁月变迁匆匆时光。
苏　北京的城门呀，你矗立在我的心房，
京　你也牵动着我的柔肠啊，姑苏小巷！
苏　烟雨三月，我请你来坐坐，
宫巷里听评弹，呷着碧螺香。
京　十月金秋，我邀你来逛逛，
前门喝着大碗茶，拉拉家常。
京　北京的城门，
苏　姑苏的巷，
合　厚重的史册，清丽的诗行，
京　北京的城门，

苏　　姑苏的巷，

合　　梦一样深邃，情一样绵长，

京　　北京的城门，

苏　　姑苏的巷，

合　　一个无语凝眸，一个轻柔吟唱，

打开北京城门，走进姑苏小巷！

彭州牡丹苏州月

（苏州评弹与四川清音）

川　　竹鼓敲，檀板响，但闻清音韵悠扬。
苏　　丝弦拢，琵琶三弦响，又闻弹词声绕梁。
川　　我颂牡丹，
苏　　我吟月，
合　　唱一唱彭州苏州好风光。
川　　娇柔添妩媚，大气生端庄，
　　　雍容粹蜀地，天府锻奇香。
　　　莫道牡丹爱富贵，栽遍乡村亦寻常。
苏　　不老江南亘古月，月照姑苏诗千行。
　　　明月从不负流水，万丈清辉逐水巷。
川　　“丹景红”映彤龙兴塔，
　　　“万重雪”白露点秋霜，
　　　“胭脂”醉染小鱼洞，
　　　“绿柳”“金阁”耀湔江。
　　　龙门山麓“彭州紫”，
　　　雨摧风折历沧桑，花魄还魂更坚强。
苏　　太湖月织一幅绣，枫桥月吟词两行，
　　　盘门月歌水磨腔，狮山月咏酒一觞。
　　　月溶幸福万家灯，月洒温柔鱼米乡。
合　　啊，彭州牡丹苏州月，
苏　　你为村民作嫁裳，
川　　你为乡愁开妙方。
　　　花开花落听风雨，

苏　　月盈月亏见辉煌。

合　　啊，彭州牡丹苏州月，都在唐诗宋词里，

都开（照）在百姓的笑脸上，

都在绿水青山间徜徉！

川　　蜀中大美，万里芬芳，

天彭牡丹，盛世霓裳。

苏　　吴地风流，小桥幽巷，

姑苏明月，千古文章。

苏　　月照牡丹花更艳，

川　　牡丹映月月更靓。

合　　啊，彭州牡丹苏州月，

共祝华夏万年昌，花好月圆福绵长！

春绿上塘

（苏州评弹与泗州戏）

宿唱　春风绿，春雨润，
“春到上塘”花缤纷。
拉魂腔唱响垫湖村，
唱一唱，农村改革的先行军。

苏唱　春风春雨到江南，
“三大法宝”鉴兴盛。
琵琶吟唱天籁曲，
“小康构想”出苏城。

宿白　姑凉们（即姑娘们，下同），

苏白　哎！

宿白　你们晓得煞，

苏白　哪哼？

宿白　当年的泗洪县，

宿唱　黄土连年旱，野草难扎根，
十年光棍垫湖村，讨不到老婆娶不起亲！

苏白　真格？

宿白　嗯呐！

宿唱　幸亏得，改革第一村，垫湖敢先行，
联产承包换天地，苏北从此日月新。

苏唱　春风绿到江南岸，
敢为人先一脉承，
“三大法宝”应运生。

宿白　厉害呐！第一宝？

苏唱　长江之滨张家港，

负重奋进全靠拼，

“边角料”变成了排头兵。

宿白　嗯，“张家港精神”。这第二宝？

苏唱　玉出昆冈百强首，

高质量发展有闯劲，

两岸合作求共赢。

宿白　嗯，“昆山之路”。还有这第三宝，叫“园区经验”。

苏白　一点不错！

宿唱　现代工业园，示范作引领，

一张蓝图绘到底，创新圆融大胸襟，

苏白　咦？

苏唱　想不到，苏北兄弟门门哩个清？

宿白　当然哦！

宿唱　“最美窗口”谁不羡，

“苏州制造”非虚名。

我们常到“天堂”来学习，

苏州宿迁早联姻。

你们携手苏北奔小康，

让我们，从此跨进幸福门。

苏唱　这要感谢政府感谢党，

区域间，共同发展谋略深。

宿白　嗯呐嗯呐！姑凉们，

苏白　哎！

宿唱　请你们，苏宿园区来走一走，

看一看，企业落地如春笋。

再洋河搭搭霸王蟹，双沟美酒品一品，

泗洪湿地散散心。

苏白　（学苏北话）嗯呐嗯呐！

宿白　学得像呐！

苏唱　苏南苏北一家亲，常来常往理该应。

小桥流水定相迎，昆曲评弹伴君行，

春饮碧螺秋剥蟹，

共话未来，携手再奔新征程！

宿白　（学苏州话）蛮好蛮好！

苏白　　哈哈哈，绝对标准！

合唱　　南北同唱春之曲（歌），

携手再奔强富美高新征程！

（曲终）

江苏滋味

（苏州弹词与苏北琴书与扬州评话）

弹词唱　人杰地灵江苏美，
鱼米之乡谁不爱。

琴书唱　千古文章咏山水，
更有那，舌尖美味扬四海！

评话白　古人云：民以食为天。这全天下最会吃，莫过于江苏人。
一年四季，一日三餐，能在江苏人的口中，幻化出幸福百味，人间烟火！

【小朋友吴语韵白只作为背景音，弹词演员主唱。】

弹词韵　正月正，春卷汆；
二月二，撑腰糕；
三月三，赛鹅螺蛳配荠菜；
四月四，菜花甲鱼得滋滋；
五月五，东山枇杷正上市；
六月六，枫镇大面铺大肉；
七月七，黄鳝比人参还好吃；
八月八，鸡头米红菱剥一剥；
九月九，大闸蟹配桂花酒；
十月十，食客统统上苏州……

弹词唱　稻饭羹鱼吴越地，
姑苏时令品四季。
春尝头鲜秋享味，
夏饮清淡冬补体。

莼羹张翰，渔舟范蠡，
趣馈芸娘，甫里鸭肥，
一道道美味，
一个个传奇！

琴书唱 好菜还需配好酒，
酒城宿迁奉佳酿。
三台山下花似海，
洪泽湖畔溢琼浆。
“第一江山春好处”，
酒香花香满城香。
古老双沟楚风漾，
千年洋河铸辉煌，
七分酿就城头月，
余下三分啸剑霜，
醉了云水醉霸王！

评话白 苏州人上了一桌菜，宿迁人奉了一杯酒，
弹词、
琴书同白 那你这个扬州人……？
评话白 那我就来上道茶吧！
弹词、
琴书同白 什么茶？
评话白 扬州早茶！

评话韵 烟花三月，请下扬州，
肥了舌尖，瘦了乡愁。
古渡晨曦，风拂烟柳，
二十四桥，星月渐收。
猴魁、龙井、珠兰，在日月壶中抖擞，
大煮干丝、水晶蒸饺、千层油糕，在你味蕾上牵手，
翡翠烧卖、水晶肴肉、蟹黄汤包，在游人心上停留，
从汪曾祺到朱自清，从郑板桥到秦少游，
好茶入诗书，笔墨更风流。
扬州早茶，是一种生活态度，

扬州早茶，是人与人最好的交流，
扬州早茶，是独特的文化符号，
扬州早茶，吃出了万史扬州、传统扬州、风情扬州、
从容扬州、美好扬州、幸福扬州，
喝出了江苏人的气定神悠！
早上皮包水、晚上水包皮，
包你延年益寿，活过一百零九！

弹词、
琴书合唱 人杰地灵江苏美，
鱼米之乡谁不爱，
千古文章咏山水，
更有那，舌尖美味扬四海！

书戏类

三笑·唐伯虎点秋香

片段一

地点　春桃厅

人物　管家婆、碧桃、春桃、雪桃、蟠桃、大蜡梅、石榴

管家婆　今朝不知啥个日辰，老相爷破坏仔相府里的规矩，特别开恩，要传合府丫头到海棠厅，让只来仔半年的华安拣一个当家主婆当夜成亲。什梗一看啦，书读得多到底派用场格，有得提前讨家主婆格。刚巧已经关照阿姐妹子笃去准备哉，让我再来点个名看。碧桃，

碧桃　（从左台边小碎步上）来了！

管家婆　春桃！

春桃　（从右台边小碎步上，方言）来格了，来格了！

管家婆　雪桃！

雪桃　（从一侧拗了拗上）我勒笃该搭！

管家婆　蟠桃！

蟠桃　（跳着杰克逊的舞步上）I' m here！

管家婆　（咕）四只桃子倒是四个品种，阿要有趣！石榴，石榴……

众丫头　肯定勒搭打扮还覅舒齐勒啘！

管家婆　今朝格种日程倒是要花点功夫格。哦哟碧桃啊，倷格身新衣裳啘？从来覅看见倷穿过？

碧桃　是呀，剪刀口上刚正下来呀。今朝夜里要做新人了，所以新行头着起来，新感觉找起来！

管家婆　上头绿莹莹，下头黄夯夯，倒像棵胡萝卜。

【众人笑。】

雪桃 哦哟，今朝夜里么要做新人则了，好像华安稳拣中倷格，倷拿伲全当白板啊？

管家婆 雪桃啊，倷今朝倒是像块白板。别人家今朝全穿得花花绿绿，倷哪哼着得像白娘娘什梗，一身白介？

雪桃 我名字里有个雪，雪啊是白格啦？再说华安兄弟平时也一直欢喜着白颜色的内衣格。

蟠桃 啊？华安平时穿什么颜色的内衣你怎么知道的啊？

雪桃 俚汏仔晾勒院子里，哪哼会看勿见？

管家婆 哦哟，倷勿解释清爽，别人家要弄错格，当仔倷是俚格女朋友来。

雪桃 我倒想做俚格女朋友煞。不过最好做俚格家主婆！

碧桃 要么勒浪做梦！

雪桃 啥个浪做梦介？我欢喜白格，俚也欢喜白格，白格欢喜白格，白碰白了白配白，匹配了匹配格碗。

管家婆 哦哟，弄得像绕口令什梗，吃力煞哉。

春桃 （指自己脑袋）好婆，倷看我该只造型哪哼？阿时尚？阿各别？阿有点春天的感觉？

管家婆 （猛发现春桃头上戴满了花）啊呀呀，今朝全勒浪发痴碗，格搭是白痴，该搭是花痴！雪桃啊，倷恨勿得拿一年四季格花全插到头浪去碗？哦哟蟠桃，倷耳朵管里插格啥物事介？

蟠桃 耳机。

管家婆 耳朵里好养鸡格啊？第一次听说。

蟠桃 喏，是插勒iphone 上的耳机。

管家婆 啥个疯鸡勒疯鸭，我老太婆是弄勿清爽格。

蟠桃 我最近一直在学english，听英文歌。

管家婆 倒来得个有上进心。

蟠桃 华安哥哥才情出众，非但琴棋书画样样精通，还会说英语、法语、俄语、日本话、苏州话、无锡话等十几种语言。如果不努力学习，怎么能和他缩短距离、减少差距呢？

管家婆 对格，其实做夫妻非但家庭出身要门当户对，能力学问最好也差勿多，什梗么殉得有趣殉得长格。

蟠桃 Yes, you are right!

春桃 要么倷脑子坏脱！

【大蜡梅一边啃着猪蹄一边上。】

蜡梅 哟哦，伍笃全勒浪该搭啊？

【众人与大蜡梅打招呼。】

春桃 大蜡梅啊，少吃点吧，再什梗吃下去婆家也要寻勿着格。

大蜡梅 人终归要有样把爱好格碗。

管家婆　伲晓得格啘，倷该辈子有两大爱好。

大蜡梅　好婆么最了解我哉，我的爱好分为静态和动态两种，静态就是躺死，动态就是啜祭。（猛啃一口猪蹄）哦哟阿姐妹子笃啊，伍笃一个个全缉理得五颜六色，只有我，面孔上一样也覅拓，清水货勒里。

雪桃　倷也想到海棠厅去给华安拣啊？

大蜡梅　哪哼啦？

雪桃　倷平常镜子阿照格啊？

大蜡梅　天天照，日日照，每照一次全要对镜子唱个社、磕个头。

雪桃　为啥介？

大蜡梅　谢谢伲老爷老娘拿我生得什梗与众不同，回头率居然比章子怡还要高。

春桃　哦哟，倷格面皮倒好去做防弹衣格。

【众人大笑。】

大蜡梅　伍笃覅笑啘。我到海棠厅去么其实是帮大家的忙。

众丫头　啥讲究？

大蜡梅　老话讲，红花虽好，定要绿叶相扶。

众丫头　哦，伲么红花，倷么绿叶？

大蜡梅　呒不我的难看，哪哼衬得出伍笃格标致？

管家婆　倷该片绿叶着实比红花大。

大蜡梅　芭蕉叶啘！闲话再说转来，伍笃牡丹花要想开么，我喇叭花也要开开格啘，机会来仔大家公平竞争。伍笃一个个拓得像仙女什梗，我从来覅化过妆，只好请阿姐妹子笃帮帮忙哉。

众丫头　应该格，应该格。

【众丫头一哄而上，七手八脚帮大蜡梅涂脂抹粉，七嘴八舌地“面孔再白点”“眉毛再长点”“嘴巴再红点”。】

【众人把大蜡梅化妆化得人勿像人，鬼勿像鬼的。】

管家婆　哦哟酿，比赤佬还要可怕哇？全勒浪弄松格大蜡梅啘。

春桃　蜡梅阿姐啊，粉是我搭倷拓格，等歇立勒我旁边哦。

碧桃　眉毛是我帮仔画格啘，等歇立勒我旁边！

雪桃　嘴唇膏是我贡献出来格啘，应该立勒我旁边！

春桃　大蜡梅啊，倷只要立勒我边浪，我等歇给倷两百块。

大蜡梅　（立到春桃身边）有铜钱进账格啊？蛮好蛮好。

碧桃　我给倷四百块。

蜡梅　翻仔个倍哉。（又立到碧桃身边）

雪桃　　我给倷一千块。

大蜡梅　　行情着实好。(像调龙灯一样忙)

春桃　　两千!

碧桃　　三千!

雪桃　　穷夹里横世横,行一记,五千!!

管家婆　　别人家说漂亮面孔好赚铜钱,想勿到难面孔照样好像优质股票一样,只涨勿跌喏!(对蟠桃看看)倷哪哼勿参与介?

蟠桃　　拿别人家当陪衬,算啥本事介?该则里厢来欢喜靠实力说话。再说,现在赚钱不容易,五千块?五千块我好换只iphone 5哉!

管家婆　　好哉好哉,既然大家全打扮好哉,准备走吧!

【石榴上。】

石榴　　慢慢叫醸,还有我来!

管家婆　　喏,真正有实力的朋友来哉!

【众丫头与石榴打招呼。】

石榴　　(暗喜得意地)好婆,倷亦勒浪说笑话哉,我么有啥实力介?

管家婆　　倷身浪仍旧家常衣裳,换也覅换,说明倷充满自信,胸有成竹!

石榴　　格倒是的,老实说一声,做夫妻是要有缘分格,有缘分用勿着打扮的,要成功么总归成功的,呒不缘分么面孔上开花粉店也呒不用场格。

春桃　　啊呀呀格种啥闲话介?赛过伲格点人全是多余格啘?

碧桃　　阿是华安板拣中倷格啊?稳瓶𤶱得什梗牢啊?

管家婆　　石榴搭华安走得最近,倒是最有希望。

雪桃　　勿就是偷偷伴伴拿小厨房里烧给老爷夫人吃的菜偷点给华安吃吃吗?

石榴　　啥……啥人说格介?

雪桃　　否则红烧肉烧格辰光有十八块,哪哼端到台子上只有十三块半则介?

石榴　　焐得俎得阿得烊脱格啦?

管家婆　　好哉好哉,华安到底欢喜啥人,等歇就见分晓哉,辰光差勿多哉,大家一道走吧!

众人　　格么走醸,走醸……

春桃　　(回过神来似的)好婆啊,伲到海棠厅去集合么倷用勿着去则啘,留步吧!

管家婆　　(突然不好意思地)奴也覅配亲了呀!

大蜡梅　　哦哟哟,老牛还想啃嫩草来!

【评弹串联】

说书人唱　　小小书童选佳人,府上下闹纷纷。

插花戴朵众婢子,脂粉飘香到海棠厅。

有的是，频送秋波情暗转，
有的是，扭捏作态挑眉心。
有的是，低头无语娇羞立，
有的是，搔首弄姿整云鬓。
有的是，心中早把安哥恋，但愿今朝好事成。
有的是，祈求月老施恩德，愿与安哥结联姻。
她们是，默默通神暗祷告，上苍莫负奴痴心，
此生托付好郎君。
华安是，眼花缭乱心更乱，不见秋香为何因？
他心如捣，意如焚，未知相爷摆何迷魂阵？

片段二

地点　海棠厅

人物　唐伯虎、华相爷、管家婆、碧桃、春桃、雪桃、蟠桃、石榴

管家婆　阿姐妹子笃，上场哉！

【音乐起。众丫头身着华服，出场走秀，姿态表情各异。】

华相爷　华安，合府丫鬟都已齐集，你不用客气，只管挑来。

唐伯虎　多谢老相爷。（对观众）我要选的人勿勒里厢，哪哼办呢？先敷衍敷衍再说则啘。（对春桃）这位穿粉色衣服的姐姐，请出来叙谈叙谈。

众丫头　啥人额角头什梗高介？运道实头好笃？啥人介？啥人介？

管家婆　春桃，倷啘！年初一头香嘞白烧！

春桃　（出列）中头彩了！

唐伯虎　请问姐姐今年几岁了？

春桃　保密。男人勿好问女人年纪格。

唐伯虎　哪里人氏？

春桃　的的括括的苏州人，住勒寒山寺的隔壁平江路，听说现在格场化闹猛得勿得了。

唐伯虎　（对观众）一听就是冒牌货。（对春桃）请问姐姐有什么爱好？

春桃　爱好是多来，结绒线、吹牛山、看篮球。

唐伯虎　倷也欢喜篮球格啊？

春桃　格个意大利队的贝克汉姆神气是神气得了，太养眼了！

唐伯虎　哦哦哦……

春桃　不过搭倷华安哥哥比么，赛过王宝强碰着黄晓明，还推板什梗一点点！

唐伯虎　姐姐谬赞谬赞！

管家婆　虽然格个黄晓明长得有点像坏人，但是作为女人，宁可拣长得坏坏叫的男人，也勿情愿拣长坏脱格男人。春桃，讲起爱好，倷勿是欢喜唱苏剧格啊？

春桃　在安哥面前，哪哼好意思现丑介？

华相爷　春桃，但唱不妨！

【春桃才艺表演。毕，众人鼓掌。】

唐伯虎　唱得好，唱得妙，唱得华安心儿跳！

管家婆　跳么就对哉！

众丫头　格是要恭喜春桃，贺喜春桃哉。

唐伯虎　慢来慢来，春桃姐姐眉儿俏、目儿娇、鼻如琼瑶、口如樱桃、身材窈窕、玲珑乖巧，惜乎啊惜乎，

华相爷　惜乎什么？

唐伯虎　皮肤黑着点！

春桃　啊？我粉饼拓脱两盒半，黑勒啥场化介？

华相爷　白勿算白么，黑也黑勿到哪搭去。

管家婆　现在讲究优生优育，一个么雪白，一个么墨黑，生出来格小囡像斑马什梗一只算啥名堂呢？

春桃　倷哪哼勿比牛奶配咖啡介？

华相爷　牛奶配咖啡，生出来格倒是香喷喷的奶咖。既然勿满意，那再另行拣选！

唐伯虎　多谢相爷。

春桃　（气吼吼下）头香白烧格！

唐伯虎　（到蟠桃跟前）这位穿绿色衣服的姐姐，请出来叙谈叙谈。

蟠桃　第一勿稀奇，第二插红旗。我先来作个自我介绍吧。My name is 蟠桃，今年十七岁，祖上是做豆腐生意格，我小辰光一直听伲阿爹说，世界上的生意还是做豆腐最安全，做得硬仔是豆腐干，做得烂仔是豆腐花，做得薄仔是豆腐皮，做得焦仔是油豆腐，放坏脱则是臭豆腐！稳赚不亏格！

唐伯虎　哈哈哈，高，实在是高！那姐姐后来怎会来到此间呢？

管家婆　天有不测风云，后来一把天火烧全烧光，只好卖身为奴。

唐伯虎　哦，原来如此！小生这儿有一个问题想问一下姐姐，

蟠桃　阿是问我有几化私房铜钱？放心，今朝夜里成仔亲，明朝一早就全交给倷。

唐伯虎　姐姐打趣了，我是想问，你对爱情有什么见解？

蟠桃　哦，见解么是什梗格，我认为一个人一生至少该有一次，once，为了某个人而忘了自己，不求有结果，不求同行，不求曾经拥有，甚至不求你爱我；只求在我最美的年华里，遇到你，钟情、相思、暗恋、渴慕、等待、失望、试探、患得患失、痛不欲生、天

涯永隔、追忆似水流年……种种这些，都曾因你而经历，也就誓不言悔。OK??

唐伯虎 Yes, very good!

华相爷 太有才哩！想不到蟠桃丫头才情不浅，深藏不露哦！

管家婆 别人家全说格，怀才就像怀孕，时间久了才能让人看出来的。蟠桃妹子啊，倷勿是还会得（才艺），拿点苗头出来给大家看看。

蟠桃 No problem! Music!（才艺展示）

华相爷 华安，该个丫头非同一般，倷总中意了碗？

唐伯虎 啊呀老相爷，蟠桃姐姐眉儿俏、目儿娇、鼻如琼瑶、口如樱桃、身材窈窕、玲珑乖巧，左面看看像高圆圆，右面看看像李冰冰，惜乎啊惜乎，

华相爷 惜乎什么？

唐伯虎 惜乎长坏了腰！

蟠桃 啊？腰勿好，我既呒不腰椎间盘突出，亦呒不腰肌劳损，坏了啥场化介？

唐伯虎 太粗了。

管家婆 格勿叫粗，叫丰满。腰粗力气大，倷格福气，将后来出出五斗橱了，肩肩煤气瓶了，用勿着倷来格碗。

蟠桃 伲格种身材，有精有壮，肥而不腻，勿像有种女人，腰截截细，浑身全是排骨，搭男朋友掰勒一道要掰痛格。

唐伯虎 啊呀呀，姐姐说笑了！

华相爷 讲讲就要脱嘴落索，还不与我下去！

蟠桃 下去么下去！（委屈地）今朝夜饭勿吃则，减肥！

雪桃 象牙筷上扳散丝，

碧桃 存心要春桃、蟠桃的难看碗，

雪桃 倒有点看勿过，

碧桃 实在有点肚蓬气胀。

【示意两人一起出列。碧桃和雪桃从人堆里轧出来，唐伯虎盯着两位看了一会儿。】

雪桃 盯牢仔看点啥介，

碧桃 伲又勿是电视机！

唐伯虎 两位姐姐，华安这厢有礼了！

雪桃 覅假客气！

唐伯虎 请问两位姐姐贵庚多少？

雪桃 啥叫贵庚勿懂格。

唐伯虎 叫何芳名？

管家婆 俚叫雪桃，俚叫碧桃。

唐伯虎 今朝倒像桃子开会。请问姐姐们对“人生”两字作何理解？

雪桃　啥叫人生？蛮简单：出生了，读书了，下课了，放学了，放假了，毕业了，工作了，结婚了，退休了，生病了，榻冷了，烧掉了！

唐伯虎　哈哈，太精辟了！还要请问姐姐，新世纪的女性应该具备什么样的素质？

碧桃　喏，上得了厅堂，下得了厨房，装得了清纯，扮得了善良，杀得了木马，翻得了围墙，开得起好车，买得起新房，斗得过小三，打得过流氓！

【众人拍手。】

唐伯虎　两位姐姐才高八斗，小弟自愧弗如。再要请问姐姐……

碧桃　好哉好哉，覅问东问西则，还有啥问题倷去到电脑上去问度娘么全晓得则碗。

雪桃　就是呀，该则里又不是10086，倷问啥板要回答啥格啊？

碧桃　华安啊，倷么要求别人家才貌双全，格么倷除脱会画画、写字、扫地、端夜壶，还会点啥介？

唐伯虎　伍笃会啥，我就会啥！

管家婆　到底老爷身边的红人，着实勿谦虚！格么两只桃子啊，来酿！

唐伯虎　两位姐姐请！

【音乐起，碧桃和雪桃表演越剧，为男女声对唱的曲目，最后六到八句最好让唐伯虎一人唱，既唱生，又唱旦，发挥扮演者黄蕾的特长。】

【众人鼓掌。】

雪桃、碧桃（同时）倒有道理格！

华相爷　华安，这两个丫头娇俏可爱、才艺非凡，你可看得中哪一个？

唐伯虎　两位姐姐么，眉儿俏、目儿娇、鼻如琼瑶、口如樱桃、身材窈窕、心思巧妙，真是两位美多娇！

雪桃、碧桃　慢慢叫！

唐伯虎　怎样？

雪桃　阿是黑皮？

碧桃　阿是粗腰？

唐伯虎　呃，一点也不黑，一点也不粗，两位姐姐的容貌么不是小弟夸张，天生鹅蛋脸，肌肤白如棉，三围刚刚好，人见人来电，如此俏佳人，异性都垂涎，小弟能得见，艳福实匪浅，真是少见哦少见！

碧桃　（一下子改变态度）啊呀呀，妹子啊，俚阿会真格看中倪两家头格啊？

雪桃　作如格喏！覅给倪两家头戆勒个钝，一个男人就此钝脱介？

碧桃　哪哼勿是，覅为仔搿格两只桃子做出头椽子，一个好男人就此囉脱！（相互示意，改变态度）

雪桃　我格阿安啊！

碧桃 我的亲啊！

管家婆 我哪哼有点冷势势介？

碧桃 倷格脾气实头好笃。伲想倷人品好、学问好，勿晓得倷脾气阿好？

雪桃 现在什梗一试么就试出来则，倷格脾气好得勿能再好则。

碧桃 既然倷看出来伲十全十美、横好竖好，

雪桃 格么倷就嫁给仔伲吧！

碧桃 啊？！

雪桃 一个激动，说反脱哉。格么倷就讨仔伲吧！

管家婆 格是只好讨一个，两个一讨要触犯婚姻法格。

唐伯虎 慢来慢来，小弟还要复看！

雪桃 看好哉，夫妻道里么是要看看清爽格。倷要从下头看到上头么我垫只凳子，

碧桃 倷要从上头看到下头么我孵下来，

雪桃 倷要从外头看到里厢么……哦哟，大庭广众难为情煞哉！（转了几个身）

唐伯虎 姐姐生得样样好，件件好，惜乎啊惜乎，

雪桃、碧桃 啊呀，哪哼格把锡壶又提出来则介？哪哼啦？

唐伯虎 惜乎颧骨太高了！

雪桃 看上去有点高，其实不高格，

碧桃 因为瘦仔了呀，只要搭倷做仔夫妻，心里一开心，饭一吃得落，肉一弹出来，就勿高哉！

雪桃 （对碧桃）倷属于薄皮棺材楦子大，吃煞勿会壮格。还是我来，夜宵一吃，早浪一称好重一斤半。

碧桃 （对雪桃）阿姐，倷勿作兴格哘，我么吃勿胖格，所以颧骨只好一直高下去阿是介？

雪桃 我么实话实说哘！

唐伯虎 哎，颧骨生得高，杀夫不用刀，洞房花烛夜，我命实难保！还请两位姐姐回去吧。

雪桃、碧桃 要么倷个杀千刀！弄仔半日勒寻伲的开心哘？

碧桃 啥叫啥颧骨高得像刀一样，照倷什梗说，相府里好做人家点则，

雪桃 哪哼勿是，厨房间里切肉丝，只要拿块肉我面孔浪咕嗞咕嗞挫挫好了，砧顿板也好省脱哉。

碧桃 该则里属老虎格，我老虎不发威，你当我是Hello Kitty啊？格么叫倷一声华夹里格安，倷搭我等好仔，我终有一日要出现勒你屋里的户口本上，

雪桃 做勿成功倷家主婆，就做你格后妈，你阿要试试看啱！

唐伯虎 啊呀呀……

华相爷 臭丫头，休要胡言乱语，还不与我滚进去！

雪桃、碧桃 哼！进去么就进去。阿姐妹子笃啊，全搭我让开点，近来做阿姐格面孔上多仔两把刀，当心割脱伍笃格耳朵鼻头！

华相爷　华安，四桃才艺超人，与众不同，难道你一个也挑不中吗？

唐伯虎　华相府人才济济，乃老相爷之福分，四桃虽好，惜乎啊惜乎，

华相爷　怎么又来了？惜乎什么？

唐伯虎　惜乎比不上我心目中的那一个！

华相爷　啊？你心中有人了？

众丫头　格么倷心目中的那一个到底是哪一个介？

石榴　是我啘！

众丫头　咦，石榴阿姐啊，倷哪哼自说自话格介？

石榴　（走到唐跟前）安哥啊，倷心里有我么老早好搭老相爷坦白则呀，用勿着什梗兜来兜去吃吃力力格呀。既然现在讲穿，格么我也用勿着瞒瞒藏藏哉，搭倷一道谢过老爷夫人么就去准备拜堂吧！

众丫头　哪么真格有喜酒吃则，华安兄弟，石榴姐姐，恭喜贺喜哦！

唐伯虎　啊呀石榴姐姐，你你你，你误会了！

石榴　倷看醃，面孔涨得喧煊红，我也承认仔么倷就覅难为情则啘。

唐伯虎　啊呀姐姐，我与你之间么乃是朋友之谊、兄妹之情，哪来拜堂之说哦？

石榴　啊？朋友之谊、兄妹之情？啥，啥个意思？

管家婆　啥意思么蛮清爽，俚心目中的那一个勿是倷！

石榴　（伤心绝望地）倷个冤家啊，倷个呒良心的，我衣裳偷偷伴伴搭倷汏，红烧肉偷偷伴伴拣给倷吃，倷居然欢喜的是别人！呜呜呜……

众丫头　看上去良心给狗吃脱哉！

管家婆　格种黑良心狗也勿一定要啜祭！

众丫头　格种男人无情无义，

众丫头　绝情绝义，

众丫头　假仁假义，

管家婆　翘俚个辫子！

石榴　勿许骂！

众丫头　帮倷呀。

石榴　就是勿许骂！

众丫头　格种小赤佬就是讨骂！

石榴　还要骂勒啱？

管家婆　帮倷出气呀，哪哼拎勿清格呢？

石榴　覅呀，要骂只好我自家骂，别人家骂我要勿舍得格！

众丫头　倷要痴煞脱格来！

啼笑因缘·秀姑定计

人物　刘德柱、关秀姑、王妈。

地点　将军府客厅

【王妈嘴里哼着小调，在客厅里擦拭家具。】

刘德柱　（急冲冲上）王妈，王妈——

王妈　来哉来哉，将军哪能说？

刘德柱　哎哟，瘦了瘦了又瘦了！

王妈　将军，我看你最近是心想事成，心宽体胖，越来越丰满么对的，哪能会瘦呢？

刘德柱　不是俺瘦了，是俺的衣服又瘦了。

王妈　啊呀呐，算算这件行头剪刀口上下来仔呒不几日天勒啘，哪能已经扣勿上则介？哦，我晓得哉，你最近又勒浪贪吃哉！

刘德柱　贪吃？那可冤死俺了！俺老刘最近为了保持身材，每天一把青菜一把豆，一个鸡蛋加点肉，不挑肥的专挑瘦，饿得晚上直吼吼！俺在减肥!!

王妈　将军，我说你贪吃指的不是嘴巴贪吃，而是眼睛贪吃。

刘德柱　笑话？难道你吃饭是用眼睛吃的？

王妈　有句成语叫秀色可餐。自从那个小大姐上门，你的眼睛像扫描仪一样，一歇歇从上扫到下，一歇歇从下扫到上，恨不得一口吞她下去啘。

刘德柱　哈哈哈哈！秀色可餐，有道理有道理！俺一看到那个迷死人的小大姐就春心荡漾，一荡漾就激动，一激动就开心，一开心就开胃，胃一开就多吃，一多吃就长肉，肉一长这衣服就变瘦了！

王妈　这将军就是将军，总结到位，一点就通。

刘德柱　哎哟，那讨厌了，

王妈　哪哼说？

刘德柱　看一眼就长肉，看一眼就长肉，她成了俺新太太，天天看不够，一年看下来，胖成一头猪，这路都走不动哩！

王妈　（咕）你现在搭猪也差勿多。

刘德柱　啊？？

王妈　哦，你现在搭猪还差蛮多！

刘德柱　这一白遮百丑，一胖毁所有。看来看归看，肥还是要坚持减的。

【关秀姑上。】

关秀姑　哟，这是谁嚷嚷着要减肥呢？

刘德柱　哎呀，我的心肝宝贝总算回来了，可把俺急死了！你再不回来我要到外面来找你来。

关秀姑　是吗？着什么急呀，我这不是回来了吗？（盯着刘的衣服看，故意娇笑）哎哟，怎么穿成这样啊？

王妈　刚正做的新衣裳已经着勿落哉，所以喊仔要减肥呢。

关秀姑　其实男人胖点没什么不好。看着喜气又有安全感，冬天抱着还暖和，站在一起永远显瘦，关键肉厚实还经打！

王妈　（恶心地摇头，咕）咦——口味倒蛮重格。

刘德柱　哈哈哈！原来新太太喜欢有肉感的，俺这算碰上知音哩！那俺这肥就不用减哩，减成瘦子新太太就不喜欢哩！

关秀姑　就是，宁可胖得精致，也不瘦得雷同。

王妈　冷来！

刘德柱　王妈，那你赶快伺候新太太上楼梳妆打扮，俺再去换身行头。

王妈　噢，晓得了。

刘德柱　（对观众）这小妞果然与众不同，够味儿！（转身进场）开——心——来——

王妈　（没好气地）六十块头，跟我上去吧。

关秀姑　王妈，谢谢你了！

王妈　不要谢的，你么东家，我么西家，服侍你么应该的。楼上的箱子我已经和你端正好了，里面的行头二三十套呢，从长的到短的，从中式到西式，从露背心到露肚皮的，从朦胧感的到全透明的，应有尽有！本来么都是我伲将军做给前头的太太着的，现在么挑仔你，出道勿早，运道么你好！不过六十块头啊，我倒要问声你看，你到底看中我伲将军啥介，板要嫁给他？

关秀姑　爱一个人需要理由吗？

王妈　天下没有无缘无故的爱，也没有无缘无故的恨。你说图他长得好看吧，两百八十六斤半的身胚，倒下来人也压得煞的。夜里打里昏度来，好从观前街传到山塘街得来，啥人吃得消？你说图他脾气温柔吧，动勿动就要拔出枪给粒花生米给你嗒嗒，

书戏类

或者马鞭子拿出来抽得你啊一哇也喊不出。嫁给俚种男人，实着要好胃口，否则啥人趟得牢介？

关秀姑 趟得牢趟不牢，那就看本事了！

王妈 啊一哇哪，啥个本事介？要么迷男人的本事啘。我老实对你讲，你做这里的太太要做好思想准备的。

关秀姑 要做什么准备工作？

王妈 喏，

王妈唱 叫你一声大小姐，你要做新太太，

勿知你身体佳勿佳，将军勿称心，要拿鞭子哈，

你截截嫩的皮肤勿知经得起几下？

覅看将军身体胖，花堆里笑哈哈，碗里吃仔锅里还要抓，

女人像衣裳，换得蛮勤快，你今朝做新娘，明朝像守寡，

作作孽孽、冷冷清清，你后悔要喊姆妈！

你青春年少女娇娃，再加貌如花，

自尊自爱去寻个好人家，

眼睛睁睁开，覅像着仔个邪，回头是岸，悬崖勒住马。

王妈 什梗漂漂亮亮的姑娘，啥个男人勿好嫁？这个杀千刀没有长性的呀，如果每个女人用一个字来代替的话，他的风流情史可以写一部长篇小说了。女人妈妈脑子空不要紧，关键是不进水。你板要去嫁给他么赛过大脑进水，小脑养鱼，你有得要吃苦头了！

关秀姑 王妈，其实你对我还不了解，

王妈 男人一怒为红颜，红颜一笑为了钱！钞票，让多少不相爱的人睡在了一起。我怎么会不了解呢！

关秀姑 等将来，你就会明白我是个什么样的人了。

王妈 将来？用不着将来的，我现在就清爽了，你就是那种为了金钱可以出卖自己身体和灵魂的女人！不要脸的女人！

关秀姑 你怎么能这么说呢？

王妈 那我该怎么说？哦，你不是不要脸的女人，应该这么说，全世界不要脸的女人都是你这个样子的！

关秀姑 好了，我不跟你多啰唆了，我要上去换衣服了。

王妈 我陪你上去。

关秀姑 （故意虎着脸）不用！

王妈 唔啥！格么搭你讲清楚，将军怪起来么你要讲清爽的，不是我不肯服侍你，是你不要我服侍，你现在是我得罪不起，你是武媚娘啘！

【关秀姑退场，刘德柱上。】

刘德柱　王妈，你看这身行头怎么样？

王妈　煊煊红，像只浸胖的红萝卜，蛮灵！

刘德柱　这顶帽子怎么样？

王妈　派头倒蛮派头的，就是当中镶的那块绿汪汪的老居三看上去有点勿舒服。

刘德柱　这可是上好的翡翠。

王妈　男人的帽子上不能有绿颜色的，帽子一绿讨惹厌格！

刘德柱　这顶帽子我平时一直没机会戴，今天正好拿出来派派用场，出出风头！哎，王妈，你怎么不上去服侍新太太更衣？

王妈　她不要我服侍呀！

刘德柱　哈哈哈，还不好意思来。不过以后更衣这种活儿由俺老刘亲自服侍就好来。

【关秀姑又上。】

关秀姑　将军，我好看吗？

刘德柱　（两眼发直，围着关绕圈圈）足足足——

刘德柱唱　好看好看真好看，看得我老刘心发喘。

她天生一双勾魂眼，乌溜溜的眼珠圆又圆，

赛过天上的星星亮闪闪。

小嘴微翘嫣红色，不薄不厚真性感，

娇语莺声把情传，我是头里发晕腿发软。

你看她，该凹的地方凹，该叠的地方叠，

身材袅娜好丰满，别样风韵美婵娟。

女人见过勿勿少，尝过格滋味千万般，

桃花运里团团转，我老刘今夜又要上云端。

刘德柱　好看好看，比李冰冰还好看，呱呱老叫来呱呱老叫来，哈哈哈——王妈，准备出发！

王妈　噢，晓得哉！

关秀姑　（看王妈走，对刘）将军，今天咱们去西山结婚，她去干吗？

刘德柱　王妈？她要去伺候我们的呀。

关秀姑　我不要她去！

王妈　啥物事？不要我去？（对观众）该则里天勿亮就起大打扮哉，你们看我头上摩丝喷脱半瓶，手上金戒指戴了十二只，终想跟出去出出风头的！现在勿给我去，我踏痛你的尾巴？啥了不要我去，讲个道理出来！！

刘德柱　是啊，新太太，你为啥不要她去啊？

关秀姑　我……

王妈　我，我啥介？将军太太也覅做了，已经开始吆五喝六哉。真的做仔武媚娘还了得！

刘德柱　是呀，新太太，你总要说出个道理来！

关秀姑唱 难得王妈好心肠，只是真情无法对她讲。
当夜成亲原是假，引蛇出洞我施伎俩，
替天行道拼一死，舍身赴险除豺狼，命悬一线前路茫。
若然王妈跟了去，非但要连累她入火坑，
又恐节外生枝要惹祸殃。
心暗转，细思量，权且作势来假装腔。

关秀姑 她在身边，碍手碍脚讨人嫌！

王妈 啊一哇哪，我服侍仔将军几十年，他也没嫌我碍手碍脚，你一个刚来呒不几天的粗使丫头居然讲我讨人嫌，呒不天理哉呀！

关秀姑 将军，我是个比较注重隐私的人，夫妻间是一定要有私密空间的。比如我们在一起用餐，边上有个人唾沫横飞的，一定会坏了咱的胃口。我们在一起赏月看风景，有个人在边上那么一处，一定会坏了咱的雅兴。倘若我们在一起亲亲热热、甜甜蜜蜜时，有人在眼前那么一晃，岂不坏了咱的情调？您说呢？

王妈 啊一哇哪，真是人不要脸，天下无敌；人不犯贱，天诛地灭！标准一只骚狐狸！

刘德柱 哈哈哈哈，有道理，太有道理了！（对王妈）好了，滚你娘的，你不要去了。

王妈 不去么就不去，省得看见她惹气！老娘正好歇歇！

【王妈把箱子往地上一丢，往里一走。】

刘德柱 （对关）那么亲爱的，她不去，谁来伺候俺呢？

关秀姑 我呀。

刘德柱 那么谁来伺候你来？

关秀姑 你呀！

刘德柱 中中中，咱相互伺候。你替我擦背，我替你按摩！哈哈哈！开路！

关秀姑 （对观众）对，送你上路！

文章类

从话剧到评弹

——谈中篇评弹《雷雨》之《夜雨情探》的改编创作

《雷雨》是曹禺先生在其二十三岁时缔造的剧坛神话。此剧以扣人心弦的情节、意蕴丰富的人物、含蓄简练的语言、严整精妙的结构及内涵深刻的潜台词成为中国现代文学史上的经典之作，它非凡的艺术特色及美学价值也长久地引发着人们对其挖掘探究的浓厚兴趣。《雷雨》自问世以来，除了话剧舞台赋予它适意精准的艺术呈现外，沪剧、京剧、黄梅戏、歌剧、舞剧等姊妹艺术都曾以不同的舞台样式对其进行风格迥异的诠释，而用吴侬软语的苏州评弹这一曲艺形式来改编戏剧大师的扛鼎之作，是曲艺艺术首度面对戏剧艺术心存敬畏且满怀激情的尝试与挑战。

苏州评弹其实是苏州评话与苏州弹词的合称，评话是单纯的说故事，又称“大书”，弹词则有说有唱，俗称“小书”。它是一种用苏州方言来叙述故事、以说书人全知视角的说表和“起脚色”塑造人物、通过观众的理解联想实现艺术审美的表演艺术。评弹按其容量的大小可分为四种类型：第一，长篇。相当于现在的电视连续剧，最少十五分回（每回两个小时）。第二，中篇。相当于一台大戏，由三至四回书组成（每回四十分钟左右）。第三，短篇。相当于一个小戏，三十分钟左右。第四，开篇。相当于一支歌曲。可见单从容量上来考虑，将四幕话剧《雷雨》改编成中篇评弹是最合适不过的。然而任何一部经典名著都是经过岁月洗礼的，有其恒定的文化价值及审美认同的，改编经典就好比戴着镣铐跳舞，既要忠实于原著，尽可能地保留其丰富性、广阔性、厚重感，又要根据自身的艺术特点，用减法和加法，对原作进行开拓创新，把它需要阐发的细部进行充分发挥，这对改编者来说是需要虔诚、勇气和睿智的。

评弹较戏剧的最大不同在于描述故事不受时空限制，塑造人物是通过说书人对书中人物的思想及心理的细节描写来完成。话剧《雷雨》较长，矛盾亦错综复杂，如一一展开，就会限制评弹艺术的表现空间。故评弹《雷雨》对原作的情节进行了大幅度的裁剪及结构上的重组。一开头便从“吃药”入手，交代人物关系，出示戏剧矛盾，在特定情境下展开周萍与蘩漪的情感纠葛。原话剧中第二幕的重头戏——周朴园与鲁妈的重逢和回忆则在评弹第二回的开头以说书人的身份做了扼要精辟的叙述，以推动情节的发展。话剧第三幕中前五分之四的情节在评弹中几乎找不到踪影，原本在话剧中堪称精彩片段的“四凤起誓”在这回中也是一表而过，周萍探凤、蘩漪跟踪成了本回书的重点。而第三回书一开场就把蘩漪和周萍的矛盾推向极致，最后由一大段蘩漪因决意走向毁灭而充满绝望的唱片将故事带向终结。评弹《雷雨》三个分回小标题的定名——《山雨欲来》《夜雨情探》《骤雨惊雷》就是在情节调整和内容取舍的基础上确立的。

曹禺研究专家朱栋霖教授认为，评弹《雷雨》中最有突破及创新精神的是第二回《夜雨情探》。这回书不仅把评弹艺术所有的表现手段“说、噱、弹、唱、演”都合理地融入其中，在情节结构与人物刻画上较原著也有其独到之处。作为评弹《雷雨》第二回的作者，以下我就来谈谈《夜雨情探》的创作体会。

一、情节结构

将周萍与蘩漪的情感冲突作为主线是评弹《雷雨》的创作基调，所以如何将男女主人公的情感脉络在第二回中得到充分延展和激化且将故事向高潮推进，是我在改编中考虑的首要问题。因为第一回的改编先是以此为基调对原作中围绕鲁贵、四凤、周冲、鲁大海等人物所展开的戏份做了弱化和删减，所以这回书的改编只利用了原著第三幕最后五分之一的情节，把周萍的出场作为正书的开始。而原话剧第二幕中的周朴园与鲁妈重逢及第三幕中鲁贵与大海的冲突、周冲上门送钱、四凤罚咒等重要情节在评弹第二回的一开场，仅以三位说书人简洁而有韵律的说表在二三分钟内交代完成，随后的故事发展及矛盾冲突主要围绕周萍、蘩漪、四凤三个人物铺展开去。说书人口中的那扇“窗”被当作了情节发展的道具，引领着窗内的四凤和窗外的周萍、蘩漪以各自不同的心理轨迹引发行为，将矛盾层层叠加，把情节推向高潮。

二、人物塑造

先说说周萍。其实周萍这一人物在曹禺心目中是极其矛盾复杂的，这在原著中的大段人物提示中可见一斑。但如此丰富的人物在话剧舞台上却时常带给人暧昧晦涩的感觉，很多观众把周萍看作一个胆小懦弱、好色虚伪的纨绔子弟，我想这绝不是曹禺心目中完整的周萍。周萍被攻击最多的是他对周朴园的唯诺是从以及在蘩漪身上的始乱终弃。前者从意识形态角度，后者从社会伦理层面，决定了周萍形象的否定性因素。周萍在由乱伦带来的巨大恐慌和无从建立生活秩序的焦灼下，确实表现出对文明社会的复归。然而他对周朴园的谦恭并不能被看成其对父亲价值观的认同，更多是罪犯在审判者面前的畏缩，是失足子对“威严”“峻厉”父辈的低从。与周朴园因门户之见抛弃侍萍不同，周萍和蘩漪关系中的不自然因素，使我们即使责备他“始乱”，也很难要求他“善终”。因为周萍命定般的乱伦恐惧与蘩漪疯狂般的情爱追求纠缠成道德死结，迫使周萍性格上从强悍走向怯弱，行为方式上从极端走向矛盾，人生态度上从生命的“渴”走向生命的“空壳”。或许是作者对蘩漪的过分偏爱，对她“可爱”之处的极度迷恋，在蘩漪闪电般聚集全部生命力于一瞬的辉煌中，周萍的形象在对比中被弱化和稀释了，作者有意无意给周萍一些不公平待遇，对这个贯穿全剧的重要角色，几乎没有给过他展示内心的抒情的独白机会。所以在评弹第二回的改编中，我尽力给周萍自我剖析和申诉的机会，“设法替他找同情”（曹禺在《序》中的原话）。

原作中，周萍因为明天要去矿上，所以雨夜来找四凤仅是想求得“临别的温柔”。把这一动机作为周萍要“入窗”的理由本人并不反对。但要给他“找同情”，就要深挖他复杂的内心世界。当四凤因为耳边响起母亲的叮咛而不敢开窗时，我给了周萍一个与原著不一样的猜测：“……勿肯开窗，肯定有原因，阿会得外头拨俚听着啥个闲话了啊？实在周萍决定到矿浪去，俚最最担心格就是四凤，一旦拨俚晓得自家格事体，俚会哪哼想？俚会哪哼做？四凤倷勿能变，倷格天真、纯洁是一味药，是一味可以让我周萍重新做人格药……”所以在天真纯洁的心上人跟前，他决定来一次忏悔，把积压在心中的痛苦发泄出来。他说自己是个“有罪的罪人”，并说出自己“曾经爱过一个勿应该爱格女子”。当四凤问及这个女子是谁的时候，周萍回答：“格个女子非但漂亮、聪明而且很有才情。”后两句说明周萍当初确实被蘩漪的魅力吸引并深深地爱上那个“漂亮”“聪明”“很有才情”的后母，他们的两性吸引是有情感基础的，这在第一回书中也有别样的精彩描述。而他说自己是“罪人”且“不应该爱”实是道出了他痛苦的根源所在，那就是与蘩漪的那段不伦畸恋。当然，周萍怯弱的性格还没给他说出“蘩漪”两字的足够勇气，他只是在含糊其词中道出自己的不安与惶恐，但聪明的四凤曾经听父亲讲起过客厅里闹鬼的事，也猜出了个大概。这里给了四凤一段展现其单纯性格的心理表述：“……大少爷，倷是个有文化格人，你真勿应该……不过奇怪格是，俚今朝哪哼会勒我面前提格种事体？格种事体别人家瞒都来勿及，哪哼……难道是因为欢喜我？俚觉着对勿起我？所以要讲拨我听？唉！大少爷倷哪哼晓得我格心思，倷能够真心格欢喜四凤，我已经心满意足则呀，我有啥格资格来评论倷格过去呢？”所以她会说：“大少爷，倷覅讲哉……过去格事体就让俚过去吧，倷过去格一切，四凤都勿会计较格。”而四凤的这番话更让周萍看到了心上人天使般的善良，所以在那一刻他更坚定了自己对四凤的感情，觉得有必要将忏悔进行到底。接下来他并没有直白讲述乱伦一事，而是把不堪化作心中挥之不去的梦魇，用含蓄的方式表达了出来。那段关于做噩梦的唱片更深层次地揭示出了其心中觉得“对不起自己，对不起弟弟，更对不起父亲”的悔恨以及无法摆脱后母纠缠的惶惶不可终日。

周萍的“忏悔”是他在“干净”的四凤面前的自赎，也是他由“感性人”向“文明人”迈进的起步，他知错、悔错、改错的一系列行为是一种悲剧性努力，也是作为改编者的我让观众对他产生“同情”的一种手段。

围绕周萍“忏悔”的这段情节看似陌生，其实原作曾通过周冲的困惑在第一幕中有过交代，周冲曾对蘩漪说：“哥哥现在真有点怪，他喝酒喝得很多，脾气很暴，有时他还到外国教堂去不知干什么。……前三天他喝得太醉了。他拉着我的手，跟我说，他恨他自己，说了许多我不大明白的话……最后他忽然说，他从前爱过一个他决不应该爱的女人，说完就大哭。”这段情节在评弹第一回的改编中看似被删去了，其实是被第二回“拿来”充分利用，经过重新梳理和整合，成为我对周萍这个人物重新塑造的重要依据。

再来说说蘩漪。她是曹禺用心着墨最多的人物，也是最具“雷雨”性格的角色。她不甘于听从丈夫的专横摆布，厌倦了冷寂阴沉的家庭，在枯井似的心底跳跃着熊熊燃烧的情焰，狂热地爱上了丈夫前妻之子周萍，将自己置于“母亲不像母亲，情妇不像情妇”的尴尬境地。当周萍毅然决然要斩断这段孽缘时，她使尽全力要拯救她视为生命的爱情。面对周萍的移情别恋，她陷入绝境的情感像火山一样在涌动中渐渐喷发。她不但赶走了“情敌”四凤，还在雷雨之夜跟踪周萍到鲁家，一步一步把对方也把自己推向灭顶的深渊。

由于话剧舞台时空的限制，蘩漪跟踪周萍这一动作在话剧第三幕中并没有很直观的展示，蘩漪的形象只是窗外的一个黑影，被“蓝森森的闪电”照亮的一张“惨白发死青”的脸。而评弹第二回的改编则把话剧舞台上没有一句台词，只有一声叹息的蘩漪推到了台前，试图让观众看到一个心理活动异常丰富，立体而清晰的女主人公。

蘩漪在第二回中的出场是由说书人对其行动与外貌的描写开始的：“倷前脚出门，俚后脚紧跟。啥事体要跟，俚自己也讲不清爽，只觉着心口头有一捧火在烧，烧得俚坐立不安。为了不让周萍发现自己在跟踪，始终搭倷保持三五十米的距离，你走俚也走，你停俚也停。格歇辰光的蘩漪浑身墨黑，墨黑的旗袍外面罩了一件蛮蛮长的墨黑的雨衣，只有半只雪白面孔露在帽子外头，远远叫望过去就像黑夜中的幽灵，在周萍的身后飘飘荡荡。”这就是评弹艺术的一大特点，话剧剧本中的舞台提示都可以通过说书人之口栩栩如生地描绘出来。接着，当她看到周萍轻车熟路地来到鲁家敲四凤窗的时候，她对周萍的跟踪一下子从下意识变为有意识——看看周萍和四凤的关系到底发展到了什么程度。而当看到周萍敲不开四凤的窗时，她出现了极微妙的心理：“格是今朝格扇窗只要不开，我搭你周萍的将来就还有希望。”特别是听到周萍说曾经爱过一个不应该爱的女子，她“又是开心亦是伤心。开心格是格冤家总算还承认俚是爱过我格，伤心格是俚对格份爱作出了否定：勿该爱”。“既然倷认为当初勿该爱，格么倷为啥还要爱呢？”这是长久存在于蘩漪心中的困惑，这些心理动作也正说明她对这份畸情始终没有清醒的认识，对周萍的回心转意还抱着最后一丝天真的幻想。尤其当她从周萍断断续续的忏悔中找到答案时，她认为：“你想用逃避的方式离开我，以求得心灵上的解脱，但是你把我一家头丢在格座闷得煞人的周公馆里让我慢慢叫绝望而死，难道你就心安理得了吗？你说你追求四凤是为了摆脱犯错的痛苦，重竖生活的信心，实际上你是为一个男人喜新厌旧的本性勒寻借口。”她之所以会产生这种心理是她潜意识中一直把这段得不到法律承认、得不到伦理理解、得不到道德允许也得不到舆论同情的“母子之恋”合理合法化，让自己在自我编织的追求自由爱情和幸福的美梦中尽情陶醉。所以她无法理解周萍的悔恨和痛苦，她把周萍疏离她的原因简单地归结为移情四凤。而后，她本以为不肯开窗的四凤在听周萍道出前情后会像很多女人一样生气伤心、大发雷霆，孰料四凤“非常感动，大少爷说俚是个罪人，一个人做错事体敢承认自家是个罪人，格个要有几化大格勇气啊！我倒觉着，倷大少爷是天底下最好格好人”。周萍的“悔”使善解人意的四凤把“起誓”一下子抛到脑后，她决意开窗当面安抚他备受熬煎的心灵，而这是拥有尖锐性格的蘩漪所始料不及的。所以当窗打开的一刹那，蘩漪心里咕了句“完……换仔我听见格种事体，格扇窗我死也勿会开格，哪里晓得倷格气量什梗大”。一个“完”字道出蘩漪“希望”的破灭，而紧跟其后的心理描写是她极端性格的充分表露。随后我还运用评弹"跳出跳进"的手法让演员突然从角色转为说书人进行了一小段评论："这个就是你与四凤的区别，各自对爱有不同理解。女人的爱有两种，一种是把对方紧抓在手里死也不放，一种是用宽容的心让对方过得轻松幸福。你属于前者，而四凤属于后者。"这是评弹用以分析人和事物的特有手法，是说书人和观众最直接的交流，它比戏剧中的"间离效果"更为强烈和突出。

蘩漪这一系列的心理活动都是随着周萍和四凤的心理及行为的变化而变化的，当周萍跳窗而入，与四凤紧紧相拥的一幕出现在她眼前的时候，单靠演员的说表是无法生动地展示出人物那一刻杂乱的心绪的，所以"言之不足，歌以咏之"，这种在戏曲中惯用的手段在评弹的创作中也是通用的，在这里我给蘩漪设置了一段如泣如诉、悲愤交加的唱片，让她的妒火在控诉般的宣泄中熊熊燃烧。随后她的愤怒和嫉妒又促成其疯狂报复的行动："像幽灵一样站在窗前"以恫吓胆小的四凤；顶住窗户让周萍如瓮中之鳖无路可逃。这几个将矛盾冲突推向高潮的关键动作在话剧中只一闪而过，而评弹却通过说书人"带表带做"的细腻表演将蘩漪带有破坏性和毁灭性的"雷雨式"的行为和性格更清晰地展现在了书台之上。

评弹第二回除了塑造出一个立体的蘩漪和一个不一样的周萍，还有一个人物是独创的，那就是被拟人化了的"寮檐"（即屋檐）。它的第一次出场是在周萍刚到鲁家出现在四凤窗外时：

说书人表　倷个一举一动，有一个朋友倒全看好勒嗨，啥人？覅弄错，勿是人，俚是该搭个寮檐。寮檐倒是洞察一切，周萍每次来，俚全看见格，而且蛮同情周萍，今朝格个老二倌亦来哉，倒是倷今朝勿能进去，进去就是一场祸，格么让我警告警告俚，就用两笃冰冰阴个寮檐水，往准周萍格头颈里，"嗒、嗒"！

寮檐白　阿觉搭？

周萍表　勿觉搭。

第二次出现则在蘩漪看到周萍和四凤拥抱的瞬间：

说书人表　上头个寮檐一看么……咦，格个女人勦看见歇过啘？啥体啊？两只眼睛对仔里厢一动勿动？喂！非礼勿视！非诚勿扰！拎勿清，让我也来警告警告俚，两笃冰冰阴个寮檐水，往准俚额角头浪，"嗒、嗒"！

寮檐白　阿觉搭？

蘩漪表　勿觉搭！

寮檐表　今朝碰着个都是木头人。

"寮檐"在第二回中虽然仅现过这两次身，但它的出现既服务于情节和人物，又给悲情的故事添加了一丝喜剧的色彩，让观众在沉闷的书情中收获难得的愉悦体验。这种趣味性即"噱头"的挖掘也是评弹艺术展现魅力的重要手段之一。在此，我要特别感谢上海评弹团的徐惠新老师的二度创作对第二回的帮助和提升，是他让“蘩漪”活了起来。

三、表演样式

话剧是借助布景、道具、音效、服装等，通过角色的言行把人物和故事呈现在舞台上的，而评弹作为说唱艺术，完全是由演员扮作说书人，通过叙述、描写、解释、评论和“起脚色”来完成书台呈现的。譬如第二回书对蘩漪一出场时外貌和衣着的描写，对鲁家环境的描写，对天气变化的描写就是通过说书人的“表”来完成的。而话剧舞台上人物直观的行动也可以通过演员之口“表”出来。譬如“四凤不由自主走到窗跟首，手勒窗销浪一搭”“现在蘩漪就立好勒廿米开外的场化，眼睛激大，时刻在关注你周萍的一举一动。”“蘩漪动作格么叫快，拿两扇窗‘叭’一关，人往窗浪一靠”“周萍直扑地扑拿大海的手抓牢”……而话剧无法直接表现出的人物心理更给了评弹的说表艺术极大的发挥空间，《夜雨情探》中重塑的蘩漪形象就是以心理描述为依托被推至台前的。

因为评弹中的演员是以说书人的面目出现的，所以评弹在角色塑造上和话剧也有很大的区别。话剧中的演员是“一人一角”，也就是说演员的身份始终是角色，角色的动作始终是连贯的。而评弹演员则是“一人多角”，他（她）们的表演除了可以在“角色”和“说书人”间自由转换外，一个演员还可以在一回书中分饰多个角色。譬如在第二回中，三个演员就各自承担了数个角色。男演员既起周萍，又起鲁贵和鲁大海。而蘩漪和鲁妈的角色则由一个女演员来起。这里用“起脚色”而非“扮演角色”也是评弹与话剧的不同之处。起脚色只要求神似，是说书人对角色的模仿，用行话说就是书中人物“在说法中现身”。而话剧对角色的要求则是神形兼备，是戏中人物“在现身中说法”。

演员的“自弹自唱”也是评弹艺术有别于戏剧的最大特点之一。弹词的唱，是说的补充和延续。说唱之间灵活过渡，密切结合，共同为说书服务。在评弹《雷雨》第二回中，周萍和四凤隔窗的对话和心理描写，蘩漪的情感高潮，都是说书人通过声情并茂的吴语演唱伴随江南丝竹的悠扬意韵在书台上清新美妙地展示给观众的，这也是评弹艺术生命力长盛不衰的最重要的法宝。

评弹《雷雨》从原著讨论到脚本创作直至舞台呈现历经两年的时间，得到了诸多学者专家和圈内人士的关注与协助，在文化部及中国文联主办的各大艺术赛事上，此中篇以绝对优势问鼎桂冠，获得了观众们的认可和好评。但作为此中篇编剧的同行们不会就此满足而驻足停步，因为任何一部传世经典都是一件神秘而精美的宝藏，不断引领着我们以好奇心和探索欲继续向前！

曲艺说唱《看今朝》案例分析

2018年，由苏州市评弹团、苏州评弹学校和榆林市横山区文体广电局等联袂创作，李立山、胡磊蕾作词，陈勇、贺四编曲，盛小云、熊竹英领衔主唱的曲艺组合《看今朝》节目，继成功献演中共中央、国务院春节团拜会之后，应邀登上了中央电视台元宵联欢晚会、第九届中国曲艺节开幕式、第六届国际幽默节开幕式、2018海峡两岸中秋灯会等国内外重大艺术活动的舞台，受到广大观众的热议、媒体的强烈关注和业内外空前一致的好评。

该节目将中华优秀传统曲艺中“苏州弹词”和“陕北说书”这两个地域特色鲜明而人文风格迥异的南北曲种进行了大胆的跨界融合和改革创新，以南北曲艺的独特声腔、充满地域风情的民俗服饰、舞台方位的灵动调度、全体演员的倾情表演和舞台背景的渲染烘托等综合呈现，让全场观众获得了全新的视听冲击和审美享受，且感受到了中华美学精神在曲艺艺术中的完美呈现。特点如下：

一、精致凝练　主题丰富

在短短五分二十二秒的时长里，此作品突破了以往传统曲艺单线叙事的固有模式，既讲述了陕北在精准扶贫政策下，人民迈进新时代、致富奔小康的精彩画卷，也反映了江南风光日益秀丽，青山绿水常在，人民安居乐业、幸福安康的美好图景。不仅展示了南北方人民的迥异性格，还体现了祖国各族人民相互交融的和谐关系。热情讴歌了在习近平新时代中国特色社会主义思想指引下，祖国大江南北在富国强民、和谐社会、精准扶贫、生态建设等方面取得的伟大成就。立意新颖，个性鲜明，主题突出，具有浓郁的中国特色，依托口头言语的说唱艺术，在方寸之间营造出无限天地，抓住了新时代文艺创作丰富而鲜明的主旋律。

二、南北混搭　跨界生辉

《看今朝》将不同领域、不同艺术风格的曲艺门类进行组合：一边是西北汉子高亢嘹亮地“吼”出山乡巨变、农民脱贫致富后的喜悦之情，三弦铿锵，鼓荡人心；一边则是柔美的江南姑娘轻捻琵琶，细腻婉约地吟唱着秀丽多姿的水乡风韵。西北高原与江南水乡，陕北壮汉与苏州淑女，羊皮坎肩与优雅旗袍，弦音如鼓的三弦与雨打芭蕉的琵琶大胆地融合在一起，一个豪迈粗犷，一个清丽委婉，一南一北，一柔一刚，一唱一和，一应一答，相映生辉，丝丝入扣，使陕北说书与苏州评弹两种曲艺的表现形式更加生动鲜活和具有感染力。它是陕北说书与苏州评弹第一次大融合、大碰撞，也是曲艺史上一次划时代的改革与创新。

三、异曲碰撞　音乐融合

苏州评弹与陕北说书作为两种完全不同的南北曲艺表演形式，在音乐表现上反差巨大。陕北说书的唱腔与当地的民间小调关系很大，经常出现的有徵调式（主音5）、商调式（主音2）和羽调式（主音6）等，而且时常会在这些调式中相互转换。而苏州评弹所使用的调式绝大部分是宫调式（主音1）和徵调式（主音5），也会使用少量的商调式（2主音），极富特色。《看今朝》的曲作者在将两种曲艺洋式的唱控曲调进行比对后，首先将1=G作为唱腔设计的定调基础，再以每分钟132拍到144拍的较快逗度和热情奔放的节奏来烘托作品积极昂扬、欢乐向上的情绪，然后在节奏与速度相对稳定的前提下，再为双方的音乐表现设计出一些不同程度的变化，如苏州评弹演唱中出现了少量的散板的运用，陕北说书也出现了四一拍的节奏变换等等，都体现了传统曲艺的节奏运用特征。虽然曲艺的演唱在调性上相对自由，但对于《看今朝》这样一个“混搭”的作品来说，曲作者能在音乐设计上从各自的曲种特点与声腔的丰富性、独特性和广阔性出发，将两种曲艺的不同调式自然连接、灵活转换、融合贯通，呈现相对和谐统一的艺术效果，不啻一次艰难而成功的挑战。

四、守正创新　雅俗共赏

《看今朝》的外在形式虽新颖别致，内里质感却仍坚守传统。这个看似全新的节目，在声腔、服饰、乐器、表演风格等诸多方面依然保持了两种曲艺原汁原味的舞台呈现，而最大的创新之处除了一南一北的曲种嫁接，更在表演形式上进行了大胆尝试与突破，赋予了“陕北哥”和“妹子们”有角色身份的交流方式，让人称“半截观音”的评弹演员站起来、动起来；让一贯坐唱的陕北哥们活起来、跳起来，有唱有和、有问有答，亦庄亦谐、生动活泼，充满了新时代的审美旨趣与时尚气息。此外，接地气的曲艺语言，主唱、对唱、轮唱、合唱的层层递进，《看今朝》在音乐调性和语言节奏方面相互适应、尽量合拍，既保留了陕北说书激扬高亢、抑扬顿挫及苏州评弹吴侬软语、轻吟柔唱的流派声腔的鲜明特征，又有所变化和发展，并将情感的交流、形式的碰撞糅合在口语化的唱词和情境化的表演中，演员们跳进跳出，转换自如，配合默契，趣味盎然。在五分多钟的时长内，通过曲种对比的张力和故事性的演绎，“精准扶贫”和“绿水青山”的主题得到淋漓尽致的表现，时代精神、地域特征与曲艺元素被恰如其分地巧妙融合，既有曲种特色的传承与再创造，又展现了中华曲艺特有的雅俗共赏与和合之美、谐趣之美。

《看今朝》的成功经验，不应局限于曲艺界内部的研讨，其“创造性转化，创新性发展”的经验与思路，其所呈现的曲艺艺术的美学精神，相信亦对其他艺术门类有所启迪。该节目从创意的萌生到具体的设计，再从创作的践行直至圆满完成，其重要意义已经远远超越了作品本身。它不仅弘扬和光大了中华优秀传统曲艺的声望和影响，大大增强了我们的文化自觉和文化自信，更进一步解放了创作者的艺术思想，拓展并提升了艺术家的创作理念，为全面推进社会主义文化和中华曲艺艺术繁荣兴盛提供了又一个成功范例。

曲艺批评的价值与尊严

曲艺批评又叫曲艺评论，是指曲艺批评家根据一定的思想立场和美学原则，对曲艺创作、演出、欣赏活动做出科学的分析、阐释和评价。它可以评说目前发生的各种曲艺现象，也可以对曲艺艺术的发生、发展、演变的历史进行考察研究，总结经验教训，以促进当代曲艺事业的健康发展。

自古以来，曲艺批评就是一个相对薄弱的领域。探其原因，一是正统封建文人大都看不起这门大众化、通俗化的市井艺术，自然研究评说者甚少；二是曲艺是一门综合性艺术，理论头绪繁多，很难把它说清楚；三是录音录像技术还没发明以前，舞台形象无法保存，限制了曲艺批评的深度和广度。

然而，随着时代的进步，文艺事业的不断繁荣，曲艺批评成了曲艺艺术向前发展不可或缺的重要组成部分，它也是“百花齐放，百家争鸣”方针在曲艺艺术活动中极有力的体现。

那曲艺批评的价值何在呢?

第一，曲艺批评可以帮助人们更好地鉴赏艺术作品，提高鉴赏能力和鉴赏水平。

广大群众之所以需要批评家，是因为曲艺作品深刻的思想内涵和真正的艺术魅力常常由于艺术感性形式的特殊性而不易被欣赏者发现并领悟和把握。这就需要曲艺批评家以理性的目光，做出一些深刻全面的分析，指导和帮助广大群众进行艺术鉴赏。就以苏州评弹《雷雨》为例，在此作品搬上书台之前，部分老书迷都持怀疑和排斥的态度。他们中有一部分人觉得，话剧《雷雨》是艺术经典，欲以曲艺形式改编和超越几乎不太可能，创作班子实是自不量力。也有一小部分文化层次不是很高的老听众甚至认为《雷雨》宣扬的是男女乱伦之事，改编成评弹毫无意义。然而，当一群出色的演员把评弹《雷雨》展现到书台上，在大小活动和比赛中夺得佳绩，各式媒体赞誉一片的时候，老书迷的态度也有了很大的变化。因为一些知名学者、业内人士、戏剧界专家们客观、全面、深入的评论文章让那部分老听众突然认识到了自己主观意识上的偏颇和武断，也让他们大概了解了整个作品的创作初衷、创作过程和改编意义。正是这些高水平的提示和指导让那些曾经质疑的老书迷对评弹《雷雨》产生了强烈的好奇心，促使他们迫不及待地走进书场，在亲自体验和鉴赏中，让自我感悟和艺术家的技艺、批评家们的思想产生美妙的共鸣，同时也使自己对评弹这门江南曲艺有了更深更新的认识。这个例子很好地印证了托尔斯泰的一句话："批评家应该是广大读者群众在艺术上的成长、要求和创造热情的一个最理想的表达者。"

第二，曲艺批评有利于提高创作水平和演出质量。

曲艺创作是一种复杂的精神生产，艺术家需要广大观众和批评家的帮助，才能深刻地认识自己，不断地提高自己。曲艺批评的对象首先是上演的曲目。每有新作品上演或旧曲目重排，往往跟着一大堆评论发表。而作者们总会根据观众和批评家的高明建议对作品做出有益的调整和改进。笔者在十年前曾创作过一个小品《小泥人》，内容为一妻子以离婚相威胁，逼迫在饭店做花式糕点师的丈夫去应聘旅游局副局长一职，然而爱捏面团泥人且深爱妻子的丈夫认为自己不是做官的料，除了带上一盒自己捏的小泥人外，准备净身离家。本想吓唬丈夫的妻子没想到丈夫真的会答应离婚，一气之下，欲摔那盒小泥人。丈夫阻拦并哀求，夺下小泥人，妻子这才发现丈夫亲手捏的每一个泥人都是不同时期的自己……此作品在2003年江苏省小品大赛上获得了第一名的好成绩。作为笔者创作的第一个小品，《小泥人》能获此殊荣让笔者倍感欣喜。激动之余，笔者看到了报刊上有一篇江苏省文化馆原馆长赵永江老师的评论文章，文章主要是围绕大赛展开的，其间他对《小泥人》做了格外认真和详尽的点评。他肯定了作品的题材和立意，对小品的人文内涵做了高度的评价，但也对文本中人物形象的把握不定、结尾的过于仓促以及两位演员表演中的不足提出了意见和看法。看了赵老师的批评，作者和演员们都深受启发，笔者首先吸收消化了他的意见和建议，认真修改了本子，还在原稿的基础上加了一个结尾："……门铃骤响，邮差送来了工艺美术学院泥塑班的专业复试通知书，一向认为丈夫捏泥人是不务正业的妻子自愿当模特，让丈夫捏一个崭新的自己，作为专业复试的新作品……"本子改完后，两位演员也在表演上细致加工，刻苦锤炼，最终，此小品在2004年文化部主办的中国小品大赛上一举获得最高奖金狮奖，演员也获得优秀表演奖。正是这个作品的成功让笔者坚定了走创作之路的决心，也让创作者在以后的创作实践中善于倾听和总结批评家的意见，让自己的作品日臻完善和成熟。

第三，曲艺批评可以丰富和发展曲艺理论，推动曲艺科学的繁荣发展。

曲艺批评的主要任务是对曲艺作品的分析和评价，也包括对各种曲艺现象的考察和探讨，以此丰富和发展曲艺理论和曲艺史的研究成果。陈云老首长一生戎马倥偬，但他也是一个资深的评弹老听客和极专业的曲艺批评家。他对评弹的现状、传承、发展和创新极为关心且颇有见地。他写了大量对评弹艺术和评弹工作看法和意见的文章和信件，这些文字在1983年12月由中国曲艺出版社结集出版，书名为《陈云同志关于评弹的谈话和通信》。这部著作不仅忠实地记录了陈云同志与评弹的一段不寻常的情缘，而且是一部关于文艺、评弹艺术的评论集，丰富的内涵闪耀出思想和理论的光辉。书中"出人、出书、走正路"的言论更是概括了评弹艺术的发展规律和方略，对其他文艺事业也有着普遍的指导意义。当今，也有少部分有着强烈人文意识和高度社会责任感的曲艺批评家，如苏州的周良、北京的吴文科、上海的吴宗锡等为着中国曲艺理论事业的发展孜孜不倦地忙碌着。他们不仅具备相对全面的艺术和理论修养，了解曲艺的历史与现状，熟悉曲艺艺术的基本理论和知识，拥有对曲艺艺术的较强鉴赏能力，同时有着热爱曲艺艺术并与曲艺艺术的创演者一道繁荣和振兴曲艺艺术的事业之心。他们等身的著作不但有益于曲艺事业的健康发展，更将为后人对曲艺艺术的研究提供不可多得的宝贵资料。

在当代中国，随着改革开放的不断推进，中外文化交流日益频繁，文艺生产空前活跃，各种曲艺作品通过多样化的媒介呈现在众人面前。然而在社会主义市场经济条件下，市场运作方式已进入当今批评领域。缺乏责任感、使命感的随意评点到处可见，商业化、媚俗化的风气愈演愈烈，盲目性、迎合性、低俗化充斥着艺术市场。批评家失去了鲜明的立场和态度，缺乏必要的理论分析以及审美判断，人云亦云、炒作起哄，要么捧杀要么棒杀，收人钱财替人消灾，拿人手短笔下发软，完全不顾人民大众对作品的审美反馈和价值判断，只把文艺批评当个饭碗，热衷于“有偿评论”“炒作评论”，表现出了机会主义者的投机色彩，甘心沦为毫无职业操守的文化掮客，把本应公正清明的批评领域变成了庸俗喧嚣的名利场。利益最大化成为艺术商品经营者和同附在利益链上的评论家们的共同追求。

与此同时，脱离实际、脱离生活、脱离群众的曲艺批评也风行泛滥。当然，批评家完全可以从个人兴趣和审美出发，自由地发表评论和见解。但艺术评论家们的言论有传播、引导、教化的功能，坚持正确的价值取向，顾及可能产生的社会影响，是曲艺批评者应该坚持的基本原则。然而一些人总片面认为文艺评论是批评家个人思想的宣泄，所持的观点和态度与他人无关。他们也不认真研究作家作品，不关心群众审美需求，远离社会生活和主流文化，故作高深，故弄玄虚，追求标新立异、与众不同，把简单的问题复杂化，把通俗的问题深奥化，沉醉于所谓“纯评论”的孤芳自赏，使原本应该生动活泼的文艺批评彻底地脱离了百姓，偏离了核心价值观，与人民的价值取向背道而驰。

曲艺批评，不能鲜明地表达正确的观点和态度，不能为曲艺创作生产指明方向和道路，就失去了其存在的意义和价值。中国当代艺术评论中所存在的一系列问题，使得批评陷入了一个难以解脱的困境，不讲原则、不懂艺术、不说真话的批评正在危害文艺批评的声誉，批评的价值取向发生了严重偏离，这种偏离反映到如经济的、政治的、利益的等等的关系中，又出现了批评的混乱和无序，使批评的品格和价值随之下降而遭世人诟病。

当前，我国正处于中国特色社会主义文化大发展大繁荣的重要时期，曲艺创作和曲艺批评作为曲艺事业发展的两翼，为人民服务、为社会主义服务、为中华民族伟大复兴的文化建设服务，不仅是社会主义文艺发展的根本要求，也是当下曲艺批评家义不容辞的职业追求。为巩固马克思主义在文艺批评中的指导地位，找回曲艺批评的公信力，我们必须行动起来，奋力担当，重新赋予文艺批评以蓬勃向上的生命活力，积极维护曲艺批评的尊严。

如何维护曲艺批评的尊严？第一，评论家们必须做到以人为本，主动了解百姓对精神文化产品的需要和诉求。现今，人民群众最需要什么样的艺术？毫无疑问是那些直面社会、直面人生，真实描绘社会现实生活，深刻揭示社会深层矛盾，反映人民的呼声、体现人民的诉求、关心人民的疾苦，能够给他们带来心灵的抚慰、情感的宣泄、精神的提升、灵魂的净化的艺术作品。

只有关注最广大人民群众的物质文化精神生活需求，以爱国主义为核心的民族精神和以改革创新为核心的时代精神为指导，才能对艺术家的作品创作起到引领和指导的作用，促使他们为百姓提供接地气、受欢迎、怡心怡情、怡神怡志的优秀作品，推动艺术创作沿着正确的道路健康发展。

第二，评论家们要坚守人民的立场，坚持并掌握真善美相统一的批评标准。不被金钱收买、不被权势压服、不被人情腐蚀，多倾听人民的声音，让人民群众在言论中找到自己的影子，所抒发的情感要能与人民群众产生广泛共鸣，所传达的思想能给人民群众带来新的启迪，言论所产生的整体力量，能使人心向善，在人民群众面对生存困境和精神迷惘时，能够通过我们的释疑解惑，伸张正义，鞭挞丑恶，揭露黑暗，传达正能量，为人民树立正确的人生观和价值观。

第三，批评家要说真话，做到坚守真理，实事求是。这一切都是建立在批评家人生理想以及人格品质基础之上的。没有人生理想，就不可能对现实做出深刻的理解。没有人格品质，就不会有对艺术的追求，从而能对艺术作品做出深刻的评判。只有坚守真理、追求审美理想的批评家，才能不媚权、不屈势，实事求是地面对批评的对象，无论亲疏，无论贵贱，对好坏美丑作出客观公正的评判。现代文学批评家李长之在《产生批评文学的条件》一文中尖锐地指出："批评是反奴性的。凡是屈从于权威，屈从于欲望，屈服于舆论，屈服于传说，屈服于多数，屈服于偏见成见（不论是得自他人，或自己创作），这都是反批评的。千篇一律的文章，应景的文章，其中绝不能有批评精神。批评是从理性来的，理性高于一切。所以真正的批评家，大都无所畏惧，理性之是者是之，理性之非者非之。"他所说的唯理性是之，就是坚守真理和审美理想，这是批评家必须具备的品德，也是曲艺批评获取尊严的有效途径。

第四，评论家必须坚持马克思主义的指导地位不动摇。在社会生活日趋多元化，各种思想观念相互交织，民族的文化精神正在重构的新的时代背景下，曲艺界要营造出和谐的舆论氛围和文化环境，就必须弄通马克思主义的辩证唯物论和历史唯物论，坚定地选择人民的立场，研究探索文艺发展的客观规律，以全面、辩证、发展的思维方式，准确深刻地表达自己的文化意志和立场，张扬抒发自己的美学理想和追求，"按美的规律和方式"进行艺术创作、鉴赏和批评，团结广大艺术家推动曲艺事业的发展和进步。只有建立和完善马克思主义文艺理论体系，加大曲艺理论的评价力度，正确引导文艺思潮，才能使曲艺创作更好地遵循社会主义和谐文化发展规律，反映历史进步性和时代先进性，符合人民愿望，获得更宽广的自由的创作空间。

《战·无硝烟》编剧谈

古人云："言之不足，歌以咏之。"意思是说，当人的情绪已经不能完全用言语表达的时候，就需要用富有音乐性的唱来直抒胸臆，弹词艺术正堪此言。作为《战·无硝烟》的编剧之一，我的主要任务是用唱词的形式去谱写和展示那个特定时代的人物群像风貌，在师兄吴新伯锁定的故事结构、人物关系和矛盾冲突中，去塑造人物形象、描摹人物心理、营造时空氛围。

在近十段唱词的创作过程中，从布局的安排、内容的设定、流派的选择到韵脚的避同化、行文的差异化、演员的风格化等诸多方面，我们都是在全方位深入探讨和研究的前提下，有的放矢地进行准确精细地效率化"播种"，以便在广袤肥沃的"园地"里能开出几点姹紫嫣红。

在全剧中，刘浦生作为第一男主角，给他设置的唱段也是最多的。主人公如何出场？在师兄的建议下，我尝试运用电影长镜头的方式，从夕阳、黄昏、石库门、布满蛛丝的灰墙、吱嘎作响的楼梯到在"秋光泛浊意，银霜蚀青丝"的十二载未见的老母亲身上定格，希望能给观众带来充满画面感的全新意象。而故事的结尾，当敌我矛盾推向高潮，以李梅亭为首的特务分子在垂死挣扎中还抱有"无烟战事靠智慧，一兵一卒何足谈，翻牌但看此一番，我李梅亭，鸿儒笑中挽狂澜"的不切实际的幻想时，围绕"民心"两字，刘浦生以"天下何以治，得民心，天下何以乱，失民心。失天下者先失民，得其民者得其心"的古今镜鉴之洪音，激情轩昂地道出了"失道寡助毁民心，得道多助聚民心。民心主宰家天下，唯有民心见输赢"的世道真理，点明了共产党赢得这场无烟战事最终是人民和历史的选择。而在形式上，此段唱片运用了大量的对比和叠句，长短交错，节奏鲜明，留给了演员很大的发挥空间。特别值得一提的是，此中篇因为是从评弹最擅长的以充满烟火气的小人物和市井生活为故事切入口，去揭示那场金融之战背后的汹涌暗流和刀光剑影，为此，这场暗战的幕后指挥者——陈云同志到底要不要在作品中出场成了主创团队再三权衡的关键问题。最后，我欣然采用了文学顾问徐檬丹先生所支的高招：既出场又不在场。让身为新中国经济当家人的陈云同志与上海市军管会财经接管委员会金融处的负责人刘浦生在一个月隐月现的月夜，就大上海以及新中国的前途命运进行一场穿越时空的对话。这一场对话，既表明了党中央打赢这场金融战的决心，又给了刘浦生精神的指引和鼓舞，于是，

"这一仗，与上海人的生活休戚共，这一仗，与新中国的前途风雨共，这一仗，与共产党的形象荣辱共，这一仗，有进无退，必须成功"，这样的排比句便从手指敲击键盘声中流淌而出……

除此之外，与刘浦生没有血缘关系的妹妹、妈妈，风情万种的邻居陶三妹等一个个充满性格色彩的女性角色，对于能极好地驾驭她们的上海评弹团的优秀演员们，给她们痛快淋漓地唱上一段，不仅是角色的需要、演员自身的需要，也是热爱评弹的观众的需要，所以，相信7月31日的天蟾逸夫舞台之夜，你们对我们讲述的故事、对每一个角色、对每一位演员都不会失望，因为，那是作为编剧的我们的责任，也是我们的幸福所在！

共建海峡两岸曲艺命运共同体融合发展之路初探

2019年3月，习近平总书记在参加十三届全国人大二次会议福建代表团审议时强调，对台工作既要着眼大局大势，又要注重落实落细，要探索海峡两岸融合发展新路。全方位的融合发展是在深刻把握两岸关系发展大局、深入了解两岸民意基础上提出的最新要求，也是大陆推进和平统一的基本路线和实现国家和平统一的必由之路。

在讲话中，习近平总书记有一段话是专门对文化融合发展的论述和要求："有关方面发挥利用各地区文化优势与特色，以共同的中华文化为纽带，不断与台湾民众分享大陆各具特色的文化精品，持续推动两岸文化艺术界人士和团体共同弘扬中华文化，继续推动两岸文化产业合作，促进两岸文创界携手共赢。"

近些年，两岸交流越来越频密，合作越来越广泛，同胞亲情越来越深厚，心灵越来越契合。什么是两岸真正意义上的全面融合？一定是人心的全面融合。人心又靠什么来融合，一定是靠同根同源同宗同脉的中华文化来聚集。中华文化又在哪？在秦砖汉瓦、亭台廊坊里，在唐诗宋词、翰墨丹青里，在古训礼仪、乡风民俗里，在山歌小调、昆曲弹词里……它既在庙堂，又在民间；既在过去，也在未来；既看得见，又看不见……它是中华民族的生命符号，滋养着中华儿女的美好心灵，它具有强大的凝聚力与吸引力，更是中华民族血脉相连的脐带和纽带。

曲艺艺术作为中华传统文化中不可或缺的一项艺术门类，近年来在海峡两岸艺术领域的交流与合作中可谓异彩纷呈，成果丰硕。就拿苏州评弹来说，苏州市评弹团、上海评弹团曾多次携传统精品曲目与新创作品赴台交流演出。以盛小云为旗帜性人物的评弹名家已经十多次赴台湾，举办"天籁云间""盛世云霓"等个人专场活动，所到之处一票难求，盛小云亦被台湾观众称为"画上走下来的美人"。作为苏州评弹专业演出团体另半壁江山的上海评弹团，这两年也把《四大美人》《林徽因》等新创佳作带去了台湾。苏州评弹也因在台湾不断的推介展示，被台湾同胞誉为"中国最美的声音"。通过这样常态化的交流，切实加强了两岸同胞的相互了解，增进了两岸中国人心手相连的情感，培育了一批艺术交流平台，树立了进一步交流与合作的意愿和信心。这样的交流不仅推动了艺术发展，对改善两岸关系所发挥的作用也是深远而不可替代的。

下面提几点对两岸艺术交流融合的建议：

一、疏通交流平台　促进融合之路

开放包容的文化政策是艺术交流健康发展的必要前提。搭建健康的交流平台是促进两岸艺术界互通有无、相互促进的正确途径。两岸要摈弃政治上的嫌隙争议，本着文化优先发展的原则，减少政策性壁垒，制定长期稳定的鼓励扶持政策。在常态化、机制化的基础上进行整合优化，统筹安排，以进一步提升融合的效率和交流活动的影响力，为两岸的艺术家们更好地展示舞台艺术、交流创作心得、深化理论研究、建立友谊与凝聚共识提供切实保障。

二、把握时代脉搏　共创曲艺佳作

海峡两岸和港澳地区不仅是文化共同体，也是命运共同体。两岸艺术家应以讲好中国故事、传播好中国声音、塑造好中国形象，向世界展现真实、立体、全面的中国为己任，共同创作出传播当代中国价值观念、体现中华文化精神、反映中国人审美追求，既具有深厚中华文化底蕴与美学精神又具有鲜明时代特征的艺术佳作。苏州评弹从二十世纪七十年代开始，就曾创作过一批以海峡两岸人民骨肉亲情、盼望早日统一为题材和内容的经典作品，如丽调创始人徐丽仙演唱的《千朵桃花一树生》《望金门》，著名评弹作家朱寅全创作的《台湾归来》，彭本乐创作的《台湾同胞的心声》，评弹名家吴迪君、赵丽芳夫妇创作表演的《海峡两岸架金桥》等。2013年，苏州评弹作曲家潘益麟先生还把台湾著名诗人余光中先生的那首脍炙人口的诗作《乡愁》以评弹的曲调进行音乐创作，由盛小云演绎，唱响了文化部电视春节晚会的舞台。在这次海峡两岸欢乐颂的交流舞台上，有个评弹节目叫《两岸母子情》，就是以昆山的台商救助大陆的残疾孩子，二十多年后又因这个孩子的智慧化解企业危机为内容的原创作品。这个作品突破了评弹说唱的固有形式，尝试和戏剧小品进行嫁接，使得人物更立体、情感更浓烈，更能引发观众的共鸣。它是改革开放四十年来“昆山之路”的缩影，也体现了海峡两岸经济相互依存，人民相互信赖，互惠互融互助互爱的精神局面，与此次活动的主题尤为契合。

三、顺应历史变革　利用融媒创新

我们作为历史变革时期文化艺术的传承者、传播者，要紧密结合海峡两岸和港澳地区文化交流与发展的现状，着眼新技术、新媒介、新思潮对当代文学艺术的影响，坚持与时代同步伐，积极推进文艺拥抱全媒体时代。在深刻把握新时代文艺发展的规律，充分认识全媒体时代曲艺艺术所面临的复杂形势后，迎难而上，顺势而为。在坚守中华文化立场，牢牢把握中华文化的根脉和魂魄的基石上，不断推动曲艺艺术创新创造，及时熟悉、掌握并运用现代高新技术手段，充分发挥新技术新媒体即时快捷、覆盖广泛、互联互通的优势，从新时代的艺术实践中提炼出曲艺新范式，创造出曲艺新样态，呈现出曲艺新表达，为曲艺事业增添更强大的传播力、引导力、影响力和生命力。

四、开拓曲艺市场　打造文化产业

当今的时代是工业化、产业化的时代，受到市场的冲击，曲艺也不能再故步自封、自娱自乐，否则，仅凭政府的扶持包揽，却缺乏独立创造经营价值的能力，曲艺艺术也是无法获得长远发展的。在二十世纪八九十年代的时候，江浙沪有五六百家苏州评弹书场，均以市场为主。而今，随着环境的变化，原有的市场消失了，演员们靠政府补贴过日子，渐渐失去了竞争的活力和能力，也弱化了出人出书的鲜活土壤。这就要求这些传统艺术也要与时俱进，除了吸纳当代新的文化因素，推陈出新，利用现代科技之外，还要求转换经营理念。其实，大陆的文化产业拥有深厚的底蕴、丰富的资源和巨大的市场。近年来，由娱乐、演出、网络文化、艺术品等市场组成的开放、统一、竞争、有序的文化市场体系正在逐渐形成。而台湾的文化产业起步较早，在创意研发、营销、品牌经营、资本运作方面，具有较强的优势。所以，通过两岸文化产业的交流与合作，我们可以积极吸收、借鉴台湾文化产业的先进经验，来发展大陆自身的文化产业。

我相信，只要两岸的曲艺人勠力同心、携手并肩，以积极开放、互惠融合的姿态共商中华文化弘扬传承与创新发展大计，共同致力于中华文化的繁荣兴盛，我们的曲艺事业也能迎来美好的春天！

曲艺界的“三风”与曲艺人的“三立”

一、三风

风貌。2009年，姜昆主席在全国曲艺创作研修班上的讲座指出，曲艺作者要少一点“牌子腔”、多一点“精气神”。“精气神”即曲艺人的风貌与曲艺作品的风貌。这种风貌是一种富有生命力的精神，一股蓬勃向上的朝气；是身处社会巨大变革中的艺术家在拓宽眼界、精进思想、不断学习、传承创新后的羽化蜕变和精神升华；是以朗朗风骨为魂，以正大气象为魄，突破旧传统、旧信条的束缚，跳出门户宗室的小圈子的做派，具有深刻的人性体悟、思想求索和直抒心灵的勇气，不向世俗力量献媚，不与低俗文艺合流，不被享乐、虚伪、消费主义的创作观牵引，摆脱匠气，挣脱时代局限，突破自身拘囿，能够站在一个新的高度，去理解人生、理解艺术，用创新思维指导曲艺创作，在曲艺的传承过程中用新的艺术理念、新的题材内容去表现人文的、大众的、主流的精神风貌。这也是我们现代的曲艺人应该具有的时代风貌。

风尚。在中国文联十大开幕式上，习近平总书记在讲话中给广大文艺工作者提出四点希望。其中，习近平总书记提出，希望艺术家坚守艺术理想，用高尚的文艺引领社会风尚。因为文艺是铸造灵魂的工程，承担着以文化人、以文育人的职责，艺术家应该传递向善向上的价值观，做真善美的追求者和传播者，把崇高的价值、美好的情感融入自己的作品，引导人们向高尚的道德聚拢，不让廉价的笑声、无底线的娱乐、无节操的垃圾淹没我们的生活。所以作为曲艺人，也应秉持初心，不断追求艺术上的高度和厚度，不为一时之利而动摇、不为一时之誉而急躁，努力成为优秀文化的践行者、社会风尚的引领者。为历史抒写、为人民抒情、为梦想抒怀，唱响主旋律，传递正能量，用崇高的信念、精湛的作品讲好中国故事，用高尚的文艺引领社会风尚。

风气。习近平总书记还说：“好的文艺作品就应该像蓝天上的阳光、春季里的清风一样，能够启迪思想、温润心灵、陶冶人生，能够扫除颓废萎靡之风。”

曲艺界也有一些作品存在着价值扭曲、浮躁粗俗、娱乐至上、唯市场化等问题。

这就要求广大文艺工作者要把崇德尚艺作为一门重要的功课，把为人、做事、从艺统一起来，加强思想积累、知识储备、艺术训练，提高学养、涵养、修养，努力追求真才学、好德行、高品位，自觉抵制不分是非、颠倒黑白的错误倾向，自觉摒弃低俗、庸俗、媚俗的低级趣味，自觉反对拜金主义、享乐主义、极端个人主义的腐朽思想。扬清风，树正气，走进群众、深入生活，一心不乱、聚精会神，用生花妙笔展现生活的多彩和时代的伟大，在为祖国、为人民立德立言中成就自我、实现价值。

二、三立

立德。文明与崇高的道德理念是中华文化精神赖以维系的支柱。聂耳曾经说过："不锻炼自己的人格，无由产生伟大的作品。"一个新时代的杰出的艺术家，必定是对社会发展极为认真的观察者和思考者，更是社会道德良知方阵中坚定的一员，他们始终坚守着艺术的道德底线、正义的边界，并始终真挚地关注着人类的命运。因为道德和良知是艺术家心灵深处永远的呼唤，是艺术实践中永远的启明星。艺术良知担当着艺术的精神，艺术的精神又体现着艺术良知。这既是中国美学格调的重要表征，更是中国艺术的核心和灵魂。所以艺术家必须不断提高自己的人格修为，讲品位、重艺德，为历史存正气，为世人弘美德，为自身留清名，努力以高尚的职业操守、良好的社会形象、文质兼美的优秀作品赢得人民的喜爱，担当起中华民族伟大复兴的历史使命。

立艺。对于艺术家来说，立艺乃立身之本。艺术的成功，天赋与机遇固然重要，但并非攀向"高峰"的捷径。但凡艺术大师、千古名篇，必定是艺术家台下数十年苦功，苦心孤诣孜孜以求的结果。投机取巧、偷懒懈怠、人云亦云终究是成不了气候也出不了好作品的。因此，曲艺工作者要心无旁骛，恒心耐力地把自己的智慧和才华全部投入到艺术创作中去。以"板凳要坐十年冷""语不惊人死不休"的精神，以充满个性的灵魂、思想和技艺向真善美的艺术献祭，进而实现自己的艺术追求和人生价值。另外艺术家要感悟艺道与天道、人道之内在融通，勇敢探索艺术语言的表现方式。在苦练技艺的同时，更要加深在文、史、哲、时、政、艺方面的修养，触摸中华民族文化的深层积淀，关注艺术与社会的关系问题，加强人文领域和视觉领域的双重思考，不以中西为沟壑、不以古今为壁垒，海纳百川，兼收并蓄，创作出立得住、叫得响、传得开、留得下的好作品。

立人。文艺作品的问题，归根结底是创作者的问题。"文艺要塑造人心，创作者首先要塑造自己。"所谓"艺之高下，终在境界"。当今，作为中国知识分子的艺术家何以立身？何以问艺？何以经世？要回答这些问题，就要求艺术家做好社会良知的监护者，做好社会道德结构中的坚实基石，要能够在灵与肉、正与邪、善与恶、义与利的矛盾对抗中，思考人生、生命和艺术的价值，升华自己的艺术境界。要想中华文化得以复兴，艺术家们只专心专注于艺术本身的学问也是远远不够的，需要对人道、人性、人权、人本、人学为内涵的"以人为本"的命题进行研究和探索，需要丰饶的文化精神和高贵的生命哲学作心灵的依托，从而在更具深度的人文视野中去发掘艺术的价值，担纲起艺术启蒙、审美感召和文化传承发展的社会责任。所以对一个新时代的曲艺人来说，技艺关生存，文化蕴内涵，创新是出路，良知成品格，只有树立正确的三观，坚持艺术理想，加强自身修养，行大道、走正路，做一个德艺双馨的大写的人，才能承担起大变革时代艺术家应有的社会担当，才能成为中华传统文化艺术真正的建树者与守护人！

师生情　词曲缘

一方水土孕育一方艺术，一方艺术滋润一方水土。流传了四百多年的苏州弹词尽得吴中山水之灵气，成为江南大地上的奇珍异葩。弹词艺术的传承与发展，是人，是书，是流派，是音乐，而音乐则是将苏州弹词与其他艺术门类进行最明晰与直观区分的有效载体。

口传心授是苏州弹词最原始的传承方式。苏州弹词发展之初的四大流派因其程式化、个性化、质朴化的声腔特点而便于口传心授，这与众多曲种早期的传承方式并无二致。然而，随着时代的变迁与艺术自身的发展需求，书目不断更新，流派日益纷呈，弹词音乐也变得越来越丰富和复杂，这就亟待出现一批在此领域进行研究与创作的专业化人才，对苏州弹词音乐的艺术特征与发展脉络进行系统性的归纳与梳理，创作出既不失传统韵味又符合现代人审美需求的音乐作品，促使苏州弹词沿着艺术规律的方向健康从容地发展。潘益麟老师就是苏州弹词音乐领域的探索者、实践者、创新者、建功者。

潘老师的弹词创作是从二十世纪八十年代开始的。三十多年来，他一边从事苏州评弹的教育工作，一边在研究与创作领域探索耕耘。他的作品题材广泛、样式丰富，既遵循苏州评弹曲调的传统性，又富于音乐传播的时代性，以至于他的诸多作品备受业内外好评而屡获省部级大奖。

作为一名词作者，我与潘老师的合作要从师生之缘说起。二十七年前，正值及笄之年的我误打误撞地成了苏州评弹学校弹词表演专业的一名学生。而作为班主任的潘老师自然而然地成了我学艺生涯的启蒙之师与领路之人。喉咙好、脾气好、唱得好、教得好是潘老师留给我的最初印象，他身上有着姑苏男子特有的刚柔并济，细腻不失大气，练达不失婉约。这些特质从他的作品中可见一斑，与他的创作风格也一脉相承。

与潘老师的初次合作并非“写”，而是我从评校毕业进入苏州市评弹团后，以一名演员的身份“唱”了潘老师的两个作品：弹词女声小组唱《英雄谱》和弹词曲牌连缀《十佳展唱》。前者是一首歌颂新时期各条战线先进人物的主旋律作品，作曲者在把握作品轻快昂扬的基础上，使激越高亢的琴调唱腔和委婉抒情的丽调唱腔交织于叙事中，给予了观众一种美好向上的精神体验。后者则将现今书台上很少出现、几近失传的曲牌小调如山歌调、无锡景、柳青娘、银绞丝、金绞丝、剪剪花等熔于一炉，根据作品的结构要求进行裁剪、编缀，创作成了一件饶有趣味、耐人寻味、值得回味的别出心裁的音乐作品，也让听众在领略韵味无穷的弹词曲牌音乐时煞了念、过了瘾。

直到2009年，我从苏州市评弹团调入苏州市文艺创作中心成为一名职业编剧四年后，与潘老师首度合作的评弹与快板《生命的价值》才为我们师生俩开启了真正意义上的词曲合作的帷幕。《生命的价值》是以2007年感动中国人物、勇救落水女子而在婺江中献出生命的军人楷模孟祥斌为人物原型，以北京二炮文工团著名演员王岩先生最先创作的快板节目《碧浪丹心》中的叙事内容作为快板部分，结合由我创作的以抒情为目的的弹词部分，将苏州评弹与北方快板进行嫁接而促成南北曲艺首度联姻的有益尝试的创新之作。潘老师作为弹词部分的曲作者，在以韵白语言为主的快板表演中，以丽调、俞调为框架，先后设计了引子、江中救人、悲天恸地、祭奠英烈、尾声五段弹词女声齐唱唱段。声情并茂，催人泪下，较好地烘托了作品的主题，也为英雄人物的立体化、生动化、人性化塑造提供了完美的听觉形象。特别是情节发展至高潮，当岸上的围观群众急切寻找跳入江中的主人公时，五个“在哪里”在音乐处理上层层递进，直击心灵，营造出了空前紧张的气氛，使听众仿佛置身现场，深感震撼。《生命的价值》以其南北曲艺说唱互补、亦刚亦柔的鲜明特色，开拓了苏州评弹和北方快板合作的崭新空间，为不同门类的艺术融合和艺术创新提供了实施依据和有效借鉴。而我与潘老师的首次合作，也让我收获了第六届中国曲艺牡丹奖文学奖的莫大殊荣。

碰巧的是，由我参与改编创作的中篇弹词《雷雨》也进入了第六届中国曲艺牡丹奖的终评角逐。2010年秋，我受苏州市评弹团副团长、《雷雨》主演盛小云之邀为此届牡丹奖颁奖晚会《金陵牡丹曲》创作一个与《雷雨》有关的节目，且由她本人担纲独唱。在时间紧、任务重的情况下，经过再三斟酌酝酿并数易其稿，我拿出了弹词开篇《蘩漪悲歌》的文字稿。这首作品其实是蘩漪的简画像，以“千种风韵，万般柔肠，心意彷徨，望断高墙”起笔，试图刻画出一位受过点新式教育且备受旧家庭束缚，在情感与理智的冲突中欲作“困兽之斗”的悲情女子形象。起笔两句的写法，完全打破了弹词唱词“二五”或“四三”的传统句式，给曲作者营造创作空间的同时也增加了不小的难度。但得知作曲的重任仍落于潘老师的笔端，我对此作的音乐呈现一下子充满了信心。演出那日，当那个美得无与伦比的与盛小云融为一体的“蘩漪”开口唱第一句时，我竟有种轻啜琼浆的微醉感。迤逦委婉的丽调辅以这般深沉低抑的间奏，使得蘩漪的人物形象顷刻呼之欲出。第一、二乐段的慢板，在音乐节奏的处理上又将丽调的缠绵悱恻发挥到极致，向听众展示了“枯萎之莲”从“寂寞孤枕”到“爱河徜徉”的情感历程。而当作品进入第三乐段的高潮部分，为了渲染“惊雷醒好梦”“大雨舞酣畅”的雷雨之境，烘托女主人公与命运抗争，向苍天发出“纵然你笑我痴癫笑我狂，笑我自作自受自荒唐……烈焰燃身又何妨？”的诘问，不但节奏倏然转快，且在唱腔设计上运用四度临时转调和紧拉慢唱的手法，使得作品的音乐形象和人物的情感表达浑然一体。再加上盛小云声情并茂、无懈可击的演唱，此作品达到了几近完美的艺术效果。而结尾虽以传统开篇的方式进行落调，但当在前奏、唱腔、间奏和尾奏中反复出现的主题音调再次响起，我和在场的所有观众无不醉享天籁，深陷其中。《蘩漪悲歌》正是因其在音乐创作上对蘩漪这一复杂的人物形象做了细腻不失精准、丰富不乏诗意的诠释，才凸显出了其浓厚的美学意蕴与较高的艺术价值。它不但成为潘老师和我都深爱的一件自信之作，也被盛小云这位当今评弹“一姐”收录进了她的最新个人演唱专辑《盛世云霓》中。

专业上的良师成为创作中的搭档，我无疑成为弹词创作领域的幸运儿。自此之后，我们师生俩又联合创作推出了宣扬社会主义核心价值观的《好人礼赞》、少儿评弹表演唱《姑苏游》、以苏州历史文化名人为题材的《冯梦龙》等一系列作品。或许因为我们有着相同的专业背景，又极熟悉舞台，也热爱这份事业，所以无论是潘老师与我的词曲合作还是我俩与演员们的创演合作，几乎因无障碍沟通而倍感愉悦。虽然多数作品都要经历一稿、二稿、三稿……反复修改的“折磨”，但是这种“折磨”让每一件作品越磨越精，在舞台上愈发闪亮。

这些年，已从苏州评弹学校副校长位子上退休多年的潘老师其实一直过着退而不休的生活。他依旧在评弹教学和弹词音乐创作及理论研究领域积极地发挥着颇有能量的余热。这本凝结着他创作智慧与事业追求的个人作品集《弦索情》的出版，无疑是对潘老师这位书坛园丁、评弹音乐人最诚挚而崇高的礼赞！作为学生的我，在撰此文恭祝的同时，真心期待着与潘老师的下一次合作……

梦开始的地方

十五岁之前，从未想过未来的日子是与艺术紧密相连的。小学至初中连当八年县、市三好学生的我，一门心思想着要以知识改变命运、读书铸就前程。直到1990年的那个春天，苏州评弹学校来吴县中学招生，我才知道原来还有一所中专学校是以一门地方艺术而命名的，而这门地方艺术，对一个土生土长的苏州人来说，是伴随着我们生命成长的精神故乡，更是蓄养我们江南情怀的文化脉源。

艺校的招考一般都早于普通中考，在刷题刷到头晕目眩的考堂间隙，我抱着考着玩玩、放松一下的心态，陪着我的同桌一起走进了另一个陌生的考场……运河畔（家乡浒墅关镇）、庆元坊（滑稽剧团旧址）、三香路（评弹学校旧址），我们唱着民歌、演着小品、说着“尖团”不分的浒关闲话，懵懵懂懂地一路从初试、复试、总面试到文化统考，在艺术的大门外好奇地窥探着……

父母是在我同时接到苏州评弹学校弹词表演专业和南京卫校口腔医士专业两张录取通知书时才知道我在中考前昔对未来规划有了“二心”。其实在那个中专和中师都比普通高中难考得多和非常热门的八九十年代，我岂止有“二心”？我的第一志愿是师范和财校，但命运却让我在“弹琵琶”和“拔牙齿”这两件毫无关联的技术活里做未经预设的选择。当所有亲朋好友都支持我就读卫校，希望将来我可以成为他们的“私人牙医”时，作为苏州评弹超级粉丝的老书迷——我的父亲则开明地让我自己选择未来的路。而在评弹艺术处于事业发展低谷期，口腔诊所却极其吃香的九十年代初，母亲则给我耐心分析了不同选择的利弊。

在左右摇摆中，真正改变我命运的是一段鲜为外人知的小插曲。当时的苏州评弹学校是定向委培的，在收到通知书前，我确认我的定向单位是考生们一致向往的苏州市评弹团，但后来却改作在苏州市评弹团和常熟市评弹团间待定。招生负责人毕老师主动与我进行书信沟通，说与我的外形条件相比，我的学习档案要引人注目得多：品学兼优，热爱写作，当过六年小记者，公开发表过近百篇文章……这么好的苗子完全可以先熟悉舞台，再往弹词创作上培养和发展。至于定向单位，一定尽力与苏州市评弹团沟通落实……

与其说是命运的选择还不如说是伯乐抛出的橄榄枝着实情真意切。再将未来的两种工作画面用形象思维反复比对：穿着旗袍、弹着琵琶，唱着嗲得煞人的苏州评弹；披着白褂、拿着老虎钳，闻着熏得煞人的口腔蛀牙……十五岁的我做出了人生中最重要的选择：当个说书先生！于是，在中国第一次承办亚运会的1990年，我也以全省艺术类中专学校文化统考第一名的成绩进入苏州评弹学校弹词表演班学习。也是在入校第一天，我方才将那个在开学典礼上说起话来和蔼可亲的一校之长毕康年同与我书信交心的那个招生负责人“毕老师”画上等号。后来，我还知道他也是评话演员出身，母亲徐雪月为上海评弹团弹词名家，祖上毕沅为清末状元。嗣德笃厚的家学门风，造就了他澄朗舒广的胸怀和慈宽耿良的个性，以至于全校上下没有一个学生是“怕”他的，背后也总没大没小地称他“阿毕”。

那时的评弹学校刚从城东黄天荡搬迁至城西三香路。教学楼是一座崭新的园林式三层合院，西侧是学生宿舍和食堂，食堂以南还有一个不大的操场。之后的四年，这所学校的每一个角落都见证了学艺的快乐与艰辛、逐梦的付出与收获、园丁们的汗水和期盼、自我的蜕变与成长……还有我的泪、我的笑、我的心有不甘、我的奋力奔跑……

学校的课程设置，分为文化课和专业课两大类。与专业课相比起来，文化课成绩一向名列前茅的我总能在杨春年、鲁仁旭、张梅芳、王臻等文化课老师的眼中照见那个骄傲自信的我。可对于专业课程——说表、唱腔、弹奏、形体则是全然陌生，从来没接触过乐器的我，因为一次弹奏会课仅得了62分第一次掉下了羞赧沮丧的眼泪。62分？那可是我有生以来在学业上取得的最低分！而面对弹奏授课老师陈勇那两道时常挤在一起的恨铁不成钢的剑眉，我甚至怀疑起当初的选择。是否因为一时冲动而误入歧路？好在我历经的两任班主任都是耐心温和之人，李荫老师的悉心劝慰，潘益麟老师的用心开导，让我有勇气和决心去摸索“笨鸟先飞”“功到技成”的艺诀真谛。于是，第一、第二学期的暑假，父亲每天清晨五点陪我骑着自行车从浒关镇上到观山脚下的罕无人烟处苦练琵琶三弦，从《三六》练到《旱天雷》，从蛙声四起练到朝霞漫天，从62分练到82分（专业课80分以上均属高分）……练到观山脚下的那片罕无人烟之地突然开进了挖土机，挖成了万车通衢大名鼎鼎的312国道……

说表倒一直是我的强项，我清晰地记得王鹰副校长在教我们《三笑》片段时，我曾多次得到她意外的表扬。说是意外，因为我并非因为吐字有多清晰、节奏有多准确而受她青睐，而是缘于我从来不会按字面死记硬背，每次会课都能把原文化作自己的语言，在脚本上进行些微小的调整和即兴创造，尽量在我理解的范围内让文字更通顺、情节更丰富。也许是王校长的鼓励催生了我评弹创作的萌芽，在三年级才开始的一周一堂的写作课上，我在认真聆听了邢晏春老师关于平仄、阴阳、押韵、对粘的讲解论述和经典作品赏析后，产生跃跃欲试的实践冲动，然后偷一点排书的时光，学写几句唱词、摹写个把开篇，让自己的兴趣向遥不可及的作家梦渐渐靠拢。也许受评弹书目中“才子佳人”居多的影响，我学写的第一首开篇是改编了唐朝诗人张籍的名作《节妇吟》。原作只有短短十句，而在邢晏春老师的倾囊相授下，唐诗《节妇吟》脱胎换骨成六十多句的叙事弹词开篇《还君明珠》，并蒙邢晏芝副校长垂爱专门将其谱成了祁俞调唱腔，且录好音带，供我深入揣摩学习。直到评校毕业，在江浙沪跑码头的六七年间，这首“独此一家，别无分册”的处女作也成为我每到一处最欢喜唱的“咬臂巴”开篇。

能成为九十年代初的评弹学校学生，我们是幸运的。除了校内有王鹰、丁雪君、朱利安、邢氏兄妹、龚克敏、陶谋炯、顾之芬、周天来等名师为我们夯实专业基础，学校还专门外请过蒋云仙、赵开生、江文兰、郑樱、沈伟辰、孙淑英、王文耀等名家为我们开拓视野、教授精品书目。我与能编擅演的王文耀先生也由此结缘，在师徒之旅上，我与父亲协助他完成了长篇历史新书《七珠缘》的创作，这为我后来自编自演长篇弹词《赛金花》的特殊经历累积了丰富的实践经验，也提供了切实有效的创演模本。

除了在校的学习，学校还经常组织学生周末去和平书场、苏州书场、梅竹书场等地现场观摩。那时余红仙、沈世华、张振华、庄凤珠、张君谋、徐雪玉、王小蝶等名家响档还活跃在书台上，他们的传情眉目、潇洒身法、灵喉妙韵、一招一式无不成为我们最直观生动的活态教材。1991年秋，我们还观摩了江浙沪评弹“三枪杯”会书大赛，一位二十刚出头的青年女演员以一回《啼笑因缘》单档折子书的精彩表演一举夺得金奖榜首，她就是苏州评弹学校最优秀的毕业生——盛小云。若干年后，我和这位天赋异禀的学姐不仅成为苏州市评弹团的同事，在我从事专业创作的十七年间，她还成为我评弹事业上最真心诚恳的引领者、最志同道合的同行者。在她回归母校执教的近些年里，我们还和陈勇、潘益麟这两位都教过我们的母校业师、评弹作曲家携校内一辈又一辈的学弟学妹们共同完成了《看今朝》《幸福苏州人》《大美江苏》《桥》《出征》《好人礼赞》等一批在业内外颇具影响力的评弹新作，将人间最美的吴侬雅音用我们对评弹艺术最深切挚纯的爱，传播出去，传承下去……

时光荏苒，从母校毕业二十八年的我也已年将半百，许多历历在目的师长也都离我们远去，他（她）们将和这所“蹊成桃李三千树，身写风云六十春”的评弹艺术摇篮，我梦开始的地方，永驻吾心!!

以当代审美追求激活传统曲艺生命力

第二次赴京参加全国文代会，与五年前一样的是心情依然特别激动，而不一样的，则是北京的天空湛蓝澄明，晴空万里，不见当年的一丝霾。2016年11月底，当时有幸作为中国文艺评论家协会代表团的九名代表之一，我第一次在首都人民大会堂近距离地聆听了习近平总书记在中国文联十大、中国作协九大开幕式上的讲话，那句“文运与国运相牵，文脉同国脉相连”，一下子让我感受到了文艺事业在国家发展战略中的重要作用与地位，以及文化作为一个国家与民族之灵魂的意义所在。而对广大文艺工作者提出的“胸中有大义、心里有人民、肩头有责任、笔下有乾坤”的谆谆教导，也成了我这五年来在创作实践中所秉持的美好理想与追随的高远目标。

时隔五年，作为代表全省三万七千名文艺工作者的江苏代表团成员之一，再一次亲临盛会，荣莫大焉。这是中华民族在欢庆中国共产党成立一百周年和胜利实现第一个百年奋斗目标、全面建成小康社会的伟大历史时刻，在向全面建成社会主义现代化强国的第二个百年奋斗目标迈进的重大历史关头所召开的一次意义深远的大会。习近平总书记在重要讲话中，充分肯定了文艺战线取得的显著成就和做出的重要贡献，为新时代的文艺工作者指明前进方向并寄予殷切期望。再一次以“文化兴则国家兴，文化强则民族强”“中华优秀传统文化是中华民族的精神命脉”的宏音号角，把广大文艺工作者必须增强文化自觉、坚定文化自信的历史主动精神与国家前途、民族命运、人民愿望紧密地联系在了一起。

两届文代会，习近平总书记都以很大的篇幅提到了创新创造的重要性。有着四百多年历史的苏州评弹，以它特有的江南清丽气质和生动细腻的吴文化特色，在五彩缤纷的曲艺百花园中一直绽放着别样的芬芳，成为江浙沪最具影响力和深受百姓喜爱的曲种之一。作为一名长期从事苏州评弹创作与理论研究的文艺工作者，这些年来，我也一直把“创新是文艺的生命”作为实践引领，时刻思考如何在继承发扬中华优秀传统文化的基础上夯实文化自信，坚持以人民为中心的创作导向，努力挖掘中华优秀传统文化的思想观念、人文精神、道德规范，试图把艺术创造力和中华文化价值、中华美学精神和当代审美追求相融汇，推动观念和手段、内容和形式的创新结合，以激活传统曲艺艺术的生命力去提升作品的精神能量与艺术价值。

比如参与对中篇评弹《雷雨》和长篇评弹《啼笑因缘》之新版系列《娜事Xin说》的改编创作，均是在忠于原著的基本主题、价值取向和文化品格的基础上，尽量做到“破法不悖法”。前者对原作的情节进行了大幅度的裁剪及结构上的重组，再从主题开掘、人物塑造到表现手段等诸多方面进行积极探索，大胆创新，更为精准地诠释了原著中人性的光辉以及不可预测的命运主题，并在保持原剧“悲悯情怀”的同时，呈现了苏州评弹这门曲艺艺术刻画细腻、幽默风趣、时空自由、评说精准、弹唱优美等别样的艺术特色。而最近在苏、沪、锡首轮演出一票难求的《娜事Xin说》，通过以盛小云为首的主创团队八年的努力，在对经典原著进行深入检索和分析后，努力挖掘原著未尽的故事线，把戏剧性矛盾冲突聚焦在这场情感“恋战”中最深情、最纠结的何丽娜身上，以当代审美理念和评弹艺术语汇去描绘和丰富这一经典书目中人物的心灵图谱，去感受她曾被忽视的心路历程，创作出了符合故事发展逻辑与人物个性的崭新故事篇章，以增强作品的时代感，唤起当代观众的审美共鸣。

而《绣神》和《徐悲鸿》这两部作品，更是在提高原创力上下了点功夫。前者认真开掘和传播江南文化，把苏州评弹和苏绣这两项国家级非遗相结合，展示了仿真绣创始人沈寿在刺绣史上所取得的辉煌艺术成就与其复杂丰富的内心世界。后者将一位爱才爱国、崇德尚艺，融合中西艺术文化的践行者，也是伟大爱国者的一代画坛宗师，从光环和荣耀中抖搂出来，向世人塑造出一个有血有肉，从艺术家还原成“人”的鲜为人知的徐悲鸿。尤其值得一提的是，《徐悲鸿》在评弹界还创造了三个第一：它是第一部反映徐悲鸿生平的舞台艺术作品；它是第一部由民营资本投资，进行市场化运作，集苏、锡、沪评弹界创演最佳阵容的评弹作品；它让苏州评弹乃至中国曲艺第一次登上国家大剧院的舞台。2015年10月，《徐悲鸿》受文化部邀请参加了在京举办的“纪念画坛一代宗师徐悲鸿先生诞辰120周年”重大活动，演出的成功不但完成了廖静文先生的遗愿，也成就了曲艺艺术向大师致敬的最好方式。这两部作品正是在叙事方法、情感表达、价值认同等方面，根植当下现实中受众的情感与体验，审视和思考当代社会思潮的特点，用情用力去讲述中国故事，去展现中华历史之美、文化之美，抒写中国人民创造之力、发展之果，故继中篇评弹《雷雨》获得第六届中国曲艺最高奖牡丹奖后，有幸再度摘夺全国第八、第九届牡丹奖的桂冠。

遵循习近平总书记多次强调的艺术作品要坚持创造性转化和创新性发展，在守正创新的前提下，支持各种艺术门类互融互通、各种表现形式交叉交融的时代要求，2018年春，我和全国著名曲艺作家李立山老师合作的南北曲艺组合《看今朝》突破了以往传统曲艺单线叙事的固有模式，以“精准扶贫”和“绿水青山”为主题，创造性地将陕北说书与苏州弹词这两个风格迥异的南北曲种首度嫁接，参加了中共中央、国务院新春团拜会，受到了习近平总书记、李克强总理等党和国家领导人的一致肯定与高度赞扬。并受邀登上了中央电视台2018年元宵晚会、2018年全国非遗曲艺周开幕式，第九届中国曲艺节开幕式等全国重大活动的舞台。此后，苏州评弹与四川清音嫁接而成的《彭州牡丹苏州月》、苏州评弹与rap说唱联手而成的《幸福苏州人》也都因在内容、形式、手法以及传播方式上的拓展创新，纷纷在第七届德国中国曲艺周、第十二届巴黎中国曲艺节、第十一届中国曲艺牡丹奖颁奖晚会等重大艺术活动展示中，获得了国内外曲艺爱好者的一致好评。上海评弹团著名青年演员姜啸博也因对《彭州牡丹苏州月》的完美诠释而获得了德国艺术最高奖红狮奖的国际殊荣。

古人云："诗文随世运，无日不趋新。"我国社会正处在思想大活跃、观念大碰撞、文化大交融的时代。曲艺人也应该成为时代风尚的先觉者、先行者、先倡者，在充分发挥艺术轻骑兵作用的基础上，把人民的喜怒哀乐倾注在自己的笔端，去感国运之变化，立时代之潮头，发时代之先声，让传统文化和当代精神有效衔接，放飞想象的翅膀，跟随时代的脉动，不负习近平总书记的殷殷嘱托，继续坚定文化自信、坚守艺术理想，坚持服务人民、勇于创新创造，以新时代文艺工作者的使命与担当去开创更有内涵、更有潜力的艺术新境界！

“出人、出书、走正路”
——赛出新时代江苏曲艺事业大格局与新气象

江苏，作为中国的文化大省，拥有着悠久的历史和丰富的文化遗产。她深远醇厚的人文底蕴和特色鲜明的地域风情，孕育出了楚汉文化的雄浑和吴越文化的秀美，也滋养出了绚烂多姿的曲艺艺术。吴侬软语的弦索叮咚、轻快律动的鼓板昂扬、南腔北调的说学逗唱，让曲艺成为融入江苏市民文化生活的独特基因。

良木十年树，利剑十年功！但凡世间好物，不论是创作一件优秀精良的文艺作品，或是树立一个发掘培养艺术人才的赛事品牌，无不需要时间的沉淀和打磨。“江苏省文艺大奖·曲艺奖”作为由江苏省委宣传部批准设立的全省曲艺专业最高奖项，前身为江苏曲艺“芦花奖”，每两年评选一次，自2005年以来已成功举办了十届。该奖项与中国曲艺最高奖“牡丹奖”相衔接，对江苏曲艺精品创作、提升曲艺表演水平、推出优秀曲艺人才、推动江苏曲艺事业繁荣发展起到了极重要的作用。

2023“江苏省文艺大奖·曲艺奖”是在深入学习贯彻习近平文化思想和习近平总书记对江苏工作重要讲话精神的背景下，对江苏曲艺事业取得的新成果的一次集中展示与汇报。秉持“曲随时代，艺为人民”的创作导向，呈现出“出人、出书、走正路”的新时代江苏曲艺事业大格局与新气象！

一、书写时代，曲有新篇

努力用新作品反映时代生活、传达时代精神，既符合大众的审美需求，又具有鲜明的时代特征，这一直是曲艺界的宝贵传统。最近网络上流行着一个句式：“你要写月，就不能只写月，而要写圆缺明灭、别枝惊鹊，写关山难越、西风猎猎；写时代也不能只写时代，要写‘鹅湖山下稻粱肥，豚栅鸡栖半掩扉’‘春风不识兴亡意，草色年年满故城’……”写时代即写人民的喜怒哀乐、生活变化、所遇所感、所思所为，以人间烟火看时代浪潮。

苏州弹词《湖畔村的笑声》、盐城三人花鼓《荷乡飞回金凤凰》均以新农村建设与乡村振兴为主题，以源于生活、贴近人民的百姓故事展示了幸福乡村的生动画卷。扬州曲艺中篇《大河向北》、苏州弹词《望虞河》都以“水”为载体，前者以祖孙三代“引江人”为脉络，描述了南水北调东线源头——江都引江水利枢纽数十年的艰难建设，后者唱响了十万常熟人民为防洪涝，战天斗地开挖母亲河的赞歌。苏州弹词《春申君传奇》《大德曰生》《教我如何不想她》虽以春申君、张謇、江阴刘氏三杰这些历史文化名人为创作题材，但作品中所透露出的“为国而生、为民而存”的旷世襟怀与胆略，“实业救国、教育兴邦”的社会责任与担当，“传承家风、坚守品质”的精神执念与追求，无不与时代共鸣、与人民共情，让古今对话，给人以新时代的思索与震撼。

在本届大赛中，中篇苏州弹词《永远的怀念》和《东方红一号》作为我省文联“十四五”文艺发展规划中苏州评弹“两弹一星”元勋系列创作工程的入选项目格外引人关注。两部作品分别以中国力学事业的奠基人郭永怀和中国第一颗人造卫星的设计者钱骥为主人公，通过他们投身国防、勇攀高峰的动人故事，生动诠释了“两弹一星”元勋们身上所体现出的“以身许国”的爱国主义精神、自力更生的艰苦奋斗精神、“干惊天动地事，做隐姓埋名人”的无私奉献精神。这些“两弹一星”精神，承载了新中国波澜壮阔的发展史、艰苦卓绝的奋斗史、可歌可泣的创业史，他们崇高的理想和坚定的信念对于今天的我们仍充满着感召力，散发着时代的光芒。

此外，扬州弹词《同“肝”共苦》，徐州琴书《认娘》，苏州弹词《五星红旗高高飘扬》《人桥》等一批参赛新作无不以小中见大、内里乾坤的创作手法，用心、用情、用笔力、用智慧讲好身边故事、模范故事、英雄故事、中国故事、时代故事……

二、南腔北调，流光溢彩

江苏是中国曲艺的重镇，名家辈出，流派纷呈，出人出书，相得益彰，五十余个曲种遍布境域东西、大江南北。在12月1日晚由江苏省文联主办的“盛世芬芳——江苏省文艺大奖2023年度颁奖晚会”上，由我省三种曲艺形式组合而成的创新之作《江苏滋味》博得台下一片掌声。它将苏南、苏中、苏北三地美食和人文以苏州弹词、扬州评话、苏北琴书三种曲种相嫁接的方式呈现在观众面前，使人在感受美味江苏、幸福家乡的同时领略到了江苏曲艺的各美其美与美美与共。

在本届参赛选手中，大部分苏州弹词演员都选择了最能体现苏州弹词艺术特色的传统经典书目予以展示。陈烽与谢瑛、张怡晟与归兰作为苏州评弹团的两对夫妻双档，常年坚持码头说书（长篇书目巡演）与评校教学相结合，练就了较扎实的基本功。他们将《三笑》中的唐伯虎与秋香，《玉蜻蜓》中的徐元宰与智贞这两对主人公演绎得惟妙惟肖，分别以最擅长的徐蒋调、蒋俞调对唱，珠联璧合地塑造出了经典书目中的经典形象。青年演员谢岚更是以清新脱俗的说表、入情的演唱将《情探》中焦桂英活捉王魁的戏剧情境表现得入木三分。而凌涛、李雯琪、华夏等选手也通过经典长篇《杨乃武》《啼笑因缘》《白蛇传》等片段的精彩呈现，将苏州弹词说表细腻、曲调丰富、人物塑造鲜明、吴语弹唱温婉的艺术特色展现得淋漓尽致。当然，也有如陈美东、祁晔、任旭姣等一批试图在新书目、新角色中寻求突破、重塑自我的挑战者与创新者。陈美东作为张家港评弹团的中流砥柱，此番在表演奖的终评中因新创书目《张桂梅看病》的完美表现而拔得头筹。她以吐字行腔气息收放自如、抑扬顿挫尽在掌握之中的成熟艺术家风范，既刻画出了全国道德模范、感动中国人物张桂梅老师坚忍执着、无私忘我的光辉形象，又让人感受到了苏州弹词"说、噱、弹、唱"的无穷魅力。

在本次曲艺奖决赛中，虽然苏州评弹作为江苏曲艺的"第一方阵"在参赛书目与演员数量上占据了半壁江山，但一方水土孕育一方艺术，苏中、苏北两地也依托各自不同的文化土壤，使带有各自艺术基因的曲种展示出了从基本功到舞台呈现，从说表到唱奏等方面较高的艺术水准。王智超三弦漫捻、干练洒脱的弹唱，丁红丽扬琴悠悠、檀板声声的叙述，王浩宇鼓板齐鸣、千斤道白四两唱的表演，孙啸酣畅明快、一气呵成的嘴上功夫皆将扬州弹词、苏北琴书、苏北大鼓、快板等不同曲种的地域特色、艺术气质、文化内涵、个性之美尽情彰显，使得赛台流光溢彩！

三、名师高徒，青蓝相继

人是事业发展关键的因素。衡量一个地区的文艺成就最终看作品，其背后则是人才的支撑。近年来，江苏省文联深入学习贯彻习近平总书记关于文艺工作重要论述，积极围绕培养文艺人才持续用功用力，创新思路举措，加大推进力度，在省委宣传部的指导下，牵头起草了《实施江苏文艺"名师带徒"计划工作方案》，于2018年10月以省委办公厅、省政府办公厅的名义下发，作为推动全省文艺人才队伍建设的龙头型工程。此工程自2019年启动以来，以三年为一个周期，百位名师以身作则传"正道"、口传心授教"真业"、因材施教出"高徒"，在创作和实践中，高徒名师一路同行，记录下江苏文艺与时代发展同频共振、与人民利益同心同向的步伐，各自扛起了传承中华优秀传统文化的使命与责任，有效推动江苏文艺事业形成长江后浪推前浪的生动局面。

令人欣喜的是，本届曲艺大赛有近十位"高徒"脱颖而出，登台亮相。评委们隐约从徐荧的唱腔中听到张巧玲的声情并茂，从周蕾蕾的说表中听出杨明坤的生动细腻，从李琳的表演中看到黄霞芬的柔美迤逦，从陆佳麒的人物塑造中看到盛小云的神形兼备，再从蒋春雷、王庆妍夫妻双档的自编自演联想到并蒂牡丹伉俪袁小良、王瑾的事业追求。这次赛事不仅是江苏曲艺界"名师带徒"成果及优秀青年曲艺演员实力的一次集中展示，更呈现了江苏文艺青蓝相继、硕果累累的美好景象，并以实践证明，"名师带徒"计划有力推动了江苏文艺的薪火相传。曲艺英才通过跟师学习，让作品立身的基础更加厚实、崭露头角的势头更加强劲、赓续文脉的追求更加自觉，是一条完全符合艺术传承规律、具有江苏特色的有效文艺人才培养路径。

本次大赛终评在组委会、监审委员会的领导和监督下，评审委员会坚持公平、公正、公开原则，对参评节目奖、文学奖、理论奖和音乐奖四类作品，通过审看文本、视频，在充分讨论的基础上，由评委独立评分；表演奖、新人奖则采用现场竞演比赛形式，分五场进行现场打分、亮分，确保评奖的客观性、公正性、权威性，最终从七十五个入围节（项）目中，评选出节目奖、表演奖、新人奖各十一个，文学奖、理论奖各三个，音乐奖一个，终身成就艺术家一人。

大赛作为为我省由艺人才搭建的最专业化、高规格、机制性的展示平台，是对全省曲艺人才的摸底，也为演员之间、曲种之间的相互学习提供了绝佳机会。2023“江苏省文艺大奖·曲艺奖”角逐的帷幕刚刚落下，而“出人、出书、走正路”的曲艺发展之道将永远闪耀着时代之光！

附录

胡磊蕾发表、上演和获奖的曲艺作品及文章一览

1. 弹词开篇《只因相逢恨已晚》

1995年由邢晏芝任唱腔设计，胡磊蕾创演，参加了“江浙沪创作新书目交流汇演”活动，获演出银奖。

2. 弹词开篇《石壕吏》(根据杜甫同名诗改写)

1996年创作，由胡磊蕾上演于江浙沪长篇书场。

3. 弹词开篇《长征——纪念长征胜利六十周年》

1996年创作，由胡磊蕾上演于江浙沪长篇书场，发表于苏州市评弹团团刊《评弹通讯》。

4. 弹词开篇《请到苏州作佳宾》

1996年创作，由胡磊蕾上演于江浙沪长篇书场。

5. 弹词开篇《文闻喋血》

1996年创作，由胡磊蕾上演于江浙沪长篇书场。

6. 弹词开篇《盼儿归——为香港回归而作》

1997年创作，由胡磊蕾上演于江浙沪长篇书场，发表于《评弹通讯》。

7. 弹词开篇《还君明珠》

1997年创作，由胡磊蕾上演于江浙沪长篇书场。

8. 群口评话《广电风采》

1997年由苏州市评弹团排演，参加了由苏州市委宣传部、苏州广电总台主办的“苏州有线电视台成立十周年文艺晚会”。

9. 弹词开篇《患难情深》

1997年由苏州评弹团吴静、施斌（特邀）排演，参加了“苏州癌症康复中心成立十周年大型文艺晚会”。

10. 弹词开篇《盼儿归——为香港即将回归而作》

1997年创作，发表于《评弹通讯》。

11. 长篇弹词《赛金花》

1997—2000年独立创作完成，共计30多万字。2001—2004年由胡磊蕾于江浙沪各书场以单档形式连演700多场，颇受听众好评；

2003年折子《赛金花·唱曲》获文化部主办的第二届中国苏州评弹艺术节节目银奖、表演银奖；

2016年折子《赛金花·唱曲》由高博文、张建珍排演，参加了由第九届中国曲艺牡丹奖组委会主办的第九届中国曲艺牡丹奖系列活动之“磊蕾芳华”——胡磊蕾评弹艺术原创作品专场展演。

2017年折子《赛金花·初遇李鸿章》由扬州弹词演员赵松艳、王智超排演，参加了第七届江苏曲艺“芦花奖”评比，赵松艳获表演奖，王智超获新人奖；2017年参加了上海《星期戏曲广播会》演出录制。

12. 弹词开篇《梦寻秦淮》

1998年创作，由胡磊蕾上演于江浙沪长篇书场。

13. 弹词开篇《龙的子孙民族魂——献给抗洪一线的中国人民解放军》

1998年创作，发表于《评弹通讯》。

14. 中篇评弹《女保安》（合作）

1998年由苏州市评弹团委约创作，与朱寅全合作完成，发表于《曲艺》1998年第11、12期，1999年第1期。

15. 中篇弹词《看钱奴》

1999年作为南京艺术学院编剧班毕业作品受导师好评。

16. 弹词开篇《亨通情》

2001年由陈勇作曲，苏州评弹学校排演，参加了“江苏电力十周年大型文艺晚会”。

17. 弹词开篇《萧何殉法》

2002年创作，由胡磊蕾上演于江浙沪长篇书场。

18. 弹词开篇《爱国同心桥》

2003年由苏州市评弹团排演，参加了由苏州市文广局、市园林局主办的“苏州市抗非典、献爱心广场文艺汇演”，5月发表于《苏州日报》。

19. 弹词开篇《江阴颂》

2003年创作，由胡磊蕾上演于江阴各长篇书场。

20. 弹词开篇《姑苏遐想》

2004年8月发表于《姑苏晚报》。

21. 弹词开篇《庆重阳》

2005年创作，由胡磊蕾上演于江浙沪长篇书场。

22. 弹词开篇《军人情怀》

2006年由苏州市吴中区评弹团排演，参加了由江苏省民政厅主办的拥军爱民大型文艺晚会。

23. 短篇弹词《茉莉花开》

2006年由苏州评弹学校昌顺明、张丽华排演，参加了由文化部主办的第三届中国苏州评弹艺术节，获节目金奖、创作金奖；

2016年参加了由第九届中国曲艺牡丹奖组委会主办的第九届中国曲艺牡丹奖系列活动之“磊蕾芳华”——胡磊蕾评弹艺术原创作品专场展演。

24. 短篇弹词《擦皮鞋》

2006年由江苏省评弹团方少君、夏夕燕排演，参加了由江苏省文化厅主办的第五届江苏省曲艺节，获创作银奖、节目银奖。

25. 短篇弹词《南唐绝恋》

2006年由苏州市评弹团沈彬、郁群排演，参加了由江苏省文化厅主办的第五届江苏省曲艺节，获创作银奖、节目银奖；

2007年参加了由江苏省文学艺术界联合会、江苏省曲艺家协会主办的第二届江苏省曲艺节，获“芦花奖”文学奖第一名；
2007年参加了由中国曲艺家协会主办的中国曲艺精品周展演活动；
2008年参加了由中国文学艺术界联合会、中国曲艺家协会主办的第五届中国曲艺牡丹奖大赛，获文学奖提名奖。

26. 论文《谈曲艺鉴赏与曲艺创演》

2007年发表于《评弹艺术》第36期。

27. 短篇弹词《情感热线》

2008年创作。

28. 弹词开篇《桥》

2009年由陈勇作曲，盛小云领唱，参加了由江苏省广播电视总台、江苏省广播电影电视协会主办的“庆祝新中国成立六十周年‘为祖国喝彩’全国电视文艺节目展播”活动，获节目评选优秀作品奖；
2009年参加了由中国电视艺术家协会主办的“庆祝新中国成立六十周年全国电视文艺节目评选”活动，获电视文艺特别好作品奖；
2014年参加了“中国梦，我心中的梦”庆祝中华人民共和国成立六十五周年专场文艺演出活动并在江苏卫视播出；
2014年参加了由江苏省委宣传部主办的“中国梦·我心中的梦”优秀曲艺作品评选活动，获二等奖；
2016年参加了由第九届中国曲艺牡丹奖组委会主办的第九届中国曲艺牡丹奖系列活动之“磊蕾芳华”——胡磊蕾评弹艺术原创作品专场展演；
多次在中央电视台及省电视台播出。

29. 中篇弹词《雷雨》（合作）

2009年由苏州市评弹团委约创作，朱栋霖、方同德作文学顾问，徐檬丹作创作指导，与吴新伯、徐惠新、傅菊蓉合作完成（第二回为胡磊蕾独著），由盛小云、徐惠新、吴静、吴伟东、陈琰排演，参加了由文化部主办的第四届中国苏州评弹艺术节，获节目金奖第一名；
2010年在北京梅兰芳大剧院参加了由文化部、中国文学艺术界联合会、北京市人民政府主办的“纪念曹禺百年诞辰系列活动之‘经典剧作展演’”活动；
2010年获第六届中国曲艺最高奖“牡丹奖”节目奖；
2010—2011年度获江苏省舞台艺术精品工程精品剧目奖；
2011年获第四届江苏省曲艺最高奖“芦花奖”文学奖第一名、节目奖第一名；

2011年获由江苏省委宣传部颁发的江苏省第八届精神文明建设“五个一工程”优秀作品奖；
2013年获首届江苏省政府文华大奖、文华编剧奖；
2013年参加了由文化部和山东省人民政府主办的全国曲艺优秀节目展演活动；
2013年参加了由中国文学艺术界联合会和中国戏剧家协会主办的第十三届中国戏剧节，获优秀展演剧目奖；
2016年第二回《夜雨情探》由徐惠新、吴静、归兰排演，参加了由第九届中国曲艺牡丹奖组委会主办的第九届中国曲艺牡丹奖系列活动之“磊蕾芳华”——胡磊蕾评弹艺术原创作品专场展演；
至今已在京、津、沪、苏、浙及台湾等各大剧院，以及北京大学、清华大学、南开大学、复旦大学、上海交通大学、香港中文大学、澳门大学等近百所著名高校巡演百余场。

30. 快板评弹《生命的价值》（合作）

2009年与中国人民解放军第二炮兵政治部文工团演员王岩联合创作，潘益麟任唱腔设计，由王岩与苏州市评弹团连袂出演，参加了由中国人民解放军总政治部主办的第九届全军文艺汇演，获创作奖金奖；
2010年获第六届中国曲艺“牡丹奖”文学奖。

31. 评弹说唱《网上办税》

2009年由苏州市滑稽剧团委约创作，袁小良演唱，参加了苏州地税十五周年庆祝活动。

32. 短篇弹词《香妃随猎》

2009年入选由中国曲艺家协会汇编的《全国优秀曲艺作品集》。

33. 京韵大鼓与苏州弹词组合《北京的城门姑苏的巷》

2009年发表于《曲艺》第11期。

34. 弹词开篇《蘩漪悲歌》

2010年由潘益麟作曲，盛小云演唱，参加了由中国文学艺术界联合会、中国曲艺家协会主办的第六届中国曲艺牡丹奖颁奖晚会。

35. 论文《从话剧到评弹——谈中篇评弹〈雷雨〉（第二回）的创作体会》

2010年发表于《曲艺》第11期；
2011年发表于《剧影月报》第4期；
2020年发表于《2020江苏文艺研究与评论精粹》。

36. 弹词开篇《淹城好风光》

2010年由陶莺云演唱，参加了常州市淹城“春秋乐园”主题文化活动。

37. 评弹说唱《文明礼仪中支人》

2011年由苏州市滑稽剧团委约创作，参加了苏州市行业新风活动、中信银行苏州分行文艺汇演。

38. 评弹说唱《花桥赞》

2011年由苏州市滑稽剧团委约创作，参加了昆山外企文化节活动。

39. 弹词开篇《科学育儿》

2011年由平江区文化馆排演，参加了相城区计生局计生宣传进书场活动。

40. 快板评话《四百为民》

2011年由苏州市评弹团王池良排演，参加了太平街道党员“四百为民”活动。

41. 弹词开篇《苏州好人颂》

2011年由潘益麟作曲，吴中区评弹团莫桂英演唱，参加了苏州市宣传中国好人道德模范系列活动。

42. 弹词开篇《文明花开更绚烂》

2011年由潘益麟作曲，苏州市评弹团张丽华领唱，参加了苏州市宣传中国好人道德模范系列活动。

43. 短篇弹词《村民的心声》

2011年由苏州市吴中区评弹团钱国华、陈琰排演，参加了苏州市宣传中国好人道德模范系列活动。

44. 弹词开篇《唱出心中对评弹的爱——庆江、浙、沪三地评弹票友申城大联欢》

2011年为江、浙、沪评弹票友庆贺上海评弹团成立60周年活动而创作。

45. 论文《浅谈曲艺批评的价值》

2011年发表于《曲艺》第5期。

46. 论文《浅谈改编》

2011年发表于《评弹艺术》总第44期。

47. 中篇弹词《绣神》

2012年由徐檬丹创作指导，苏州市评弹团盛小云、吴伟东、吴静、沈彬、郁群、查兰兰等排演，参加了第五届中国苏州评弹艺术节，获优秀书目奖第一名；

2013年获第五届江苏省曲艺“芦花奖”节目奖第一名、文学奖第一名；

2014年获第八届中国曲艺“牡丹奖”节目奖；

2014年入选国家艺术基金作品资助项目；

2014年获由中国曲艺家协会颁发的2012年度全国优秀曲艺作品评选表彰活动金奖；

2015年获第二届江苏省政府文华奖优秀剧目奖、文华编剧奖；

2015年获苏州曲艺“光裕奖”特别奖；

2016年获由苏州市委宣传部颁发的第七届苏州市文学艺术奖；

2016年选回《诀别》由盛小云、吴伟东排演，参加了由第九届中国曲艺牡丹奖组委会主办的第九届中国曲艺牡丹奖系列活动之“磊蕾芳华”——胡磊蕾评弹艺术原创作品专场展演；

2019年被苏州市委宣传部选为苏州市级院团与保利院线战略合作项目，入选首届中国苏州江南文化艺术国际旅游节展演活动；

2020年被编入由中国苏州评弹博物馆编、苏州大学出版社出版的《苏州市评弹获奖书目选集》一书；

2021年选回《诀别》由盛小云、吴伟东排演，赴北京国家大剧院参加了“光前裕后·君到姑苏见——苏州市评弹团名家名段专场”演出活动；

2022年参加了江南小剧场“艺往吴前”线上文艺展演展示活动。

48. 评弹表演唱《苏州统计人，你是江南最美的人》

2012年代表苏州市统计局参加了江苏省统计系统五年一届的全省大汇演，获一等奖。

49. 弹词开篇《谱写阳光文化新篇章》

2012年由苏州市滑稽剧团委约创作，参加了中国银行苏州分行阳光文化创建活动。

50. 短篇弹词《温馨泰元》

2012年由苏州市吴中区评弹团陆人民、莫桂英排演，参加了相城区“第二届人口文化进书场”比赛活动，获一等奖第一名。

51. 弹词开篇《好人礼赞》

2012年由潘益麟作曲，盛小云领唱，参加了由苏州市委宣传部、市文联、市文广新局主办的“吴韵汉风·家在苏州”——迎十八大苏州市“群星荟萃”文化惠民演出；

2016年参加了由第九届中国曲艺牡丹奖组委会主办的第九届中国曲艺牡丹奖系列活动之“磊蕾芳华”——胡磊蕾评弹艺术原创作品专场展演。

52. 情景评弹《姑苏热恋》

2012年由袁小良等排演，参加了苏州电视台2013年评弹春节特别节目展播。

53. 评弹表演唱《辞旧迎新欢歌唱》

2013年由苏州市滑稽剧团委约创作，参加了2014年苏州电力系统迎新春活动。

54. 评弹表演唱《感谢苏州好武警》

2013年由苏州市滑稽剧团委约创作，参加了2014年苏州武警支队迎新春活动。

55. 弹词开篇《善德之城添光辉》

2013年由苏州市评弹团盛小云等排演，参加了苏州市委、市政府新春团拜会。

56. 弹词开篇《清正廉洁万民爱》

2013年由苏州金韵评弹艺术团排演，参加了苏州市高新区、虎丘区2013年“八一”军民联欢会。

57. 论文《在为人民服务中找回尊严》

2013年8月21日发表于《中国艺术报》。

58. 论文《文艺评论当为人民服务》

2013年发表于中国文联理论研究室编、中国文联出版社出版的《以人民为中心的价值取向与当代文艺评论》一书。

59. 论文《曲艺批评的价值与尊严》

2013年获由中国曲艺家协会颁发的第三届中国曲艺高峰论坛曲艺理论最高奖——优秀曲艺理论奖。

60. 长篇弹词《啼笑因缘》新创版之系列《娜事Xin说》（合作）

2013—2021年由徐檬丹领衔创作，与徐檬丹、傅菊蓉合作完成；

2021年9月由盛小云进行脚本整理并领衔主演，吴新伯、施斌、高博文、吴伟东、陈侃主演，首演于上海天蟾逸夫舞台，反响强烈；

2022—2023年巡演于北京国家大剧院、苏州文化艺术中心、无锡大剧院等，获业内外一致好评。

61. 情景评弹《相约苏州》

2014年获苏州市“中国梦·我心中的梦”文艺作品征集活动二等奖。

62. 弹词开篇《好人颂》

2014年由潘益麟作曲，盛小云领唱，参加了由江苏省委宣传部举办的“江苏最美人物”发布会。

63. 大型书戏《三笑闹新春》之《唐伯虎点秋香》

2014年由黄蕾、钱国华、程艳秋、许芸芸、杨依云等排演，参加了苏州电视台评弹春节特别节目。

64. 弹词开篇《扇》

2014年由苏州市评弹团张怡晟、归兰排演，参加了苏州市苏扇文化研究会成立揭牌活动。

65. 评弹表演唱《姑苏游》

2014年由潘益麟作曲，参加了苏州少儿艺术团成立十周年庆祝活动；
2015年参加了由江苏省广播电视总台主办的首届江苏省青少年电视舞蹈音乐大赛，获最佳导师（创作）奖；
2015年获苏州曲艺“光裕奖”荣誉特别奖。

66. 评弹书戏《秀姑定计》

2015年由王瑾、盛小云等排演，参加了苏州电视书场开播20周年庆典活动。

67. 弹词开篇《最美家庭》

2015年由苏州市滑稽剧团委约创作，参加了吴中区纪念“三八”国际劳动妇女节105周年活动。

68. 弹词开篇《冯梦龙》

2015年由苏州市滑稽剧团委约创作，潘益麟作曲，参加了首届中国苏州冯梦龙文化旅游节活动；
2017年入选苏州市优秀群众文艺作品重点扶持项目。

69. 中篇弹词《徐悲鸿》

2015年由无锡市曲艺家协会、无锡阿福吉祥幽默俱乐部出品，苏、沪、锡三地弹词名家秦建国、袁小良、王瑾、姜啸博、昌顺明、陈琰、黄海华、王萍排演，赴京参加了“纪念画坛一代宗师徐悲鸿诞辰120周年”重大艺术活动；
2015年参加了第十七届中国上海国际艺术节活动；
2015年参加了第六届中国苏州评弹艺术节，获得评审团专家及观众的一致好评（未评奖）；
2015年获第六届江苏省曲艺“芦花奖”节目奖第一名、作品（文学）奖第一名；
2015年获苏州市曲艺“光裕奖”荣誉奖；
2016年获第九届中国曲艺“牡丹奖”节目奖；
2016年选回《夫妻反目》由袁小良、王瑾排演，参加了由第九届中国曲艺牡丹奖组委会主办的第九届中国曲艺牡丹奖系列活动之“磊蕾芳华”——胡磊蕾评弹艺术原创作品专场展演；
2016年入选国家艺术基金资助项目；
2017年入选文化部艺术司关于全国曲艺、木偶剧、皮影戏优秀剧（节）目展演；
2018年入选国家艺术基金滚动资助项目。

70. 弹词开篇《最后的家书》

2016年由袁小良、王瑾排演，代表农工党江苏省委赴京参加纪念中国农工民主党成立85周年文艺演出，受到时任全国人大常委会副委员长、农工党中央主席陈竺的接见与表扬。

71. 论文《让评弹之花在自信中绽放》

2016年发表于《中国文艺评论》第12期。

72. 评弹表演唱《上头条》

2016年由苏州市姑苏区文化馆、姑苏区沧浪街道联合出品，戴云导演，获首届苏州市群众文化“繁星奖”曲艺类金奖。

73. 评弹与快板《髓缘》

2017年由陈勇作曲，昆山市文化馆陈艳红、任旭姣等排演，获第二届苏州市群众文化“繁星奖”舞台艺术类金奖；
2019年获第二届苏州曲艺“光裕奖”推优活动节目奖一等奖；
2021年获江苏省第五届曲艺、喜剧小品邀请赛银奖；
2022年入选“中国好戏”艺起同行百戏云展播公益活动；
2023年入选中国曲艺家协会第五届“通州杯”全国曲艺小剧场新作研讨会。

74. 电视节目《磊蕾芳华——胡磊蕾评弹艺术原创作品访谈》

2017年由《苏州电视书场》栏目组姚萌、黄蕾、李静怡等主创，获由江苏省新闻出版广电局、江苏省广播电影电视协会颁发的2016—2017年度江苏电视文艺奖戏曲节目二等奖；
2017年获由苏州市文化广电新闻出版局、苏州市广播电影电视协会颁发的2016年度电视文艺奖（戏曲节目）一等奖。

75. 文章《拿什么告别“剧本荒”？》

2018年1月发表于《姑苏晚报》。

76. 南北曲艺组合（陕北说书与苏州弹词）《看今朝》（合作）

2018年与李立山联合创作，由陈勇、贺四作曲，杨子春、史琳导演，盛小云、熊竹英主演，参加了中共中央、国务院春节团拜会；
2018年参加了中央电视台元宵晚会；
2018年参加了第九届中国曲艺节开幕式活动；
2018年参加了海峡两岸中秋灯会；
2018年参加了江苏紫金文化艺术节活动；
2018年参加了第六届国际幽默艺术周开幕式活动；
2023年（新版）在央视制作的“中国梦·家国情——2023国庆特别节目”活动中播出。

77. 中篇弹词《顾炎武》

2018年由刘旭东作文学顾问，苏州市评弹团与昆山市千灯镇人民政府联合出品，盛小云、吴伟东、王池良、陆人民、张建珍、钱国华、莫桂英、陈琰、徐剑秋等排演参加了第七届中国评弹艺术节展演活动；
2019获由江苏省文学艺术界联合会、江苏省曲艺家协会主办的江苏省文艺大奖·曲艺奖节目奖第一名；
2020年获第十一届中国曲艺“牡丹奖”节目奖提名奖；
2021年被编入由昆山市顾炎武研究会编的《顾炎武文学作品创作·戏曲曲艺专辑》一书；
2022年10月选回《北游》由吴伟东、许芸芸表演，参加了“相约北京”奥林匹克文化节暨第22届“相约北京”国际艺术节活动。

78. 弹词开篇《大美江苏》

2018年由陈勇作曲，盛小云、吴伟东领唱，参加了江苏紫金文化艺术节开幕式暨江苏省庆祝改革开放四十周年文艺演出；
2019年由吴伟东、许芸芸等演唱，参加了由东方卫视主办的“长江之恋——长江流域十二省市春节联欢晚会”。

79. 评弹表演唱《水墨巴城》

2018年由陈勇作曲，昆山市文化馆陈艳红等排演，参加了昆山市2018巴城镇各界人士迎春茶话会；
2019年参加了昆山市“欢乐文明百村行”文艺巡回演出活动。

80. 苏州弹词与四川清音组合《彭州牡丹苏州月》

2018年由陈勇、王文能作曲，姜啸博、曾恋演唱，参加了由中国曲艺家协会主办的庆祝改革开放四十周年——“美丽乡村”曲艺原创优秀作品展演；
2018年参加了在北京民族文化宫大剧院举行的由中国文学艺术界联合会、中国曲艺家协会主办的改革开放四十周年“美丽乡村”曲艺原创优秀作品展演活动；

2019年发表于《曲艺》第2期（总第559期）；
2019年参加了由中国曲艺家协会、法国巴黎中国文化中心、德国柏林中国文化中心主办的第十二届巴黎中国曲艺节、第七届德国中国曲艺周活动；
2019年参加了“喜迎70年　奋斗新时代——第二届中国·彭州曲艺牡丹嘉年华”开幕式；
2020年曾恋、姜啸博凭此作品均获由国际说唱艺术联盟主办的国际说唱幽默艺术节（德国）“红狮奖”最佳艺术表演奖；
2020年参加了第十一届中国曲艺“牡丹奖”颁奖系列活动——“曲艺名城”中国曲艺名城优秀曲艺节目展演；
2020年参加了第十一届中国曲艺“牡丹奖”颁奖系列活动——“域外说唱”国际说唱艺术优秀节目展演，并在法国巴黎中国文化中心官网、以色列特拉维夫中国文化中心官网的“中国曲艺‘云’欣赏系列活动推广中广受好评；
2021年被编入由中国曲艺家协会编、中国社会出版社出版的《美丽乡村曲艺作品集》一书；
2023年参加了由中国曲艺家协会、福建省文学艺术界联合会主办的第十三届海峡两岸曲艺欢乐汇专场演出、由中国曲艺家协会主办的第五届中国·彭州曲艺牡丹嘉年华。

81. 评弹表演唱《幸福在心头》

2018年由潘益麟作曲，张克勤导演，无锡市惠山区洛社镇文体站吴勤毅、高红芳（特邀）排演，获由江苏省文化和旅游厅颁发的江苏省群众文艺政府奖——第十三届江苏省“五星工程奖”；
2018年参加了第七届中国苏州评弹艺术节。

82. 文章《师生情　词曲缘》

2018年为《弦索吟——潘益麟弹词音乐作品选》作序。

83. 中篇弹词《顾维钧》（合作）

2018年与吴新伯联合创作，由上海曲艺家协会、嘉定·中国曲艺名城联合出品，上海评弹团排演，参加了由美中文化协会主办的嘉定建县800周年纪念活动之“一代外交家顾维钧纪念音乐会”；
2019年参加了“献礼新中国成立70周年”巡演活动。

84. 中篇弹词《梅兰芳》

2019年由中国曲艺家协会选送，入选2019年青年文艺创作扶持计划资助项目；
2020年4月片段《明志》由袁小良、王瑾排演，在曲艺杂志融媒《网络曲艺剧场》播出。

85. 情景评弹表演唱《吴地课堂》

2019年由陈勇作曲，张克勤、顾之芬导演，姑苏区人民政府双塔街道办事处排演，获江苏省文化馆颁发的第四届江苏省曲艺、喜剧小品大赛一等奖第一名；

2019年获上海市群众艺术馆、上海非物质文化遗产保护中心颁发的第六届“缤纷长三角·浦东北蔡杯”曲艺邀请赛金奖；
2019年获中国曲艺家协会《曲艺》杂志社、福建省曲艺家协会颁发的“成功杯”海峡两岸题材优秀曲艺作品二等奖；
2020年获由江苏省文化和旅游厅颁发的江苏省群众文艺政府奖——第十四届江苏省“五星工程奖”。

86. 情景评弹《两岸母子情》（合作）

2019年与昆山市文化馆高向东联合创作，由张克勤导演，邢晏芝任唱腔设计，顾真瑜、沈喆主演，获第三届苏州市群众文化“繁星奖”金奖；
2019年获第八届江苏省文艺大奖·曲艺奖节目奖；
2019年参加了由中国文联、中国曲协、福建省文联主办的第九届海峡两岸曲艺欢乐汇活动；
2020年入围第十四届江苏省“五星工程奖”决赛，在学习强国平台播出；
2022年入选由中国互联网新闻中心、文化和旅游部艺术发展中心指导，中国网·中国演艺频道主办，昆山市文体广电和旅游局、苏州高新区（虎丘区）文化体育和旅游局支持的“中国好戏”艺起同行百戏云展播公益活动。

87. 评弹与流行说唱《幸福苏州人》

2019年由陈勇、赵博作曲，盛小云、蔡铖等排演，参加了苏州市“铭记·奋进”——庆祝新中国成立70周年大型活动；
2020年参加了第十一届中国曲艺牡丹奖颁奖仪式暨第二届中国苏州江南文化艺术节·国际旅游节汇报演出；
2021年参加了第八届中国苏州评弹艺术节开幕式；
2022年参加了“奋进新征程　建功新时代”——2022年苏州市委、市政府新春团拜会；
2023年由苏州市评弹团吴嘉雯领唱，参加了“九城市政协共商长三角G60科创走廊更高质量发展活动”，上演于苏州湾大剧院戏剧厅。

88. 扬州弹词《红楼梦·宝黛释嫌》

2019年由扬州市曲艺团王智超、赵松艳排演，参加了由中国曲艺家协会、法国巴黎中国文化中心主办的第十二届巴黎中国曲艺节，获“卢浮”银奖。
2020年由赵松艳单档演出，参加了由江苏省文学艺术界联合会、江苏省曲艺家协会主办的“代有才人”——江苏文艺名师带徒计划曲艺展演。

89. 评弹表演唱《网格颂》

2019年由陈勇作曲，盛小云领唱，参加了由苏州市委政法委主办的苏州网格礼赞暨“十百千网格员”评选揭晓仪式活动。

90. 短篇弹词《傲骨柔肠》（合作）

2019年由苏州市评弹团蔡玉良、刘芳排演，参加了由中国曲艺家协会主办的第五届“岳池杯”中国曲艺之乡曲艺展演。

91. 弹词开篇《脊梁》

2019年由陈勇作曲，苏州市评弹团排演，参加了庆祝新中国成立70周年苏州市评弹团《脊梁》主题专场活动。

92. 弹词小组唱《并蒂牡丹姑苏情》

2019年7月由蒋春雷、张建珍领唱，参加了由中国文学艺术界联合会、中国曲艺家协会主办的“祖国华诞七十年　并蒂牡丹唱新声——苏州弹词专场演出”；

2019年9月、10月由蒋春雷、黄夭妍领唱，参加了由中国文联曲艺艺术中心、中国曲协苏州评弹艺术委员会、长三角曲艺联盟等单位主办的“向祖国和人民汇报·并蒂牡丹唱新声——袁小良王瑾评弹演唱会北京载誉归来南京、苏州汇报演出”。

93. 论文《曲艺界的“三风”与曲艺人的“三立”》

2019年发表于《曲艺》第1期。

94. 论文《海峡两岸曲艺融合发展之路初探》

2019年发表于《曲艺》第10期。

95. 弹词开篇《目光》

2020年以新中国成立七十周年首都大阅兵为题材，由陈勇作曲，盛小云领唱，参加了江苏省文联2020年新春团拜会活动；

2020年参加了中国曲艺牡丹奖艺术团“送欢笑”走进苏州专场演出。

96. 弹词开篇《出征》

2020年由陈勇作曲，盛小云演唱，参加了第十一届中国曲艺牡丹奖颁奖系列活动——以艺战“疫”新创抗击疫情优秀曲艺节目汇报演出；

2020年参加了由中国文联主办的中国文联“以艺战疫”优秀文艺作品网络展演。

97. 评弹与快板《为爱隔离》（合作）

2020年与姑苏区文化馆付俊坤联合创作，由陈艳红、付俊坤等排演，在“中华网·军事频道”“曲艺杂志融媒”“新华报业集团交汇点新闻”“江苏文艺”“江苏曲艺”“看苏州”“苏州日报引力播”“苏州文艺”等网媒播出。

98. 评弹与快板《小儒弄10号》(合作)

2020年由苏州市姑苏区文化馆戴云导演、付俊坤、钱国华、莫桂英排演，获第十四届江苏省“五星工程奖”。

2022年入围文旅部第十九届“群星奖”曲艺类作品复赛。

99. 情景评弹《太极情缘》

2020年由潘益麟任唱腔设计，张克勤导演，无锡市惠山区洛社镇文体站吴勤毅、高红芳（特邀）等排演，获第五届无锡市“群芳奖”曲艺类金奖；

2020年入围第十四届江苏省“五星工程奖”决赛。

100. 弹词开篇《港珠澳大桥颂》

2020年由苏州市评弹团沈彬演唱，参加了第十一届中国曲艺牡丹奖颁奖系列活动——“牡丹绽放”第二批培英行动入选对象专场汇报演出。

101. 弹词开篇《春咏亭林》

2020年由陈勇作曲，盛小云演唱，参加了“魅力古镇·美丽新城”昆山千灯镇第十四届群众文化艺术节开幕式文艺晚会。

102. 中篇评弹《战·无硝烟》(合作)

2020年由上海评弹团委约创作，与吴新伯合作完成；

2021年7月31日由高博文、姜啸博、毛新琳、黄海华、周慧、陆锦花、陶莺云、朱琳等排演，在上海天蟾逸夫舞台首演；

2021年参加了第八届中国苏州评弹艺术节；

2021年参加了上海评弹团成立七十周年庆典晚会；

2021年入选上海舞台艺术优秀剧目展演；

2021年入选上海市重大文艺创作资助项目；

2022年获第十一届中国曲艺“牡丹奖”节目奖；

2022年入选国家艺术基金大型舞台资助项目；

2023年获上海市委宣传部2022—2023年度上海文艺创作精品优品配套扶持项目，上演于北京民族文化宫大剧院。

103. 评弹表演唱《吴中绣郎》

2020年由苏州市吴中区文体旅馆局、吴中区文化馆委约创作，吴中区评弹团排演。

104. 评弹与流行说唱《姑苏八点半》

2020年由陈勇作曲，为第十一届中国曲艺牡丹奖颁奖仪式活动而创作。

105. 弹词开篇《有事好商量》

2020年由苏州市政协委约创作。

106. 文章《中篇弹词〈顾炎武〉创作谈》

2021年发表于由昆山市顾炎武研究会编著的《顾炎武研究》总第27辑。

107. 评弹表演唱《忠魂》

2021年由昆山市陆家镇社会治理和社会事业局、昆山市曲艺家协会联合出品，潘益麟作曲，张克勤导演，陈艳红、顾真瑜、任旭姣等排演，获昆山市群文"琼花奖"曲艺戏剧类金奖；

2021年获苏州市曲艺创作推优活动"光裕奖"节目奖（第一名）；

2021年获第四届苏州市群众文化"繁星奖"舞台艺术类金奖；

2021年获第九届江苏省文艺大奖曲艺奖节目奖、最佳网络人气奖；

2021年参加了由中国曲协主办的"牡丹花开心向党"——第三届中国东部优秀曲艺节目线上展演活动；

2022年获第四届苏州市"文华奖"文华新节目奖；

2022年入选"中国好戏"艺起同行百戏云展播公益活动。

108. 情景评弹《人桥》

2021年由苏州市姑苏区教体文旅委、姑苏区文化馆、姑苏区戏剧曲艺家协会、姑苏区金阊街道联合出品，戴云、王冰茹、张克勤导演，潘益麟任唱腔设计，钱国华、马志伟、朱永刚、查斌、顾振宇、王嘉慧、吕玉兰等排演，获第四届苏州市群众文化"繁星奖"舞台艺术类金奖；

2022年获第十五届江苏省"五星工程奖"；

2023年获苏州市文联第四届苏州市曲艺创作推优节目奖；

2023年获第十届江苏省文艺大奖·曲艺奖节目奖。

109. 情景评弹《钱七虎》

2021年由昆山市淀山湖镇社会治理和社会事业局出品，潘益麟作曲，陈艳红、吴斌、李佳娥等排演，获昆山市群文"琼花奖"曲艺戏剧类金奖；

2021年获苏州市曲艺创作推优活动"光裕奖"节目奖；

2021年获第四届苏州市群众文化“繁星奖”舞台艺术类银奖；
2021年参加了由中国曲艺家协会主办的第四届“通州杯”全国曲艺小剧场新作展演；
2021年参加了由上海市、江苏省、安徽省、浙江省四地曲艺家协会主办的长三角（沪苏皖浙）优秀曲艺节目展演；
2022年入选“中国好戏”艺起同行百戏云展播公益活动。

110. 弹词开篇《姑苏运河十景》

2021年由盛小云、吴伟东排演，为创建江南文化品牌的“江南小书场”项目而创作。

111. 苏州评弹与泗洲戏组合《春绿南北》

2021年以宿迁的“春到上塘”和苏州的“三大法宝”为内容，讴歌苏南、苏北协同发展及改革开放的丰硕成果，用曲艺与戏剧相嫁接的创新形式创作的作品，为参加江苏省委组织部主办的建党百年庆祝活动而创作。

112. 苏北琴书《烽火情》

2021年由宿迁市宿城区文化馆戈娟主演，参加了第五届江苏省政府文华奖优秀舞台艺术作品展演；
2021年参加了由江苏省委宣传部、省文化和旅游厅、省文学艺术界联合会主办的2021江苏省紫金文化艺术节——“艺动青春·江苏优秀曲艺人才专场演出”；
2022年获第十五届江苏省“五星工程奖”；
2022年戈娟凭此作品获第十二届中国曲艺“牡丹奖”表演奖；
2022年参了第四届江南文化艺术旅游节“江南小剧场”夏秋演出季启动仪式暨“曲韵新风”全国精品曲艺专场展演开幕演出活动；
2022年参加了由中国文联、中国曲协主办的“喜迎二十大　说唱新时代——艺苑撷英　全国优秀青年曲艺人才展演”；
2023年参加了由江苏文旅厅主办的“大地情深——江苏省优秀群众文艺作品巡演”；
2023年参加了CCTV名家名书展演。

113. 弹词开篇《善德之城放光华》

2021年由苏州市评弹团查兰兰领唱，参加了由苏州市委宣传部（文明办）、苏州市便民服务中心主办的“文明随手拍”暨百万册《苏州市民手册》发布仪式。

114. 评弹与流行说唱《感恩有你》

2021年由苏州市滑稽剧团委约创作，陈勇作曲，吴嘉雯领唱，参加了亨通集团成立三十周年大型庆典活动。

115. 文章《守正创新　传承经典》

2021年为由江苏省文学艺术界联合会主办，江苏省文艺评论家协会、江苏省曲艺家协会承办的“实话实说——当代曲艺论坛”作的主题发言。发言摘要在《中国艺术报》、学习强国平台、《新华日报》交汇点新闻等重要官方媒体刊发。

116. 评弹与歌曲《秋兴八景》（合作）

2022年由央视委约创作，与辛琁娟合作完成，由盛小云、郁可唯演唱，在央视《诗画中国》（第三期）播出。

117. 评弹小组唱《颂隽永甲子　忆岁月如歌》

2022年12月由陈勇作曲，苏州评弹学校学生演唱，参加了“桃李满园　春晖四方——苏州评弹学校建校六十周年汇报演出”开幕式活动。

118. 文章《梦开始的地方》

2022年收录于《桃李芳菲六十春——苏州评弹学校建校六十周年纪念文集》。

119. 论文《以当代审美追求激活传统曲艺生命力》

2022年发表于3月6日《苏州日报》。

120. 中篇弹词《叶圣陶》

2022年由苏州市吴中区评弹团委约创作，陆人民、张建珍、钱国华、马志伟、吴斌、陈馨怡、沈瑜、施朱任等排演，入选2023年度江苏省曲协重点中长篇创作项目。

121. 评弹说唱《人间新天堂》

2023年由陈勇作曲，苏州市评弹团吴嘉雯领唱，参加了苏州市委、市政府新春团拜会活动。

122. 情景评弹《五星红旗高高飘扬》（合作）

2023年与高向东联合创作，由苏州市公共文化中心、昆山市张浦镇社会事业局出品，昆山市文化馆排演，获第五届苏州市群众文化“繁星奖”曲艺类金奖（第一名）；

2023年获第十届江苏省文艺大奖·曲艺奖节目奖。

123. 短篇弹词《百年诵芬》

2023年由苏州市姑苏区教体文旅委、姑苏区公共文化中心、姑苏区戏剧曲艺家协会、姑苏区金阊街道联合出品，戴云导演，钱国华、濮建东、陈馨怡主演，获第五届苏州市群众文化“繁星奖”曲艺类金奖。

124. 曲艺组合（苏州弹词+苏北琴书+扬州评话）《江苏滋味》

2023年由崔安强作曲，陈侃、戈娟、张正主演，参加了江苏省文联主办的“盛世芬芳”——江苏省文艺大奖2023年度颁奖晚会。

125. 论文《出人、出书、走正路——赛出新时代江苏曲艺事业大格局与新气象》

2023年由江苏省文艺评论家协会为2023江苏文艺大奖赛事特约撰写的曲艺评论文章，刊发于江苏文艺网、江苏省文学艺术界联合会、江苏省曲艺家协会、江苏省文艺评论家协会公众号。

126. 短篇弹词《情殇长征路》

2023年获第三届“梁辰鱼杯”剧本征集活动（中型类）一等奖。

127. 情景评弹《芦墟清风》

2023年由吴江区评弹艺术传承中心陈仕洁、昌顺明（特邀）等排演，参加了吴江区第22个“党风廉政建设宣传教育月”启动仪式及宣传教育月活动巡演。

落幕自语——代后记

小桥流水畔生根
吴侬软语里发芽
石缝间的花儿
用半世的光阴
与
春风 夏雨 秋月 冬雪
确认过眼神
幻化笔墨
拨动弦琴上的 人间四季

喜怒悲欢 今古天地
浅嚎浑唱 悠韵妙曲
唯有
用心 用情 用爱
绽放 无期……